向关心消防事业的各界人士致敬！
向逆行中的消防英雄致敬！

擔當

書於北京 墨泉
時在乙未初冬

蒋少军 著

群众出版社
·北京·

图书在版编目（CIP）数据

担当/蒋少军著．—北京：群众出版社，2016.6
ISBN 978-7-5014-5545-4

Ⅰ.①担…　Ⅱ.①蒋…　Ⅲ.①长篇小说—中国—当代　Ⅳ.①I247.5

中国版本图书馆 CIP 数据核字（2016）第 122403 号

担　　当

蒋少军　著

出版发行：群众出版社
地　　址：北京市西城区木樨地南里
邮政编码：100038
经　　销：新华书店
印　　刷：三河市燕山印刷有限公司

版　　次：2016 年 7 月第 1 版
印　　次：2017 年12月第 4 次印刷
印　　张：27.5
开　　本：787 毫米×1092 毫米　1/16
字　　数：480 千字

书　　号：ISBN 978-7-5014-5545-4
定　　价：68.00 元

网　　址：www.qzcbs.com
电子邮箱：qzcbs@ sohu.com

营销中心电话：010-83903254
读者服务部电话（门市）：010-83903257
警官读者俱乐部电话（网购、邮购）：010-83903253
公安综合分社电话：010-83903487

序

纵观国内文艺作品，消防题材的小说几乎凤毛麟角。

我总是在想，消防事业同人类社会生活息息相关，扮演着抢大险、救大灾的角色，为何却鲜有消防题材的文艺作品呢？况且，时下很多影视剧也用火灾、爆炸来渲染气氛，吸引人眼球，消防事业从不缺乏长篇小说的素材。

当年，无论我任公安部消防局局长还是政委，一直致力倡导建设消防警营文化，希望能激励一些人创作出一些有思想、有内涵、有担当、有影响的消防文艺作品。因为，文化不仅是一个民族的符号，而且是部队的精神气质。民族之魂魄，文以化之；军人之忠勇，文以励之。翻开金戈铁马、气象万千的战争画卷，文化的担当伴随着无数将士戍边卫国之忠勇，鼓舞多少将士驰骋疆场，感召多少英雄报效国家。

消防，是一份特殊的职业。无论是现役的还是专职的，一代一代消防人，默默地挥洒汗水、热血甚至生命，为社会坚守着一方平安。需要有史诗般的文字记录消防人面对各类灾难的忠勇，需要用激励人心的文艺作品来传承消防人的时代担当。

当我拿到这部洋洋洒洒几十万字的消防长篇小说书稿时，我仿佛有一种冲动，这正是我多年所盼望的。我迫不及待地用几天时间读完了它，朦胧中又让我看到了我们英勇的消防官兵出生入死，赴汤蹈火，顽强拼搏，无怨无悔的身影，再次让我感动和震惊。终于有这样一部记录可爱的消防人和消防人精神的长篇小说了，我为之骄傲而自豪；也是在习总书记在文艺工作座谈会讲话后，一部感召人、鼓舞人的长篇消防小说恰到好处地面世，这也是所有消防人的骄傲和自豪。

这部以消防题材为内容的长篇小说，以有为才有位、有位更有为，承诺参加抢险救援为主线，展开了一部波澜壮阔的消防画卷，不断践行、不断追求，喊出了时代的最强音。以改革开放取得伟大成就的同时，随之发生的大小灾难事故为素材，落笔朴实无华，通过一件件鲜为人知的事件，再现了消防人的赤子之情、顽强作风和崇高境界。小说以写实的手法，既平铺直述，人物对白，又超越时空，故事情景交融，情节惊心动魄，跌宕起伏；融故事性、知识性、文学性、思想性于一体，是一部不可多得的作品，值得一读的作品。

我期待有更多消防题材的文艺作品出现。

是为序。

消防老兵：
陈家强

二〇一六年四月八日

（作者系公安部消防局原局长、政委，公安部纪委原副书记、副督察长，少将。现任国家减灾委专家委员会委员，国务院安委会专家咨询委员会委员，中国科技大学、国家行政学院、武警学院兼职教授）

目　录

第一章

一篇论文的意外获奖，引发了一场激烈的争论

上世纪九十年代中期，一篇专业论文的意外获奖，顿时引来一些人的围观，一个拿老百姓的事说事，一个拿消防官兵的事说事，一些拿社会现象、社会风气说事。一时间狼烟四起，争论不休，彼此不相上下。不知蚂蚁能否穿得起大头鞋？

一

二十世纪九十年代中期的这个春天，在上一年众记者争相报道暖冬天气的蛊惑下，来得比往年要早了一些。

这不，春节刚过，喜庆的鞭炮红纸屑还铺满家家户户、大厂小店的门前，城内城外无论是高大的乔木，还是低矮的灌木、枯萎的野草，有的已露出了嫩嫩的尖芽，有的花蕾已含苞欲放，几朵佼佼者更是早早地张着笑脸在迎接着春日的阳光，仿佛同全国各行各业、各家各户一样，按照一年之计在于春的传统惯性思维方式，在思考着、谋划着……

在中国南方中部城市的楚洲市消防支队一中队旁，一个名不见经传、很不起眼的小酒家，参谋长王纪元在请客，客人是支队领导和司令部的一些战友。本来只能安排两桌的二楼所谓大厅，硬生生摆进了三大桌，挤得满满当当，场面很是热闹。本不怎么胜酒力而喝得满脸通红的王纪元端起酒杯，右边看了看秦晋江支队长，左边看了看吕梁华政委。接着站起来将酒杯举过头顶大声说："战友们！我高兴请你们的客还不行吗？大家只管吃好、喝好，绝对不是公款吃喝。我再敬大家一杯，干杯！"说完就豪爽地带头干完了这杯酒。

不明真相的防火监督处处长朱敬慕说："哎！哎！哎！参谋长你就别卖关子了，什么高兴事说来让我们大家分享分享。"

王纪元兴奋地说："我得奖了不高兴吗！你不高兴吗？"

朱敬慕说："高兴，高兴。我怎么不高兴啊？你得什么奖，奖多少钱啊？"

还没等王纪元去理会他，秦晋江站起来举起手中的酒杯说："战友们啦！同志们啦！你们甭管参谋长中了什么奖，也甭管奖金多少，我怎么喝你们怎么喝，好不好啊！"现场一片叫好声，于是秦晋江清了清嗓门，拿腔拿调地接着说："今天我也高兴，我首先代表中共武警楚洲消防支队委员会、武警楚洲消防支队及全体官兵敬参谋长王纪元同志一杯酒。”说完认真地和王纪元碰了一下杯，接着一抬手，一杯酒就倒进了嘴里，现场一片掌声和欢呼声。接着又说：“战友们啊！今天酒要喝，要放开了喝，手上有事的做事，暂时没事的继续过年，不是还没出十五，还没闹元宵吗？”经秦晋江这么一渲染，现场一片沸腾，群情兴奋。

坐在一旁的吕梁华始终端着一副微笑的脸，任凭这喜庆的场面无限地发酵，在秦晋江活跃气氛的感染下，此时也按捺不住内心的激动和喜悦。心想军政首长同为部队首长，参谋长为楚洲消防争了光，支队长又是祝贺又是敬酒，作为政委更应该再热情一些，再高兴一些，不然会引起一些不必要的猜疑。这样想来，吕梁华接过秦晋江的话也就站起来，举起手中的酒杯在空中晃了晃，用很平稳的语调说：“同志们！我这酒杯里的不是酒是水，因为今天我值班，但水不醉人人自醉。纪元参谋长得的这个奖啊，要我说啊，要为全国十二亿中国人喝彩，是一百万元买不到、一千万元买不回，是无价之奖，我以水代酒敬参谋长。”说完，学着秦晋江的样先是和王纪元碰杯，然后也是手一抬，一杯满满的凉开水也倒进了嘴里，还浸湿了衣襟。接着大声说：“都喝了！都喝了！不要看我喝的是水你们就不喝完，只要感情有喝啥都是酒。”

朱敬慕说：“政委啊，你可没说要我们大家一起敬。”

吕梁华不容分辩地说：“都喝了。”自然大家响应号召也将杯中之物喝得干干净净。

王纪元看这架势知道这个酒会有的喝，也就在吕梁华讲完后接过话大声地问：“这里有几个值班的？”

坐在中间桌的副参谋长李为民立马起立说：“报告，本周我值班。”

王纪元说：“好，今天就委屈你了。”接着补充说：“支队司、政、后、防值班人员都不得喝酒，要切实加强执勤备战，确保有警必处、有难必救、有求必帮、有险必抢。李副参谋长通知指挥中心点名检查值班情况，并将值班情况报告政委。”

李为民回答“是”后便走出二楼大厅。现场顿时有了短暂的平静，仿佛要等到他落实完值班情况报告了政委才能喝酒。

然而，经秦晋江和吕梁华这么一绕圈子，再不断地夸大、不断地发酵，让在座的一些战友更变得丈二和尚摸不着头脑。还好，今天来喝酒的只有吕梁华和李为民两个人值班。一名北方籍干部打破沉默站起来说：“过大年，过大年我还没沾酒呢，天天值班。今天我过年，我先喝三杯敬大家。”说着同样是手一抬，一杯满满的啤酒直接从酒杯倒进了胃里，一杯酒就这样下了肚，接着一抬再一抬，嘴一张再一张，一会儿三杯酒就喝完了。

大家都鼓掌说：“北方人喝酒就是豪爽、酒量大。”接着这个北方籍干部走到王纪元面前，先为自己斟满再给支队长、政委、参谋长三人斟满酒说：“我敬三位首长。”一个靠腿话落酒尽。

“哎！哎！哎！你懂不懂规矩，哪有一杯酒敬三个人的，不算！一个一个地来。”坐在同桌的朱敬慕说。

北方籍参谋豪爽地说：“行，重新敬过。其实在我老家喝酒规矩还挺多的，分一陪二陪三陪，一敬二敬三敬，我违规了自罚一杯。”

至此，战友们向王纪元发起了车轮战，一个个一手举起酒杯，一手提一啤酒瓶，排起了队，好似义务消防队接力供水，一人提一水桶一样。第一个来到王纪元面前的参谋，二话没说，一个靠腿喝下一杯，再一个靠腿又喝下一杯，接连三个靠腿，喝了三杯后说：“参谋长，我喝半天酒了，还真不知道喝的什么酒。”

一旁的吕梁华幽默地应答说：“啤酒。”引得大家哈哈大笑。

为此，这个参谋转过身向政委三个靠腿，喝了三杯再问：“究竟喝的什么酒啊？”

“啤酒。”这是秦晋江帮政委回答的。于是，这个参谋又面向秦晋江又三个靠腿，又喝了三杯，把整个酒局搞得既诙谐幽默又搞笑喜庆。

还好有秦晋江、吕梁华在场，王纪元自然就将他俩当了挡箭牌。凡是来敬酒的，他就摆起了参谋长架子耍起了威风说：“你们懂不懂得规矩，凡事都要讲规矩，支队长、政委工作上是首长，生活上是首长加兄长。你们都得先敬支队长、政委。”为此，凡来给他敬酒的都要先过了军政首长的关。

几轮酒下来，秦晋江招架不住了，大声说：“纪元啊！你得了奖害得我和政委喝酒，好在政委喝的是水，我可是喝的酒啊！”接着就大声地喊：“战友们啊，战友们啊！我现在郑重宣布，参谋长那篇《浅析消防部队参加社会抢险救援的必要性》论文被评为一等奖，你们说可不可喜，可不可贺啊！这也是我们消防人的光荣啊！我们一起敬参谋长。”接着杯子就碰得叮当响，随着一声“干”，没一个人含糊各自将杯中之物一饮而尽，再一次将现场气氛推向高潮。秦晋江接着憧憬地说：“根据参谋长纪元的有为才有位、有位更有为的理念，这只是万里长征迈出的第一步，我们要让那些需要救援救助的人在第一时间得到我们消防人的帮助，还要不断努力，你们知道吗？我们以热烈的掌声欢迎论文原创者王纪元同志作指示。”

顿时，将一场酒局演变成了会场，王纪元也就拿腔拿调地说：“尊敬的支队长、尊敬的政委、尊敬的战友们：大家好！我要给大家汇报的题目是有为才有位、有位更有为。请大家鼓掌！”大家真的热烈地鼓起了掌，一张张红光满面的笑脸期待着他的下文。王纪元就放慢了语速，用一种深沉的语气说：“我写这篇论文是因为发生在我身边的事深深地触动了我。大家想想玻璃厂一号锅炉爆炸事故、冶炼厂熔炉车间倒塌事故和国道上的交通事故，这些惨痛的场景让我历历在目。”进而提高嗓门说：“想起这些，我脑海中突然闪过一个念头，这个念头就是我们消防人要有所作为，要实现更大程度上的作为！让我们消防人的存在给老百姓多一份安宁，多一次生存的机会。”停了停，现场又响起了热烈的掌声。

掌声停息后，王纪元又用沉稳的声音说：“战友们，我国经济体制改革取得了世人瞩目的成绩，而人民群众还有很多事情需要我们每个单位、每个人去践行，我们消防人见证了一桩桩血雨腥风的事实，一种强烈的责任感、使命感在我心头油然而生，我当即起笔写下了这篇论文。这篇论文只有两千多字，但在我写完这篇稿纸时已是满脸泪痕。战友们！你们说我们消防人是不是可以更有所作为啊?！是不是到了真该出手的时候了?!”

坐在桌上一直没喝酒的李为民、战训科科长罗贤阳、参谋阳厚德听到王纪元问话立马站起来大声说：“该出手！”在座的大家也呼喊着站了起来。

这篇论文无疑是王纪元带着对广大人民群众一种深深的爱、一种沉甸甸的情写成的。

朱敬慕就唱着说：“该出手时就出手，风风火火闯九州。”

王纪元接着说：“战友们，其实，中国社会发展到今天，特别是改革开放后，新工艺、新材料、新产品大量出现，各类灾难性事故也越来越大，越来越多。作为人民子弟兵的消防人，起码我们已经部分地承担起了社会抢险救援的任务，特别是当我们将困在水火之中、瓦砾之下的群众抢救出来时，我想我们是何等的欣慰和满足。”

然后，王纪元谦虚地说：“我这篇论文能获奖，只是从理论上争取了上级决策机关的重视。我不认为理论有多深奥，文章有多精彩，但至少给我们传递了一个信息，这个信息就是消防部队参加社会抢险救援随着社会进步将成为必然。我这成绩的取得归功于支队，归功于大家，归功于实践经验的总结。”现场又响起一片掌声。

被这一折腾，大家好像不是在喝酒，仿佛是在开会，纷纷有人举手要求发言。

二

酒家门口一名妇女在哭天喊地：“不得了了，不得了了，车子出事故了，救命啊!”

闻声出来的消防一中队中队长刘一民上前询问情况：“这位同志你别哭，你慢慢说，到底是什么情况?”

妇女说：“我是在你们对面送液化气的，我老公送液化气的货车在白关出事故了，求你们快帮我救人咯。”

刘一民问：“人怎么样？你叫什么名字?”

妇女答：“我叫白淑玉，我家黄老二现在卡在驾驶室动弹不得，满脸是血。”

刘一民问：“报交警了吗?”

白淑玉焦急地答：“报了，交警到了现场，是他们送我来的。我现在只好来求助你们消防队了，快帮我救人啊！晚了就死了。”说完又大哭起来。

这时，听到哭泣声的王纪元立马从二楼下到酒家门口。刘一民见到王纪元连忙向前一个靠腿报告说：“参谋长同志，白关发生一起交通事故，司机卡在驾驶室了，家属请求帮忙，帮不帮请指示。报告人刘一民。”

王纪元回过礼后态度坚决地说：“帮！一定要帮！立即出发!”

这时，一位穿着交警制服的民警走到王纪元面前神情焦虑地一番耳语。王纪元坚定的表情顿时变得有些沉重，然而还是果断地下达了救援命令：“李副参谋长!”

“到!”李为民回答。

“我命令你带领罗贤阳从一中队调两个班立即赶赴现场抢险救援。”

“是!”李为民应答。

“对了，记得带上支队卫生员叶红花，必要时给予输氧和输液补充能量。”王纪元补充说。

“是!”李为民应答。

随着一声警笛长鸣，王纪元带上阳厚德在交警和家属的引导下，直赴交通事故现场。现场一片狼藉，一台货车撞在交通隔离墩上，一些瓶装液化气钢瓶散落一地，发出吱吱的漏气声；车头完全变形，驾驶员黄老二满脸血糊血海，双目紧闭，嘴唇干涸，被死死地卡在驾驶室内不能动弹，不知是死是活。

王纪元说："交警同志，请你管制交通，往后一百二十米处设置事故标志，人车都不得进入。阳参谋你检查散落在地上的液化气钢瓶，看有多少个漏气。"接着以商量的口气跟白淑玉说："我们一起看看人，看看车，寻找救援办法，好不好！"

交警补问道："人车不能进，随后的消防车进不进？"

王纪元回答："不能进，听候命令！让卫生员进来，关闭对讲机，所有车辆熄火，防止次生事故发生。"

王纪元带领司机小李和白淑玉来到货车驾驶室的左侧问黄老二："你是黄老二吗？"没反应。"我是消防队的参谋长王纪元，救你来了！"还是没反应。于是就用两个手指头探了探鼻孔，又掐了掐人中说："还有呼吸，抓紧救人，小李把千斤顶拿过来。"听到命令的小李立马起身跑到吉普指挥车上去拿千斤顶了。

在旁边检查钢瓶的阳厚德，按照"闻声"检查的经验，奔向一漏气的液化气钢瓶。只见一只工业用200kg钢瓶发出吱吱的声音，瓶嘴周边已经覆盖上了一层白霜似的石油液化气，一股股白雾贴着地面向四周扩散，向低洼处流动。阳厚德凭着过硬的消防事故处理经验，决定采用关阀堵漏法，他顾不了许多，没有防护手套就用衣服当手套，趴在地上，右手卷起衣服的右下摆，缓慢地试探着去关闭阀门。还好，阀门没损坏，一次关阀成功，阳厚德脸上露出了成功的喜悦。紧接着他又逐一检查散落在地上的钢瓶，一一排险，待一切检查排险完毕，再看看漏气处，发现白雾随风而散，于是就走近车旁，面向王纪元报告说："滚落在地上的三十六只钢瓶全部检查完毕，三只漏气处理完毕，三十三只完好已经全部扶正，车上的300多只钢瓶完好。"

王纪元这时正侧贴着车身弯着腰，双手捧着黄老二的左手，配合支队卫生员叶红花给黄老二打点滴，于是也顾不得还礼说："好！好！好！快叫黄老二老婆来帮忙，让我腾出手来，我们赶紧进行牵引和破拆。"

等候在外围的消防车接到命令很快到达了现场。王纪元对李为民说："根据我的勘查，我们采用局部顶撑和选择两车牵引，我想很快就能救出他来。我们先采取局部顶撑，只要将黄老二卡住的右脚拿出来，人就可以救出来；

胸部方向盘的问题不大，你指挥一台消防车开到事故车前方，用钢丝绳套住方向盘，后面的消防车用钢丝绳挂住拖钩，在保证方向盘不伤害黄老二的情况下将方向盘稍稍一拉就没问题了。”

李为民说：“是！明白！”转身就去指挥了。

小李和几个战士从消防车上搬来了几块方形枕木，小心翼翼地塞到本来就很狭窄的驾驶室。

王纪元一切安排妥当后露出一脸的自信，并命令阳厚德说：“你给医院打电话，准备急救，告诉他们是交通事故，伤员头部、胸部、右脚等多处受伤，处于半昏迷状态。”

阳厚德说：“是。”

王纪元又说：“小李你出来，让一中队战士实施救援，你将车掉好头，用指挥车送伤员去医院，这样快，卫生员一块去。”

小李、叶红花齐声回答：“是。”

驾驶室空间狭窄，一块钢板死死地卡进了黄老二的右小腿，流出的血已经凝固，稍一动，新的血液又流出来，黄老二的脚就颤抖。千斤顶横向作业既费神费力又费事，还真的不好用，两名战士尝试了几次都没能将钢板撑开。罗贤阳凑近仔细一看骂道：“你们这帮猪啊！这千斤顶漏油了怎么用啊?!”又对一旁的战士说：“快，赶快去消防车上拿大千斤顶来。”罗贤阳的手就碰到叶红花，叶红花就像触电似的猛一缩。罗贤阳就憨态地看了她一眼说：“哎！你对我蛮有感觉。”叶红花红了红脸也没去理会他，自己也不知道对罗贤阳怎么这么敏感。

输液管在静静流淌，站在一旁的白淑玉神情依然紧张，本有几分姿色的脸庞，泪水的痕迹还依稀可见，此刻，仿佛有些困倦、憔悴。

黄老二额头上的血早已凝固，他还是静静地斜躺着，一动不动。看到这一切，每个消防官兵都心急如焚。刘一民从副驾驶处爬进驾驶室，伏下身子双手抓稳千斤顶。罗贤阳就双腿跪在地上，头顶在叶红花胸前，小心翼翼操作着千斤顶，少女身上散发出的体香似乎盖过了车内的血腥。

也许是能量药水的作用，也许是作业弄痛了他，随着罗贤阳顶开卡住黄老二右小腿那块钢板的一刹那，黄老二两眼睁开了。白淑玉便不由自主地高兴地说：“醒了！醒了！”脸蛋也从一张哭泣沮丧的脸陡然笑成了一簇开放的花。

消防车后坐垫在这时变成了担架，早早地放在身旁。一切准备完毕，随着王纪元一声令下，前后消防车轻轻发力，黄老二就被罗贤阳抱了出来，叶红花手举着药水瓶贴着罗贤阳，小心翼翼地将黄老二放上了这个用消防车后坐垫做成的临时担架。李为民看到这一幕就调侃罗贤阳、叶红花说：“你俩配合得蛮好，就如同绿叶扶红花，挺般配的。”

所有的事故就是这么残酷，无论是天灾还是人祸，顷刻间就让一个活生生的生命、活蹦乱跳的身躯不能动弹，甚至是生灵涂炭。黄老二现在经营的液化石油气站，为市区网点承担运送业务，关系到城市居民千家万户的生活用气，每天都得为三十多个液化气供应点送气，送了五年的气都没出过问题，别说出事故了。今天是送最后一趟气，每天都是这样，将白关这家在城市郊外的网点放在最后一趟，正好避开了城市下班的高峰，应该是个较合理的安排。未曾想跑了五年的轻车熟路，就在一瞬间撞上了下白关的这个隔离墩。这不，一个鲜活的生命就在这一瞬间变得面目全非，昏迷不醒，甚至差一点丢了性命。如果真的没有消防队抢险救援，这座城市中恐怕真的又多了一个寡妇，儿子就没了爸爸。

三

黄老二是朱敬慕的同乡，阳洲人。没入伍前，在老家他还经常听黄老大说起他一个弟弟在城市工作，也常常听到黄家三弟黄山说他二哥在城市工作，还开车搞运输，似乎相当体面。确实也是这样，在广大的农村，在那个年代，如果有哪个村、哪个家庭有一个什么人在城市工作，那是整个家庭的荣耀，是最体面的；也是方圆几公里、几十公里，凡是知道的人都非常羡慕的家庭，更是非常羡慕的人，无论他在城市里干什么，只要是吃国家粮的。记得当时一句话是汽车喇叭一响，农村家狗家鸡遭殃。小时候常常看到城市运粪车开到村上，大队书记、大队长就吩咐秘书、民兵营长打狗杀鸡赠送给运粪的司机带回家，万一打不到狗、抓不到鸡，鸡蛋、白菜也得弄上一大堆。

王纪元家的堂兄当兵退伍后，被分配到一个军工企业，他本村和邻村的两名青年村民当兵后提了干，好生让人羡慕，传遍十里八乡。轮到王纪元当兵时，自然压力就相当大。当时，他和父亲是瞒着母亲到武装部报的名，由于身体好，家庭出身好，父亲又是解放初期农协会主席，因此一路体检政审都还顺利，如愿以偿地当上了消防兵。入伍时母亲既高兴又不舍，泪水中饱含了对儿子的希望和自己的诸多不舍和无奈。父亲一路从大队送到公社，从公社送到区公所，从区公所又送到县武装部。一路敲锣打鼓，身戴大红花好不光荣，脸上始终带着笑容，待看到儿子换上了四个口袋上绿下蓝的军装时才长长地舒了一口气。在父亲叮嘱他注意安全、莫想家时，更没有忘记说要向舅舅和邻村的德荣学习，好好干，不要到部队打一个转就跑回来了。尽管父亲同样有诸多的不舍，眼里饱含着泪水，但他更清楚这就是农村孩子跳龙门的跳板，是大海中一根救命的稻草。真是可怜天下父母心。

黄老二也是这样，他的哥哥、弟弟每当说起黄老二就脸发红光、神采飞扬，说到激动之处还唾沫飞溅，这仿佛就光宗耀祖了，仿佛就是他家的希望，他父亲也经常拿二儿子炫耀，还不时地夸自己的老二有出息，夸二媳妇人漂亮又能干。经常让本村人或周边的人听得羡慕得不得了。黄老二真是个老实人，一米七五的个头，四方形的脸蛋，五官还算配合得体，就是一张嘴的上下唇大了一些、厚了一些，怎么看都透露出一张憨厚老实的相，给人以安全感、信任感。也许应了老实人不吃亏的话，他搭上了最后一批农村青年当兵可以在城市安排工作的末班车。当上了汽车兵，参加过对越自卫反击战，荣立过一等功，退伍后安排在楚洲市工作。朱敬慕羡慕了许多年，直到后来自己当上了消防兵，来到了和黄老二工作的同一座城市，他第一个拜访的老乡就是黄老二家。两人走走停停、停停走走，直到五年前国企改革、企业改制，这一不留神黄老二夫妇俩双双下岗了，仿佛掉进了冰窖，黄老二就找到了朱敬慕。

面对每天愁眉苦脸、唉声叹气、意志消沉、上有老下有小的黄老二，朱敬慕一边安慰一边答应一起想办法。黄老二想想自己当兵保家卫国，差一点将性命都搭上了，就几次跑到单位和领导理论！争啊！吵啊！然而，全国改革开放的浪潮，企业的改制，像历史的车轮滚滚向前，勇往直前。因此，任凭黄老二怎样跟领导说情，跟主管单位理论，哪怕是把嘴皮子磨破了，得到的答复还是企业改制、减员增效是中央的布置，是国务院的安排，像你这样的工种属于必改的，属于必减的。

终于有一天，黄老二控制不住自己的情绪，喝了半瓶二锅头，拿着国防部给他颁发的对越自卫反击战一等功奖章，流着泪跑到人民银行柜台，要求变卖了这枚用生命换来的奖章。人民银行的工作人员接待了他，并报告了银行领导，领导得知黄老二的情况，对黄老二肃然起敬，并将他请到贵宾接待室，又是递烟，又是倒茶，口里不断地说："让共和国的功臣受委屈了，让我们一起想办法。功臣从枪林弹雨中都过来了，这点困难算什么东西啊。”

黄老二说：“首长，不，领导，请你帮我这个忙吧，你看这个一等功勋章能抵几个钱，我把它卖了，换几个钱送儿子读书。”

行领导说：“功臣啊！你这枚勋章是无价之宝，是共和国功臣的见证，是对你为国家安全、国土完整作出贡献的最高褒奖，也是你用生命换来的至高无上的荣誉。谁敢几个钱就买了？天诛地灭，五雷轰顶！”说着说着，行领导激动起来，眼中闪烁着泪花。

黄老二见此情景有点不知所措地说：“你别，别说漂亮话给我听了，也别、别用苦肉计了。我算个屁啊！谁把我当功臣了！我就是他们脚下的一只蚂蚁，随时可以踩死我。我这不是到了走投无路了吗？”说着说着、借着酒劲将手中茶杯摔得粉碎，随后痛哭流涕起来。行领导上前一把抱住黄老二哭喊着说：“战友啊！我们都是法卡山上死过一回的人啊！”黄老二听行领导这么一喊，连忙停止了哭泣，推开行领导，上上下下看了一遍说：“你也上了法卡山？”行领导从口袋中掏出最流行的湿纸巾擦拭眼睛，又擦了擦嘴，接着还递给黄老二一张纸巾说：“我们是一个团，三连驻守在 73 高地，你们是一营独立侦察排打穿插，侦察敌情，传递信息。”

黄老二无不追忆地说：“我们这个排三十多人都死了，就剩下我一人了，惨啊！你知道吗？现在我也是人不像人鬼不像鬼了，愧对牺牲的战友啊！”

行领导动情地说：“别难过，要坚强。我每天都为战友们祈祷，祈祷牺牲的战友含笑九泉，祈祷大难不死的战友必有后福。”

黄老二愤怒地说：“后福个屁！企业改制，那么多设备，那么多厂房，那么多土地，几本假账，说改就改，说减就减，一夜间集体企业就成私营的了。我们一家落得个流落街头，生活无保障。”

行领导不无忧虑地说：“这场改制，真叫摸着石头过河，让一些人一夜间成了百万富翁，也让一些人走向了社会、流落到街头、失去了保障。”讲到这里停了停，分析着说：“这么多人下岗走向社会，社会负担随之加重，各级政府部门都得想办法，要为改制下岗的工人创造更多的就业机会。也想想，我们的决策部门提出减员增效的思想，我是反对的。我认为更多地应该适用于企业公司，这些单位提出来是可以理解的；鼓励各企业单位安排接受下岗工人重新就业。现在谈减员增效过急了一点，无疑会激发社会矛盾，各级政府还没准备好，市场条件还有很多方面不成熟。”

黄老二急切地说：“首长，你看我现在怎么办，请你帮我指一条路，我现在这样真的是无脸见江东父老了，对不起牺牲的战友啊。”

行领导用坚定自信的口气说：“战友啊，无论怎么样，无论我们受了多么大的委屈，我想我们这个党，我们这个国家，我们这个社会，我们的人民是不会忘记我们这些功臣的。没有国哪有家啊！你看我转业到人民银行，开始安排做保卫工作，经过几年的努力，出色的工作加上有法卡山的战斗经历，荣立了二等战功的优势，现在是副行长了。我看你啊，要有自强不息的精神，你枪林弹雨中都过来了，死人堆里也爬出来了，与其说吃不饱也饿不死，倒不如借改革开放的东风自己当老板。你不是会开车吗？为单位开车从石化炼油厂将液化气运到单位的石油液化气站，今后你可以把液化气小钢瓶运送到各个销售店或每家每户，赚一个差价，我看你肯定行。”

黄老二听行领导这么一讲，茅塞顿开地说：“这个主意好，我怎么没想到呢？当首长的还是脑筋好用。”黄老二停了停接着说：“首长，看事容易做事难：一是液化气工厂不一定让我送；二是网点我知道有不少，能不能送得进还是一个未知数；三是搞运输就得有货车，得购车，钱从哪里来？”可见黄老二憨厚中透着精明。

行领导说：“是啊，万事开头难，你今天先回去，我给你留张名片，上面有我的 BB 机、大哥大、办公电话，你就先做个市场调查，看有没有赚头，需要多少资金，有困难随时来找我。”

后来，黄老二在行领导和时任副处长朱敬慕的帮助下，向银行贷款买了货车，顺利拿到了“易燃易爆化学危险物品运输许可证”，联系上了十多个石油液化气销售网点，每天夫妇两人早出晚归，将几百瓶液化气送往销售网店，小日子总算稳定了。经过五年多的打拼，黄老二不仅继续给石油液化气网点送气，自己还申请了十多个“易燃易爆化学危险物品销售许可证”，开了十多家销售网点，真的当上了老板。每天要为几十家液化气销售网店送气，三千多瓶液化气上车下车，也真不得不佩服黄老二的吃苦精神，在他们同行中个个都夸黄老二夫妇吃得苦、霸得蛮、人厚道。

其实啊，白淑玉好几次都劝他请司机开车，黄老二硬是不肯，还说趁自己现在还能做，多做点，既可以减少成本还可以锻炼身体，这恐怕是当过兵的人做事不惜力的缘故。黄老二还琢磨着买几台工程设备，吊车、挖掘机什么的，可现如今吊车没购回，还把自己吊进了医院打点滴，险些连性命都搭了进去。

四

初春的阳光洒满大地，城市高大宏伟的建筑物上的大型玻璃幕墙将温暖的阳光折射出赤、橙、黄、绿、青、蓝、紫，好不美丽。在楚洲消防支队党委会议室，正在召开支队党委扩大会。与其说党委会议室，倒不如说就是一间简陋的大房间，里面摆了一张长方形的大会议桌，加一些木椅子。支队无论是行政办公会，还是党委会，凡是规模稍大一点的会议都在这里召开。这几年，由于历史的欠账，加上财政投入消防的资金不足，有限的一点经费，一则保证消防车用油，让消防车在发生火灾时能够发得起、出得动。地方人谁都不知道消防车每隔四个小时就要发动一次，要保证气压充足能够随时出动。二则购置一些基本灭火药剂、救灾设施设备。谁也不敢、谁也不会将救命钱用于办公楼的建设，用在办公房的装修上。

党委扩大会由消防支队党委书记、支队长秦晋江主持。秦晋江看了看悬挂在墙上的电子钟，再看看自己戴在左手腕上的手表，见时间已到正准备说话，党委秘书就下达了全体起立的口令，向书记报告说："书记同志，参加支队党委扩大会应到 61 人，实到 61 人，可以开会，请指示！报告人盘问园。"

秦晋江下达了"坐下、开会"的指示。随着盘问园的一声坐下，秦晋江开始主持会议："同志们！经司令部参谋长王纪元同志的提议，我和政委决定今天在这里召开消防支队党委扩大会议，扩大到了中队党支部书记。支队本级营以上干部都参加了，很有代表性。本次党委扩大会议的议题就是一个，就是全市消防部队是否主动承担起社会抢险救援这一工作职能。会议材料在一周前已经发到了各单位，提出了要求，想必大家都做了充分准备。支队党委这样做也是叫充分发扬我军的政治民主、经济民主、军事民主的优良传统，请大家知无不言、言无不尽将优势讲全，将问题讲透，将困难摆尽，将设想描准。总之一句话，要紧紧围绕主题，不要跑题。"讲到这里，秦晋江看看坐在一旁的吕梁华说："会议就这么开好吧？"

吕梁华一边"好、好"地回答，一边大声地说："同志们，刚才书记说了要将优势讲全，将问题讲透，将困难摆尽，我想啊，这就是写论文，你想提出问题，就要将问题一一摆出来，一一讲解，一一剖析，要有论点、论据，不要这里在讲问题，那里又扯到我们消防队的优势上去了，观点不明确，模棱两可。今天的会议很重要，关系到整个消防事业发展，关系到人民群众的福祉和利益。今天发言不规定时间，也可以互相辩论。之前，我和支队长、参谋长进行过多次商量，也进行了一些交锋和畅想，今天把这个题目交给在座的各位，大家要各抒己见，畅所欲言，无论开到什么时间，今天的会议都要有一个结果。”

秦晋江接过话说：“王参谋长这篇论文不仅是我们全体楚洲消防人的光荣和骄傲，也是我们消防支队自组建以来的第一篇获得一等奖的论文，更是我们消防人顺应社会进步和时代发展而萌发的新思想、新理念、新方向，也更是各级党委、政府和群众的新需求。首先让我们以热烈的掌声欢迎参谋长王纪元同志介绍获奖论文。”

王纪元在雷鸣般的掌声中起立走到事先准备的黑板前一个转身，一个靠腿给大家行了一个举手礼。依他的意思给大家行个举手礼示意大家掌声停下，没曾想到当他举起右手行礼时会场反而又掀起了一浪高过一浪的掌声。他也不去理会，任掌声在耳边不停地响，自顾自地一个向后转直接在黑板上龙飞凤舞地写下消防部队的职能：灭火救灾—防火监督—抢险救援。又用线条将抢险救援框了起来。这才开始了他的讲话。

站在黑板前的王纪元用他洪亮的嗓门带有浓厚方言的普通话说：“大家看黑板，当前我们消防部队担负的任务主要就是灭火救灾和防火监督两大块业务，这是中国消防几十年几百年形成的，多少年来都没有变化。我想穷则思变，落后要思变，各行各业都要思变。”讲到这里，他瞪起那双大眼睛严肃地注视着大家说：“我不得不在这里大声地问大家，是不是握钢枪的要比我们抱水枪的牛气？是不是抓罪犯的要比我们救人的神气？是不是啊！”现场有些骚动，有的人交头接耳，王纪元这一席话在每个与会者心里激起了不小的涟漪，引起了不小的共鸣。王纪元接着就很直白地说：“我也时常看到大家总是用一双羡慕的眼光注视着那些握钢枪的和抓人犯的，总在埋怨抱水枪打火没出息、没地位、没前途，但是，我不这样认为。”大家就静静地注视着他，王纪元的几句话吊起了大家的胃口。接着他说：“要解决前途命运，我们首先要想到人民群众，只有我们想到了人民群众，才能同人民群众同呼吸共命运，才有出息、才有地位、才有前途、才有作为。有为才有位，有位更有为！当前，随着我国改革开放不断深入，各种灾难性事故不断增多，谁来管？谁来抢险救援？我想，当今我们消防部队就要与时俱进，积极主动地承担起全社会的抢险救援职能，拓展我们消防人第三大块业务——抢险救援。”说到这里，王纪元就用抓在手上的粉笔在黑板上抢险救援四个字旁画了一个大钩。

接着他就从重要性、时代性、必要性、可行性进行了阐述。然后话锋一转：“论文已经以支队简报的形式发到了全部队，想必大家应该都看过了。”讲到这里王纪元稍一停顿，心想自己讲还不如问，就拿起桌上的论文举着摇了摇说：“看过我这篇论文的请举手!”现场顿时呼啦啦的都举起了手。黄宏义反应慢了半拍，索性将手举得老高。王纪元一声请放下，就直接点了五中队指导员黄宏义的名：“请你说说我这篇论文的大致内容?”

黄宏义站起来回答“是”后接着说：“参谋长这篇《浅析消防部队参加社会抢险救援必要性》的论文，我看主要包括四个部分。第一部分是分析了我国改革开放后经济社会的发展所带来的新工艺、新材料、新产品及新的火灾危险性增长、新的突发事故增多这一客观事实。第二部分是分析了当前社会抢险救援的现状，至今没有一个部门来承担社会抢险救援的职能，人命关天的大事有人管而无人抢险救援。同时指出，当前社会抢险救援工作各级党委、政府、人民群众有这个需求。第三部分是充分分析了消防部队的优势，其中包括 24 小时执行备战优势、人员优势、时间优势、机动优势、装备优势，以及人民子弟兵爱人民的优势。第四部分得出一个结论，消防部队参加社会抢险救援是最必要的，是可行的。报告，回答完毕。”

随着黄宏义的回答完毕，支队党委委员、副支队长言国太嘴上一边叫好，一边带头鼓掌，会场顿时响起了热烈的掌声。

坐在黄宏义旁边的二中队队长高大伟小声地骂着说：“你家伙，昨晚上肯定是军用品送到了床头，饿狼捕食，我还担心你没有看呢!”

黄宏义说：“参谋长是我们中队干部的参谋长，参谋长的一等奖大作我哪敢不拜读，昨晚上我还真的整了一晚上。”

黄宏义的话还没说完，高大伟抢着他的话说：“谁说参谋长就是中队干部的参谋长，参谋长是部队首长，是我们大家的参谋长。”

王纪元也许是由于前面黄宏义回答问题表现突出，内心高兴，也没有立马制止他俩的小话儿，而是在黑板上又画了一张有可能承担起社会抢险救援的单位和部门比较表。转过身来，见他俩没完没了，于是就提高嗓音说：“刚才黄宏义同志将我的这篇论文做了四个方面的归纳，归纳得很好。我看他举手比其他人慢了半拍，心想黄宏义同志工作一向很认真，脑袋也灵活，支队召开这么重要的党委扩大会，之前就发了通知，提了要求，我想他不可能不看，因此，我决定考考他，看来我没看错人。”王纪元也不失时机地利用这个机会表扬了黄宏义，还说没看错人，让黄宏义确实打心眼里高兴了一番。

王纪元这个时候表扬黄宏义其实也有另一方面的想法，万一等会儿出现意见分歧每个人需要选边站的话，无疑黄宏义这一票就牢牢地控制在自己手上了。王纪元接着不无幽默地说："言归正传、言归正传，我本来打算在这个扩大会上原文宣读一下我的这篇论文，看来，这就免了，一个举手最慢的都回答得很完整，归纳得很好，我想，如果点到那个举手最快的，他不回答出八部分、十部分，那我这个一等奖就要放着鞭炮送给他了。哈！哈！哈！"王纪元说言归正传而没有言归正传，反而为大家幽默了一把，打了几个哈哈，使原本很严肃的党委扩大会，变得轻松了。

王纪元接着说："请大家再看黑板，我这里列了一张表，对这些有可能承担抢险救援的单位和部门做了一个比较，是不是我们消防要有优势一些啊？"见大家只交头接耳，没有谁站起来回答问题，就接着说："有为才有位，有位更有为，这是我这篇论文的主题思想。我国改革开放近二十年，时下各条战线，特别是各级各部门职能单位，想事谋事、想干成事、想干大事，主流相当好，积极向上。怕就怕不想事、不干事。同时，我们也要清醒地看到，当前的形势就好像河面上的冰面，下面依然是激流。我们作为人民子弟兵的消防人来自于人民，服务于人民，要自始至终牢记全心全意为人民服务的宗旨，以最大的热情和勇气满足最广大人民群众的切身利益，要有所为、有所不为。也就是人民群众期望的、党和政府支持的我们要有所为，大胆地为。反之，人民群众厌恶的、反对的、党和政府不支持的我们要坚决不为。"接着举例说："我们不妨试想，如果是我们在座的亲朋好友发生了交通事故，我们会有何感想？是靠个人的力量去帮忙，还是靠组织的力量去帮助，还是靠一个常态化成建制的现役部队去抢险救援？我想大家都应该会选择后者。就拿上次黄老二白关交通事故说吧！"讲到这里王纪元好像突然想起了什么事，停了停说："对了，李副参谋长，我要你到医院看黄老二，你去了吗！人怎么样了？"

李为民起立回答说："报告参谋长，人已经脱离生命危险了，医生说还有一周时间可以出院，黄老二还说出院后来支队感谢救命恩人呢！"

王纪元应了一声"好"后接着说："面对残酷的交通事故，交警也没有三头六臂，想帮忙但是爱莫能助，心有余而力不足，一切缺乏抢险救援装备的努力都是徒劳的。白淑玉抱着试试看的心理找我们消防队请求帮忙，才救了黄老二一命。我们不妨再试想一下，如果我们这个国家、这个社会有一个职能部门专门负责社会的抢险救援，一个电话就有一支成建制的抢险救援队伍出现在事故现场，那该多好，那将多抢救出多少条生命？也就是我这篇论文中提到的一旦发生突发事故，被困的人内心就有几个希望。希望有人从这里经过，可以求助，希望有人帮助报警，希望有人抢险救援，希望救援队伍迅速赶到，希望在最短的时间被救出脱离险境，希望立即得到治疗。”王纪元说完就问大家是不是这个心理，与会者又一次交头接耳起来。

王纪元接着就启发大家说：“这里我讲了交通事故，我们大家不妨再想想其他的灾难性事故，自然灾害事故还有人为责任事故。我想在座的也许会问我这么一个问题，什么问题啊？谁能回答？”王纪元停了停，用他那双炯炯有神的大眼睛扫视了一圈自我回答说：“这个问题就是我们消防队选择了参加社会抢险救援，应该包括哪些内容？按我给出的概念，就是除火灾之外所有有人员被困的事故，我们消防都要担当起来。讲具体些，我想社会抢险救援无非包括重大交通事故、建筑物坍塌、危险物品的泄漏、地质灾害、井下救人、爆炸及人员被困、医疗救护、抗洪抢险、抗旱送水等内容吧！”讲到这里，王纪元稍稍停顿，还是用眼睛环视了整个会场，几乎所有的人都在认真地听，认真地做笔记。这是王纪元讲话的一贯习惯，这恐怕是他在兼任支队共青团工作时从《演讲与口才》中学到的。

“同志们！我认为无论是讲大道理也好，说小道理也罢，我还是那句话，有为才有位，有位更有为。我们要带着对广大人民群众无限的挚爱、无限的真情，在各类灾害事故多发的今天，我们消防人要用一个‘爱’字，要用一个‘情’字，要用一个‘忠’字将心比心，换位思考，想群众所想，急群众所急，为党分忧，为群众解难，铸消防辉煌。”讲到这里，会场响起了热烈的掌声。

王纪元待掌声停下，不无憧憬地说：“我们楚洲消防人要抢抓机遇，先行一步，主动承担起社会抢险救援任务，积极拓展消防职能是非常必要的，这个时候研究并能赋予实施是非常及时的。说句心里话，我这篇获得一等奖的论文，从一个侧面是我国高层消防给我们传递的一条重要信息，从另一个侧面反映出消防发展的一种趋势、一种必然。我之前在不同场合说过，我这篇获奖的论文，得到了较高层面的肯定，不是理论有多么深奥，文采有多么优美，而是一种理念、一种创新，是上层传递给我们的一条重要信息，是一束阳光透过云层，即将喷薄而出的前奏。我恳请大家支持我的这个想法，让我们共同谱写消防人新的时代篇章！到那时，我们如果能受到党和国家领导人接见和肯定，将是我们消防人的无上光荣。”

没想到王纪元的讲话，还真动起了个人感情，仿佛消防部队参加社会抢险救援、拓展消防职能，是他个人的事，是他家里的事。

王纪元的讲话一结束，秦晋江并没有说要大家发言，而是用眼睛看了看党委其他成员。按照支队党委会议惯例，书记往往既是第一个讲话也是最后一个讲话。副书记也从不先入为主，一般是等全体委员发言后，在书记前面讲话，还往往加一句最后以书记讲话为准。

根据正常排序，言国太接着发言："同志们，王参谋长这篇论文自获得一等奖后，我一直没有睡好觉，整夜整夜失眠，浮想联翩。大家不要误会了，我不是嫉妒，而是激动，我仿佛感觉到消防一场史无前例的创新将同我国改革开放的洪流一样波涛滚滚、勇往直前，将汇入这波澜壮阔的改革潮流奔向大海、奔向世界。我这一段时间以来，每天在憧憬、在假设、在寻思。想到我们参加抢险救援时将遇到的困难和难题，而这些困难和难题又被我们一一破解，一张张笑脸向我们迎来，一个个家庭在我们的努力下破镜又能重圆，一个个在死亡线上苦苦挣扎而自己又完全力不从心的被困者被我们救出，我们又将是何等欣慰和满足。我们的这一举动、这一创新，这一主动担当、敢为天下先的精神又好比井冈山的火种，星星之火，可以燎原，烧向全国。我们消防人的事迹在《人民日报》、中央电视台报道和播出，受到党和国家领导人的接见，我们又是多么自豪和光荣。"

言国太的话音刚落，坐在一旁的后勤处处长姚志强插话说："你一个军事干部，为何在这里背起散文来了咯，文绉绉的。你臭美吧，八字没一撇，有了一撇还得要有一捺，还党和国家领导人接见，我认为至少对广大人民群众是一件实实在在的好事，是一件实实在在的大事。"

言国太说："我讲话你莫插嘴咯，一点礼貌都不懂。王参谋长我们曾经在一个中队工作，我是中队长，他是指导员，时不时会冒出一些新观念、新思维、新想法；时不时给我们一些惊喜，甚至有时候在一些很棘手的问题上，突然他的观点会让我们眼前一亮，有柳暗花明又一村的感觉。我们经常在一起谈论消防的一些事，我那时就发现，参谋长思维大胆，有前瞻性。你看，这一不留神，就这么悄悄地为支队拿回来一个一等奖，尽管这个奖是他个人的，我想也是全国消防人的，也是全国人民群众的。我为之感到光荣。"然后解释说："更重要的，在这个一等奖的背后，将是我前面说的消防将进入史无前例的发展机遇，是各级党委、政府为广大人民群众排忧解难的重要举措。"

言国太接着就态度鲜明地讲了自己的意见："一是我完全赞成王参谋长在

论文里所阐述的观点和立场。基于一个总的想法，就是有人救比无人救要好，有单位抢险比没有单位抢险要好，有单位管比大家踢皮球强。二是我们有崇高的宗旨意识、条令意识，电铃一响白天40秒，晚上1分钟。我了解过，任何单位都没有这么严格的出动规定，只有我们消防能够做到快速反应、迅速出动，以最短的时间、最快的速度赶赴事故救援现场，有很强的机动性。三是情况熟，无论是道路水源还是单位建筑，我们都熟悉。我们这么多年的灭火作战预案的制订，形成了较好的基础。四是我们有车辆装备，有一些基本的破拆器材和救援装备优势。因此，我认为不但要搞，而且要抓紧时间、抓住机遇主动承担，尽快形成经验。”言国太是除王纪元之外第一个发言的支队党委委员，他态度鲜明，既分析了消防队参加抢险救援的优势，又提出了有人抢险和有单位抢险要好、要强的观点。会场响起了热烈的掌声。

王纪元听到这热烈的掌声内心好不欢喜，想必这段时间的沟通还是很有效果的。言国太今天在这发挥得淋漓尽致，几番渲染，就自信地估计这个会议不会开很长时间，之后的发言有可能就一边倒，很快就会形成决定。

然而，同所有的重大决定一样，都不会是那么顺利的，总会有一些不同的意见产生，或者叫不同的声音。轮到同样是支队党委委员、副支队长喻克伟发言了，他轻轻地咳了咳，清了清嗓子说：“不负责任的赞扬谁都会讲，王参谋长听了也高兴，不想后果的白痴只懂得承诺。”他一句话既批评了言国太又批评了王纪元，还说出了王纪元当时的心态。

明明是批评他俩，蠢人都听得出，喻克伟还不认账，他接着说：“我这不是说王参谋长，也不是说言副支队长。言副支队长说的是有比没有好的观念。我这里是讲蚂蚁穿不了大头鞋的观念。我们试想一下，我们消防只是大千世界中的沧海一粟、一棵小草。我们消防算什么啊！按社会上的人说，消防就是一个打火兵，是一个玩水枪的。按我们现行的组织构架来说，消防是武警的一个序列，是公安机关的一个业务部门。我看咱们不要把自己看得太高了，看得太了不起了，更不要以为这几年抢了几次险、救了几次难、救出几个人，我们消防就无所不能，是万能的了，不要被一点点成绩冲昏头脑。”又一次批评王纪元和言国太在成绩面前冲昏了头脑。

王纪元愠而不怒，言国太可是气得满脸通红。

喻克伟接着说：“我提几点意见：一是从当前的政治社会地位来看，我们消防要承担、承诺社会抢险救援职能还不成熟，责任重大难以担当，要谨慎不能头脑发热，好心办坏事担当不起，到时没人为我们说话。二是从部队人员编制来看，警力不足已经制约了我们正常的执勤备战和日常工作，职责重大但难履其职。我们不妨想想，我们中队干部没有休息过礼拜天，我们的战士有的五六年都没休过探亲假，我们有几位官兵已经几次推迟了婚礼。更值得提醒大家的是，二中队赵阳中队长三次推迟本已定好的婚礼，而如今他永远不能和他的新娘牵手走进婚礼殿堂，在乒乓球厂火灾中光荣牺牲了。还有我们三中队志愿兵陆亮的老婆在农村，儿子出生已经快两岁了，只见过一面，去年感冒发烧，没有得到及时治疗而夭折了。”说到这里喻克伟声音哽咽，兴许触动了他内心深处爱的神经，满眼泪水滚动。一激动、一动情，眼睛一眨两行豆大的泪珠像珠链子一般滚落下来。顿时多位参会者也跟着抽泣起来，会场陷入一片悲伤之中，气氛显得特别沉重。特别是那些中队干部和那些曾经和赵阳一起共过事的战友更是呜呜大哭，仿佛只有哭声才能更好地缅怀已故的战友。

秦晋江见此情景就宣布休息十五分钟。

五

说起乒乓球厂那场大火不得不勾起了大家痛苦的回忆，想起了在那场大火中壮烈牺牲的三位战友，也难怪战友们号啕大哭。

当下的南方，太阳一早就挂在了天空，没有风，没有云彩，经一上午的连续加温，整个大地被烤得炽热，城市的水泥路面上腾起一层层热浪，好似一丛丛火炬升腾着、跳跃着，又如一条条毒蛇长长的信子，不断地探寻着猎物。

时任消防股参谋的王纪元同往常一样，一大早就到了办公室，打扫完办公室的卫生，还把股长的茶杯用牙膏洗得净白，倒上茶水。这一天还没等到股长来办公室，就自个儿按照市夏季防火工作通知精神，踩着单车下单位搞防火监督检查去了。中午是在毛巾厂吃的饭，交给食堂四两粮票和五角钱。饭后不久，闻见消防车急促的警笛声向毛巾厂方向而来，王纪元便和单位消防责任人、消防专干中断了检查情况交流，奔向街头，走出大门就见左前方两公里的市乒乓球厂上空腾起一片浓烟，浓烟不断地翻滚，不时有一团红光夹杂在浓烟中，露出不可一世的鬼脸。紧接着消防车警笛声响彻整个南区，消防车载着官兵从四面八方向市乒乓球厂驶去。

乒乓球厂是甲类火灾危险性生产单位，无论是生产原材料，还是半成品、成品都是易燃易爆物品，属于火灾危险性大、发生火灾后伤亡大、损失大、影响大的单位，是市消防支队列管的一级消防重点单位。在火灾前，王纪元作为优秀业务骨干被抽调到防火科，在参加消防隐患大检查、大排查时也到过乒乓球厂。该厂厂房简陋，生产设备陈旧，消防隐患相当严重。时任防火科的全科长板着一副脸用很专业的消防行话同乒乓球厂消防责任人说："乒乓球的生产无论是原材料，还是产品，都是着火点低、自燃点低的易燃易爆物品，还可能形成灰尘燃烧和灰尘爆炸，燃烧速度快，容易形成扩散性爆燃，容易造成重大人员伤亡。按照消防相关规范，乒乓球厂不具备生产条件，应立即停产整改，确保国家和人民群众生命财产安全。回后，我们将以市公安消防支队和市防火安全委员会的名义给你单位下文。"事后得知，市消防支队起草的《关于市乒乓球厂存在重大火灾隐患整改的通知》在相关人员的干预下，被尘封在防火科档案室内，这也成了最后追究相关责任人的重要证据。

市乒乓球厂大门前人车混杂，熙熙攘攘，围观者翘首眺望，几名门卫将金属栅栏平开门关得严严实实，把守大门，无关人员不准进入。天空中飘起丝状的燃烧物，不时传来一声声爆燃声，几辆解放牌消防车，在大门口一字形排开，消防员用80mm水带双干线将一辆辆消防车像串冰糖葫芦一样的串联起来，两根供水带只能沿着铁栅栏门上的一个小门向厂内延伸。

火灾现场浓烟翻涌，浓烟中包裹着火球，火球中夹杂着浓烟，丝状的黑色燃烧物在热气浪的作用下，在天空中乱舞，让人透不过气，睁不开眼，噼里啪啦，每个人神情紧张。几位领导模样的人不时聚首，不时散开。现场三辆消防车分居三个方位，各自占据有利地形和消防水源，各出两支19mm口径的水枪，军民协同，抱水枪、扛水带向大火喷水。消防支队领导都到了现场，不断在紧急磋商，不断调集力量，调整战术。易支队长说："在这起火灾中，我们既要贯彻救人第一，又要坚持灭火并重的作战指导思想。"

廖副支队长说："是的，不灭火，困在里面的工人救不出，人命关天，所以要一边灭火一边救人，一边救人一边灭火。"

陈政委操着一口浓重的北方话说："我看，我们可否把思路放开一点，能不能从西面开辟一条人员疏散通道，将被困人员救出。"

就在这时王纪元到达现场，易支队长指着他临时抓丁说："小王，这里你熟悉，你和全科长绕到车间西侧侦察火情，看可不可以开辟新的疏散通道，务必将车间内被困的二十多人救出。"王纪元回答一声"是"后，转身领着全科长走了。

警训科刘科长召集科里人员说："我就在这里负责南面火灾扑救，李为民你带领阳厚德中队长负责东面，言副科长你负责北面，指挥部就设在这里，有什么情况到这里报告，我们要贯彻救人第一总原则；战术上要贯彻上下合击，穿插分割，打快攻，打近战，打内攻。"

言国太说："要三中队全部负责供水，要保证火场供水不间断。"

刘科长说："行，就这样定，大家分散行动。"

火灾现场的西侧，王纪元和全科长正在组织工人师傅们和战士撞围墙，打墙洞。王纪元没等围墙被撞倒就急不可耐地向全科长报告说："我带领赵阳四人翻围墙过去，想办法接近被困工人休息室，择机想办法救人。"

全科长应了一声说："你们快去。"王纪元和赵阳齐声回答"是"后，就在腰上系上消防腰带，插上消防腰斧和安全绳，手拿消防铁铤和消防斧头，翻过围墙就向火灾纵深处跑去，好不容易到达了休息室。

休息室有一个约五十米的过道，与其说是过道，倒不如说是一个简易仓库，过道上堆满了大量原材料和一些废旧物品，过道上方还堆放了麻袋、纤维袋什么的一些东西。半透明的玻璃钢瓦下吊着几盏白炽灯在摇摇晃晃。

非常明显，现在是靠一垛实体墙隔着，可是一旦火势蔓延，工人们随时都有大祸临头的危险。休息室内二十多名工人被围困在里面，大家用喝水的口杯从休息室唯一的一个小水龙头接水再泼到通向车间的唯一一扇木门，门缝已经用布条、拖把堵得严严实实，生怕火苗和毒烟蹿进。大家清楚，如果这扇门一开，顷刻间，他们都会死亡。同样，如果不及时逃离，一旦大火烧过房顶，房屋坍塌，他们一样要死。就在这时，从休息室唯一的窗户中，几名工人师傅看到身穿消防服的同志，高兴地说："消防队来了。我们有救了！"

旁边的一名工人师傅说："怎么救，这个铁窗焊得这么牢固，打得开不？打得开就有救。"

另一名工人师傅说："我们几个大男人刚才把吃奶的力气都用出来了，都没能够撬开一点。哪个害人精，把一个休息室的窗户焊得这么结实。"王纪元看了这个过道和赵阳说："这里太危险不能久留，我们尽量抓紧时间用消防斧头破拆，然后用铁铤将钢筋撬开，只要人能够爬出来就行，要快！"说完，王纪元补充一句说："否则，一旦火势蔓延到这里，过道立马会坍塌，我们也会死在这里。"

赵阳命令两名战士分别手持消防斧头破拆工人师傅们的休息室。这扇窗高约两米，分上下两隔，上面窄下面大；宽约 1.6 米，同样分左右两隔，小的一侧安了一扇平开窗，大的一侧安了两扇平开窗，整个窗户用18 公分的圆钢穿过中间的横梁上下安装，竖向圆钢上又用扁钢横向焊得牢不可破。两名战士在赵阳的指挥下，仔细地察看了窗户的结构，尝试着用消防斧头砸了砸，又用消防铁铤撬了撬，最后决定采取强破办法，先将横向焊接的扁钢破拆断。两名战士抡起斧头哐当哐当砍得火花四溅，汗流浃背。见此情景，赵阳从战士手中接过消防斧头砍了起来，砍了几下大喊："王参谋，你来看看，我看这样不行。"

在一旁观察火灾燃烧动态的王纪元立马折回到窗户下，仔细看了看，然后从他们手中拿过消防斧，抡起胳膊照着固定窗户两侧的墙体砸了下去。一会儿用消防斧一头的镐，一会儿就用斧，一镐一镐砸下去，一斧一斧砍下去，用红砖砌成的墙体被一块块敲开，露出了埋藏在墙体里面的木方，砸完左边又砸右边。王纪元砸得满头大汗，又指挥赵阳和战士搬来了一张桌子，又一起和他们将支撑固定窗户的上中两个支点砖墙砸烂。随着上中下三个木栓的露出，王纪元就从身上取下安全绳，牢牢地在窗子上横栏上系紧，然后，几个人用力一拉，整个一面窗户就这样被活生生地强拆了下来。也就在此时，毫无情面的大火像魔鬼一样烧到了过道上的屋顶，发出吱吱呼呼的声音，大火烤得这些消防官兵们脸上流出的仿佛不是汗水，而是淌着油。说时迟那时快，王纪元和赵阳嘴里不停地喊："快！快！撤！撤！"

王纪元又提高嗓门对大家说："前面的一垛墙我们打了一个洞，那里有人接应，得从洞中爬过去，快，大家注意安全。"

大火在过道屋顶上肆无忌惮地燃烧，火花不断地向下掉落，掉到哪，哪就成了一团火苗，夹杂着燃烧产生的烟雾，让人透不过气来。王纪元一边疏散人员一边和赵阳说："抓紧时间叫没出来的工人师傅快出来，不要拿东西了。"就在这时，突然一名年长的工人两脚一软，口吐白沫，瘫倒在王纪元面前站不起来了。见此情景，王纪元向赵阳大喊一声："你们抓紧时间出来啊！我抱这位工人师傅出去了。"说着徒手抱起这位工人师傅就向外撤。

赵阳和两名战士再次进入休息室将最后一名瘫坐在地上的工人师傅抱起时，整个过道连同主体厂房发生大面积坍塌。刚刚抱出工人师傅的王纪元就在听到一声巨响的那一刹那，猛然转过头，惊魂未定，撕心裂肺地喊道："赵阳！赵阳！"两行热泪顿时从眼中夺眶而出。

这场火灾造成三名消防官兵壮烈牺牲，一名工人因公殉职，直接经济损失五十万元，属特大火灾事故。留在王纪元左脚上的伤疤至今还触目惊心，不时也会想起这起火灾中失去的三位战友，不时也会掉下怀念战友的泪水。

这时喻克伟将这起火灾和赵阳抬出，既是说给大家听的，更是说给王纪元听的。

六

会议室的走道上升起一阵阵、一团团烟雾。

哭红了眼的战友，迫不及待地从口袋中掏出香烟用力猛吸，似乎唯独这具有魔力的香烟，才能平息此时激动的心情。刺鼻的烟雾飘在走道里，升在空中似烟似雾似云，充满着梦幻，让人迷茫。三三两两，三五成群，四五成团，彼此还在延续着会议话题，有的在为赵阳的牺牲而惋惜、悲伤、遗憾；有的为今天的会议在憧憬、在想象、在飞翔；有的在唉声叹气、在感叹、在发牢骚。

在支队党委会议室外的一袋形走道内，几名中队干部争得面红脖子粗。刘一民说："从长远观点来看，消防应该与国际接轨，早参加社会抢险救援好，这样谁家哪户有个天灾人祸也好有个地方报警求助。我认为我们消防早晚是要参加社会抢险救援的，王参谋长的观点我完全同意。"

三中队队长黄铁强说："我们消防如果承诺参加社会抢险救援，累就累到我们几个中队官兵，苦也是苦了我们几个中队官兵。现在城区大队不管中队，就算管中队又怎么样，送死卖命的事还不是我们中队去抢险、去救援；什么作为不作为，我看王参谋长也是好了伤疤忘了痛，他自己那条命算命大，那个工人正好瘫倒在他身边，没办法，只好自己抱起救人了。没想到坏事成了好事，救了他一命。依他的性格，他要打扫好战场，再喊上几句才会离开的。"

刘一民说："你家伙，你怕有点宝气，我们已经累过了、苦过了，而且已经实际上部分担负起了社会抢险救援的职能，只是现在名不正言不顺，在做无名英雄。"

黄宏义接过刘一民的话说："是的，这几年哪一起重大灾害事故不是我们消防冲在最前方抢险救援。化工厂的氯气泄漏，氮肥厂的氨气泄漏，玻璃厂的厂房倒塌、玻璃水外溢，我们都是拼了命在救援、在抢险。"

黄铁强辩驳着说："参谋长表扬了你，你就分不清东西南北了，你说得轻巧，一旦承诺，一旦宣传，就成了法定职责。以后每一起突发事故，一个119我们都得去。现在，我们可以去，也可以不去，还可以讲条件，可以慢一点去。"可见消防官兵法制观念还是挺强的，黄铁强将支队党委内部的决定也当成了法定职责。

黄宏义客观地说："你什么时候就讲了条件？你什么时候就慢了咯？每次不是电铃一响，呼啦啦就出发了。至少我们几次抢险救援还在电视上露了脸，还和市委书记握了手。"

高大伟说："铁哥说你分不清东西南北了，你也真是。握了书记的手又怎么了？能当饭吃？能当钱花？市委书记之所以要握我们的手，那是我们抢险救援干得出色，关键时刻为党委、为书记他们分了忧、解了难。你天天帮我干活我天天来握你一次手，好不好？"

黄宏义说："你那个猪手，谁稀罕握？"

高大伟说："有的领导只知道哄人，几次接电话说市领导要来我们中队视察慰问，我好高兴。可至今，只看到他们在电视里面这里慰问，那里握手接见。我还真想握握书记那温暖如春的手。"

黄宏义说："来了是不，书记握我们的手无疑是对我们工作的肯定和支持，是对我们的鼓励。书记不是谁的手都去握，也不是谁都可以握书记手的。握手也是一个大学问呢！"

高大伟问："有什么学问？"

黄宏义说："比如说谁先伸手谁后伸手，迎握，慢一拍握，握得松还是握得紧都有学问。比如说，和女性握手，得等女性先伸手，你不能冒里冒失。"

高大伟说："我们消防真的太差劲了，我至今还没有握过书记的手。难怪找对象只能找农村姑娘，没有工作，哪个城里姑娘愿意握我们的手？听到消防队打火的就转屁股走人。如今，如果真的承诺参加社会抢险救援，那我真的要打一辈子光棍了。"

刘一民说："你这个家伙，谈恋爱都谈了一个排，左挑右选。我警告你，要当心箩筐里挑花越挑眼越花，你不能损了我们消防人的形象。再说，结婚是要过日子的，光漂亮当不得饭吃。"转而又回到主题上说："我看我们消防真的到了破釜沉舟、背水一战、孤注一掷的地步了，与其这样名不正、言不顺地参加抢险救援，还不如站起来，大喊一声，看我的，跟我上，大干一场，大胆地喊出消防最强音，维护人民群众生命财产安全。"

随着盘问园一声哨音，参加会议的全体人员又回到了会议室。会议继续开始，喻克伟接着说："不好意思，刚才有些情绪化了。我要讲的第三个问题是，消防是一项技术活，社会抢险救援同样是技术活，单单有匹夫之勇、满腔热情还不成，必须要有技术装备、技术手段、科技知识作支撑。从现在的消防体制来看，是铁打的营房，流水的兵，刚刚掌握了一身的技术，转业的转业、退伍的退伍。培训成本高不说，我看就是拿国家和人民生命财产当儿戏，不负责任。当前，尽管每年改选了几个志愿兵，但真的全部承担起全社会的抢险救援，那真叫捉襟见肘，技术力量完全不够。我们过去选拔的志愿兵，主要是从火灾扑救、大型消防技术装备操作这个层面考虑的，还有一部分是后勤保障人员。还有就我们现在贯彻的以防为主、防消结合的消防工作方针，如果我们承担社会抢险救援职能，我们贯彻什么样的方针，是险防结合，怎么个结合法？大千世界，各行各业，形形色色。从现在我国行政架构看是条块分割，各行其是，各吹各的号，各唱各的调；交通安全、生产安全、矿山安全、电力安全、水上安全、建筑安全等，怎么结合？如何防范？我说这话的意思，就是牵一发而动全身，没有之前的经验可以借鉴。工作量相当大，不是我们消防一家可以承担的，蚂蚁是穿不了大头鞋的，也是穿不起大头鞋的。我先讲这些。"

喻克伟煽情的讲话在整个会场引起了轩然大波，不得不让王纪元揣测他讲这些话的用意，不得不担心接下来的发言会不会一边倒，一边倒又是倒向哪边？应该如何应对。特别是喻克伟"我先讲这些"这最后一句话留有余地，时刻还准备同人家理论和反驳。

王纪元心想不能让一边倒倒向喻克伟一边，更不能让其形成气候，必须在接下来的下一个发言前力挽狂澜。一时还没想到合时宜的话语，还在努力思索时，政治处主任陈晓华讲话了："王参谋长的论文获得了大奖是好事，是喜事。今天要我们大家做选择题，对于我来讲有一点措手不及，大家知道，我这人从来不怎么关心战训。从前面的发言来看，我反复权衡利弊，思考了一下，讲几层意思。一是王参谋长提出这个课题，从全社会来讲，从我国国情来讲，应该是一件大好事，毕竟人命关天，人的生命只有一次，一旦人民的生命财产受到危害、受到威胁，有消防官兵出现在他们面前，将被困的群众从瓦砾下、水火中救出，这真叫救人一命胜造七级浮屠，功德无量。二是这个社会抢险救援啊，搞得好就好，搞不好可能是我们消防沉重的包袱。这不仅是一份职责，更是一份沉甸甸的责任。你们说啊，有为才有位，有位更有为，那只代表像我们消防这样的一小部分人。其实啊！现如今，更多的是多一事不如少一事，少一事倒不如不做事，每天喝杯茶，看看报纸，工资照拿，福利照发。我想我们操这份闲心干什么？为什么要操这份闲心？三是不搞拉倒，要搞我们就要认真研究，成立专门的协调机构，更重要的要争取地方党委、政府的支持。”陈晓华是管官的官，是管干部的官，他第一句话就是不关心战训，让在座的战训干部都倒吸一口凉气，言外之意你们搞也好不搞也好，承诺也罢不承诺也罢，反正我听之任之，整个话讲完了留给大家的只不过是模棱两可和更多的深思。

王纪元的担心在陈晓华这里多少露出了一些倾向。不知是有意还是无意，王纪元使劲地咳嗽了两声说：“喻副支队长的讲话有没有道理？有道理。陈主任的讲话有没有道理？有道理。都有道理，这就叫把问题摆全，把困难想全，丝毫不影响大家的思想。”讲完又猛咳嗽两声，这一咳分明是在暗示什么。

姚志强鼓起眼睛看了王纪元一眼说：“我是搞后勤工作的，我从后勤这个角度讲几点意见。一是资金问题。俗语说，兵马未动，粮草先行。大家知道，我市每年消防预算经费分两块，一块是国防军费开支，这主要是人头经费，一个萝卜一个坑，不能做其他用处。另一块是地方财政经费，主要包括营房建设、车辆装备、消防器材、个人防护装备、灭火药剂等，实际上大部分经费在地方财政，我们每年消防预算经费，只能满足我们日常消防经费开支的三分之一，剩下三分之二的不足部分，主要是靠化缘、靠赞助、罚没款返回，向财政打专题报告和年终追加。即使这样我们消防支队每年还有上百万元的亏欠。积累到今天，滚雪球似的已亏欠各类款项一千多万元，还不包括营房建设的几百万元欠款；上周三把大火，用去的泡沫和干粉等灭火剂价值就达三十余万元，还调用了企业专职消防队的消防车辆。因此，我认为要开展社会抢险救援承诺，首先需要有坚强的财政预算资金做保障。”

姚志强也许想借这个机会给自己表表功，让大家知道他也不容易，就接着说：“这几年，我为了尽量多争取一点财政经费，能多买一些消防器材装备，能为老百姓多做点事，可谓办法想尽，关系找尽，没少热脸贴冷屁股，坐冷板凳。”也许讲到这里勾起了他心酸的往事，就开始激动起来，接着就来了一句国骂，然后不无愤怒地说：“这个衙门真是门难进，脸难看，预算内经费还得月月打报告，月月要请吃请喝请钓，还要军牌，这还不够！”

王纪元听到这里怕姚志强讲出失格的话就猛咳几声，有意打断了他的发言。秦晋江见王纪元这么猛咳就知道是故意的，于是就以主持人的身份说：

“大家发言要符合客观实际，不要针对第三方，更不要伤害第三方，我们军人要讲纪律。”

姚志强这时候才知道王纪元猛咳嗽的原因，就停在那不往下说了，现场出现了一些尴尬和短暂的安静。秦晋江就以命令的口气说：“接着讲。”

姚志强鼓了鼓眼睛，有些不情愿地说：“二是装备问题。我们现在的装备主要是按照灭火的实际需要和消防车随车器材配备标准而购置的，这些器材装备相当一部分不能用于抢险救援。要承担抢险救援，请司令部拿出用于抢险救援的基本装备、基本器材、基本药剂的配置标准。我们照单抓药，这可不是口一张气一喷就可以的，有的器材装备国内恐怕一时还买不到。三是训练场地、训练设施问题。怎么办？这个我不多说，只是将问题提出来，供大家参考，以司令部的要求为准。表个态，我们后勤工作就是为司令部工作服务的，司令部又是为广大人民群众服务的，大家决定的事我坚决拥护。”姚志强的一番话既给自己表了功，又摆出了问题。说表个态，最后表了一个活态，不担任何责任，也没得罪王纪元、言国太。

朱敬慕见其他党委成员都说了，根据平常排位就轮到他发言了。在发言时心里做了一番比较，认为他这个发言应该很重要，前面一个反对的，两个模棱两可的。想想他的老乡黄老二，于是就坚定了发言应该怎么讲：“消防参加社会抢险救援现在提出来非常必要，是最好的时机。我国自1978年十一届三中全会开始，改革开放十六七年，国民经济持续发展，人民生活水平又如芝麻开花节节高。按照马斯洛需求层次理论，人类需求像阶梯一样从低级到高级分为五个层次的需求。我想人们的需求一旦解决了温饱问题，满足了生理需求，就会追求安全需求、情感需求。而安全需求属于基本需求范畴。我前几年同省总队到欧洲考察消防工作，我就发现欧洲的法国、德国、意大利等政府非常重视消防工作，将消防工作列为最大的社会工作。消防的职能范围很广，几乎涵盖了所有抢险救灾、救助、救援、救护，甚至居民家的猫爬到树上下不来了，也可以求助消防队。”讲到这里，他抬头看了看大家，发现大家对他讲的话还感兴趣，就接着说：“按照国外统计结果显示，各类灾害事故也是随着GDP的增长成正比例发生的，GDP是什么啊？就是工农业生产总值。试想一下，我们这么大一个国家，随着改革开放的深入，GDP不断攀升，各类灾害事故自然也越来越多，没有一支专业的抢险救援队伍是不行的。我们不考虑，各级党委、政府也要考虑。当前很多事故遇难者都是因为现在没有一支专业的抢险救援队伍实施专业的抢险救援，以致他们在痛苦挣扎中含恨死去。我们不妨再想想，在我国，就在我们这座城市的行政架构体系中，哪一个部门，哪一个单位最适合？王参谋长黑板上的列表告诉了我们，最能担当起社会抢险救援工作的，我看也只有我们消防。”也就表明了态度。

朱敬慕接着不无敬佩地说：“王参谋长是棋高一筹，我在欧洲考察时就有一个朦胧的想法，想通过对欧洲的消防考察，写一份考察报告，倡导消防要承担起抢险救援工作。没想到王参谋长没出国考察，就看到了这个问题，并且写出了一等奖水平的论文。我和王参谋长想法一样，消防参加社会抢险救援是迟早的事。我认为，我们支队要开历史先河，主动承担起社会抢险救援任务，为全省乃至全国作出一个样板，造福于广大的人民群众，让那些遇险、遇灾、遇难的人们能及时得到我们消防人的救援。”接着朱敬慕又拿他的老乡黄老二说事。

朱敬慕一口气滔滔不绝讲了这么多还只讲了第一点，国内国外案例都讲了，并且态度相当明确。王纪元听了自然心里特别高兴，就用一双欣赏的眼睛注视着他，显得对他特别尊重和对每一句话都特别赞成。朱敬慕见参谋长这样认真，同样心里也特别高兴，接着说：“我讲第二层意思，要充分发挥好国家法律法规赋予我们的消防职能，认真贯彻‘以防为主，防消结合’的消防工作方针，全方位加强安全防范体系，开展更大范围内的消防安全大检查，从源头抓起，堵塞每一处安全隐患漏洞。火灾重在预防，其他安全工作同样重在预防。对于可以预见的一些重大安全隐患，要重拳出击。”然后，就列举了煤矿、水上、泥石流、交通等现象，指出：“车辆超速、超载、超员、超高、超宽是重大交通事故的隐患之根源，是造成群死群伤的罪魁祸首。”接着又第二次表了态，指出晚承诺不如早承诺，早承诺不如现在就承诺，被动承诺不如主动承诺的态度。最后还用王纪元的话说：“我们要怀着对广大人民群众无限的关怀、无限的热爱，用消防人博大的胸怀奉献无私的爱。”朱敬慕的讲话借有出国考察的经验，介绍了国外的一些情况，既让大家开了眼界，又让大家长了知识，相比生硬的说教效果要好很多。

七

朱敬慕话音刚落，秦晋江的电话响起来了，他示意大家暂停，接通电话说：“喂！罗局长啊！什么指示？噢！噢！帮忙？局长指示就行，我们该做的。有几个人被困？哦，两人，多长时间了？哦！公安到了现场？把具体地址告诉我，哦！知道了，我们立马到。”挂了罗局长的电话面向王纪元说：“参谋长，说曹操曹操就到，河西一口废弃的水井，俩民工帮罗局长的朋友掏井，现被困在井底了，不能动弹，也喊不应，你立马安排一下。”

王纪元回答一声“是”，紧接着用对讲机直接调度消防五中队中队长李长征赶赴现场救援：“051，051，007 呼叫。”

李长征应答说：“051 听到，请指示。”

王纪元说：“河西莲花工区 36 号有两名掏井工被困在井底下，我命令你带一个班，一台装备排烟机的消防车赶赴现场救援，从一大桥沿河堤往北走，按响警报，那里有人接。”

李长征：“051 明白，051 明白。”

王纪元继续说：“这井下救援比较简单，大都是缺氧窒息或甲烷中毒，到现场后，直接用抽排烟机对井下鼓风置换空气就行。”

李长征：“051 明白！”

王纪元转身向秦晋江接着说：“支队长，你给罗局长打电话，要他的朋友和现场公安用电风扇对井下先吹风。”

秦晋江拨通了罗局长电话说：“局长你朋友那有电话吧，你告诉他们，用电风扇对井下吹风，这都是井下缺氧造成的。”

会议短时间的暂停，全体参会人员认真地注视着秦晋江和王纪元，整个会场除了秦支队长的声音就是王参谋长的声音了。王纪元继续用对讲机指挥李长征：“051，051！007 呼叫！”

李长征：“051 听到，请指示。”

王纪元：“现在到什么位置？”

李长征：“已经上了河堤，很快就到。”

王纪元：“好，前方河堤上有人接应。”

李长征：“明白，已经看到一个人站在河堤中间，挥动一条毛巾。”

王纪元：“好，在车上对战士们进行分工，做好准备，以最快的速度展开救援，随时报告情况。”

李长征：“是！”会场仿佛成了指挥中心，全体人员全神贯注地注视着王纪元，空气似乎凝固，只听得到每个人的呼吸声。

“报告参谋长，我已经通知了市立医院救护车赶赴现场。”罗贤阳报告说。

王纪元说：“很好，以后凡是火灾也好，抢险救援也好，只要有人员被困，我们就要通知就近医院，参加人员救护工作。”

罗贤阳：“是!”

王纪元的对讲机传来了河西李长征的呼叫：“007，007！051 呼叫!”

王纪元：“007 听到，请讲。”

李长征报告说：“情况恐怕比较复杂，我们对井下鼓风有一阵子了，对井下喊话没有回答。”

王纪元：“井有多深?”

李长征：“据目测，大约一盘水带深。”

王纪元：“多宽?”

李长征：“一米二左右，圆形。”

王纪元：“消防车能到达井边吗?”

李长征：“不能，离井大约有 30 米。”

王纪元：“沿着井壁可以下到井下吗!”

李长征：“可以。”

王纪元就果断地命令说：“我命令你安排一名志愿兵，佩戴好空气呼吸器，带上消防保险腰带，下井救人。”

李长征：“是!”

王纪元：“井上人员准备好安全绳，做好随时吊人上来的准备。”

李长征：“是!”

王纪元：“告诉下井的战士，下到井下要注意用手探探鼻翼，看呼吸状况怎么样，还要注意按按脉搏，看脉搏是否在跳动，懂吗?”

李长征：“是，明白。”

王纪元：“还有啊！昏迷不醒要掐人中穴，用劲按人中。”

李长征急忙地问：“人中穴在哪个位置?”

王纪元：“你这个家伙，人中穴在哪里都不知道了，指挥学校上课没教你?”

李长征连忙回答说：“刚才急昏了头，知道了，知道了，两鼻孔下方中间位置。”

王纪元：“对，还要注意实施心脏复苏挤压术，人到地面后要平放在通风处。”

李长征：“是!”

王纪元指挥完毕后请示支队长说：“支队长，你看，你还有什么指示，你说两句。”

秦晋江：“051，051！001 呼叫！”

李长征：“051 听到，请指示。”

秦晋江：“按参谋长的指示，积极抢救人命。”

李长征：“是！”

秦晋江：“要注意战士的自身安全，救护车一会就到。”

李长征回答说：“明白！是！”

秦晋江放下对讲机看了看在座的参会者，见大家全神贯注地注视着他，便对大家说：“同志们啊！抢险救援真是一桩技术活，就这么简单的一个井下救人，刚才参谋长指挥若定，给中队干部传递了很多救援、救护知识，大家都听到了，下次碰到这样的事，就不能再让参谋长这么辛苦了啊！”

吕梁华接过话说：“这不是还没开始吗？参谋长辛苦一些也是必然的，以后我们要开展培训，最好每个中队配两名医生，随车出警。”

王纪元对讲机又传来了呼叫声：“007，007！051 呼叫！”

王纪元：“007 听到，请讲。”

李长征说：“井下两名掏井民工已被救出地面，两人都已经死亡。”

王纪元迫切地问：“救护车到了吗？”

李长征：“没有。哦，听到救护车的警笛声了。”

王纪元继续迫切地说：“你们不要放弃，不要等，我命令你们立即采取人工呼吸，实施心脏复苏术。”

李长征坚定地回答说：“是！我们一直在抢救着，一刻也没停。可是，据初步了解，耽误时间太久了，看是否有奇迹出现。”

王纪元命令说：“你们要死马当活马医，我们尽了力，不留遗憾。”

李长征兴奋地报告说：“报告参谋长！报告参谋长！奇迹出现了，年纪轻的那个刚才咳嗽了一声，现在有鼻息了，应该有救了。”听到报告的全体与会人员，不由自主地齐身起立鼓起了掌。

王纪元关切地问：“还有一位呢？”

李长征回答说：“还在挤压心脏，还在抢救。”

王纪元急促地又问：“救护车到了吗？”然后就要求他们坚决不能放弃。

李长征：“到了，才到。”

王纪元应了一声说：“将情况告诉医务人员，无论死活都要送到医院去，要相关人员随救护车一起去。”

李长征："是!"

王纪元："你将基本情况了解清楚，写个材料报司令部。辛苦了，归队注意安全。"

李长征："是！谢谢参谋长。"

王纪元放下手中的对讲机，看了看支队长和政委，再看了看大家说："大家都看到了，大家也听到了，我们的消防官兵多么优秀啊，支队一声令下，义无反顾和两个快死的人打了几十分钟的交道，辛辛苦苦，最后还谢谢我，真是无怨无悔，无怨无悔啊！我们在座的各位要为我们支队有这样无怨无悔的官兵而自豪，而骄傲。我相信，在座的各位都能做到，可能会做得更好，因为大家都是书记。"王纪元赶紧抓住这一难得的有宜时机，好好地表扬了李长征一番，又不忘记将在座的每一位也表扬了，还给大家扣了一顶帽子。这恐怕也是天意，早不求救晚不求救，恰恰在这个时候求救并且还是公安局局长亲自求救，更值得高兴的是将一人从死亡线上救活了。

秦晋江说："同志们，刚才河西的井下救人，给我们上了一课，一堂别开生面的现场课，我们就在这个会议室，参谋长用手中的对讲机指挥了一场井下救人，非常成功。我刚才给罗局长打了电话，汇报了刚才抢险救援的基本情况，通过心脏复苏术，我们消防官兵将一名民工从死亡线上硬是给拉了回来。罗局长听了我的汇报，非常高兴，肯定了我们的做法，说要在市公安局简报发一期专刊，送给市五大家的全体领导和相关单位，希望我们再接再厉、再立新功，要我向大家问好。"大家就鼓起了掌。

这是一口废弃多年的家用生活枯井，井深20米，井面直径1.2米，井的主人是罗局长的一个朋友，十年前下海经商，到南方的一个城市做汽车贸易生意。十年光景，如今赚了第一桶金，可谓衣锦还乡，好不风光。据说，年前汽车贸易风声紧，罗局长的这个朋友也就决定收收手，准备将城郊这栋几万元购得的住宅拆了，在原地建造一栋别墅。要建房，首先要解决水的问题，于是就请来了两个民工，要他们将院内的这口枯井掏出来，一开始一切都还顺利，井主人也很热情，既准备了茶点又准备了香烟水果，全然不像是请人做事，而是在请客，俩民工也很高兴。

没曾想今年第一趟出来赚钱就有这么好的招待，心想这预示着今年一年都会顺利，为此，两人干起活来也特别卖力，生怕对不起主人的热情款待。待他们再次下到井底时，眼看只有一眨眼工夫就完工了，两人不由松了一口气，掏出井主人给他们每人发的一包烟，坐在井底，悠然地吸起了烟，好不惬意。随着香烟的烟圈袅袅升起，两人抑制不住内心的兴奋，吸完一根再来一根，勾着手指头盘算着这一趟是新年后第一次享受这么优厚的招待，开的工资也不少，半天就半天啊，管吃管喝还拿一百元工钱，两人就这样算着、憧憬着昏昏沉沉睡着了。

待井主人呼喊他们上来喝杯茶休息一会时，才发现两人无论怎么喊也喊不应。井主人不知如何是好，于是叫来左邻右舍的人，大家也不知所措，只是七嘴八舌地出主意想办法。最后，还是罗局长的朋友突然想到，在他那个做汽车贸易生意的城市成立了110报警服务台，便掏出摩托罗拉大哥大，拨通了罗局长的电话，罗局长自然很干脆地答应了帮忙，便立即指挥河西派出所赶赴现场处置。两辆喷着“110”字样的125摩托车很快到了救援现场，一边询问情况，一边察看现场，围着这口枯井左三圈右三圈在思忖着怎么办，还是民警激灵，想到了消防队。知道消防队有梯子，战士们又勇敢，于是就有了前面罗局长给秦晋江打电话请求帮忙的一幕。

事情叙述到这里顺理成章地结束了。为了两条生命出动了“110”和“119”，彼此动用了私人关系，尽了最大的努力。还好，消防队出动救援后现场抢救活一人的生命，消防队的抢险救援是非常成功的，措施非常得力，方法非常有效。自然受到了老百姓的夸奖和表扬。

然而，死者家属有些不干了，质问为什么不一开始就请消防队来救援，如果一开始就请消防队来，保准两人都有救。

死者就是离掏井现场不远的邻村人，每天上百村民一会儿闹到派出所、一会儿闹到市政府、一会儿又砸井主人家的东西，吵闹不休。

八

午后的庭院里、阳台上，饭后的人们坐在凳子上，躺在椅子上，懒洋洋地享受着大自然赐予的阳光。也许就是大家所说的春困吧，有的眯缝着眼，有的还真打起了呼噜。在市消防支队的党委会议室，阳光透过玻璃将整个会场照得亮堂堂、暖融融。

下午的会议如期进行，继续着上午的话题。从几个党委成员发言情况来看，大家都听得出来，大致可分为以言国太为代表的支持派和以喻克伟为代表的反对派，自然还有中间派。本来，根据会议安排下午是列席人员自由发言，没想到，一开始言国太就抢着发言说：“朱处长上午介绍了欧洲发达资本主义国家消防队一些好的做法，作为我们社会主义国家的消防队应该还要做得更好。王参谋长说我们要换位思考、将心比心。如果说一起灾害性事故有我们的亲人和朋友，我们将怎么想，我认为有人抢险救援比没有人抢险救援要好。”言国太一开口首先就将朱敬慕上午的发言做了一番肯定，上升到社会主义制度优于资本主义制度，而后又将王纪元的将心比心抬了出来，可谓既有高度又客观实际，来强调他有人抢险救援比没有好的论断，以赢得主动权。

喻克伟听言国太这么一说也就有点坐不住了，连忙接过话说：“我不妨在这里要大声地问大家，我们凭什么要去承诺参加社会抢险救援，难道我们还嫌现在的事不够多吗？难道还要让悲剧在我们身边重演吗？蚂蚁穿不起大头鞋！你们哪个说说，看到过蚂蚁穿得起大头鞋？”

言国太见此情况接过喻克伟的话针尖对麦芒地说：“不要说蚂蚁穿不了大头鞋，蚂蚁可是所有动物世界中力量最大的、最团结的，只要我们大家齐心协力，人心齐泰山移。”

喻克伟激愤地站起来说：“不要讲大道理，大道理都会讲；不要讲概念，我们要面对当前消防客观事实。兵力不足是客观事实，经费不足是客观事实，装备落后是客观事实，政治地位低下是客观事实，我们连蚂蚁都不如。”

言国太反问说：“你这是悲观主义思想在作怪。难道我们看到老百姓在灾害事故面前，在生命危在旦夕时，见死不救！”

喻克伟说：“你不承诺，老百姓不给你报警，你看什么看，见什么见，真是孔雀开屏自作多情。”

下午的讨论陡然间演变成了两位副支队长的激烈争论，一个拿老百姓说事，一个拿官兵说事，各自表明各自的主张，阐述自己的观点，争论得脸红脖子粗。他俩这么一争辩，会场就开始有些骚动，后面要发言的人很快也就选边站，辩论声、争吵声此起彼伏。

就在言国太再次发起反驳时，李为民态度明确地说：“我支持言副支的意见，有比没有好。”接着继续陈述说：“社会抢险救援是开中国消防之先河，我认为凡事都要做在前面，我们不能故步自封，不能每天围着自己的一点蝇头小利打小算盘。想当年如果没有安徽凤阳几个农民分田分山到户，我们到现在恐怕还没得饭吃。我们作为人民子弟兵觉悟应该更高一些，要想到我们广大的人民群众。”

喻克伟听这一说心里就不高兴了，还是激愤地说：“就你想到人民群众，你是人民子弟兵，我们就不是？我故步自封，我蝇头小利，承诺抢险救援不仅没利，而且是送死。”

李为民刚想说些什么，就被北区消防大队教导员张海燕打断话说：“你承诺，到时候你不知道怎么死的。像我们北区，前几年中兴化工厂发生氯气泄漏，全科长哈了哈气，拿了一条毛巾就往里面冲，人一进去就倒地上了。那时我是中队长，没有空气呼吸器，没有背负式氧气包，没有防化服。我们只得从化工厂找了几个猪嘴巴面具，身上、脖子上这些地方用带子系了一下，我三步两步冲进泄漏现场，一个徒手救人，将全科长背了出来。当时我心里就很恼火，连这个基本常识都不懂，简直让我肺都气炸了。这件事让我陷入了很多年的思考。你说这是不是在添乱？”

李为民说：“那是无知，不能因为个别人的无知而影响我们的决心，而损害人民群众的利益。”转而接着说：“无论如何那还得要有人去抢险啊，去关阀门啊！最后还不是我们消防戴着猪嘴巴防毒面具进去关阀门，用石灰排的险。”

张海燕说：“关、关你个头啊，阀门坏了，关不了。”

李为民反驳说：“你晓得坏了啊？处理危险物品泄漏最基本的方法是先想办法关阀门。在确认不能关时才想其他方法处置。当时，是我们现在的王参谋长从外面拖来一车石灰才排的险。”

张海燕听到这里接过话就喊着参谋长说：“对，中兴化工厂氯气泄漏，全靠参谋长你那一车石灰。”李为民正准备呛张海燕几句，见参谋长要说话也就把话咽了回去。

王纪元一直不动声色地听他们的发言和争辩，这时听到张海燕在喊就接过他们的话说：“中兴化工厂氯气泄漏前期抢险是失败的，工厂有五名工人中毒，我们消防有两人中毒被送进了医院；后期处置抢险是成功的，我当时就在北区当参谋，长年和化工厂打交道，也算是给了我一些实践经验。当时，我没有直接和战友们并肩战斗，而是和分管生产技术的副厂长搬运石灰去了，采取的是中和抢险法实施抢险，将一包包石灰覆盖在氯气钢瓶阀门口，再用喷雾水枪喷水，让氯气和碳酸氢钙产生化学反应，进行了中和，生成了氯酸钙，泄漏很快就得到了处置，解除了危险。”

王纪元然后换了个口气说：“其实啊，我们只要认真研究各类灾害事故，是可以从中找到规律的，是可以找到最佳抢险救援方法的，也不是张海燕同志说的不知道自己怎么死的。也就是前面喻副支队长说的不能逞匹夫之勇。

不逞匹夫之勇就要学文化、学知识，要懂技术。”王纪元在这个时候引用喻克伟前面讲到的匹夫之勇，从而将大家引到学习上去，这也是喻克伟没有想到的，还反驳了不知怎么死的悲观论调。

王纪元不放弃任何机会，既然你们把话语权交出来了，就有意牢牢控制话语权说：“记得，当时司机找到我，说汽车发不动了，要我帮他想办法。你们想想，当时全科长的汽车钥匙是挂在屁股裤梆带上，进去转了一圈倒地上了，钥匙自然被氯气氯化了，我记得汽车钥匙是铜的，你们回答我这个问题看，氯气和铜反应的化学分子式是什么？知道的请举手。”王纪元话音一落，只听呼啦啦都举起了手。随着一名干部的回答，王纪元很欣慰地说：“完全正确。伟大领袖毛主席几十年前就说过，没有文化的军队是愚蠢的军队，而愚蠢的军队是永远战胜不了敌人的。我们的敌人就是各类灾害事故，每一次灭火救灾，每一次抢险救援就是一场战斗。看到有你们这么多人举手，你们又给了我更多的信心。现在的时代不是全科长那个时候了，在座的都受过高等教育，有文化、有知识。接着发言，接着发言。”王纪元把大家说成了是有文化、有知识的人，是时代不同了，仿佛此时谁说不同意、不支持就是不识时务，是没有文化、没有知识的表现。

按捺了很久的高坪消防大队大队长周义川是位老同志了。他听得出来，如果说支持的话就得罪喻克伟，如果说反对就得罪言国太还有王纪元。真是人字简单难做人，心字好写心复杂，心里最担心的是怕得罪人，免得从今往后被穿小鞋。蚂蚁穿不起大头鞋，我也穿不起小鞋啊，憋在心里的话不讲难受啊！现在看到王纪元从不动声色到掌握话语主动权，也就一吐为快说：“是啊，时代不同了，男女都一样。”周义川一开口就来了这么一句，引得大家哈哈大笑。

接着说：“会议一开始，参谋长就说了一个有为才有位，有位更有为的观点，我非常赞成。过去我也想过这方面的事，但就是没找到参谋长这么精辟的语言，我完全同意支持参谋长的这个观点，完全同意并积极响应参加全社会抢险救援。”周义川直接表明了态度。

然后阐述着说：“我深有体会，在我们高坪经济发展速度较快，又生产烟花鞭炮，火灾危险性大，灾害事故也多，我们经常受理人民群众的报警和接受市政府、市公安局的调度，经常参加一些抢险救援、社会求助的急难险重任务。这样一来，电视上经常可以看得到我们消防官兵的形象，在人民群众面前展现了和平年代消防官兵最可爱、最可敬的形象，同时也得到了县委、县政府的重视。过去，我们消防的一些工作要上常委会、政府办公会比上天还难，最多汇报到主管副县长那里，很多事情主管副县长也是爱莫能助，仅表同情、理解；有时候和我们一样发发牢骚，骂骂娘，以示对我们的安慰。而现在呢，我们消防大队是政府办公会必然列席单位。县委、县政府不再说你们消防队，你们消防队了，而是说我们消防队了，把我们当自家人，当成政府的一个组成单位，让我们消防队全过程参与到全县经济社会建设中，社会影响大了，政治地位高了。”

张海燕接过话说：“我看你是开会开糊涂了，开会能当饭吃、能当钱花？我问你，开会给你解决了什么问题，是给了钱还是给买了装备器材？”

周义川得意地说：“我看你才糊涂呢。每次开会都要钱，要装备？我告诉你，将消防融入整个经济建设大环境才是地位，你懂吗？况且我们这几年预算经费年年递增。”说完就喊姚志强。

姚志强接过话说：“对，高坪大队这几年的地方财政预算经费可以说是成几倍几十倍的增长，原来两台老解放，现在四台新车，还全是中低压泵、高低压泵，两台大吨位。”

周义川补充说：“我总结认为，这主要取决于我们这几年的有所作为。”王纪元带头鼓起了掌。

茶园消防大队教导员文泽明也许受周义川的感染，又见王纪元带头鼓掌肯定，也就急不可耐地想表现表现，接过话说：“是啊，我们消防大队的情况同高坪大队情况差不多。消防部队只有立足于服从与服务于地方经济建设，不断有所作为，才能赢得党和人民的信赖。无论是老百姓求救还是求助，我认为只要有利于帮助他人、救助他人，我们都得充分发挥消防部队机动性强，城市情况熟悉，有同火灾作斗争的经验优势，成为当地党委、政府、人民群众招之即来、来之能战、来之能抢、来之能救的有作为的消防队。当前，全国消防开展比、学、赶、帮达标活动，无疑是让全国消防队伍管理上台阶，装备建设达标准，消防官兵知识上水平。要达这些标做什么？就是通过装备器材的达标，通过队伍的正规化管理来更好地服务经济建设，这也许就是全国消防部队承诺抢险救援的前奏。”

文泽明然后就举例说：“当然，无论软件建设还是硬件建设样样离不开钱，这就要靠地方财政支持。我记得，有一天县委常委宣传部黄建国部长专程不打招呼来到消防大队调研工作。当他看过省消防总队实施方案的指导意见和消防大队经费预算，当即要随行的宣传部办公室主任给财政局、文化局、公安局、建设局等几个局打电话，在我们大队召开现场办公会，当场分工，现场拍板，全力支持我们大队达标，解了我们的燃眉之急。”

文泽明讲到这里得意地喝了一口水，用眼睛飞了王纪元一眼，又接着说：“大家知道，过去我们消防大队全年预算经费才五万多元，一次重大交通事故欠账几十万，装备、油料、消防易耗材等欠账一百多万，大队日常生活经费都没有了保障，真叫揭不开锅，人心懒散，没有人愿意到茶园消防大队任职。现在我们拥有各类消防车四台，按四倍的标准库存消防器材装备，还建起了运动场、图书室、学习室和健身房，偿还了各项欠款。”

“人呢？兵呢？你每个人开一台车去打火啊！兵没有几个，买那么多车干什么啊，简直是浪费。”张海燕说。

文泽明被张海燕直呛了一口，反而理直气壮地说：“兵是少了一点，如果器材装备也不够麻烦不更大？两全其美，至少我们有一美。”

喻克伟抢过话说：“你想得美，少了一点？少得多呢！按国外消防员编制标准是万分之三，我们现在多少啊？”说完就喊朱敬慕。喻克伟也许性急，忘记了自己是党委委员、副支队长，位高权重，以为是在和言国太理论，射直流水枪似的几句质问，让文泽明哑口无言，没敢再做声。

朱敬慕眨巴眨巴眼睛，若有所思地说：“现在发达西方资本主义国家，消防员占到总人口的万分之二到万分之四，高的也有达到万分之五的。我国当前现役武警消防不足总人口的万分之零点三。”

张海燕一句国骂后说：“听到没？听到没？我一个人要服务三万人还要多。”

也许喻克伟意识到了刚才自己有些激动，这次就没再说什么。秦晋江见文泽明一脸的窘迫就喊着他说：“泽明你接着讲完。”

文泽明思忖了一下，敬佩秦晋江善解人意，对自己还很器重，就说：“王参谋长在我们大队当大队长时，认为有挑战性的岗位更有成就感，我有同感。这次参谋长提出承诺参加社会抢险救援不就是一个非常有挑战性的壮举吗？我们要成为全中国消防第一个吃螃蟹的人，第一个吃西红柿的人。”文泽明也聪明地在这个时候将王纪元抬出来，还表明态度，来压压这些人的气势，提醒他们过去的大队长是今天的参谋长。

南区消防大队大队长伍兵并没理会文泽明的话中有话，有些不可一世地说：“我倒要问问在座的各位，吃螃蟹的人没死，吃西红柿的人也没死，这两个人是谁啊？大家不知道，我也不知道，并没有载入历史史册，只能算是一次冒险，成为茶余饭后的谈资。我再问，有为怎么样？无为又怎么样？难道我们现在是无为吗？这么多的火是谁扑灭的？这么多的险是谁抢救的？消防警力不足与日益繁重的灭火救灾任务之间的矛盾越来越突出。让你们列席一下政府办公会你就心跳加速了，忘乎所以了。我们现在心血来潮要承诺参加社会抢险救援，还期待着党和国家领导人接见，真是痴心妄想，我坚决反对！我转业！”说完气呼呼的满脸涨得通红。

张海燕接过话附和着说：“伍大队说的一点不假，非常有道理。我们不能心血来潮，我们不要参加了几次政府办公会、常委会，县委常委到大队现场办了一次公就分不清东南西北了。话既然说到这一步，我不妨敞开了说，我们消防算哪一根葱，依我老家的土话讲也不撒一泡尿照照自己。来生再当兵，我就当解放军，死也要死在疆场，死在疆场比死在火场光荣。我们消防大队现在是人少事多级别低，要对一百多家消防重点单位进行防火监督。大队就三个人，平均每人三十多个，经常从中队抽调干部、志愿兵帮忙，在搞好日常监督检查之外，还要在元旦、春节、五一、十一及人大、政协两会，三级会议、夏防、冬防开展专项检查。还搞什么审验分离，每次检查不得少于两人，还搞名目繁多的专项治理活动，都是些不切实际的狗屁。”

高大伟接话说：“我看真他妈的狗屁！上面制定政策叫闭门造车不切实际，又不给编制，这里又搞什么审验分离，这个检查，那个治理，这个达标，我们一天下来累死人，就是有三头六臂也忙不过来。现在要承诺参加社会抢险救援，首先就要先解决编制问题和经费问题。我们横向比较一下，人家知道八小时工作制，周六周日该休息的休息，我们消防为什么非得没日没夜地拼命。我看编制已严重制约了消防部队的发展了。”

经伍兵这么一句“我转业”情绪性的发言可谓一石激起千层浪，持反对意见的一时就占去了上风，大家七嘴八舌越说越来劲，伍兵见高大伟也这么说又来了精神接过话勾着手指头说：“我们消防中队不到二十人，我统计了一下每年接警一万余起，处警出动一千七百余起，各类地方勤务二百余起，两项合计近两千起，一年下来平均每天处警出动在五起以上。有时一场火打下来几个小时，还要搞训练，还要这记录那记录、这达标那达标。消防官兵也是血肉之躯，不是钢铁、机器啊！是机器每年也要检修保养啊！”

黄铁强插话说：“伍大队这个统计其实还是冰山一角，现在为了层层压指标，将接警数、处警数、出动数、经济损失、人员伤亡数层层把关，一压再压，今年除夕一个晚上我就出动了二十多次，人家看联欢晚会，我们就看火看烟。”

喻克伟这下来了精神，看接连几个人的观念和他一样，也就来个火上浇油：“是啊，防火处统计数和司令部统计数严重不符，相差甚大，但都是以防火处的数字为准，司令部的数据只能作为内部参考，让消防中队的官兵当无名英雄。竟然在半夜三更处警出动打了三个多小时的火，最后在统计报表中没有这起火灾。仿佛我们消防队干的都是些鬼事，抹杀我们中队成绩，我们的消防官兵已经非常辛苦了，我们就不要再给我们基层消防中队增加压力了。”

按捺不住的言国太几次想插话再次陈述自己的观念，都没找到恰当的时机，这时见喻克伟火上浇油，还用一句不要再给中队增压了来笼络人心，就用抓在手中的笔敲了敲桌面用肯定的口气说：“这怪谁啊，问题是出在我们内部，是我们内部为了压四项指数，埋没我们消防官兵的成绩，报喜不报忧。现在倒好，我们可以以这个为理由，不去救灾，不去抢险，不去救援！良心何在？我们能心安理得吗？”

喻克伟接过话说：“问题出在我们内部没错，请问你能改变这个现状吗？四项指标可是政策指标，我想政策指标你是懂的，谁敢逾越这条红线。只要不死人能不统计就不统计，死了人能少统计就少统计，哪个单位、哪个部门、哪个地方愿意报忧呢？这就是官出数字，数字出官。”

高大伟不无幽默地说：“我们年纪轻轻的经常梦游，打喷雾水枪，雾里看花。说不定我们抢险救援，救了半天最后到头来又是白抢又不算数。”

言国太愤怒地说：“绝对不能这样，我们要实事求是，该怎么报就怎么报，我们不能欺上瞒下，我相信党中央、国务院绝对不是这个意思。”

喻克伟不无轻蔑地说：“谁报谁倒霉，在这个问题上谁实事求是谁倒霉。我们不要太天真，太天真就是无知。”

喻克伟这一席话气得言国太差一点没缓过气来，脸涨得通红，站起来蹬了蹬双脚，又使劲地用抓在手中的笔敲了敲桌子说：“宁可玉碎，不可瓦全。”再一次演变成两位副职的争论。

罗贤阳见反对的声音一浪高过一浪，这时两位副职又争论不休，看言国太脸涨得通红，就站起来帮腔说：“四项指标压数字，说白了是搬起石头砸自己的脚。我们实事求是地报，撤了我的职我也实事求是地报，共产党讲的就是实事求是。现在我们层层压，层层控制指标，给高层决策机关提供错误信息。”然后就理性地分析说：“大家都说我们消防政治地位不高，为什么啊？

也就是我们给高层提供了一些错误不实的信息，以至给决策机关做出了一些错误的判断，认为消防在经济社会生活中不是主要矛盾，一年到头就起了那么几次火，出动了那么几次，死了那么几个人，挽回那么一点点经济损失，为什么要重视消防呢？为什么要给你足够高的政治地位呢？这不得不值得我们好好反思，这不是搬起石头砸自己的脚，是什么？如果大家都实事求是将真实情况汇报到上面去，我想我们今天就没有这么多怨气，这么多牢骚！因为上面不知道我们做了这么多事，因为上面不知道我们这么辛苦啊！”

李为民接着说：“一码归一码，就算压了四项指数，这与我们承诺参加社会抢险救援有什么关系？”李为民真的天真了一回。

王纪元心想接下来大家的发言应该有所醒悟，发言也应该有所转向，没想到这反而更加激起了反对者的情绪。

张海燕说：“这怪谁，怪我们消防没地位，是后娘养的。谁不知道上面的领导也是从下面一级一级干上去的，全国统计数据造假，一级骗一级一直骗到党中央、国务院。造成恶性循环，我们承诺参加社会抢险救援说不定又要造假。”

伍兵接着说：“如果我们再主动承诺参加社会抢险救援，无疑再一次搬起石头砸自己的脚，无疑更加增加了消防中队的工作量，同志们要冷静啊！坐在上面发号施令只动嘴不动手倒好，但每一场火灾、每一次抢险救援都是实实在在的，来不得半点虚的，搞不得半点假的。它不是什么高科技，它要用我们最原始的双手去实现。有的一场火灾一打就是几天，有的抢险救援一抢短则几小时，多则也得要几天、几十天，工作量已经很大了。我们不要好了伤疤忘了痛，谁把我们当人了，谁把我们消防的事真的当回事了，正如前面喻副支说的，我们官兵多少年没休过假、没探过亲。年龄大的志愿兵找对象都没时间，成了组织问题，连基本的生理需求都不能得到满足。开句玩笑，真叫处在水深火热之中。我们在座的有谁立过二等功、一等功？没有吧！”

喻克伟见势插话说：“我担心到最后还是有为而无位。谁不信？我们走着瞧。”又为熊熊燃烧的炉膛添了一把柴。

黄铁强接过话说：“南门口市场火灾，我们中队是第一出动，为了开辟救人、灭火进攻通道，我们四个人被强大的热气流冲出五米多远，摔得鼻青脸肿，造成多处骨折，差一点就这么光荣了，最后连个嘉奖都没有，还立功？”

陈晓华见大家又拿立功受奖说事，无不是在指责他的工作，就制止说：“你们就不要拿立功受奖说事了，功名如粪土，我们大家平平安安多好，今天就谈抢险救援。”

伍兵似乎有点豁出去的味道说：“你这就不对了，我们军人就要崇尚荣誉。我们消防出生入死，险些丢了性命，都难得立个功，你这个政治处主任更应该为官兵说话、为官兵鼓与呼，你这话我不爱听。”伍兵把话题引到了官兵立功受奖的敏感问题上，还毫无顾忌地指责陈晓华不为官兵说话，顿时整个会场七嘴八舌、吵吵嚷嚷。

张海燕就火上浇油说：“伍大队说立功受奖，我说我们消防队在干部提拔使用上也恐怕是在所有部队中最慢的，谋官的不好好谋官，谋事的一天到晚只知道要大家做这个事做那个事，只要马儿跑却不给马儿草吃。那我们还谈什么有为才有位，有位更有为？没有平台、没有位置谈何作为，连长只能干连长的事，干不了支队长、总队长的事。”说完愤愤不平地来了一句国骂。张海燕又抛出官兵的提拔使用更敏感的话题，同样含沙射影既批评了谋官的又批评了谋事的，会场更是炸开了锅，有大声疾呼的、有感慨陈词的。

秦晋江和吕梁华坐在自己的位子上也不加制止，端着一张似乎在笑的脸。陈晓华张了几下嘴想说些什么，也许是想对伍兵和张海燕的话批评几句，又怕引火烧身，也就把到嘴边的话咽了回去，心想无论干部提拔还是立功受奖又不完全是政治处主任说了算的，上有支队长、政委，何况有些是有严格指标控制的，这么一想也就一切释然了，闭起一双眼睛坐在座位上一动不动，只是交插在肚前的双手大拇指在打着转转。

周义川突然冒出一句话说：“如果受到生命威胁的是你爸爸妈妈，你救不救？要不要提拔？”

张海燕还击说：“是你爸爸妈妈呢！”至此，似乎就演变成了大队领导之间的唇枪舌剑。

伍兵立即接过话说：“提拔！一说起提拔我就来气，我从其他部队了解到，他们提拔要比我们快，比我们简单，一到时间就提拔了，有的还提前提拔。我一个老乡战友和我一年当兵，一年考军校，现在是副团了。我问他怎么一不小心当团长了。他说，他们一不小心让看押的人犯跑了，当天晚上他得知消息后，一边向支队报告，一边组织队伍追捕，因追捕越狱犯荣立二等功，就这么当上了副团。我和他说，你下次将一个监狱的犯人全放跑了，之后你再去追捕，你还告诉他们藏匿在什么地方，就这么照葫芦画瓢，混个总队长玩玩肯定没问题。试想一下，看守的人犯跑了，没有去追究责任，而是追捕有功，开表彰会，立功颁奖，提拔重用，你好我好，皆大欢喜，坏事变好事。相比之下，我们消防呢？还火灾四项指数，谁家的孩子谁家抱，他家里要起火我们在座的谁管得着？我想只要我们监督程序到了位，就内心无愧。我们承诺参加社会抢险救援，说不定哪天又搞出一个抢险救援四项指数来。”

讲到这里伍兵发现有点走题了，就连忙不无感慨地说：“现在一些不良的地方习气也跑到了我们部队，不跑不送，原地不动，只跑不送不能重用，既跑又送提拔重用。”这话一出伍兵又感觉话说错了对象，后悔莫及地说：“对不起，对不起，我不是说我们消防内部，主要是外部因素，外部因素。我们消防战友个个铁骨铮铮，可以说把所有的精力和心血都放到了部队建设上、队伍管理上、灭火救灾上。我说这些，只是希望在座的多想想、多思考，不要意气用事。只怕到时候有为而无位。”重复了喻克伟前面的话，显然这也是受了他的影响。

这时李为民见伍兵好像说话底气不足，似乎讲漏了嘴有一些理亏，就理直气壮地说：“我们军人就要崇尚荣誉，只有崇尚荣誉的人才能更爱岗敬业，只有不断要求进步的人才能更加奋发图强。南门口市场火灾谁说没人立功啊？记得当时给中队上报了集体三等功，还保送了两名优秀战士上军校。”接着换了个口气说：“我们通过参加社会抢险救援承诺，就是要为全体官兵提供更广泛、更现实、更多施展才华的平台，让我们涌现出更多的英雄集体、人民的功臣。”李为民简直将话调了一个头，大家不是要立功受奖吗？要提拔重用吗？参加抢险救援无不就是给大家更多的机会，更多的表现。

黄宏义接过李为民的话说：“我就是南门口市场火灾的受益者，我立了功还被保送上了军校，是军队培养了我，是人民群众给了我机会，我将努力工作，积极投身到抢险救援工作中。”他的献身说法就将黄铁强前面讲的话彻底否定了。

罗贤阳说：“我们不要动不动就伸手要官，要说承诺抢险救援最辛苦的肯定是我们司令部。就是要以俯首甘为孺子牛的精神，勇于奉献、乐于奉献，只要我们无愧于党、无愧于人民，为什么非得在乎官大官小。”

这时，王纪元认为是该引导引导的时候了，就说：“听得出来，前面的一些发言完全是怨气话、牢骚话。为民、贤阳的话很有道理。既然大家对立功受奖和提升提拔反应这么强烈、这么敏感，说明在座的每个人都有拳拳报国之志，锐意进取之心。不想当将军的士兵不是好士兵。连将军都不想当了，能好好工作吗？我想，难道你们不想？”王纪元一句是牢骚话在轻松中化解了一些人的心结，一句“激将话”又仿佛让这些热血男儿荷尔蒙直线上升。毕竟这是党委扩大会不是市井广场，不能口无遮拦地一顿乱说。

伍兵听完王纪元的话后说：“是的，还是王参谋长理解我们，我今天发言有点激动，讲了一些气话和过急、过火、过头的话，是因为今天首长让我讲，我就这么口无遮拦的胡乱讲了一通，放了一炮，心情舒畅了一些，一吐为快。但心里总感觉有点隐痛，对不起首长，对不起组织的培养教育，认为自己一些话不该讲，更不应该在这个严肃的党委扩大会上讲，请大家原谅，谢谢!”说完谢谢，只见伍兵呼地站了起来，行举手礼，口里在念叨：“首长，战友们不原谅我，我就这么站着。”秦晋江、吕梁华彼此交换了一个眼色，又和王纪元交换了一下眼色，随着王纪元的带头鼓掌，会场顿时爆发出了热烈而持久的掌声。

九

经伍兵这么一折腾，尽管大家鼓了掌，会场气氛好像还是有点尴尬，几个准备发言的人几次欲言又止。朱敬慕、姚志强为缓解气氛就给大家说了几个笑话段子。

坐在会议室最里面的礼乐市消防大队陈国华就趁机打破尴尬说：“在国外抢险救援本身就是消防队的一项重要职责，就连猫啊狗啊找不到了，都可以求助消防队。我们在电视上看过，上午朱处长也说了，过去认为这是无聊浪费警力，现在看来，一只猫是主人的精神寄托、情感需求、爱的对象。这样理解，国外消防队帮居民寻猫、寻狗、套马蜂窝就不难理解了。”

接着说：“因此，我也借这个机会发个言。大家都笑我大会不发言，小会不发言，前列腺发炎；工资不高，职务不高，血压高。我怎么会血压不高，我们消防队的官兵个个都会血压高，都会得高血压。急促的电铃会让我们得高血压，深夜突然从床上坐起来让我们得高血压。生物钟被打乱会让我们得高血压。”陈国华从血压高入题，既道出了消防这一高危职业的一些现象，又说出了产生高血压的成因。接着，又说今天研究的话题不得不让他再次血压升高，然后说：“国家并没看好我们这支消防部队，总在强调解放军和地方武装力量的平衡，正好忽略了消防在一定程度上是没阶级性的，哪怕是一个杀人犯的家里发生了火灾，哪怕是一个杀人犯要跳楼自杀，消防都得去灭火，去救人。抢险救援是有很大风险的，抛开我们消防官兵自身的风险不说，单就说被困的群众，在生死未卜之前，我们对被困的群众有生死的举证权或者判断权吗？本来死了，家属说没死，或者说是我们消防抢险救援方法不对，怎么办？时下是利益年代，各地、各部门、各行业都在坚持以经济建设为中心，发展生产，发展经济，挖掘各自潜力，让利益部门化，部门利益法制化。”

李为民对陈国华的发言很感兴趣，听得很认真，而对一些敏感的问题并没作解释，在夸他思路清晰、说话滴水不漏的同时，说消防的利益就在于维护经济建设这个中心，维护社会长治久安、和谐稳定，维护广大人民群众的切身利益，创造优良的安全环境。

坐在一旁的防火处指导科科长党增华插话说：“说大道理都好说，到了具体问题，真他妈气死人呢。也就是上午喻副支说的，我们为了贯彻以防为主，防消结合的消防工作方针，在城市建筑消防方面，国家有民用建筑设计防火规范，有高层民用建筑设计防火规范一系列的技术规范和规范性文件。而有的部门就是我行我素，没把我们消防放在眼里，更没把国家的技术规范放在眼里。支队领导还经常出面帮助协调关系，解决问题，其目的不就是贯彻以防为主，防消结合的消防工作方针吗？不就是为了建筑这一百年大计不留下先天性的消防安全隐患吗？一个科长说我们消防就是太认真，还总是拿万一发生火灾后果不堪设想来吓唬人。他说这么多年，起了这么多火，死了这么多人，有谁被追究过责任。真的让我哑口无言。后来，我想了想说，建筑工程百年大计，来不得半点马虎，多一个监督要比少一个监督好。你知道他怎么说啊！什么百年大计，我在本系统工作二十多年了，审批过无数图纸，批准过无数项目，到今天除几个单位宿舍楼还在外，其他公共建筑基本上是被拆完了，拆了建，建了拆，还百年大计?！最后这个科长扮了一个鬼脸，做了一个数钞票的手势说，要想富上项目。我本想高声和他理论一番，突然一想我不能和他一般见识，他只不过是个科长，上面还有局长。”

“对，好好告他一状，撤了这个科长。”不知是谁突然冒出这样一句话。

党增华接着说：“告状，没门，气死你，我找到那个平时自认为很熟悉、关系还好的副局长，你知道他怎么说。他说啊，让你们参与就参与一下，不让你们参与就不要要求参与。他告诉我现在是利益年代，让我顿时无语。”

陈国华接过话说：“我是在想我们如果现在主动承诺参加社会抢险救援，势必要有一套既治标又治本的抢险救援措施。我建议，我们接下来要做的就是要力争楚洲市委、人大、政府、政协领导的重视和支持，要在以经济建设为中心大前提下思维转型、方法转型、服务转型、管理内容转型，让楚洲消防参加全社会抢险救援工作尽早顺利实施，让广大人民群众看到又一片蓝天。”

王纪元兴奋而坚定地说：“讲得好！我们陈国华不讲则已，一讲真还是教导员的水平。我看啊！消防参加社会抢险救援还不仅仅关系到经济建设这个中心，同时还关系到国家的安定、社会的稳定、家庭的和谐、人类的进步。”

朱敬慕说：“我的老乡黄老二如果没有参谋长带领战友们去抢险、去救援，他早死了，还谈什么家庭，还谈什么家庭和谐，家都散了。我坚决支持王参谋长的意见。”

叫得最凶的喻克伟说：“一起重大的灾害事故，造成重大人员伤亡，将给当地造成严重的社会动荡。如果当地政府处之漠然，反应缓慢，不及时开展抢险救援，将严重影响经济建设这个中心，还会影响社会稳定。稳定将压倒一切，如果有西方和平演变或亡我国家、亡我民族、亡我们共产党野心不死，他们还会乘虚而入。正如王参谋长说的会影响到社会的稳定、国家的安定。我看还有我们共产党执政地位和形象。我们在座的都是党员，都是书记，我想我们真的要居安思危。怀川市的灾害事故就是深刻的教训，政府大门被砸了，房子被烧了，警车被推翻了，消防车也被砸了，老百姓见到政府上班的人员不分青红皂白见人就打，打伤了一些政府官员，惊动了党中央、国务院。真要再出现这种情况，纵使老百姓有错，也不能全怪他们，这就是水能载舟亦能覆舟，也是被逼出来的。”喻克伟这一发言的突然转向让王纪元很是欣慰，知道他之前的讲话也是用心良苦。特别是将抢险救援提高到巩固执政党的地位上，不得不让所有的人耳目一新。

不经意间，仿佛大家对消防部队参加社会抢险救援工作认识更深了，抬得更高了，与国家的安定、社会的稳定、民族的兴衰、共产党执政地位联系上了，争吵声没有了，取而代之的是我们消防人应该怎么做，应该怎么争取，去努力，去践行。

就在秦晋江准备问还有没有人要发言时，突然半路上杀出一个程咬金。坐在侧面始终一言未发的河西大队教导员任辉说：“全楚洲消防参加社会抢险救援是好事，是大事，关乎群众，关乎稳定，这些大道理我就不讲了。我想，我们的当务之急就是要争取党委、政府的重视，得到他们的支持。没有他们的支持，我看是搞不成的，你怕每个单位每个人都和我们消防人一样的，想到的就是宗旨意识？”

周义川接话说："是啊，我们这些消防人从十七八岁入伍开始接受的就是爱国、爱党、爱人民、爱社会主义的正统教育，想的就是全心全意为人民服务的宗旨，我们今天一起研究社会抢险救援是好事，到时候我们满腔热情落得个不理不睬，是要先向市委、市政府汇报一下。"

任辉接过话继续说："我讲第二层意思，我担心独木不成林，现在一些单位是有利益的事争着干、抢着上，没利益的事是绕道走，甚至相互推诿，踢皮球。社会抢险救援要动用大量的人力、财力、物力，要集合一些资源和技术，甚至要付出生命代价，单靠我们消防支队一个单位能撑得开这片蓝天吗？"

言国太说："万事开头难，当前我们有条件要上，没有条件创造条件也要上。"

任辉说："再说了，我们消防部队工作任务量增加了，政治地位没提高，社会地位没提高，经济待遇没提高，我们就有些得不偿失了。"

李为民直面地回答说："话不能这么说，你前面说的话我认为讲得好，是要向市委、市政府汇报。你怎么说话颠三倒四呢？难道金钱还比生命更重要吗！"

任辉争辩说："大道理我也懂，你听清楚了我是讲独木难成林，我们消防部队一厢情愿，费力不讨好。我们要承诺参加社会抢险救援，我们就应该还要争取到应有的政治地位、经济地位和社会地位，争取相关单位的支持。"

罗贤阳说："这话讲得有道理。但我在想，在战争纷纷的年代，在八年抗日战争的年代，我们的先辈们抛头颅，洒热血，又有谁想过什么地位，就是一门心思赶走小日本，有的连生命都搭了进去。"

朱敬慕说："蚂蚁穿不了大头鞋，当心我们难以担当起如此重任。战争年代，先辈们为了打江山、求解放，为了国家利益、民族存亡，用小米加步枪赶走了小日本，不惜付出了宝贵的生命。把话说回来，我们消防部队承诺参加社会抢险救援，辛苦一点，累一点，牺牲一些休息时间，能换来危难中人民群众的生命安全，是值得的，是高尚的。毕竟在抢险救援中发生死亡是少数。"

任辉说："喻副支说的蚂蚁穿不了大头鞋和我说的独木难成林如出一辙，一脉相承。万一我们在抢险救援中出现了一些失误，那些吃了饭不洗碗的人肯定会骂我们洗碗打了盘子的人。"

言国太接过话说："喻副支刚才的发言你没听到？你耳朵打蚊子去了？喻

副支已经将抢险救援提高到了一个相当的政治高度，你还如出一辙呢！当然，说三道四的情况在所难免，嘴巴长在他人脸上，他爱讲你还堵得了？但是，当个人感情同党性原则，私人关系同人民利益相抵触时，我们必须毫不犹豫地站稳党性立场，坚定不移维护最广大人民群众的根本利益。特别是当人民群众生命财产受到威胁时，我们要毫不犹豫地去维护和抢救人民群众的生命财产。我们楚洲消防要以此把握契机，谱写时代华章。”言国太似乎也将自由发言作了总结。

支队党委扩大会，可谓开得热闹，开得热烈。王纪元始终在认真地记录每个人的发言和积极思考着每一个人所提出的新问题，也不时插话，要么引导，要么说明，丝毫没有感觉到他哪里不高兴。

王纪元认为今天给他们提供的这个平台，让他们讲了掏心窝子的话，积压在心中多年的怨气、淤气、烦恼也随着他们的发言而一扫而光，无不是这一次党委扩大会的另一种收获。

今天消防支队党委扩大会，研究的是开历史之先河的事，会议形式也开历史之先河，放开了让全体参会人员大辩论，可谓是前所未有。想必这里又是一番良苦用心，自然又有个中的原因。

秦晋江看会议开得差不多了，大家的辩论、争吵、牢骚似乎也发够了，只有政委和自己没讲了。依照惯例，会议这时候该轮到吕梁华讲话了，秦晋江却说：“请王参谋长讲话，等会我和政委再讲。”

王纪元抬头环视一周，又看了看桌面上的专用会议大笔记本，清清嗓门说：“同志们，今天的会议我看开得很成功，达到了预期目的，收到了预期效果，应该说还收到了一些意料之外的效果，至少我是这么认为的，等会儿以秦支队长和吕政委讲的为准。”看来王纪元也是深谙官场游戏规则，把会议开得成功定了调，肯定了主持人的成绩，拉拢了大家的感情，又说以书记、政委的话为准，可谓滴水不漏。现当今谁愿意说自己主持的会议开砸了，加之主持人器重你，处处以你为中心，就更不要狂言。

王纪元接着说：“我总结了一下大家的发言，归纳为十五个问题加两个担心。我先讲十五个问题。”于是，他就从不同的角度，对大家关心的政治地位、社会地位、经济地位和编制不够、兵力不足等问题进行了说明和解释。他认为党和人民给了消防部队至高无上的荣誉。正好可以以扩大消防部队服务职能为契机，对上争取编制，解决兵力不足的问题。同时指出，让消防融入到全社会经济建设之中既是政治地位，也是社会地位。

在谈到消防救援装备器材、个人防护问题时，提出了用分步购置，先重后轻，先急后缓的办法不断满足抢险救援的实际需要。当然，要成功实施抢险救援，特别是化学危险物品的泄漏，保存自己才能更好地履行诺言。认为不能成建制装备一个中队的，先装备一个班，甚至先装备几个人。

然后，就谈了训练问题和依法施救的问题："公安部消防局正在草拟消防改革与发展纲要，我们要为纲要的出台提供一些基础资料，让我们师出有名。目前，该纲要几经易稿为什么还束之高阁？其原因是各总队、支队都有这些问题的担心，认为当前还不能接招，宁可当无名英雄，也怕引火烧身，变成烫手的山芋。这时，我想大家就会理解我说的会议开得非常成功，达到了预期的目的了，为什么啊？"讲到这里王纪元停了停，端起桌上的茶杯看着大家。

言国太接过王纪元的话说："为什么啊！凡事都要集思广益，要有群众基础，要达成共识。我们今天的党委扩大会就是要达到这个目的，是官兵共识，不是王参谋长一厢情愿。如何将消防工作提高到一个重要角度来认识，我们消防要转换思维。不能再在计划经济、有计划的商品经济上思维，要将经济发展与人民群众关心的基础设施建设联系起来，要与时俱进。消防无疑是人类社会最大的基础工作。"

王纪元说："对！消防既然是人类社会最大的基础工作，那么我们就要与时俱进。与其说跟在别人屁股后面跑，倒不如我们楚洲消防一马当先，先行一步，形成经验，力争全省的抢险救援现场会能在我们支队召开。"可谓王纪元想得远。

接着王纪元就对后面的几个问题一一作了说明。在谈到关于技术支持问题时指出："这几年我们从地方各院校招收了一批有专业技术特长的本科生、研究生，有化工、建筑、法律、医疗等专业，同时这几年也培养和改选了一批有技术操作特长的志愿兵。我建议支队党委首先从内部整合资源，将其充实到抢险救援和防火、灭火的第一线，将好钢用在刀刃上。当然，大家认为当前专业技术人才所占比例太少，不能满足防火、灭火、抢险救援、救助的实际需要。据我参加的几次研讨会，当前，兵员制度改革已经拉开了序幕，消防属技术兵种。"就给大家透露了一些兵员制度改革的信息，认为这样技术就有了保障，消防将从勇猛型向经验型、知识经验型、知识经验技术型过渡，是一个好的趋势，好的方向。

在谈到抢险救援监管体系问题时王纪元说："这个问题提得好，我想应该总结为这样几句话，即政府负责，单位落实，统一受警，就近处置，联动调度，形成合力。我们消防要作为应急管理体系的重要组成部分，必须努力打造、积极打造出各类抢险救援的主力军。”

接着对消防医疗救护问题谈了自己的想法：“在香港，医疗救护本身就是消防队的职能范围，他们有救护车，有直升机，有全科医务人员。一旦发生火灾或者重大灾害事故，无论是否有人员伤亡，救护车随消防车一起出动而不收费，是香港消防战斗编成的一个重要组成部分，同时对消防本身是一个重要的保障体系。在这个问题上，我们要积极主动争取党委、政府的支持，在每一个消防中队设立一个医疗救护班，配一台救护车，采用雇佣制、合同制、协作制等形式发展消防医疗救护，形成无条件的施救。可以避免当前医院救护车与患者家属之间因收费讨价还价、延误救治的问题。在没有形成消防医疗救护之前，支队指挥中心、中队值班室根据火灾及抢险救援情况，中队卫生员要随车出动，同时，随时调度医院救护车就近赶赴事故现场。会后，我们可以考虑与市卫生局协商，达成共识，联合发文，形成合力，确保被困群众在第一时间得到救治。”王纪元就这样如数家珍地将大家的问题一一解惑，可谓滔滔不绝，娓娓道来。

接着他就讲了两个担心：“一是对消防官兵自身安全的担心。火灾也好，灾害性事故也好，一旦发生，所有的群众都在撤离事故现场，唯有我们消防要往事故现场中心去救灾、去抢险、去救人；与撤离的群众形成鲜明的对照，消防官兵自然就增大了危险性因素。苟利国家生死以，岂因祸福避趋之。作为人民子弟兵，我们既然选择了这份职业，就要始终牢记人民军队的宗旨和任务，时刻为共产主义、为人民群众奋斗终生。正如毛主席教导我们的，人固有一死，或重于泰山，或轻于鸿毛。为人民的利益而死，死得其所，死得伟大，死得光荣。当然，我们要练好本领，掌握好技术，艺高人胆大，决不做无谓的牺牲和伤亡。二是担心一些蛮横不讲理的家属无理取闹，将我们好心当成驴肝肺。这我也担心过，查阅过一些法律法规文件，同时也查阅过一些国内外案例，没有一部法律法规，没有一件案例支持的。消防社会抢险救援的出发点及目的和被困群众、家属是一致的，我相信群众都会支持消防、理解消防、讴歌消防的。”

接着王纪元就讲了他为什么这样认识、这样解释。他说他是站在将心比心这个最单纯、最简单的初衷去思考的。

最后王纪元建议说：“为了充分发挥我军政治、军事、经济三大民主优良传统，充分体现官兵意愿，形成上下合力，我向书记、副书记建议，今天的党委扩大会，让每一位参会的同志都有表决权。建议以无记名票决的形式，来做这道选择题。谢谢！”说完就向大家行了一个举手礼。

秦晋江侧身看了看吕梁华，吕梁华心领神会地说：“同志们，开了一天的会，大家辛苦了，就如王参谋长刚才说的，这次会议开得很成功，大家紧紧围绕会议主题发了言，发了牢骚，将多年来闷在心里的话说出来了，一吐为快，让大家心情愉悦了、畅快了，这确实是我们这次会议的意外收获。从发言中也能看出，我们消防支队真是藏龙卧虎，人才济济，大家有忧国忧民之心，有雄心报国之志，有瞻前顾后之情。”

接着就解释说：“大家不要认为我用瞻前顾后，有些用词不当。这成语有作决策时考虑过多，犹豫不决，不干脆、不果断，畏首畏尾之意。其实啊！还有在做事、作重大决策之前考虑周密，非常慎重的意思。依我理解，瞻前顾后应该是中庸之道的一种调和艺术，是全面客观分析事物的发生、发展的思维过程，有协调彼此关系、彼此利益、彼此感受的内涵。大家在座的都是大小书记，彼此都遇到过需要决策的家事、公事。你们想想，在一些问题的决策上是不是要客观权衡和考虑各方面的利益关系和情感需求。就是这个情字，这个利字，我们就要权衡、就要比较。我们今天的决策要不违背最广大人民群众的根本利益，不违背人民子弟兵对广大人民群众的深厚感情，就需要我们瞻前顾后。在这一选择题上，我们既要充分考虑到全体消防官兵的情，更要充分考虑到对人民群众的情，很难取舍，两者权衡选其重。”

吕梁华接着说：“前面大家都讲了很多，王参谋长对大家的发言、意见作了归纳性的总结和说明解释。我就简单一点，讲三点意见，仅代表我个人意见。一是同意参谋长王纪元同志的提议，将这个问题交给大家，实行票决制。二是我们要带着对广大人民群众的深厚感情，对我们参战消防官兵的兄弟之情，对消防部队发展的大局之情投好自己神圣的一票。三是消防部队参加社会抢险救援是现实的需要、发展的必然。随着经济社会的发展，各类灾害事故越来越多，社会需要，各级党委、政府需要，人民群众需要一支专门抢险救援力量来代表我们的执政党和政府来维护和实现最广大人民群众的切身利益。”

讲到这里吕梁华并没有说我的讲话完了，而是看了看秦晋江，同往常一样说：“以书记讲的为准，我们服从。”

秦晋江这时移了移身体，坐正身子，抬头挺胸，双目环视会场，庄严而沉稳地说："同志们，考验我们的时候到了。敢为人先历来就是我们祖先的精神。湖南人怕不辣，贵州人辣不怕，四川人不怕辣。消防部队是人民军队的组成部分，是武警部队一个重要警种，是公安工作的一部分，直接担负着保护国家和人民群众生命财产安全，怕什么啊？什么都不怕！敢担当，讲奉献，舍己为人，舍私为公，服务人民历来就是我们消防人的价值取向。改革开放后，随着西方价值观、西方文化的渗透，一些人钟情于靡靡之音、奢侈享受；价值观、人生观、世界观发生偏移；传统道德滑坡、传统文化丧失、传统精神丢失。而我们消防，尽管生活在城市闹市、霓虹灯下，我们就是新时代南京路上的好八连，为人民服务永远是我们的根本宗旨，是我们消防人永远的不懈追求。"

秦晋江讲到这里仿佛又重新开头说："同志们！大家知道，我是开短会讲短话的人。而今天的会议因为重要，所以除年度工作会议外，破天荒地开了一个长会，整整开了一天，彰显了我们消防人在重大决策问题上有广泛的群众基础和民主气氛。时下有的领导拍脑袋决策，拍胸脯承诺，拍屁股走人，当三拍领导，热衷于搞面子工程，上形象工程，给当地经济发展造成了严重损失。我们消防人承诺参加社会抢险救援可不是为了面子上好看，绝不是面子工程，而是救人于危难之时。我们消防人作决策决不能做三拍领导，干心血来潮的事。我们今天参会的全体人员也不要当三拍干部，这是重大决策，要形成全市消防部队上下之合力。关键是最终还要靠全体消防官兵去践行、去实现。任重道远啊！"

接着又换了一个口气说："今天听了大家的发言，我很感动，也很激动。总结一下，发言的声音中有两种声音，一种是支持的，一种是反对的。当然，还有一种声音是模棱两可的，这是第三种，声音很少，可以忽略不计。无论是哪种声音，都充分地反映出全市消防部队官兵无论在哪个岗位从事什么工作，都谋事、想事。正如参谋长王纪元同志说的，身在其中不想行吗？消防何去何从，你说我怎能不想。我也想，尽管我来消防部队时间不长，但与你们这些爱岗敬业的战友们在一起，常常被你们所感动。我有时也彻夜难眠，消防到了该发生重大转机的时候了，也是该使用大口径直流水炮的时候了。消防部队参加全社会的抢险救援应该是一个重大战略布局，是一个功在当代、利在千秋的重大里程碑。"

他继续说："当然，我完全支持和尊重每一位的选择，同意参谋长王纪元同志的提议，今天全体参会人员既然有发言权，我想支队全体党委成员也会同意大家的表决权。”说到这里秦晋江看了看每个党委成员，只见每个党委成员都点头表示同意，就接着说：“既然大家没意见，本次决策实行票决制，当场公布计票结果。”

随着几名工作人员将一张张表决票发出，很快一张张表决票投进了票箱，迫不及待地想知道表决结果。

用红纸包就的票箱，静静地立在主席台中央，金黄色的“投票箱”三个大字很是耀眼。六十多双眼睛都在静静地注视着这个不会说话的票箱，都在猜测票箱里到底是同意的多，还是反对的多，或者是弃权的多，还是三者相当，两者相当，还是都过不了半数。

会场很快产生了验票人、唱票人和计票人，只见验票人打开了投票箱，将表决票合箱一起倒在会议室中央，再一张张理好，叠齐，点数。

验票人向秦晋江报告说：“书记同志，发出六十一张票，收回六十一张票，收回率百分之百，可否唱票计票，请指示。”

随着秦晋江一声开始的命令，几名唱票人、计票人和监票人各就各位。黑板上用粉笔写下了“楚洲市消防部队是否参加社会抢险救援民主表决现场计票栏”一行字。在计票栏的下方同样写下了“同意”、“反对”、“弃权”。

唱票人在监票人的监督下开始了唱票，计票人在监票人和大家的监督下，在对应的投票栏下画正字，来表示投票的结果。只见唱票人从验票人手上接过已经清验的表决票开始了唱票，“同意”、“同意”、“同意”，唱票人一路唱来，同意栏下已经画完了六个大“正”字，就在第七个正字在唱票人“同意”声中，随着计票人画完一横的一刹那，几个在开会发言明确持“有所作为”的同意派脸上写满了得意。唱票人依然在认真履行着唱票职责，同样随着唱票人的唱完，计票人在同意栏下重重画完最后一长横，顿时，大家不约而同全体起立，现场爆发出了持久的掌声。几名干部踌躇满志眼眶湿润，王纪元眼里同样盛满着泪水，咬紧牙关，抿着嘴用盛满泪水的眼看了看大家后，走近秦晋江和吕梁华与他们一一握手，接着一转身和其他支队党委人员一一握手。

尽管大家不约而同地起立鼓掌且掌声经久不息，都已经知道结果了，都已经明白楚洲消防支队新的征程即将大幕开启。然而，履职的监票人还是中规中矩地转身面向主持台，面向秦晋江报告说：“书记同志，本次表决票发出六十一张，收回六十一张，经唱票、计票，同意六十一票，反对零票，弃权零票，同意率百分之百，请你指示。”

秦晋江说："请坐下。"

会议开到这里，应该是会议主持人做一个基本总结和下一步怎么组织实施，会议就算圆满结束了。然而，在秦晋江的安排下，王纪元又不得不服从命令发表今天会议总结性讲话："同志们，本次党委扩大会由我提议，顺利召开，圆满完成了全支队参加社会抢险救援承诺的重大决策，表决实现了百分之百通过，我谨代表本人和全楚洲六百多万人民群众表示衷心的感谢！楚洲消防参加社会抢险救援的新征程已经开启，今天表决顺民心和民意，表决的结果充分体现了全楚洲消防官兵热爱党、热爱人民、为人民服务的坚定决心和坚定信念，是民心所需，军心所向，将永远彪炳史册。我期待大家的努力，我期待着楚洲消防部队参加社会抢险救援的一个个捷报，我将和大家一起并肩战斗。让喷雾水枪舞出人们生活的浪漫和精彩，让消防泡沫为人们铺出锦绣前程、康庄大道，让直流水炮射得更久、射得更远、射得更好、射出美丽的彩虹桥！"

十

党委扩大会后，王纪元并没有急于回家，而是回到了自己的办公室。办公桌后方墙上悬挂的"上善若水"让本来有些冷静的他又兴奋不已，激动万分。王纪元在本不是很大的办公室踱着方步，一会儿低头沉思，一会儿认真地注视着"上善若水"这四个字。在这四个字的下方还写了"善行德为常如水，无私润物细无声"。心里在想，今天的会议不就是这样吗？善怀就像水的品性一样，泽被万物而不争利吗？同时也在想今天的会议，前面是激烈的交锋，后面是百分之百的支持，可谓战友们胸怀坦荡，给足了自己面子，特别是秦支队长也是自扮配角，无不体现出大度和智慧。想到这里，突然，王纪元轮起高高的拳头砸在办公桌上，大声地说："修路架桥行善积德，救人于水火之中，救人于瓦砾之下不是更大的行善积德吗？救人一命不是胜造七级浮屠吗？上善若水，上善若水。"

罗贤阳散了会就去了支队卫生院。卫生院设在支队公寓楼的一楼，是一套三室两厅的房子，客厅是坐诊室，四张桌子摆在四个不同的方向，恐怕是为了官兵受诊时不相互影响而特意这样摆放的。正面墙上挂着"救死扶伤"四个毛体字，侧墙上贴了张视力表，对面是一面平面镜。再就是诸如一些消防官兵体格标准对照表之类的图表张贴在墙上。三间卧室一间是药房，两间是留观室。留观室分别摆着三张床，洁白的床单和被子干净整齐，被子也同中队战士宿舍一样叠得方方正正，有棱有角，仿佛没有人动用过。

院长顾盼坐在“救死扶伤”四个字下方正在翻看一本烧伤学杂志。

三位女护士警官各自坐在自己的座位上，各自在做各自的事。叶红花秀色可餐的瓜子脸，抿着的小嘴，浅浅的酒窝，一脸的甜蜜和幸福。她穿着一身得体的武警尉官服装，外面套一件白色的大褂，在整理官兵健康档案。桌面上堆了三大堆，几乎占去了一半，另一半就放了血压计和听诊器。

罗贤阳走进卫生院，顾盼就打招呼说：“罗科长，你又看我们警花来了?”叶红花听顾盼这么一说红了红脸没做声。程若郁、项蓉芳两名护士就连忙站了起来向罗贤阳问好，叶红花跟着一同站起来微微向罗贤阳点了一下头，以示打了招呼。程若郁、项蓉芳同样穿一身得体的武警尉官服装，外面套一件白色大褂。三人修长的身材站在三个不同的位置，亭亭玉立，玉树临风，这恐怕就是人们心目中的白衣天使了。

程若郁就跟叶红花甜甜地喊着说：“红花姐姐好幸福啊。”

项蓉芳就附和着说：“红花姐姐我们好羡慕你，罗科长是我们支队最年轻的科长，以后前途无量。”

罗贤阳就嘿嘿笑了两声冲着顾盼说：“你可是掉进花丛中了，我警告你啊，你不能碰她们一下。”

顾盼一脸严肃地说：“我哪敢啊！我要好好地把她们看起来，严加保护，谁也不能碰她们。”

罗贤阳接过话说：“哎，你家伙真蛮会打击报复人啊！怎么的？你让我们美女孤芳自赏，一辈子不嫁人啊!”说完一双眼睛就往叶红花身上飞。

程若郁喊着顾盼说：“顾院长，你看罗科长多善解人意。”

项蓉芳就一脸萌萌地说：“我要守身如玉。”

顾盼故作认真地说：“听到没？我卫生院的女警官没我同意，都不许碰她们。”停了停接着说：“除非有我们罗科长这么优秀。”就讨好起罗贤阳来。然后迫切地喊着罗贤阳问：“今天的会议结果怎么样?”

罗贤阳就故弄玄虚地说：“会场争论非常激烈。”并没有直接告诉他们结果。

顾盼说：“上午听说言副支和喻副支争起来了，就差一点没骂娘了。下午他俩没争了吧?”

罗贤阳听口气，猜测有人跟他们说了，就直截了当地说：“下午的会议本来是安排自由发言的，没想到会议一开始言副支就抢着发了言，他俩又继续争论不休，还演变成了大队领导和大队领导，中队干部和中队干部之间的争论。形成了支持派和反对派。”

叶红花急不可耐地问：“结果呢？”

程若郁、项蓉芳也随着叶红花说：“结果呢？”

罗贤阳说：“你们猜？”

叶红花娇柔地说：“我不猜，我要你说。”

罗贤阳挽起袖子说：“你帮我量量血压。”

“讨厌，你这牛一样的身体，还要量什么血压！”叶红花嘴里一边说，手一边拿血压计。

顾盼说：“小叶啊，罗科长是想要你摸摸他的手。”

叶红花天真地说：“你看他这块头，比牛还健壮。”叶红花一双杏凤眼，注视着血压计。罗贤阳就盯着叶红花的脸看个不停。

然后，罗贤阳就简单地传达了会议精神。

顾盼听后认真地说：“罗科长，我们是一个战壕里的战友，从今往后，罗科长战斗到哪里，我们卫生院就战斗到哪里，叶红花就服务到哪里。”

程若郁、项蓉芳听顾盼这么一说就自告奋勇地说：“我们也要去，我们也要去，救死扶伤不仅是我们护士的职责，而且，更重要的是我们是人民的消防兵。”

顾盼接着说：“这是全支队官兵的决心，我们都到抢险救援第一线去。”

第二章

一场惨案的发生，以至书记从困惑到深度失眠

想起十七个孩子，肖言书记就看到王纪元举起的右手指尖上的鲜血，以至深度失眠。一把尖刀让他不再因失眠而痛苦。

罗贤阳叶红花满心欢喜地想过一把湖畔走、堤坝偎的恋人生活，城市高架桥坍塌剥夺了他们花前月下的浪漫。

十一

改革开放的中国，人们的步伐就像挂在墙上那樽拧紧了发条的闹钟上的秒针，在不知疲倦地欢快地跑着。

东西走向、宽阔平坦的开元大道，两旁高大的银杏树、香樟树，一棵修长挺拔，一棵枝繁叶茂，相映成趣，相得益彰。银杏树的枝头吐出了嫩芽，在探听春天的气息，香樟树可是新老交替、从容不迫，在郁郁葱葱的枝头不知不觉地给大地铺就了一层金黄。中央隔离带，有红桎木、白梓木，有月月桂、山茶花这样低矮的灌木，也有玉兰树、八月桂这样的乔木，还有一些叫不上名字的花卉树木，鳞次栉比，错落有致。在南风的吹拂下，红花绿叶生机勃勃，争奇斗艳，美不胜收。

在开元大道车水马龙的车流中，王纪元坐着吉普指挥车如约和秦晋江、吕梁华到楚洲市委参加书记办公会，汇报全市消防部队承诺参加社会抢险救援工作的实施方案。也许是受王纪元近段时间几场关于西方国家消防和我国香港消防关于抢险救援的讲座的影响，一向谈话做事都很严谨的秘书科科长齐思来没话找话说："参谋长，兴许是天意。"

"什么天意?"王纪元问。

齐思来说："这也叫凑巧!"

"凑什么巧?"王纪元接着问。

齐思来说："我们今天一大早走的这条路叫开元大道，有开创新纪元之意，我们现在就向书记办公会汇报参加社会抢险救援工作，一旦得到批准同意，我们楚洲市、楚洲消防就开全国抢险救援之先河，就是开创新纪元，树了里程碑，当了桥头堡。"

"你是这样认识和理解的?大凡才子佳人都想象丰富。"王纪元反问并夸他是才子佳人。

齐思来兴奋地回答说：“是的。你看天意巧合不，我们是顺着太阳行，一路向西，向西方消防学习，西化就西化，只要有利于社会进步。”

王纪元立马纠正说：“不能这么说，怎么叫西化呢？我们讲的意思就叫古为今用、西为中用，走中国特色的消防抢险救援道路。我们再往西走就可以看到我们的祖先了。”

齐思来说：“参谋长莫吓人咯。”

“吓什么吓，这不是我们祖先炎帝吗？”王纪元用手向前指了指说。

不知不觉中吉普指挥车开到了炎帝广场。高大宏伟、气宇轩昂的炎帝肩背草药背篓，花岗岩石雕像，屹立在广场中央，一双炯炯有神的眼睛每天目视着太阳从东方冉冉升起，庇护着中华儿女幸福安康、平安快乐。

炎帝，号神农氏，又称亦帝，与黄帝并称中华民族始祖，距今五千五百年到六千年左右，出生于宝鸡姜水之岸，一说生于湖北随州厉山，活动于湖南、湖北，葬于长沙茶乡之尾，现在的湖南省株洲市炎陵县鹿原坡。传说中的炎帝人身牛首，是一个神化了的人物，其信仰为尝尽百草，只为生民养民。主要成就有尝百草创造中医药；制耒耜，种五谷，解决了民以食为天的大事；立市寓，首辟市场，创办日中为市，致天下之民，聚天下之货，交易而退，各得其所的日中市场；治麻为布，民着衣裳，教民麻桑为布帛后，人们才有了衣裳，人类才由蒙昧社会向文明社会迈出了重大一步。还削木弓，制作陶器，以叶当琴。炎帝对中华民族的生存繁衍和发展作出了重要贡献。炎帝和黄帝作为中华五千年文明的象征被载入世界文明史册，华人也自称为炎黄子孙。

王纪元望着花岗石炎帝塑像，久久凝视，然后自言自语地说：“炎帝精神。”

楚洲市委大院不大也不深，市委大楼不高也不低，也不是中国传统的那种四平八稳的中式建筑，而完全是改革开放东风吹拂下的全新的一栋弧形的现代建筑，坐北朝南。正南方是天蓝色的玻璃幕墙，幕墙下方则是厚重的麻石，给人以厚实、平稳、坚固的感觉。市委大门处五个毛体烫金大字“为人民服务”镶嵌在用麻石做基座的玫瑰红花岗岩面板上，在阳光的照射下熠熠生辉，非常醒目，无比抢眼。

肖言书记的办公室在七楼的最东端，办公室很大，由南北四大间组成，几乎占去了东厢的三分之一，连内走道也规划进了办公区，南北通透，空气流畅。整个办公室分成了两个部分，南半部分和北半部分；南半部分是办公、处理日常事务的办公区，一张宽大的办公桌呈东西摆放，与之不协调的是在宽大的办公桌边放的不是老板椅，不是太师椅，而是一张普通得不能再普通的木制靠背硬椅，办公桌的后方左边是一面党旗，右边是一面国旗，宽敞的墙面中间是一幅很考究的泰山名画，两侧则分别是“贤者虚怀若谷，仁人习静如山”的一副楹联。一看这字就是颜体楷书，结构方正茂密，笔画横轻竖重，笔力雄强圆厚，气势庄严雄浑。办公桌的对面则摆放了十件套的红木沙发，中间宽大的茶几上放了一些茶盘和茶杯，小茶几上摆了一些花卉点缀。当然，摆放得最多的还是书籍，有《半月谈》、《内参》、《道德经》、《求是》和《词曲创作》等，想必这一区域应该是肖言书记会客、商量工作的地方。难怪墙面上悬挂有两幅裱褙得很精致的书法作品，一幅是“宁静致远”，另一幅是“锐意进取”。几丛阔叶花卉摆放有序，恰到好处，将南半部分点缀得生机盎然。细心的秘书在办公桌上一字形摆放了七八个文件夹，这些应该是要肖言书记今日亲自阅示的材料。

北半部分则是摆放了一张用胡桃木制作的长方形大条桌，四周摆放了九张同样用胡桃木制作的靠背椅，浅色明快的格调，桌面上很工整地摆放了九件套文具，有笔、纸和纸夹，笔有铅笔、钢笔、一次性笔还有橡皮擦；靠窗户处同样摆了两张椅子和一张茶几；靠墙东西方各摆放了两盆树桩盆景，一盆是千年古松，一盆是红梓节节高，造型别致、寓意深远，上方则悬挂了两幅齐白石的字画。这里应该是书记碰头会或听取相关部门工作汇报的地方。

王纪元在秘书的引领下来到肖言书记办公室门前，高大的双页木质大门，亚光宝石红颜色，给人以素雅沉稳之感。秘书在门上轻轻地敲了两下便推开了大门，伏案办公的肖言书记见王纪元一行到来，连忙从办公椅上站起来打着哈哈，拍着手绕过办公桌出来迎接。

肖言书记穿了一身很合身、很得体的休闲装，干净整洁。白净的脸庞慈祥温暖，鼻梁上的近视镜后方是一双炯炯有神的眼睛。肖言书记把王纪元、秦晋江、吕梁华请到北半部分的长方形会议桌坐下，麻利的秘书很快为每位上了一杯茶。肖言书记说：“听了市长、副市长给我的汇报，我第一想法就是要见见你们，你们在第一线很辛苦，参谋长啊，你平时也不来看看我，我把你请过来，让我看看，总还可以吧！”

王纪元坦荡地说：“书记，我得作检讨，这都是我的不对了，汇报得不够，平时没敢来打扰书记。”

肖言书记说：“什么打扰啊，前年抗洪抢险，你陪我到决堤口勘探，了解情况，多危险啊！全凭你的智慧，果断指挥我们一起撤离，大家一船的人才幸免灾难的嘛！去年的‘6·20’小学围墙坍塌，埋压的小学生不还是你用手把他们一个个从泥土中、瓦砾下刨出来的！记得当时雨很大，我赶到现场时，你一身泥、一身水，集合队伍向我报告时，你举起的右手五指都在渗着鲜红的血。”

王纪元谦虚地说：“书记，你记性真好，这些都是我们应该做的。”

十二

往事如烟，甚至不堪回首。也许是王纪元经历的灾害事故太多，有时候真还有些麻木，很少回想那惨烈血腥悲痛的场面。经肖言书记这么一提，王纪元的思绪自然飞到了去年六月二十日农历端午节那场为了十七个孩子的生命，与时间赛跑的抢险救援。

这是中国南方主汛期的一天，往往每年这个时候都要发洪水。山洪暴发，河水暴涨，民间叫涨端午水，各地每年在这个时候还开展龙舟竞渡。一则以这种方式来纪念我国伟大的爱国主义诗人屈原，缅怀他爱国投江的伟大壮举；二则通过龙舟竞渡来培养广大人民群众不畏艰险、不畏强暴与大自然抗争的顽强拼搏精神；三则培养广大人民群众健康的体魄。村与村比，单位与单位赛，也不知从什么年代开始，这一喜闻乐见的群众性自发的龙舟竞渡演变成了竞技、竞赛的一项重要的体育运动和比赛项目。每当到了这个时候我国的港澳台，以及朝鲜、东南亚国家也同样开展龙舟竞赛，吃粽子、抛粽子，最后演变成一项国际赛事。特别是改革开放的中国，聪明一些的地方政府官员，因势利导，干脆举办每年一度的龙舟竞技赛，开展国际性的龙舟竞技交流，以文化搭台，龙舟竞技，经贸唱戏，招商引资，发展外向型经济。莫说，真还有的城市，抓住了这一商机，特别是湖南的汨罗还形成了独特的龙舟文化、龙舟经济，极大地促进了当地经济社会的快速发展。

连续下了好长一段时间雨的中国南方城市楚洲，这天，整个上午天空都是黑沉沉的，沉闷的雷声不时在空中炸响，时而低声吼叫，闪电也不时地在空中飞舞。每当闪电划过的那一瞬间，雷声也跟着从低吼到滚动，到轰！轰！轰！到砸！砸！砸！再到“噼啪”消失在远方。有时甚至就消失在头顶、脚下，每当这个时候，人们的汗毛都一根根直立。

大雨依然倾盆地下着，一刻也不停息。莲花工区小学位于楚洲西区城郊，主要招收莲花工区及郊区菜农的小孩就近读书，同往常一样，师生都是冒着倾盆大雨到学校上课，这恐怕是习以为常了，楚洲的人们从来没有把这么大的雨当回事。有的学生是父母早晨送来的，有的学生则光着小脚丫，卷着小裤腿蹦着跳着到学校的。

进校的道路还是简易的沙石路，由于学校不大，学生也不是很多，没有所谓的运动场、田径场，整个小学就由两栋房子组成，一栋是教学楼，一栋就是厕所。厕所离教学楼足有一百多米远，天晴就得晒太阳，下雨就得淋雨。也不知当时这所小学的设计者是怎么想的，也许是那个年代设计规划的一种模式，好像所有的农村学校还有城里的大部分学校都是这样设计规划的。也许最初的想法是想让上了一节课的老师和学生方便时走动走动，有益于身体健康；也许是为了教学区与卫生区相分离，有益于卫生。四周则是高高的围墙，围墙边建了一个门卫室，里面既没有床铺，也没有桌子，空荡荡的，更没有人，想必根本没有发挥它的职能和作用。门窗上的几个大蜘蛛网，织得既圆又好，硕大的蜘蛛趴在圆的中央，一动不动，时刻等待着猎物自投罗网。

一张铁门似乎从来没有关过，野草蔓生到铁门上，还沿着铁门不断往上爬。冲积的泥沙、泥土已经让大门无法再自如开启，怎么看这所小学都有点萧条，有些破败，有些凋零。砌在教学楼旁高坡上的围墙，一看就有点毛骨悚然，摇摇欲坠，危机四伏，似一条巨蟒卷动着身子在翻腾摇摆。

中午时分，上了一上午课的小学生，憋足了尿，只等快点下课。终于等到了下课的铃声，十七名二年级男生，鱼贯而入就近绕到了教学楼山墙一侧。这里左右两侧是教学楼山墙与山坡围墙不足两米的空间，山坡足有两米多高，就在这两米多高的山坡上修建了围墙。其另一头是一个狭长的死胡同，似一个口袋。憋足劲的这十七名男生沿山墙屋檐一字形排开，个个迫不及待地掏出自己的小鸡鸡，用那小口径水枪演绎儿童的快乐和天真，比谁尿得远，比谁尿得久，比谁尿得高，有的男生还用那小口径在空中画着图案。突然，轰的一声，修建在高坡上的围墙连着山坡轰然倒塌砸向学生，瞬间，十七名学生被埋压在废砖瓦砾之下。雨水和着泥沙将一个个缝隙填满，情况万分危急。

赶到学校接小孩回家吃中饭的家长看到这一幕，哭天喊地，痛不欲生。

这时，正准备去支队机关食堂的王纪元对讲机里传来了急促而紧急的呼叫："007，007！010 紧急呼叫！"

"010"这是支队无线基地台代号。

王纪元回答："007 听到，请讲。"

刘红晖报告说："河西莲花工区小学发生围墙倒塌，十多名学生被埋，市公安局请求我们支援。"

王纪元命令说："通知消防五中队按一级火灾响应机制，立即出动，参加抢险救援，我立马就去。"听到无线对讲机讲话的司机小李和罗贤阳立即按响了吉普指挥车的警笛开到王纪元面前，王纪元就一头钻进了车内。

吉普指挥车划破雨水，警笛声划破长空。王纪元一边给医院急救中心打电话，一边催促小李把车再开快一点。因为雨大，路面上车辆和行人少了很多，王纪元以最快的速度赶到了莲花工区小学。围墙倒塌现场场面混乱，先行到达的三名公安心急如焚，在雨中穿梭，不停地喊大家快救人。

闻讯而来的学生家长、亲戚、朋友将学校围得严严实实，本能地用双手去搬砖头、刨泥土。

王纪元乘坐的吉普指挥车一出现，大家自然地让出一条道，仿佛看到了希望，看到了救星。

王纪元看完现场后立即向随后到的消防五中队下达命令："坚持救人第一原则，实施清渠沥水，先易后难，人工清砖，全线拉开的方法。黄宏义带领一班负责清渠沥水。李长征带领二班、三班分别负责从内外两头清砖救人，从寻找学生被埋压位置入手，实行点对点救人。罗贤阳带领四班负责对围墙结构柱的破拆清运和组织群众传递砖块。所有救援行动都要防止二次伤害！战斗展开！"王纪元为了赢得时间就直接充当了中队指挥员的角色。

救援行动很快在这狭窄的空间全线展开，现场拉起了警戒线，局面也不再混乱吵闹。

王纪元下达完作战救援的命令后，就一把将黄宏义拉到身边说："你要全力组织挖渠排水，严防围堰积水。如果积水，受伤被埋压的小孩就会被呛死。记住要时刻注意严防堆垛处围堰积水。"说完这些就一头扎进抢险救援现场。

天，好像是被谁用竹竿刺穿了一样，倾盆大雨一波一波地向下倒，全体抢险救援官兵冒着雨，一身泥一身水，用手挖用肩挑。从附近村民家借来的锄头、耙子和消防铲、消防镐、消防斧在官兵们手中最大效能地发挥着各自的作用。王纪元身先士卒同战友们一道用双手十指搬砖头，刨泥沙，疏围堰，防积水，救孩子。一边清砖头一边说："注意，不要伤害到孩子的头，来，我用头盔护着孩子的头，你们将上面的砖头搬开。"说完，就将自己的头盔取了下来，双手将头盔贴在孩子的头部去遮挡泥沙和雨水。

转瞬间，王纪元就从泥土中抱出这个奄奄一息的孩子，大步流星地直接送到救护车上。随着第一个孩子被救出来，第二个孩子被救出来了，第三个小孩也被救出来了。五个被救出的小孩分坐两辆救护车，随着救护车的警笛消失在雨中，驶向市立人民医院急救中心。

十七个被埋压的小孩一下子成功地救出了五个，极大地鼓舞了官兵们的斗志。王纪元为了进一步鼓舞士气，站在救援现场中央，用沾满泥土的手摸了一把脸，顿时成了一个大花脸，大声地说："同志们，我们已经成功救出了五名小朋友，方法是得当的，措施是可行的，我命令大家继续鼓足干劲，一刻也不得松懈。为了十二个孩子的生命，我们要和时间赛跑，我不敢说与天斗，不敢说与地斗，但我们一定不能向暴雨低头！"

说到这里，雨似乎小了一些，也许是王纪元的这席话，感动了天，感动了地。官兵们真的一丝都没敢松懈，手指刨出鲜血，染在黏稠的泥土上、湿冷的砖块上，鲜红而刺眼。

突然，黄宏义一把抓住王纪元的手说："参谋长，你的手出血了。"

王纪元顺势反过手抓住黄宏义的手，看着手豁达地说："你的手指不也出血了，出吧，让它出！我们能多救出一个孩子，值！莫停，时间就是生命。"

桃李不言，下自成蹊，由于王纪元的模范作用，全体官兵没有一个要求轮换的，没有一个喊痛的，湿透的衣服沾在身上，透出战士发达的肌肉，像青蛙的大腿。挂在脸上的水不知是雨水还是汗水，兴许还是泪水。

坚固的围墙结构柱，横卧在中央将三个可爱的孩子压得脸色铁青，孩子的姿势有横趴的、侧卧的、仰面的。罗贤阳俯下身子左看看右看看，用手搬开一块块沙石和砖块，在不断地思索救援方法。王纪元逐一检查了三个小孩，把脉搏、摸压处，发现孩子个个表情痛苦，但都有生命迹象，于是兴奋地和罗贤阳说："都还活着，我们抓紧时间。"

然而，要救出这三个小孩还真是难度不少，横卧的大立柱，一头连在山体围墙上，一头砸在教学楼山墙屋基台面上，下面除了三个小孩就是砖块和泥土。用水泥做成的结构柱既不能挪走又不能破拆，车用千斤顶又派不上用场。狭长的空间和不规则的地形又不好使劲，还怕脚下有人。王纪元只好命令黄宏义加快清渠、清砖进度，并集中了几名业务骨干清理结构柱周边的砖块和泥沙，又要李长征从车上拿来了安全绳和消防铤。

很快结构柱下被掏出了两个可以穿过安全绳的缝隙，王纪元指挥现场官兵如此这般，一声"一二三"的口令声，抱小孩的抱小孩，抬铁铤的抬铁铤，随着结构柱被抬起，三个小孩同时被救了出来。就在小孩被抱出来的那一刻，一个孩子竟大声地哭了起来，仿佛是新生婴儿的第一声啼哭。

接着，很快又救出了六个，个个奄奄一息，生命垂危。已经精疲力竭的官兵经过两个多小时的抢险，重体力劳动，体力已严重透支，也顾不上吃后勤部门准备的盒饭。这时一个老师对王纪元说："领导，还有三个。"

王纪元心情沉重地说："知道还有三个，你放心我们会将每一个孩子救出来的。"这时王纪元两眉拧成一团，打成了一个结，愁眉不展地在心里想，这么长时间还没发现掩埋位置，这三个可爱的孩子，可能凶多吉少了，兴许已经上了天堂。

面对最里面的那堆如坟头的土堆，王纪元在想这三个可怜的孩子应该就在这堆黄土堆里了。因为这三个小孩正好坐在后排靠门这一块，下课的铃声响起时，应该也是最快跑出教室站到最里面的。这里应该也是这帮孩子经常尿尿，玩小水枪的地方。也每每都会给每一位留出一个位置，无论晴天还是雨天。

这一分析更坚定了王纪元的信心和判断。于是，拿了一把消防铲快步走向那堆罪恶的土堆，站在一旁的罗贤阳、黄宏义、李长征和几名骨干有的拿锄头，有的拿铲子，有的挑箩筐向那堆如山的黄土堆发起了最后进攻。王纪元说："大家注意了，我们要对三名孩子负责，不要激动，我们能用手刨的不用锄，要确保三名孩子的完整。"

李长征说："是，我们能用手检的砖块不用铲。"说完对外喊："再进来五个人。"捡的捡，刨的刨，铲的铲，现场出奇地安静，没有一个人再说什么，只听得到砖块的搬动声，消防铁铲与地面的摩擦声和大口大口的呼吸声。随着一块块砖头检出，一堆堆泥土挑出，现场露出了三双小脚，接着又露出了三双抓在一起的小手和天真纸白的童颜。也许他们想结成一团，抵挡住这突如其来的泥土，也许是他们互相帮扯想逃出这突如其来的灾难。

看到这一切，所有的人强忍着悲痛，只见眼泪从眼眶中流出，一滴滴一滴滴落在三个小男孩的身上。王纪元示意大家脱下头上的头盔说："给他们鞠个躬吧！"大家就纷纷将头盔取下，给他们行三鞠躬。

一直站在外面踮脚翘望的老师和家长、亲属，看到这一幕，痛苦不已，悲伤的家长绝望地瘫倒在地上，昏死过去，旁边的警戒人员、救护人员顿时一阵忙乱。

这一自然灾害所造成的重大事故，引起了市委、市政府领导的高度重视，就在最后三名孩子被救出时，肖言书记赶到了事故现场，指挥抢险救援，慰问消防官兵，在王纪元集合队伍前发表了重要讲话，也看到了一身泥水的消防官兵的不容易，看到了王纪元举起右手给他敬礼时五指还渗着鲜红的血。

十三

不一会儿，书记办公会成员和分管消防工作的副市长、市公安局副局长如期而至。肖言书记看该来的人都来了，立马将话转入主题宣布开会，没有客套话，直接说："主管市长、公安局长对我们楚洲消防部队工作非常满意，消防支队最近又拟定了一个楚洲市消防部队承诺参加社会抢险救援实施方案，准备为我们在座的分忧，为人民群众解难。老秦你先讲讲，老公安局长了，我们都听你的。"肖言书记短短几句话从容大度，既提到了主管市长、局长，又表扬了消防支队，还说明了会议主题和作用，最后一句"我们都听你的"既体现书记谦虚谨慎又让秦晋江受宠若惊。

秦晋江连忙从包中拿出事先准备好的汇报材料说："尊敬的肖言书记，尊敬的仁桂生市长。"

"简单些，别讲客套话，都自己人。"肖言书记立马插话说。

秦晋江说："好，那我就不按汇报材料读了。这次我们楚洲消防支队提出承诺参加全社会抢险救援工作，其背景是我们参谋长王纪元同志参加全国政法系统有奖征文，其论文获得了一等奖。我们认为，这是消防高层给了我们一个重要信号。为了履行好抢险救援职责，达到统一思想的目的，支队党委专门召开了一次党委扩大会，会上争论很激烈，但结果是百分之百通过，一致认为消防部队参加社会抢险救援是必然的，是可行的。具体情况请王参谋长汇报。"秦晋江说完看了看坐在一旁的吕梁华，意在征求他的意见，吕梁华也没有出声，只是点了点头。

公安局副局长马建功插话说："王参谋长啊，你的论文得了一等奖，你都不给我们报喜，中午罚你请客。"

肖言书记说："纪元为我们楚洲人争了光，中午我请客，为王参谋长庆功，都不准请假噢。"

王纪元接过书记的话："你看，书记就是高屋建瓴，大方！中午我借书记的酒敬大家。"

马建功说："想得美，你借书记的酒敬大家，我敬一你喝二。"

市委秘书长彭永德打圆场说："那参谋长不得喝倒去，知道公安局长霸道，但不能这么霸道，一对一还说得过去。"

仁桂生市长见彭永德出面打圆场，也就说："中午我们一起敬纪元一杯酒是情理之中。"看来市长看问题的角度又不一样。

肖言书记打了两个哈哈说："中午的酒是要喝的，怎么个喝法，看你们怎么表现，大家先听听纪元的。"

王纪元吸取秦晋江的经验，就直接说："我从以下几个方面汇报：一是关于社会抢险救援的提出和背景。在全国消防部队内部由于实际上担负了一部分社会抢险救援任务，有一些零星的报道，也召开过几次研讨会，然而，这一项工作全国消防都有所顾忌，特别在师团级一线执勤作战单位产生了意见分歧，认为风险大，技术要求高，兵力又不足，都怕承担责任。这次我的论文得了一等奖，不是我的论文多么优秀、文字多么精彩优美，我猜想是一个重要信号。既然如此，我认为不能墙内开花墙外香，我们楚洲消防要传承老祖宗们敢为人先的精神，开中国消防抢险救援之先河，并形成经验力促全国消防早日承诺参加全社会抢险救援工作。二是各级党委、政府，人民群众有这个实际需要。随着市场经济的发展，各种新工艺、新材料、新产品的大量出现，物流人流不断增大，交通运输日益繁忙，高层建筑如雨后春笋，地下建筑不断增多，城市化进程不断加快，自然各类安全隐患越来越多，各类灾害事故也会越来越多；特别我们楚洲又是中国南方的重要交通枢纽、物资的集散地，化工、机械、电子、航天航空、服装、食品等门类齐全，需要一支专门的抢险救援队伍。三是楚洲消防已经部分承担起了社会抢险救援的职能。据统计，去年一年全市消防部队除火灾扑救以外，共参加社会抢险救援一千余起，涉及化学危险物品泄漏、重大交通事故、建筑物坍塌、围墙倒塌、井下救人、抗洪、抗旱送水等突发事件。我们在实施方案里还包括地震救援和各类恐怖事件，共界定了四大类约二十小项。"

王纪元一口气直述下来，思路清晰，层次分明。稍作停顿，见大家一脸的兴趣，没人插话就接着说："我们想通过一定的渠道和媒体正式向社会各界、新闻媒体公开承诺全楚洲消防部队参加社会抢险救援。这也是顺应了人民群众在生产、生活、学习、工作中出现这样和那样突发性事故的需要。向老百姓明确一个实际的受理平台，让老百姓知道一旦发生突发性事故，无论是火灾还是自然灾害、责任事故，无论是不可抗拒的灾难还是人为过错，只要生命财产受到威胁拨打‘119’电话，就有人受理，有人处警，有人救援。这无疑是为各级党委、政府分忧，为人民群众解难。”然后，就汇报了存在的问题和请求。

“当前，问题很多，困难也不少，比如说兵力不足问题，比如说经费不足问题，我想一步一步来。这里我主要请示三个方面问题，请帮助解决。一是批准楚洲消防部队参加全社会抢险救援工作，适时召开新闻发布会。二是组建楚洲消防特勤大队。编制问题，我们向省消防总队申报，地方这一块请帮助解决土地、营房、装备问题。三是增加消防预算。根据抢险救援的实际需要，适度并逐年增加消防预算内资金，尽快购置一批用于各类抢险救援的装备和器械。”王纪元说完习惯性地说“汇报完毕”。

马建功接过话说：“这么多年来，我和消防官兵一起摸爬滚打。我被感动，被感染，默默无闻地承担了灭火救灾、防火监督外的大量工作任务，很多场面催人泪下，很多事迹可歌可泣。就拿肖书记说的莲花工区小学的围墙和土坡倒塌吧，我当时也在现场，看到几十个消防官兵磨破了手掌，磨掉了指甲，血和着雨在流，没有一个人喊痛的，没有一个想退下来休息一下的，十指连心啊，痛啊！我看着都心痛。这次消防支队提出主动承诺参加社会抢险救援工作，之前，我们也反复研究过、比较过，哪一个警种、哪一个军种、哪一个单位有消防队机动性强啊？反应最快，机动性最强，出动最快，且有消防战斗条例作保障仅消防一家。同时，有一些基本的设施和设备，又形成了一些经验，市委、市政府批准楚洲消防的请求是正本清源，是为参加社会抢险救援出师有名。”

“主任，没有什么法律障碍吧？”市委副书记、政法委书记杨三阳问市人大常委会主任黄东阳。

黄东阳主任说：“这是天大的好事，自古以来，无论是古时候的官办消防、民办消防，还是今天的现役消防，单位的专职、义务消防总是扮演抢大险、灭大火、救大灾的角色，做好事还不让人家做啊。”讲到这里，他若有所思地说：“对！秦支队长、王参谋长，你们要注意加强总结，形成经验，促进全省、全国消防早日参加社会抢险救援工作，就是对全省、全国人民的贡献。只是一旦承诺，工作量恐怕要成倍增加。”黄东阳也是特邀来参加书记办公会的，因为肖言书记行事风格最大的特点是体现法治思维，全市这么重要的重大决定，请市人大常委会主任参加既是尊重也是发挥人大职能。

副市长、公安局局长罗永涛说：“去年八一建军节，支队邀请我和基层中队官兵一起过一个‘八一’建军节，体会一下军人过节的气氛，我去了。整个营区喜气洋洋，刚刚杀了猪的现场几名战士在清理现场，打扫卫生，厨房里的战士个个都是大厨，有肉吃自然都进厨房帮厨，切菜的，烧红烧肉的，走油的，做扣肉的，摆桌子的，热闹得很。看着这些远离父母的十七八岁的孩子，我当时心中冒出两个想法：一是军队真是一个锻炼人、培养人的地方；二是这些细伢子如果没有当兵，这个时候恐怕还在被子里睡觉等父母喊他起床吃饭。接着我参观了车辆器材，消防车旧了一点，老了一点，但一尘不染，随车器材整整齐齐。又到战士宿舍参观了，真是整齐划一，直线加方块，战士们叠的被子就像豆腐块一样，四方棱角，洁白的床单铺得熨熨帖帖，几张画了世界地图的床单自然可以理解，至少可以看得出我们部队管理严格，没有到隔壁发廊里去、按摩房去。”

罗永涛讲到这里几个人就笑了起来，彭永德秘书长插话说：“消防就是我们这个时代荧红灯下的哨兵，不被金钱美色所诱惑。”

马建功说：“王参谋长管部队抓得紧，那么大的眼睛我每次见到他都要向他敬礼。”大家就哈哈地笑了起来。

罗永涛接着说：“一会儿开餐的哨声响起，战士们列队唱歌，我到了餐厅，几张饭桌摆得满满当当，真的很吊胃口，鱼贯而入的战士，在中队干部的指挥下，大家各自坐在自己的位置上听秦支队长致词，还要我讲了几句话，就在我举杯说干的时候，中队的电铃突然响起，全体官兵呼啦啦地一下跑得无影无踪，随着警报声响起，待我走出餐厅，悠长而刺耳的消防警报声已经消失在营区的远方，速度之快、反应之快确实是任何单位、任何警种无可比拟的，也不是一朝一夕可以培养出来的，是我们消防部队优良传统的传承和发扬。一桌热腾腾的饭菜战士们没有吃一口，举起了的酒杯只在空中舞了一下，胡乱放在桌上，没谁去喝一口。”

然后，罗永涛就说了当天的火灾：“后来，得知火灾较大，王参谋长先行到现场去了，我和秦支队长、吕政委随后也赶到了火灾现场。浓烟遮盖了半个蓝天，单位从德国进口来的涂料用国内的泡沫怎么也灭不黑，王参谋长调集了全市公安、专职消防队的所有干粉消防车，泡沫消防车采用干粉和特种泡沫联用，才一举将大火扑灭，精疲力竭的官兵凯旋时已是下午四点多了。人们都说，人在某一个限度之外，都无法百分之百地为别人付出，而我们和平年代下今天的消防恰恰就演绎和诠释了对人民群众百分之百的爱。后来，我跟他们说，消防是一个特殊岗位，说不准什么时间起火，什么时候电铃响起，有饭就要抓紧时间吃，不要搞唱歌那一些形式主义的东西了。我这一说，王参谋长就不同意了，说形式就是纪律，就是作风，内容通过形式体现出来。为此，我想后勤要跟上来，做好保障，我还说了经费不够打报告给我，地方补。王参谋长你是怎么说的来着？”罗永涛也不放弃这个难得的机会，既为消防说话又为自己争取权力，我可是当着书记、市长的面说的，以后消防有困难什么的我就直接签字了。

王纪元回答说：“军队就得要有铁的纪律和优良作风，内容是通过形式来表现出来；不然，那不就是民兵了，恐怕用民兵还有点不妥。”

“管他哪里的兵，什么兵都得要填饱肚子，我们整个公安队伍要开展向消防看齐，向消防学习，社会抢险救援是全社会的事，是各警种共同的事，我们公安机关也得拿出一套行之有效的方案，让各警种形成联动，分工负责，形成合力，请王参谋长帮助指导，好吧？”马建功就将罗永涛的话讲了。

仁桂生市长看大家讲得差不多了，便停下手中的笔，抬头看了看，便问：“还有要讲的吗？政委呢？你没说话呀！”

“参谋长的汇报就是我们的汇报，没有了，没有了。”吕梁华恭敬地回答说。

仁桂生市长接着说：“难能可贵，在这个年代很多单位、很多人遇到问题绕着走，怕粘锅，我们消防子弟兵主动请缨，急人民之所急，想人民之所想，真是难能可贵。我这段时间老是在想，现在的灾害事故怎么这么多，一会火灾，一会爆炸，一会儿有人站在屋顶要跳楼，一会儿又有儿童落水。交通事故成了家常便饭，时刻都在发生。新闻媒体每天都在报道，我看多了就想，这还算新闻？两个月、三个月不发生交通事故那算是新闻。现在，无论大小事故老百姓都找到市里、区里、县里。市委办、市政府办共同编印的《楚洲每日快讯》，灾害事故几乎占去了篇幅的一半，有时想得整晚失眠，一方面是如何下大力气遏制灾害事故的发生，另一方面是如何应对和有效处置各类灾害事故。我想过组建一支同现在城管队一样的抢险救援队，想到过从各警种整合资源应对各类灾害事故，也想到过消防队；但又考虑到消防队属现役部队，担心协调起来有些困难，你看真是吉人自有天相，英雄所见略同，就在我冥思苦想中，你们来了，可谓是雪中送炭，这不仅仅是为那些灾害事故中的人民群众雪中送炭，更是给我们各级党委、政府雪中送炭。”

“这些优秀的楚洲消防人，与其说他们之所以出类拔萃是因为赶上了时机，还不如说是他们迸发的血性和刚猛的意志，使之自然而然地脱颖而出。”

杨三阳咬文嚼字地插话说。

仁桂生市长接着说：“对啊，楚洲消防的工作一直让我非常满意。我记得在一本杂志上看过一篇关于一场火灾改变了美国的报道，讲的是1911年3月25日的华盛顿广场大火，广场边上有一栋十层高的大楼，第八层、第九层和第十层是一家叫三角内衣厂的工厂发生大火，街上尸横遍地，楼内堆尸如山，一百四十一名男女工人死于大火。当时纽约市消防局长的作证陈词，唤醒了美国纽约的良心，也震惊了全美国，并且引发了后来一连串社会改革，政府的负罪感最终落实为一步步的具体措施，纽约建立了二十五名成员组成的‘改进工作场所安全委员会’，制定并通过了三十四项改善工人工作条件和劳动安全的法律，规定了哪些场所必须安装自动灭火喷淋系统，哪些场所必须安装火灾自动报警系统，工作场所每三个月必须进行一次防火灭火、疏散逃生训练，美国的劳动法就是在那个时期通过的，这些法律的通过，被看作是进步时代最重要的成果。后来三角内衣公司的事故写进了美国高中历史教材，成为美国现代主流价值观的一部分，就是生命的价值重于财富。”仁桂生市长一开头就引用了美国时隔八十二年的那起骇人听闻、震惊世界的华盛顿广场大火，以进一步引起大家的重视。

接着就结合国内情况说：“我国现处于经济发展的快车道，各项矛盾也异常突出，灾害事故日趋增多，我们楚洲也不例外。改革开放的今天，经济发展到今天，正是需要我们各级党委、政府审时度势，重新定位，重新思考经济发展与人民群众利益的关系，要通过转型改变服务方式。然而，在我国这样一个地大物博、人口众多的大国，正反两方面的经验也好、教训也罢都相当深刻，不缺法律法规，不缺技术规范。像1993年11月19日深圳葵涌镇的一家玩具厂发生的火灾，多名女工因为工厂紧锁大门、窗户封闭而无法逃脱，以至八十七名女工葬身火海。美国纽约的这场火灾时隔八十二年在我们深圳重演，教训深刻，发人深省，一方面反映了有法不依，违法不究，执法不严的现状，都想当老好人，怕得罪人，甚至是不给好处不办事，给了好处乱办事；另一方面反映了经营者的素质、人民群众的素质，漠视生命，漠视法律法规。我们楚洲市是中国版图交通枢纽经济大动脉，是物资的重要集散地，是世界制造工厂，各类灾害事故自然也在所难免。”

接着，仁桂生市长就讲了三点意见：“第一，社会抢险救援是为人民群众谋福利的一件大事、一件好事，请罗副市长代表政府全权协调，力所能及地满足楚洲消防部队要求，要做到要钱给钱、要物给物、要人给人；在人的问题上，我们可以通过政府聘、单位借，建立抢险救援专家人才智囊库，随时开展消防、安全重大隐患评估，完善抢险救援技术支撑。我们要统一认识、统一思想，给钱、给物、给人，形式上给了消防部队，实际上是给了我们广大的人民群众，这也叫财政支付转移。站在最广大人民群众切身利益上讲，我们没有理由不把消防部队武装好。第二，要立即启动特勤消防大队的建设，高标准、前瞻性设计，不要就建一栋两栋房子，要结合特勤消防队的实际要求，包括训练设施等规划设计，这一块王参谋长是专家。因此，在设计上、功能上要请王参谋长把关，必要时你们可以走出去看看，到我国香港看看。关于立项、土地、资金、设计请罗市长负责协调，该免的就免，该减的就减，力争早日建成驻兵，请省消防总队来验收。第三，要结合楚洲那些灾害事故多发的特点，开展一些专项治理工作，最大限度地减少和杜绝特大灾害事故的发生，我们楚洲不能发生美国、深圳那样群死群伤的灾害事故，不能重蹈他们的覆辙。专项治理要敢于得罪人，要依法依规严格要求、严格执法，该查封的要查封，该停业整改的要停业整改，我不给大家说情，我相信在座的也不会去违反原则去说情。”

最后，仁桂生市长请肖言书记拍板，没忘记向支队长、政委和王参谋长表示问候并要求转达他对楚洲消防全体官兵问好。三人同时点了点头。

肖言书记听完大家的发言，站起来，呵呵笑了几声，围着座椅转了一圈，又用手推了推架在鼻梁上的眼镜突然说：“尖刀、尖刀、消防尖刀，消防特勤大队就是一把刺向灾害事故的尖刀、一把魔杖。”

肖言书记说到这里唱起了铁道游击队之歌，“就像钢刀插入敌胸膛，打得鬼子魂飞胆丧。”

接着继续说：“组建一支特勤消防大队就是组成一支专门应对各类抢险救援的消防尖刀队。”然后不无感慨地说：“多少年来，我所看到的和感受最深的是在最关键的时候，军中都有召唤军人挺身而出，为国、为人民慷慨献身的英雄精神，消防就是我们这个时代振翅飞翔的雄鹰，从计划经济到有计划的商品经济，再到商品经济，再到有计划的市场经济的提出。WTO 的申请加入，社会发生了根本性的变化，经济建设得到了长足的发展，消防部队一颗全心全意为人民服务的心永远没有变。随着经济社会的发展，随之而来的各类灾害事故也相应地增多，我们各级党委、政府要与时俱进，转变管理模式、服务模式，放水养鱼，服务和维护最广大人民群众的根本利益，多关注、多关心人民群众的生活，多关心民生。”重复了一遍的肖言书记突然冒出“民生”两个字。

接着说：“民生，我们要多重视民生，消防扩大职能，就是最大的民生。江总书记在上海任书记时就说了‘隐患险于明火，防范胜于救灾，责任重于泰山’。当前做好抢险救援工作，重视民生，就是责任重于泰山。”

肖言书记从关注到关心再讲到重视民生工作这微妙的变化，字字句句都充分流露出了市委书记责无旁贷的亲民之情，充分体现出了一名党员干部关爱人民群众的伟大胸襟。肖言书记接着说：“同志们啊！泰山之责啊！我们要用泰山之责打造消防尖刀，要用泰山之责关心民生，人民群众一旦出了问题，遇到困难，受到威胁，要有受警电话、有人去救、有人去抢险，这不仅是为党委、政府分忧，为人民群众解难的问题，更重要的是充分体现我们这个党的政治高度、社会形象，是全心全意为人民服务的具体化。我完全同意市长和大家的意见。今天会议规模很小，就我们几个人，消防准备得很充分，我们在座的恐怕之前还没有这么深刻的认识。我想，我们今天的决定是一个重大决定，是一个里程碑的决定，恐怕真是一个划时代的决定，同美国八十多年前一样，会引发中国社会各级党委、政府的一项服务变革，重视民生。”

最后，拍板说：“好！就这么定，今天研究的这些消防工作就是我的书记工程。”

肖言书记没忘记会议开头讲的话，担心有临阵脱逃的，并郑重其事地喊着市长补充说：“市长啊！不是你我要喝酒，而是为我们这个有划时代意义的决定喝酒，其实啊，是为惠及广大人民群众的切身利益喝酒。同样，为我们楚洲消防有这么一个好班子，这么一支好部队喝酒啊！”肖言抬起手腕看了看手表说：“还有半个小时，我和市长商量一点事，十二点食堂见。”

十四

同往日一样，王纪元习惯性地早早到了办公室。勤务员已经打扫好卫生，办公桌上的瓷杯已经泡好了茶，静静地放在桌上的一旁冒着热气，办公桌中央整齐地放着四个大文件夹，一个是上级来文，一个是市级来文，一个是下级来文，一个则是本级需要审签的文本草稿。望着一沓沓厚厚的文件夹，王纪元在秘书科整理得工工整整的文件封面来文处理单上一一批转，一则能及时掌握相关方面的信息，二则以方便在早点名时通报相关情况，督促相关部门完成相关工作，有的由支队长、政委讲，有的则由参谋长讲，这也是多年形成的惯例和做法。今天王纪元特意把本级审签的文件草稿有意放在最后审签。批转完其他文件后，抬腕看了看左手腕上的梅花王手表，拿起对讲机就呼叫秦晋江，“001，001，007 呼叫！”

秦晋江听到呼叫后回答说：“001 听到，请讲。”

王纪元用商量的口气说：“早点名时，请你通报一下昨天书记办公会的精神好吗？”

秦晋江回答说：“还是你说吧，你讲得清楚些。”

王纪元说：“这是支队的大事，还是请您说。”

秦晋江说：“参谋长是部队首长，是全楚洲消防部队的司令官，请你说，就这么定了。”王纪元回答明白后，口中念念有词地说：“这个支队长当得真洒脱，当领导当到这份上那才真的叫领导。”

同样，同往日一样，每天的这个时候都是机关官兵早点名见面的时候。无论是训练有素的官兵，还是曾经懒散的个别人，如今正规化管理的养成，大家都不再是踩着点子来参加早点名了，生怕迟到了要打报告而没面子；而是习惯了提前十分钟或二十分钟到达，把这个时间当成彼此沟通信息，彼此交流感情的重要时刻。

昨天的书记办公会大多数官兵都已经知道了大概情况，也就成了早点名前大家交流的热门话题。

昨天中午书记的酒是象征性的、纪念性的，大家都以下午有工作为由没有多喝，肖言书记、仁桂生市长自然也不多敬。回到办公室的王纪元按捺不住内心的激动，放弃了已习惯十多年的午休，再次修改完《楚洲消防部队参加社会抢险救援实施方案》后，就召开了司令部部务会议，传达了上午书记办公会议精神，安排布置了司令部下一步工作。之后，王纪元又分别到了政治处、后勤处和防火监督处同各位处长沟通情况，商量工作，当然少不了通报上午书记办公会精神，自然机关官兵都知道了大概情况。

“同志们，昨天上午我陪支队长、政委到市委参加书记办公会，会议专门听取了我们楚洲消防部队关于参加社会抢险救援的专题汇报。肖书记、仁市长很高兴，充分肯定了我们楚洲消防过去的工作成绩、今天的举动，仁桂生市长用了‘难能可贵’四个字，完全同意了我们的工作请求，组建消防特勤大队，参加社会抢险救援，召开新闻发布会，还明确了罗副市长全权负责，还说我们没有理由不把楚洲消防武装好，要钱给钱，要物给物。肖书记更是把我们消防比喻成尖刀，消防尖刀，将消防比喻成各级党委、政府的重要‘民生工程’。‘民生工程’在我记忆中应该还是第一次听到。我们汇报请示的这些工作都被确定为书记工程。总之，支队党委扩大会百分之百的通过，在市委书记办公会上也是百分之百通过。这是我们楚洲消防抢抓机遇发展的黄金时期，希望机关全体官兵进一步统一思想，锐意进取，开创新时代，作出里程碑式的新贡献，大家有没有决心！”王纪元站在早点名队伍前说。

“有！”机关全体官兵异口同声地回答说。声音在机关办公楼大厅久久回荡。

王纪元回到办公室，打开了放在桌上的本级文本审签稿，这些文稿都是支队党委扩大会后几经修改后的文稿，有易燃易爆化学危险品，建筑消防，公共聚集场所，大型市场、商场，道路交通，仓储六个消防专项治理方案。有《楚洲消防部队参加社会抢险救援新闻发布方案》、《抢险救援手册》、《楚洲消防部队抢险救援专用器材装备购置方案》和《楚洲消防部队改进消防业务训练实施意见》等材料。望着这一叠叠材料似曾相识，望着这一叠叠材料心潮澎湃，望着这一叠叠材料浮想联翩。

王纪元从办公椅上站起来，若有所思，走向办公室的门，轻轻地将门关上锁好，然后返回办公桌，拿起办公桌上的程控电话拨通了齐思来的电话说：“我要在办公室看几个材料，告诉几位科长不要走远，没有大事不要找我。”

说了这些，王纪元开始审阅修改放在桌上的这些材料。也许是心情激动和刚才点名时煽情的讲话缘故，鼻翼上冒出了细微的汗珠，握在右手上的笔时写时停，在认真地酝酿每一句话，甚至每一个词，不断地权衡各方利益。心想，这可是一套大号军装，真的是一双大号皮鞋，穿不穿得了，穿不穿得起，穿不穿得好，穿在身上穿在脚上好不好看，合不合身，打不打脚；尽管有书记办公会的高度肯定和大力支持，作为楚洲一部分的消防部队，真的要识大局，顾大体，作为里程碑式的工作，作为划时代意义的工作，作为中国消防桥头堡的工作，怎样处理好优化经济环境与消防专项治理的关系，怎样处理好消防隐患整改与经济发展的关系，怎样处理好与横向单位彼此之间的关系，怎样处理好来自于方方面面的招呼、条子、电话的关系。

想到这里，王纪元这才真的意识到这套大号军装、这双大号皮鞋不是那么好穿的。还担心楚洲消防因此而与一些单位、一些人，甚至一些领导关系恶化，把楚洲消防推向泥坑，陷入困境而不能自拔，更谈不上发展。于是手中的笔也就多了几分顾忌，几分担心，然后就果断地刷刷划去了几行。兴许这就是王纪元的谋略和智慧吧，他不仅要对支队长、政委负责，更要对全楚洲消防部队负责，依法依规办事才是硬道理。想到这里一直严峻的脸上露出了得意和微笑，并自言自语说："以不变应万变，兵来将挡，水来土掩，车到山前必有路，船到桥头自然直。"

然而，为了能够收到消防专项治理预期效果，在每一个专项治理领导小组成员中，都以楚洲市级领导任组长，其他相关局领导为第一副组长，楚洲消防支队领导为最后一名副组长兼办公室主任。用心良苦的安排，这实际上是借势发力，借手打人。这么一调整，王纪元发出了会心的笑，笑得坦然，笑得开心，笑得既有节奏又富有磁性。很快这些文本送签稿修改完毕，搓了搓手，拿起桌上早上勤务员泡好的茶深深地喝了一口，双手梳理着本不很长的板寸头发，轻松地在办公室来回踱步。

再次坐回办公椅上的王纪元神定气顺，思绪飞翔，心思就转到了如何让官兵提能上。现如今扩职已经得到了市委、市政府的批准同意，作为参谋长自然就应该想到这件大号军装、这双大号皮鞋的分量。想着这一前无古人又无经验可借鉴的抢险救援，可谓同我国改革开放初期摸着石头过河一样，要应对复杂多变的各类灾难事故，我们的训练改革无不又是摸着石头过河。想到这里王纪元拨通了齐思来的电话，要他将司令部部务会成员和刘一民叫到办公室。待大家坐定，王纪元直截了当地说："这几个专项治理会签材料我都审阅修改完了。我们临时召开一个部务会，还有刘队长列席，就是想再听听你们对这个训练改革方案和抢险救援手册的意见，我感觉这两个材料还有一些不圆满。为民啊，还是你先讲。"

王纪元点了李副参谋长的将。李为民就说："这个抢险救援手册，只能说是一个试行手册。因为，现在一些抢险救援装备还没到货，还看不到实物，对其性能、操作还不熟悉和了解。我们要边用边学边修改。关于改革训练方面，我想还是结合我们这些年的经验，要实行层次训练，关键是我们的训练改革要得到总队的认可，如果偏离了总队的训练计划，一旦到了考核，我们该训的没训，没有要求训的训了，当心会考不出总队要的成绩挨批评。"

王纪元接过他的话说："所以，我要你们来研究，抓紧在这两天弄出来，我专程到总队司令部汇报一次。"

"对，我们应该先到总队司令部汇报，得到总队的认可我们也好放手改革。"李为民应道。

王纪元强调说："不要等，我想只要有利于战斗力提高，总队也是会同意的。大家将思路打开一些。”

罗贤阳说：“我想对于老兵、志愿兵是不是将水带、着装这些基础训练科目取消，增加切割、破拆、救人这类训练。”

王纪元插话说：“不仅仅增加这些，我看要着重抓好技术训练、战术训练、特种装备器材的掌握和使用。”

刘一民说：“能不能改变一下以秒论英雄的现状？要计时，可以将时间放得宽一些。比如说两节、三节吸水管连接，如果以秒论英雄往往造成器材损坏，这一训练，我们可以改为从接吸水管，到将水从水池中吸上来并从水枪中射出，将整个过程归结为一个考核项目，又贴近实战。”

“这个思路好。”王纪元肯定地说。

罗贤阳补充说：“我认为还要重视消防官兵的体能训练和体格训练，良好的体魄加训练有素的技能是抢险救援的基本保证。”然后不无牢骚地说：“现在一谈训练改革就拿几个兵做文章，兵要训，官也要训。现在一些官官不大肚子大，本事不大脾气大，肩不能扛手也不能提，路也不能走，山也不能爬，怎么能上战场。”

管理科郭珠算科长说：“现在一些志愿兵以老兵自居，吊儿郎当，在中队排长都管他不住，我认为要规定一些硬性训练科目，纳入半年、年度考核晋级内容。改选志愿兵的初衷就是为了提高战斗力，充实灭火救援第一线的力量；这倒好，有的一改选志愿兵就去开小车去了，搞后勤去了，还有的被借到外单位给地方领导服务去了，这个现状我看也得改一改，参谋长不知我讲的对不对？”

王纪元并没有直接回答郭珠算的话，心想志愿兵就是司令部直管的，出现这一情况自然要从自己检讨，于是说：“肖书记说消防尖刀，我看好钢就得用在刀刃上。”大家就七嘴八舌从不同的角度各自发表意见。

王纪元看看大家好像都不准备多讲了，看看手腕上的表，时间也不早了，就总结性地说：“刚才大家讲得都很好，都是从不同的角度提的，这当中还有训练管理层面上的，李副参谋长你继续负责，我还是那句话，训练要改革，改革训练内容，改革训练手段，改革训练管理，要贴近实战，要针对不同的火灾、不同的灾害事故来抓好针对性的训练，要为灭而训，为抢而训，为救而训，因器材而训，打破以秒论英雄的误区。我们要把思路放开一些，把眼光放高远一些。要承诺参加社会抢险救援工作，很多困难、很多课题将摆在我们面前，抢险救援的任务主要落在司令部的肩上，所以还要大胆思索、大胆创新，跳出大纲想改革，跳出计划论训练。抢险救援无论从楚洲市委、市政府领导，还是我们楚洲消防部队官兵都认为是开全国消防之先河，是里程碑式的、划时代的一大壮举，将永载史册。我们的训练改革，能不能通过我们的大胆改革、创造性的探索，同样成为全国消防里程碑式的训练改革呢？我看，应该是完全可行的。在今年的全省消防部队工作会上，我在向征参谋长汇报时，就说了这些想法，征参谋长对我的想法很感兴趣，我想待我们的这个训练意见出来后，我相信他和钱副总队长会支持我们的意见的。”

十五

以楚洲市人民政府名义开展的几个消防专项治理方案，经相关单位会签后，很快就转到了楚洲市消防支队，由于事先王纪元多次征求意见和把关，几个方案基本没有修改，只是个别地方说得更加严肃和认真，规定了各级人民政府是这次消防专项治理的组织者、责任人，同时也规定了各级人民政府是各类抢险救援的总指挥和“第一责任人”。

在讨论研究召开消防专项治理暨消防部队承诺参加抢险救援大会参会人员层面上，各方意见有些分歧，有的单位认为会议就由几个相关单位小范围开个会就行，来一个运动式的突击检查，发现问题立即处罚。而王纪元持不同意见，认为这个会议要开得隆重热烈，要开得范围要广，要一直开到市、县、区，市直局、委、办和二级消防重点单位，要借助媒体的力量广泛开展宣传和报道，避免以会议传达会议，以文件贯彻文件的衙门作风。王纪元这样想一则认为召开大范围的会议本身既是一种集权式的专项工作布置，又是一种在较高层面上的宣传和发动，能起到宣传作用。二则通过较大范围的大会可以起到警示作用、告知作用，使之形成各单位、各企业的自觉行动。三则通过会议和媒体刊登方案及宣传报道，让广大人民群众、企业主有知情权，这是各级人民政府和相关部门应该做的，也是转变服务方式的具体形式，不能搞运动式的突击检查，不可能什么都说越简单越好。

嗨！王纪元的这个意见得到了肖言书记的高度肯定，认为我们共产党人最讲究的就是实事求是，不能一概而论；会议要短要小，我们要具体问题具体分析，我们楚洲开全国消防之先河，主动承诺参加抢险救援，并开展各行业各领域的消防专项治理，是标本兼治，把会议开得广一些，人数多一些，再一传十、十传百、百传千，再加上媒体一刊登、一宣传、一报道，可谓家喻户晓，人人皆知，真正实现了横向到边，纵向到底，不留死角。

仲春时节，阳光明媚，花香袭人，春色正好，桃花、李花、樱花竞相开放，争奇斗艳，充满浓浓爱意的消防专项治理暨消防部队承诺抢险救援，伴随着鲜花、春天的步伐大步走来，横空出世。

楚洲市工人文化宫坐落在风景秀丽的江滨河畔，这里仿佛就是一个大公园，绿树成荫，有湖、有桥、有亭、有廊、有山。湖光山色，波光粼粼的水面上几叶扁舟静静地躺在湖的中央，仿佛一幅山水画、一首无穷无尽的诗。高大宏伟的主体建筑上赫然写着楚洲市工人文化宫，几栋附属建筑成点缀形布局，映衬在高大的乔木林中，彼此恰到好处，相得益彰，互相映衬。道路上、广场上行人来来往往，小车穿梭，游乐场、商铺街吆喝声此起彼伏。

这里既是楚洲市的政治中心、商业中心、文化中心，也是广大市民的休闲中心、娱乐中心、运动中心。通往工人文化宫主体建筑的道路宽阔而平坦，道路的中央两个巨大的气球拱门上一个写着“楚洲市抢险救援消防专项治理暨消防部队抢险救援承诺大会隆重召开”，另一个写着“履行宗旨使命，为楚洲经济建设保驾护航”。道路的两旁高高飘起的气球条幅成一字形排开，静静地停在空中，落下的条幅上写着“以防为主，防消结合”，“隐患险于明火，防范胜于救灾，责任重于泰山”，“励精图治，锐意进取，努力开创消防工作新局面”，“有为才有位、有位更有为”等内容。

从工人文化宫主体建筑上垂直悬挂的条幅上写着肖言书记的讲话内容，“抢险救援是各级党委、政府的最大民生工程”醒目、抢眼。道路两旁几百块由各机关、企事业单位制作的参加评比的消防宣传板报吸引了一些行人驻足观看学习，品头论足。整个工人文化宫仿佛披上了节日的盛装，悠扬的歌声在工人文化宫广场上空回荡，给整个会议增添了几分喜庆，给楚洲经济社会发展增加了几分希望。

上午九时，伴随着欢庆喜悦的迎宾曲，参加会议的全体同志准时步入会场，仿佛同召开全国人民代表大会一样，气氛隆重、热烈、喜庆。然而，每个人洋溢着笑脸的背后，同样有几分冷峻和忧虑。因为，很多年没有召开这么大范围的会议了，一看这架势，一些从运动中成长起来的人，习惯于用运动的思维方式思考问题。一方面认为灾害事故猛如虎，形势严峻，确实到了不整治不行的时候了；另一方面担心专项整治会影响当地的经济发展，忧心忡忡。

但是，更多的人认为通过消防专项整治活动和消防部队参加社会抢险救援的承诺能够达到标本兼治、最大限度地减少和杜绝特大灾害事故的发生，营造一个安全有序的经济发展环境。

主席台前花团锦簇，花的中央用花卉拼摆的一个大大的“福”字格外醒目，寓意着这个会议给广大的老百姓带来更多的福祉、福气、福利和幸福。主席台后方正中央则是一个硕大的国徽，两侧分别立有五面红旗，在青绿色凤尾竹的映衬下格外鲜艳夺目，主席台的上方则高高悬挂着“楚洲市抢险救援消防专项治理暨消防部队参加抢险救援承诺大会”的红色条幅。

大会由仁桂生市长主持，杨三阳部署消防专项治理工作并作动员报告。杨三阳在报告中掷地有声，列举了大量的事实为例证，以引起参会者的警醒、重视和觉悟。杨三阳指出：“1991年9月3日贵溪农药厂一台装有浓度为98%的三吨甲胺汽车槽罐车路经上饶沙溪镇时，发生泄漏，造成595人中毒，37人死亡，污染面积达二十三万余平方米。1994年12月8日新疆克拉玛依市友谊馆火灾造成326人死亡，134人受伤，其中，天真烂漫的孩子达289人，孩子的家长哭得惊天动地，死去活来，场面惨不忍睹。这起全国最惨烈的火灾惊动了江泽民总书记和其他中央领导。”然后他还列举了彩虹桥垮塌事件、深圳致丽玩具厂、石油液化气泄漏爆炸等多起造成重大人员伤亡的事故教训。

杨三阳强调指出：“斗转星移，世事沧桑，我们要以史为镜，从中吸取深刻教训，我们无须对过去火灾中、灾害事故中的亡魂大悲大恸，但我们必须清醒地认识到，经济社会发展到今天，我们思维要转型，我们服务要转型，我们应该把淹没的祭文作为我们对今天各项工作和多发灾害事故的思考。”这份由王纪元主持起草的讲话稿可谓既有高度又令人震撼，由市委副书记口中说出又可谓既有分量更有杀伤力。会场鸦雀无声，只是在听到那些让人震惊的数据时发出“啧，啧”的惊讶声。

接着王纪元作了承诺。“我是中国人民武装警察部队楚洲市消防支队参谋长王纪元，我代表全市消防部队官兵郑重地向全市广大人民群众庄严承诺：从现在起我们受理所有的灾害事故抢险救援工作，报警电话119。”现场顿时爆发出热烈的掌声，经久不息。所有的照相机、摄影机的镜头都聚焦在了王纪元的脸上。

省消防总队领导应邀出席会议并发表了讲话。对楚洲消防敢于大胆探索，大胆创新，大胆尝试，市委、市政府高度重视给予了高度肯定，并寄予厚望，指出消防工作没有最好只有更好。

肖言书记发表了重要讲话，会上还安排了签订消防责任状，实行“谁主管，谁负责”的责任倒查机制，颁发了消防责任人任命书，会后召开了新闻发布会。

十六

新闻发布会设在市工人文化宫主体建筑附楼一个只能容纳一百余人的长江厅，这里没有主会场那么热烈、那种气氛。主席台上只静静地摆了杨三阳、邓德阳、罗永涛、秦晋江、王纪元五个席位。发布席的后方立着一面党旗、一面国旗，上方则悬挂着“楚洲市消防部队承诺受理灾害事故报警暨参加抢险救援新闻发布会”会标。楚洲市很难得召开一次新闻发布会，人们都感觉新鲜和好奇，将本只能容纳一百人的长江厅挤得满满当当，座无虚席；还有一些人扛着长枪短炮站着、走着、瞄准着，犹如在拍摄一个重要时刻，一个重要的发现，捕捉一条重要的信息。这些媒体记者除楚洲市本级广播电台、电视台、《楚洲日报》、《楚洲晚报》等记者外，还有国家级、省级的主流媒体和一些之前没报名的沿海等发达城市的大刊、小报媒体记者，他们凭一本记者证也进入了会场。同时，还有一些刚参加了会议又特别到新闻发布会现场的会议代表，也还想了解更多的抢险救援内容。黄老二得知消息后，也特地到了新闻发布会现场，还老踮起脚往前面看，往里面挤。

“还没开始呢？挤什么挤！”不耐烦的一名记者冲黄老二大声喊叫。

黄老二说：“开始了，我还看什么看，来什么来，请让让，让让。”黄老二还是一个劲的往里面挤，挤到前面的黄老二干脆席地而坐，就像在农村打谷场看电影一样目光注视着前方。

“开始啦！开始啦！”等了一段时间的记者们看到这五个人走向主席台时说。本来有一些嘈杂的新闻发布会现场顿时安静了下来，所有的目光都投向新闻发布席，待五人坐定。楚洲市委常委、宣传部部长邓德阳主持新闻发布会并介绍出席今天新闻发布会的领导。介绍完毕，这些很难给人鼓掌的记者们，今天破天荒地发出了热烈的掌声。

邓德阳说：“新闻发布会现在开始，请市委常委、副书记、政法委书记杨三阳发布新闻。”

杨三阳说：“我受肖言书记、仁桂生市长委托，首先向今天到会的所有新闻媒体、所有记者表示衷心的感谢！我在这里代表市委、市政府发布两条消息。第一条，从明天开始，楚洲市人民政府分成六个工作组开展以遏制重特大灾害事故发生的六个方面的专项治理工作，为期三个月。第二条，从现在开始，楚洲市公安消防支队全天候二十四小时开始受理各类灾害事故的报警和抢险救援，所有求救和求助都可以直接拨打119报警电话。”

邓德阳说：“下面请记者提问。”

《楚洲日报》记者：“我是《楚洲日报》记者鲁丽，我想问一个问题，就是楚洲消防部队参加社会抢险救援承诺是在什么背景下提出的？指导思想是什么？谢谢！”

杨三阳说：“六个专项治理和社会抢险救援承诺是楚洲市公安消防支队根据我市是我国南方重要交通枢纽、物资集散地、世界制造基地的实际情况和这几年灾害事故频发的趋向，顺应经济社会发展而提出来的，并经书记办公会研究同意。其指导思想在我们刚才召开的会议材料中都写得很明确，你可以到那里看看。总之，按照肖言书记指示，关注民生是我们这届党委、政府的头等大事，消防是当今社会最大的民生工程。”

楚洲电视台记者：“我是楚洲电视台新闻频道记者，请问消防支队长，社会抢险救援承诺在全国消防是否有先例，你们怎么会想到要履行抢险救援承诺？谢谢！”

秦晋江说：“根据我们所掌握的情况，楚洲消防部队率先向全社会承诺参加社会抢险救援，这是第一支部队，开全国消防之先河。为什么会想到，还缘于参谋长王纪元同志的一篇论文，被评为一等奖，这无疑是消防高层给了我们一个信息，不能墙内开花墙外香。”

秦晋江的答记者问，无疑在不轻易间将王纪元推到了所有记者的面前，于是乎所有的长枪短炮都对准了王纪元，镁光灯闪个不停。

《楚洲晚报》记者：“我是《楚洲晚报》记者，请问王参谋长你那篇论文叫什么名字，在哪级刊物上评为一等奖？谢谢！”

王纪元说：“我写的那篇论文，在你们这些大记者面前，可是班门弄斧不值一提，既然你们问了，我还得告诉你们，否则不礼貌。我的论文论述的是消防部队参加社会抢险救援的必要性和可行性。在国内政法系统论文征集评比中，给了我一个一等奖。我想不是我的文笔如何好，而是我写的内容有挑战性、有独特性，兴许就是我们全国消防发展的方向，谢谢！”

天空卫视记者：“我是天空卫视记者，请问王参谋长社会抢险救援的内容和范围有哪些？谢谢！”

王纪元回答说：“社会抢险救援内容和范围主要包括四大类约二十个方面。”然后就一五一十地说了下去。最后说：“当然，楚洲消防部队还随时接受市委、市政府的调令和指挥，参加一切可以参加的救援和求助。”

《楚天日报》记者：“我是《楚天日报》记者，我想问王参谋长一个问题，就是你们在参加社会抢险救援时，如果因种种原因，造成救援不成功，这个责任你们担当得起吗？谢谢！”

王纪元回答说：“谢谢，这个问题提得好，我们也曾经为这个问题展开了激烈的争论和讨论。我要回答你的是，首先灾害事故的发生主体不在我们消防部队；其次我们的心情和动机与受害者家属、亲人是一致的。同时，作为听党指挥、服务人民的消防部队，这个责任担当得起也得担，担当不起也得担，有人抢险比无人抢险要好，有人施救比没有人施救要强！”王纪元掷地有声地回答，现场顿时响起了热烈的掌声。

巴楚经视记者：“我是巴楚经视记者，请问公安局长，楚洲消防部队承诺参加社会抢险救援，请问你身为公安局长在灾害事故抢险救援中有什么承诺？谢谢！”

罗永涛说：“楚洲公安现役消防部队本身就是楚洲公安部门的一个重要组成部分、一个重要警种，是我们公安部门抢险救援的一把尖刀。我们将在公安内部的110、119、122采取联动机制，一旦哪里发生重大灾害事故，有重大人员伤亡和被困，我们将及时启动应急方案，分工负责，确保抢险救援工作有序进行。”现场顿时又响起了热烈的掌声。

巴楚卫视记者：“我是巴楚卫视记者，请问王参谋长，在你的四大抢险救援内容中，为什么没有医疗救护，据我了解，我国香港消防承担了医疗救护工作，谢谢！”

王纪元说：“在这之前，医疗救护纳入了我们救援内容，并且消防站的建设在城市规划设计中最合理，消防部队的出动都有严格的时间要求，反应又最快，同时还不收一分钱。后来通过调研和论证，现行的医院有比较完整的医疗救护系统，当前维持现状是可行的，也是基于当前楚洲消防部队兵力和政府财力所全面考虑的。我想随着经济的发展、财力的增强，医疗救护早晚将纳入消防救助范围。”

《路边报》记者：“我是《路边报》记者，请问王参谋长，你们抢险救援收费吗？按什么标准收？谢谢！”

王纪元：“我们消防部队灭火救灾不收一分钱，抢险救援不收一分钱。群众有险、有难、被困都可以随时拨打119，报警早损失少，报警早救得了。”

黄老二学着记者的样，将手高高地举起等会议服务员给他送话筒，举起的手举了又放下，一有机会立马又举起了手，手都举酸了服务员也没有将话筒送给他，一脸的无奈。也许是举手要求提问的人太多，或许是服务员以貌取人，几次经过黄老二面前，始终也没给黄老二话筒。

黄老二一看这架势，估计发布会很快就要结束了，一双眼睛在跟踪着服务员位置，他趁王纪元在回答记者提问时，弯着腰弓着身悄悄地向手拿话筒的服务员靠拢。当王纪元话音刚落，黄老二以迅雷不及掩耳之势从服务员手中一把夺过话筒又飞奔到主席台前。

现场顿时出现了一阵骚乱，正当两名武警消防战士向前制止时，只见黄老二面对主席台深深地一鞠躬，接着直挺挺地双腿重重地向主席台跪下，头像鸡啄米一样叩个不停。见此情景，两名武警消防战士静静地站在他的两旁，所有的记者都用摄像机、照相机对着他，记录着每一个动作。待黄老二抬起头时满脸流淌着泪水，还不失礼节地转向记者同样深深鞠了一躬，然后结巴着说：“对不起，对不起，给大家添乱了。”又转过身面向主席台胡乱鞠了几个躬，再转过身面向记者用带着哭泣的声音说：“我这条命就是王参谋长给捡回来的。不，没捡那么容易，是从死亡线上拉回来的。我在白关发生一起交通事故，我老婆急死了，喊天天不应，喊地地不灵，最后幸亏王参谋长带着一帮战友把我从阎王嘴里救了出来。在我昏迷不醒时，天空中好多花啊，好漂亮的花，我在腾云驾雾徐徐上升，一会儿又掉下来，一会儿又往上升啊。我今天想来，恐怕死去的人都是这样，灵魂出窍，如果不及时救回来，恐怕就成仙上天了，踏着铺满鲜花的天堂之路灵魂出了窍，再也回不来了。那天幸亏王参谋长把我救回，所以才有今天我抢话筒给大家讲两句话。第一句话，感谢王参谋长的救命之恩，感谢消防部队的救命之恩，感谢党、感谢政府！第二句话，我今天特别的高兴，得知我们楚洲市在这里开会，要对人民群众承诺抢险救援，所以我今天把回家看父母亲时才穿的西装翻出来穿在身上来到这里，就想到现场感谢一下我的救命恩人，感谢党、感谢政府今天做了一件大好事、大善事！”说完，黄老二又向主席台和记者分别鞠了躬，将话筒交给了服务员，嘴里还不停地说：“对不起，对不起。”

半路上突然杀出个程咬金，来了一个现身说法，这无疑就像给本来很鲜的羊肉火锅里洒了一把味精，肉美味更鲜。

天空卫视记者大声地吓唬说："你一声对不起就行了，想走！没门！你不说清楚不能走。"说着一把将黄老二拦住，见过世面，没见过蛮大世面的黄老二真的被这个记者唬蒙了。

鲁丽首先开了口："我们想现场采访你一下，请如实告诉我们，好吗？"

"请问你叫什么名字？"

"黄老二。"黄老二用低低的声音回答。

"在哪工作？是干什么的？"鲁丽接着问。

黄老二答："我原来在汽齿厂上班，我和老婆俩都下岗了，后来在一些好心人、好领导的帮助下，现在专门送液化石油气。"

鲁丽又问："你什么时候发生事故，当时是什么情况？"

黄老二说："春节过后第一天，我和老婆在给白关送最后一车气时，车子方向盘突然失灵，一头撞到了公路旁的隔墩上，一车的液化石油气钢瓶散落一地，接下来，我就什么也不晓得了，直到从医院醒来时才看见我可怜的老婆和几个消防官兵守在我的床边，听说还是王参谋长用指挥车把我送到医院的。"

巴楚经视记者突然用很尖锐的语气提出一个可能是一些人在猜想的问题："请问你今天来现身说事，是消防支队刻意安排的吗？"

黄老二说："没有，我上午给建设大道几个液化气供应点送气时，看到外面的标语才知道，回去换了衣服才来这里的。"

主持会议的邓德阳看着这些记者不依不饶的架势，干脆将黄老二请到主席台上让记者继续提问。

鲁丽继续问："我称你黄总好吗？请问你这条命都是消防队和王参谋长给的，你准备以后怎么办，说白了，你准备怎么感谢他们？"

黄老二说："我现在还没那个能力感谢他们，我想我将更加珍爱生命，把当前的生意做好，等我有能力了，有时间了，我就到消防队当义工，哪里有抢险救援我就去帮忙，当义工。"现场顿时再一次爆发出热烈的掌声。

十七

当天晚上，楚洲所有新闻媒体都在黄金时段报道了当天会议的盛况，新闻发布会几乎是全程播出，几家电视台还插播了消防支队曾经参加社会抢险救援和重大火灾的资料片，公布了楚洲消防支队“119”报警电话，重大安全隐患投诉电话和秦晋江、王纪元的电话和通讯地址。一时间，整个楚洲市家喻户晓，一个高压之势的六个专项治理如重拳出击，让人震耳欲聋；一个庄严承诺犹如春风拂面，温馨体贴。王纪元也成了楚洲市的公众人物。

难得坐在家里陪老婆朱芳看电视的王纪元见朱芳一边看新闻一边在掉眼泪，便安慰朱芳说：“女人就是多愁善感、大慈大悲，看电视剧哭脸，看条新闻也掉泪，这有什么好哭的，这些死亡线上的人，都被你这不起眼的老公救出来了，还哭什么哭，莫哭了，乖，听话。”王纪元一边以命令的口气要朱芳不哭，一边又像哄小孩一样地喊了一声乖。

朱芳哽咽着说：“知道你辛苦，不知道你这么辛苦；知道你危险，不知道你这么危险。你看你刚才电视里的形象咯，灰头灰脸，大火都烧到头顶上了，要不是你手脚麻利，反应快，从天花板上掉下来的吊灯就会砸到你了，砸死你了我怎么办！”朱芳眼睛红红的，闪着泪花，接着就“呜呜”地大声哭了起来。

王纪元开玩笑逗乐说：“我死了，你再找个吧，把儿子带好就行！”朱芳侧过身就用那纤细的小手雨点般向王纪元身上打去，边打边说：“你坏！你坏！你不能死，你不能死。”转而用一种祈祷的口气说：“好人一生平安，你不会死，你是大好人，一生都会平安。”与其说朱芳用白净纤细的小手在打王纪元，还不如说是在给他捶背、按摩，是一种爱、一种情，是一种娇媚。王纪元借势将朱芳一把搂在怀里，用那滚烫厚实的嘴唇忘我地亲吻她的脸、她的嘴，仿佛将欠她的今晚要全部补还给她。做完那事后，王纪元抚摸着她的前额说：“我不是好好的吗？吉人自有天相，只要你天天好心情就好。”

今晚有好几个女人在为王纪元哭泣，一个是岳母娘，一个是在楚洲打工的姐姐，一个自然就是王纪元的母亲了。父亲去世后，母亲一直和王纪元住在一起，王纪元还专门在妈妈的卧室添置了一台电视机。今晚当妈妈看到电视中的儿子时老泪纵横，确实看不下去了，走出房门在喊：“元仔啊！元仔啊！”听到应声的妈妈，在确认自己身上掉下来的骨肉还在身边时，这才又回到自己的卧室。同样还有一些朋友，无论男朋友女朋友，有的看到今天的新闻，好几个人给王纪元打电话，嘱咐注意安全，还说为他捏了一把汗，眼泪都出来了。

当然，还有一位为王纪元流眼泪的姑娘，准确地说应该是少女或女学生，一名楚洲市一中的学生。他从今天电视新闻里看到在这庄严承诺的背后隐藏了很多故事。当从电视画面上看到王纪元出生入死，从火海中抱出哇哇哭喊的娃娃，从 KTV 城救出那一个个妖媚的小姐，又从废墟中瓦砾下刨出一条条鲜活的生命时，这名天真纯洁的女学生抑制不住憋了很久的泪水，终于放声地大哭，同时也打开了泪闸，任其流淌，一个心目中的英雄在她那情窦初开的花蕾上烙上了深深的爱痕。陪同女学生哭的自然还有她的妈妈；站在一旁一同观看电视憨厚的父亲始终拧紧的双眉在眉宇间打了一个结，当她们母女俩哭泣时，发自内心的从嘴里冒出一句："我心目中的英雄。"这竟和他女儿想的都一样。

这位哭泣的学生叫袁思慕，听父亲这么一说接过话："对，我心目中的英雄。"接着就问父亲怎么两人想的一样。父亲牵过袁思慕的手说："谁叫你是我的乖女孩呢。"

第二天，楚洲市一中同往日一样，学生一早就从四面八方汇集到这里。这是一所全日制中学，大都是走读生。几位清纯的女同学身着校服沿着她们每天要来回走上两趟的一条小路有说有笑地到学校上课。与往日不同，她们今天显得拘谨了一些，情形也仿佛严肃了好多。

亭亭玉立的身段在晨曦的照耀下，修长的身影映射在山水田野间，宛若一幅美轮美奂的油画，美不胜收。高二的学生十六七岁，男生第二性状也越来越明显，嘴唇旁开始依稀可见毛茸茸的胡须，喉结开始突起，说话的声音也越来越粗。女生更是出落得如花似玉，难怪说女大十八变。这个年龄也正是少男少女情窦初开的时候，都有窥探对方秘密的冲动，事实上无论男人爱女人还是女人爱男人都会有许多乐趣；特别是女人爱男人，透过对男人的爱，还能发现男人背后无限的隐秘世界。

这几个女同学清一色的刘海，青春靓丽，活泼可爱，身材也都一般高，足有男兵体格检测的标准，要不是宽大的校服想必也是轮廓分明。单从她们的面孔上看，白皙的脸颊白里透红，宛若北京的水蜜桃，可爱而甜蜜。她们行走在学校的路上，每一个举手投足间都洋溢着少女青春纯真的活力，往往这个时候还会引来一些男同学在远方偷看。

昨晚看了楚洲消防专题新闻哭红了眼，今天双眼还有些红肿的女同学袁思慕说："你们都看了昨晚的消防专题新闻吗？"

陆倩倩高兴地说："我看了，我看了，我看到王参谋长了，好威武，好雄壮。"

袁思慕不解地说："看了？你咋还这么高兴，我昨晚都哭了。"

陆倩倩几人就都围了上去一边看一边说：“真的哭了，眼睛都还是红的，还有些肿。羞！羞！羞！肯定想参谋长了。”

贺思寒说：“来！来！来！让我来安抚安抚你这颗受伤的心。”说完就抓过袁思慕的手亲吻了几下，然后又在她背上拍拍、胸前摸摸。

袁思慕不理不睬，随她们这里拍拍那里摸摸，一副林妹妹的样子说：“你们一点同情心都没有，说正经事也是嘻嘻哈哈，王参谋长几次多危险啊，连我妈妈都哭了，我爸爸说王参谋长是他心目中的英雄。”

陆倩倩依然高兴地说：“我当然高兴了，王参谋长在会上承诺了，从现在起全市消防部队参加社会抢险救援。从此，万一哪个人哪个家庭碰到这倒霉的事就有消防队叔叔救了，多好啊，我自然高兴了。”

袁思慕动情地说：“这我也高兴啊。只是看到王参谋长在火海里跑进跑出，上面的吊灯劈头盖脸地砸下来我心里真是难受死了。”说完眼泪又流了出来。

贺思寒煽情地夸张说：“快来看，快来看，我们思慕同学又流泪了，泪水像河水一样奔流不息。”停了停待大家围过来看时转而说：“思慕同学不仅智商高，情商更高。我看后，心里就只是暗暗佩服王参谋长艺高人胆大。”

桑格花豪爽地说：“思慕，你想下一步怎么着，我们听你的，哪怕上刀山下火海。”就说出了男人们说的话。

陆倩倩甜蜜地说：“要不要我们一起去亲王参谋长一个。”

桑格花爽快地说：“那我要先亲。”

贺思寒说：“你害不害臊，要亲得思慕先亲，思慕眼睛现在还是红的，又流了泪。”

原来，这些同学在去年寒假课外实践活动中，既是校宣传委员又是校外辅导员的袁思慕组织一些同学专门到了楚洲消防支队。王纪元专门接待了他们还安排了消防表演，给这些同学留下了深刻的印象，自此以后就关注上了消防。

几天后，王纪元就收到了这几位同学以心目中的英雄为标题的联名信，字里行间无不透露出对王纪元的敬佩和崇拜，叮嘱他注意安全，还不忘祝愿好人一生平安。

《楚洲日报》、《楚洲晚报》，还有一些小报小刊都在最显著的位置，头版头条刊登了昨天会议的新闻。《楚洲日报》的标题相对严肃一些，标题是《践行与追求》。晚报标题就活跃一些夸张一些，也抢眼球一些，标题是《开中国消防之先河，创人间生活之美好》。也许是由于有这么大的一个标题，有这么大的一个来由，当天的《楚洲晚报》被抢购一空，让一些不关心政治、不关心时事、不看新闻的人也不得不看。一则是开中国之先河，二则是人间之美好，都与自己有关联。看了这条新闻的人，无论做官的还是老百姓、小商贩、跑运输的，都不由自主地称赞市委、市政府、消防部队做了一件大好事。就连那个在南大门服装市场做生意，因几年前没按他的意思批给他门面的天天讲怪话、恨死了王纪元的马总，看了这条新闻，也不得不翘起了大拇指夸王纪元有智慧，有水平，敢担当。

消防支队抢险救援承诺书一字不落地在《楚洲日报》、《楚洲晚报》第二版全文刊登，还特别用锤子、镰刀党旗的图案将承诺书框了起来，显得更加醒目，仿佛在告诉人们这真的没与大家开玩笑。

六个专项治理方案同样用五角星框起，统一刊登在报刊的最后一版。你莫看一把锤子、镰刀，一个五角星，这一小小的变化，实际上是一个代表中国共产党，一个是代表国家政府，涵义是国家在党的领导下，永远和人民群众同呼吸共命运，党指向哪我们就奔向哪，这就是中国政治的特色。

十八

马总，至今也不知道他的大名，都叫他马总，究竟有多大的实力无人知晓，是永山人。从外表上看他好像非常有钱，或者说钱来得比较活，又认识市委常委、纪委书记曾思春，也偶尔和一些有头有脸的领导在一起吃喝。在当时拥有手机还很奢侈的年代，他的手机换了一个又一个，让人琢磨不透。如果有哪位领导看上了他的手机，或表现出爱不释手，只要让他察觉，他便知道投其所好地说："领导喜欢就拿去用吧。"为此，自己就老用新手机，老要去上新号码，号码也总是变来变去，以至于一些人一拨打马总的电话，不是这个副市长接了，就是那个局长、副局长接了，让一些既熟悉又不是很熟悉的人感到马总这人深不可测，有些神秘。

那个年代的手机是模拟手机，号码大都是 9 字开头，一部手机就一个号码，换手机就要换号码，送手机还得送号码。实际上这种局面只持续了很短暂的一段时间，后来就开始从模拟机向数字机过渡了，开始有了手机卡。

在中国现代通信史上发展是快的，可以说用日新月异、翻天覆地来形容也一点不过分。但从整体上看，从头到尾来看我国的现代通信事业应该说是失败的，这里面恐怕藏有很多不可告人的秘密和利益纠葛。从程控电话到BP机，从模拟砖头脑壳大哥大到数字机，一路过关斩将，步步为营。可谓是掏干你的心肺，吸干你的血，还扒了你的皮。还不得不佩服外国营运商在中国的销售策略。也不得不说问国家的相关部门，对世界电信的发展和技术知道得也太“一穷二白”了。是真的知道得太少了，还是这里面究竟有多少利益纠葛，至今还让一些人在琢磨。也就是大家骂后来分了家的部门是一帮饭桶，是一群猪，老百姓的钱、国家的钱都被外国人这么轻而易举地赚去了，是一场没有硝烟的战争，其损失仅次于第二次世界大战。

马总在楚洲南大门做生意，做什么生意不得而知，只听说什么挑夫队、扁担队、踩士队还有米粉帮、啤酒瓶帮，可谓哪样赚钱做哪样，同时还兼了难，提篮子。就是刚刚时兴用红灯摩托罗拉那一年，马总因为在市场群一带摸爬滚打多年，深知在市场群哪些地方可以打擦边球增加门面，哪些地段生意最好做，门面价格最高。

而往往那些能打擦边球，可以增加门面的地段价格又是最高的，生意自然也是最红火的。也许马总仗着曾经送过手机给曾思春，在市场群这般那般的一顿牛皮吹得一些单位一些人昏天昏地，吹得自己也分不清东南西北，两杯酒一下肚，胸脯拍得梆梆响，答应张三这答应李四那，每天让很多人围着他转。你别看他人长得瘦，也没胸肌。每当他喝了酒，不管是白酒、红酒还是啤酒，他深知胸肌不发达没什么肉，拍起来既痛又不响铛。为此，每次喝了酒夸下海口时就很滑稽地拍他那也不是很大的肚皮，有时还鼓足气像青蛙肚一样，在肚皮上拍得梆梆响，以示答应别人之托包在他身上了。酒喝了，钱收了，事没办好，人家追问起来，你当时是拍了胸脯的啊！他往往又推脱，我哪里拍了胸脯，你看胸脯上肉都没有，拍不拍死去，大不了拍几下肚皮，弄得请他帮忙的人哭笑不得，只好继续求他帮忙。

这天，马总估计又答应给什么酒肉朋友帮忙了。上午一早就来到了时任指导科科长的王纪元办公室，一进门自认为和王科长有几回交道，显得很随意，没有像其他人一样有一些拘束。见王科长忙得没时间，自己像主人一样给自己泡了一杯茶，还有模有样地给王科长茶杯里加了一点水。见办公室里没其他人，便很麻利地将一个新买的红灯摩托罗拉和一个牛皮纸信封放到王纪元的文件篮中。王纪元也装着没看到，继续忙手上的工作，忙完了一桩又忙下一桩，有意让马总多等等。马总呢，也确实不急，心想两样东西当着他的面放到文件篮里的，尽管他一直低着头忙手上的工作，可是我这么大的动作，不可能没有看到。既然看到了，又没有拒绝，想必曾思春给他打了电话，要办的事也就八九不离十了。

为此，马总就很悠闲地坐在他的办公室，一边品着自泡的谷雨前茶，一边翻阅着今天刚刚到的报纸，极像民间流传的国家公职人员一张报纸一杯茶，一喝一看翻一天。不了解的人还真以为他就是消防队的，只是没有穿武警制服而已。王纪元手上事确实多，指导科就三个人，分管一百多家市级重点单位，还要负责二次装修审核，化学危险品生产、销售、运输、储存的审核发证，消防产品的备案和申报，建筑消防工程验收，要再忙下去还是忙不完。让马总等了这么久，王纪元真的有些过意不去。想想和马总不是朋友，但至少认识，他又有几个老乡在支队，他们也经常走动，平时见面每次都还老远就喊人，笑呵呵敬香烟。转而又想，尽管自己不喜欢马总这个人，但哪怕是不认识的普通老百姓，我也应该笑脸相迎，热情服务。想到这里，王纪元抬头看了看马总说："对不起，让你久等了。有什么事吗？"

马总一脸愕然，顷刻间立马反应了过来说："曾思春书记没给你打电话？"

王纪元揣着明白装糊涂反问说："曾思春是谁？"

马总神气活现地说："中共楚洲市委常委、纪委书记，你都不知道？你这个官真当糊涂了。"马总竟然批评起了王纪元当官当糊涂了，看来真有点狐假虎威，仗势欺人。

王纪元也不生气，见马总真的当真了，决定继续装糊涂说："我这个科长算个什么官，我怎么了？"

马总就很认真有板有眼地说："中共楚洲市委常委、纪委书记，是专门管官的官，见官大三级，你不懂？"马总就自作聪明了。

王纪元哈哈笑了两声说："我一个科长他也管？"

马总神采飞扬地说："书记爱管就管，纪委书记见官大三级，谁敢不听他的话，谁不听他就查谁，这年头谁经得起查？"然后马总放低声音说："他自己也经不起查。"

王纪元逗乐逗到这里，不想再和他玩下去了，这样的人你和他玩下去会没完没了，甚至会不知天高地厚，自以为是，就直接说："我还有事，什么事，你说不就行了，还要麻烦百忙之中的曾书记给我打电话，曾书记哪认得我啊？"

马总说："我找过曾书记，他答应给你打电话的。"

王纪元认真地说：“你开什么玩笑，我一个科长，他一个书记，中间相差几个级别。他有指示，要打电话，肯定也是打给支队长、政委，不可能直接给我打电话。再说，书记亲自过问的事，肯定是大事，我恐怕也办不了。”

马总就卖乖地说：“曾书记对你印象相当好，有一天我请他喝茶时，不知怎么谈到了你，他说他认识你，也很欣赏你，还说你们支队要调整干部。”不知这话是真话还是假话。

王纪元说：“马总真是生意人，不仅生意做得好，连我们部队的事你都知道得这么多。你还知道什么？”

马总既卖关子又得意扬扬地说：“听曾书记说，好像最近你们要调整干部，说有两个大队主管位置空缺快半年了，有几个大队班子有些僵化。”

王纪元心想难道真的曾书记就如大家传的那样将手伸到了消防部队的人事上，也就试探着说：“哦，书记这些话都和你说？”

马总说：“这算什么，我和书记可不是一般关系。”

王纪元说：“什么关系？”

马总神秘地说：“他是我们的老板。这你该懂了吧？”

王纪元说：“这些你莫和我讲，我听不懂。还有什么可以和我讲的吗？”

马总神采飞扬地说：“我不讲你们消防的，我讲其他的。曾书记说他扶持了几个老板，每年都要给一些单位交管理费，我想面上的交给公家，私下里肯定还送了很多给领导。”王纪元不动声色，一言不发，看这个马总、这个马草包还能说些什么。

马总接着说：“现在国家一提以经济建设为中心，一些领导就用运动的思维方式想问题，全国党政军经商办企业，他们扶持了一些老板，和黑社会一样，你知不知道？”王纪元依然不动声色，也不答他的话，只是用两只大眼睛看着他。

会错意的马总还是滔滔不绝地说：“市场群里的踩士帮、扁担帮、板车帮还有啤酒瓶帮、线路帮、海鲜帮等好多个帮，记不清了。你说就单单一个空啤酒瓶他们垄断收购，每年就得交两百多万元管理费，成为小金库。现在普通老百姓一个万元户都不得了，两百多万元是个什么概念啊！听说海鲜班交的钱还多些。”马总就没说米粉帮。

王纪元有点不耐烦地说：“好！好！说你自己的事吧！”

会错意的马总很干脆地说：“我什么事，我没事，我那个米粉帮赚点小钱，最多平时给他们到宾馆开个房，安排个小姐放松一下。然后喝杯茶，打打跑得快。我和领导打跑得快就从没跑快过，所以他们就经常喜欢喊我打跑得快，每次打完跑得快，领导就调侃我就会偷懒，总让领导堵枪眼，跑到前面。我就说，我这身体，我腿上肉都没有哪能跑得快，所以他们特喜欢我。”

王纪元威严地说：“还有呢？听说那几个帮和你也脱不了干系。”

马总说：“我们生意人以经济建设为中心，什么干系不干系的，赚钱是硬道理。”

王纪元愤怒地说：“你们欺行霸市，垄断市场还道貌岸然！你今天找我什么事啊？”

马总见王纪元动了怒，心想这个时候讲出来恐怕这事更难办，就推诿狡辩说：“哦，哦，哦！话莫讲得那么难听咯，什么欺行霸市，垄断经营。曾书记是党的高级领导干部，有重大事项决定权，他支持做的难道会有错？依曾书记话说，叫规范市场秩序。”然后又换了口气讨好地说：“尊敬的曾书记没给您打电话，我不能让兄弟您为难，不能让兄弟您担责任，还是等他给您打了电话再说。”

王纪元说：“什么事，你讲给我听听，看我能办就给你办了，你们这些生意人就是喜欢打领导的牌子。”

马总说：“不急，我打电话给曾书记。”

看样子马总的事既有一些神秘，也有一些难度，担心讲出来后被王纪元否定了再拿曾书记压下来，恐怕多有不妥，这也许是经商人的精明之处。马总真的拨通了曾书记的电话，告诉他现在正和支队领导打办公室电话。

王纪元见马总既不方便说，自己也不好再问，于是对马总说：“我还得下单位去，要不你到其他地方坐坐。”

马总说：“不，不！等曾书记打了电话再说。”

王纪元从文件篮中将马总放进去的一部手机盒和一个牛皮袋信封拿出来交给马总。马总见势拔腿就跑，被王纪元一把抓住并严厉地说：“你说我们是兄弟，是兄弟你就不要来这一套，你这样做就没把我当兄弟了，是害我知道吗？”

马总说：“什么害不害的，现在是以经济建设为中心，社会风气都是这样的，书记都能收你怕什么，怕个毬！兄弟就喝西北风啊？”

王纪元说：“社会上是社会上的事，我管不着，我们是军队，但我一定要管住我自己，拜托！拜托！”

马总说：“天知地知，没人知道，你怕个毬！”

王纪元就很天真地说："我是军人，至少我自己知道。"王纪元再次将手机盒和牛皮信封塞给马总，再次大声地说："我自己知道！"

马总接过手机盒和牛皮信封很尴尬地说："王科长好天真。一点不给面子，看不起人，我就知道你坚持原则，所以我话到嘴边都没说。"

王纪元说："这不是看得来与看不来的问题，只要你办的事合情合理合法，我们消防队会服务好，你不找人，我也给你办。如果不合法，不符合国家消防技术规范，你找了领导我也不敢办。说对人民群众负责大道理我不讲，至少我要对我自己负责。从小偷根针，长大偷条牛，一发不可收拾，陷进去就会爬不出来，你这是给我颈脖上套绳索知道吗？"最后还补充一句："现在有些人就是经不起查。"

讲到这里王纪元有一点生气了，于是提起公文包就推着马总说："走吧！等会儿人家单位等得急了。"

马总立马笑脸说："我搭你一段车总可以吧？"

车子开到分路口，王纪元要往北，马总要走南，马总只好在这里下车。王纪元车刚开出几步，突然发现马总两手空空，一看车上发现手机盒和那个牛皮信封静静地躺在副驾驶位置上。王纪元摇下车窗，一声马总就信手它们丢出了车窗外。手机盒还好，那个用牛皮信封装好的一叠钱可随风飘散、纷纷扬扬、撒满一地。王纪元只好又将车停在路旁和马总一同捡起那些撒在地上钞票。

后来，尽管马总的事王纪元给他办了八九不离十，可马总认为王纪元不近人情，太死板，太严肃，太讲原则。直到有一天王纪元调任县里当大队长时，马总知道消息后痛痛快快放了一万响的鞭炮，庆幸王纪元不再碍手碍脚了。

十九

这天，叶红花借故有事来到了罗贤阳办公室，罗贤阳见叶红花到来站起来揉搓着手说："你来了，我帮你泡茶。"

叶红花说："不，我自己来。"说完就像机关勤务员一样麻利地为自己泡了一杯茶，又给罗贤阳杯子里续了水。叶红花坐在罗贤阳对面用一双水汪汪的杏凤眼含情脉脉地看着罗贤阳，仿佛一直这样看下去都不觉得累。

罗贤阳见她这样看着自己就有些不好意思，还是揉了揉手说："这些日子忙材料、忙会务没来看你，我，我怪想你的。"

叶红花温情脉脉地说："你看着我的眼睛说。"

罗贤阳坦白地说："我没讲假话。"

叶红花还是说："看着我的眼睛。"

罗贤阳说："我的眼睛会吃人。"

"吃人我也不怕。"叶红花说。罗贤阳真的就用他那双吃人的眼睛看着叶红花，四目相对，久久凝视，仿佛两双眼睛会说话，很久很久。然后，叶红花轻轻地说："祝贺你，有事做了。"

"为什么只祝贺我，不去祝贺参谋长。"罗贤阳说。

叶红花说："参谋长自然要祝贺了。"

罗贤阳说："那我也要祝贺你。"

叶红花说："祝贺我做什么？"

罗贤阳自信地说："以后我们可以经常在一起，赴汤蹈火，抢险救援啊。"言下之意非你叶红花不娶。

叶红花说："救死扶伤是我们的天职。"

然后，罗贤阳站起来自豪地说："承诺大会胜利召开，圆满成功，的确是件值得庆贺的事。"罗贤阳在说这话时，一双会吃人的眼睛一直没有离开叶红花的眼睛，看得叶红花心花怒放，心潮澎湃，神情羞涩。

这时，叶红花站起来躲开罗贤阳那吃人的眼睛，踌躇满志地一边伸开双手表演一边说："抢险救援大幕现在开启！"就特意摆了一个造型。

罗贤阳明知故问地说："你就为这事来的？"

叶红花说："你说呢？"

"过来，告诉你。"罗贤阳就贴近叶红花耳朵轻轻地说了些什么，只见叶红花脸颊潮红，闭上那双会说话的眼睛，深深地点了点头。

傍晚时分，罗贤阳、叶红花换了一身便装，别有一番风味。罗贤阳一身藏青色牛仔衣裤打扮，内衬一件文化汗衫，自然得体。叶红花则穿一件水红色的羊毛连衣裙，配以一双红色的半高跟靴，整个人除一头乌黑的刘海外全身通红，格外喜庆。临出发时，叶红花问："还要带什么吗？"

罗贤阳趣乐地说："带你。"说完就将消防头盔帮叶红花戴上，又认真地帮她整理了头盔上的警徽。自己就拿起另一顶消防头盔，目视着警徽，用口吹了吹警徽上的灰，用袖口擦拭在火场上沾上的尘埃，叶红花见状，就给罗贤阳递过一块小手帕说："用这个。"一切准备就绪，这回轮到罗贤阳问叶红花还要带什么了，叶红花就说："对讲机，对讲机。"

随着一辆红色豪迈150从消防支队警营驶出，街面上仿佛多了一个流动的闪光点，吸引来一些眼球，行人发出啧啧的赞美声。他俩来到工人文化宫湖边，满面春风，放飞心情，时而漫步，时而跳跃，时而追逐。这时，叶红花轻轻地挽住罗贤阳的手漫步在桃红柳绿的湖堤上，两人有说有笑，走走停停，时而凝视湖中的小船，时而凝眸远处的夕阳，夕阳洒在湖面上，湖水泛起层层红光，波光粼粼，垂柳倒影，美轮美奂，似一幅优美的山水画。叶红花触景生情，想起唐朝大诗人贺知章《咏柳》这首诗，对罗贤阳说："这良辰美景，你想到了什么？"

罗贤阳大胆地说："想啃你一口。"

叶红花满脸无比幸福地说："你背背《咏柳》给我听。"

罗贤阳说："考我啊？"

叶红花撒娇地说："我要你背。"

罗贤阳就故意蹲下逗乐说："上来，我背你。"逗得叶红花咯咯笑弯了腰。接着，叶红花就趴在了罗贤阳背上。罗贤阳背着叶红花一边走一边说："我这像猪八戒背媳妇！"

叶红花不高兴地说："我什么时候要嫁给猪八戒了，你是猪八戒，我就不嫁你了。"

罗贤阳高兴地说："你说了要嫁给我，不准反悔。"一边说一边用双手抓叶红花的腿，又逗得她咯咯笑个不停。

叶红花心痛罗贤阳吃力，就下到地上继续着前面的话说："你背诵贺知章的诗《咏柳》给我听。"这回怕他还钻空子，就说了是贺知章的诗。

罗贤阳一边想一边说："你哪有这么多条件啊？"接着就朗朗地，一字一句地咏了起来："碧玉妆成一树高，万条垂下绿丝绦。不知细叶谁裁出，二月春风似剪刀。"

当罗贤阳刚刚背完这首诗，两人还意犹未尽，罗贤阳裤腰带上的对讲机响了起来，得知城市高架桥坍塌。这仿佛就是一道命令，两人再也没有了心思玩耍，跨上摩托车就向事故现场赶。

这是楚洲东西走向的一条高架桥，曾经是城市的一条快速环线，每天南来北往大大小小车辆川流不息。后来，城市扩容，这条曾经承载着很多人梦想的高架桥，凭专家一句有碍市容，就引来了很多人虎视眈眈。不知是哪个单位的评估，不知又是谁的论证，不知是谁设计的施工方案，这座本牢不可破的高架桥，在施工单位各种利器蚕食下摇摇欲坠，还没有完全封闭，行人、车辆还让其通行，候在桥下等待放行的车辆和行人，有些急不可耐，骂骂咧咧。“轰”的一声，高架桥像多米诺骨牌一样从东向西推倒，绵延数百米，猝不及防的行人和车辆顷刻间被埋压在巨大的钢筋混凝土构件下，死的死，伤的伤，困的困。一时间现场惨不忍睹，哭天抹泪，悲痛欲绝，围观群众惶恐不安。

这是楚洲消防部队公开承诺参加抢险救援后发生的第一起特别重大灾难事故。支队自上而下都高度重视，值班首长秦晋江坐镇指挥中心指挥调度。消防指挥中心接警后，按照抢险救援行动要则，迅速调集市区所有救援力量，一时间整个城区消防警报大作，各路救援力量从四面八方赶赴高架桥坍塌事故现场。指挥中心异常繁忙，无线对讲机在不断地进行紧急调度，鲁思民忙得满头大汗，刘红晖等几名通信员接电话、拨电话也是忙个不停。

秦晋江直接呼叫王纪元说：“007，你在哪里?”

王纪元回答说：“001，我和李为民、阳厚德正赶赴事故现场，罗贤阳也在路上了。”

秦晋江说：“好，你到现场后要迅速控制局面，迅速掌握事故基本情况，迅速抢救生命，我调度完后马上就过来。”三个迅速急迫而从容。

王纪元说：“我们将采取一切可以采取的措施，尽全力抢救伤员。请您将照明车调到现场，请您通知市电力局到现场架设临时照明灯具。”还告诉秦晋江一台照明车还不行。

天空一片漆黑，沿街商业门店微弱的灯光下，曾经的高架桥支离破碎，混凝土砖块四处滚落，桥墩、桥面板参差不齐，形成高达七八米的废墟，构件纵横交错，岌岌可危。各种大小车辆被压在这些巨型钢筋混凝土构件下，不得不让人想象这现场的残酷和血腥的恐怖。

王纪元看到这一切，深感任务艰巨，救援艰难，于是迫不及待地认真地跟李为民、阳厚德和随后到达的罗贤阳几个人说：“这是我们楚洲消防部队公开承诺参加社会抢险救援后的第一次最大的救援行动，我们要群策群力，不辜负楚洲人民，不辜负市委、市政府对我们的期盼，要用实际行动交出一份让人民群众满意的答卷。”接着就针对城市高架桥坍塌事故特性分析说：“人员伤亡大，救援难度大，作业场地小，救援车辆到达难，现场管控难。我们现在确定一个救援行动总原则。我的意见是，我们要坚持先易后难的救人总原则，先救活的后救死的，先救重伤的后救轻伤的，一对一施救，全线分段同时展开战斗，不留死角。”然后就给他们分工说：“我们现在现场侦察和救援同时开展。李为民和阳厚德负责南面，罗贤阳和叶红花负责北面全线展开侦察。刘一民你队负责东头一到三号桥墩的救援行动。”说完就给他们下达了战斗展开的命令。

随之，负责侦察任务的就手持消防强光照明灯，自东向西一路搜寻，一路喊话，一路安慰，一路标记。罗贤阳、叶红花两人还一路给受伤者上药止血。负责救援行动的消防一中队借助消防照明车的灯光迅速地展开了紧急救援。

王纪元做完这些，凭他的经验向秦晋江报告说：“请你报告市政府值班室，要他们迅速通知市园林局来人，将两边人行道上的树砍掉，为救援车辆清障让道。请迅速调用大型起吊车、挖掘机到现场救援。据我估算，一些钢筋混凝土构件大的可能有两三百吨，一般的也有几十吨。”

秦晋江说：“你估算一下要调多少台起吊车?”王纪元就一边分析一边同秦晋江商定了调用车辆数。

接着，王纪元就用无线对讲机呼通了消防五中队李长征，向他下达救援任务说：“051，你注意了，我命令你队直接进入高架桥西头，负责九至十一号桥墩的救援行动，听候李副参谋长的指挥。”然后担心消防救援车辆扎堆，影响抢险救援行动的展开，又命令四中队从西头进入，负责七至九号桥墩。二中队高大伟从建设大道进入，负责五至七号桥墩的救援行动。三中队负责三至五号桥墩的救援行动。王纪元做完这一切，长长地嘘了一口气。

高架桥的西头，李为民和罗贤阳在一起碰头，随后，李为民就用对讲机向王纪元报告了现场的基本情况。王纪元指示说：“你负责西头五中队、四中队的救援行动指挥，罗贤阳负责二中队、三中队的救援行动指挥，他们马上就到。我们实行领导指挥靠前，分段负责，全力施救。明白吗!”对讲机就传来了李为民坚定的“明白”声。

各路抢险救援车辆先后赶到现场，很快展开了救援行动。伍兵跑步来到现场向王纪元报告说：“参谋长同志，南区消防大队前来领受任务，请您指示！报告人南区消防大队长伍兵。”

王纪元指示说：“我命令你大队与消防三中队并肩战斗，对三至五号桥墩救援行动负责，不得有误!”

伍兵说：“是！明白。”

“参谋长同志，北区消防大队前来报到，请指示！报告人张海燕。”

“参谋长同志，河西消防大队前来请示任务，请指示！报告人任辉。”王纪元立马命令他们一一对应所在区的消防中队，开辟了城区消防大队不分管消防中队的第一次救援行动的合作。

支队党委成员也全部到齐，秦晋江给大家分工说：“大道理我也不讲了，我也甭管市政府怎样分工，我们现在先内部成立一个指挥机构，以王纪元参谋长的车为指挥部。所有支队党委成员要靠前指挥，我自己负责协调市政府这方面的关系，政委负责宣传对口工作，姚志强负责整个现场的保障工作，其他人就各负责一段。王纪元参谋长对现场负总责。”

吕梁华接过话强调说：“大家要高度重视，要想尽一切办法，克服一切困难，把这次抢险救援作为我们公开承诺后最大的政治任务来完成。”接着就强调了宣传报道纪律。

现场机器轰鸣，马达声声，消防车这时充当了照明车，十多台消防车开启大灯为现场照明，支队党委成员深入第一线靠前指挥，消防官兵用手搬，用肩扛，用消防铤撬，用消防锤砸，用千斤顶顶。按照王纪元之前确定的救人总原则，全体消防官兵使出浑身解数，各路消防抢险救援中队传来了一个个捷报。首先是最先到达事故现场的消防一中队刘一民向王纪元报告说：“报告参谋长，我们一中队现已经救出两位被砸伤的群众，现已送上救护车，请您指示。”接着李为民、罗贤阳、高大伟也向王纪元报告都救出了一名伤者。王纪元就指示他们再接再厉，顽强拼搏，告诉他们硬骨头还在后面。

“书记同志，楚洲消防支队现全力进行救援，出动了市区五个消防中队和支队机关全体官兵，各类车辆二十二台，共两百余人。高架桥共发生坍塌桥梁十跨，二百余米，现已经成功救出五名被砸伤的群众，请您指示。报告人楚洲消防支队参谋长王纪元。”王纪元见肖言书记、仁桂生市长和彭永德秘书长到来，如实报告说。

肖言书记没有像往日一样站在那里，听完报告后就下个指示，而是神情凝重、满脸焦虑地走近王纪元，抓住他的手急迫地问：“情况究竟怎么样？有多严重？人员伤亡大不大？”

王纪元没敢隐瞒事实，直言不讳地说：“情况相当严重，据现场初步侦察，仅各类大小车辆就被埋压了三十多台，这仅是我们能看到的，还有现在看不到的，人行道两旁被砸伤的群众也有不少，正在全力抢救。”又重复了之前给他报告的情况，告诉他五名救出的群众应该没有生命危险。

仁桂生市长急不可耐地问："还有什么问题和困难？"

王纪元说："问题很多，困难很大。我建议以市政府的名义成立一个抢险救援指挥部，统一协调指挥。哦，对了！刚才，我们请市政府值班室调度电力、园林和大型起重设备到现场。怎么还不到？"然后就向他们汇报了消防支队的内部分工和救援情况。

彭永德听到这话就直接拨通值班室电话说："消防支队要求调度的单位和车辆出发了吗？要他们马上赶到事故现场，越快越好！"

罗永涛接话说："还要不要调内卫武警过来？"

这句话不知他是问书记还是问市长，看他们都不说话，王纪元就接过话说："如果公安外围警戒警力不够，调他们过来是非常有必要的，前方救援我们不打人海战术，我们要遵循科学指挥，科学施救。当前，最需要的是调用大型起吊设备和现场起吊施工作业指挥人员。"然后，就喊着彭秘书长说："调一些氧气切割机过来，非常有必要！"

"007，007，017 呼叫。"王纪元刚刚说完，挂在肩上的对讲机响了起来，大家都将眼光投向王纪元的肩上。

王纪元说："007 听到，请讲。"

017 报告说："现场现在弥漫着浓厚的汽油味，我发现有几台汽车油箱漏油。"王纪元回答知道了后向罗永涛说："罗局长，请你一定通知战友们加强警戒，要确保万无一失，坚决不能发生次生灾害事故。"

"007，007，018 呼叫。"这是罗贤阳在喊。

王纪元说："007 听到，请讲。"

罗贤阳报告说："凭支队当前这些设备，要准确无误地确定被埋压人员的位置很难，我们得想点别的办法才行。"

肖言书记听到这话心想，消防刚刚承诺抢险救援，各类救援装备还没跟上，就与罗永涛说："你那几条警犬怎么样？"

罗永涛回答说："哪还有警犬，都老了，前两个月就退役了。"

这本来是王纪元要问的，现在书记抢着问了，就直接呼通鲁思民说："我命令你立即制作一台声音放大器，送到现场参加被困人员搜救工作。"

鲁思民回答"是"后说："支队只有党委会议室一套扩音设备，我就拿来用了。"

仁桂生市长听王纪元这么一说，心想这也是没有办法的办法，也就给几个人打电话交代他们赶紧做几套送到现场来。

有书记、市长坐镇指挥，相关单位陆陆续续赶到了救援事故现场，电力公司很快架起了大功率临时照明灯光，园林局也很快用电锯锯倒了那些还不是很大的树木，大型起吊车、挖掘机、破拆车也到了现场，开上了人行道，只等指挥使用。

消防支队抢险救援有条不紊地进行，执行着指挥部传来的一条条命令。支队党委成员每个人都身先士卒，坚持靠前指挥的总要求，既当指挥员又当战斗员，为每一位消防官兵树立了榜样。言国太凭着多年参谋长的经历，身先士卒与刘一民冒着生命危险，在坍塌的桥梁面板下搜寻被困群众，用嘴喊，用灯光照，用耳朵听。不一会儿，他在庞然大物的钢筋混凝土构件下发现一名被压着双腿的群众，就呼叫罗贤阳："018，018，003 呼叫。"

罗贤阳听到言国太呼叫就回答说："018 听到，请指示。"

言国太说："你要叶红花到二三号桥墩这里来，帮一位受伤的群众挂上水。"

叶红花这时正在与罗贤阳给一位受伤群众包扎伤口，听到言国太喊罗贤阳要自己过去，就红了红脸说："你看，大家都知道了。这里正好包扎好了，我就过去。"说完就背着药箱跑去，罗贤阳心痛地追上去帮她背着药箱，为下一个伤者挂点滴。

喻克伟就直接呼通王纪元说："参谋长啊，这下面没办法进人啊，你过来看看。"王纪元就拿着鲁思民临时制作的声音放大器跑步过去，只见堆积如山、纵横交错的钢筋混凝土构件下边压着几辆车，狭窄的空间无法让人进去，无法让人知道下面是否还有人，中间的缝隙是否有生命迹象。王纪元爬上这堆积如山的废墟，小心翼翼地将手中长长的竹竿尽头的话筒向不大的缝隙里一把一把伸去。随着竹竿露在外面的越来越短，突然音箱里就传出了"呼、呼、呼"的呼吸声。大家就一下子兴奋起来，喻克伟大声地说："有人！有人！参谋长，有人！"接着就呼叫罗贤阳，要叶红花过来，仿佛自己的人好用，放着现场救护医疗组的医生不喊。

这一搜寻办法的成功，极大地鼓舞了官兵的士气，这也是从初步搜寻向深度搜寻的转折。王纪元见这一突发奇想的办法管用，就将任务布置下去，让他们拿着鲁思民制作的，还有仁桂生市长安排制作的这些声音放大器在不断地搜寻，每搜寻到有生命迹象的地方就在现场贴上一面红旗，然后自己就去指挥吊车救援行动。

王纪元还是坚持先易后难的救人总原则，先安排风炮机、冲击钻逐一清理破拆埋压在小汽车上的水泥板块，借助吊车的力量以最快的速度拯救有生命迹象的群众。一时间现场风炮机、冲击钻发出“突、突、突”的声音。王纪元口里含着一把口哨，双手各持一面红绿手旗，站在前侧不断地吹着口哨，打着手旗。随车来的工作人员熟练地在那些构件上穿绕钢丝绳。随着一块块钢筋混凝土构件被吊起移开，随着一个个作业面被成功救援，随着一位位伤者被送上救护车，王纪元向秦晋江报告说：“之前，我们商定的救人总原则和支队党委成员靠前指挥的总要求是正确的，措施是得力的，事实证明是可行的，有生命迹象的基本救出，现在只剩下最后一块硬骨头，这也许是最大的惊喜，我保证完成任务。我们可以向市委、市政府，人民群众交上一份合格的、满意的答卷。请您向书记、市长报告，请他们放心，消防尖刀坚决不辜负领导的期望和人民的期望。”

秦晋江坐镇指挥部，他成了每个人都关注的人物，他的每一个电话，每一声对讲机的声音，都是每个人关心的，都是记者们捕捉信息的源头。大家听到王纪元的报告，还没等秦晋江回话，肖言书记从秦晋江手中抓过对讲机说：“同志们辛苦了，参谋长辛苦了，请你们将最后这块硬骨头啃好。我拜托你们了!”

最后这块硬骨头，是一块上百吨的钢筋混凝土构件斜压着一辆城市公共汽车，汽车尾部被砸烂，车身似乎短了许多，门窗也变了形，四周又被大大小小的构件遮盖得严严实实。之前，王纪元凭着多年的经验判断，这高耸如山的下方应该有生还者，就冒着生命危险，借助消防强光照明灯，进行了现场勘查。然而，要吊起这庞然大物谈何容易，王纪元也不敢贸然行动，心里一直在思考着怎样救援。这时，他信誓旦旦地向指挥部报告了这块硬骨头，还保证完成任务，心里应该是有了底。于是，只见他叫上言国太、李为民、罗贤阳到达现场，经过一番交代。首先，在南北两侧用两台大型起吊车将最上面的那块巨无霸用钢丝绳将它揽起，然后就像拔洋葱一样，将四周大大小小的钢筋混凝土构件移开，很快被埋压在里面的公共汽车露出了真面目。王纪元就带领李为民几个人冲进去，用消防铁铤使劲一撬，就扶着这些被困在里面近十个小时的十名群众走出危险困境，叶红花就一边给他们喝水，一边喂葡萄糖，王纪元等就护送他们上了救护车。

第三章

一把尺子量到底，

量出鲜为人知的故事

诚实守信，讲规矩是中华老祖宗留下的人生信条，永不叛党也有了另一个层面上的诠释，碰上十足的无赖，搅起人命关天的大事，引来书记无数的吻。

二十

阳光照在楚洲大地上，楚洲的山山水水显得格外亮堂，黛墨色的山岭上，树叶在南风的吹拂下一眨一眨。蓝天下绿油油的稻田，随风泛起一层层波浪。没有栽种的稻田，农户已经将农田整理得干干净净、漂漂亮亮，整齐堆在田中的农家有机肥点缀着整个田间，绿的是禾苗、白的是水、灰的是有机肥。偶尔有一些白鹭鸟在田中觅食，白鹭长着长长的颈脖，整身洁白的羽毛，时而迈着高而红的长腿优雅地漫步，时而成群结队飞起在空中盘旋又纷纷落下，洒下一片银白。

以遏制重特大灾害事故为目的的六个专项治理检查组，犹如六只重拳、六把尖刀在楚洲横空出世，所向披靡。为了让这次专项治理工作收到预期的效果，检查组还特别组织了为期三天的培训班，统一思想、统一纪律、统一标准。

王纪元的检查组排在第三组，由建设局、交通局、工商局、公安局、化工局、消防支队组成，主要负责新建工地和建筑消防工程的隐患排查。

三组组长由市委秘书长彭永德担任。彭永德大学毕业后在楚洲一国营大型企业从学徒到技术员再到车间副主任，再后来为厂团委副书记，最后担任了党委办主任。一次楚洲市委一主要领导到这个国营大型企业调研工作时，发现了这个才子。经考察后调入了楚洲市委。改革开放后，为掌握第一手资料，在市委各项工作很繁忙的情况下，彭永德坚持深入楚洲一些私营企业、公司，特别是新兴的大型酒店、夜总会、市场、洗脚城、商场、电玩城、KTV 等第三产业开展调查研究工作，以便于在市委进行相关民主决策时，有更多的话语权和数据。为此，他将这一次专项治理工作当作一次难得的调研机会，还叮嘱其他同志记得打电话催促。

检查组第一站就检查了环洲城建筑工地，环洲城坐落在楚洲市最繁荣的中国南方最大的市场群内，东面是人民路，西面是建设路，南面是发达路，北面则是天下大仓库市场。环洲城由香港老板冯一帆投资，三十层的主体建筑，五层的裙楼，地下三层，单体建筑面积二十余万平方米。功能设计为大型市场、宾馆、写字楼，还有一些小户型商品房，是一个建筑综合体，消防工程自然是这栋大楼的生命工程。

冯一帆，照他自己的话说，父母给他取这个名字是希望他一生一世一帆风顺，每件事都一帆风顺。他在香港兴办了一些公司和企业，深知建筑消防非常重要，在设计时，专门请香港设计大师设计，又聘请了国内的建筑学专家为顾问。此外，还多次邀请省消防总队对图纸进行会审，可谓是精细周到。在省消防总队对该项目进行建筑消防审核时，一向以严谨认真、坚持原则似乎还有一点刁难而著称的张高工一次审核过关，都说实属难得。用冯一帆的话说，建设工程首先是设计，设计不能留下缺陷和后患，方方面面都要考虑到。

安全专项治理检查组在彭永德的带领下，首先到了环洲城设在一楼的内部临时办公室。早早在那里等候的冯一帆见到安全专项治理检查组的同志们，特别是看到彭永德也出现在现场时，立马从座椅上起来，三步并作两步走快速来到大门处迎接并说“热烈欢迎，欢迎指导，欢迎检查”，还和彭永德来了一个深深的拥抱。没等彭永德开口，冯一帆自信地说：“秘书长，怎么样啊？我没有吹牛皮吧？现在主体已经封顶，外墙还有几个月就可以完工了。”说完换了个口气说：“秘书长把我招进来就不管我了，也总不来看看我，真让我白天想晚上想。”

彭永德说：“我也一样想你啊，我没来看你，不代表我不想你，我每天都在关注着你这个大工程的进展，今天不就来了嘛！”

冯一帆说：“你想我，是怕我吹牛皮吧？今天你可是公干，不是公干你恐怕还不会来。”

彭永德说：“冯先生你一定不要见外，我真的非常想你、非常关注环洲城。你几个亿的资金打到建设银行我什么都不怕了。知道你这个工程进度快，没想到这么快，你可把我们香港的速度带到了我们内地、我们楚洲。”

冯一帆说：“谢谢秘书长肯定。我想你再不来，我就打算等开张大吉那天请你剪彩，让你来个措手不及，来个大惊喜，让我们的秘书长真的想不到。”讲完就爽朗地哈哈笑了起来。

建设局副局长郭亮附和着说：“环洲城建设是我们楚洲市史上最快的工

程，平均每十天一层；用的钢筋、水泥都是知名品牌。”

彭永德说：“这我就放心了，当时我带队到深圳组织召开招商引资会议，环洲城就是我们的一个招商引资项目。一周的时间，很多老板都与我们谈过，有的口气很大，要求很多，这个要减，那个要免。冯先生当时梳着一个中式分头，三七开，穿一身很随便的对开布衣服，脚上穿一双老北京布鞋，一双眼睛深邃而有神，给我递上名片后我们仅谈了五分钟，就发现我们有共同语言。冯先生对内地改革开放政策熟悉，并且态度很诚恳，没提很多要求，还一个劲地保证。只是，当时冯先生保证一多，我倒反而有一点生疑了，顺口说了一句很不得体的话，什么来着，冯先生？”彭永德故意提起这个话头儿，还要冯一帆再说上一遍。

冯一帆接过话说：“你自己说过的话不记得了？你说，冯一帆先生你不会吹牛皮吧？你看，我吹了牛皮吗？我来内地楚洲依法依规办事，没跟任何单位、部门提要求，也没四处找关系开后门，你看，房子都建了，我都没来麻烦彭大秘书长吧。”这一席话真的搞得彭永德有一点不好意思了。

不好意思归不好意思，既然话匣子打开了，就得再说几句。彭永德如实地说：“冯先生就是有个性，实力雄厚，我发现你有些该问的没问，该要求的也没要求，还一个劲地保证按时打保证金，按时开工，按时投入使用。我想哪有这么诚实的商人，冯先生不怪我吧？我们楚洲没哪个部门为难你吧。”

冯一帆说：“诚实、讲规矩，这是我们中华民族老祖宗传承给我的。我既不要开后门，降低标准，也不要减这减那，免这免那，只要有规定，该办的办，该交的交。不与相关单位、相关部门为难，他们想为难我也为难不了。我还特别希望大家给我提意见，实际上，提意见就是给我当军师，让我多思考。”讲到这里，冯一帆话锋一转：“我怎么敢怪你，我一看秘书长大脸蛋、厚嘴唇，就知道是一个实在可靠的人，托彭秘书长的福。”

彭永德说：“我们今天就是来找问题的，欢迎不欢迎？”

冯一帆说：“我刚刚不就说了嘛，我这个人就是最希望人家给我提意见、找问题，哪有不欢迎之道理，热烈欢迎！”然后又说：“我们自己在这里工作久了，时间长了，很多事情见怪不怪了，也很难发现问题。今天彭秘书长带这么多专家来帮助我工作，找问题，请都请不来，求之不得。”

彭永德说：“那就好，每个人都能像冯先生这样思考那该多好啊。时下，我们有的单位、有的个人热衷于干什么事都想到走后门、找关系、打擦边球、降低标准，甚至还抵触检查。”说到这里彭永德恐怕感觉自己的话有些不妥，连忙将话题就转到了今天的工作任务上，于是向冯一帆一一介绍了检查组的同志后，又说明了具体的来意以及检查的方法和形式。在介绍到王纪元时，冯一帆先生特意站起来向王纪元鞠了一躬，并连称太平绅士。

太平绅士制度，是英国创立的一套旨在维护社会秩序的司法辅助制度，在香港已经实行了160多年，是一个有效的监督、视察制度。太平绅士一般由对香港社会有重大贡献的人士担任，政府遇有重大案件发生时，可指定一两位太平绅士，作为调查专员主持公道。这个时候冯一帆称谓王纪元为太平绅士，主要是香港社会对消防的认同度高，认为消防就是对人类社会有着重大贡献的人，是公平、奉献、安全的化身。至少还认为这次检查是认真的、严肃的，有太平绅士主持公道。

检查组分头工作，彭永德等几个人在冯一帆的陪同下，冯一帆一边走一边介绍："这层的面积就有一万多平方。"

彭永德问："这么大的面积有多少个出口？"

冯一帆回答说："每层有六个防火分区，当时在设计时，设计部门为了帮我节约投资，打什么擦边球，只设计了五个防火分区，我知道后就明确对他们说不行，要按规矩来，安全出口有二十四个。"

彭永德问王纪元说："王参谋长，符合消防要求吗？"

王纪元眨了一下眼，略一沉思回答说："一万个平方，六个防火分区，每个防火分区不到一千七，二十四个安全出口，平均每个防火分区有四个安全出口，符合要求。"

郭亮说："像这样的一类高层建筑，在我们楚洲不多，在图纸设计上我们全程跟踪服务，多次对图纸进行会审，按常规说，在设计上应该是没有什么遗漏的，看在施工上是否存在问题。"郭亮在彭永德面前不忘一边表扬自己，一边提出有可能存在问题的地方。

说着大家来到了位于三楼中央的一疏散楼梯间，王纪元从随身携带的包里拿出卷尺量了量疏散楼梯间的宽度说："这个防烟疏散楼梯间的宽度符合要求。"

彭永德问："是防烟楼梯间？怎么防烟？"说着走近防烟楼梯间仔细地看了看。

王纪元指着防烟前室说："你看，这就是防烟前室，有6个多平方米。"王纪元趁机向大家介绍了一下什么是防烟楼梯间："防烟楼梯间是在楼梯间入口处设有防烟前室，或设有专供排烟用的阳台、凹廊等，且通向前室和楼梯间的门均为乙级防火门的楼梯间。”又说：“还有封闭楼梯间，封闭楼梯间是指用耐火建筑构件分隔，能防止烟和热气进入的楼梯间，门同样应为向疏散方向开启的乙级防火门。封闭楼梯间应靠外墙并能直接天然采光和自然通风。”

彭永德说：“消防真还是一个技术活啊，一张门、一个楼梯都有这么多技术要求。”

郭亮说：“消防的各项技术规范很多，几乎涵盖了生产生活的各个行业、各个领域。不是谁想干就能干得了的。”

彭永德说：“内行看门道，外行看热闹，没有相当的专业知识，我们这样走一趟，还真的发现不了问题，更谈不上解决问题了。”

冯一帆说：“在香港，消防的体制是职业化，市民有很多事都愿意到消防队去咨询、去请教，就连购房、开公司都愿意选和消防队做邻居。从五行、八卦、风水上讲和消防队做邻居能发财、能平安、能人丁兴旺。”

彭永德一行听后哈哈大笑了几声问：“王参谋长，是不是啊？”

王纪元说：“你别说，冯一帆先生没提这档子事，大家都不觉得，一提好像还真的是这么一回事，这样看来还不是唯心的。你看，就拿我们楚洲市来说，全市支队、大队、中队、培训队，有几十个消防驻点，这些与消防队为邻的机关也好、企业也好、居民也好，真的是越来越好，就连过去一些地方很穷很落后，谁也不愿意去的地方，消防队建成后，在短短的几年间就变得欣欣向荣，人旺、财旺、事业旺。”

郭亮说：“我记得皇历上就是这样写的，不妨大家可以去了解了解。我家的房子就和消防队为邻。”

在现场工作人员的引导下，大家乘坐电梯到了三十层。三十层是一层观光旋转茶艺层，四周已经用厚实的铁艺护栏围成了一圈，站在三十层鸟瞰楚洲，楚洲的山山水水、大小建筑尽收眼底。

冯一帆介绍说：“这三十层是一层观光、旋转茶艺餐厅，由香港九龙公司经营，秉承我国厚重的茶艺文化，以茶为媒内联外引，促进内地和香港、澳门共同繁荣。到那时，每当夜幕降临，夜色阑珊，坐在这里在轻音乐的陪伴下，每个人都心旷神怡，美轮美奂的香江更令人陶醉。”

彭永德说：“这个创意好啊。我们都知道楚洲美，站在这空中一看，没想到楚洲真的这么美。”

沿着楼梯间拾级而下，环洲城四周的楼梯间基本上是封闭楼梯，自然光线从高大的窗户照到封闭楼梯间，楼梯间既显得亮堂又显得安全宽敞。在闭门器的作用下，每张安装好了的防火门都处于关闭状态，王纪元指着门向彭永德介绍说："这就是木质乙级防火门，这里有标签、有生产厂家、有防火等级、有品牌、有编号。上面这个拉杆叫闭门器，门是朝疏散方向开启的。"

冯一帆一边听一边说："这个门从外观上看与其他木质门没什么区别。要说有区别，家用普通门漂亮一些，这个门简陋一些。只是多了一个标签，不法商贩会不会造假，加一个防火标签我们也不认得。"然后就建议说："防火门是不是也可以生产得漂亮一些？"

王纪元说："这个建议好。至于造假，这恐怕也不能完全避免，你们仔细看这张防火门，它除了有这个标签外，这张门的正反两面都有一个印痕，正面是阳印痕，反面是阴印痕，有编号。这必须有专门的模具，平时都没仔细看。"

彭永德说："这好，一则正规生产厂家一旦发现有人冒充造假，可以维权。二则便于相关人员检验。"

王纪元说："木质防火门，我们用肉眼看好像与普通五夹板门差不多。其实，这条门从木方到面板、到夹层内的填充料，都经过了严格的防火处理。要脱脂、要防火浸泡、要烘干、要抽样检测，合格后再到生产制作程序。最简单的方法是用刀子削一块木板下来，用打火机烧一下，不起明火，最多只炭化。"

工商局副局长林木森说："这个方法好，这年头只有靠这些简单易行、最原始的方法管用。现在一些商家、生产企业惯于弄虚作假。来，我们取一块木材下来用火烧烧看。"

公安局治安支队副支队长侯自力说："流通领域打假可是你们工商部门的职责。"说完大家就要找刀子要从防火门上削一块木片下来试验一下，找了一阵没有找到刀子。

彭永德就说："等会找到刀子再试验吧，我们到中间的楼梯间看看。"说着大家就来到了位于建筑物中间电梯旁的疏散楼梯间。

王纪元说："这是防烟楼梯间，这里有两道防火门，像这种类型的疏散楼梯间全靠人工照明系统，要安装应急照明灯和疏散指示标志。"

交通局副局长寻修路说："在我印象里，消防队就是提水枪打火的，没什么技术可言，以为就同我们老百姓一样提个提桶，抓个脸盆什么的就可以灭火。听王参谋长这么一说，简直给我上了一课，完全颠覆了我对消防的认识和看法。”

化工局副局长化建华接过话说：“你可别小看了消防，消防可是一部百科全书，不敢说很精通，但确实上知天文下知地理，什么建筑、化工、仓储、材料，真是一门多学科、多领域、综合性、实践性科学呢。我们楚洲化工厂聚氯乙烯车间发生爆炸起火事故，当场炸死四人，在进行事故原因分析时，我们王参谋长力排众议，才彻底将原因查清，连化工部的专家和化工部化工科研所的专家都不得不对我们王参谋长刮目相看。当时好像还是上尉，参谋长是不是啊？”

王纪元说：“照现在的话说，叫性格倔强，初生牛犊不怕虎，有点宝里宝气。”

化建华接着说：“就是你查明了原因，经后来整改至今也没有发生爆炸起火死亡事故，真要感谢你的倔强性格、你的宝里宝气。”

彭永德说：“王参谋长是不是啊？能让化工部的专家刮目相看那可是相当不容易的，说来听听。”

王纪元说：“不足挂齿，从反面来说，我这个人有点固执，有点倔强；从正面上来说我这个人工作还算执着、认真。”

彭永德指着化建华说：“当年的王上尉是不是推翻了那些专家们的意见啊？”

“是的咯，在当时几十个人的原因分析会上，因为聚氯乙烯生产采用的是新工艺、新原料、新产品，火灾危险性很大，具有很多不可预见性，很多人都不敢妄言，对部里专家的每一句话都洗耳恭听，都带着一种学习的态度参加爆炸事故的调查分析工作。眼看意见往一边倒，就要形成意见时，主持人在问大家还有什么新意见时，当时的王上尉发了言，第一句话就雷到了一些人，否定了化工部专家的意见，王参谋长还是你自己说吧。”化建华又将话推给王纪元。

王纪元想必认为在这里搞检查，说化工厂的爆炸死人事故有些不合时宜，没想到王纪元还没说话，彭永德就说开了：“我在工厂一干就是几十年，对工厂有感情，对一些上级机关，特别是那些所谓的专家有一点成见，他们动不动就拿专家的头衔压我们。其实很多专家打着专家的旗号牌子，从没干出一件像样的事来，很多是纸上谈兵，你说说，让我们也分享一下你如何推翻他们意见的快乐。”

王纪元看彭永德把话说到了这个份上，指了指化建华说：“你看，你给我惹事了吧？让我在彭秘书长和大家面前献丑了。”

化建华连忙抢过话说：“什么献丑，是一件非常光彩的事。”

二十一

那是十年前的秋天，王纪元这是第四次与楚洲化工厂聚氯乙烯爆炸火灾事故交手了。前两次都在消防二中队任指导员，以中队指挥员的身份指挥了那两场火灾的扑救，保护了厂区乃至整个北区的安全。据化工厂的专家讲，如果火灾扑救不成功，一旦氯乙烯单体储罐发生爆炸，会将方圆五公里夷为平地，后果不堪设想。第三次是以消防股参谋的身份参加调查，同所有的人一样是带着学习的态度参加的。这是第四次，是在化工厂同一地点、同一部位，发生第四起爆炸起火事故。

熊熊燃烧的烈火从输送管道中喷出一丈多高，炸得支离破碎的门窗残骸挂在墙体上燃烧，地面是散落一地的砖块、阀门碎片，人们惊恐万状。两架固定水炮定向向单体储罐成抛物线状喷射，厂专职消防队队员抱着几支水枪在对管道、反应釜进行冷却，升起阵阵白色的烟雾。

管道气体火灾的特性不同于丙类物质燃烧，想灭黑就灭黑，这只能控制，只能降温冷却，还得当心回火。要等待整个生产工艺一切准备处理完毕才能停机，否则将造成二次爆炸，会造成更大的伤亡。

熊熊燃烧的气体火灾直接威胁着近在咫尺的氯乙烯单体储罐的安全，炽热的温度灼得所有灭火救灾的人眼睛都难以睁开，强烈的热辐射让人无法靠近。

楚洲化工厂有专职消防队，一般只有在无法控制事态发展局势的时候，才向公安消防队请求增援，最怕损了面子。王纪元是寻着消防警报声，开着北京 213 吉普车同公安消防二中队同时到达现场的。同样地方的爆炸，又造成四人死亡，王纪元当时就决心查个水落石出。

侯自力冷不丁地说：“这么厉害啊！那相当于多少 TNT 炸药？那这个车间设计在那里也太危险了，现在还在吗？”恐怕侯自力的职业思维还在想方圆五公里会夷为平地的后果上。

化建华说：“在，当然在。如果不在了，哪有我们今天用的塑料制品。”然后，不无夸赞地说：“自王参谋长推翻专家们的意见后，按照他的指导整改，至今没有发生过爆炸和起火，最多也只是充了防爆膜。王参谋长功不可没啊。”化建华又一次当着大家的面夸王纪元，透露出对王纪元的佩服和崇敬。

彭永德说：“一个好建议，还原一场灾害事故的真相。查清灾害事故的真实原因，挽留经济损失不说，更重要的是能避免以后灾害事故的发生，挽救人们的生命。你们化工局怎么不给王参谋长请功呢！”

化建华说：“我们当时真的还研究了为王参谋长请功的事，但后来有一个意见说，部里来了人，科研所来了人，省化工厅也来了人，只给他一个人请功，其他人怎么办。最后，只好让王参谋长当了无名英雄，成果还得算联合调查组的。”接着又补充说：“有些话本来是王参谋长说的，结论也是王参谋长定的，最后在调查报告中还得写是专家们的意见，王参谋长是不是？”

王纪元说：“就别拿我说事了，这事都过去快十年了。”

彭永德说：“很多事，我想都是这样，实际上也叫不公平、不公正。该是谁的成果就应该是谁的成果。王参谋长当时的意思肯定是认为大家认同了他的意见，同意了他的结论，还原了事实真相，写谁说的、写谁定的都不重要了，是不是啊，王参谋长？来来来，我们欢迎王参谋长为我们讲精彩的故事。”

王纪元见大家真的鼓起了掌也跟着鼓了掌后说：“秘书长请您饶了我吧，王婆卖瓜，自吹自夸的洋相就莫让我出了，化副局长比我还明白。”

这是第四次爆炸死人的特大事故，死了四个人。各级各部门领导都非常重视，市里成立了联合调查组。王纪元以调查组成员的身份参加调查，一开展调查工作，他就在脑海里产生了一些疑问。一是同一个车间、同样的阀门在短短近两年的时间里发生四次爆炸起火事故；二是转化器的防爆膜不爆，恰恰在最厚实、最坚固的仪表控制室的阀门爆炸；三是聚氯乙烯生产由制备氯乙烯单体和聚氯乙烯聚合两步组成，合成聚氯乙烯的工艺是乙炔的氯化氢加成。在制备的氯化氢中不得含有游离氯。如果存在游离氯，氯化氢中的游离氯只在转化器内与乙炔形成氯乙炔而燃烧爆炸。但它四次爆炸恰恰都在一个地方，又都是同一个原因，并在经过了三次整改的地方爆炸，而不是在转化器内燃烧爆炸，不得不让人匪夷所思，不得不让王纪元心生疑问。

王纪元就暗暗想，事故的三不放过，实际上原因不清不放过才是主要的，是最重要的。就好像人得了病一样，只有弄清了病因，才能对症下药。灾害事故何尝不也是这样，只有查清了原因，才能亡羊补牢，才能依规整改、科学整改。王纪元就怀疑起了前三次的原因，兴许还带着第三次的疑问，决心查个水落石出，还事实以真相。

为此，王纪元查阅了大量资料、设计图、工艺图、技改图、流量实时记录表、纯度检测表、压力实时记录表、在线分析仪、安全流速实时记录表和前三次爆炸起火原因的分析材料。根据流量、流速实时记录表，经测算，可以产生高温高压的地方不在爆炸事故点，更不可能每次就爆炸这个阀门。因为，在当天有几十秒钟的时间氯气的流量大于了设计的控制流量，而乙炔气还是按设计流量不断地输送，因此，游离氯的存在是事实，完全有可能造成高温、高压和爆炸起火，而应该在转化器内爆炸，不代表一定在阀门处爆炸。而造成氯气流量大于设计量，有可能是电力、电压突然增大或减少，压缩机、雷电、人为操作等因素，而经计算后产生的高温、高压以至爆炸完全与事故爆炸点还相差几十米远。

王纪元带着这些疑问，首先排除了电力设备和人为操作不当等原因。后来，王纪元从生产工艺防火入手，在原设计图和技改图上发现了问题，在技改前阀门控制室在西面外墙，仪表控制台位于北面。技改后将阀门控制室改到了仪表控制室旁，合二为一。经了解，更改原因是为了减少一线岗位人员，方便控制阀门的操作。经调查，技改之前均没发生爆炸事故。技改之后，就这么一挪一改致六人命丧黄泉。王纪元又计算了仪表控制台与阀门控制室、化学转化器的距离，分析彼此之间的位置关系进而判断，一旦出现游离氯的情况，乙炔和氯化氢混合器的温度持续升高，产生高温高压，应该在化学转化器的防爆膜处爆炸，不会在仪表控制台爆炸，也不会在阀门控制室爆炸。因此，王纪元认定这是设备工艺设计上存在严重缺陷，得出是工艺设计问题的结论。

在最后一天原因分析会上，王纪元直言不讳地说："我不同意各位专家的意见。认为是电力设备的原因是错误的，这只能说明是造成游离氯存在的原因，不能代表在仪表控制室爆炸的原因。为什么四次都在这里爆炸？为什么这个结论和前三次又一样？如果还和前三次是一个原因，将会有第五次、第六次爆炸。"

王纪元这一炮放得不轻，接连两个"为什么"让在座的领导也好，专家也好都大吃一惊；本厂的一些技术员、工程师也有的附和王纪元说："那是的，前面爆炸了三次，都在一个地方，每次又都按照专家的要求整改了，为什么还在这个地方爆炸，我看王上尉的意见有道理。"

化建华说："我当然明白了，我自始至终都在参加调查。你第一句话就把所有的人都惊呆了，当时我就用眼不断地看着部专家和厅领导。"

彭永德说："专家没耍脾气？"

化建华说："哪里没发脾气，两个专家开始还在本子上记些东西。后来科研所专家脸色铁青，突然站起来指着王参谋长问：'你是学什么的？你知道我是学什么的吗？全中国的聚氯乙烯的生产工艺的书都是我写的，你知道吗？你认为我这个原因定错了，说说你的原因，真是鲁班面前弄斧头，不知天高地厚。'说完，就一屁股坐在凳子上喘粗气。王参谋长当时不撒火，也很克制，很有礼节。"

王纪元说："我的态度是，事故原因调查应该允许有不同意见，允许辩论，共同追求事实真相。"

当时，王纪元非常谦虚而且又非常肯定地说："我发表的意见仅代表我个人，如有不妥还得请各位专家原谅。直截了当地说吧，我认为这起爆炸起火的原因，包括前三次的，应该是生产工艺设计存在严重缺陷，是工艺设计问题造成的这四次爆炸起火死人事故。"王纪元这一席话避轻就重，落脚点还是后面的原因，不仅否定了这一次定的原因，还进一步否定了前三次的原因。与其说否定原因不如说是否定了专家意见，可谓有些冒天下之大不韪。

王纪元说到这里，化工部科研所专家再次站起来指着王纪元骂："你这是狗屁！这个厂是我设计的，东北的几个厂也是我设计的怎么没看到爆炸，你凭什么说工艺设计上存在缺陷，缺陷在哪里，你说啊！狗屁！"

王纪元待专家说完两个狗屁还是不愠不火地说："正是由于其他地方没有发生爆炸死人事故，而楚洲化工厂接二连三连四地爆炸死人，不得不让我多了一些寻思。我想如果第一次原因查清了就不会有第二次，更不会有第三次和今天的第四次。依照一般的逻辑思维，我想肯定原因没查清，我认为就是工艺设计上的原因。"王纪元再一次坚持他的意见。

谁说当兵的有勇无谋，谁说当兵的四肢发达头脑简单，从这件事来看不得不佩服当兵的，在大是大非面前更能沉得住气，更能忍让，仿佛更能把握和理解有理不在言高。若要在地方，要么吵起来，要么砸杯子走人，要么什么也不说了，谁能受得了两个狗屁，真要佩服王纪元的勇气和克制力。想必他心想原因很快将大白于天下，到时看谁才是狗屁，工人兄弟的生命安全才是最重要的。

彭永德说："王参谋长，打了埋伏。"

寻修路说："什么埋伏？"

彭永德说："你接着听咯。"

王纪元说："事实胜于雄辩，我真的没必要同他们计较，计较倒显得我们当兵的不大度。"

每一位专家、每个人头上都有一顶光芒万丈的光环，特别是像聚氯乙烯这些新材料的研究和生产，专家们可谓费尽心血，是做了大贡献的。生产技术规范方面的书都是他们编写的，工艺上哪里有什么问题也是在他们掌握之中的，不然他们怎么知道在什么地方设计防爆膜、防爆阀。当然，他们心想自己设计了好几家同样的工厂，都还好，只凭这么一个个案，怎么能容得你一个小小的上尉说三道四。

也就是基于这些优势，使得他们对事故调查走马观花，听听意见也只是出于礼节，其实他们早已先入为主了。

既然如此，干嘛还要调查十天半个月的，这是潜规则，不然会说工作草率，不认真，死了四个人的事是特大安全事故，主管安全工作的单位上面还有主管部门，这么大的事想结就结，自然没有那么简单。不然，同一个地方同一个部位发生四次爆炸，前三次都是因电力不稳产生了游离氯，不请专家来定个与前三次一样的原因不就得了，其实还是没有那么简单。人命关天，总要给个合情合理的交代。

十多天的调查，他们借此机会瞻仰了伟人故居，朝拜了五岳之秀，又领略了伟人几分指点江山的豪迈气概，耗费了一周多的时间。仅仅在事故调查前和大家开了个会、见了个面，事后听个汇报，然后凭他们的经验，在最后的事故现场分析会上做个结论就行了。根本不知道聚氯乙烯车间搞过技改，改变了他们原来设计的图纸，也更没想到会碰上这个执着得有点固执的王纪元。

王纪元不愠不火地继续说："我之所以说是生产工艺设计上存在缺陷，是对比了原生产工艺设计图纸和技改后的生产工艺技改图纸。我发现爆炸的这个控制阀在原设计图纸上应该在车间的西面，在技改图纸中发现这个爆炸的控制阀移到了现在的这个位置。也就是说将控制阀改造到位于北面的现在仪表控制室旁。同时我又对技改前的生产情况作了了解，发现技改前，聚氯乙烯车间没有发生大小爆炸事故和火灾，而在技改后的近两年时间内发生了四次爆炸事故，也就是几位专家说的全国几家聚氯乙烯生产工艺设计都是出于他们之手，都好好的。"王纪元这时抛出原设计图纸是好好的，肯定了这些专家之前的生产工艺设计图没有问题，问题在技改后，这样专家心里自然就坦然了，对形成原因的意见会向王纪元这边靠，既拉拢了专家又有利于查清事故的真相。

王纪元接着说："我还计算过仪表控制室、阀门控制室与化学转化器彼此之间的距离，我认为是技改后改变了原生产工艺设计，问题就出在这里。"

王纪元讲到这里，果然不出所料，科研所的专家又插话了，这次平静了很多，指着杨文贤厂长问："你们搞了技改？"

杨文贤回答："是，搞了技改。"

科研所专家几乎暴跳如雷："拿图纸来！拿图纸来！狗屁！狗屁！"

彭永德说："寻局长，是不是打埋伏了。"

王纪元将预先准备好的资料送到专家面前说："你看，这是原设计图纸，这是技改设计图。"

见到图纸的专家，也就趴在会议桌上认真地看了又看，比了又比，心想心中再有数也不能再有失误了，更不能再失当；神情也从凝重到舒展，转而又不无指责地对杨文贤说："这么大的技改项目，还改变了我们的设计图纸，怎么没有报告？"转而又面带笑容地对王纪元说："要不是王纪元，不，王专家工作认真仔细，勤于思考分析，查清了事故原因，不然我们都还会想不通，被蒙在鼓里，对死难者无法交代。"然后，有所悟地说："我说呢，其他地方都好好的，为什么楚洲化工厂老出问题。"接着就非常恭谦地对王纪元说："对不起，对不起，请原谅，真是后生可畏，王纪元是专家，是我们的专家。"说完站起来给王纪元深深地弯腰鞠了一个躬，感觉到不够诚意，还专门走到对面与王纪元握手，王纪元也很大方地与专家握了握手，不失幽默地说："土专家，土专家。"接着哈哈大笑起来。

彭永德一行听完后也哈哈地大笑了起来。

二十二

端午节前后的南方天气，就好像孩子一样一会儿笑一会儿就哭，又好像姑娘的脸一样，说变就变。早晨粉红色的太阳从地平线下爬了出来，一直爬到了半空，突然就黑云压阵，狂风顿起，真是大雨来时风满楼，整个环洲城也被狂风灌满了，呼呼地叫。

彭永德一行走在疏散楼梯间感觉到一片漆黑，安装好了的疏散指示标志亮起了绿灯，王纪元从包中取出消防强光照明灯，帮大家引路，用灯柱照着发光标志说："这是嵌入式的墙上疏散指示标志，安装高度不得超过一米，还有壁挂式、悬吊式，悬吊式一般安装在疏散出口门的上方，走道上的指示标志间距不宜大于二十米，有的还和疏散出口共用一只。一旦停电就会亮起，供电时间不能少于二十分钟，被围困人员便可以沿着箭头所指示的方向疏散，一直走出建筑物才算安全。"

彭永德说："这些我想应该也是用生命和鲜血换来的，我们大家要认真检查，查找隐患和问题。"

王纪元说："对了，消防疏散指示标志亮了，消防应急照明灯怎么没亮呢？彭秘书长，我们大家一起来检查一下这盏应急照明灯。"

彭永德说："怎么检查？"

王纪元用强光照明灯照了照应急照明灯说："最简单的方法是将旁边的电源插头拔下来，如果亮，又能达到消防最低照明亮度 0.5 勒格斯就行；如果不亮说明是假货，应急照明灯内没有储电的干式电池；也可以操作应急照明灯上的几个提示按钮。"

彭永德说："用最简单的方法检查一下。"

王纪元用消防强光灯比划了一番发现有些高，伸手够不着便和寻修路说："我蹲下，你站在我肩膀上，将这根插头线拔下就好。"

寻修路立马蹲下说："我哪敢站王参谋长肩上，给我一百个胆子，我也不敢啊。"

王纪元风趣地说："我就愿意当人梯，不怕你们升得快、官当得大，说不准有一天你到了省交通厅当了厅长，我还可以说，你是踩着我的肩膀上的，我找你办事还不给点面子。"一番话说得大家哈哈大笑。

蹲在那里的寻修路催促着说："快点咯，快点咯！"

"承得起吗？"彭永德说。

寻修路说："承得起，没问题。把王参谋长升上去了，我们也好沾点光。"彭永德脚一抬轻松地站到了寻修路的肩上，伸手就将插头拔了下来，这一拔问题来了，灯没有亮。

"哦，哦，是把彭秘书长升上去了。"寻修路见站在自己肩膀上的是秘书长，就补充说。

王纪元用强光灯照着消防应急灯说："彭秘书长，灯的左下方有几个按钮，你随便按按。”彭永德就照王纪元说的在一排三个按钮上一一按了按都没见亮。

王纪元又说：“灯的左侧面有一个开关按一下。”

彭永德按下后灯还是没有亮，便问：“王参谋长，还有哪里可以按?”

王纪元干脆说：“把灯取下来吧。”

蹲在下面的寻修路有点吃不消了，但又不方便说，现在站在他肩膀上的可是彭秘书长，只好咬紧牙关还开玩笑说：“彭秘书长可是真的站在我肩膀上去的，往后当了市长、书记还得请多多提携。”

经彭永德几番折腾，这盏消防应急照明灯被取了下来，交到了王纪元手中。王纪元首先用一只手提了提灯的重量，接着就看了看应急灯上的标志，发现是一件无生产厂家、无品牌、无商标注册的“三无”产品，更没有消防认证，于是说：“彭秘书长，这是‘三无’产品，我推断这里面没有蓄电池，是假货。”

彭永德面向冯一帆说：“冯先生，这事你知道吗?”

冯一帆说：“不知道，这消防工程是包工包料的，全包给了皇马消防工程安装公司。”

彭永德说：“这个消防工程是多少钱承包给他们的?”

冯一帆说：“之前是1500万元，后来又加了600万元，共2100万元。”

彭永德说：“不是包工包料大承包吗?怎么又多出了600万元呢?”

冯一帆说：“说是这么说，后来说这里变更了，那里追加了项目，想想安全无小事，像我们这样的大楼消防安全是第一位的，多花几个钱是值得的，我还要求他们买内地最好的消防产品。”

彭永德又问王纪元：“这个消防工程要2100万元吗?我感觉有一点贵，还检查出了‘三无’产品、伪劣产品、假冒产品。”

王纪元说：“消防工程包括的内容很多，要看冯先生是怎么大承包的，包括哪些内容。无论怎么样以次充好，以假乱真都是职业不道德。”

彭永德又问王纪元：“消防工程包括哪些内容?”

王纪元尽量用通俗的话语回答：“像这栋大楼应该包括自动消防报警系统，自动消防灭火系统，自动消防防排烟系统，消防联动系统，防火卷帘、防火分区隔离系统，室内室外消火栓系统，应急照明和疏散指示系统，防火门、防火帘、防火窗、消防广播、消防视频监控、消防电梯、消防电话等系统。这些系统彼此之间联动，相互作用，看消防电梯是否单独拿了出来没有。”

冯一帆说：“对，就除了消防电梯，其他都承包给了皇马公司。”

郭亮说：“消防工程系统复杂，我与建筑打了快一辈子交道了，消防还是没弄明白，所以一般人都插不上手。”

彭永德说：“冯先生，这个皇马公司是不是就是香港那个专营跑马场的皇马公司啊?”

“欢迎！欢迎！热烈欢迎！”知道今天楚洲市专项治理检查组到环洲城检查的皇马消防工程公司瞿总，一早就到了环洲城消防工程项目部，随时听候环洲城建设指挥部的通知，到时也好陪检查组的领导检查，在第一时间掌握信息，第一时间解决问题。等了快一上午的瞿总，同样也是忙碌了一上午的瞿总正在纳闷，心想，难道今天的专项治理检查组没来？瞿总为了这次检查能顺利通过，其实他一早到了工地，就忙着张罗迎接检查的准备工作。这时刚刚张罗完、吩咐好的瞿总，才缓过神来，突然想到消防专项治理检查组怎么还没有到，才又问项目部经理段二浑：“你没接到环洲城建设指挥部的电话通知?”

“没有。”段二浑回答。

瞿总说：“不是说今天市消防安全专项治理检查组的领导要来检查吗？是不是没来？你打听一下，联系一下。”一向很精明的瞿总，今天恐怕有些紧张，怕他那些不合格的产品和工程施工安装质量问题被检查出来，于是只顾忙自己那些丑媳妇实际上总有一天要见公婆的事去了，也没顾得给建设指挥部联系。所以他根本就不知道彭永德秘书长一行已经从下到上，又从上到下将整个环洲城检查了一个底朝天，还发现了他的一些问题和隐患。这时，瞿总突然看到几个身穿武警消防制服的军官和一班人在冯一帆的陪同下向他们设在负一楼的消防工程项目部办公室走来，他灵机一动，猜想，这肯定就是专项治理检查组了。于是，便立马叫上消防项目部的几个人从简陋的办公室出来列队欢迎，还忙着递烟。所以还没等冯一帆回答彭永德的提问，就被瞿总一班人的“欢迎，欢迎！热烈欢迎”打断了。

彭永德一行没有进瞿总的项目部工程办公室，而是直接提出看看他的备料仓库。备料仓库就在工程办公室旁边，与其说是备料仓库，倒不如说是一个堆料场。堆料场的材料也已经不多了，大部分是一些生产安装设备、加工设备，只有不多的一些消防门和剩下的一些阀门、插口、弯管和一些型号不一的钢管，几个消防报警探头和声光报警器胡乱地丢在地上。

瞿总一边陪着一边解释说："这个项目是我公司承接的最大一个工程项目，我们都非常重视。在冯先生支持下，一切都非常顺利，工程基本安装到位，所以备料仓库现在没什么了，也乱了些，请批评指正，请见谅。"瞿总丝毫没有讲他们如何注重质量。

侯自力顺手从货架上拿起材料出入库登记本在一页一页地翻看着，看完交给王纪元说："我感觉有一点不对，这么大一栋楼，防火门的入库栏只有500张，你看看。"

王纪元接过出入库登记本，只见上面用清秀的字迹分门别类，工工整整地记录了每一批、每一次的入库、出库和数量品牌、领用人员，一看就一目了然，清清楚楚。防火门一栏的记录，清清楚楚地写着500张，便问还在向彭永德汇报的瞿总："这栋楼你用了多少张防火门？"

瞿总回答说："包括甲级防火门近3000张。"

"哪个单位生产的？什么品牌？"王纪元问。

瞿总回答："中安安全防火门厂生产的，是省公安厅领导一个亲戚的厂子。"然后就诉苦说："彭秘书长啊，我们做这点事也不容易，就这么一张防火门，就有很多厂家找，七八个领导打招呼。本来想平衡一下关系，每个领导打了招呼的防火门都分别进一点。有的领导知道后就不干了，说要通吃，一张都不能少，少了要我好看。我这人长得本来就不好看，真让我为难。最后，我只好一个一个领导那里说明解释，他们才肯罢休。"

老板就这德性，实际上打了招呼没打招呼谁都不清楚。说不定领导根本就不知道这一码事，八竿子打不到边，纯粹就是狐假虎威，借领导德高望重的影响力和位高权重，说给检查组的人听的，与其说让检查组的人听弦外之音，不如说是说给王纪元听的。为什么要讲给王纪元听呢？瞿总太了解了，王纪元在消防部队工作近二十年，防火、灭火、中队、大队、支队都干过了，现在当上了参谋长，只等再进步了。瞿总这时抛出领导来，既是给自己脸上抹粉，也是告诉大家他省里有人，你若还想进步还是识时务一些好。自己也就不动声色地认认真真地陪着彭永德，也好趁此机会讨好一下秘书长，或者也好吹嘘一番他与曾思春书记姐夫如何如何好。但他根本没想到彭永德同样是一个非常讲原则、讲大局、办事特认真的人。

彭永德走到堆放镀锌钢管处，用手摸了摸钢管，接着又仔细看了看，认真地问瞿总："这是什么管？"

"镀锌钢管，用在火灾自动灭火系统中，这是50的。"瞿总回答说。

彭永德再问："这是热镀还是冷镀？"

"热镀，热镀，绝对热镀。"瞿总回答说。但丝毫又不讲消防管道只能用热镀钢管不能用冷镀管的事，在这些专业业务上多一个字都不讲，生怕露了马脚。其实心中有鬼，露马脚也是在不经意间就露了出来，绝对热镀就是此地无银三百两。彭永德与钢管、合金、机床打了几十年交道，什么钢管怎么能逃得过他的一双眼睛和一双手呢！手一提就知道是多厚的钢管，手一摸就知道热镀冷镀，眼一看就知道是什么厂生产的，心中自然有数，他问一问就是想考考瞿总讲不讲真话。彭永德一听就知道这个瞿总是一个奸商，不诚信。便问王纪元："参谋长，消防工程管网安装，材质上有什么要求？冷镀管行不行？"

王纪元回答说："消防工程管网安装，对材质有严格的要求，包括厚度、防腐、吹洗、连接等。冷镀管是不能用在消防自动灭火系统上的。"

彭永德说："刚才瞿总说这是热镀管，你看看是热镀还是冷镀？"

王纪元"哦"一声说："真佛面前使不得假，一根钢管怎么能逃得过秘书长的眼。"

彭永德坚持问："你摸摸看，是热镀还是冷镀？"

"让我也摸摸。"还没等王纪元回答，寻修路就喊了喊，走到那根彭秘书长刚刚摸过的钢管前，伸手摸了摸说："钢管看起来生冷生冷的，用手摸起来还是挺光滑的。"

彭永德说："你摸过了，这是热镀管还是冷镀管？"

寻修路说："如果是货车我一看底盘就知道吨位，能装多少吨，这就莫为难我了。王参谋长你说。"

王纪元说："依我的经验判断，这个镀锌钢管应该就是我们楚洲乡镇企业或者个体户生产的，从外观上看没有锌花，不是银亮色有点偏白，手感比较光滑，应该是冷镀管。"王纪元在分析时，一旁的瞿总扯了王纪元几下衣服，想要给他留点面子，莫当场点破。但王纪元最后还是说了"应该是冷镀管"。

这一说让一旁的瞿总一头的汗水往双颊淌。瞿总知道，这可是一个大问题，一旦要求整改，整个自动灭火系统要拆了重新来过，费钱费材不算，耽误了环洲城的整体验收和招商引资真是事大了。这时，彭永德反过来再问瞿总："你老实给我说，是热镀管还是冷镀管？"

瞿总见机会来了，加之王纪元说应该是，没说肯定是、一定是。连忙回答说："是热镀管，千真万确，我以人格担保，是热镀管，我亲自到北区买回来的。”

彭永德愤怒地说：“你还人格担保，担你个屁！怪王参谋长冤枉你啊，是吧？我一看一摸就知道这是冷镀管。我前面问你，考考你诚不诚实，我后面问王参谋长想考考王参谋长的专业知识水平，没想到王参谋长专业水平值得我佩服。之前，他讲的尽管头头是道，但我还是有些似信非信，从这根钢管开始我真的信服了。因为，这是我曾经的看家本事。王参谋长分析得很专业，有的人与钢材打一辈子交道，也不一定就能辨别得出。我与钢管打了大半辈子交道，你瞿总还骗我，你还人格担保，你哪里还有人格，简直胡闹！”

彭永德道出了个中缘由，让一旁的王纪元既心感高兴又领教了彭永德的城府，让本来就大汗淋淋的瞿总顿时双脚不停地颤抖，说话也开始结结巴巴。

一直陪同检查的冯一帆看消防存在这么多问题，又见彭永德发了脾气，不想因此事气坏了彭永德身体，就一筹莫展地说：“隔行如隔山，谢谢你们帮我发现了问题。我花了钱他们还干不好事，你看把秘书长气的，我赔礼，我赔礼。”想必事后再找瞿总算账。

二十三

回到环洲城建设指挥部，已经中午时分，近四个小时的楼上楼下走动，屁股没坐一下，水没有喝一口。这时的彭永德一行都感觉一身的疲倦，各自坐到来之前坐的位置上端起桌上的茶水就喝。

冯一帆说：“陪着彭秘书长检查，真的学到不少东西，让我感受很深。”

彭永德：“什么感受？”

冯一帆说：“我们在香港，看到一些小册子和一些别有用心的人说的情况，与我这两年来的所见所闻，特别是今天陪你这么高级别的官员检查，简直就是两种情况，不是小册子上说的那么回事。”

侯自力敏感地问：“是哪么回事？”

冯一帆说：“小册子上说，当今的共产党不是四九年前的共产党，现在的国民党也不是四九年前的国民党，现在的中共干部也不是改革开放前的干部了。”

凡事都喜欢搞个明白的寻修路说：“冯先生啊，你这话只能靠人去理解，究竟是说共产党好，还是说共产党坏？”

化建华说："当然，肯定是说坏咯。"

寻修路说："我也可以理解成好啊。今天共产党领导下的多党合作，荣辱与共，同呼吸共命运多好啊！再也不用打仗了。"

王纪元面对这一敏感问题本没打算说什么，这时见寻修路这么一说顿感有些新意，就接过话说："真是仁者见仁，智者见智。"

彭永德说："这不是解数学题，听交通局长这么一说，我倒感觉耳目一新。我们每个共产党员，我们每个党的领导干部，都要时刻想起当我们举起右手向庄严的党旗宣誓的那一刻，为共产主义奋斗终生，随时准备为党和人民牺牲一切，永不叛党的庄严誓言。这句永不叛党，我想也应该有多个答案。最直接的答案是不当汉奸、走狗，不告密。但我认为党员、党员干部不拥护党的纲领，不遵守党的章程，不履行党员的义务，不执行党的决定，不严守党的纪律，不保守党的秘密，对党不忠诚，不积极工作等誓词中所要求的也是叛党。冯先生肯定还有下文。"

冯一帆说："彭秘书长又给我们上了一课，开了眼界。我在彭秘书长身上看到了四九年前的共产党，看到了我们祖国改革开放的希望，我到楚洲投资也是冲彭秘书长来的。"

本来都有一些疲惫的大家，被冯一帆的一句话仿佛给大家打了一针兴奋剂，一身的疲惫不见了，都想搬架梯子架在围墙上往上面爬向外面看。彭永德不愧为一位资深的党务工作者，借这个机会和话题就让每个在场的党员重温了一遍入党誓词，升华了永不叛党的内涵。

彭永德说："要说上课是王参谋长帮我们大家上了一课，要说开眼界也是王参谋长让我们开了眼界，一上午的检查让我们每一位受益匪浅，既增长了知识，又提高了对消防的认识。曾经我一直认为消防安全无小事，贼偷一把、火烧一片，消防很辛苦、很专业，没想到会这么专业，真是天上飞的、地上跑的、水里游的、库里放的、车间产的、家里用的都清清楚楚，都要懂。这一次楚洲消防部队主动请缨，主动承诺参加社会抢险救援任务就是践行党的宗旨。王参谋长才是我们的希望，年轻有为，有知识，人又正直，品行又好。"

王纪元不无幽默地说："这里地下没缝，我钻桌下去好不？我哪有那么伟大。我这个人是很有个性，不唯权，不唯亲，讲原则，认死理。"

知道事态严重的瞿总，提着两瓶五粮液，有些上气不接下气地跑到环洲城建设指挥部办公室，趁大家都在，有说有笑，气氛非常融洽，就顺手将两瓶五粮液放在桌子上，连忙从一直抓在手中的小手包中掏出烟，给大家一一敬烟。在敬到冯一帆时，冯一帆用手挡了挡反问："我什么时候抽过烟？"

瞿总没有回答冯一帆问的什么时候抽过烟，而是悄悄地和他说："中午我请客，刚才我和姐夫曾书记通了电话，就定在庆升宾馆的庆升包厢，给我一次机会。"

冯一帆说："不了，我们已经在食堂做好了。"

瞿总说："彭秘书长来了，吃食堂怎么行，还是给我一个机会，冯老板，求你了，好不？"

冯一帆就故意卖关子说："这我说了不算，得听彭秘书长的。"于是冯一帆提高了声调说："彭秘书长，瞿总说要请大家中午到庆升用餐，怎么样？"

彭永德明明听到已经在食堂做好了，心想冯一帆也在逗瞿总的乐就故意认真地说："冯先生啊，你也太抠门了吧！你说我们为你工作了一上午，我们又是老朋友，你请我们吃个食堂总可以吧！"

瞿总连忙接过话说："尊敬的彭秘书长，不是冯老板抠门，今天辛苦大家给我们检查，又发现了这么多问题，给我们指明了方向和前进的道路。我请求大家给我一次机会，中午我请客，到庆升宾馆用餐，等会儿我姐夫曾书记会专程过来陪大家。"

"哪个曾书记？"寻修路问。

瞿总立马回答说："就是中共楚洲市委常委、市纪委曾思春书记，是我姐夫。"瞿总在回答这个问题时还特别将曾思春书记五个字说得特别重，还特别将中共楚洲市委常委冠在前面，生怕大家不知道。实际上在这些人面前，瞿总的聪明是脱了裤子放屁，你只说出曾思春三个字就行了，大家都认识他，都知道他是市委常委、纪委书记，完全没有必要还把这一连串的职务搬出来。当瞿总说出"曾思春书记"五个字后，彭永德一行专项治理检查组人员彼此看了看后，都将目光聚集到彭永德身上，看他有什么反应。

还没有等彭永德发话，侯自力又故意调口味说："你姓瞿，书记姓曾怎么是你姐夫？"

瞿总回答说："我姐夫怎么跟我姓呢？我也不可能跟姐夫姓，姐夫跟我姐姓，呸！呸！弄错了。我姐姐姓瞿叫瞿花，其意如花似玉，我姐姐嫁给我姐夫的时候，人家还都说，鲜花插在牛粪上，没想到我姐姐有旺夫之相，自从嫁我姐夫曾书记后，姐夫仕途青云直上。哈！哈！让大家见笑了，你看我这嘴，有时候就像七十岁老太婆的嘴管不着风！请大家给个面子。你看五粮液我都带来了，这绝对是真的，是我们公司专程开车到四川宜宾酒厂拖回来的。我买不到，也是我姐夫出面帮我买的。想必大家知道，我姐夫只喝茅台、五粮液、XO人头马和什么马爹利四种酒，其他酒一概不喝，所以很多人以为我姐夫不喝酒。他不是不喝，而是你上的酒不合他的口味，或者说不合他的身份，实际上喝起来都以斤论，这么大的杯子就是一口。”瞿总拿起桌子上的杯子比划着给大家看，真的像七十岁老太婆的嘴管不着风，自己也知道，但就是一讲起来没完没了，直想将曾书记的裤子脱了给大家看就好。

彭永德不动声色的认真说：“不客气了，我们专项治理检查组王参谋长给我们定了规矩，不在被检查单位吃饭，更不得喝酒，哪敢到星级宾馆去，我就替大家谢谢你，谢谢曾书记。”

瞿总说：“尊敬的王参谋长，你也管得太宽了吧！民以食为天，无酒不成席。本来这检查之事就是你们消防一家子的事，你要这么一大班子人帮你们消防队搞检查，现在你连饭都不让人家吃。”讲到这里瞿总突然停了一下说：“对了，不得在被检查单位吃，我不是被检查单位，你们今天检查的是环洲城商业广场，我是皇马消防公司，我皇马公司请客总可以了吧！”

王纪元说：“你就是改不了信口雌黄、口无遮拦的这副德性，你能不能少说两句。彭秘书长拿我开玩笑，你还真当真啊。这次专项治理是市委肖言书记亲自指示、仁桂生市长亲自部署的，安全防范工作是大家的事、全社会的事。如果大家都能从自身做起，注意安全，我们这个社会将太平多少啊，哪像你。”讲到这里，王纪元立马把话刹住了，用眼看了看彭永德。

彭永德说：“免了，免了，我们还是在冯先生这里吃食堂。一则冯先生是我的老朋友，我这餐饭不吃他的他一辈子都不理我了；二则也给我们这个机会体察一下民情。怎么样，冯先生？”

冯一帆说：“我看就这样。在香港是没有公款接待的，要接待私人自己掏钱。我这里也不是公款，我掏腰包请大家，一定不要有什么顾忌。”说完就邀请瞿总有时间一起吃食堂。

瞿总说：“恭敬不如从命，只是，我姐夫来了怎么办？”

彭永德说：“好办，来了，我们一起吃食堂。”

瞿总说：“我这个姐夫不吃食堂的，说油不好，他在吃、喝、玩上面可是非常讲究的。”

彭永德说：“又来了，是不？我们的曾书记一时半会儿来不了，飞机也没有那么快。”

瞿总问："尊敬的彭秘书长，我姐夫出差了？不可能！我刚打了电话。"

彭永德并不回答瞿总的问话，而是直截了当地说："冯先生有饭吃了吗？都快一点了，应该开餐了。"冯先生站起来闪到一边，微弯着腰，恭敬地伸出左手说："请！请！请！"

来到环洲城建设指挥部食堂，员工大都吃完离开了，只有几个食堂工作人员在打扫卫生。彭永德径直走到菜台，看了看今日菜谱，又向食堂工作人员问长问短，询问伙食好不好，工人师傅满不满意。王纪元像下基层部队检查一样，将一只只不锈钢菜盖掀开看个究竟。

在冯一帆的引导下大家到了设在食堂后方的一个雅间。这个雅间很大，装修得也很雅致温馨，一扇大门、一组高头大沙发将整个雅间一分为二。一边可以喝茶、休息、看电视，一边摆放一张十五人座的大圆桌。圆桌中央在灯光的衬托下，假山、假树熠熠生辉，随着轻音乐的响起，喷泉在翩翩起舞，好一个微型喷泉景观。四周高头豪华的围椅显得稳重大方，主宾位的后方挂着一幅现代版的清明上河图油画，大门内的正上方挂了一幅"天下粮仓"四个厚重的颜体书法作品。两套陈列博古架，一套放在休息区，一套摆放在用餐区。摆放在休息区的博古架上除放了一些坛坛罐罐外，就陈满了各种名茶，有福建大红袍岩茶、浙江龙井绿茶、云南普洱七子饼黑茶、福建铁观音、湖南君山银针、台湾人参乌龙。摆放在用餐区这边的博古架，同样陈列了一些坛坛罐罐，当然更少不了要陈列一些名酒，除国内十大名酒茅台、五粮液外，其他就是一些红酒、女儿红黄酒和一些看不明白的洋酒，当然，这里面也有刚才瞿总提到的 XO 人头马、蓝带马爹利。

待宾主落座，冯一帆说："这是家宴，与工作没有关系，你们一来，我就申明了一个观点，人家怕检查，怕提问题、提意见、提要求，我是求之不得。你们就是我的军师。今天大家帮我工作了一上午，中午还是喝一点，喝什么酒都行，自报所需，凡酒架上有的都可以。无酒不成席。"

彭永德说："冯先生啊，你这么好的地方，也不请我来开开眼界，就这个桌子、这个假山肯定不是在楚洲买的，内地城市都没有。"

冯一帆回答说："秘书长好眼力，这是我从香港带过来的，吃饭喝酒是一件很美好的事，要有一些情调才行。"

化建华问："这一套桌椅要多少钱？"

冯一帆回答说："三十万港币。"

彭永德沉思一会儿说："这无疑是个大产业，谁会想到将这些山、水、桥、喷泉搬到餐桌上呢！这无疑又是餐桌文化。”说到这里停了停又若有所思地说：“中华饮食文化源远流长，民以食为天，抓住饮食文化的一个节点、一个环节就可以打造一片产业。你看冯先生这个食堂，其名是工地指挥部的员工食堂，其实在这个雅间就是低调的奢华。大家说是不是？”说完哈哈大笑。

一旁的侯自力说：“瞿总，你要到庆升请客，庆升的包间哪有这里好，你肯定也没来过这食堂。”

瞿总说：“这是冯先生、冯老板金屋藏娇，这么好的雅间我真的还没来过，算是开眼界了。”说完又补充一句：“食堂做到这个份上，可见冯老板用心良苦。”

一会儿酒水饭菜就鱼贯而入，典型的港式餐饮，首先上的是一盆汤菜，叫龙凤呈祥，由一个特制的餐具盛装，一条巨龙盘缠在树上，将头微微地昂起，一改阴森冷峻的面孔，露出难得的憨厚笑脸，同样一改蛇总是给人以阴险狡猾的印象，这条盘缠在树上的龙倒有了几分憨态可亲，一只凤凰在绿水青山间翩翩起舞。在凤凰和巨龙之间是一只青花瓷盖碗，里面装的肯定就是龙凤呈祥汤。掀开碗盖，一股清香扑鼻而来，几粒红红的枸杞和葱花漂浮在汤上，色香俱全。两位高挑的服务员小姐一边介绍这碗汤菜的制作原料、工艺、功效，一边侍候着在座的每一位，生怕冷落了任何一个人。

这龙凤呈祥汤的食材取自柳宗元笔下触草木尽死的永州之异蛇和零陵乌骨鸡，在文火上整整煲了三个小时，闻一口香气扑鼻，令人兴奋，激起食欲；喝一口鲜汤，舌尖上的味蕾将令人销魂，难忘的味道一直送到后脑勺，让人回味无穷，无与伦比，兴奋不已，简直不能用言语表达。

彭永德问：“这餐具也是从香港带来的？”

冯一帆说：“这件餐托是专为龙凤呈祥这道汤菜专门设计的。龙乃中华民族之符号，龙凤相配自然显得美丽和谐、吉祥如意。”

彭永德无不赞赏地说：“冯先生好品位啊。”

林木森说：“这餐托设计巧妙，做工考究，应该是红木做的。”

冯一帆说：“局长好眼力，这就是我们海南黄花梨做的，还是用一整块黄花梨制作出来的。”

王纪元说：“海南黄花梨，又称海南黄檀木，是五大名木之首，可是当前最好的红木了。”

寻修路问：“是哪五大名木？”

王纪元一边讲一边勾着手指头：“黄花梨木、紫檀木、酸枝木、鸡翅木、草花梨木。”

林木森接过话说：“海南黄花梨现在是一木难求，像这么大的一整块更是难于登天。”

侯自力说：“现在的黄花梨可是论克卖！”

王纪元仔细看了看这个餐托说：“海南黄花梨木质坚硬中给人以柔润温暖，放莹光；虎皮纹细密而不杂乱，就像一张虎皮。”

林木森说：“海南黄花梨还有一个显著特点，就是说在一整块木板上，有一副副鬼脸，一串串鬼眼的图案。”然后就指着给大家看这是鬼眼、那是鬼脸。

寻修路说“是的，是的，真的蛮像！”

王纪元就直接说：“这一双鬼眼，其实就是树在成长过程中，大自然给它们留下的痕迹，是树枝形成的树疙瘩。记得德国有句谚语，叫树干结疤的地方是树体最坚硬的地方。这树疙瘩往往更加坚硬。”

彭永德说：“在大自然里，树木饱受风吹雨打，树干和树枝难免会被折断，总又有机会愈合，变得特别坚硬，支撑着整棵树的成长，直插蓝天。其实，人类也是如此，每个人都有工作、生活的不如意。”彭永德讲到这里停了停，就不想将话题引向严肃的一面，接着就换了个口气说：“这不仅是味觉大宴、视觉大宴，还是一个知识荟萃，就这么一个餐托让大家联想到了红木的知识。”

寻修路放下汤匙说：“王参谋长你们消防队不可能还研究红木吧?!”

化建华接过话说：“这应该说是消防材料学范畴。我是局消防责任人，在参加消防培训时，其中有一课就是物质燃烧知识。消防队要与火灾作斗争，其基本功就包含了物质燃烧速度、温度、火焰颜色、灰尘，木质越硬燃烧速度越慢，好像这一课还是王参谋长给我上的。用一句现在的话来说，王参谋长就是一部百科全书。”大家你一言我一语，一边喝着汤，一边品尝着味道，一边在搭腔，王纪元正想解释一句被侯自力抢先说了话。

侯自力说：“这味道真好，大家快尝尝，简直让人销魂。”

接着上的第二道菜是“霸王别姬”，第三道菜是“七星伴月”，第四道菜是“锦绣中华”，每上一道菜服务员小姐都报出这些富有诗意的菜名。听起来动人，看起来养眼，仿佛每一道菜都是一件精致的工艺品，令人赏心悦目，让人舍不得动筷子。就拿“霸王别姬”和“七星伴月”来说，一个硕大的青花瓷半腰圆盘，中间一只足有三斤重的水鱼活灵活现地卧在瓷盘中央，头高高地扬起，不可一世，霸气十足。内圈用多枚鹌鹑蛋围成一个圆。外圈则用手工百褶水饺围绕成一个大圆，在水鱼伸出的长长颈脖两侧是两朵睡莲飘浮在两旁，自然和谐。“七星伴月”则全是用海鲜制作，在青花瓷圆盘的三分之一处，一冰晶圆盘内装着一只硕大的元贝，在红色灯光的衬托下，红红的圆盘美轮美奂，在其他的三分之二处成半圆形摆放着五头鲍，金黄色的鲍汁上散落着葱末，绿黄相间令人垂涎。也许是考虑到一人一只的缘故，说七星伴月已经变成了十五星伴月。寻修路给服务员小姐开玩笑说：“你说是七星伴月，这可变成十五星了。”

说者无意，听者有心，正在那陪彭永德吃东西的冯一帆说：“这小子偷懒了，少了我们一个元贝不说，关键是败了我这道菜的名声，应是用两个盘子盛上来的。”

彭永德善解人意地说：“客人不一定都是七个怎么办？多为难大厨啊！我看就叫众星伴月。”

冯一帆哈哈哈笑着说：“佩服！佩服！彭秘书长高见，高见！对，这道菜以后就叫众星伴月，署名权归彭秘书长，怎么样？”大家知道这是一句玩笑话，都迎合着说：“好，好！”还放下手中的筷子鼓起了掌。

接着还上了用大龙虾制作的“鞠躬尽瘁”，用苏眉制作的“鲤鱼跃龙门”，最后一道菜是“富贵满堂佛跳墙”。兴许是冯一帆为接待这位几年前就认识的老朋友，刻意将饭菜安排得如此丰盛，因为他知道真的要请彭永德和在座的任何一位都不是一件容易的事。为了这餐饭，冯一帆特别用心，亲自审定了每一道菜，放在食堂吃想必都不会拒绝。好像前面彭永德说的那样到食堂体察一下民情，可万万让彭永德没想到的是这个食堂的雅间装修得如此别致而温馨，布置得体而大方，更没想到的是每一道菜不仅有一个好听的名字，而且制作考究、美味可口。

不知不觉中蓝带马爹利喝空了三个瓶子，喝得有点高的瞿总借着一股酒劲说：“小姐！小姐！再，再开一瓶！我还要代我姐夫曾书记敬大家一杯。”待服务员小姐打开第四瓶，瞿总就一把将酒抢了过来。先将自己的酒杯倒满，再一一将彭永德一行的酒斟起，在斟到王纪元面前时发现没酒杯，就嚷嚷道：“王参谋长酒杯呢！酒杯呢?!”

王纪元说：“你肯定喝醉了，喝冯先生的酒不心痛，我一开始就请求彭秘书长同意，我不喝酒，哪来酒杯?!”

“哦！哦！哦！喝醉了，喝醉了，你喝水，你喝茶，只要感情有喝啥都是酒。”待将每一位酒斟好，瞿总用带着几分醉意的口气结巴着说：“借此机会，借冯老板的酒，借花，借花献佛，我谨代表，我谨代表，我那个畜生姐夫，敬，敬尊敬的彭秘书长，敬大家一杯酒，我替畜生干了，你们，你们随意。”说完脖子一仰将足有三两酒一饮而尽。

同样喝得有点高的寻修路说：“你喝酒，何解说畜生姐夫？”

瞿总结结巴巴说：“他，他，他干了我姐姐，还干了干了好多妹妹，妹妹。”

彭永德见此情景，对服务员说：“他喝醉了，叫几个人扶他去休息。”

二十四

第二天，楚洲消防支队特别热闹，楼上楼下都有人在跑动，要么是来接受处罚的，要么是来拿通知书的，要么有的是受人之托来说情的。六个重大灾害事故专项治理检查初战告捷，查出一大批重大隐患，扣押了几十台违规违章“三超”车辆和化学危险物品运输槽车，查封了六家夜总会和 KTV 城。由专项治理领导小组办公室编辑的《专项治理快讯》送到肖言书记和仁桂生市长两人案上时，他俩有一个相同的感受，难怪重大灾害事故这么多，原来有这么多的违规违章，有这么多安全隐患，都在拿生命作赌注，必须加强管理、加强监督。同时，他们为能及时作出这一次六大专项治理决定而感到欣慰和高兴。肖言书记顺手拿起桌上的电话给秦晋江拨通了电话说：“你们这一次以遏制重特大灾害事故的六个专项治理活动的参谋当得好。接下来的治理工作，要一把尺子量到底。我看这次查扣的车辆怎么都是外地的，我们楚洲市没有一台车，不知是怎么回事？不是开后门了吧？那些公共场所，是人员聚集的地方，最容易造成群死群伤，来不得半点马虎，要一查到底，跟踪整改，处罚是事小，整改是事大。你将我的话传达到每个专项治理检查组，并代表我向大家问好。”最后又补充一句：“碰上有人说情了难的，就说我肖言不同意。”

秦晋江说：“感谢书记高度重视和关心，我一定将书记的指示和关心传达到每个专项治理检查组、每一个人，传达到每一位消防官兵。至于查扣的车辆都是外地车，开始我也有些纳闷，后来我了解到，本地车辆和单位主要是在我们楚洲强大的宣传攻势下，事前又发了公示，所有上路的车辆都能遵守相关条例和规定，至今没有开后门的现象。请书记放心，我们一定会一把尺子量到底。”

肖言书记说：“好！看来王参谋长这个参谋当得好、当对了。你们这么一查一治，也好让我睡几个安稳觉，不然，我总感觉像坐在火山上，消防车警报一响，救护车警报一响，我就寝食难安。”

秦晋江说：“这都是书记审时度势，英明决策。千里马还要靠伯乐啊。”

仁桂生市长看了《专项治理快讯》后，也给秦晋江打电话，可怎么打都打不通。于是将电话打到王纪元的办公室，内容和肖书记讲的差不多。王纪元很快在电脑上将仁桂生市长的电话指示编制了第二期《专项治理快讯》，要齐思来呈送给秦晋江。

秦晋江看了王纪元亲自编制的快讯，认为有必要召开一个支队首长碰头会。

支队长、政委办公室就一墙之隔，秦晋江来到吕梁华的办公室，直截了当地同政委以商量的口气说：“我刚才接了肖言书记的电话，仁市长又给纪元参谋长打了电话，内容差不多。我看我们就开一个首长碰头会，研究一下如何贯彻书记、市长电话指示精神怎么样？”吕梁华说了一声好，接着就拨通了王纪元的办公电话。

王纪元一到，秦晋江就说：“我们开一个首长碰头会，研究一下肖书记、仁市长的电话指示，你看怎么样？”

王纪元说：“很有必要。我建议召开一个办公会，早点名时大家都在岗位上，反正短会，时间不长。”

秦晋江想了想觉得也有道理，就说：“好，你发通知，十分钟后在我办公室召开办公会，我准备一下，你负责传达肖书记和仁市长的电话指示精神，我们要为接下来的专项治理把脉定向。”

十分钟后，与会人员全部到齐，由秦晋江主持会议并说明是碰头会开短会，不要讲客套话，有事说事，无事执行。王纪元首先分别传达了肖言书记和仁桂生市长的电话指示精神，接着还就部队管理和部队训练提出了自己的想法和要求：“当前，全市在开展专项治理整顿检查工作，在部队管理上无论大队还是中队，机关本部都要严格一日生活秩序，认真落实五大条令、条例，严防部队内部发生这样或那样的事故，避免出现灯下黑。同时，全部队要以这次全省消防部队教育整顿活动为契机，努力搞好内部整顿治理工作，保证部队永远朝气蓬勃，斗志昂扬。”同时指出：“昨天六个专项治理检查组工作一开展，今天机关就热闹起来了，我们一定要注意这么几个问题。一是搞好接待工作，落实首问责任制。在接待大厅要有茶水喝、有凳子坐，不要让人民群众将人民子弟兵单位看成门难进、脸难看、事难办的衙门；要一张笑脸相迎，一杯热茶相待。二是要严防滋生腐败。说情的、打招呼的肯定很多，我们每一位办案人员都要严于律己，不要为钱所动，不要为利所惑，既要严格执法又要宽严相济，处罚是手段，督促整改、消除隐患才是目的。”

吕梁华说：“我们要珍惜来之不易的大好局面，要准确把握这次专项治理检查工作中的每一个环节，要以优良的军人作风、军人纪律、军人风格严格要求自己，从我们在座的各位做起，不要让人民群众感觉到管理就是盖章，治理就是罚款的不好印象。我同意纪元参谋长宽严相济的处罚原则，提几点意见：一是将书记、市长的重视和关心传达到全体官兵和每一个检查组成员，争取在《楚洲日报》上发一个消息；二是防火处要抽出专门人员接待好来支队接受处罚的每一位同志，特别是那些外地的司机，扣押的车辆要停放在专业安全的地方，不要将危险物品运输车辆扣押到支队来，也不要停放到大队、中队，要对口存放。超载、违规的槽车需倒罐的要倒罐，要严防倒罐等处理过程中发生事故；在确保安全后才能放行，不要罚款一交，车辆就放行，严防以罚代改的现象发生。三是不得接受被检查单位的红包礼金和宴请，为了工作方便，中午一律在检查单位食堂吃饭，不准喝酒。”

讲到这里，言国太接过话说：“食堂吃饭也奢侈，现在的老板们，懂得行政单位的一些基本要求，还特意将食堂装修成雅间，请一些知名大厨，白案红案都有，花色品种不比宾馆、酒楼差，甚至还好上几倍。就像我这次检查的单位，上的一些菜，我是见都没见过，看到都新鲜，吃一口就吃了农村一户一年的收成。为此，我筷子都没敢动。酒，我一个月的工资买不到一瓶酒。还美其名曰，这是市场经济发展的必然要求，吃不穷、穿不穷，没得算计一世穷。你不喝酒，就叫无酒不成席。我倒认为，消防不是真空，要与地方打交道，既要适应地方的大环境，又要把握一个基本的度。比如说喝酒，他们喝一点我们不反对，至少我们消防可以不喝。我们有随时出动参加灭火救援任务的理由。”

吕梁华接着说：“要得，言副支这个建议现实、客观，但至少我们消防参加检查的一律都不得喝酒。四是我们要模范执行作息时间，不得迟到早退，不要让地方的等我们军队一向以准时准点而著称的军人。”随后几位作了发言，会议很快形成了几项决定。

秦晋江总结说："一是整理好书记、市长电话指示和这个会的精神，编辑好第二期专项治理快讯，协调《楚洲日报》将书记、市长的电话精神刊发消息，继续形成高压态势。这次在扣押的车中，本地车没有一台违章的，说明之前我们的宣传和公示起到了作用，肖书记表扬我们这个参谋当得好。二是继续实行一天检查一天处理的工作态势。三是搞好接待和处理工作，实行快处快结。四是要严肃纪律、严禁收受红包礼金等腐败现象。五是实行'谁检查谁负责谁处理'，要一把尺子量到底，该谈话询问的要谈话询问，做好询问笔录，该下发限期改正通知的要及时下发，该立案的立案，该发重大隐患限期整改通知书的要发重大隐患限期整改通知书，不得养患成灾。六是切实加强部队管理，我们一手抓外部环境治理，遏制重特大灾害事故的发生，一手抓好部队建设和部队管理，要紧紧按照全省消防部队教育整顿的总要求和支队教育整顿实施方案实现双丰收，迎接好总队的检查验收。"

二十五

瞿总同其他被检查单位一样，也被口头传唤到了支队接受谈话，谈话很简单，也不复杂，不像火灾事故原因调查那样，要斗智斗勇，还要有很强的专业知识和实践经验。相形之下违反消防规定，存在的问题往往显而易见，只是通过询问的方式，了解一些基本情况和违规事实，锁定事实，更进一步让责任人确认，白纸黑字签字为证，避免口说无凭。瞿总的询问笔录也就很快做完，瞿总倒显得一脸的轻松，有茶喝，询问过程也很愉快。因此，他也就很顺从地在询问笔录上签了字，按了手印，轻松地伸了一个懒腰，就从身上拿出烟来给李为民、罗贤阳敬烟。然而，伴随着盖有楚洲市公安消防支队大红印章的正式法律文书《重大隐患限期改正通知书》送到他手上，要他在送达回证书上签字时，讲话开始有一些结巴了，双手也开始不由自主地颤抖着说："这，这，是不是可以不下这个通知？这，这，我，我可不可以不签？"然而，面对庄严的警徽和一脸认真的办案人员他突然弯腰用手护着肚子说："哦，哦，肚子痛，肚子痛！等，等一下，我出去方便一下就来。"说完，还没经李为民、罗贤阳同意，就夺门而出。

依李为民的性格非得把他抓回来不可，但转而一想，每个人都有三急也就顺了他。

瞿总非常清楚，也非常明白这重大隐患限期改正通知书的分量，这意味着责任后果和几百万的整改费用。对于生意人来说，这就意味着几百万到手的白花花钞票又要亲自把它换成所谓的消防用钢管、阀门、防火门、防火卷帘，那些自以为只有自己知道的假冒伪劣消防产品都要拆下来重新安装，工程量之大将是瞿总不愿意承担的。这时瞿总的方便完全是一个借口，只有这个借口才能夺门而出，也才能磨蹭更长的时间，再鲁莽的人也不至于跑到厕所里将他揪出来。

夺门而出的瞿总并没有去厕所，而是沿着厕所的方向顺着旁边的楼梯径直去找他自认为关系还好的朱敬慕了。来到朱敬慕办公室前，他见里面有好几个人正在接受谈话，就先在门外用那双不大的眼睛不断地向里面飞，总希望朱敬慕能看到他，喊他进去。让他没有想到的是朱敬慕和他几次碰眼都没理他，瞿总心里就骂："老子喂条狗都知道摇尾巴，这么多年来，也没让你少吃少喝，过年过节也没给你少送，每年给你宝贝儿子拿压岁钱，拜年红包都是好几万，只差没给你送妹妹了，狗眼看人低。"

然而，在朱敬慕看来，瞿总这个时候来找，肯定是为他的环洲城消防工程而来的。自己曾经就给他提出过要求，告诫他不能以假乱真，不能以次充好，他当耳边风，藐视我堂堂防火处处长的权威，以为平时过年过节送了两三百块钱我都收了，其实我都交给支队纪检了。因为消防有时候不得不去适应社会大环境，因此，往往也会出现两面性，一方面在同社会上相关单位共同处理一些事情上好像是随波逐流，一片附和；一方面回到单位得擦干屁股，该上交的都要上交，该走程序的一定要走程序。瞿总这个人是一个十足的奸商，有事就来了，平时人都看不到，就拿这次专项治理活动安排他出一块消防宣传板报来说吧，他正一口高调，消防宣传是你们消防部门的事，关我们屁事。告诉他消防宣传是每个单位、每个人都有责任时，他又说，我花那冤枉钱干什么，留下这几百块钱，请你吃个饭喝杯酒，洗个脚不好些？是十足的无赖，不理他，反正我正在忙。

在外等得有些不耐烦的瞿总突然不知从哪里来了精神，故意退出几米开外，一边处长、处长的喊，一边就径直往处长办公室撞，见办公室有人，就自扮处长的好朋友说："几位朋友，我找处长汇报点事，一分钟就一分钟，你们到外面抽支烟好不？处长不抽烟的。"就这样没经朱敬慕发话，大大咧咧地就要这些人出去。

这些接受询问谈话的人烟瘾早就上来了，见处长朋友来了，就借话礼貌地和处长说："我们到外面抽支烟。"就退出了办公室。

朱敬慕没等瞿总说话，就有些明知故问："你王八蛋，谁给你的权力把他们喊出去啊？我警告你，以后少在我面前耍小聪明。找我有事？"

瞿总就说："尊敬的处长，莫生气，莫生气，不是经您同意了后他们才出去的吗？尊敬的处长，这回你可要救救我，平时我不给你添麻烦，你叫我东，我不敢西，关键时候请你该出手时要出手。"

朱敬慕说："你王八蛋，我什么时候叫你东，你不敢西了！要你办一块消防宣传板报你都不办，你不说，我还不气，你这一说还真气人。全市统一组织消防板报宣传一条街评比活动，你倒好！全市如果都像你这样，我们的工作还开不开展啊？"

瞿总立马又说："尊敬的处长，大人不记小人过，那是我一时糊涂，以后我一定改。只是这次，你该出手不得不出手，你不能上了王参谋长的当啊，防火监督本来就是防火处的事，怎么就变成了司令部的事了？参谋长就是管部队、管训练、去灭火、去救援，去他妈的去送死！"瞿总讲到这里咬牙切齿，恨之入骨地接着说："他陪着那个彭什么秘书长狐假虎威，到我那儿指手画脚，这也不行，那也要不得，都要拆了重新来过，这是在抢防火处的权啊。"

朱敬慕忍着性子听到这里，有点听不下去了，突然大吼一声："住口！闭上你的臭嘴，谁抢谁的权啊？消防实行以防为主，防消结合的工作方针，下一步所有建筑工程验收我们将全部移交司令部验收，实行审验分离，探索防消结合的新途径、新方法、新举措。你王八蛋，谁给你的权力来管起我们消防部队的事来了。"

瞿总惊了一下后，还是挑拨离间地说："尊敬的处长，我再提醒你一句，这个验收的权力不能放，放不得的，放了你防火处就倒了半壁江山，这个王参谋长阴险狡诈，你要据理力争。"

朱敬慕坚定果断地说："争什么争，这是我的意思，也是参谋长的意思，最终是支队党委的意见。只要能切实加强监督，消除消防安全隐患，创造优良的安全环境，提高人民群众的安全度、安全指数，怎么改革都没有过错。"然后换了个口气问："什么事？快说！没事你给我滚远点。"

瞿总死皮赖脸地说："尊敬的处长，请你和那个王参谋长说一声，是不是不给我下那个重大隐患通知书，或者莫让我在那个上面签字，你看好不好？"

朱敬慕反问："为什么呢？"

瞿总说："尊敬的处长，你是知道我那里情况的，3000张防火门，我只买了500张，另外那2500张都是我自己做的。那个镀锌管，我只买了一车热镀管，其他的都是冷镀管，施工安装除30变25变15是丝接外，其他的都是焊接。阀门除稳压罐、水泵房用的铜芯螺杆外其他的都是普通五金店购买的铸铁镀铜杆。防火卷帘除几张是到省城防火卷帘厂购买的外，其他的我都是在楚洲郊区定做的普通卷帘，只是加厚了一点，是没有做防火处理的。你看，这些如果真要我按要求整改的话，那我不就破产了吗？光拿那些连接报警探头的线来说，现在都是铅芯的，要换成铜芯的都害死人。你不救我谁救我，你不出手谁出手？这块业务本来是你管，你和王参谋长说一声就得了，从业务角度上说。"

朱敬慕就拿腔说："我怎么知道？你白天告诉我的还是晚上告诉我的？我给你说的时候，你不一口否认吗？存在这么严重的问题还大言不惭，还要我给王参谋长求情，那是我渎职！你认为王参谋长不懂防火业务，是吗？"

瞿总说："不是，不是！我知道王参谋长曾经当过消防工程公司的总经理，是我们的前辈，是专家。呸！呸！狗屁专家，全楚洲消防支队只有您是专家，尊敬的处长，你说是不是？"

朱敬慕严肃地说："是你个头，王八蛋，看你这副滑稽相，肯定也背着我的面骂我是狗屁专家，你说是不是？"朱敬慕就还他一个是不是给呛了回去。

瞿总立马警觉起来，并立正向朱敬慕行举手礼说："尊敬的处长，坚决不是！我哪有那胆，请你一定帮我这个忙，我万分感谢。"接着从随手抓着的手提包里拿出一个信封，往朱敬慕办公桌上那一堆的材料里面一边塞一边说："这是汇报材料，你等会再看。"

与社会上的人打交道多年，见怪不怪的朱敬慕也学着瞿总的语气说："尊敬的瞿总，你少来这一套好不？说白了你还是留着你那几个臭钱吧，免得我又要跑一趟支队纪委。"说着就弯腰打开下面的一个抽屉，拿出一沓票据说："你看，这是这些年纪委给我开的收据。我奉劝你要认真对待这次全市以遏制重特大灾害事故的专项治理，不要抱侥幸心理，你环洲城的问题，就依你刚才自己说的，不是严重，而是非常严重，相当严重，谁也帮不了你，谁也不敢帮你。存在的问题我曾经向你提出过，你自己也非常明白，刚才也说了，赶快整改，不要拖，越往后拖，你压力更大。"

瞿总说："尊敬的处长，请你给王参谋长还是说一声，我领教过他的，他六亲不认。"

朱敬慕说："我怎么说，王参谋长是部队首长，你这明显地违规违章，还要我去说情，我还要处罚你呢。"说完，还补了一句自讨没趣，就从一堆文件中找出那个汇报材料信封丢给瞿总说："你走吧，我还有事。"就下了逐客令。

二十六

突然，办公室外传来一高一低的吵闹声。一位留着平头、衣着干净、皮肤白净、一脸的络腮胡、眼睛有点外凸的中年男子大声地说："你们消防队还归不归地方领导，还归不归当地政府领导？不要看你们穿了一套武警制服，就无法无天了，藐视我们地方政府。我告诉你，锦西摩托车城是我们区里引进的第一家外资企业，你们消防哪有那么多规矩，毕竟还没有起火嘛！消防工程验收时，你们也说不合格，我们没改，经营了这么几年，不也还蛮好嘛！我要找你们支队长，找你们政委，找你们参谋长，在楚洲我还没有办不成的事。"这人可谓气焰嚣张不可一世。

朱敬慕听到吵闹声，便走出办公室来到中年男子面前："我是支队防火处处长朱敬慕，有什么话你可以跟我说。听你这口气，你应该是区里的领导，是不是？"

中年男子突然见一位中校站在自己面前，威风凛凛，听还是处长，就恭敬地说："不敢，不敢。"

"那你是？"朱敬慕问。

中年男子回答说："我是区里引进来的锦西摩托车城的投资商，享受区里的最优惠待遇，你的手下到我那里指手画脚，横挑鼻子竖挑眼，把我喊来，还要做什么谈话笔录，还要按手印，我从娘肚子里出来就从没有按过手印。"

旁边的一名女干部中尉，见中年男子性情开始有些平和了，专门给他倒了一杯热茶送去："老板，不要激动，先喝杯茶，我们消防帮你们检查，其名是监督，其实是在帮你们发现问题，防微杜渐。不仅是对整个锦西摩托车城业主的安全负责，更是对投资商你负责，不怕一万就怕万一，万一发生一把大火，市场烧塌了，房屋烧倒了，还不就因小失大，鸡飞蛋打了吗！"

中年男子眼前突然一亮，见一名精神、靓丽的女中尉警官端着热气腾腾的茶一边说一边给他递茶，将本来想好了要说的我不要你们检查、我不要你们监督、我不要你们帮忙的话咽了回去。心想这么漂亮的女警花怎么刚才没看见，为刚才的失态有些懊悔，转而说：“美女这话说得有些道理。”转而又想，转弯不能转得太快，转得太快难免给人见到美女就不能自已的印象。一时又找不到合适的话，匆忙说：“但毕竟还没有起火嘛!”

女中尉说：“起了火就晚了，直接受益的是你，直接受损失的也是你。聪明的老板，你难道不能在他人的深刻教训中找到启示，难道非得亡羊补牢?”女中尉伶俐的口齿一时让中年男子语塞。

女中尉大名叫桑露，从武警学院毕业，分配到支队工作还不到两年，因为本身学的就是公共安全和消防工程，自然对公共安全有着独到的理解和认识。让中年男子眼前一亮而后语塞，到后来目不转睛、目瞪口呆，说出来的话被桑露一句聪明的老板欺落得不轻，也没敢再大吼大叫。桑露足有一米七的个儿，匀称的身材，穿着一身得体的制服，亭亭玉立，俊俏的五官妩媚而不妖娆，柳眉下的双眼像一池清水没有一丝杂质，在警服的衬托下威严而不失动人。

朱敬慕看到这些，也就换了一个口气说：“你叫什么名字？说说具体是什么情况?”

中年男子说：“我叫哈罗哈，原因是这样的，市场内有几家经营一些与摩托车相关联的产品，机油啊、桶装汽油啊、清洁剂啊、黄油什么的。这有什么蛮大的危险。”

朱敬慕严肃地问：“还有呢?”

哈罗哈说：“原来是大开间，为了好管理，各业主就各自用大型木板进行隔断，隔一下不更好吗？你们的人就说使用大量可燃材料，这不是鸡蛋里面挑骨头吗?”

朱敬慕还是瞪着眼睛严肃地问：“还有呢?”

哈罗哈说：“再就是消防报警系统不能正常运行老是误报，我们就干脆关了；还有那个自动灭火系统没让它喷也时不时地喷几下，我也要他们干脆都关了。”

朱敬慕正要说话，没想到桑露又开了腔：“哈总，你这是严重违规，你这是漠视生命安全，你再不配合就是违法。”

桑露枪林弹雨般的指责，让哈罗哈大吃一惊，也领教了警花的伶牙俐齿，不仅是个美女还是个才女，简单的三句话逻辑性极强，也就支支吾吾地推脱说：“哪个项目经理理章鸿明，就住在我们十楼，我找了他多次，他说没问题，消防队翻不了天，有事有大老板撑腰。我说是坐在火山上，他就说他住在火山上都不怕，哪有那么多火起，要我别管。”

朱敬慕说：“哈总，刚才我们桑参谋说了，受益的是你，受损失的也是你，你怎么能不管呢？你是不是有点糊涂了？”说到这里转身问党增华：“情况是这样吗？”

党增华说：“现场情况比他说的还严重，随时有发生重大火灾的可能，随时有造成重大人员伤亡的可能，随时有造成重大财产损失和政治影响的可能，符合重大隐患立案的要求，属于可以立即清场查封那一类。一旦真的发生火灾，市场楼上的人将无法逃生，后果不堪设想。”

朱敬慕问哈罗哈：“是不是这样？”

哈罗哈回答说：“如果万一起火了的话，那当然危险。”

朱敬慕说：“那你还吵什么吵？赶快停业整改，等酿成大祸大灾就晚了。”

在朱敬慕办公室碰了一鼻子灰有些沮丧的瞿总，出来后一直站在旁边看热闹，这时走近哈罗哈悄悄地扯了扯他的衣服小声地说：“停不得，万万停不得，停了就开不起了。”

这时哈罗哈看到瞿总气不打一处来，顺手一把抓住瞿总的衣领说：“你他妈的，害得老子好苦啊！消防工程验收不合格，找你人都找不到，你给老子玩人间蒸发，你不给老子整改好，老子打死你。”两人就扭成了一团。原来，锦西摩托车城的消防工程也是皇马消防工程公司瞿总接的业务，当了一个二传手转包给了章鸿明安装，皇马公司从中拿了笔管理费后，再也没管这工程的事了。

瞿总没想到哈罗哈会来这一手，一时没反应过来，让哈罗哈就这么抓着也不反抗，只是本能地双手抱着哈罗哈，待哈罗哈讲完，瞿总才说：“好说，好说，我们之间的事好说，眼下，眼下，我们是一根绳上的蚂蚱，一条船上的人，消防队要将我们往死里整，往火坑里推，这时我们要团结一致，你放心，我去和我姐夫曾书记说，你放心，没事的，放手，放手！”

哈罗哈听瞿总这么一说也就松了松手，但抓着的衣领还是没敢完全松开，松开生怕他跑了似的，就心里恨得痒痒地说：“我怎么放心，起了火损失的是我，你他妈的是个十足的骗子，工程合同签了就再也看不到人了。”

瞿总一脸窘迫地说：“怎么会起火呢？哪有那么多火起，起了火我负责，我的项目经理小章不就住在你楼上吗？放手，请放手，记住，我们还有书记呢，没有书记哪有这么好的地段给你。”就点了哈罗哈的穴。

哈罗哈听到这里也就不再好意思在消防支队接待大厅，当着美女武斗，也就切底松开了手说："你他妈的，你要一个姓章的在那里捣鼓捣鼓，我看他就是一个半桶水，搞搞生活水电还可以，消防工程这样高技术项目根本就不能信任。你把我这么大一摊子消防工程交给他，不是在害我？事没看到做好，一天到晚就知道找我要钱。刚才那个美女中尉说了，万一发生重大火灾，那就真的鸡飞蛋打，我那再好的地段又有什么用?"

瞿总说："那是，那是。哦！哦！怎么样火是不能起的，要严防死守。"趁朱敬慕和桑露几人上前劝说，瞿总像脚下擦了油一样，一溜烟就不见人影了。

哈罗哈见瞿总又不见了人影，就找到朱敬慕死磨蛮缠："你都看到了，不是我不愿意整改而是你们楚洲人不诚实，我是出了钱事没办好，责任在你们楚洲。"

朱敬慕说："你这话说得有点大，打击了一大片。"

桑露接过处长的话说："我们楚洲是全国的新兴工业城市，是全国最大的移民城市，建市之初就确立了海纳百川、诚信为本的市训。你和瞿总的消防工程合同是完全民事合同，是双方真实意思的表达，你没有资格指责我们楚洲人，我们楚洲人百分之九十九点九都是诚信守法的。"

哈罗哈再一次领教了警花美女桑露的厉害，也更没想到一个刚刚参加工作的姑娘站得这么高，全局意识这么强，说出来的话还很有法制水平，心想这样的才女他用黄金堆起来也不会买动她的心，于是干脆来了一个死猪不怕开水烫："我们锦西摩托车城有五百多家业主，这些人可都是靠着这个门面养家糊口，你们消防队看着办。"

如果消防队强制查封关门停业，哈罗哈有可能真的就会组织业主们到消防队来，要消防队发工资，给饭吃，将消防队逼到死胡同里。因为谁也不完全清楚哈罗哈究竟是一个什么样的人，是和平演变的潜伏分子还是纯正的生意人。联想到前几年的风波，不得不让这些消防人多一些思考，多一个心眼。同时，如果真的强制查封，确实关系到五百多家业主的生产经营，关系到社会的稳定，所有消防人都不愿意看到因消防隐患整改而造成社会的不稳定。

锦西摩托车城市场的重大隐患一级一级上报，得到的指示都只有一句话，稳定压倒一切，谁也没有说查封，谁也没有说不查封。皮球实际上又踢回了消防支队，秦晋江一改过去的工作风格，专门召开了一个行政办公会，专门研究锦西摩托车城市场的解决方案。按照惯例，行政办公会都是王纪元先讲，考虑到这是业务归口问题，王纪元就要朱敬慕和喻克伟先说。

朱敬慕说："情况大家都知道了，我就不再介绍了，我只分析一下查封和不查封的利弊，如果立马强制查封，停业整改，立马就不稳定。那个哈罗哈有可能真的会组织那帮业主到消防队来要吃要喝。如果放任自流，万一真的发生火灾，出现群死群伤事故，那也会出现更大的不稳定。我们现在看怎样理解稳定压倒一切这句话？要想有长期的稳定就要采取果断的措施，构成重大火灾隐患立案标准，随时有可能发生重特大火灾事故的就要坚决查封，不能养虎为患，养痈成蛆。这项目是南区的招商引资项目，是南区的重点单位，查封停业的稳定工作由南区负责。"

喻克伟说："南区会负责吗？它才不负责呢，项目是支队审批的，验收又不合格，也没有给南区打移交，由我看睁一只眼闭一只眼，不要太认真，免得引火烧身。"这是主管支队领导的意见，和业务处长形成了完全两个不同的意见，以至于后面的人还真不知道从哪里说起好。

估计大家都在想着怎么说，陈晓华开口了："我这两天接了几个莫名其妙的电话，问我消防队干部转业还要不要楚洲当地政府安排，我当时犯糊涂了，心想去年的干部已经安排完了，今年还早着呢，我想是不是与这个专项治理有关系。"其他几个人就附和着说，这个社会怎么这么复杂，也就不发表什么意见了。

吕粱华说："我看还是听听纪元参谋长的意见吧，如果现在立马查封，势必引火烧身，专项治理刚刚开始，我担心给后面的工作带来被动。"

王纪元说："我看这样折个中怎么样，一是重大隐患限期整改通知书一定要下发到锦西摩托车城，拒签也得要下，抄送给南区政府，市区两级检察院、法院备案。二是要指导锦西摩托车城建立严防死守巡视的管理措施，一旦发生火灾将其扑灭在初起阶段。三是签订消防责任状，边营业边整改。"

秦晋江说："书记、市长对这一次消防安全专项治理寄予了厚望，特别提出不能让美国和深圳那样的大火在我们楚洲重演。按我的惯性思维和行事风格，现在就要查封了它，同意敬慕处长的意见。但考虑到不要引火烧身的意见，我看也只能折中了，请按王参谋长的意见办，也要规避我们消防的风险。这事请政委协调，防火处负责。"

瞿总借方便一下就方便到朱敬慕办公室去了，在那里碰了一鼻子灰。走出朱敬慕办公室，听到哈罗哈在接待大厅大吼大叫，吵吵嚷嚷。心想一不做二不休，想来一个火上浇油，让大家都到你消防队来吵，看你姓朱的还趾高气扬不，看你消防队还办公不。我是有关系的人，量你们也不敢把我怎么样。

瞿总一切想得很得意，趁机扯了扯哈罗哈的衣服，没想到哈罗哈一见瞿总气不打一处来，就一把抓了一个正着，一时感觉自讨没趣。

借机溜之大吉的瞿总尽管有些狼狈，但仗着有曾思春这层关系，有恃无恐，直接就大大咧咧地去找秦晋江。秦晋江这时忙得不可开交，几个人正在给他汇报，一会儿办公室座机响了，一会儿手机响了，不时中断和前来办事人员的谈话。大大咧咧的瞿总不管三七二十一，也不顾他人的感受，装着一副至亲至朋的样子，直接走到秦晋江身旁，对着耳朵就叽里呱啦地说了一气，秦晋江侧身推开瞿总，严肃地说："谁检查，谁负责！你这事归王参谋长负责，请你按他的意见办，我这里正有事，去吧！"秦晋江毫不客气地下了逐客令。

无赖的瞿总想想感到很无助，平时见面都打哈哈的人，今天真的个个都打哈哈。又想，这些人也只能打哈哈，这些科长、处长谁又能改变得了王参谋长的意见？倒不如明知山有虎，偏向虎山行，不入虎穴，焉得虎子，我就不相信我的三寸不烂之舌说不服王参谋长。只要说服了他，我们以后就是朋友，那以后的事就好说了。这种人开始不认你，表面上很难接触，一旦认了你就是铁杆子朋友。刚才朱敬慕处长不是说，楚洲消防要动大动作改革，要实行审验分离，防火部门负责行政技术审批，司令部负责验收建档、发证许可。想到这里，瞿总更加坚定了信心和决心，要以不打不相识、以坏事变好事的精神攻关。突然，他想起了励志名言，读书莫畏难，攻城莫畏坚，世上无难事，只要肯登攀。想到这里自个儿会心地笑了起来，我就是每天跟着攀，铁打的心肠应该也有变软的时候。为此，瞿总自己给自己壮了壮胆子，思考了一下怎么说，就到了王纪元办公室。

等在那里有些不耐烦的李为民和罗贤阳听瞿总说方便一下就来，这一方便一等就等了几十分钟，二人干脆就去了王纪元办公室。这时见瞿总来到王纪元办公室，脸上挂着一脸的笑和喜悦，本来气不打一处来的罗贤阳，想虎下脸来批评瞿总几句的。也许中国的古话说伸手不打笑脸人，加之又有部队纪律约束，准备好了要批评瞿总的几句话不但没有批评，反而还没等瞿总说话解释就先开了口："捡到什么宝贝了，笑得那么喜悦啊？"

瞿总说："当然捡到宝贝了，你猜猜。"

罗贤阳说："不要卖关子了，什么宝贝我们都不要你的。"

瞿总说："不要也得要，这个宝贝本来就是你们司令部的。"

罗贤阳瞪着一双吃人眼睛问："司令部的？"

埋头处理公务的王纪元听他们在你一句我一句地对话，心想这个瞿总不知又在这里要什么花样，便不理会，继续办他的公，继续听他们的对话。

罗贤阳继续问说："什么是？什么又不是，说来听听？"

瞿总就一个劲地给罗贤阳使眼色，罗贤阳就是不理会。瞿总反复几次，罗贤阳气愤地说："有话你就讲，有屁你就放，少给老子卖关子。签字吧！签字你走人。"说完重大隐患限期整改通知书和送达回执就摆到了瞿总面前。

瞿总本来是一副灿烂的笑、一副喜悦的笑，陡然间变成了一副苦笑，而这苦笑就只有一刹那，一闪而过。让你不得不佩服经商人的灵泛，他自己也突然意识到了刚才的脑子短路，对摆在他面前的通知书并没有理会，更不用说签字了。而是立马又换了一副笑容对王纪元说："尊敬的王参谋长，我一百个向您表示祝贺，一万个向您表示恭喜。"

王纪元放下手中的活，以一张非常好奇、非常感兴趣的脸和一双又想知道结果的眼望着瞿总说："你不会让我猜吧？"

瞿总说："哪敢！哪敢！"

坐在一旁不耐烦的李为民说："哪敢？哪敢？你什么不敢？伤天害理的事都做得出，快说啊！什么宝贝。"

瞿总说："哪有什么宝贝，这个宝贝是司令部的，又不是我的。"

李为民说："那你刚才笑得那么喜悦干什么啊？发神经啊？"

瞿总说："我高兴啊，我为尊敬的王参谋长高兴啊，为司令部高兴啊。本来早应该是这样，我从今往后就可以经常来给尊敬的王参谋长汇报工作了。"

罗贤阳说："来了是不？又在卖关子是不？我刚和你说了有话你就讲，有屁你就放，我们可没有时间和你捉迷藏。你没看到我们参谋长手头一摊子的事啊！"瞿总这时才说刚才在防火处听说支队在建筑消防上实行审验分离制度，司令部门将承担起验收、建档、发证的职能。

罗贤阳说："我当什么事呢！在这里神神秘秘，关子卖尽。我告诉你啊，这个改革方案由参谋长亲自领导主持司令部、防火处研究的，打破部门分割、探索防消结合新路，对业主负责，对群众负责，改变当前防火处既当运动员又当裁判员的弊端，是全国消防部队一种全新的创新思维模式。同样，有利于遏制腐败，对加强监督、严格标准有着现实的意义。更重要的是，司令部门通过对建筑工程的验收既熟悉了建筑结构、消防设备、生产经营情况，又掌握了周边情况、水源道路情况、灭火作业面，可谓是一举多得。到了你们这些商人那里，就想入非非了。"

瞿总说："对于我来说肯定是一件高兴的事，一来可以多来向尊敬的王参谋长汇报工作了。二来多个朋友。参谋长是部队首长，手下几千号人，呼风唤雨的。我有这样的朋友，是我家祖上八辈子修来的德啊！现在又验收大权在握，我哪个项目离得开尊敬的参谋长啊！尊敬的参谋长，我诚恳地请你交我这个朋友。不然，我就跟着攀，攀也要攀着王参谋长。"

李为民说："得了吧，你攀上了曾书记，你还攀我们参谋长！不是这个事，参谋长的门朝哪开你都不知道，我还不知道你那副德性。"

瞿总说："话莫说得这么难听，过去没向尊敬的王参谋长汇报，是你们支队关系没理顺，口头上说防消结合，实际上是防消分离，各吹各的号，各唱各的调，重复劳动，被动灭火，摸索救援。我们没机会向这么大的领导汇报工作。现在好了，机会来了，我这个人最喜欢交朋友的。其实，几年前王参谋长当科长的时候，我就汇过报，请他帮过忙，只是尊敬的王参谋长不给面子。"

王纪元听到这里接过瞿总的话说："什么叫给面子？给面子就收你的烟，收你的酒，收你的红包啊？君子之交要淡如水。你当大老板送得起，我们工薪阶层拿什么送，照你这样，我一个月不用吃饭还少了，我要了面子就亏了里子。"

瞿总见王参谋长接话了，认为时机来了，立马说："我送你的是孝敬，我又不要你送，像我姐夫一样的，第一次我给他送东西，他就回我一盒茶叶，再后来他认了我这个小舅子，舅子送姐夫也就在情理之中了，我这不叫行贿，姐夫曾书记也不叫腐败，参谋长你说是不是？"

听到这里，王纪元严肃地说："瞿总同志，你签了字，可以走了，请你一定对照技术规范和审核意见，认真整改！该拆的要拆，该返工的要返工，不能以次充好，以假乱真。否则，下一步正式申请验收，谁敢批准你这个项目验收合格啊，到时候损失就更大了。"

罗贤阳没等瞿总说什么，就在催促快签，别磨磨蹭蹭。还将签字笔递给瞿总，瞿总接过递过来的笔，握在手中说："尊敬的王参谋长，给我一次机会吧，这个我就不签了，我带一份通知回去，我改不就行了嘛！"

李为民说："你这叫屁话，你既然答应整改，为何又不敢签这字。我请你支持我们的工作！我请你配合我们的工作！"李为民就加大了语气。

瞿总说："我这一签，就损失大了！那些门、那些钢管什么的，我能拆吗？能换吗？再说了，有多少工程不都是和我一样的！"

李为民说：“你就说你，不要说别人，君子爱财取之有道，你们要摸着良心，凭良心赚钱。现在你倒好，昧着良心，投机取巧、张冠李戴，赚黑心钱，你良心上过得去吗?”

瞿总并不去理会李为民的讲话，而是喊着王纪元狡辩道：“尊敬的王参谋长啊，你要我怎么给你们讲，才说得清楚，说得明白呢！你们消防官兵真是太天真、太可爱了，谁还像你们啊？商品经济也罢，市场经济也好，无论是经济发展、国家进步，都不是黑白分明的，大量的事情是发生在一个灰色的地带。你们知不知道？我给你们汇报一个事实吧。我在没做消防工程之前，全国各地到处跑，到了一个城市周边的农村考察、了解项目，发现他们用面粉和糖做一些板蓝根之类的假药，治不好病，也吃不死人，结果村里都脱贫致富了！村长指着一栋栋崭新的，仿明清风格的青砖瓦房，神采飞扬地告诉我，他们就靠这一小包一小包的冲剂，让全村人都富起来了。”

王纪元耐着性子听完后，言之凿凿地说：“说完了吗？你这是为自己开脱。消防工程，人命关天，你倒好，用一些假冒伪劣的消防产品，用一些锈迹斑斑的冷镀管，用在这样一栋一类建筑上，你真的浑！还与经济的发展、国家的进步扯上了，你害不害臊？你缺不缺德？这又与明抢暗夺有什么区别，甚至更加严重，存在先天性安全隐患，其本质与放火有什么区别?”

瞿总听到这里还是壮了壮胆继续为自己开脱说：“尊敬的王参谋长，这么多的消防工程，真的又有几栋楼发生了火灾，又有几个工程发挥了作用，都不是摆相的。请尊敬的参谋长息怒，一定莫发火。”

王纪元说：“每个消防工程都像你这样，用薄皮普通钢管，用普通生活阀门，用铝芯线替代铜芯线，消防工程能发挥作用吗？不成摆设才怪呢！你尽在这里歪理邪说。”

瞿总说：“尊敬的参谋长，请通融通融，我一定重重感谢你们，重重感谢百般辛苦的消防官兵，这个工程造价压得低，我如果不想点办法，那还真的亏大了。”

王纪元说：“我不管你的工程是亏还是赚。总之，我认为消防工程是人命关天的大事，我们不用你感谢，更不用你重重地感谢。我要求你按规范设计图纸认真地整改，这就是对我们最大的感谢。我要对以后在这里办公的、经营的单位和人民群众负责，你签还是不签？不签，那我们就在备注栏上写上你拒签。我就派工程队全部拆了你的，你还得付工钱，信不信！”说完，王纪元将抓在手上的笔砸在桌子上。

笔不偏不斜地正好弹落在瞿总的脚尖前，瞿总就一边弯腰捡笔一边自我解嘲说："谁说不签，老天爷都要我签，笔没长腿都跑到我面前了，哪有不签之道理，一定签，一定签。"说完瞿总就工工整整地在送达回执上签了字，还将限期整改通知书认真地折好放到包里。临出门时还补上一句："我不这么折腾一下，尊敬的王参谋长对我没印象。"然后就连说请多关照，请多多关照，拜拜！拜拜！退出了办公室。

二十七

世上的事就是这么巧，真是无巧不成书，就在楚洲市公安消防支队盖有红色印章的重大火灾隐患限期整改通知书送到锦西摩托车城和市区两级检察院、法院和南区政府的第三天凌晨四点钟，一场在消防队预料之中的火灾发生了。火灾先自一间经营摩托车机油、桶装汽油、溶剂油、黄油的临街门面烧起来的。由于有卷帘门关着，室内的火灾从初起阶段到发展阶段，人们都没有发现，直到燃烧到猛烈阶段，才被挑着担子进城卖蔬菜的菜农发现。天空中飘着的云怎么有灰尘落下，落到脸上、手上、蔬菜上，菜农顺着黑云看过去，才意识到是摩托车城起火了，才喊起火了，起火了，起大火了。这时，人们才报了119。消防三中队三台消防车，20多名消防官兵很快到达了锦西摩托车城火灾事故现场。支队指挥中心根据王纪元关于密切关注锦西摩托车城，一旦发生火灾要加强第一出动的指示，同时，还调动了一中队四台消防车和一台曲臂登高车增援现场，并密切监听无线对讲机里传来的对话。

放在王纪元床头柜上的对讲机，在呼叫第一声时，王纪元就知道是锦西摩托车城起火了，连忙翻身悄悄起了床，不想吵醒身旁的朱芳。然而，朱芳对床头柜上对讲机的声音同样敏感，也跟着起了床。朱芳无声无息地到厨房里洗了一个苹果塞到王纪元手中，温柔地说："注意安全啊！"仿佛壮士出征，依依不舍。

突然，对讲机里传来"嘭"的一声巨响，接着就是死一般的寂静。王纪元下意识地说："不好，爆炸了。"

因此，王纪元就迫不及待地用对讲机呼叫："031，031，007呼叫。"不见回答。

"031，031，007呼叫！"王纪元再一次迫不及待地呼叫仍然不见回答。

“007，007，032 报告!”这是三中队指导员申立明的声音。

“007 听到，请讲。”

申立明报告说：“报告参谋长，黄铁强中队长在指挥开辟消防疏散通道、破拆卷帘门时，意外遇上爆炸，黄中队长等四人被气浪掀翻受了伤。”

王纪元说：“我命令你们迅速组织人员救治受伤官兵，用消防车直接送医院，明白了吗？我立马到。”王纪元给申立明说立马到，无疑是为了稳定队伍，不能因受伤了几个官兵就乱了阵脚，而忽视了组织群众疏散和对火灾的控制。

“032 明白!”

“010，010，007 呼叫。”

“010 听到，请指示。”

“我命令你再调度二中队、五中队各出三台消防车增援，通知市立医院做好接收受伤者的抢救准备工作，派救护车到现场。”

“010 明白，010 明白。”

“011，011，007 呼叫。”

“011 听到，请指示。”

“011 请报告你们的位置。”

“报告 007，我们已经到达长江路口，转弯就到。”

“好，我命令你们坚持救人第一原则，成立两人一组的人员疏散组，逐层逐户敲门，疏散楼上群众，要充分发挥举高车的作用，三四班救人，一二班灭火，明白吗?”

“011 明白，011 明白!”

“021，021，007 呼叫!”

“021 听到，请指示。”

“我命令你们主要任务是负责给一中队消防车和三中队消防车供水，要保证整个火灾现场供水不间断，不要把车开到现场去了，要在周边寻找水源，明白吗?”

“021 明白，021 明白。”

“051，051，007 呼叫。”

“051 听到，请指示”

“我命令你们充分发挥大功率水罐消防车和大功率泡沫消防车的优势，独立组网组织火灾扑救。”

“051 明白，051 明白。”李长征回答。

穿着一身睡衣的朱芳看到王纪元用对讲机指挥调度，忙个不停，担心既要开车，又要指挥调度，生怕发生闪失，连忙换了一身牛仔衣裤，冲向妈妈卧室喊：“妈妈！妈妈！我陪王纪元到火灾现场去了，你管好孙崽。”

王妈妈慈祥地应声说：“你们去吧，孙崽交给我。”翻身起了床。

朱芳急切地脱口而出：“楼上有几千户居民生命危在旦夕，命悬一线，好危险。”也许这是在向妈妈解释。

王妈妈就催促说：“你们快去啊！”

就在这时，睡眼蒙眬的儿子爬起床，双手揉着双眼说：“你们到哪里灭火啊？我也要去。”

王妈妈就一把抱过孙崽说：“孙崽乖，爸妈要去救人，要去灭火，奶奶带你。”

孙崽说：“我也要去救人。”

奶奶说：“等你长大了再去。”

王纪元和儿子一边摇手，一边打招呼说：“拜拜！”儿子就挣脱奶奶的怀抱向爸爸妈妈天真无邪地行举手礼。

朱芳帮王纪元拿了手机跟着上了停在楼下的吉普指挥车。待王纪元调度完毕，抓在朱芳手中的手机也意外地响了起来，朱芳接通了电话：“喂！我是王参谋长老婆，他在开车，有什么事？请讲。”

对方就传来了急促的声音说：“请王参谋长快救救我们一家，我们一家住在十楼，可能是下面火灾的原因，门打不开了。”

朱芳说：“好！告诉我，你们住几栋几单元，你叫什么名字？”

“我叫章鸿明，住一栋一单元十楼，王参谋长给我上过课的，我认识他，他留给我的电话一直没打，今天派上用场了。”朱芳连忙就将情况说给王纪元听。王纪元立马就用对讲机呼喊：“011，011，007 呼叫！”

“011 听到，请指示。”

“就在你们正前方的一栋一单元十楼，房门打不开，一家子人被困，我命令你们用举高车将他们救出来。”

“011 明白。”

“032，032，007 呼叫！”

“032 听到，请指示！”

“报告 031 的情况。”

“黄铁强队长四名官兵在送往医院的途中，主要是外伤和骨折，应该没有生命危险，请参谋长放心。”

王纪元到了现场，整个现场还算井然有序，随即察看了整个火灾情况，然后又检查了每个中队的力量部署。申立明见到王纪元就上前报告说：“参谋长同志，中队一个班护送四名伤员到医院，一个班在控制火势蔓延，一个班负责楼上居民疏散，请你指示。”

“很好。就按这个力量部署执行。”王纪元说。

负责疏散的消防官兵在逐层逐户地敲门喊话，十二个单元、十八层楼他们只好两人一组，各负责一个单元，就是这样，光负责疏散楼上居民就占去了二十多人。他们楼上楼下地跑，一户一户地敲门，手敲痛了，喉咙喊哑了，两腿跑软了，在争分夺秒地和时间赛跑。

王俊波大口大口地喘着粗气，一手撑在1808室门框上，一手在使劲地敲门。

“发神经！”1808室户主推开门破口就骂。

王俊波解释说：“下面摩托车市场起大火了，请你们赶紧下去。”

1808室户主很不高兴地说：“下面摩托车市场起火关我十八楼什么事啊！”说完就要关门。

王俊波这时不知从哪里来了精神，一把拉开门，冲进房内顺手拿起门边的一把扫帚，一边挥舞一边喊：“都起来，都起来，都给我下去！”然后就引导他们说：“走楼梯间，走楼梯间。”

三台大功率消防车分别占据三个不同的方向，九支19mm口径的水枪在向熊熊燃烧的火海中喷射。火场不时还有爆燃、轰燃、爆炸，强烈的气浪不断翻滚，夹杂着浓烟、水蒸气。也许是市场面积大，可燃物又多，九支水枪仿佛没有起什么作用，长长的火焰仿佛就像吐着信子的毒蛇，烧得屋架、楼板咔咔作响。李长征向王纪元报告说：“参谋长同志，火场易燃可燃物多，燃烧面积大，我队现出了九支19mm水枪，请你指示。”

“各增加一台消防移动炮，确保供水不间断。”王纪元命令说。

王纪元随即又下了几道命令。“010，010，007呼叫。”

“010听到，请指示。”

“一是通知支队机关干部赶赴火灾现场。二是报告市局110，请通知派出所到现场协助疏散群众和现场警戒。明白吗？”

“010明白。”

举高车在烟熏火燎中缓缓升起，十楼的章鸿明拿着一条毛巾捂着口鼻，挥着一件白衬衣在窗户外使劲地舞动。王纪元一边指挥着举高车，一边用扩音话筒喊：“楼上的居民请注意了，如果你家里的房门能打开，请你们沿防烟楼梯间自行疏散，现在楼梯间是安全的，如果家里大门打不开了，请到窗户边来，挥动鲜艳的物品给我们一个标识，我们会来救助你们，请保持冷静。”接着就喊十楼的章鸿明：“章鸿明同志注意了，请你们保持冷静，请问家里有几个人，用手势告诉我们。”

十楼的章鸿明放下白衬衣，伸出四个指头，意思是四个人。王纪元再喊问：“是有一个小孩吧?”章鸿明就点了点头。“请你听从操作员的指挥，四个人正好可以一次性救下，进入救生篮时要注意安全，先上一个大人，再把小孩抱上去，注意眼睛看天上，看天上，不要看地面。”王纪元接着喊。

陈昌龙站在救生篮内一边摇动着手旗一边用对讲机同王洪波对话，给王洪波传递一个个信息。王洪波一丝不苟地操作着举高车，生怕碰到左右两旁蜘蛛网状的电线而发生意外。举高车在众人眼前徐徐升起，烟雾弥漫在不宽的两楼之间，随着四个人进入救生篮，现场围观群众鼓起了掌，待四个人走下地面，章鸿明一副很狼狈的脸上露出了笑容。

接着另一个单元十三楼窗前飘起了白布，看情形，此人非常不冷静，在那里大喊大叫，身子往窗台上爬。王纪元立马抓起扩音话筒喊：“十三楼的那个居民请保持冷静，请保持冷静，请你找一条湿毛巾，捂着口鼻，我们立马来救你，请你保持冷静，不要爬窗台，不要爬窗台，回到室内去，回到室内去。听到了吗?听到了吗?”十三楼的居民只一个劲地往窗台上爬，好像完全没有听到王纪元的喊话。

见此情景，王纪元连忙大声喊：“十三楼的那位居民能听到我的声音吗?”十三楼那位居民一只手捂着口鼻，又一个劲地摇头。王纪元就喊：“你听到了请点头，没听到就不要有什么反应，听到了吗?”十三楼的居民就使劲地点头。

于是，王纪元又喊：“听到了就好，我们现在就来救你，我们的战士是从楼梯间上来的，会将你家的大门打开，请冷静，不要恐慌。看到了吗?我们的举高车也过来了，听到了吗?”十三楼的居民又点了点头。

突然，十三楼的居民爬上了窗台，做出一个惊人的举动，吓出了大家一身冷汗。下面围观的群众都在齐声喊：“不要跳，不要跳!”

王纪元见这一情况加大了语气大声地喊：“请你冷静，请你保持冷静！我命令你回到室内去，我们来救你了，坚决不要——”王纪元看到十三楼那位居民做出跳的姿势，不要跳“跳”字还没喊出，只见他纵身一跳，生硬地砸在坚硬的水泥地板上，像一只爬壁虎紧紧地趴在地上，不同的是脑浆和从嘴里喷出的血溅满一地。吓得大家都闭上了眼睛，久久不愿睁开。

大火依然在熊熊地燃烧，肆无忌惮。几次猛烈的轰燃，几乎让大楼在晃动，原本不情愿疏散下来的那些群众，在广播和消防官兵、派出所的极力劝说下，终于疏散到了锦西摩托车城南侧的空坪上。疏散下来的群众有的赤膊短裤，有的是睡衣赤脚，有的是拖鞋背心，有的情形惶恐，有的哭天喊地，有的还要一个劲地往楼上冲，说要拿物取钱。负责警戒和维持秩序的公安民警，不得不拉起了警戒线，动用了警棍警鞭。

现场的交警也封锁了这段的交通。

支队卫生员叶红花整齐干净的军装外套着一件白色的大挂，只露出大檐帽和领花。罗贤阳、顾盼不知从哪里搬来了一张桌子和两把椅子，帮叶红花、程若郁、项蓉芳在现场搭起了火灾现场临时医疗救护站。叶红花关切地对罗贤阳说：“这里好了，你快到参谋长那里去，要注意安全。”罗贤阳有一些不舍地看了叶红花一眼，就转身到王纪元那里去了。

各大新闻媒体消息比谁都灵通，各种长枪短炮在捕捉着每一个动作，每一条信息。

王纪元待将楼上最后一名群众疏散出来后，又回到了标有火灾现场指挥部的吉普指挥车上，准备调整灭火力量。一些新闻记者就跟随王纪元也到了指挥部。

朱芳一直站在吉普指挥车旁，这时，见王纪元回到指挥部，连忙打开一瓶矿泉水递到他手上说：“快喝口水。”

王纪元接过朱芳递过来的矿泉水什么话都没说，深深地喝了两口。抓起车载对讲机就喊：“011，011，007 呼叫！”

“011 听到，请指示。”

“我命令你们三台消防车各增加一支双干线移动炮，从现在的位置对东南方向组成强大的水炮阵营，发起最猛烈的进攻！实行重点突破，穿插分割，打内攻，打近战的战术方法。明白吗？”

“011 明白。”

“051，051，007 呼叫。”

“051 听到，请指示。”

“我命令你们用泡沫炮从北面第十个门面到第一个门面实行淹没式泡沫灭

火。注意压力不得少于6公斤，明白吗？”

“051明白。”

当王纪元下达完最后一道命令正准备下车去检查命令执行情况时，哈罗哈不知从哪里跑了出来，双膝跪在王纪元面前哭着喊着说：“领导！领导！请你们一定要帮我保住这个市场不要塌，保住这栋楼不要倒啊！”

王纪元见没办法脱身便转身对李为民和罗贤阳说：“你们分别去检查我的命令落实情况，有情况立即报告我。督促各水枪手、炮手，务必在三十分钟内拿下，超过三十分钟，全体官兵撤退，只留水炮，懂吗？”然后就要阳厚德留在指挥部，负责观察建筑物动态。

哈罗哈听到这话，心里就打起了鼓，又哭着求着王纪元说：“领导！领导！请你一定不要放弃，哪怕有一点希望，不然，我也活不了了。”说完，还没等王纪元回答他，就要往车上撞。站在旁边的朱芳见此情况，说时迟那时快，一个箭步上去就一把抓住他的后衣襟，没让撞上。便接着做工作说：“王参谋长在第一时间调动了全市的主要力量，你要相信消防队会全力以赴的。”接着不无责怪地说：“你这不是添乱嘛！”

王纪元接过朱芳的话说：“你放心，我们会全力以赴的。如果一至十号门面的桶装汽油、溶剂油火灾得到有效控制，不出三十分钟就可以搞定，你放心，我有这个把握。”

“轰！”本已苟延残喘、奄奄一息得到有效控制的北面区域火势，也许由于强大的水封，给人造成快要熄灭的假象，突然，再一次发生轰燃。强大的气浪将李熊掀翻在地，头部撞在水泥立柱上，头盔像西瓜一样滚下台阶，前额破了一大块，鲜血顿时流满整个一张脸。刘狮打了两个踉跄，奋力抱住手中的泡沫枪。罗贤阳三步两步冲上去，再一个匍匐前进，侧身背起李熊就冲了出来。

叶红花见罗贤阳背着一个战士出来，就拿了一大块纱布迎了上去，一边帮战士止血一边协助罗贤阳将李熊送上救护车。

“051，怎么回事？向我报告！”王纪元听到轰的一声，用对讲机喊。

李长征报告说：“刚才突然发生轰燃，李熊被气浪掀翻，罗科长进去了。”

哈罗哈听到这里，一把抱住王纪元的腿哭天喊地地说：“我该死，我该死！我不该不听你们的话。”阳厚德和朱芳就用劲一把将哈罗哈拖到一边。哈罗哈也就坐在地上，像死猪一样一动不动，满脸沮丧，目光呆滞。王纪元拔腿就向火场北面跑，这时李为民向王纪元报告说：“007，007，017呼叫！”

“017请讲。”王纪元说。

李为民说："罗贤阳已经将李熊救出。"

"人怎么样？"王纪元问。

王纪元来到救护车旁，见罗贤阳背着李熊，叶红花用一块纱布压在李熊的前额，迅速迎上去，抓住李熊的手喊："兔崽子，没事吧？"接着把了把脉，又摸了摸李熊的耳根。

李熊用劲睁开眼睛，有气无力地说："我没事，火马上要黑了。"

"闭上眼睛，送你到医院，你没事。"王纪元安慰说。

将李熊送上救护车，王纪元抬手看了看时间，就带领罗贤阳绕火场四周巡视了一圈，每到一个水枪阵地，就给他们一一嘱咐。再回到指挥部，根据他的判断，他认为应该可以发起总攻，于是王纪元拿起话筒命令道："各参战部队注意，现在，我命令你们全力内攻！"

随即，几十支水枪、泡沫枪向罪恶火魔发起了最为猛烈的进攻，一时间，水泵轰鸣，蛟龙显威。

果然一切都在王纪元的掌控之中，就在东方泛起鱼肚白、朝阳冲出地平线的时候。051就向王纪元报告了第一条喜讯，他们只用了二十五分钟就将一到十号门面的大火淹没在泡沫中。接着几个作战面分别将大火已被有效控制和扑灭的情况报告给了王纪元。市场保住了，大楼保住了。

听到报告的哈罗哈在被王纪元拉起那一刻没有转哭为笑，而是一把抱住王纪元像小孩在外面被他人欺负了一样，号啕大哭。接着又跪下给王纪元磕响头，给朱芳磕响头，还称朱芳是救命恩人。

大火已被扑灭，被疏散到楼下的居民一时还不能回家，被安排到了南区政府招待所，等待对房屋的鉴定。现场一片狼藉，一辆辆摩托车只剩下骨架，一件件摩托车零配件在冒着阵阵的水蒸气。被泡沫淹没的现场，泡沫在一个一个破裂，随着一阵风吹来，泡沫随风飘散，飘荡在空中，飘得无影无踪。

二十八

灭火战斗行动一结束，王纪元还没来得及脱下一身的灭火救灾指挥服和那有些笨重的头盔，就迫不及待地叫上司机小李到市立医院看望受伤的五位官兵。来到医院，王纪元一行的这一身着装，罗贤阳帮叶红花背着急诊药箱，立即引起了所有人的关注和围观，大家纷纷猜测锦西大火的损失伤亡情况。

黄铁强四个人同住一间病房，见王纪元到来，立马努力地挪了挪身子，想努力地从床上坐起来。黄铁强努力了几下都未能坐起，仿佛每动一下脸就有些扭曲变形，似乎相当痛苦，只好躺着问：“参谋长，上面的群众疏散下来了吗？大火打黑了吗？”

王纪元一脸的严肃，并没有回答他的提问。随行的李为民、罗贤阳、叶红花、阳厚德也没有说什么，紧跟在其后。大家见参谋长表情严肃心里也就有一些紧张。

谢意强将藏在被子里的右手拿出来习惯性地向上抬了抬行举手礼说：“报告参谋长，我们没有完成任务，请您处分我们。”说完眼睛就红了。

孔小东相对其他三人要好一些，但右手同样捆满了纱布，用还在挂着针头的左手举了举附和着谢意强说：“参谋长，我们辜负了您的希望，请您处分我。”说完同样眼睛红了。

王纪元听到这朴实无华的话语心酸地走到司马军旁俯下身子贴在耳边说：“你告诉我，心里感觉怎么样？”司马军全身挂满了针，手上脚上都是，整张脸只露出两个眼睛，仿佛像两个黑色的窟窿深邃悠远，若不是浓烟呛红了双眼布满了血丝，那一定清澈而明亮。

一根氧气管从氧气瓶经氧气净化器冒出咕咕的气泡，再插入上嘴唇的上方。听王纪元问他话，露出一张嘴，嘴唇有些干裂，就努力用舌头伸出来打湿一下嘴唇低沉地说：“对不起参谋长，我没事，群众疏散出来了吗？”司马军依然重复黄铁强队长的疑问，想必他心里同大家一样，想着的还是群众，装着的都是消防部队的使命。

谢意强、孔小东见王纪元还是一脸的严肃就异口同声地说：“参谋长处分我们吧！”

谁知道王纪元这时表情严肃是因为他们的受伤而难过，是因为后来李熊又受伤住进了医院。

王纪元就反问说：“谁要处分你们？是你们用血肉之躯开辟出了一条生命通道。”说完就对阳厚德说：“你下去搬两箱矿泉水上来。”然后就摸摸这个人的头，摸摸那个人的手，看看这个人的腿，看看那个人的脚，用慈母般的爱努力鼓励和安慰他们。想必这个时候的伤兵别看嘴上说的硬朗，其实这个时候是最想念亲人的时候，想妈妈的时候，想爸爸的时候，想妈妈端上一碗热腾腾荷包蛋的时候。想到这里，王纪元就对李为民说：“传我的指示，通知机关食堂给他们每个人做两个荷包蛋送来，我要亲自看到他们吃了。”

李熊一个人住一间，头发被剃光了，前额捆绑了一圈白色的纱布，渗出一大块血印，脸色蜡黄，双目紧闭，嘴唇干枯，左右两只手都挂了吊针，一只是在打药水，一只是在输血。旁边的生命体征跟踪仪不时在变换着一组组数字。护士不时用注射器对输液管里补一些药水。王纪元站在病床边看了后没敢喊醒李熊，目光就定格在生命体征仪上，只见血压、心跳、心电图都还正常，就吐了一口长气，转身就到了医生办公室，医生就一边介绍每个人的伤势情况，一边拿出X光照片插在阅片光板上给王纪元看。叶红花就要过李熊的照片仔仔细细地看。

这时，肖言书记和仁桂生市长在罗永涛、秦晋江、吕梁华陪同下也来到了医院医生办公室，见王纪元先到了就说："王参谋长爱兵如子，辛苦了！"就伸手和王纪元握手问："官兵怎么样？"

王纪元说："我刚刚看完五名受伤的官兵，正要听听医生的。"

肖言书记说："来，我们一起听。"

主治医生就用X光片一五一十地分别介绍每个人的伤势情况。一起看过X光片和听过介绍后，肖言书记对院领导和医生说："这五位优秀的消防官兵用血肉之躯开辟了生命通道，是为了疏散楼上的群众而受的伤，你们要用最好的药、最好的技术、最好的医生、最好的服务让他们早日康复。记住，无论如何，不能让我们这些心爱的战士毁了容啊！"

仁桂生市长接过书记的话说："这些小伙子可还没找对象呢，毁了容我们楚洲就会欠他们一辈子，对不起他们的父母。"

院领导说："是啊，这些小伙子从祖国四面八方来到我们楚洲服兵役，赴汤蹈火，我们有责任把他们治好，请书记、市长放心。"

肖言书记似开玩笑似当真地说："让我放心就好。毁了容，你院长负责，组织上每人给他们配一个。"最后还补充一句："反正你这里医生护士多。"

院领导说："书记开了口，配一个就配一个，只要不让我配两个。"大家就笑了起来。院领导接着说："现在的姑娘特别崇尚军人，还特别崇尚和平年代最可爱的消防官兵。"

仁桂生市长对院领导说："书记的话你不能反悔。"说完大家就随肖言书记到了黄铁强病房。肖言书记就要准备和他们握手，见四个人要么头上，要么手上，要么脸上，要么脚上不是捆绑了纱布就是挂了吊针。肖言书记俯下身子像慈母一样要么在他的脸上，要么在他的额上，要么在他的手上亲吻一下。

接着就到了李熊的病房，见李熊还在深睡，大家就退出了病房。肖言书记急切地问："这位战士头剃光了，脸色蜡黄，颅内不会有事吧?"说完又到医生办公室要看CT照片。

主治医生说："失血过多，颅内有轻微脑震荡，当心颅内出血，待CT出来后再作决定。"

书记的亲吻、关心似和煦春风，滋润着官兵的心田，被感动得热泪盈眶。黄铁强哽咽了一下大声地和战友们说："书记、市长的关心代表着党的关怀和信任，代表着人民群众的期待，我们一定好好工作，不辜负书记、市长的希望，请书记放心，请市长放心。"拳拳之心溢于言表，躺在病床上还信誓旦旦，彰显了新时代人民消防人精神的无畏和无怨无悔，让所有的人为之动容。

当晚，楚洲电视台等几家媒体相继作了详细报道。当然，同样报道了书记、市长到医院看望受伤的消防官兵并亲吻他们的场景，一时间楚洲家喻户晓。

过来几天，市立医院黄铁强的病房走了一波人又来了一波人，从相关单位来看望慰问的人络绎不绝，他们带着人民群众的深厚感情，怀着对人民消防子弟兵无比崇敬的心情，以不同的形式慰问这些受伤的消防官兵。姚志强、罗贤阳、叶红花几个人在医院忙个不停。

市第一中学袁思慕一行，在老师的带领下也来到病房，他们站在病床前，首先为他们行学生礼，然后就为每人献花，接着袁思慕、桑格花两位学生为他们表演了诗朗诵，陆倩倩、贺思寒演唱了《我们是共产主义接班人》。

这帮学生刚走，市保险公司工会主席孔孟阳带着财务部谢丽日、业务部何艳珊，还有理赔部的席德行三位经理到了医院。他们一脚踏进病房，见满屋子的鲜花，孔孟阳愧疚地对姚志强说："对不起，我们来晚了。"

姚志强就代表支队，代表受伤官兵热情地说："谢谢你们，你们太客气了，这是我们应该做的。"叶红花就给他们每个人递上了一瓶矿泉水。

孔孟阳还是自责地说："你看，满屋子的花，这么多人来了。"接着就喊两位美女献花。他们也带来了花，五束插花由很多个品种组成，有代表早日康复的康乃馨，有代表纯洁的百合，还有代表圣洁、热烈、爱情的玫瑰花。玫瑰花含苞欲放，点缀在插花中央，鲜艳夺目。罗贤阳一一介绍这些官兵，他们就一个一个献花，来到黄铁强床前时，黄铁强猛地一下将身体坐正，举起刚刚还插着针头的右手给他们行军礼，引得谢丽日、何艳珊"咯咯咯"的笑弯了腰。

第四章
滚滚红尘，
哪句话是真，哪句话是假

曾思春同样和见两位日本小姐一样，深深地坐在沙发里，微闭着眼，似睁非睁，待两位小姐用一种甜美的声音问客人好时，微闭的双眼才随之睁开，接着两眼就泛绿光，手不由自主地摸了摸嘴巴，当心口水又流了出来。

二十九

离开王纪元办公室，瞿总并没有直接回到环洲城项目部自己办公室，而是叫了马总几个酒肉朋友喝酒泡桑拿去了。在桑拿按摩室，瞿总一边色眯眯地盯着按摩女那条深深的乳沟，一边和马总说："这些时间压力特别大，只想放松放松一下。"

马总说："什么事能让瞿总有压力，要不我们向曾老板汇报汇报。"

瞿总说："哎，汇什么报，到时再说。最近被消防队盯上了，消防队的水枪老在我那环洲城工地扫来扫去，烦死了。哎，你那米粉帮怎么样了？"

马总说："烦什么烦，你也把你下面的水枪拿出来扫一扫，泄泄压，不就不烦了。"说完就发出淫荡的笑，并没有说他米粉帮的事。

瞿总一脸认真地说："我们先说点正经的，你说向老板汇报，怎么汇报好？"

马总圆滑地说："这一方面你是我的师傅，我还为进不了啤酒帮要找老板评理呢。"

瞿总不无责怪地说："你这副德性，人心不足蛇吞象，老板扶持了你的米粉帮你还要进啤酒帮，那我怎么着？你们是一本万利，只收保护费，悠闲自在着呢，兄弟我每天辛苦得要命。"

马总就嬉笑着仗义地说："别你们你们的，我们兄弟还分什么彼此，要不你也来一份米粉，你想要多少股就多少股。"

瞿总很有兴趣地问："业务现在开展得怎么样？"

马总就声调八度地说："那当然好，全市几十家米粉生产厂家没哪家敢不听的，不听老子就这样。"马总就做了一个白刀子进红刀子出的杀人动作，丝毫没说也有顶着不买账的，生怕损了自己的面子。

瞿总就好奇地问："啤酒瓶帮那个黑鬼怎么样？"

马总就愤恨地说："被黑鬼独吞了，全市没有谁还敢收一个啤酒瓶，啤酒厂也不敢进任何人的酒瓶，老板铁了心在帮他。原来说让我进的现在又不让我进了，你说是不是要找老板评评理？"

瞿总就严肃地说："评什么评，各负其责各司其事，你做好你的米粉帮，黑鬼管好啤酒瓶市场，我还是做我的。我们要成三足鼎立之势，成众星拱月之态，把我姐夫推到更高的位置，当了大书记再当省领导，当更大的领导，到那时我们也算得上是皇亲国戚，多威风啊！"说完就哈哈大笑，按摩小姐听得心花怒放。

马总不无敬佩地说："瞿总，瞿大哥高见。我们要紧密团结在曾书记老板周围，努力开创新的经济增长点。你快去减减压，把下面的水枪拿出来也扫一扫。"

瞿总又色眯眯地对按摩女直白地说："你帮我泄泄压，我直接给你小费，不上单，摇头同意，点头不同意。"苍蝇不叮无缝的蛋，经常涉足于这类场所的瞿总，一眼就看出了这位穿着暴露的按摩女是可以出台的浪货。按摩女这时听瞿总这么一说，顿时更加心花怒放，将头摇得像拨浪鼓一样。心想今天真碰到行家了。马总也趁机要求换了包间，临出门时还说也要泄泄压。

几天后，瞿总来到施工现场对项目部经理段二浑大发微词说："参谋长！呸！算个屁啊！你到你的部队神气活现去吧！不识时务，不懂世务，还自个儿以为自己是什么角色呢！我们的业务归防火处管，真叫狗咬耗子多管闲事。"说完，飞起一脚，将自己的座椅踢倒。因不解恨还在倒了的座椅上又补踢了一脚。也许没踢得好，这一脚踢得自己的脚生疼，旋即就"哎哟！哎哟！"地单着一条左腿在原地打圈。

站在一旁的段二浑连忙扶着瞿总说："他不知道曾思春书记是你的姐夫这层关系吗？"

瞿总说："怎么不知道，那天专项检查时我特别抬出了曾思春是我姐夫，知道又怎么样？消防是现役编制垂直管理，团级干部的帽子是在省消防总队。"

段二浑参谋着帮拿主意说："不管怎么样，消防业务还是地方业务，业务经费还得从地方财政列支。对！有了，卡住消防支队，要你姐夫将招呼打下去，先卡住消防支队的地方经费这一块，让消防车没油烧，看他们还神气不！"讲到这里，段二浑发出"哈！哈！哈！"的大笑，仿佛哥伦布发现了新大陆，那笑声笑得淫荡，笑得不可一世。

瞿总愤恨地说：“你狗屁，笑什么笑，都是你这个畜生，偷工减料，以次充好，以假乱真，尽出些馊主意，你看到时我怎么收拾你。”

段二浑一脸事不关己的样子说：“先莫收拾我，先将这摊子事收拾好了再说。”

瞿总就自责地说：“你这个畜生，怎么收拾？按我自个儿看，也真他妈的太浑了，尽是一些水货。”

段二浑说：“唉，瞿总啊，都这个时候了你还说那些干什么，你现在可是有面子的人，不是过去跑江湖了，还攀上了一个市委常委的姐夫曾思春书记。这事，事先我是向你汇报了的，你说能省就省，这倒好，现在怪起我来了。”

瞿总说：“你妈那个巴子，我给你的材料款你他妈的全部送到夜总会按摩房去了，我要你省也不是这样个省法。”

段二浑说：“不是几次你也去了的吗，次次你还双飞。”

瞿总听这一说气不打一处来就骂道：“浑蛋！”

段二浑就油腔滑调地说：“我二浑，老板大浑。”

瞿总见这个平时百依百顺的段二浑今天好像还有一点不依不饶的样子，心想，和他耍了几次，小辫子还被他抓在手上了，弄得这时说不起话。再想想这个时候也不是内部争斗的时候，就换了口气说：“你看，接下来怎么办好呢？”

段二浑说：“找曾书记，卡住消防。”

瞿总说：“怎么找？我总不能说就是姐夫打招呼的那个消防工程用了一些假冒伪劣产品吧？”

段二浑说：“你聪明一世糊涂一时啊？当然你不能说我们用了伪劣产品，你可以添油加醋，对，添油加醋啊。说消防队污蔑领导形象，对，污蔑领导形象，就这么直白了说，不给你的面子，就是不给你姐夫的面子，不给你姐夫面子，实际上就是不给楚洲市委领导的面子。这个王参谋长胆子也够大的。”

瞿总说：“是啊，每次到消防支队办事哪个人不给我的面子，都给我的面子，有的表面上装大，心里还是蛮敬畏我的。只有这个王参谋长油盐不进，也不知怎么的，我一见到他双脚就发颤，就肃然起敬，不知道是什么原因。”然后就自问自答说：“也许就是他那双犀利的眼神和全身散发出来的那一股子正气。”

段二浑说：“这叫邪不压正。”

瞿总说："你狗屁，什么邪？什么正？邪正是没一个统一标准的，懂吗？"

段二浑说："刚才你自己说的。那你为什么脚发颤，因为你心虚，邪气重，见到王参谋长一身正气，两袖清风，不发颤才怪。"段二浑讲到这里，又若有所思地说："看样子这个王参谋长是有一点软硬不吃的味道。老板你得想办法，真的整改，拆除重新安装，那损失就真的大了，这还不说，没按合同验收合格，就会出现第二个问题、第三个问题甚至第四个问题。要不在你姐夫面前告他一状，让他下不了台。"

瞿总本想不理段二浑了，同他理论、与他商量自己给自己掉价。苦于现在一时又没有其他人可说话，后来听他一分析好像又有些道理，也就理了他："怎么告？告他消防工程检查发现了一些问题要求整改，刁难人啊？这家伙真的是软硬不吃，在当指导科长时，有一事求他帮忙，我就给他送过礼。"

段二浑说："对，就告他索拿卡要、收受红包礼金、破坏经济发展环境。"

瞿总说："问题是，他没收，也不要，像打架一样的。我当时索性将几瓶酒几条烟外加一个大红包往他那里一放，我还没有等他反应过来，一溜烟地跑了。事后，我听说他就以这个事为题，在他亲戚开的那个酒店，召集所有的服务员、管理人员、大厨们开了一个会，开展该收和不该收的大讨论。背着我，拿我当靶子，让他的亲戚员工受教育，看我的笑话。第二天他还真的给我送回来了。"

段二浑说："要不拿对付你姐夫的那一套对付他，让他也舒服舒服。我记得，当时你姐夫走到哪里就说到哪里的那句话，叫什么？哦，哦，记起来了。就是人的幸福快乐不是看你赚了多少钱，而是看你的生活质量高不高。有的人啊，赚了不少钱，当了一回守财奴，既没饱口福，也没饱眼福，更没有饱体福。老板，还记得不？"

瞿总说："哪不记得。当时，我往死里给他送钱，他只不过当了一个二传手，转手就交给我那个姐姐了。后来，我每天在琢磨着这几句话，终于在口福、眼福、体福上找到了文章。"

段二浑说："是的，就这么办，我看准行，每个人都有一个薄弱点的，找到了薄弱点就找到了突破口。再说每个人都有一些爱好，你分析一下王参谋长有什么特别爱好。"

瞿总说："现在是迫在眉睫，火烧屁股，那一套一时半会儿我看用不上。"

段二浑说："之前，你送礼，他不收，要么是送少了人家看不上，我看这回啊还是先使钱，重重地使，我看哪家的猫不吃腥。"

瞿总说："你妈拉个巴子，尽出一些让我破财缺德的馊主意。我看啊，还是啊，用我喂的这条狗，我这个姐夫去压！压！对了，用姐夫在本市的关系和地位对公安局，对消防支队，对支队长、政委施压，我看压比卡来得快，我就不相信，他谁的面子都不给。"

三十

城市的夜温馨而浪漫，一栋栋建筑物，一条条道路，在灯光的照射下流光溢彩，道路上依然车水马龙，人行依然步履匆匆，夜色阑珊处总有一些鲜为人知的故事。在市委住宅小区里，瞿总新买的那辆走私黑色高级轿车就静静地停在院内的一栋大户型楼下。

瞿总径直爬上三楼，轻轻一敲，门就开了。开门的自然是姐姐瞿花，而迎着他的则是姐姐闲来无事在家里养的宠物狗宾宾。宾宾是贵宾家属，智商很高，客人来得几回就认识，不吵不闹，还一股劲地往瞿总身上跳，要他抱。瞿总就很自然地将宾宾抱在怀里。开了门的姐姐没再招乎这个所谓的弟弟瞿总，而自顾自地在连着客厅的阳台上扭屁股健身。与其说叫姐姐倒不如叫阿姨，姐姐的年龄也是近五十了，只比自己的母亲少了十几岁。想必叫姐姐容易拉近关系，加之这个姐姐也姓瞿，叫起来也还上口，真的还能以假乱真，唬到了很多市里的局长什么的。瞿总就夸赞说："姐姐又在健身呢？我看你那身材已经够好了，简直就是魔鬼身材。"

姐姐一边扭一边说："今天不健身，明天看医生。今天不保健，明天养医院。找你姐夫又有事啊？"

瞿总说："对！对，要向姐夫汇报一些工作，要请姐夫出去一下。"

坐在沙发上的曾思春，眼睛一直盯在电视屏幕上，也不给瞿总打招呼。电视里是一档选美大赛，T 型舞台上二十位美女，身穿比基尼在走台，不时摆出一个个造型，搔首弄姿，肤色有黄色，有白色，有黑色。电视里不断地播出："这是莱河市对接国际大舞台，以政府搭台、文化搭桥、经贸唱戏而举办的一场国际性的世界选美大赛，小姐有来自美国、日本、德国、比利时、荷兰、俄罗斯的报名选手。这是我国改革开放以来为数不多的一场选美大赛。"瞿总看一眼曾思春，只见他额上微微冒汗，呼吸有点变粗，不停地在喝茶几上放着的茶水。而只见他每次又只是喝一点点，只是打湿了一点嘴唇，滋润一下咽喉和口腔。

瞿总心想曾思春已经是心猿意马、心花怒放了，也就毕恭毕敬地说：“尊敬的姐夫，劳您大驾了。”

曾思春不能不说是老手，更是高手，看了一眼夫人，又看了一眼这个瞿总说：“能不能不出去了？”

瞿总说：“姐姐有要求，家里不谈工作。”

曾思春又说：“明天办公室谈。”

瞿总说：“姐夫，不行啊，火烧屁股，到了办公室，您那可是门庭若市，我哪敢耽误您的工作。姐姐帮我讲句话咯。”说着，瞿总从包里拿出一沓百元大钞，当着姐夫的面塞给了姐姐。

在这一切向钱看的时代里，真是应了古人的一句话，有钱能使鬼推磨，瞿总功课做好后，姐姐就说：“小瞿有事，你能帮就帮他一下嘛！”

曾思春听这么一说也就顺从地立马站起来，好像又很不情愿地说：“真拿你们没办法，什么火急火烧屁股的事，在我们这个城市还有我火烧屁股的事！”

瞿总说：“不，不，是我火烧屁股。”

临出门时，瞿花问了一句：“今晚还回不？”

瞿总立马回姐姐说：“看情况。”

瞿花说：“不用看情况，回就回，不回就不回，免得大半夜的我又要起床开门，门不反锁我又睡不着，这个社会治安也太乱了。”

瞿总看一眼曾思春说：“姐夫，就劳你大驾，就不回好不？”也没等曾思春回答，瞿总便心领神会地说：“姐姐，你就好好休息，我和姐夫都不回了。”

黑色的轿车很快驶出了让很多人都向往羡慕的市委宿舍小区，像幽灵一般进入了建设大道向东快速驶去。一向喜欢开着大音量招摇过市的瞿总，今天恐怕有事要谈，加之，又有曾思春在车上，为此也就没有开音乐，车内显得静悄悄，坐在右后排的曾思春双目紧闭，闭目养神，也不问到哪里去，也不问具体事，一脸的城府。这也就是民间对曾思春编的四路句子调侃的一样，一天吃几餐饭不晓得，吃什么晓得；一天喝几餐酒不晓得，喝什么酒晓得；晚上在哪里睡觉晓得，和谁睡觉不晓得。这时的曾思春紧闭双眼在想，今晚又是跟谁睡觉呢！刚才的比基尼选美大赛，T型舞台上的世界性感小姐搔首弄姿，风情万种，不知不觉中嘴角流出了口水，信手抬起左手摸了一下嘴巴，摸得满手的口水。就在这时，一直在心里打了很久腹稿的瞿总说：“尊敬的姐夫，这次我出大事了，只有姐夫您才能救我。”

曾思春说：“你不杀人，不放火，有什么大事出？”

瞿总说：“说我跟杀人、放火没区别。”

曾思春说：“你就直说了是什么事，莫拐弯抹角的。”

瞿总说：“就是你亲自出面帮我拿下的环洲城消防工程，这次什么专项治理大检查，彭永德秘书长带队，检查我的这个工程，说不合格，还给我下达了重大安全隐患限期整改通知书。”

曾思春说：“我还以为什么天大的事，不就是一个消防隐患，整改完了不就得了。”

瞿总说：“尊敬的姐夫，我哪能整改得了，如果真的要整改的话那麻烦就大了。”

曾思春说：“什么麻烦？我记得这个工程中标不低，他们给我说，人家中标要减两百万，你中标不是还加了三百万吗？”

瞿总说：“是倒是这样。只是说这次整改要花三百万不说，还会影响整个环洲城的整体验收和开业时间，我担当不起。”

曾思春问：“是怎么回事呢？”

瞿总说：“都怪那个项目经理段二浑，出了一些馊主意，尽买了一些以次充好，甚至是假冒伪劣产品，一试水压、水管就爆，阀门就漏，消防一送电这里短路那里冒烟，还时不时地警报大作吓死人。”说好了要告王纪元一状的，这倒好，瞿总不经意间告了他的项目经理段二浑一状。

曾思春说：“这就是你的不对了，人家多给了钱你，事你得帮人家做好。这叫拿人钱财帮人消灾，做官的是这样，经商的也应该这样。这项目你讲起来难上天，我不给你拿下来了吗？”然后补充说：“这可是彭永德秘书长到深圳招商引资服务业中最大的工程项目，最高的楼盘。以后，你可不能说这个消防是我亲自帮你拿下的，懂吗？”

瞿总说：“尊敬的姐夫，这个请你一千一万个放心，我姓瞿的再蠢也不会蠢到那一步，打死我，我也不会乱说。”

曾思春说：“我还能够做什么？你的钱到哪里去了？”

瞿总说：“姐夫的意思呢？”

曾思春说：“姐夫没意思，你看着办。”

瞿总说：“他妈的，怪就怪那个段二浑，把钱交给他买设备，买材料的，他倒好每天跑到庆升四楼花天酒地，包场子，把工程款都用到嘴巴和鸡巴上去了。有时想想，好像真的是这样，所以也没多讲他，没想到给我捅出这么一个大窟窿。”

曾思春说：“这仅是一个方面，完整地说叫钱玩钱够刺激，人玩人才好玩，叫玩人、玩钱、玩工作。就像这个人玩人，它既包括男人玩女人，也包括女人玩男人，还包括大官玩小官，上级玩下级，时下还有富婆玩白脸，你不要以为只有男人玩女人。实际上，女人玩起男人来更疯狂，简直就是蛟龙戏水，翻江倒海，母狼叫春，让你既出精子又出银子。”被民间戏称为“三玩书记”的曾思春每每谈色就兴奋、激动，感慨之深，是一般人都不可想象的。

瞿总说：“尊敬的姐夫，今天晚上就让两条小母狼叫一晚上的春。”说着瞿总就从早已经准备好了的包里拿出一盒异蛇养生鞭酒送到曾思春手上。

曾思春看了看就明知故问：“这是什么意思，柳宗元的捕蛇者说是讲的永州之野产异蛇，很毒，触草木尽死，以毒蛇来讽刺当时的官吏，官府比毒蛇还毒，怎么还弄出来了一个异蛇养生了，真是商人的睿智和智慧啊。”

瞿总说：“这个异蛇养生鞭酒在当地都很难买到，销售非常好，听说被北京一家大公司垄断了，还经常断货。民间的歌谣是这样唱的：哎……永州是个好地方哎，山间田野产异蛇哎，异蛇是个好东西哎，泡酒三月长精神哎。喝了异蛇酒哎，男人撒尿不用手哎，姑娘少妇堂客们跟你走，跟你走哎。”

曾思春说：“你这是一个版本，我这里也听到一个版本，是这样的，男人喝了异蛇酒，女人受不了，女人喝了异蛇酒，男人受不了，男人女人都喝了异蛇酒床铺受不了，床上泼了异蛇酒大地受不了，你看这也太神乎了。”

三十一

既不怒也不怨的瞿花早已习惯了顶着市委常委、纪委书记头衔的老公的那副德性，嘴里没说，心里早已点了一盏灯一样，明白得很。知道这个同他生活了快三十年的丈夫就是一个衣冠禽兽，这一出去肯定又是干那裤裆里的事去了，放在家里的田不种，随他荒废。寂寞在家多年又被性冷漠在家独守空房的瞿花尽管有一些人在攀附、在讨好、在献媚，每天的时间也好打发；加之，又参加了市委机关宿舍女子左三圈右三圈健身队，日子也还过得惬意。

然而，终于有一天，瞿花从心中烧起一股报复的念头，要给这个同他生活了快三十年，专司党内纪律的纪委书记戴一顶绿帽子。于是，瞿花也就开始了猎奇，嗅寻着到她身边来的每一只猎物。她心里清楚，她这个半老徐娘又有市委常委、纪委书记丈夫的光环，一般人没这个胆，有这个胆的又看不上半老徐娘。不像男的人过五十五还能鼓一鼓，女人则是人过五十豆腐渣，哪个男的还能看得上你，除非你拿钱去养那些整天游手好闲，无所事事，尽喜欢耍无赖的小白脸。对于瞿花，尽管现在家缠万贯，毕竟曾经也是吃过苦，过过苦日子的人，又仅仅只是源于报复一下曾思春，更多的不是生理需要，要拿钱去养小白脸就有千万个不愿意了。然而，要找个人玩既不用花钱而又能够达到满足心理要求的成人游戏还真不是一件容易的事。

终于有一天机会来了，就是现在这个所谓的弟弟瞿总。别看他们姐弟相称，见面客客气气，而他们几年前就超出了姐弟关系，打了几年的肉搏战了。也就是几年前的那个晚上，瞿总不知道是谁介绍去曾思春家找他办事。不曾想，曾思春没到家，瞿总先到了，瞿总递过名片给曾夫人，正在捕捉猎物的曾夫人看过名片也就自报是本家，显得特别热情，瞿总见此巧合也就心里暗暗地高兴说："尊敬的书记夫人，您看怎么叫您好呢！以后还得靠书记夫人多多关心、关爱和帮助。您看，我们姓瞿的也太少了，楚洲市这么大，还找不出一个其他的人了。"

本来还想往下讲的瞿总，却被曾夫人将话打断了说："一笔写不出两个瞿字，我们五百年前是一家人，往后，你就叫我姐姐，我叫瞿花，其意是如花似玉，我就叫你弟弟，好不好？"两人也就一拍即合，从此以后也就姐弟相称了。

瞿总心想，这就是缘分啊！我算过命，看过相，都说命中有贵人相助，这不是来了吗？于是就向姐姐跪下说："请姐姐受弟弟一拜，从今往后弟弟将效犬马之劳，永远保护好姐姐，随时听候姐姐的指挥和安排，哪怕上刀山下火海，在所不辞。"

在当官的家里待久了的曾夫人，并没有急于去扶起瞿总这个刚刚自认的弟弟，而是正襟危坐在那里听瞿总把话说完了问："弟弟讲的能做到吗？姐姐可是当真的。"

瞿总连忙说："一定能做到，保证能做到，男子汉大丈夫说一不二。"

瞿花说："二十多年前曾干事也是这样跪着给我送的花，还不知道从哪个山坡田野上给我扯了几束野花向我求爱，不知弟弟今天要求什么？"说完没等瞿总回答，就弯腰去扶瞿总起来。不曾想，就在去弯腰扶瞿总的曾夫人一对还算丰腴的乳房从睡衣里挤了出来不偏不倚地落在瞿总的眼前，打在瞿总的脸上。这就是后来瞿花和瞿总每每做完那事后开玩笑说："那不是有意的，那是故意的。"

被瞿花扶起后的瞿总，心想曾夫人蛮骚，可碍于是第一次见面，又不能讲一些没有厘头的话，况且姐姐又认了我这个弟弟。来日方长，为稳重起见，体现认姐的真情，见机会成熟，连忙从皮包里拿出一沓百元大钞送到姐姐手上说："这是弟弟拜姐礼，请姐姐笑纳，不成敬意。"

瞿花说："都说同姓三分亲，你都拜过姐姐了，就是一家子人了，这个就免了，把这个收起来，我们家不缺这个。"

瞿总说："今天这个是拜姐礼，姐一定要收的，从今往后姐姐让我干什么我就干什么，弟弟就不给姐姐送银子了。"说完瞿总就将那一沓钞票放进了客厅那个红木茶几的抽屉里。曾夫人也心想这个弟弟上钩了，我让你干什么你就干什么，不送银子就送精子。这么一拜一扶也就为以后常来常往奠定了基础。

让自认为是少妇杀手的瞿总没想到的是，同姐姐曾夫人的关系发展得这么快。第二次在家见面时，曾夫人就问瞿总："弟弟，我现在要你干件事，你敢不敢?"

瞿总说："姐姐要我干的事，什么事都敢干，哪怕上刀山，下油锅。"

瞿花又说："告诉你一件高兴的事，等会儿你就放心地干，大胆地干。"

瞿总说："姐姐这里高兴的事多，姐姐讲的是我的事吧?"

瞿花说："昨天你姐夫到北京出差时和我说，环洲城消防工程，他已经和有关单位有关人说好了，让你放心，待他一周后从北京回来就签合同，要你好好准备一下，这是高兴的事吗?"

瞿总听曾夫人这么一说，心里甭提有多高兴，只想大吼一声或者跳起来欢呼一下，苦于在曾夫人家既不能跳也不敢吼，只好张开双臂，挺起胸膛在宽大的客厅里打起了转转。心想，跟踪了快一年的工程，眼看就要泡汤的工程，转瞬间又柳暗花明，真是贵人相助，想去抱抱曾夫人，可又不敢。可就是在犹豫之中，站在一旁的曾夫人张开了双臂说："过来，祝贺你一下。"心花怒放的瞿总一头撞进了曾夫人的怀抱，两人从拥抱到接吻，双方很快就进入了主战场。瞿总真不愧为情场老手，以迅雷不及掩耳之势就来了一个青蛙脱衣，抱着曾夫人就进了内间卧室，只听得一个在喘粗气，一个在哎哟、哎哟地叫。

今天，曾夫人看到瞿总将曾思春接走后，就连忙进浴室洗了澡，躺在床上静静地等待瞿总回来陪他。

三十二

黑色高级轿车一路前行，幽灵般地左转右转就来到了位于楚洲市东边的田心山庄。这里可是竹的海洋，人情的天堂，尽管已经是夜色朦胧，在七色斑斓的灯光照射下，还能分辨出竹的名称。有一团团相簇相拥、婀娜多姿的贵妃竹、斑竹、吊竹、团然竹，有青翠挺拔的舅竹、方竹，有苍劲翠绿挺拔刚强的井冈山毛竹。投资商选择这里，兴许就是看上了这满山的竹，这也就应了一句，宁可食无肉，不可居无竹的古话。竹给人的直接印象是坚韧、挺拔、修长、节节高，四季青翠，凌霜傲雪。有“梅兰竹菊”四君子和“梅松竹”岁寒三友等美称。竹者重节，节者为信，所以竹子代表重节、重信。

田心山庄，可谓是一个独立王国，实行会员制消费，是楚洲唯一一家私营会员制单位。哪怕你再有钱，你若不是会员想到这里消费也消费不了，必须有人介绍还得履行一些的表格填写，出示有一定分量的银行信用证明或者银行存款等一些手续后凭会员卡进入消费，会员带来的客人也得事先预约。

门卫是从省保安公司请的，威风凛凛，让一些人望而生畏，望而却步，而让那些有钱有会员卡的人可以在这里享尽人间荣华。

山庄由一栋主楼和多栋别墅组成，主楼装饰得富丽堂皇，金碧辉煌，专门用来接待客人，有餐饮、茶室、书画室、乒乓球、羽毛球、泳池、足浴、按摩、电玩、卡拉 OK、家庭影院。当然，还少不了干蒸、湿蒸、棋牌。这里也是每天最热闹的地方，在这里相互见面的客人彼此都相当热情客套，也许都知道来这里消费的客人不是千万富翁就是厅局实权官员，达官贵人。

别墅映衬在楠竹林中、栋栋独立而互不干扰。草皮里的户外音箱二十四小时都在播放着《今夜你会不会来》、《路边的野花不要采》、《茉莉花》等流行歌曲。

瞿总早已订好的 26 号栋别墅位于山庄的东北坡，一个 U 形地带，坐北朝南，居高临下，散步的人也很少到这边来，是静中取静的地方，四周青翠的舅竹散发着阵阵清香。瞿总径直将车稳稳当当停在 26 号栋别墅前，门很快就被服务员打开了，室内灯火通明、雅致温馨、空气清新、湿度温度适中，走进别墅的曾思春顿感耳聪目明、神志格外清醒，便没有急于坐下而是楼上楼下看了一个遍，接着步出别墅，站在平时供客人休息小憩的石椅石桌旁，眺望楚洲夜景，顿感心旷神怡并自言自语地说："夜色真美好，这一夜又将演绎出多少动情的故事。"

瞿总走近时正好听到曾思春这富有诗意的话并也就附和着说："但愿每一个故事都精彩而动人。"

曾思春说："这良辰美景，这婆娑竹影的地方就是出故事出文章的地方。"

瞿总说："是的，这田心山庄真的还有好几位叫什么来着，对，叫自由撰稿人、职业作家长期来这里包房，体验生活，寻找创作的灵感。"

曾思春说："到这里体验什么生活？怎么体验？"

瞿总说："尊敬的书记，这您就不清楚了，我就比你清楚。这田心山庄是一个万国园，各种文化、各种民族、各种肤色交汇在一起，往往能碰撞出很多火花，也往往能为那些作家提供很多素材。对了，这里还有外国小姐陪侍，国内小姐从本省到外省，从南方到北方的都有。"

曾思春不无感慨地说："爱江山更爱美人，美女你不爱啊？我看只要是正常男人，身体健康，都好这一口。不然，你叫我到这里来干什么？"曾思春心思就想到了男女上的事去了。

瞿总说："对！对！对！还是书记看问题看得全面，看得高远。我就好这一口，人家还都说我是少妇杀手，嘿，嘿，嘿。"一边讲一边放荡不羁地笑了起来。

曾思春说："我们共产党人最讲究的就是实事求是，邓小平同志提出了'实践是检验真理的唯一标准'和'摸着石头过河'的理论。对，还有'猫论'，归根结底就是实事求是，抱着石头过河也好，摸着石头过河也好，过了河，没被水冲走、淹死就是成功。不管黑猫白猫抓到老鼠就是好猫。你看，如果没有七八年的十一届三中全会，没实现农村土地联产承包责任制，到今天不知道要饿死多少人，还谈什么改革开放，还讲什么人权。"

瞿总说："书记就是书记，理论都是一套一套的。他妈的，想当年老子在农村饭都没得吃，成天到外面偷鸡、偷狗、偷鱼还偷蔬菜、瓜果吃，有时还想到杀个人煮了吃就好，真的要感谢邓小平。"

曾思春说："贫穷出盗贼，富贵思淫欲，实际上是人的需求层次的提升，从物质需要向精神需求提升。晚年的张学良将军还即兴创作了一首打油诗，叫自古英雄多好色，未必好色尽英雄。我虽并非英雄汉，唯有好色似英雄。"

瞿总说："过去农村没电，没有什么精神生活，一个月才能看上一次电影，真他妈的吃了饭就睡觉，睡不着就做那事，一生就生一堆的小孩，我爸就是这样，身体又好，我结婚生儿子了，老爸、老妈还在生，我最小的弟弟和我儿子一样大。”

曾思春说：“这也不足为奇，人都有七情六欲，关键是在那个年代，既不搞计划生育，也没有现在的五花八门，按摩院、发廊、夜总会、酒吧和那些各种各样的避孕措施，所以，怀上了就生吧。对了，你说这里有外国小姐？哪些国家的？”

瞿总说：“主要是俄罗斯的、越南的、菲律宾的。”

曾思春说：“有日本的吗？”

瞿总说：“好像有。”

曾思春说：“不能好像，你立马落实，感谢邓爹爹的改革开放政策好，我终于可以报民族之仇了，还是在自家门口报仇，耶！”说完还打了一个胜利的手势。

瞿总也恭顺着说：“为国报仇，为民族解恨，我操日本人的娘！操他祖宗十八代！”一对男人就在房间里脏话连篇。

一会儿领班就领着两个日本小姐过来了，坐在那里的曾思春摆出一副老气横秋、不可一世的样子，斜着眼睛审视着眼前这两位日本小姐。只见两位日本小姐都丑陋无比，女人不像女人，男人不像男人，相扑不像相扑，人矮腿短，一张很不中看的脸上长着一对无精打采的单眼皮，低塌的鼻梁下一对鼻孔向天长着，怎么看都烦人，气不打一处来，看来报仇无望了。于是就想骂也要骂几句，解解心中对日本人的恨。接着曾思春将茶几一拍呼地站了起来，指着两位日本人就骂：“我操你的妈妈，操你祖宗十八代，听得懂吗？”两位日本小姐吓得一惊，但还是微弯着腰，没有挪动双脚半步，说着曾思春听不懂的话，但两位日本小姐的点头就让曾思春心满意足，开怀大笑。接着再骂：“你们的，这个民族是一群畜生，会遭天打五雷轰！听得懂吗？”两位日本小姐同样在微笑在点头，还是在说着曾思春听不懂的话，曾思春同样很满足她俩的点头和微笑。接着，曾思春突然想起了两句日本话：“哟西！哟西！你们的八格牙路。”

这时两位日本小姐听懂了，就对曾思春说：“你的八格牙路，你的八格牙路。”

曾思春一听怒火心中烧，便大发雷霆喊：“你的八格牙路，混蛋！滚出去！滚出去！他妈的一堆废物，还想来中国赚老子的钱。”瞿总就将两位日本小姐叫走了。两个男人就在房间里高谈阔论，大发感慨。

瞿总说："他妈的，外国人就是聪明，曾经八国联军打我们，烧杀抢掠、无恶不作，抢走了我们多少财物，就连圆明园门前的十二生肖都抢走了。现在我们改革开放富裕了，又跑到我们中国来开无烟工厂，在香港还搞什么八国联军荷枪实弹肉体表演，变着法子赚我们的钱。姐夫的决策是明智的，这个钱也不能让小日本赚去了。我们应该在各口岸挂一个狗和日本人不得入内的牌子。"

曾思春说："都说三日不见而刮目相看，你这让我三分钟不见就刮目相看，小瞿你这观念很新，我们爱国，报仇解恨就要从每一件事、每一件小事做起，从各自的工作岗位做起，自觉抵制日货，加大自主产品的创新和开发。今晚，我看肥水不流外人田，你还是去找两个长得好看的姑娘来，我要好好给她们上一课，只要有利于民族进步，有利于社会发展，我们也要想办法走出去。"

瞿总说："依我看，国家富不富裕，关键是看赚了多少外汇，老百姓生活水平高不高。他妈的，老子把日本的钱都赚回来，以后将日本岛给他买下来，你日本就是我们中国的一个省。"曾思春笑了笑，顺手拿起桌上的签字笔在留言纸上写下了"同意"两个字。

一切安排妥当，瞿总就给曾思春说："尊敬的姐夫，请你好好体验生活，演绎出精彩、动人、浪漫的故事，明天早上九点陪你吃早餐。"说完将门轻轻带上一溜烟地开着车就跑了。等车子开出田心山庄，瞿总立马迫不及待地给瞿花打了一个电话。斜靠在床背上的曾夫人用他的第六感觉想，今天瞿总应该会来，这家伙也不是个家伙，好长一段时间没来了，几次给他电话总是推脱在这里出差，在那里谈合同。今天你是从我眼皮底下把我的丈夫接走干那裤裆里的事了，你不会再说有事了吧？有事回来就是事，要么看来也是嫌弃我这个姐姐了。

这时，突然手机响起，瞿花一看是瞿总的，心里一半是高兴，一半是犹豫，没有立马接听，认为要来的总会来的，不来接了电话反而烦。没想到手机又响起了，于是瞿花还是有些挡不住，就轻轻地喂了一声，只听瞿总说刚刚安排好，事情刚办完，立马就回来。曾夫人挂了电话，起床从酒柜里出取那瓶每天晚上要喝上一口的法国进口葡萄酒，又拿出两个高脚酒杯放在自家从没有用过的家庭吧台上，将葡萄酒杯倒上三分之一杯，让酒醒醒。

两个战场，打着同样的水枪肉搏战，不同的是一边是双飞，一边是单挑。

当然任务也不一样，目的也不一样。一边是情意绵绵，一边是慷慨激昂。

当两位一高一矮、一白一黑、一胖一瘦的小姐被安排到26号栋别墅时，经几番交代，两位小姐脸上始终挂着甜美的笑，显得乖巧而大方。曾思春同样和见两位日本小姐一样，深深地坐在沙发里，微闭着眼，似睁非睁，待两位小姐用一种甜美的声音问客人好时，微闭的双眼突然睁开，接着两眼泛起绿光，手不由自主地摸了摸嘴巴，当心口水又流了出来。又心想这个所谓的小舅子，这个瞿总有眼光，两个姑娘尽管高矮不一样，体型不一样，肌肤不一样，但怎么看，这两个都是最爱，仿佛曾经上过的那些小姐、同事、下属怎么突然间显得有些丑陋。

但是，曾思春并没有表现出特别的兴奋和激动，而是像公安派出所查户口身份证一样一一询问，姓什么，叫什么名字，是哪里人，今年多大，读了多少书，父母是做什么的，就差没有问是男是女了。如果问是男是女的话，想必两位乖巧的姑娘肯定会回答是人妖，会逗得道貌岸然的曾思春开怀大笑。

得知这两位十六岁的姑娘分别来自农村，家境非常贫困，都是为了供弟弟能读书上学而辍学出来务工营生。竟然还有一个姑娘，就是那个白净小巧的姑娘的老家离曾思春的老家只有几公里时，曾思春陷入了深深的沉思，半天没有讲话。反而，一双富有感情的眼睛泪水滚动，清水鼻涕流到了嘴角，随着沉思的加深，两脸颊也随即挂满了泪水，泪水和着鼻涕流到两腮也没顾上擦拭一把，顺其流淌。让两位小姑娘急得不知道怎么办是好，一个劲地叫先生，先生，怎么了？

从深思中拉回的曾思春说：“姑娘啊！你们这个年龄就是读书的年龄，是长知识的年龄，改革开放、发展经济都快二十年了，你们为了弟弟能读书而辍学，这是对改革开放政策的莫大讽刺，是一记响亮的耳光。难道我们的国家就不能实行初高中义务教育吗！他妈的！都口头上说教育是国家之根本，再穷不能穷教育，再苦不能苦孩子，他妈的！我们有措施吗？有行动吗？狗屁！没有！尽讲些好听的，只知道盖高楼，修广场，上形象工程，面子工程。他妈的！那个鬼还提出了什么教育产业化；一时间教育就是收费，上学就是交钱。文凭就是买卖，一时间各大院校卖文凭，就连我们的各级党校也是唯利是图卖文凭。俗话说，三代不读书就是一窝猪，这样搞下去，全中国人都变成猪，还谈什么创新，还谈什么市场的竞争就是人才的竞争，两位姑娘，你看我讲的对不对啊？”曾思春接连几句国骂，从中央一直骂到地方，仿佛是看破一切红尘。

那个高挑的黑姑娘说："先生，你说得太对了，我们家乡像我们这样的好多，好多，没读什么书，又没什么技术，我们女孩子只有搞性服务才是最好的职业。"

曾思春说："这都是你们自己愿意的?"两位姑娘点头说："自愿的。"

白净小巧的姑娘接着说："革命工作没有贵贱之分，只是分工不同，能够为男人们做点事，放松一下心情，我们既满足也高兴，我们总算是自食其力了。"

高挑的黑姑娘说："旧社会还给性服务工作者发证，每个地方还评选十大名妓，现在应该也要评。先生，你看我这身材，这腰，这胸脯，这腿哪一点比不上杜十娘，别看我皮肤黑了点但肌肤似玉，滑溜溜的，你摸摸。"说着走近曾思春抬起大腿，将一条修长的玉腿放到曾思春分开的两腿之间。曾思春心想这些不谙世事的姑娘，误入了人生的第一站，竟然被那些淫妇、雀九洗脑洗得如此干净，将性服务也同革命分工不一样扯到了一起。曾思春茫然一笑，心想现如今，上梁不正下梁歪。也就放弃了大慈大悲的泪和刚才感慨激昂的陈词，挡不住这两位天真烂漫，还不完全懂事的孩子的诱惑。反而，被两个姑娘的纯真谈吐，更加勾起了性趣，认为他过去和今晚所做的一切男女之间的事都不是一种罪恶，不是一种羞辱，而是市场经济发展的必然产物，是在献爱心，帮他们做生意，是扶贫济困，是促进就业，是送孩子读书交学费。现在各级政府不是要努力为人民群众创造更多的就业机会吗?这难道不是一个大市场?国外不是有红灯区吗?那个阿姆斯特丹还专门开辟了一条街的橱窗女廊，明码标价。想到这里曾思春不由自主地伸出了右手摸了摸姑娘的小腿，小腿肚，接着又摸到了浑圆的膝盖，大腿，感觉真的是润如酥，滑溜溜。突然，曾思春停下了抚摸，而是用左手示意白净小巧的姑娘到他的身边来，同样也用左手抚摸这位白净小巧姑娘的小腿、大腿。接着两只手一只摸一个，努力寻找这里面的微妙变化，体会这肌肤的亲切。

曾思春从深陷的沙发里站起，用总结的语气说："我非常赞成你们的观点，革命工作没有贵贱之分，只有分工不同，七十二行行行出状元，都是彼此的服务员，我服务你，你服务我，我想将来一定要给你们发证、给你们评级。好，我们做服务去。"接着他们三人就上了二楼。

三十三

在家等了一些时间的曾夫人，难以掩饰内心的激动和一些不耐烦，一会儿从卧室床上爬起步入客厅，一会儿又端起放在茶几上的驻颜养生茶小喝一口，一会儿看看立在客厅一角、古色古香、价格不菲的大闹钟，一会儿又来到酒吧台前，将早已斟好了的红酒晃了又晃，闻了又闻，还不时浅浅地抿上一小口，然后又回到卧室。

瞿总也是同曾思春一样是花心惯了的人，又是一个势利之人，哪有心思吊在一个半老徐娘的身上。平时也是无事不登三宝殿，所以也有一段时间没有来陪曾夫人了。今晚瞿总接走了曾思春，刚才又打了电话，说马上过来，但久等还没到。曾夫人望眼欲穿，躁动不安，又不想发脾气，担心影响了今晚的好事和心花怒放的心情。就在这时，一声清脆的叮咚门铃声，曾夫人再也没有用她那平时优雅的步伐，还谁啊、谁的问话，而是从床上一翻身，三步并作两步，用奔跑的速度冲向大门。

瞿总进门的鞋还没有脱，脑袋就被曾夫人掰了下来，风骚地、狂欢地、尽情地吻着，仿佛是久旱逢甘霖。瞿总见这架势也就顺势地弯下腰，低下头，夹在腋下的包，抓在手上的车钥匙，也就任其掉落在地板上，用双手抱住曾夫人的头，深深地吻着，充满烟臭味的舌头就伸进了瞿姐那渴望的嘴里。吧唧、吧唧的声音宛若婴儿躺在母亲怀里吸奶一样，幸福而满足。一直闭着眼睛的曾夫人，松开了抱住瞿总脑袋的双手，一边吻，一边摸摸瞿总的肩膀，一边摸摸瞿总的腰，又不由自主地去摸男女最敏感部位，得到答案的曾夫人就像熊熊燃烧的干柴烈火，怎么样也控制不了肆意放飞的欲望，也顾不得那斟好了的两杯红酒和选了又选、挑了又挑的《又见桃花开》、《今夜你会不会来》的轻音乐光碟的播放了，而自个儿一个青蛙脱衣，连体睡衣就从头到脚直接滑到了地板上，接着双腿一弯，满脸口水的嘴直接进入了主战场，使劲地吻着，吮着。瞿总也就一个劲地嗷、嗷地叫着，顺势倒在了地板上，一只手也就进入了曾夫人的主战场，使劲地擦，使劲地搐。顿时，曾思春家仿佛进来了两只狼，一只公狼，嗷、嗷地嚎，一只母狼，哎哟、哎哟地叫。

做完那事后，充满满足感的曾夫人还是按下了录音机的播放键，满屋子音乐环绕，气氛温馨。躺在床上的曾夫人和瞿总有点意犹未尽，丝毫没有困乏的感觉，而是相互调侃。曾夫人说："你这个弟弟，你看你多久没来了，让我想死你了。"

瞿总说："我做梦都在想姐姐，就是事太多，有点人在江湖，身不由己，请姐姐理解。"

曾夫人说："哎，你姐夫安排好了吗？晚上不会跑回来吧？"

瞿总说："亲爱的姐姐，这个请你放心，那个地方，世外桃源，空气清新，我安排了两个妹妹给他，他不死也得脱层皮，想回也回不来了，没有车。你看我这嘴，一开口就没关住风。"

曾夫人说："弟弟啊，你这个姐夫，晚死不如早死，不死早晚都要被枪毙了的。"

瞿总说："亲爱的姐姐，你快莫这么讲，莫咒骂姐夫，你看，没有了姐夫哪有你今天的荣华富贵，哪有我的今天。"说完侧身又亲了亲曾夫人说："我们还希望姐夫当大书记，当省长，当更大的官。"

曾夫人说："话是这么说，但我老担心啊！"

瞿总说："亲爱的姐姐，你一点都不用担心，依姐夫今天的身份，是专管别人的，哪个敢管他，今年是纪委书记，明年是市委书记，算不着哪天就成了省委书记呢！"然后就不无夸奖说："姐夫这个人有能力，政治水平高，忧国忧民，有理想有抱负有爱国精神，对，今晚他就要报民族之恨，那个日本小姐长得丑陋无比，最后骂也骂了一通才解了恨。"

曾夫人说："他玩玩女人也就算了，我忍着，反正这么一大把年纪了，玩也玩不得几年了。就是哪个人的钱他都收，矿老板的、犯罪杀人的、干部提拔调动的，就是自己家的至亲请他帮个忙也收好处费。"

瞿总说："当然要收，你不收别人也会收，你不帮忙，自然就有别人帮忙。这年头送钱、送物、送美女、送古玩都再正常不过了。他不送你不收反倒不正常了，变成另类了。再加上，姐夫要往上爬也还得要给大领导送，给北京领导送。不收哪来的送，靠姐夫手上的工资吃不了一餐饭，喝不起一瓶酒。"

曾夫人说："平平安安才是福，我们赤条条地来，赤条条地去，什么名啊什么利啊都是身外之物，人只要舒舒坦坦、快快乐乐、开开心心就好，每天提心吊胆，度日如年，心里难受啊。我想你姐夫就是不能自拔了，他喝酒，玩女人都是在掩饰内心的惶恐和不安。"

瞿总说："亲爱的姐姐，你对姐夫一定要有信心，一定莫想那么多，谁知道姐夫收了人家的钱财，天知地知，自个知，打死我不认账。"

曾夫人说："如果出个政策，自首者，坦白者，主动退赃者，一概不追究责任，还帮助保密，我看可以挽救好多干部，让一些人重新做人。"

瞿总说："现在一句顺口溜叫坦白从宽，牢底坐穿，抗拒从严，回家过年。领导干部受贿就和男女关系一样的，有了第一次，就有第二次，想自拔而不能。这就叫常在河边走，哪有不湿鞋，既然湿了鞋，干脆洗个澡。"

曾夫人说："你们这般男人啊，总让我们女人放不下心。"接着拿过瞿总的左手，左看看右看看，翻过来翻过去。一边看掌纹，一边还用手指在掌心比划着、丈量着。

瞿总开玩笑说："亲爱的姐姐，你帮我看看有几个老婆，有几个儿子。"

曾夫人说："从手相上看，你老婆只有一个，儿子有好几个，人就蛮花心。"

瞿总说："肯定花心，不花心我怎么睡到姐夫哥的床上来了。"

曾夫人就用手指甲扎了一下瞿总的指尖，痛得瞿总只想把手抽回，接着说："你生命线还是蛮长的，会长寿。"

瞿总就说："我看了一幅画，画得蛮有意思，提的那段话也蛮有意思，画上一个老头躺在椅子上抽着大旱烟，后面站着一个女人，旁边地上是一只母鸡带着一些小鸡在觅食，上方题词是左看是她右看是她，老婆一个，小鸡一窝。我就是一个老婆，肯定长寿啦！"

曾夫人听后开心地大笑说："说你长寿，你还蛮会找理由，担心你后面有小鸡一窝。"接着将瞿总的手举起来在眼前晃了晃，照了照说："弟弟啊，你的手怎么这么小，手指怎么这么短。"说完曾夫人就将自己的右手合到了瞿总的右手上，两人比手大小和长短，不比不知道，一比才发现瞿总的手还是大一些，手指还长了好大一截。这时，曾夫人脸上飞过一丝不易察觉的红晕。便翻身起床将斟好的两杯红酒端到床前，一杯自己端着，一杯递给瞿总，含情脉脉地说："你答应爱我一辈子的，不准反悔哟。让我们为爱碰杯，让我们为爱干杯，好吧?"

油腔滑调的瞿总心想，鬼才爱你一辈子呢！咱俩纯属逢场作戏，还指望爱你一辈子，做梦吧！而瞿总在举起酒杯和曾夫人碰杯时嘴里却唱着说："爱你一万年。"接着将这杯已经碰了又碰的进口法国红葡萄酒一饮而尽，让曾夫人感动不已，仿佛又找到了二十多年前初恋时的感觉，有了终身的依靠，便高兴地深深地吻了吻瞿总。曾夫人满意地接过瞿总的酒杯放在床头柜上，像小孩早晨起床后钻父母被子一样，一头就钻进了被子里，使劲地抱住瞿总。

第五章

艺高人胆大，
救人心更切

宝剑锋自磨砺出，面对错综复杂的形势，这群消防人厉兵秣马。志愿兵陈昌龙一个倒挂金钩悬在半空，让人到吸一口凉气；参谋长王纪元冒死开车撞墙，现场惊恐万状，险象环生。

保密的事连支队长也不给说，还得保密。

三十四

“加油！加油！加油！”鼓劲、助威的呐喊声在消防二中队上空回荡，挂在半空中的太阳笑眯着眼睛照着这些体形健硕、肌肉发达、汗水湿透了衣背的消防官兵。湿透的训练服紧紧贴在消防官兵发达的肌肉上，坚如磐石的胸脯一起一伏，左右两粒区别男女的肉疙瘩，像泡发了的黄豆将贴在肌肤上的汗衫微微顶起，紧裹的腹部透出一块块腹肌，健壮的大臂似乎要将袖管挤破，仿佛给人以力量和斗志，攻无不克，战无不胜。

王纪元乘坐的吉普指挥车开进消防二中队一刹那，李为民一声长长的口哨，操场上的全体官兵立正，面向吉普指挥车停车的方向。大家知道这是王纪元来了，这是支队专为他配的专车，这或许是工作的需要，这或许是消防这一职业机动性太强，不可预见的事太多。这或许也是领导者的智慧，在当下公车不能私用的大背景下，决定参谋长在哪吉普车指挥车就在哪，现场指挥部就设在哪。后来王纪元自我调侃说人在车在，车在人在，现如今可被这车绑架了。因此，社会上的人也就说，找王参谋长先找车，找到了车也就找到了王参谋长。

李为民报告说：“参谋长同志，城区消防中队正在进行技术、体能对抗赛，请您指示，报告人副参谋长李为民。”

王纪元指示说：“继续进行。”

李为民回答“是”后转身下达了继续进行的命令。

王纪元一言不发，严肃的面孔没有一丝笑容，径直地走向了点评台。来到点评台也不急于坐下，而是精神地站在点评台前观看对抗赛。顿时，整个操场气氛紧张了起来，都以为马上就会狂风暴雨、雷电交加。原来，所有人都不知道这事是司机小李在吉普指挥车的一番话让王纪元自导自演的。司机小李说：“参谋长，我给你报告一个情况。”

王纪元说："什么情况？"

司机小李说："你莫生气，我是在别人那听来的。"

王纪元说："有那么严重吗？有让我生气的事？"

司机小李说："我知道参谋长大人有大量，将军额上能跑马，宰相肚里能撑船。"

王纪元说："看来是蛮严重了，连小李都给我戴高帽子了，你这一套哪学来了，少废话，快说。"

司机小李说："他们说你眼睛大，眉毛粗，声音洪亮。"

王纪元说："这怎么了，这是爹娘给的，肤发受之于父母，懂吗？"

司机小李说："你一严肃，他们就怕，一怕就出差错。"

王纪元打了两个哈哈说："我有那么凶神恶煞吗？那不就变成鲁智深了。我等会儿就一本正经，一脸严肃，检验一下官兵的心理素质，怎么样？"没等司机小李回答就继续说："这帮兔崽子，就这个熊样，到了火场，到了救援现场、爆炸场，不比我的声音还大些，血腥的现场多恐怖，那不哭爹喊娘啊，两脚发软啊？不，不行！我们要培养官兵的心理素质，培养官兵的胆量，下次要搞一次野外坟山寻物训练，我看他们还熊样不。"

对抗赛项目设计还算合理，有单兵的，也有班级的，还有全中队的，有徒手的，有器械的，有基本功、有体能、有技术、有操作，还有战术的、指挥的、理论的。体能训练有翻越三米板障，和徒手抱、背、扛三种姿势搬运60千克、80千克、100千克人体沙袋至50米标示的安全区域训练塔下方，技能项目有现场结绳和鸡蛋上面切钢丝，还有现场业务理论提问。可谓是煞费苦心，有粗犷的，有细腻的，有理论的，还有实践的。

这是一中队对五中队的对抗赛，一中队的张虎挑战五中队刘狮。这里不仅要比速度、体力，更要比力量和技术，狮虎相争必有一败。站在准备线外的张虎和刘狮彼此也学着运动员的样，相互握手施礼，想必心里都在说，打败你！打败你！

看得出来，两人一回到准备线的各自位置就摩拳擦掌，压腿揉手，高耸的胸脯拍得梆梆响，还不时抡起拳头吼上几声给自己助威，释放一下压抑的心情。随着开始的口令下达，官兵们对抗赛现场气氛一下子就活跃起来了，加油声、呐喊声此起彼伏，一浪高过一浪。前面的项目两人都一样，仿佛就像一个人，50米冲刺只听得咚的一声，两人就贴着三米板障滚到了板障的另一端。拿起事先准备好了的汽油机无齿锯将放在五枚瓷盘上的生鸡蛋上的钢丝切断，这可是一个技术活，是一个细活。两人发动汽油机，都只一伸一缩一拉，汽油机无齿锯，就嘟嘟嘟地冒起了白烟，随着油门的管控，嘟嘟的声音，无齿片开始了旋转，速度也从慢到快，嘟嘟的声音也变成了喔喔一长串的连续音。十枚鸡蛋放在十个瓷盘内，静静地卧在那里，一动不动，不知是哪个调皮的器械员，还是有意安排，十枚鸡蛋分别用水彩笔画成了欢笑的、眨眼的、瞪眼的五花八门的脸，仿佛在说，谁敢碰我，碰我就炸，就哭，让你失败，让你好看。张虎和刘狮分别面对五枚鸡蛋上的钢丝，这时候感觉有劲使不上，下锯重了，蛋就会烂掉，下锯偏了，蛋就会跑掉。因此，既要找准下锯点，又要把握好锯速和下锯的轻重。

张虎和刘狮额上沁出了比黄豆还大的汗珠，努力压抑激动的心和扑通、扑通的心跳，仿佛两人又是同时瞄准眼前的鸡蛋上的钢丝下锯切割，仿佛两个鸡蛋都是同时从瓷盘内一跳而出，砸在坚硬的水泥板上，粉身碎骨。现场观看的二中队、三中队、四中队、六中队官兵就喝起了倒彩。一中队、五中队的官兵就喊起了“加油！加油！冷静！冷静！”的号子。王纪元全神贯注地注视着两人的一举一动，极力搜寻他俩动作上的失误和不规范的操作。

李为民满脸的汗水，站在王纪元旁边，不时弯起食指刮去额上的脸上的汗水，往地下甩。这恐怕是战训干部在训练场上，在火灾和事故救援现场总结出来的经验，习惯性的动作，担心将整个脸变成一张大花脸，用弯曲的食指，像汽车雨刮器片一样的将汗珠刮去。

“啪”又一枚鸡蛋从瓷盘内跳了出来，几乎两人又是同时，王纪元对李为民说：“允许犯错误，决不允许在同一个地方犯两次错误。”李为民说：“这帮兔崽子是猪都教熟了。”接着就吹响了口哨，宣布对抗赛暂停。王纪元不声不响从点评台走到张虎面前，伸手拿过无齿切割锯，向大家扬了扬，转身发动无齿切割锯，只听嘟嘟的两声，接着就是喔的一长声，鸡蛋上的钢丝就一分为二，再“喔，喔”一长声瓷盘里的另一枚鸡蛋上的钢丝又一分为二。顿时，现场响起了热烈的掌声。

李为民借此机会说：“看到了吗？看到了吗？平时多流汗，战时少流血，当兵不练武，不算尽义务。王参谋长指示，允许人犯错误，决不允许在同一个地方犯两次错误，在同一个地方犯两次错误的加一倍扣分，明白了吗？”

“明白了！”大家齐声回答了李为民的问话。

对抗赛继续进行，完成了鸡蛋上切割钢丝的张虎和刘狮在进行徒手搬运人体沙袋，观摩的战友们都在喊“加油！加油！加油！”也有个别有利害关系的对手喊出了“匡瓢!”“匡瓢!”反正对抗赛现场格外热烈、格外热闹、格外有戏剧性。

别看每人60千克、80千克、100千克的人体沙袋各一具，只搬运到50米的安全区域，看似简单，但这里面有学问，也还有技术。一则要将这三具人体沙袋看成是三个不能动弹了的人；二则要分别用抱、背、肩扛三种姿势完成作业任务；三则要贴近实战。这就要靠参赛人员动脑筋了，是先搬重的胖子呢？还是先搬轻一些的妹子呢？是抱重的还是背轻的？来回250米，计划不好就变成二百五了。

张虎选择了先抱轻的，最后扛重的，而刘狮的选择正好和张虎相反，先扛重的，最后抱轻的。显然，张虎很快就将60千克、80千克的两具人体沙袋挪到了安全区域救出了两人。而刘狮拿着这个100千克的人体沙袋怎么也上不了肩，刘狮将人体沙袋扶起，让他站好、站稳，然后，再伏下身子，弯下腰，一只脚插入假人两腿之间，一个半蹲将人体沙袋的右手搭在自己的右肩上，几次折腾，100千克的人体沙袋终于上到了刘狮的肩上，刘狮也就大步流星地将最重的、最难的人体沙袋背到了终点。接下来的80千克、60千克轻轻松松自然也很快地搬到了终点。

而张虎呢？因为是从轻到重，越背越重，就像雨天挑稻草，越挑越重，体力已经透支了，轮到最后这块硬骨头，感觉有一点力不从心了。但场外的加油声、呐喊声和中队干部战友那充满期待的眼睛，仿佛就一下子给了张虎无穷的力量，也同刘狮一样，一伏一弯一把将这个100千克的人体沙袋扛到了肩上，就在冲出终点的同时一个踉跄，两腿一软就被自己背的人体沙袋压在下面，半天没翻过身来。最后，比起刘狮还是慢了几步脚，对抗赛现场又爆发出了热烈掌声。

有些上气不接下气的张虎和刘狮一刻没敢停滞，连忙拿起事先就挂在训练塔下方的绳子，打起了双绳椅子扣，单绳椅子扣和捆扣、死扣，又套在三具人体沙袋上把他们一一吊起来。顿时训练塔下就好像多了六个人，还躺在绳椅上懒散地休息。

城区对抗赛还没开始，县、市消防中队就各自派出了技术骨干做刺探，王纪元知道这事后，认为这是城区和县市的一次很好的交流机会，也是提高战斗力的一种形式，便命令各县市消防中队分别组织三人组到市区对抗赛现场观摩，统一食宿。一般难得到楚洲市来两趟的官兵甭提有多高兴，都想借此机会到大城市见见世面，开开眼界。

对抗赛结束后，既要排名次，还要点评这些全国消防部队训练大纲上没有的项目，只能比较实践经验，加之，这次在对抗赛前明确提出了坚决打破以秒论英雄的新思路，要求所有项目、所有科目、所有动作都要符合实战的需要。

但是，凡事都得有一个评判标准，有一个尺度，有一个记扣分办法，加秒的理由，还得让人信服。口服还不行，要心服口服。为此，所有裁判员既拿了秒表卡表，又带了笔记录，负责摄影的一刻也没敢停歇，全程录制，生怕漏了一个动作而造成裁判不公。

对抗赛结束后并没有立马公布成绩，更没有公布名次，而是裁判员、点评人员、司令部的参谋，政治部门的干事，后勤部的助理、医生、护士，防火部门的参谋、工程师根据对抗赛的情况、现场录制的情况以及真实救援所想定的情况，一个项目一个项目地审评，一个单位一个单位、一组一组地评分，唯恐产生不公平、不公正、不合理；唯恐打击官兵的积极性和训练热情，没有起到对抗赛的作用。可谓认真谨慎，高度负责。

评分名次出来后，言国太代表楚洲市消防支队执勤训练改革领导小组、城区消防部队对抗赛组委会宣布了对抗赛结果。秦晋江、吕梁华、王纪元分别给获奖的单位和个人颁发了奖杯、奖旗、奖金和荣誉证书。在叫到刘狮领取三等奖、张虎领取二等奖时，刘狮举手抗议，拒绝领奖，并要给一个说法。刘狮认为张虎在徒手救人这一项目环节上要比他慢，其他内容都是同起同落，有一点想不通。李为民就拿起话筒说："你这个兔崽子，还抗议啊？如果是战场，我要处分你，给你三分钟时间，张虎救出了两个人，你一个人都没有救出来，说不定，你自己那条兔崽子的小命也会搭进去，你犯了一个战术上先易后难的错误，懂吗？都懂吗？大家都懂吗？"

"懂！"在李为民接连三个懂吗喊问下，大家异口同声地回答了问话。

刘狮也就愉快地领了奖。心想，这才是道理，应该是先易后难，我怎么犯了这样一个低级错误，上台领奖时还在用手死劲儿地抓自己的头皮，还特别走到王纪元面前敬了一个礼。因为，他们都清楚这些执行训练改革都是王纪元的思路和主张。

没有音乐，更没有欢庆的颁奖金曲，领奖活动很快就结束了。

接着就请秦支队长讲话，秦晋江开了一个头，讲了一些祝贺的话、鼓励的话和一些我们是人民的子弟兵这样的大套话就把话语权交给了王纪元，还煽动性地说："王参谋长是我们楚洲消防部队参加社会抢险救援的缔造者，是执勤训练改革的总设计师。让我们以热烈的掌声，隆重欢迎参谋长讲话！”现场又是一片欢呼声。

有些尴尬、有一些不情愿的王纪元没想到秦晋江会来这一手，真是变化大于计划，在这样大规模正规对抗赛现场，还是在这么严肃、庄严的颁奖现场，秦晋江估计一时语塞，找不到其他的词，就胡乱地将缔造者、总设计师的帽子戴到了王纪元头上。

恭敬不如从命，不管缔造者，还是总设计师，军人以服从命令为天职，讲两句就讲两句。参谋长一靠脑子，二靠嘴巴子，就是靠这个脑子想事参谋，靠这张嘴巴子发号施令。考虑到今天不是讲长话的地方，也不是讲长话的时候，大家都辛苦了，况且条令条例有规定，大型集合，首长队前讲话不得超过五分钟。为此，王纪元清了清喉咙，大声地说：“战友们！支队长要我给大家讲几句话，我们喊几句口号好吗？”

“好！”大家异口同声地回答了王参谋长的问话。

“我喊一句，你们喊一句，现在开始！齐心协力，牛气冲天！”

“我是最棒的，我是最好的！”

“人生能有几回搏，此时不搏何时搏！”

“武艺练不精，不算合格兵！”

“流汗、流血不流泪，掉皮、掉肉不掉队！”

“永不言败，永不退缩！”

“挑战自我，超越自我！”

“紧贴实战，为民解难！”

“摸爬滚打锻精兵，千锤百炼为人民！”

“刻苦练精兵，一切为救援！”

“喊得好不好？”

“好！”

对抗赛现场全体消防官兵高昂的口号，地动山摇，气壮山河，让恐怖分子吓破胆，让人民群众享太平，极大地鼓舞了士气，壮大了军威。

三十五

然而，也就在王纪元将口号领喊完，手机就响了起来，是支队指挥中心打来的。一接知道是在庆升宾馆有一对恋人闹分手，女方被男方绑架了，男方身上带了刀，还威胁要杀了女的，市公安局请求支援。

接完电话的王纪元和秦晋江耳语几句后，大声地通报了电话的情况，然后接着说：“同志们，谁英雄谁好汉，救援现场比比看。同时，考验我们的时候到了，平时我们训练飞檐走壁，今天是该让你们露一手的时候了，我们不要辜负市委肖言书记对我们消防尖刀的希望，宝剑要出鞘，愿意参加解救人质绑架的请举手！”

“唰”的一下对抗赛现场全体官兵举起了手，就像千手观音。

见此情况，王纪元现场点将，命令说：

“刘一民！”

“到！”

“陈昌龙！”

“到！”

“张虎！”

“到！”

“刘狮！”

“到！”

“李熊！”

“到！”

“命令你们五人乘坐一中队救援车支援庆升现场，解救人质！”

“是！”五人异口同声回答。

“高大伟！”

“到！”

“命令你中队出动一个特勤班支援庆升现场！”

“是！”

“出发！”

领受任务的官兵，随着王纪元一声出发的命令，登上特勤消防救援车，一路风驰电掣，直达庆升宾馆。

庆升宾馆位于市中心最繁华地段，涉外五星级宾馆，这里每天车水马龙，东南西北的、天南地北的人川流不息，熙熙攘攘，热闹非凡。今天庆升宾馆四周戒备森严，警察把守，交通管制。先于消防到达的公安和内卫武警在警戒线内焦急地走动，不时有几个人碰在一起也许是商量一些对策和处置办法。

宾馆内也不时有公安和内卫武警进进出出，一辆警车停在马路中央，不时地对十六楼的窗户里喊话。楼道里站满了荷枪实弹的公安和内卫武警，只差没有取出室内消火栓接上水带水枪了。随着王纪元的吉普车和随后的两台特勤消防救援车的到来，现场的人们仿佛松了一口气，马建功走下指挥车向王纪元敬了一个礼，王纪元回过礼后，就一把将马建功拉到一边问起了情况。

原来是一对热恋中的痴男怨女，在十六楼开了房，女方提出要求分手，白衣男子趁机买了一把藏式尖刀就绑架了曾经的女朋友，现在是破门不能，救人无望，狙击手没有据点，要么距离太远，要么目标太大。了解了情况的王纪元带领李为民、罗贤阳和本次对抗赛个人全能冠军陈昌龙和张虎、刘狮、李熊，首先勘查了救援现场一楼的地形，然后对一旁的马建功说："为防万一，要在十六楼窗户下准备一些防跌落的防护措施。"

马建功说："你认为怎么做好？"

王纪元回答说："市局有高空救生垫吗？"

马建功说："你们消防都没有，市局就更没有了。"

王纪元说："那请你安排庆升宾馆拿一些棉被垫在地上，越多越好。再请你安排一些公安民警扯几张床被单站在下面，以防万一。"然后补充说："这是没办法的办法。"

马建功问："然后呢？"

王纪元问一直站在旁边的武警内卫支队罗参谋长说："你打算怎么办？"王纪元就来了一个二传手。

罗参谋长回答说："飞檐走壁可是你们消防的看家本领。"

王纪元说："老同学啊，你关键时刻就给我们消防戴起高帽子来了，你们好临阵逃脱。"然后，换了个口气说："我看，要不这样，我将一台消防车停在十六楼窗户的正对面，辛苦老同学安排几个人将庆升宾馆大厅的整容镜抬到我的消防车上，将镜面朝向十六楼窗户，你的狙击手就藏在整容镜后面，伺机而动，怎么样？"

罗参谋长嗯了一声说："这样好，我马上安排。"敬了一个礼就安排去了。

马建功说："我们还能做什么？"

王纪元说："你们之前怎么办的还是怎么办，我想我会安排一名战士从十七楼凌空进入十六楼救人，制伏那名男子。我们上十六楼、十七楼看看去。"

整个楼道、电梯口、楼梯间都站满了人，绑架人质的 81606 铁门紧闭反锁，门内不时传出女人的尖叫声、救命声。王纪元一行在服务员带领下打开了位于十七楼的81706，经仔细察看房内的设施设备，然后就对李为民和陈昌龙说：“就在这个房间固定救生绳，利用我们这次改正了的滑绳自救法，进行二级跳，从十七楼进入十六楼，怎么样?”

李为民说：“有一些难度，陈昌龙应该没问题。”

王纪元问陈昌龙，“怎么样，有没有问题？有把握吗?”

陈昌龙说：“参谋长，二级跳没问题，一对一没问题，问题是我在十七楼看不到十六楼里面。”

李为民说：“你蠢啊，你看到没，刚才参谋长已经安排人搬镜子去了，等会我们从镜子里面看十六楼，照准了，一级跳到十六楼窗口的檐口上，二级跳进入十六楼，要一脚将那位白衣男子放倒。”

消防车悄无声息地开到了81606窗口的对面，稳稳地停在那里，没有任何举动。白衣男子丝毫也没有看出消防车上有什么玄机，注视了一会儿，也就没有再去想消防车的事了。随着几名便衣悄悄地爬上车顶，一会儿就在车顶上支起一面大镜子，随之81606房内的一切就暴露在了这镜子里面。

王纪元说：“镜子已经放在消防车上了，你仔细看看，管不管用?”

陈昌龙定睛看了看说：“凑合着吧。”

王纪元说：“要快、准、狠，必须一举将那白衣男子拿下，确保人质的安全，确保自己的安全。李副参谋长，你带领刘狮、李熊到81606做好破门而入的准备，上下合应。为确保万无一失，先找一扇门模拟一次，罗贤阳、张虎留在上面。”

王纪元接着要求说：“一是要将绳子固定牢实，注意检查救生绳本身的安全，固定点要绝对可靠，固定好后，要叫几个人试一下；二是要听从指挥，没我的命令，严禁擅自行动。”王纪元接着就一一交代，反复交代，生怕发生意外。

庆升宾馆十六楼81606窗户里气氛异常紧张，一把雪白的藏式尖刀始终顶在那位眉清目秀满脸恐慌的女人质的脖子上，白衣男子满脸杀气，拿着刀的右手背青筋一根根鼓起，不时面对窗户外喊：“给我准备一部车！给我准备五十万，我就放人，我要和她远走高飞。”那白衣男子有点语无伦次，一时说放人，一时又说要远走高飞这些没有理智的话，也不想想政府的钱哪是那么好拿的、那么好给的！

谈判专家手持扩音器，扯着个嗓子在喊：“放人不放人没关系，反正她是你的女朋友，你是爱她的，我们为你准备了车，钱也为你准备好了，只要你们现在开门出来就好。”

听到喊话的白衣男子，特别是听到你是爱她的那句话时，也许更加刺激了他的神经，不但没有安静，反而更加激动，对着窗外高喊：“我爱她，她不爱我，她背着我和别的男人去开房，我要杀了她，杀了她。”白衣男子稍一用劲，人质的脖颈上流出了一线鲜红的血。

被刺痛了的人质更加尖叫反抗，在不停地喊救命。人质越反抗，白衣男子越暴烈地吼叫，颈脖上的青筋胀得比手背上的还粗，胡乱地喊着送钱来，你们滚，我不要看到你们。人质的鲜血滴落在洁白的床单上浸出一大块血印。

谈判专家一时不知如何是好，转身问来到面前的王纪元：“你看接下来怎么好？”

王纪元说：“我看只能用缓兵之计，争取女人质的配合，要女人质说是爱那个男子的。”

谈判专家知道意思后，接着继续喊：“你俩都年轻，往后的美好日子还很长，你俩要冷静，不要意气用事，姑娘！我问你一个问题，请你回答我，好不好！”女人质就点了点头。

谈判专家继续问：“你是不是非常爱你的男朋友，点点头。”女人质就使劲地摇头。

谈判专家说：“姑娘，看得出来，你肯定是非常非常地爱你的男朋友，你男朋友也非常非常地爱你，是吧！点点头！点点头！”谈判专家一股劲地要女人质点点头配合一下，而女人质已经死心塌地不但没有点头，反而是将头摇得像拨浪鼓一样，还长长地冲出一句死也不爱的话。

顿时，十六楼窗口的气氛更加紧张，女人质随时有可能被白衣男子抛出窗外，粉身碎骨，随时有可能被白衣男子一刀子结束性命。看到这情况的王纪元立即下达了第一道命令一级跳，接到命令的陈昌龙，就不声不响地迅速完成了一级跳，倒挂金钩在十六层的窗檐上，一双眼睛死命地朝消防车上的大镜子上看。围观的群众看得心惊肉跳，倒吸一口凉气，都为陈昌龙捏了一把汗。王纪元第二道命令一下达，陈昌龙一个蹬腿飞跃进窗，不偏不斜地以迅雷不及掩耳之势将白衣男子踢了个正着。滚过一张床趴在了两床之间，就在陈昌龙取下保险钩时，穷凶极恶的白衣男子一个饿虎扑食将尖刀刺向了陈昌龙的心窝。陈昌龙顺势一滚，一个顺手牵羊让白衣男子跌了一个狗吃屎，尖刀深深地扎进了席梦思床垫。接着来了一个骑马扭脖动作，将白衣男子死死地压住，顺手拿起落在床上的安全绳来了一个五花大绑。在外配合接应的李为民、刘狮、李熊在陈昌龙进窗一刹那也破门而入，配合陈昌龙完全制伏了白衣男子，解救了女人质。

随着救护车的远去，围观的人们簇拥着陈昌龙从十六楼回到了一楼，几个不知道从哪里跑出来的美丽姑娘有的拿花环，有的拿花束，戴到陈昌龙的脖颈上，送到陈昌龙的手上，还抱住陈昌龙亲吻。有一点不好意思的陈昌龙抬头看见王纪元还站在吉普指挥车旁看着他时，便立马跑步到王纪元前报告说："参谋长同志，人质解救任务圆满完成，请你指示！报告人陈昌龙。"

王纪元下达了归队的指示，说还要敬他的酒。

围观的群众都笑说："这也算指示，这样的指示我也愿意接，有酒喝。"

另一围观者说："人家都是真本事、硬本事，你这个熊样，要你往上面一站，再往下面一看，吓都吓死了，人家还可以倒挂金钩。"

一场对峙了三个多小时的人质绑架案，经楚洲消防队这么一个凌空进窗、一个徒手夺刀，一切都回归了平静、安详、幸福。

三十六

秦晋江接到曾思春秘书打来电话的时候，正和王纪元、朱敬慕在天豪宾馆火凤凰夜总会火灾事故现场勘查火灾原因。满脸的汗珠，黑糊糊的双手，电话是司机小刘接通后拿着电话贴着秦晋江的耳朵接听的，接电话时声音很大，"哦，孙秘书啊！我在火灾救援事故现场搞调查啊，曾书记有什么指示？你说！"

电话那一头孙秘书一身上白下黑的着装，一副近视眼镜架在鼻梁上，用摆在桌上的一部乳白色的程控电话说："曾书记要约见你们消防支队业务负责人。"

秦晋江问："什么时候？"

孙秘书回答说："就现在到他办公室。"

秦晋江用半开玩笑半当真的口气说："现在吗？现在不行！约见，约见，约了才见，一约就见来不及啊！请你问问曾书记事情急不急，看改在明天怎么样？"

孙秘书说："不行，书记很严肃地和我说的，要我通知你的。"

秦晋江说："要么，我就安排一位部门业务负责人过来约见怎么样？哦，对了，请问曾书记指的是哪个方面的业务负责人。”

孙秘书问：“你们消防有哪些业务？”

秦晋江又调侃着说：“孙秘书好官僚啊，我们楚洲消防部队到今天有灭火救灾、抢险救援、防火监督三大任务，也就三大块业务，不会是昨天的这场特大火灾事故吧？”

孙秘书说：“应该不是，你们防火监督是干什么的，负责哪些方面？”

秦晋江说：“孙秘书啊，看来我们的工作没做好啊，消防的自我宣传力度不够，平时给领导汇报得太少，总是约不到见不到，没有引起领导的重视。防火监督业务就是依法监督指导机关企事业单位遵守各项消防法律法规，确保国家和人民生命财产的安全。”

孙秘书说：“那就要这一块业务负责人来吧。”

接完电话的秦晋江用审视的目光看了看这满目疮痍、断壁残垣的火灾事故现场，满脑子又浮现出了昨天这场惊心动魄、官兵英勇顽强的灭火救援场景。心里又在想，是什么事呢，竟然和市委常委、纪委书记联系上了。约见，什么事，什么人不都是约了再见，是组织约见，还是个人约见？如果是组织约见的话，应该由市委办或纪委办给我们通知，怎么要秘书通知呢？想到这里，秦晋江有些释然，就在心里自言自语地说：“不管他，曾书记一向是不按游戏规则出牌的。”

王纪元见接了电话的秦晋江满腹心事，就不无关切地说：“约见，怎么用上这么严肃的词呢？这难道是纪检部门的专业用词？”

朱敬慕就大大咧咧地说：“约见，约会吧！”转而就说：“我给你们讲过曾书记的笑话，当然我也是听来的。说的是纪委一名干部每天在外面花天酒地，回到家里就酒气熏熏睡大觉，夫妻生活全然不顾，计划生育指标年年作废。因此，这个干部的妻子就拿着准生证指标告到曾思春那里，要他帮助管教管教，你知他怎么说的？他说：‘市场经济环境下，男人白天有酒喝，晚上有奶摸，是幸福指数的提高，是身份高贵的象征，也说明我们纪委地位的重要，见官大三级，该喝的酒不喝也不对。’回头还补一句，‘这小子怎么了，我这把年纪了一炮就中，现在还有几个女的帮我怀着小孩。’说着看了看这个纪委干部的老婆，见有几分姿色，就毫无顾忌地说：‘要不我帮他完成指标任务？’吓得这个纪委干部老婆夺门而出，再也不敢参加他们内部举办的晚会、歌会、酒会、郊游及春玩等活动。后来民间还编了一段顺口溜，是这样的‘革命小酒天天醉，喝坏了党风喝坏了胃，喝到夫妻背靠边背，计划生育指标年年作废，老婆告到纪检委，书记说……’”

听完朱敬慕的这个笑话，秦晋江、王纪元两人却笑不出来，反而神情更加凝重。

秦晋江看看勘查现场的官兵，不无疑虑地就把王纪元、朱敬慕喊到一边说：“你俩分析一下会是什么事，这么匆匆忙忙地要约见。”

王纪元先开了口说：“我想十有八九是环洲城消防工程被要求整改的事。那个瞿总左一个曾书记是他姐夫，右一个曾书记是他姐夫的。”

朱敬慕不无鄙视地说：“姐夫，姐夫个屁，是姨夫。他平时约会约多了就生出一个约见来，看来领导还真会造词。”转而又说：“如果是这个事还是请参谋长去的好。”

王纪元说：“你是聪明一世糊涂一时怎么的？这个事你去好有退路，有问题往我身上推就完了。”

秦晋江听两位这么一分析用决定的口气说：“不说了，以不变应万变，纪元在这里，敬慕你就先去，如果是干部违规违纪的事就好好做记录。”

朱敬慕走后，留在这里的王纪元和秦晋江继续勘查现场，主要是进行内部勘查。秦晋江谦虚地说：“纪元这可是你的专业，我半路出家当兵，没经过系统消防理念学习，刑事勘查我还行，火灾勘查就是外行了。”

王纪元说：“支队长就别谦虚了，这和刑事勘查一个道理，异曲同工。”

秦晋江说：“刑事案件即使有意识破坏现场，也会留下蛛丝马迹。”

王纪元说：“火灾也一样，同样有规律可循，不是有一个烧猪验尸的典故吗？”

秦晋江说：“我们曾经在侦破刑事案件时，经常说除非用水洗了。这倒好，现在勘查现场不仅用火烧了，还用水洗了，不是专家还真不知道从哪里下手。”

王纪元说：“那倒是，消防这门实践科学，是一门综合性、多学科、边缘性的科学，需要博学多才的知识，需要综合性复合型人才，需要经验的积累。”

秦晋江说：“你在战训岗位和防火监督岗位上都干过，又有火灾调查、电气防火专业技术资格证，这就看你的了。”

王纪元谦虚地说：“我帮支队长打打下手还可以。这毕竟是具体业务，有职权分工的，完全不同于一个时期一个阶段的专项治理。”

秦晋江说：“我们要按照原因不清不放过，当事人和相关责任人没有受到教育处罚不放过，整改措施不到位不放过的三不放过原则查个水落石出。”然后又若有所思地说：“首先要清查原因，只有查清了原因才能从严处罚，对症下药抓好整改。你就不要推脱了，我们一起努力把原因查个水落石出。”

王纪元有点无奈地说：“支队长，我可没有推脱，我只是想这是具体业务，我中间插一筷子，知道内情的不说，不知道内情的以为我王纪元逞能。”

秦晋江坚定地说：“全楚洲消防部队是一盘棋，你参谋长什么都可以管，谁能说三道四，说东道西啊？谁说谁来。眼下我们楚洲消防部队我感觉还是缺乏一些火调方面的专业人才。”然后停了停认真地说：“你不上谁上，我陪你上还不行吗？”

王纪元就奉承着说：“和支队长一起查火灾原因让我也学点东西。”接着就接过秦晋江的话说：“现在的干部像走马灯一样的，一是难留住人才，二是不愿意学这个辛苦专业，三是怕得罪人。就像你我，说不定哪一天总队就安排我们转业了，学了这些专业又有什么用。要建立消防可持续发展机制，要与国际接轨，首先要解决人的问题，要贯彻真正意义上的防消结合。像内卫武警一样，军政主管一定是司令部参谋长出身，消防呢？消防军政主管应该要有司令部、防火两个岗位上工作经历，更应该是参谋长出身。”

秦晋江说：“你这不是在讲我嘛，我半路出家自己到今天为止都没闹明白，这是什么体制又是什么特色。仿佛组织上给我开了一个天大的玩笑，哪一天要我转业，还意味着再就业，再就业时我还能担任公安局长吗？”

王纪元开玩笑说：“这又不是你的错，这都是月亮惹的祸。”

秦晋江也就开起了玩笑：“这月亮早不出来，晚不出来，待我们这对恋人抱在一起的时候就从云层里爬出来了，偷看一眼就算了，还将整个大地照得雪白。”说完两人哈哈大笑。不知不觉中，他们也将整个现场看了一个大概。就在大家完成了初步勘查，一边休息一边讨论的时候，王纪元要司机小李从车上取来照相机，到刚才勘查时发现的一个重要特征的现场拍下了照片，取下了最原始的证据。

三十七

风风火火从火灾事故现场赶到市纪委曾思春书记办公室的朱敬慕，因为没来得及洗一把脸，脸上一道道白一道道黑，醒目而刺眼。曾思春正在和一个年龄不是很大的少妇一边喝茶一边打情骂俏。这时，见一位身穿中校武警制服英俊潇洒的军人突然出现在他面前，他连忙收起了那愉悦的笑脸，严肃地回到自己的太师椅上坐下。少妇也知趣地推开了里面的一扇小门一摇三摆地走了进去，不知那扇小门是通向曾思春的卧室还是走廊。

朱敬慕做过自我介绍后，从包里掏出一个笔记本放在桌上，就端坐在曾思春硕大的老板桌前的汇报椅上，手上抓着一支笔，目光就停留在曾思春脸上。

曾思春见这位处长一脸正气，非常认真，又似曾相识，但也想不起在哪里见过，两只小眼珠在玻璃镜片后翻来滚去，想必是在努力搜索记忆、想必在想先从哪里说起。

尽管心里对这位朱处长有点不识时务不请自进，有点不高兴，但现在毕竟是帮瞿总说情，总不能喊人家出去或发一顿火后再告诉人家环洲城消防工程不合格，还要请他高抬贵手。想到这里，老谋深算的曾思春为了体现市纪委的权威和地位，体现自己的尊严和城府就摆出一副关心的架势，露出一副甜美的微笑，又半天不发话，办公室就变得异常的安静，让人感觉有些毛骨悚然。沉默片刻后的曾思春用漫不经心的语调说："你们消防支队最近在忙些什么啊?"

听口气就是居高临下，当然纪委有这个政治地位，朱敬慕心里这么想，嘴里还是诚实地回答说："消防部队养兵千日，用兵随时，除了日常的工作任务外，主要是机动性任务多，比如灭火啊、抢险啊、救援啊、救助啊什么的天天都有。"

曾思春说："看来消防也是很忙的哦。"

朱敬慕回答说："是的，不可预见性的事多，什么时候有火灾我们就要去灭火，什么时候发生了灾难性事故我们就要去抢险救援，我们是二十四小时待命，全天候执勤。"

曾思春说："比 110 还要机动，还快?"

朱敬慕并没有直接回答他的提问，而是想了想说："消防从古到今，无论是在过去的旧社会，还是新中国成立后的新社会和现在的改革开放新时代，都是重要的民生工作。我们是武警现役制，有严格的条例条令做保障。"

曾思春问："怎么个保障?"

朱敬慕回答说："现在消防是现役制，从国防经费中解决了人头经费；灭火救援出动白天四十秒，晚上一分钟都必须登车出发，现代城市规划中七个平方公里都必须有一个现役消防队，我们消防机动性很强。”

曾思春想了想总结性地说：“这么说组织上有保证，制度上有保障，行动上有规范咯，看来消防规矩还是蛮多的。”说到这里突然问：“你们消防支队全称怎么讲?”

朱敬慕嗯了一声说：“我们消防支队是两块牌子，一个班子。一块牌子叫中国人民武装警察部队楚洲市消防支队，一块牌子叫楚洲市公安消防支队。”

曾思春说：“军队都有番号，消防有番号吗?”

朱敬慕想了想，曾书记尽问一些很基本很常识无关紧要的话，不知葫芦里究竟卖的什么药，今天猴急火急不是为了这些吧，这么一想也就没有急于回答曾思春的话，而是似开玩笑又似很认真地说：“有啊，叫楚洲某部 119 驻军。”

曾思春说：“哦，两块牌子，一个番号，还都有楚洲两个字。”

转了很大一个圈子的曾思春这个时候应该要切入主题了。然而，准备记录的朱敬慕等来的还是无关紧要的问话，甚至是关心老婆在哪里工作，儿子在哪里上学。曾思春还要孙秘书拿来一条毛巾，请朱敬慕去洗把脸。

朱敬慕不知道脸上在火灾现场占了便宜，留下一条条划痕，坚持不去洗。就说：“书记，我们有什么工作没做好，或者有官兵违规违纪，你批评就是，我们一定接受、一定改，我知道自己几斤几两。我是要脸的人，楚洲消防人更要脸。”

曾思春连忙说：“没那层意思，没那层意思，我看你脸上黑乎乎的像个大花猫。”说着就递给朱敬慕一面小镜子让他看看。

朱敬慕接过镜子照了照自己说：“没关系，我们习惯了。”还顺手在脸上又摸了一把说：“我们当兵的没那么多讲究，脸黑心红。”

曾思春问：“你这脸上的黑色怎么来的?”

接着朱敬慕就向曾思春汇报了昨天晚上天豪宾馆火灾情况。

三十八

天豪宾馆是楚洲市一家四星级宾馆，功能齐全，有餐饮、夜总会、客房、保健按摩、足浴、购物和写字楼。其产权归铁路部门所有，天豪宾馆经常以为铁路沿线服务为由，不接受地方消防指导和监督。

昨天，就在一些人醉生梦死，花天酒地，歌舞升平的时候，天豪宾馆火凤凰夜总会发生火灾，接到报警的市消防支队指挥中心，一边调集力量一边向王纪元报告。王纪元知道这个天豪宾馆是世外桃源，几次派人去制订灭火作战救援预案都被拒之门外。这个时候发生火灾势必会造成重大人员伤亡，于是就命令指挥中心加强第一出动。在调动责任区一中队的同时，调集了消防二中队、三中队、五中队和楚洲化工厂专职消防队共五支队伍，近两百名官兵。

王纪元是同一中队的消防车同时出发的，在离天豪宾馆还有一公里路程时，路上的交通就已经堵得厉害，任消防警笛怎么响，路上的车辆和行人就是不让。王纪元只好拿着话筒一个劲地喊："天豪宾馆发生了火灾事故，请你们让道，也许那里有你们的朋友、亲人、同学、同乡，时间耽误不起啊，时间就是生命啊，请让道，请让道。"

兴许是那些司机、行人听到了那里可能有自己的朋友、亲人、同学、同乡，这时那些横七竖八的汽车才给消防车让了路。王纪元就指示指挥中心通知交警全路段实行交通管制。然后就自言自语地说："今天怎么看不到交警。"

司机小李插话说："难怪一些群众说，哪里有交警哪里就堵车，不是哪里堵车哪里就有交警。今天这里没交警也堵上车了。"

王纪元严肃地说："不能乱讲。前面不是起大火了吗？"

火凤凰夜总会位于天豪宾馆负一楼，半地下室，一面是高坎，坎上是东西走向城市主干道八一路，坎下就是火凤凰夜总会。一栋简易的木质结构棚和火凤凰夜总会相连，室内还隔有更衣室、办公室、化妆室、沐浴室。一旁就是露天水泥停车坪。

王纪元到达现场时，现场哭爹喊娘，一片混乱，整个夜总会和停车坪连成了一片火海，大火一股劲地向一楼大厅、购物商场和二楼餐饮上窜，情况万分危急。

王纪元果断开启对讲机群呼频道下达作战命令："各参战部队请注意，我是007，我现在下达作战任务。一中队集中兵力在水枪掩护下救人；五中队从北面东侧进攻，分别负责楼道和一楼压制大火向上蔓延；二中队负责北面从西侧进攻，全面压制大火向上蔓延，将两台化学泡沫车开到南侧，负责扑救汽车坪火灾；三中队主要任务是组织官兵上到每一层疏散人员。化工厂专职消防队负责从西南方向组织灭火和供水。各参战部队各自占据东南西北市政消火栓，保证供水不间断。大家明白吗？"待各中队指挥员分别回答了明白后，王纪元强调说："各参战部队请注意，这起火灾现有五十余人被困，抢救出这五十多人，阻止大火向一楼以上蔓延就是最大的成功。为了五十多位人民群众的生命安全，我命令你们要与时间赛跑，各自发挥各自的优势采取灵活机动的战略战术，确保这五十多名群众能够得救。大家明白吗?”大家再一次回答了明白。

领受了任务的各参战部队按照王纪元的要求，各自占据有利地形，近二十台消防车将整个天豪宾馆围得严严实实，方圆一公里消防水带似条条深山里的蟒蛇鼓鼓囊囊不断地蜷缩着身子，向火场延伸给消防车供水。消防水枪、水炮拼了命地发出“噗、噗”的声音向火海射去。

王纪元就直接到了火势最大且又是唯一能救人出来的南面。炽热的大火，热浪翻滚，不时有汽车油箱的爆炸声。一中队消防官兵要冒着穿过火海的危险进入现场救人；化工厂专职消防队就架起了带架水枪，一边掩护一中队进入现场，一边又为二中队化学泡沫消防车供水。

先期进入现场侦察的刘一民和陈昌龙出来后向王纪元报告说：“这起火灾有点蹊跷，像我们灭火一样两面夹击，好像有两个火点，东西两头都在燃烧，五十多人被大火和浓烟围困在中间北侧的两个大包厢里；东面疏散通道堆满了物品又上了锁，现在已经被火堵死了；西面的火很大，向上的楼梯间已经是浓烟弥漫；只有南面这一个门，门内是候客大厅，现在烟和火都很大，并且上面的装饰物开始往下掉，怎么办？参谋长。”

听完汇报后的王纪元果断下达命令：“破墙救人，开辟第三生命通道。”就在大家去拿无齿锯时，王纪元发现这些窗户都是一些假窗户，用手使劲地敲了敲，这些窗户曾经也是窗户，装修时就用砖头砌严实了，也许是为了蒙混过关，也许是为了美观，还是做成了欧式窗户的造型。因此，就叫紧跟在旁边的司机小李将吉普指挥车开过来，然后就一把抓住刘一民问：“你再回答我一次，确认被围困的五十多人在靠里面的北侧包厢吗?”

“是的，确认。”刘一民肯定回答。

王纪元用手又拍了拍窗户问：“这窗户后面是什么?”

刘一民说：“小包厢。”

“有人吗?”王纪元再问。

刘一民说：“应该没人。”

王纪元说：“不能说应该，要确认。”

刘一民说：“我怕这里发生火灾，我自己悄悄地也来过几回，基本结构我清楚。”

王纪元说：“我现在问你这扇窗里面小包厢有没有人，要确认。”

刘一民摸了摸耳根，努力搜索着记忆，然后拍着胸脯说：“没有，肯定没有。”

浓烟被黑夜所掩没，只听得火灾的燃烧声，只看得见红彤彤的火光，就在王纪元他们几个人在进行交流时，一阵浓烟吹过呛得他们咳嗽几声。

得到肯定答复的王纪元就从小李开来的吉普车作战指挥板上画了一个平面布置图，一切搞清楚后，对刘一民一番交代说：“我开车将这扇窗户撞开，如果我光荣了你就用消防车将吉普车拖出来，一定要救出这五十多人。”

刘一民几乎哭喊着说：“参谋长，不行，太危险了！”

陈昌龙就报告说：“我上，参谋长，我驾驶技术好。”就要从小李手上抢钥匙。

小李狂吼着说：“别争了，我上，我有责任保护好参谋长。”说完就要上车，结果一把被刘一民拉了下来。

刘一民说：“你们都不能上，我上，这是我的责任区。要光荣也是轮到我光荣。”

王纪元抓过他们的手说：“你们还年轻，还没找老婆。”接着换了个口气说：“这里你们说了不算，军人要服从命令，谁再争处分谁！别浪费时间了，再危险，用我一人的生命换回五十多人的生命值。”

话音刚落只见王纪元一把推开他们，自己一弯腰钻进了驾驶室系好保险带，将车往后倒了倒，目光死死地盯住那扇窗户，然后一脚轰油门一手拉刹车，突然刹车一松，吉普车四轮同时发力，车头向上一抬，一头就撞进墙内，顿时撞开了一个大洞。气囊凸了出来，紧紧贴在王纪元的脸上、鼻子上。王纪元凭感觉趁发动机没熄火，又立马挂了倒挡，只听呼的一声，吉普车又从墙内倒了出来。王纪元就扯下贴在脸上的气囊，用手拍了拍腿，捏了捏手，发现没问题就跳下车喊：“救人！赶紧救人！刘一民，赶紧带上救生引导绳纵深救人。”

刘一民说：“没有救生引导绳，我们到支队领，还没领到。”

王纪元骂道：“王八蛋，就用安全绳吧，快，快！”

第三生命通道打开了，被困的人员每人拿着消防官兵递给的毛巾在消防官兵的引导下，一手捂着鼻嘴，一手扶住安全绳很快就疏散出来了，就连一位二百多斤的醉酒男子，也被几名消防官兵冒着生命危险救了出来，送上了救护车。

这次大火共造成一人死亡，烧毁各类大小车辆三十六台，直接经济损失五百余万元，五十六名被大火围困了近三十分钟的群众被成功救出，大火被死死地控制在负一层。楼上成立体交叉型的力量布置充分显示了强大威力，没有造成火势向上蔓延，保住了整栋大楼的安全，楼上近一千名群众被成功疏散。南面布置的高倍泡沫车和大功率泡沫炮成功地扑救了汽车火灾，为一中队抢救人命提供了外部环境，有效保住了一百二十余台各类大小汽车的安全，挽回经济损失亿余元。

当然，曾思春不会听朱敬慕这么长的汇报，朱敬慕也不会向他汇报得这么详细，况且，前面叙述的有一些是火灾之后二十天以后的事。朱敬慕也只是给曾思春简单汇报了一些时间、地点、伤亡损失情况的事。

聪明的朱敬慕知道察言观色，一是故意不经过孙秘书而是直接推门而入，试探一下曾思春的约见究竟塘有多大，水有多深；二是经前面一番不痛不痒的问话，想必这个约见就是个人约见与组织没关系，也就是王纪元说的十有八九是了难不是约见。想到这里朱敬慕在汇报昨天这起重大火灾事故救援时，特别突出汇报了建筑消防工程形同虚设，没有发挥作用和王纪元指挥的战略战术，以及开着吉普车撞墙的壮举。

然而，曾思春对这一切表现得毫无兴趣，想必他认为这起火灾放在整个楚洲大环境中比较，死五十多人算不了什么，烧塌那二十一层的天豪宾馆也算不了什么。当他听到朱敬慕汇报到这个天豪宾馆经常以服务于铁路沿线经济为由不接受当地政府、职能部门指导和监督时，这句话他听得明白、记得清楚，立马就问："怎么个不接受监督？"

朱敬慕说："规划设计时，市规划局和我们消防就没有批，因为这天豪宾馆一是离铁路太近，没有消防的火灾扑救平面，还直接影响到铁路行车的安全。二是距离八一桥太近，影响日后规划中的八一桥的扩宽改造。"

曾思春说："那怎么又建起来了呢，谁批的？"

朱敬慕回答说："这不得而知了，我想应该是铁路系统自己批的，说是铁路沿线红线范围内。"

曾思春说："昨天的火灾你们去干什么？要他们铁路自己去灭不就行了，让他烧塌了不更好啊，你们动用灭火器材可是我们楚洲财政的钱啊！"

朱敬慕回答说："灭火救灾，抢险救援，救死扶伤是我们消防人神圣的职责和光荣使命。"

曾思春说："好一个活菩萨啊！"

朱敬慕说：“对，我们王参谋长就经常说，消防就是活菩萨，救人一命胜造七级浮屠。”

曾思春好像突然想起了什么，关心地问：“哎，那个王参谋长自己人没事吧?”

“谢谢书记，王参谋长没事，他跳下车后还亲自组织救人。”朱敬慕回答说。

曾思春又说：“那就好，那就好，吉人自有天相，你们是菩萨，菩萨也保佑你们。哎！我问你，你们消防没有像铁路部门一样不接受地方领导吧?”

朱敬慕说：“我们人民消防听党指挥，一方面接受上级消防的领导，另一方面接受当地党委政府的领导，军人以服务命令为天职。”

曾思春说：“那就好，楚洲消防现在还有什么困难吗?”

朱敬慕说：“当前楚洲市委、市政府对消防工作高度重视，高看一眼厚爱一筹，多次专题听取消防工作汇报，今年开展的以遏制重特大灾害事故发生和消防参加社会抢险救援承诺，肖言书记、仁桂生市长两人共同亲自参加并发表重要讲话，解决了楚洲多年消防的历史欠账，极大地鼓舞了楚洲全体消防官兵的士气和斗志。要说有困难就是当前的消防执法环境较差，从一些个别领导到个别群众有一点不见棺材不流泪，对消防执法抵触情绪大。”

聪明的朱敬慕本想借此封了曾思春的嘴，没想到曾思春反而说：“消防执法既要有原则性，更要有灵活性，老百姓为什么反感?群众为什么有情绪啊?关键是火还没烧起来。我是市委常委、纪委书记，我讲话你听不听啊！我想你肯定会听的，是吧！”

朱敬慕并没有正面回答是还是不是，而是笑笑说：“我们人民军队听党的指挥。”用大概念替代了小概念。

曾思春就偷换概念说：“我是党员，是党的纪委书记，是不是党?”用小概念替代了大概念。

朱敬慕还是笑笑说：“我们人民军队听党的指挥。”

曾思春想想这个朱处长不简单，有水平有原则，在他口里要得到自己想要的答案看来不是一件容易的事，然后就顺着朱敬慕话说：“不仅人民军队听党的指挥，人民群众、工人、农民、知识分子、学生都要听党指挥，我们这个党是一个伟大的党、光荣的党、正确的党，是一个攻无不克、战而不胜的党。”

朱敬慕附和着自豪地说：“所以我在二十岁时就光荣地加入了中国共

产党。”

曾思春说：“你代表我向支队长、王参谋长还有政委及全体官兵问好，有时间，我来慰问大家。”朱敬慕也就一边说好，一边就起身向曾思春告辞，还特别敬了一个军礼。

正当朱敬慕拉开办公室的门即将迈出时，曾思春又喊住朱敬慕说：“铁路这个不服从指导、不接受监督的天豪宾馆，你们要抓住这次特大事故，要好好地整一整，该抓的人要抓，关他几个，看他们从今往后还敢不服从当地党委政府管不。再不，我们纪委出面查一查，你们消防先大胆地查，查火灾原因还出问题啊，出了问题我负责。对了，那个环洲城是市里前几年最成功的招商引资项目，是彭永德秘书长的功劳，消防工程你们消防要大力支持。”

朱敬慕折回后就再没有坐下了，笔直地站在曾思春面前听他说完了这些话，也没表态。心里真还想着要到现场调查火灾原因，勘查事故现场，核算火灾损失，追究相关人员责任，还要帮助制订防范管理措施和制度。听了曾思春最后两句话，心想谈了半天，着重点就是最后一句话，但又没直说。想必前一句是敲山震虎，后一句是看你们消防懂不懂味，灵不灵泛。

这起火灾的成功扑救和成功救援无疑是执勤训练改革，全员岗位练兵的重大成果。超强的灭火措施、独到的救援方法有效地控制了事态的发展，为维护社会大局稳定，促进经济发展无疑又是浓墨重彩的一章。

事后经楚洲的几家新闻媒体报道和专题节目的录制播出，消防这个和平年代最可爱的人，人们安全的守护神，现实生活中的英雄在楚洲大地深入千家万户。

多情的姑娘将一串串橄榄枝抛向消防警营。

三十九

“陈班长！陈班长！你有封信。”通信员见到陈昌龙喊。

陈昌龙问：“哪来的？”

通信员神秘地笑了笑，晃动手中的信封说：“内详。”

陈昌龙拿着这封信满脑子狐疑，心想这是谁写的信呢？只见秀丽的字迹工整端庄，名字后小小的括号内有一个让他心跳的“亲”字，难免一阵脸红。

他没有急于拆开信封而是将信塞进了裤口袋。

在一中队篮球场的尽头有一块不大的树林子，官兵们给它取了一个好听的名字叫“憩园”。因为地方不大，官兵们把这块地看成了宝贝，整理得精致美观，大方得体，有路、有亭、有桥、有水。几十年栽植下来，南方的香樟树已经长成参天大树，修长挺拔的银杏树直插蓝天，各种乔木、灌木相映成趣，相得益彰。可谓曲径通幽，闹中取静。

陈昌龙压抑着内心的激动，若无其事地穿过篮球场来到憩园。踏进憩园只见憩园尽头的石条椅上影影绰绰一个人旁若无人地在一边看纸上写的东西，一边自我陶醉地露出浅浅的笑。陈昌龙也不去理会，就径直向另外一个方向一张四人石桌走去，迫不及待地掏出裤口袋里的信，拿出小刀子小心翼翼地从封口处拆开信封。待展开信笺，秀丽的字迹再一次冲击他的视线，亲爱的称谓再次让他脸红。他一口气读完了这封信，不知是甜蜜幸福还是内心激动，满头大汗。

“龙哥，看谁给你写的信，满头大汗。”王洪波说完就要去抢着看。

陈昌龙将信藏在身后反问说：“你刚才在看什么，看把你笑的嘴巴都合不拢。”

王洪波并没去理会陈昌龙的问话而是在瞄准机会想继续去抢他的信看。一下、两下、三下，陈昌龙左闪、右闪没让王洪波抢着，两人就嘻嘻哈哈围着四人圆石桌打转转。

王洪波说：“龙哥，我正要找你呢。”说完就将刚才看的信交给陈昌龙，陈昌龙也就将手中的信交给王洪波。就这样两人彼此分享了情书的甜蜜。

陈昌龙细声细语说：“我听说二中队高队长担心承诺了参加社会抢险救援会找不到老婆。这倒好，连我们当兵的都收到爱情信了。”

“哪里啊！我听说高队长和三中队的黄队长都快要结婚了，一个是保险公司的，一个是财政局的，还是美女呢。”王洪波说。

陈昌龙自信地说：“女孩子肯定喜欢有事业心的男子汉，无论你是干什么工作的。”

王洪波问：“我们怎么办？”

陈昌龙说：“我们怎么办，有条例条令规定，能怎么办？”

王洪波无奈地说：“不得与驻地女青年谈恋爱，老家的女孩子都嫁人生崽了。你我都快三十了。”

陈昌龙坚定地说：“我们不能给组织添麻烦，不能给领导添麻烦。”

王洪波想了想接着说：“总不能让我们打一辈子光棍啊！”

陈昌龙说："这倒是句实在话，现在是市场经济，人流物流，人员大迁徙，我想这个政策也要改一改。"两人就你一句我一句的谈论着人生、爱情和工作。

王纪元同样收到了那几位姑娘的第三封信。信的标题是现实中的英雄。内容是这样的：

尊敬的王参谋长：

您好！这是我们第三次提笔给您写信，记得我们第一封给您的信叫梦想中的英雄。在生命中，我们希望有一位梦想中的英雄激励我学习奋斗。我写给您的第二封信叫心目中的英雄，我在电视里看到了消防军人英俊潇洒，雷厉风行的顽强作风。这次我给您写信就用现实中的英雄吧！英雄离我不远，英雄就在我们身边。当我们从电视画面中看到您义无反顾地登上和您形影不离的吉普指挥车时，倒退、前进、加油、轰隆一声撞向那扇窗户的时候，我们的心差一点从嘴里跳了出来，我们赶紧闭上眼睛，闭上嘴巴，不想让心从嘴里跳出来。然而，不争气的眼流下了眼泪，不争气的嘴还是咧开大嘴放声地哭了起来。当您又英姿飒爽地从车上跳下来时，接着那五十多人就在您用生命撞开的那扇窗而平安得救时，我们收起哭丧的脸，咧开嘴笑了起来，笑得开心，笑得快乐，一个现实中的英雄立马在我们脑海中形成。

这个现实中的英雄就是您，我们亲爱的王参谋长，您没有辜负我们大家的希望，没有辜负我们同学的希望，给您去了两封信尽管没有收到您的回信，仿佛石沉大海，但我们永远在关注着您的消息，我们全班的同学都在关注着您的消息。

尊敬的王参谋长，您知道在市场经济发展的社会，人们唯利是图，不择手段。过去的英雄离我们太远了，雷锋、邱少云、黄继光、张思德等等，他们仿佛不是我们这个时代的人，当然，本来就不是我们这个时代的人，而且他们已经离我们而去。市场经济条件下的现实生活中英雄还没树立，我们渴望有一位身边的市场经济、和平年代现实生活中的英雄的出现。您就是我们要寻找的，当之无愧的现实生活中的英雄。是您抢险救援的新思路，成就了千百万个家庭；是您的执勤训练大改革，成就了千百万条鲜活的生命；是您为群众解难担当，历经了千百万次艰辛，是您的义无反顾成就了五十六条鲜活生命的安全，是您灵活的战略战术保住了天豪宾馆几亿资产和上千人员的生命安全。您一句用我一个人生命换回五十多人的生命安全值的话语，从容不迫，真是撼人、撼天、撼地。这不是豪言壮语，这是朴实无华。

怎么这么巧合，五十六条鲜活的生命就让我想起了五十六个民族这首歌。但愿五十六个民族亲如一家，五十六条鲜活的生命之花开得鲜艳夺目，您的一言一行深深吸引着我，感动着我，激励着我，我们将好好学习，好好做人，以后好好工作，决不辜负您的感召力、影响力。亲爱的王参谋长，我们爱您。还是继续用您似曾相识的一群小女孩落名吧。时间就是深夜。

四十

天豪宾馆火凤凰夜总会特大火灾事故调查快一个月了，原因调查进展非常艰难。除核清了火灾直接经济损失外，围绕造成这次火灾的原因，可谓是调集了精兵强将，想尽了一切办法。几处有可能是这起火灾元凶的物证分别经几家消防科研所，分别进行影像、跟踪、离子分析后被一一否定。走访调查的对象也可谓是你问什么，他回答什么，没有什么破绽，几个有可能的犯罪嫌疑人也保证了随叫随到，配合得还算自觉。只有火凤凰夜总会老板仇杰不时发一下飙，说一些不着天不着地的风凉话，甚至还表现出一些不配合。

仇杰，别名仇冤头，个子矮矮的，身材还算壮实，说话一向油腔滑调，是靠走私汽车、家用电器，倒卖车皮发的家。这年头真是撑死胆大包天的，吓死胆小怕事的，逼死完全没有主见的。

仇杰经常穿着奇装异服，一根佛珠子般大小金光闪闪的金链子挂在脖颈上，一个大男人不时也在两只耳朵上戴上一副硕大的耳环，有时还剃光前额的头发在后脑扎上一条辫子，身上的文身从胳膊文到大腿，自认为很有个性，很帅。

用仇杰自己的话说，什么场面没见过，就是白刀子进红刀子出地打群架，动刀子；还是进入那些成人场所，什么都见过。他认为烧死一个人算不了什么，反正买了保险，管他什么原因不原因，保险公司赔就是了。

然后就自我炫耀说："当年，老子在走私汽车时，半夜三更要绕开公安的检查站，从沿海到楚洲要翻过一座大山脉，开头车的驾驶员发现一条大蛇横在路中间，一脚踩了一个急刹，后面的几台车都相继追尾，老子左脚被撞成骨裂，跳下车对开头车的司机就是一拳。"

一个连自己生命都不当回事的人，自然就更不会拿别人的生命当回事。平时，也时不时炫耀自己，对消防的调查也一千个不满。

一天，他终于惹火了党增华，党增华将抓在手上的一把门锁往地下一砸说："你再在这里七厘八厘的，我就凭你擅自在疏散通道上堆放物资，给防火门上锁，我先拘留你。要不，我告你破坏火灾事故现场，阻碍我们执行公务先把你关起来。"这下，这个连死都不怕的仇冤头终于闭上了嘴巴。

连续地走访调查、勘查取证，原因始终没有进展，几乎到了一筹莫展、举步维艰的地步，大家的心情都非常焦急和烦躁。

就在这节骨眼上，秦晋江来到王纪元办公室，有一句没一句地说："有权不用，等于没权。纪元是吧?"

王纪元刚从省里开会学习回来，一听秦晋江这话，一时不知葫芦里卖的什么药，也不去想太多，而是正面回答说："看这个权怎么用，如果这个权用在为人民群众谋幸福上，有多大的权就用多大的权。如果是用在小团体、个人利益上，我倒认为没权的好，否则老百姓遭殃，祸国殃民。"

秦晋江又说："有钱不用，等于没钱，有关系不用，等于没关系。"

王纪元心里开始有一点在打鼓点了，不知秦晋江讲这些话是些什么用意，但还是附和着说："这倒是，组织在于活动，资金在于流动，朋友在于走动，亲戚三年不走都只能是生命中的亲人，是没得选择的朋友。"

秦晋江接着又说： "有水平不发挥等于没水平，有能力不使用等于没能力。"

王纪元这时猜出了八分，但故意转移话题说："支队长，我帮你泡杯茶怎么样。上午喝绿茶排毒，下午喝黑茶刮油去脂，我们这些消防人每天和火灾、危险物品打交道，排排毒是最好的。"

秦晋江说："哪有问客杀鸡的。你早该给我泡杯茶了，有好茶还舍不得给支队长泡一杯，让我也排排毒。"

王纪元知道秦晋江在开玩笑，于是也开起了玩笑说："报告支队长，我这是犯了一个伟大的错误，那就要作一个光荣的检讨。"说完将泡好的龙井送到秦晋江手上说："请支队长审查检讨深刻还是不深刻。"

秦晋江装模作样的慢慢地嗅了嗅，接着又品了一小口说："深刻，深刻!我闻到了沁人的豆香味，品到了甜醇甘露般的滋味。嗯，是正宗的龙井。"

王纪元说："支队长好内行，豆香味是龙井茶的独到之处，其他的茶是做不出这个味的，也说明我这不是假的。"

秦晋江说："开玩笑，参谋长还有假的，还怎么发号施令，还怎么带兵打仗？我们消防队与火灾作斗争也是打仗，我们参加社会抢险救援也是打仗。"秦晋江也就故意将王纪元说的茶叶不是假的，说成参谋长不是假的，想必这里面肯定更是话中有话了，有意将话引入正题。

于是接着说："我准备过几天召开一个天豪宾馆火凤凰特大火灾事故原因分析会，请你参加。现在可是到了山重水复疑无路的地步了，这个原因查不出，我每天寝食难安。杀人案、偷窃案我破过无数，尽管有的案犯没有抓获归案，但我至少通过脚印、指纹痕迹、血液指标、现场作案工具，能基本知道罪犯的体貌特征，有几斤几两，胖还是瘦，高还是矮，穿多大码的鞋，手掌有多大。而这起火灾调查快一个月了，还是一头雾水。"

王纪元说："火灾事故原因的调查，确实在一定程度上要比一些刑事案件侦破起来难一些，真叫火烧了，用水冲了、洗了。我有时候也怀疑我们之前认定的一些原因不是真正的原因。群众有时候说，我们查不出其他原因了，就认定是电器线路火灾。"

秦晋江说："是啊！我们要对历史负责，对人民群众负责，对国家负责。"

王纪元接着前面的话说："电器线路造成的火灾，尽管在整个火灾原因中占有很大的比例，据几年的统计看占了百分之六十六点三，但这百分之六十六点三中又有多少是被强加认定的呢？"

秦晋江说："这起火灾在现场被怀疑的几件物证，送检后已被否定，西门大厅的火点是火灾后造成的二次短路，引燃了装饰物。"然后，就一一给王纪元介绍了整个火灾前后的调查情况。

王纪元听后不无经验地说："火灾原因难查，但也好查。谁叫消防是实践科学呢，实践科学就要有实践经验，同刑事案件、偷盗案件一样，人过留痕，雁过留声，总会留下一些蛛丝马迹，关键我们要认真，要细心，要敬业，要不放过任何可疑的蛛丝马迹。只是这起火灾后我开会学习去了，没有调查就没有发言权。"

秦晋江说："你是说我不敬业，那就太冤枉我了。"

王纪元说："没！没！纪元我可没那层意思。支队长是一个工作狂，我怕我的思路赶不上支队长的双腿。"接着就专业地说："火灾原因调查这是一个很严谨的实践科学，需要很强的专业知识和丰富的工作经验，要结合刑事的、逻辑的、心理的、科技的手段，综合诸多要素来进行分析、判断。当然，要以事实为依据。火灾原因调查最关键的是要寻找起火点和着火物。在起火点认定之前，现场要封闭，不能乱动。在走访调查时不能先入为主，要多听，多思考，多问。多问不要问假设的话题和主观性的话题，要通过问，听去发现一些线索。”

秦晋江听到这里好像想到了什么就打断王纪元的话说：“好，这些话你会议上讲。我听说你在北区当参谋的时候也遇到过一起很棘手的火灾原因，厂公安处没有查出来，最后还是请你查清了原因，破了这个案子，具体怎么回事！说来听听，看能不能给我一些启发。”

王纪元问：“北区我破的火灾案件太多了，看支队长指的是哪一起？”

秦晋江说：“听他们说是化工厂，也是烧了几十台汽车，这几天我在现场听他们说起那起火灾案子你破得漂亮。”

王纪元哦一声说：“那起火灾以市经委、化工厂公安处为主牵头，我负责现场勘查，勘查报告出来后交给公安处，他们搞了几天，没有搞出一个所以然，公安处张安然处长就说要请我出手帮忙。当时年轻，得到大家赏识和认同后积极性很高，查明事故原因的心情非常迫切。我一口气阅读完他们的所有材料，发现一个先入为主的问题。刚才我说了，也是那一次给我的启发，尽问了一些面上的问题，关键问题、核心问题一句没问。尽问一些你抽烟吗？抽什么牌子的烟？你有打火机吗？什么样的打火机？这些问题固然要了解，但我抽烟、有打火机不一定就与这起火灾有必然的联系。”说到这里就问秦晋江是不是。

秦晋江就要王纪元接着说：“我从材料中了解到，晚上十二点后，全部工人都下班了，只有门卫刘自然一个人值班。当然，这起火灾应该也只有他最清楚，我采取了排除法，结合我勘查现场的情况，直接锁定刘自然，两次传唤他。第一次口头传唤他到公安分局来谈话，一改前面几次都是在厂公安处谈话的情况，给他心理上造成压力，谈话也就故意谈了一些面上的话，没有深入。第二次传唤是估计他快回到家时，我们就开着警车，拉着警笛，带上手铐和书面传唤证将他从家里直接带走。这时，我们看到他两手在颤抖，压力更大，带到我办公室时，我一言不发，递给他看了两张照片，我又用打火机在墙上烧了一个V字形的痕迹。然后，我就用我这双牛眼睛看着他，给他心理上造成压力。也许是我的眉毛又粗又长，看得他很不自在，内心十五只提桶打水七上八下，没出十分钟，他嘭的一下突然跪在我的面前，就将问题交代了。”

秦晋江说：“是吧！能力只有用才能体现。会议请你一定参加。”

王纪元说："支队长你什么时候改任政委了，绕这么大个圈子就是要我参加事故原因分析会，你一句话不就得了，我王纪元哪敢不去！"

四十一

火灾事故原因分析会如期召开，会议由秦晋江主持。首先相关调查负责人在会上通报了各自调查、勘查、损失、问话情况，接着就将一些不明白的问题彼此互相提问交流。每个人都在努力调动大脑的每一个细胞，都在认真地思考和分析。

王纪元发现所有的汇报中都忽视了火凤凰夜总会的经营情况、保险公司的保额情况，同时还发现忽视了仇杰办公室的勘查。对他第二天陪秦晋江到现场进行初步勘查时所发现的主要痕迹只字未提。因此，王纪元底气十足地说："从大家汇报的情况来看，这起特大火灾事故从山重水复疑无路，很快就到了柳暗花明又一村，离火灾原因的真相大白也就是一步之遥。"此话一出仿佛给在座的每个人打了一支兴奋剂，每个人的目光齐刷刷地投向王纪元，好像要把他看穿似的。又个个张大嘴巴等待着下文，都在猜想接下来会讲什么，最后估计谁也没有猜中。因为王纪元接下来的话是："现场还是封闭的吗？"

朱敬慕说："现场还是封闭的。"

王纪元说："可以肯定，火灾现场没有其他人进去，火凤凰夜总会的人也没进去？"

朱敬慕说："是你派的兵和铁路公安处二十四小时守候。"

王纪元说："那好。小李，你现在开车到事故现场，将我上次拍照的那个部位，下面的那只搪瓷盆子给我找来。朱处长你也派个人一起去，带上相机拍几张照片。"

大家听王纪元这么一说，都有点丈二和尚摸不着头脑。秦晋江更是迫切地希望立马就有答案，急切地说："参谋长，你谈谈你的看法，吊起我胃口，我心里急啊！"

王纪元说："不是吊胃口，不出我的意料，明天这个时候就是柳暗花明又一村，我建议现在散会，分头工作。"

秦晋江听出了王纪元的弦外之音，于是就留下了喻克伟、朱敬慕、党增华几个人。留下来的当然要接着继续开会，要听听王纪元到底是个什么想法和意见，秦晋江又迫不及待地说：“纪元，就我们几个人了，你谈谈你的看法。”

王纪元看了看大家很认真地说：“这起火灾我怀疑是一起火灾保险骗保案，是人为纵火。在整个调查中，大家恰恰忽视了火凤凰当前的经营状况，同样忽视了仇杰投了多少保额。所以我讲几点意见：一是严格保密，不能打草惊蛇，散会后立马将仇杰书面传唤到支队控制起来，下午我来问话。二是立马传唤会计、出纳，分别进行谈话，并查阅最近一年来的经营状况、资产负债报表、银行资金状况。三是派人到保险公司调阅保额情况。四是对烧毁了的仇杰办公室进行现场还原。了解起火前仇杰办公室有些什么贵重物品，包括金器、现金、摆件、保险单据等。”

秦晋江一拍大腿说：“有道理。”

朱敬慕说：“我怎么没想到这一点呢，思路没打开！思路没打开！”

喻克伟说：“有道理是有道理，毕竟要以事实为依据，有依据吗？人证？物证？视听材料呢？这个传唤莫急，万一搞错了怎么办。”

秦晋江信心倍增果断地说：“什么怎么办，传唤他就可以限制他二十四个小时的自由，如果二十四小时没搞明白再延长二十四小时，这是我们的权力，这个权力现在不用什么时候用？该使用强制手段的就要果断采取强制手段，不能心慈手软，我同意王参谋长意见，立马行动。”

就在秦晋江说完立马行动时，司机小李和桑露就拿着一个搪瓷盆进来了，直接将盆子交给了王纪元。接过搪瓷盆的王纪元看了看盆子四周，又用很不起眼的动作对着光照了照，一言没发，就将它交给了秦晋江。秦晋江拿着这个搪瓷盆左看右看，里看外看，调动所有的细胞，努力寻找发生在这个搪瓷盆背后的故事，看完后同样也一言没发又将它交给了喻克伟，接着又交给了朱敬慕，就这样在场的每一个人都看了一遍，就连一起去找的桑露也仔细看了又看。没一个人发表意见，都是看而无言，想必都想等王纪元揭开庐山真面目。王纪元见大家都看完了问：“大家在这个搪瓷盆中看出了什么问题没有？”

没有人回答问话，秦晋江就绕开问话说：“纪元啊，你怎么知道那里有一个搪瓷盆？”

王纪元神秘地说：“保密。”

四十二

仇杰耷拉着脑袋呆坐在消防支队执法室，身旁由两名武警消防战士陪着，内心承受着巨大的压力，神情有些沮丧。别看他耷拉着脑袋，可两只眼珠却像贼一样溜来滚去。走南闯北见过世面的他也很快找到了办法，就嬉皮笑脸的和两名陪着他的战士套近乎、开玩笑。当然，仇杰并不是仅仅和他们开开玩笑而已，他要从这两名战士口里得到他想要的东西，这些战士自然也是一问三不知了。

这是第三次找仇杰谈话，当然王纪元是第一次。当王纪元一行三人来到执法室时，仇杰还没等问他话就咆哮如雷，骂娘吐槽，双手握紧拳头捶打椅子啪啪响，还一个劲地说："我明明是受害者，你们不去找证据，帮我查明原因，赔我损失！他妈的，还把我叫到这里来，放我出去！"声音一声比一声高，仿佛这里就是他的火凤凰想骂谁就骂谁。

实际上，仇杰心里很清楚，前两次都是在铁路公安处值班室谈的话。这一次被书面传唤到了消防支队执法室谈话，地方换了，形式也有一些不一样，别看他左一个他妈的，右一个他娘的，其实是想掩盖内心的紧张。前面一不小心就说出了你们不去找证据，想必这肯定是说漏了嘴，但他也连忙又与赔偿他的损失联系上了。

仇杰闯荡江湖多年，可谓见多识广，能察言观色，待王纪元三人一坐下，见王纪元一脸严肃的表情和又粗又黑的眉毛下的一双大眼睛一睁一关、一闭一合，仇杰就安静了下来。他发现自己待遇提高了，坐在中间的是中校，旁边两位一位是少校，一位是公安民警，挂的是三级警督的警衔。三双锐利的眼睛看得他浑身不自在，全身流汗，额头上脸上手臂上都是汗淋淋的。王纪元单刀直入，就借刚才仇杰说的那句你们不去找证据开始了严厉的问话：

"你叫仇杰？"仇杰点点头。

王纪元严肃地说："回答是还是不是！"

仇杰答："是。"

"你认识我吗？"

仇杰答："电视上见过。参谋长吧。"

"认识他们两位吗？"王纪元继续问。

仇杰答：“少校军官不认识，这公安我认识他，市公安局刑侦队的罗队长。”

王纪元问：“起火时你在哪里？”

仇杰答：“我在二百公里外的西海和几个朋友喝酒。”

王纪元问：“那你怎么知道起火的？”

仇杰紧张地回答：“我知道起火，应该没那么早！不！不！”接着打了自己两个耳光说：“是他们打电话给我的。”

王纪元问：“你知道起火，应该没那么早是什么意思？”并不问他是谁给他打的电话。

仇杰这时候更加紧张了，语无伦次支支吾吾，一时没找到托词，知道一时心里紧张又说漏了嘴，于是干脆就摆出一副死猪不怕开水烫的样子沉默不语，豆大的汗珠从额上滚落下来。

王纪元见仇杰的精神防线很脆弱，并不是死不怕的人，是外刚内虚之人，便乘势追问：“你要我们找证据，你要什么证据？”没等仇杰回话接着又采取政策攻心、诱人深入的策略说：“你是个明白人，是遭受巨大损失的人，抗拒势必从严，坦白还能告白于天下，能减少更大的损失。”王纪元就故意将损失的受害人只说成人，将坦白从宽说成能告白于天下；能减少更大的损失，也就只用了大概念。殊不知，王纪元这个更大的损失当然是指为避免国家的损失、人民的损失。这一连串的追问和攻心，让仇杰脑袋突然大了，一时半会还真不知从哪里开始。自己也没有闹明白，怎么会这样呢？难道哪里出了什么破绽。心想这个事只有天知地知自个儿知，只要自己扛得住，一切都没事。

王纪元提高了嗓门言词确凿地说：“你不要抱什么幻想。铁证如山，证据就在我的手上，要想人不知除非已莫为！说吧！”

仇杰更是心里打起了鼓。心想他们会有什么证据呢？不断地给自己鼓劲加油，要挺住，要扛住。打定主意后，摆出一副蛮横无理、玩世不恭的样子，一言不发。

王纪元见状说：“你知道起火没那么早，你要我们去找证据，现在证据就在我手上。你不要以为我是在诈你，我是在给你个机会，看你配合不配合，坦白不坦白。”

仇杰激烈的思想斗争、沉重的内心压力，使得双手在不听使唤地哆嗦着，汗水沿着脸颊流淌，嘴唇也已从厚实红润变成了紫黑色；一边在想给他的机会，可以减少损失，一边在想他们又有什么证据，那个搪瓷盆在他脑海里飘浮。也就在仇杰想证据时，王纪元一声将证据拿来，只听“哐啷”一声，那个似曾相识的搪瓷盆扔到了他的面前。仇杰猛然间瞪大了眼睛，张开的嘴久久没有合拢，双目紧紧地盯住这只搪瓷盆。然后，像饿狼似的扑向搪瓷盆，自言自语地说：“你怎么没被烧了！你怎么没被烧了！你怎么没被烧了！”从自言自语地说到丧心病狂地吼叫，接着，抱起这只搪瓷盆扑通一声跪倒在王纪元三人面前，如实交代了作案经过。

四十三

原来火凤凰夜总会地处半地下室，经营环境自然没有帝豪、华都、天上人间、难忘今宵等几家夜总会环境好，更难得有大腕明星现场助阵。加之每年重大火灾隐患排查都能挂上号，群众在选择消费场所时，凡是知道存在重大隐患的人，都不会选择去这些安全没保障的地方消费，反正消费到哪里都是消费，自然是要选择安全系数更高，环境更好，明星更多，大腕更多的地方去消费。

火凤凰夜总会经营状况每况愈下，一向靠走江湖走私发迹的仇杰就习惯性地打起了歪主意。首先将夜总会抵押贷款，接着又购买高额保险，待一切准备就绪，仇杰就采取促销打折、免单、派对、配送等形式极力营造经营火爆场面，时不时地将银行、保险公司的人请到夜总会消遣休息，更进一步地赢得他们的信任。

就这样折腾了几个多月的仇杰，发现自己已经是力不从心了，走进了一条死胡同。经营夜总会不是一件容易的事，想把黑钱洗白也不是一件容易的事。

直到一天银行贷款到手了，夜总会财产也高额保了险，万事俱备，只欠东风，也就是只欠一把火了。

主意打定后仇杰就到员工食堂顺手拿了一个搪瓷盆到办公室，又找来了钢钉在搪瓷盆中间打了一个对穿。在自己专用的卫生间打了满满一盆水做起了滴水试验，看这一盆水滴完究竟要多少时间。自己看了表后就自个儿亲自驾车从柴油机厂房的一条小巷子翻过中兴化工厂那残缺不全低矮的围墙，神不知鬼不觉的从黄磷浸泡池里盗窃了一块足有一公斤重的黄磷放在水桶里带走了。

满心喜悦的仇杰一路开车，一路歌唱回到总经理办公室时，发现他那只放在卫生间里做试验的一盆水被打扫卫生的保洁员倒掉了，搪瓷盆也被收拾到旁边放得稳稳当当，顿时气不打一处来，叫来保洁员劈头盖脸一顿臭骂。

保洁员有点上了年纪，还是仇杰的一个远房亲戚，论辈分仇杰还是晚辈。在这个大家族里仇杰算得上是最有出息的，书没读几本，如今干到这般地步还真让大家羡慕。保洁员心想，你又没告诉我，不就是一盆水值得那么大惊小怪吗？骂两句就骂两句，只怪自己命苦。自己的两个儿子一个女儿都跑到沿海打工去了，一年到头还不回来一次，仇杰比自己孩子还亲，也就不怪仇杰。这次被喊进来时就一眼看到那只提桶装满了水，里面还有一块黄色的东西在水底一眨一眨时就说："这又是哪个将提桶放在侄儿办公室挡路，我帮忙提到卫生间去。"就伸手要去提那提桶。

仇杰就一边制止一边紧张地说："别动，别动，我的姑奶奶，没你事了，你出去，出去。"

保洁员听仇杰叫他姑奶奶，这是第一次叫姑奶奶，于是就"哎，哎，哎！"美滋滋地从仇杰总经理办公室走了出去。

保洁员走后，仇杰坐在老板椅上笑了笑，似乎笑得还很甜美。心想，反正也不太急，调整了一下心态，将装有黄磷的提桶提到卫生间，又将搪瓷盆盛满了水，又看了时间开始计时，担心这个姑奶奶又把他的水倒掉，因此将保洁员又叫到办公室，叮嘱这几天办公室的卫生不用打扫，办公室的东西都不要动。

一番交代后，仇杰从柜子里面拿出一只大皮箱，将平时陈列在老板椅后面博古架上的那些名酒、名瓷、名画、名木等珍贵物资装进了大皮箱。又打开了保险柜，将里面的金银财宝、首饰、现金也全部清了出来装进了另外一只密码箱，就连摆在老板桌上平时玩弄的沉香手链也套在了手上，这两个箱子自然也就上了车和仇杰一起走了。

待仇杰再次到总经理办公室时，搪瓷盆里的水滴得差不多了，看了看时间整整过去二十四个多小时，就露出一脸的阴笑。仇杰算计好时间，在夜总会散去以后的时间，在夜深人静的时间，在天知地知只有自己一个人知道的时间，将自己苦心经营的火凤凰来一个火光冲天，等到的将是保险公司的巨额理赔，一堆废物将成为白花花的钞票。

"哈……哈……哈……"想起自己的如意算盘，仇杰不由自主地狂笑了起来。接着就将经过时间试验的搪瓷盆装了水，然后又小心翼翼地将那块黄磷和那一提桶的水倒进了搪瓷盆里，顿时搪瓷盆水满四溢，黄磷在晃动的水中一眨一眨。待晃动的水静下来后，黄磷同样显得特别安静，静静地卧在水下，仿佛根本不知道仇杰做了手脚。再又神不知鬼不觉地放进那套价格不菲的真皮海绵沙发下，又用两块砖头垫好，确保滴水的速度和试验时一样。最后在搪瓷盆上放了一些报纸，说了一句见鬼去吧！明天的这个时候等待着你的好消息。说完关上门和那几个相好的朋友去了西海。

让仇杰万万没想到的是，本来是仇杰算了又算，导演在规定的时间、规定的地方，实现既定的目标。可是这个规定时间发生了偏差，整整提前了好几个小时，仇杰也就在情急之下说出了"知道起火，应该没那么早"不打自招的话。

仇杰忽略了一点，他在试验时，是按水全部漏至盆底来计算时间的，而一块足有一公斤的黄磷放在盆里本身要占去空间，高出了盆底很多；再说黄磷一露出水面就会自燃，从氧化升温渐而到明火，自然就很快能引燃盖在上面的报纸，接着就会烧着沙发，所以在夜总会还没散去，大火就熊熊燃烧起来了。还在西海喝酒的仇杰接到电话，首先感到吃惊，转而心想晚来不如早来，反正是要来的，也就装作心急如焚的样子和那帮酒肉朋友说了起火的事，饭也没来得及吃一口就要朋友开车往回赶。

当然最让他万万没想到的是，自以为天衣无缝、计划周密的一场诈骗巨额保费的美梦就这样被王纪元揭穿了。真是法网恢恢，疏而不漏，再狡猾的狐狸也没能逃过猎人锐利的眼睛和枪法，再凶猛的大火永远摆脱不了水对它的威力。经王纪元一天一夜的工作，困惑了大家二十多个日夜的天豪宾馆火凤凰夜总会火灾真相告白于天下。

四十四

仇杰被移送到了公安刑侦支队，大快人心。得知消息的保险公司杨世豪总经理要来消防支队表示感谢。秦晋江带了几名干部在大门前迎候保险公司的到来，脸上始终洋溢着成功侦破的喜悦。这是秦晋江始料未及的一件好事，心想侦破了这么多的案件难得有几个单位来送锦旗，更难得有单位一把手亲自登门感谢的。相形之下，千万的保险理赔案在消防队的全力侦查下真相大白于天下，赢得了人民群众的信赖。

保险公司的车子在离消防支队100米开外停了下来，谢丽日、何艳珊两位美女一人一边举着绣有“中国消防福尔摩斯”的锦旗走在队伍的最前面，向在警徽下等候的秦晋江走来，杨世豪、孔孟阳紧随其后，打鼓的打鼓，敲锣的敲锣。周边的群众和前来消防支队办事的人听到喧闹的锣鼓声也都纷纷出来看热闹。当看到中国消防福尔摩斯时，人们就议论开了。

一名群众说：“好险哟，差一点保险公司要赔那个起火的老板一千多万呢！”

另一名群众说：“全靠那个王参谋长把案子破了，是放火呢，人才被抓了，不然的话，保险公司亏大了。”

始终洋溢着一张笑脸的秦晋江迎了上去。

杨世豪对秦晋江说：“太感谢你们了，你们为国家挽回了重大损失，我代表中共楚洲保险公司党委、楚洲保险公司感谢你们，没影响支队的工作吧！”

秦晋江说：“你们太客气了，这也是我们的本职工作，哪里谈得上影响啊。”

在庄严的警徽下，杨世豪示意要给消防支队赠送锦旗。《楚洲日报》和楚洲电视台不知从哪里得到了消息，也在这个时候赶到了现场，架起了照相机、摄像机。记者的到来让锦旗赠送仪式显得更加庄重和严肃，秦晋江和杨世豪似乎也多了几分紧张，两人时不时地扯扯衣角，整整衣领，理理领带。

当秦晋江看到锦旗上绣的是“中国消防福尔摩斯”时和杨世豪说：“福尔摩斯是我们王参谋长，是他凭着多年来的工作经验和明察秋毫的观察判断能力，在大家一筹莫展时，来了一个柳暗花明，一举侦破了此案。这锦旗应该送给我们王参谋长。”

杨世豪风趣地说：“你的地盘你做主，都听秦支队长的。”

秦晋江说：“王参谋长在主持一个重要会议不能来现场接这面锦旗。”没等杨世豪答话站在一旁的谢丽日、何艳珊就嚷开了。谢丽日说：“我要见福尔摩斯。”何艳珊说：“我也要见福尔摩斯，我还想和福尔摩斯照相。”

杨世豪对秦晋江说：“王参谋长在开会，由支队长亲自接受我们非常之荣幸。”

秦晋江谦虚地说：“不，倒不如等王参谋长散会后再来赠送这面锦旗。我这个支队长也不好意思接受，这样还如了两位美女经理的意。”

杨世豪就顺从地说：“好，我们就如了两位美女的意。”一旁的谢丽日、何艳珊就高兴得跳了起来说：“我们可以见到参谋长了，我们可以和福尔摩斯合影照相了。”

知道保险公司杨世豪一行要来慰问，四楼会议室自然早就准备了茶水。宾主坐定，杨世豪代表公司郑重其事、一本正经地宣读了感谢信，接着说：“秦支队长要我们将这面锦旗直接送到王参谋长手中，那恭敬不如从命，接下来就请公司工会主席孔孟阳女士给支队官兵赠送慰问金。”

工会主席孔孟阳四十岁开外，清瘦而不失骨感、端庄而高雅俊俏的面孔轮廓分明，一双慈祥的眼睛配上那张樱桃小嘴仿佛始终在甜蜜地笑，宛若一朵出水的芙蓉。这时听到要她代表公司给消防官兵赠送慰问金，就落落大方地站起来先给大家深深地鞠了个躬，然后从谢丽日手中拿过事先准备好的一件精致的红纸箱，上面书写着慰问楚洲市消防官兵、慰问金叁拾万元，送到秦晋江手中，会场响起了热烈的掌声。

保险公司仪式礼成，秦晋江自然也要代表全体楚洲消防官兵发表讲话，除了一些客套话外，详细介绍了这起火灾的调查、取证、侦破的经过，仿佛就在讲一场惊险离奇的传奇故事；讲到事故的转折处又故弄玄虚，半天不讲下文，引得大家张着嘴瞪着眼望着他。突然，他又像我国著名评书表演艺术家刘兰芳讲《岳飞传》、《杨家将》一样，说上一段顺口溜。“五十年代全民炼钢，六十年代全民度荒，七十年代全民下乡，八十年代全民经商，九十年代全民自封董事长。仇杰这个自封的董事长，走南闯北也算见多识广，本想将火凤凰夜总会建设成一个福建红楼，达到既能腐蚀一些政府官员，又能扩大汽车走私、家电走私、车皮倒卖的目的。没想到经营夜总会并不是他想象中的那样，可以成为国中之国、法律之外的乐园。我们在调查过程中发现一些匪夷所思的事，朱处长是吧？”秦晋江讲到这里又突然停了下来，问起朱敬慕来。又把大家的胃口吊了起来，到底查到一些什么匪夷所思的事情？

朱敬慕嗯了一声说：“我给大家讲一个写在火凤凰夜总会卫生间里面的顺口溜，标题是赠某某书记，有名有姓，还是我们楚洲的。内容是这样的：下岗女工别流泪，这里就是夜总会，不靠政府靠社会，有吃有喝有小费，谁说我们没地位，昨晚还陪书记睡。”说完，朱敬慕还骂了一句国骂说：“我差一点被他蒙了。”

秦晋江接过话说：“这起火灾真是蹊跷啊，整整搞了二十多天，快一个月了，那个仇杰一会儿喜，一会儿愁，一会儿又乐。催我们结案，催我们下火灾原因认定书。你们知道火灾原因认定书是法律文书，是保险公司理赔的前提条件和依据。”说到这里秦晋江不知是哪一根神经搭错了，还是另有他因，又拿王纪元说事："我们参谋长身材魁梧，天庭饱满，地阁方圆，浓眉大眼，声如洪钟，他站在团队前喊口令，不用扩音喇叭，声音能传到一公里外。在当新兵时，每天早上起床后训练喊口令，三个月喊下来，竟喊秃了几棵树的叶子。后来考上了军校，更要练习喊口令，竟喊秃了一排树的叶子。"

秦晋江说到这里，何艳珊插话说："你这是损参谋长还是夸参谋长啊？声音那么大不吓死人？"

秦晋江就自信地说："那当然夸他了，你们别以为我们参谋长嗓门大、声音洪亮就凶神恶煞。不是的，他有军人粗犷的性格和豪迈，更有工作的细腻和认真，甚至对一些问题是明察秋毫、一针见血。就拿这起火灾来说，灭火救援他开着吉普车撞开一条救生通道，是不是粗犷？是不是豪迈啊？而后，他到省里开会学习去了，包括灭火就只去过两次现场，听了一次汇报，就帮大家搞定了，这是不是细腻啊。我这个老公安为这起火灾还真是二十多天没睡好觉。"

理赔部经理席德行将压在胸中很久的一句话顿时脱口而出："要不是王参谋长开着车冒死一撞救出那些被困的五十多个人将是什么后果。仇杰这地痞流氓丧尽天良，要以杀人罪严惩。真是机关算尽，最后是竹篮打水一场空。我们真要感谢王参谋长，赠这面福尔摩斯锦旗给王参谋长恰如其分，当之无愧，当之无愧！"

支队二楼的作战指挥室灯火通明，走道里两名武警消防战士荷枪实弹来回巡逻。也许是为了保密的需要，指挥室和普通的办公室一样，只有一扇特制的大门和两扇小窗，用肉眼从外面也看不出有什么不同。墙壁、地面和顶棚是用一块块高仿大理石一样的板材一块块挂上去的，只是比大理石还厚实一些，表面还用一种特殊的漆涂抹。据说这种亚光漆既可以防辐射，还可以屏蔽无线信号，能吸音，不伤眼，显得很柔和。

这里除了一根专线通向五楼的视频指挥中心外，其他全是独立的系统。两台台式电脑静静地放在指挥台的一旁，两名机要员在无声地敲打键盘，可自动收缩的幕布在缓慢地收起。王纪元端坐在指挥台中央，正在作总结性讲话："大家明白，楚洲是我国南方重要的工业城市，也是重要的军事基地、物资集散地、后勤补给地，曾经创造过共和国多项第一，为原子弹、氢弹爆炸，人造卫星上天作出过重大贡献；风洞试验场、地下工程工事、军事物资分布，化学危险物品分布，星罗棋布，点多面广，储量大，是重要的战略城市，关系到我国的国防安全，关系到经济建设和社会发展。现在社会上一些人，包括一些领导在市场经济条件下思想上有些麻痹，我们消防官兵任何时候都不能有麻痹大意的思想。这些地方一旦发生安全问题，我们在座的消防指挥官要心中有数，只要军区领导有要求，只要我一声令下，我们就要按照作战方案出得动，救得了。”同时要求参会人员严守保密守则，以高度的政治责任感对党忠诚，报效国家，服务人民。

最后指出：“要以特勤消防大队成立暨特勤军事业务训练汇报表演为契机，激发官兵斗志，激发官兵热情，提升战斗力，提升灭火救灾，抢险救援能力！同志们有没有决心？”

参会全体人员刷的一声从座椅上站了起来，并异口同声地回答：“有！”

正当王纪元在与会人员的簇拥下，迈出作战指挥室那扇不起眼的大门时，在会议室拐角处等候的何艳珊、谢丽日从拐角处冲出来就要将花环挂在王纪元的脖子上，被一名荷枪实弹的武警消防战士一个箭步拦下，让两位美女措手不及紧张地说：“福尔摩斯，福尔摩斯，我们要给你献花。”

当然，同时看到花环又看到美女的王纪元停下脚步，用他洪亮的声音问：“你们要给福尔摩斯献花？”

何艳珊连忙说：“对，我们要给福尔摩斯献花。”

王纪元又用那铜铃般的眼睛注视着两位美女说：“我是王纪元。”

谢丽日连忙解释说：“我们是保险公司的，您就是福尔摩斯。我们感谢您成功侦破了火凤凰夜总会火灾，为国家挽回了重大损失。”

王纪元故意嗔怪地说：“你们杨总经理不是说要来的吗？怎么就你们两个人？”

“我在这里呢，王参谋长感谢你啊，美女给你献花就莫推辞了，收下她们的这一点心意吧。”杨世豪从拐角处打着招呼走出来说。接着身后就走出一大帮人。

孔孟阳端着的一副笑脸甜滋滋地说：“王参谋长，当之无愧，你就顺了两位美女的意。”然后，就你一句我一句，好不热闹。

王纪元见这样就将眼睛向别处看，仿佛是在找人，仿佛是在等待。站在后面看热闹，也端着一副微笑的秦晋江和王纪元双眼一碰就说：“参谋长当之无愧，难得杨总，难得美女一片心意。”

秦晋江这话一出，两位美女就将手上的花环往王纪元脖颈上套。王纪元并没有让美女将花环套上脖颈，而是愣了愣顺手接过花环就自个儿套在脖颈上，然后就露出憨厚的笑。随行的记者照相机闪光灯不停地闪烁。王纪元一边用手抚摸着花环一边说：“我像烈火英雄吗？我像福尔摩斯吗？你们不要对我要求太高了，否则，我会有压力的。”

现场记者就不断地从正面侧面拍照，谢丽日、何艳珊趁机左右各一个摆出不同的姿势要和他合影，照了合影还要单独照，弄得王纪元有一点措手不及又开玩笑地说：“我们这个合影如果让我老婆看到了，我会被赶出家门的，你们哪个管我吃饭。”

何艳珊用一双含情脉脉的眼睛注视着王纪元说：“没事，没事，我管你一日三餐。”

谢丽日说：“你想得美，王夫人哪有那么厉害，那么小气。俗话说一个成功的男人背后一定有一位优秀的女人，王参谋长大气，夫人更大气，怎么舍得赶参谋长出家门。”

杨世豪接过话说：“我们把王参谋长夫人请出来一起吃。”同时也跟两位美女说：“你们这些美女，就是见不得帅哥，一见到王参谋长这样内秀外帅的帅哥就激动万分，又按捺不住内心的躁动。”

陪同杨世豪的秦晋江用有些兴奋的语气和王纪元说：“杨总客气，专门给支队官兵赠送了三十万元慰问金，还给你送了一面绣有‘中国消防福尔摩斯’的锦旗。”然后，又换了一种语调郑重其事地说：“我代表中共楚洲市消防支队委员会，我代表武警楚洲消防支队，请王纪元参谋长受锦旗。”杨世豪和孔孟阳连忙将绣有“中国消防福尔摩斯”的锦旗送到王纪元手中。王纪元在接受锦旗前还真的来了一个靠腿，行了一个举手礼，并一边接锦旗一边说，感谢！感谢！就将锦旗放在胸前，任记者们又一顿拍照，大家又簇拥在王纪元周围照了一张大合影。

突然，王纪元想起了什么，将锦旗和花环交给了李为民，拉着杨世豪和秦晋江的手走到一边说：“我们消防和保险公司应该好好坐下来，认真研究和探讨一下关于火灾事故责任保险问题，特别是大型公众聚集场所的人员伤亡保险问题，秦支队长你认为呢。”

还没等秦晋江答话杨世豪就说：“非常好，我们可以尝试开辟新的几个消防险种，我们回去拿个方案请你们审查，也请你们将这个设想向省总队报告，我们也向省公司报告。”

两位美女见三位领导在讲悄悄话，就走上去说：“三位领导在讲什么呢，躲着我们，不是讲我们的坏话吧。”

杨世豪说：“对，就讲你们坏话，问我，你和黄队的关系怎么样了，什么时候请我们喝喜酒。”

谢丽日娇柔地说：“不让你们讲我们的坏话。”

杨世豪高兴地大声说：“哪是什么坏话，王参谋长提议我们保险公司可以和消防研究一下开设几个新的消防险种。”两位美女听到这个好消息发出爽朗的笑声穿过长长的走道飘扬到天空，传向四面八方。

四十五

陈昌龙和王洪波又收到一封“内详”的信，两人又不约而同地来到憩园。这次两人似乎比上次坦然了很多，两人坐在四人圆石围桌旁，还是用小刀片小心翼翼地拆开信封，生怕损坏了外面的信封，生怕损坏了里面的信纸。两人就迫不及待地各自取出里面的信认真地看了起来，他们看得很认真，很仔细，很投入，仿佛是一个字一个字地读，一个字一个字地念，生怕读漏了一个字，生怕读错了一个字。只见两人鼻尖上渗出细密的汗珠，脸颊也变得绯红，喉结也不时地上下滑动；听得他们的呼吸声也变得越来越粗，仿佛是在救援事故现场拯救一位险境中的困者，仿佛是排除危及很多人生命安全的险情。

王洪波看完信后站起来一言不发，用手抓了抓头皮自顾自地向着上次看信的长条石椅走去。陈昌龙就抬起头长长地吐了一口气，然后就闭上眼睛用手使劲地扯了扯两只耳朵，感觉还是自己，就走到旁边那只平时用来浇水湿地的水龙头，一边喊王洪波过来清醒清醒，一边拧开水龙头低下头将头打得透湿，还用双手捧着水在脸上来回使劲地搓了两把。王洪波同样清醒了一下，对着陈昌龙使劲地摇了摇头水珠就溅了一身，两人就玩起了水仗，好不开心。

两人结伴来到刘一民办公室，见刘一民桌面上摆着一个信封，心想也是在看信，就立在门口打报告。刘一民听到报告声抬头朝门口一看，见是陈昌龙、王洪波两位，就喊进来，陈昌龙开口说：“队长在看嫂子写来的信？”

刘一民说：“恋爱没谈，哪来的嫂子！”

王洪波眼睛看着信封说：“亲收，内详。”然后，就换了个口气，满脸堆笑地说：“哦！哦！队长谈恋爱了，队长谈恋爱了。”

刘一民说：“你这帮家伙，鬼灵鬼灵。”同样，换了一个口气说：“怎么？找我有事？说。”

陈昌龙、王洪波两人就推推搡搡的你要他说，他要你说，谁也不想给组织找麻烦，谁也不想给刘队长添麻烦。刘一民见状说：“什么事让你们两个人这样扭扭捏捏？平时的老虎精神到哪儿去了？要保密，我帮你们保密。”

“报告刘队长，我俩也收到了‘内详’的信，来向你汇报来了。”陈昌龙说。

刘一民径直问他们说：“女孩子是哪里的，在什么单位工作？”

陈昌龙说：“外地的，在我们楚洲做生意。”

“王洪波呢？”刘一民问。

王洪波说：“也是外地的，老乡，也在我们楚洲做生意。”

陈昌龙喊着刘队长问：“这算不算驻地女青年？”

刘一民努力调动大脑每一个细胞，担心回答错误，还在思索中。王洪波就说开了：“队长，这应该不算。再说了，要我们回老家去找，要么我那些同学都当了妈妈了，要么到深圳、上海外地打工去了，我们到哪里去找啊？平时你又不批我们的假。”

陈昌龙接着说：“队长，你抓紧时间也帮我们找一个嫂子，给我们树个榜样咯。”

刘一民既没回答算不算，又没回答找个嫂子，而是将刚才自己看的信丢给他俩说：“你们看看，我老乡，去年招考到税务局工作。”

亲爱的民：你好！

下班了，我心里突然空荡荡的，既想早早地离开办公室，又不想回到单身宿舍，就一个人呆呆地就只有想你。想你时，透过朦胧的泪水模糊地看到你高大的身影，我就有冲动的欲望想跑到你的军营投进你的怀抱。但，我没有，因为那是一场相思梦。

我认识你是在电视节目里认识的，是在《楚洲晚报》上认识的。你的从容，你的健谈，你的担当，你那大无畏的精神，深深地在我的脑海里烙上了永远的记忆。对了，在老家时也时常有人提起过你。去年，我考进你所在的这座城市的税务局，我就有奔向你的冲动。

现实中的你我虽然生活在同一座城市，彼此还不能晤面，像分隔在银河两边，隔山相望，望断肠！咫尺天涯，相见太难，还要借用今天的书信做桥梁。真如古人云：相见时难别亦难，东风无力百花残。我想请问，什么时候我们能奢侈一把，月上柳梢头，人约黄昏后呢？我在想，你救人于危难之时的消防职业，你的气概，你的气节，仿佛命运注定我就喜欢你这样的职业这样的人，我们结合在一起是最美满幸福的一对。美好的向往，期待来日的相逢，我坚信我对你的爱情线能超过时空和距离找到两线相交的点。

都说女人是水做的，何不想找个坚实的水桶装着。每每我走进工人文化宫那片湖泊，那片森林，每每看到那一对对恋人手牵着手漫步在林荫道上，顿感他们多么幸福。我也好想有一双有力的手扶着我的腰，牵着我的手，我也想有一双坚强厚实的肩膀相靠，我也想有一个温暖的怀抱相拥。

期待着你的回信。

老家的小妹子：芸

陈昌龙、王洪波两人并排一口气看完这封信，就吵着嚷着说：“要得，刘队长，把这嫂子娶回来。”

“税务局的，职业不错，工作时间规律。一个家庭两人总要有一个相对稳定，将来也好管教孩子。”陈昌龙当起了参谋。

王洪波还是关心算不算驻地的问题说：“这样又没违反规定，老家考来的妹子，总不能算驻地的吧！”自然，只要刘一民说不算，自己老家来楚洲做生意的老乡肯定也不算驻地了。

刘一民依然坐在办公椅上伸出手：“哎！哎！”心想我队长的信给你们看了，还不快点将你们的信交出来看看。陈昌龙、王洪波两人心领神会就将信交到刘一民手中。

陈昌龙说：“队长帮我们参谋参谋。”

刘一民看完信，有些解释地说：“从这两位姑娘的字来看，是两个外刚内柔的女孩子，从信的内容来看，可是读了一些书的。”然后，刘一民随便念了起来：“陈酿二十多年女儿红，就像散落在广袤平原上的风情，引来无数双眼球追捧，一躲再躲，一隐再隐，不做天下的主宰，只做自身的主人。你决定在自己的梦里驻守一生，竟然有着为他人付出一切的豁达与潇洒。我找的就是你，亲爱的。”

第六章

马蜂比毒蛇疯狂，人心比毒蛇阴险

面对撕心裂肺的尖叫，仇杰第一个被送进笼子。

面对伪装的毒蛇偷袭，面对疯狂追袭的马蜂，消防官兵义无反顾与时间赛跑与生命赛跑。

面对双重的压力，消防官兵忍辱负重，谁将第二个被送进大狱。

四十六

这天，瞿总又带着一位美女开着他的黑色高级小轿车来到消防支队防火处，脸色好了很多，还始终挂着一丝丝的笑容，头发也专门做了整理，梳了一个大奔头，打了啫喱油，贼亮贼亮。身边的美女，身材高挑，面容秀丽，一身超短连衣裙文静而不失活泼，露出的双腿透出无比的性感；一双半高跟鞋更加衬托出少女丰满的胸脯和翘起的臀，蜜蜂般的细腰若不是有连衣裙连着上下身段，仿佛将一个人分成了两截，走起路来一摇三摆，斜背在肩上的男式公文包又仿佛太沉压得她老往一边倾斜。

两人来到朱敬慕办公室门前，瞿总很自然地从美女肩上拿过男式公文包说："你在党科长办公室等我。"说完，美女转身就咚咚地向党增华办公室走去。瞿总举起右手敲响了朱敬慕的门，只听一声请进，瞿总推门进了办公室。这时朱敬慕办公桌上堆满了建筑设计图，正在聚精会神地审图。瞿总打招呼说："尊敬的朱处长，又在帮哪个单位审图纸咯，有消防工程可不要忘记我这位你鞍前马后的小卒。"

听到此话的朱敬慕将视线从桌面的图纸上移到瞿总脸上说："你什么时候是我鞍前马后的小卒了？有什么事吗?"

瞿总见办公室只有朱敬慕一人就说："事倒没什么事，我看你每天提着那个大帆布包，多损形象啊，我买了一个包送来给你。"说完，就绕到办公室后面将包工整地放到书柜旁的矮柜上。

朱敬慕注视着放在矮柜上的包说："这个包还真能装些图纸、放个文件什么的，这倒还好，有这么大，看来还结实，多少钱啊？我给你钱。"

瞿总又说："尊敬的朱处长，你这就见外了啊，一个小包还给钱，南大门买的水货，二百五。"

朱敬慕说："你狗屁，什么意思啊，送我一个二百五的水货包，让我每天背着一个二百五的包就不损形象了！原来你狗屁王八蛋老把我们消防当二百五啊！”然后语气一转揣着明白装糊涂说：“我问你，环洲城消防工程的隐患整改得怎么样了？市纪委曾思春书记可高度重视，指示我们要大力支持环洲城的消防工作。”

瞿总突然意识到话又讲漏了嘴，本来是二千五百元买的这个包，想讲少一点就省去了一个零，好让处长没有压力，怎么不说二百、三百就是一百也行。傻里傻气，宝里宝气，非得说一个二百五干什么，真是聪明一世糊涂一时，在心里死命地骂自己是个猪，比猪还蠢。他连忙解释说：“尊敬的朱处长我狗屁，我王八蛋，这个包包就二百块钱，人家老说我二百五，一不留神将二百就说成了二百五，请尊敬的处长一定莫计较，莫计较。”丝毫没有说环洲城消防隐患整改的事。

朱敬慕说：“你当我真和你计较啊！说说环洲城消防工程隐患整改的事，要保证投资商按时开业。”

瞿总直截了当地说：“尊敬的朱处长，我今天来就是奉我姐夫曾书记指示请你帮忙的。不瞒你说，还真没改，哪整改得起啊，那不要我的命啊！我请我姐夫曾思春书记向你求过情，他说找过你了，要我特别找你就行了。”

朱敬慕说：“是啊，曾书记专门找了我，还是要我到他的办公室谈的。他说环洲城项目是彭永德秘书长亲自招商到我们楚洲的，要我们大力支持环洲城的消防工作。你不来找我，我就要去找你了，我们落实曾书记指示，认真把好环洲城的消防关更显得重要。如果环洲城的消防隐患整改不落实到位，看我们不向曾书记汇报。”

瞿总听朱敬慕这么一说就有一点哑口无言了。想了一会儿就辩明着说：“尊敬的朱处长，你理解错了，我姐夫曾书记支持的意思就是要你们放我一马，高抬贵手，不是说要你们监督我整改。”

朱敬慕还是故意揣着明白装糊涂说：“我听就是这个意思，不是你说的意思。他还是在我离开他办公室时临时说的。你说放一马，我做不了这个主。你这重大隐患是专项治理检查组查出来的问题，是谁检查谁负责，谁督办谁处罚，正好还是彭永德秘书长的组。”然后就加重语气说：“彭秘书长是中共楚洲市委常委，我们谁敢不讲纪律不讲规矩啊！”接着解释说：“我这里这些图纸本周要审核完毕，还要提交支队重点工程消防评审委员会会审，你去向王参谋长汇报。你这个二百五的包还是带回去自己用吧，我还是不想当二百五，清醒一点好。”说完，就要起身去拿矮矩上的包，瞿总见状连忙冲上去用手死劲地压住包说：“这个包包你一定要收的，是二百不是二百五。”

朱敬慕说：“二百就二百，让我看看这包结实不，莫到时用了两天下面就破了，文件、图纸从下面漏出去了我还蒙在鼓里，不晓得。”

瞿总连忙解释说：“结实着呢，牛皮的，绝对是品牌，保证用到你死。”

朱敬慕就有点气愤地说：“你怎么了？一会儿骂我二百五，一会儿又愿我死，你狗屁还想活不想活！”说着就一把推开他就去提包，不提不知道，一提发现重量不轻，心想不仅仅是个包那么简单。就连忙打开包，发现里面一捆扎得工工整整的百元大钞。就愤怒地说：“你狗屁，原来把我当二百五，咒我死啊，你拿走！”接着又解释说：“瞿总啊，我清楚地知道财富的价值和用处，我还觉得当一个有钱人并不是一件可耻的事，我们是现役军人，特别是市场经济下的消防军人更不能信这个，你拿回去用于消防整改吧。好了，你可以走了。”朱敬慕将包挂在瞿总颈脖上边推边送，将瞿总送出了办公室。

再一次碰了一鼻子灰的瞿总，一脸沮丧地走出办公室后，心里就愤愤不平在骂曾思春。你当领导的既当婊子又树牌坊，支持环洲城的消防工作，怎么支持？你就明说关照我这个小舅子不就得了！打什么官腔，打官腔能解决什么问题。换了我，如果也拿着国家的俸禄，你说要支持环洲城的消防工作，我也会理解成消防有责任有义务帮环洲城投资商、纳税人把好关。我狗屁，曾思春大狗屁，大王八蛋。

当然，瞿总有时候讲话一不小心就讲漏了嘴，这与他没读过多少书有关，同样与他平时接触的那帮人也有关。他在接触政府官员的同时，大部分时间主要是和地方上那些三教九流打得火热。这也是近朱者赤，近墨者黑。看瞿总有时候好像很有素质，有时候就冷不丁地出个洋相。心里骂归心里骂，毕竟没有骂出口，只有他自己心里清楚。

走出朱敬慕办公室的瞿总转瞬间依然满面春风，依然见人就点头哈腰。径直回到自己的座驾上，开了空调，闭上眼睛，让大脑短暂空白，就连一起陪着来的美女也没有叫上。或许在闭上眼睛的背后，他那个不大的脑袋在努力寻找着下一个对策。

四十七

王纪元办公室的门是打开着的，这是他长期养成的习惯。办公桌上同样也是堆满了一桌的图纸，他一手拿一支铅笔，一手拿一面放大镜，一会儿又站在挂有世界地图、中国地图、巴楚地图和楚洲地图的前面，凝神、沉思，一会儿又回到办公桌前。他走到哪儿，李为民和两位科长也跟到哪儿。桌面上堆得高高的一垛是楚洲重点单位、重点部位、重点灾害事故多发点联动作战行动方案和消防预案，摊在桌面上的是一张精确到村组的楚洲军警专用地图。

躺在车上闭目养神的瞿总，骂完了曾思春就怨恨起朱敬慕。心想你朱敬慕耍滑头，故意装糊涂，没把堂堂市委常委纪委书记曾思春的话当话，还一脚像踢皮球一样的踢给王参谋长。我就一不做，二不休，既然到了支队，我就去找王参谋长，总得有一个说法，也好再向曾思春汇报。于是打起了精神，像从朱敬慕办公室出来时一样背着那个有些沉重的包，三步并作两步走。见王纪元办公室的门开着，隔着两间办公室就停了下来，还特意整理了一下服装，清理了一下嗓子，再往王纪元办公室走去。来到王纪元办公室前学着军人的样立正打了报告，听到报告的王纪元抬眼看了一眼说："瞿总，请进。我当哪位穿着便装来向我请假的呢。给瞿总倒杯茶，倒我那西湖龙井茶，瞿大老板可是吃馋了嘴的猫。"一边说就一边将摆在桌上的军警专用地图来了一个对折后又翻了一个边。

瞿总有一点受宠若惊地说："王参谋长对我太好了，人脚还没进办公室，就立马给我泡茶。别！别！我自己来。"说着就要去自己动手，李为民一把拦住说："参谋长的东西你能随便动吗？你还是先坐着吧。"没等瞿总开口说事，王纪元说："瞿总今天容光焕发，头发梳得连蚂蚁拄着拐杖都爬不上去，想必今天是来给我报喜的，环洲城的消防工程隐患整改得八九不离十了？"

瞿总说："我正是为此事来向尊敬的参谋长汇报的。"王纪元一边说好一边招呼大家，"说来听听，我们大家听听，休息一下，换个话题，说不定我们待会有新的发现，让我们茅塞顿开。"

瞿总说："听口气，你们前面研究工作辛苦了，如果不影响工作，我先讲个笑话给你们听听，放松放松，怎么样？"

罗贤阳说："讲什么笑话咯？"

郑智诚说："你莫给我们讲社会上那些黄色段子噢，我是带兵的，对那些比较敏感。"

李为民说："笑话，就得能让人笑，不笑不算。"看来副参谋长要比两位科长棋高一着，艺高一筹，你要讲笑话可以，前提是要能让人笑，笑才算笑话，不笑就是浪费时间。

王纪元没开口，瞿总不敢开口讲，一双不大的眼睛就往王纪元身上飞。当然，王纪元也就心领意会地说："说说也无妨，能够在笑声中完成我们的工作不正是一举多得嘛，说吧。"王纪元最后一句很爽快的"说吧"，又让瞿总受宠若惊。

瞿总就清了清嗓门说："一个中国的小伙子和一个欧洲姑娘谈恋爱，路过一个设有红绿灯的十字路口，碰上红灯。中国小伙子左看看，右看看，发现没车没人，就大摇大摆地迎着红灯平安地走了过去；欧洲姑娘很不理解地站在原地等绿灯，待到绿灯亮时欧洲姑娘才悠闲地走过，等在另一头不耐烦的中国小伙子就批评欧洲姑娘呆板愚蠢，没有一点灵活机动的思想，死脑筋，不能具体情况具体分析。而欧洲姑娘责怪中国小伙子，没有一点素质，闯红灯冒险，是对我和今后组建的家庭和将来生下的小孩不负责，万一被车撞死，妻子变成寡妇，小孩就变成没有父亲的孩子，最后的结果当然是两人分了手。回到国内的中国小伙吃一堑长一智，认为允许人犯错误，但坚决不能犯同样的错误，和一个国内姑娘谈恋爱，同样路过一个设有红绿灯的十字路口，碰到红灯，国内姑娘贴着车，闯过红灯险象环生地走了过去。这个小伙子就站在后面喊当心！当心！注意安全！是红灯很危险的！闯过红灯的国内姑娘气不打一处来，也没等这个小伙子，而是继续往前面走。等到绿灯亮起后才走过去的小伙子拼命往前追，待追上国内姑娘后，姑娘劈头盖脸骂小伙子胆小鬼，贪生怕死，我嫁给你是要你保护我的，你一个熊样，如果有坏人欺负我，恐怕比兔子还要跑得快，吹！吹！吹！姑娘头也没回地就这样吹了。"

大家听完瞿总讲的笑话后，没一个人笑，反而大家神情更加凝重。李为民说："你这也算笑话，好笑吗，一个人也没笑。"

罗贤阳用一双吃人的眼睛看着瞿总问："你这是什么意思?"

瞿总就说："什么意思啊，这个笑话就是告诉我们具体问题要具体分析，国情不一样，对象不一样，关系不一样，文化不一样，就要区别对待。我们，不，你们在工作中难道不也应该这样吗?"

罗贤阳有些不高兴地说："谁给你的权力来教育我们来了，你也不问问自己。"

郑智诚说："其实也可以这样理解，小伙子在生活中可以扮演一个随从的角色，紧跟在姑娘身旁，姑娘等红灯小伙子就陪伴等红灯，姑娘闯红灯小伙子也可以跟着闯红灯，以一种服从的姿态出现，两者不也就相安无事了。"

王纪元听明白了瞿总的笑话说："瞿总这个笑话也好，故事也罢，告诉我们一个道理，制度再好，需要每一个人去遵守，无论是交通安全还是消防安全，我们每个人都不能将生命视为儿戏，更不能漠视生命，对于每个人来说生命只有一次，我们都要倍加珍惜，瞿总，你说是不是?"

瞿总说："是！是！参谋长就是参谋长，看问题角度就是不一样，有高度，有深度。"

王纪元接着说："我们国家从来不缺制度不缺规定。像我们消防各类法律法规、技术规范全部加起来上千部，特别是那些技术规范的背后都是一桩桩血的教训，一个个鲜活的生命所换回的一些规范，可是有的单位有的个人就是我行我素，隐患重重，老的隐患没整改，新的隐患又冒了出来。如果每个单位、每个人都能自觉遵守那多好啊，我们这个社会就会变得安宁一些，太平一些，稳定一些，幸福一些。"

瞿总说："因为观念不同、角度不同、立场不同，甚至意识形态不同和文化的差异，得出的结论是不一样的。就拿建筑消防工程来说吧，站在你们消防的角度，要对人民群众高度负责，不怕一万就怕万一，要严格执行建筑消防工程安装技术规范，要有备无患。站在投资方来说，建筑消防工程能不上最好不上，能少上坚决不能多上，更不能全上。因为这个投资是看不见的效益，收不回的投资，不像自来水、燃气、电那样，天天要用，没有它不行；而消防工程呢，一时用不上，甚至连这栋所谓的百年大计的房子拆了，消防工程都没有用上，更谈不上发挥作用了。当然啰，谁都不希望单位发生火灾，都不希望用上消防工程这个投资几十万、几百万，甚至几千万的消防报警和消防自动喷淋。"

瞿总讲到这里，李为民也听出了几分道道，就打断说："你是不是讲得多了一点，我们参谋长要你汇报整改情况。"

王纪元说："让瞿总讲完，话不讲不清，理不辩不明，大家探讨一下无妨，也许真的又能启迪启迪关于现代消防工程的管理模式，瞿总接着讲。"

瞿总说："谢谢尊敬的王参谋长，大人就是大量。站在施工方来说，能便宜就便宜，能节约就节约，能偷工减料就偷工减料，能以次充好就以次充好。因为投资方往往不愿意投资，是迫于你们消防的压力和法规的约束，不上建筑消防工程消防过不了关，开不了工，办不了证。同时往往将消防工程价格压得很低很低，甚至没有利润，这样就出现了一个恶性循环，以至消防工程总存在这样那样的问题，有的就成了摆设。"

罗贤阳还是用那双吃人的眼睛看着瞿总说：“你不是在为自己在找说辞吧，你那工程造价谁都知道。刚才参谋长说了，再好的制度要靠我们每个人自觉遵守。”瞿总故意没有回答罗贤阳的问话，而是用一双眼睛看着参谋长。

王纪元说：“谈谈你对这些问题的看法，看有何高见？”

瞿总见王参谋长今天赏识自己，也就又说开了。“依我看啊，这个投资了几十上百上千上万的消防工程，可以探索为消民共用，比如说消防报警系统和消防监控，家用电话共用线路，只用一个终端解码器来解决技术问题，这样至少报警线路有问题，可以及时发现维修，还可以节约布线成本。再比如说，消防自动灭火系统，现在一般都是湿式状况，管网的水长期不用，不流动就会出现锈蚀现象，就会造成喷淋头被堵塞，室内消火栓就流黄水。还有消防机械防排烟，我就说到这里，王参谋长老大是我们消防工程的前辈，在前辈面前说就有点班门弄斧了。”

王纪元说：“想法倒很好，只不过一是有法律层面上的壁垒，消防器材、消防设施不得挪作他用，二是是不是会造成管理上的混乱，三是技术手段上从我所了解的情况看至今还没有相关的兼容性产品。我想随着电子技术的进步说不定有一天真的能实现军民共用，消民共用。瞿总是不是？”

瞿总非常高兴的一边点头一边说：“是！是！只不过当今最发达的美国鬼子好像也没这样做。”

李为民说：“何不我们同消防科研单位好好研究一下，创造一些新产品，还可以销售到美国去赚点外汇。”

瞿总兴奋地说：“李副参谋长高见，通过我们一起探索消防是有很多潜力可挖？”

王纪元说：“我倒有些想法，你们听听，看可行不？”

王纪元刚说出这句话，瞿总就忙不迭地问：“什么想法，让我长长见识。”

王纪元说：“这不是长见识的问题，这是一片市场、一个机会，更是一个重要保障。你们看噢，现在所完工的一些建筑消防工程，安装施工方一般承诺保修一年，最多两年，两年后交付给了开发商或者建设方，让一些不懂得消防技术管理的人管理，天长日久，就成了摆设，一旦发生火灾不能发挥正常的作用，所以，建筑消防工程自动扑灭火灾的成功案例不多。”

然后，王纪元从另一个侧面说：“当然咯，这里恐怕有两个方面的原因。一方面就是建筑物一发生火灾，产生烟雾，一报警，一些称职的保卫人员就去灭掉了，没有酿成灾，没报 119，单位也不主张报案，大事化小，小事化了。另一方面呢，建筑物室内一旦发生火灾，自动灭火系统就自动地将火灭了，所以也就没统计上来，造成一些人一些单位总认为建筑消防工程安装作用不大、意义不大，对我们消防开展这方面的工作有抵触情绪。瞿总你说是不是？”

瞿总见王参谋长老用“是不是”和他探讨工作，心里别提有多甜蜜，感觉参谋长真的太和蔼可亲，太讲感情了，进门有茶喝，停下手上的工作还扯上其他三个人和他商量、研究、探讨工作。于是听到“是不是”时就一个劲地点头说：“是，是，建筑消防工程也当了无名英雄，还背了一些骂名。老板，不，军队不兴叫老板，尊敬的王参谋长你的想法还没讲。”

王纪元说：“我想啊，所有建筑消防工程要与消防指挥中心联网，实行全天候监控，也可以实行委托第三方管理。同时，楚洲要组建几支专门的消防工程维保公司，专门从事各类建筑消防工程维护保养工作，来保证消防工程二十四小时安全运行，全天候完整好用，时刻处于良好的战备状态。还可以实行消防安全专干，消防员到机关、企事业单位委派制，实行谁用人谁出钱。这样既解决了建筑消防工程的日常管理和维护，又填补了这些单位消防专业技术人员的短缺。你们说是不是又是一片市场，一个机会啊！”

瞿总说：“是，收费呢，怎么收？”

罗贤阳说：“参谋长这个想法好，现在很多单位需要懂技术，会管理的消防人员，苦于没有渠道提供专业的人员。单位只有在每年消防退伍老兵中选用一些。如果有一个专门的消防劳务输送就更好了。”

李为民说：“消防联网做好了可以实行监管，消防维保工作做好了，在很大程度上能减轻我们火火救援的工作强度，也可以减少我们的出动次数和工作量。参谋长这个想法好，我完全同意，完全拥护，完全支持。”李为民就表起了态。

王纪元说：“实际上更重要的是保护了国家和人民群众生命财产的安全，当前只是一个想法，要促成这件事，肯定有一段漫长的路程要走。关于收费问题，可以协商收费，可以通过物价部门核准收费，按建筑工程造价的百分之几还是千分之几来签合同、来收费。消防专干、消防员就和现在的类似于市保安公司一样，通过专业培训，取得相关的资质证书，也以公司名义与用人单位签合同，实行委派。”

瞿总说：“太好了，尊敬的王参谋长，我相信你有这个想法肯定就能实现，到时候，请王参谋长一定给我这个机会，给我这个平台，今天我请客。”

李为民说："还给你机会呢，你环洲城消防工程隐患整改问题还没听你汇报呢？"

瞿总说："我不是汇报来了吗？我只想单独向尊敬的王参谋长汇报几句。"

李为民和两位科长听瞿总要单独向王纪元汇报也就纷纷起身准备离开，王纪元见状立马说："不用单独汇报，大家都不要走，一起听听。"

瞿总一时就没有话说，前面说讲一个笑话，这次可不能再讲笑话了，也就停顿在那里，嘴唇张了几张半天没说什么。

罗贤阳就说："瞿总，前面笑话说得那么好，一个人都没有笑。我们参谋长又这么器重你，你不可能还没动工整改吧?!"

瞿总就讨好大家说："你们消防人敬业精神真值得我学习，我真的佩服你们，天底下的男人可算消防男人最男人，王参谋长是消防男人中的代言人。"

罗贤阳说："少来这一套，讲点实在的，你东扯葫芦西扯瓜，什么最男人，男人就是男人，哪里还有最男人，哪个男人不都是一样。"

瞿总真不愧为商场老手，要他讲点实在的，他装作没听到，倒把什么最男人听明白了，他正愁没话说，你要我讲最男人我就讲最男人。然后就说："男人当然也有不同，有的长有的短，有的细有的粗，有的黑有的白，有的还是包皮。"

郑智诚说："又来了是不，三句话不离本行，黄色的不能讲。"

这时，同瞿总一起来的美女找到这里，正好听到长啊短的就插话说："你们在说什么呢？什么细的粗的，什么黑的白的？"

瞿总见美女来了仿佛看到了救兵，就说："美女，我说天底下的男人，就属消防军营里的男人最男人，最棒，你说是不？"

美女连忙点头说一声"是"，然后踱着小步，俏丽的下巴微微一抬，两只小手背在后面，仿佛在自言自语地说："消防军营里的帅哥个个刚强，坚忍不拔，忠于人民，爱岗敬业，坚持原则，乐于奉献，为党分忧，为群众解难，是和平年代最最可爱的人，当然最男人了。哪像我们瞿总见到美女就花心。"说完这话还一个三百六十度转身显得很天真。在说到是和平年代最最可爱的人时一双敬慕的眼神投向王纪元，在说最后一句话时美女的眼神又落到了瞿总身上，仿佛就有些愤恨。

李为民说："瞿总啊，听出来没，美女吃你的醋了，你还不收敛一点，小心哪天晚上咔嚓一下废了你功夫，让你断子绝孙。"

美女说："我才不稀罕呢，我们瞿总是一等男人，家外有家，家外有花，潇洒得很呢。哪像你们消防的男人，为了国家，为了大家，下班还不能回家，军营就是家，多可爱。”

罗贤阳有点不耐烦地说：“讲点实际的咯，莫在这里扯淡了好不，我们参谋长还有事呢。”

瞿总说：“尊敬的王参谋长，我这事也是事，请允许我再打搅你一分钟。美女讲得对，和平年代消防是最可爱的人，我要为你们讲句公道话，讲句大实话，请你莫发脾气。”

王纪元听瞿总既要讲公道话又要讲大实话，还要莫发脾气，也就想听听他到底想说什么，于是抬起了头，将目光移到了瞿总那不大还有一些麻子的脸上，听瞿总讲公道话、大实话。

瞿总见参谋长看了看自己没反对，也就讲开了。“我先讲句公道话，我和市里面百分之八十的行政机关单位打过交道，我看就属你们消防队最辛苦。从时间上比，他们八小时上班制，八小时外就刀枪入库，马放南山，打牌、喝酒、赌博、游玩，享受生活。消防队是二十四小时全天候执行备战，是地方行政机关工作时间的三倍。从内容上看，地方的工作是以事为中心，什么班子建设、队伍建设、党团组织建设都是子虚乌有，以行政代替党务、团务。除非打着这个牌子那个名义发钱发物。而消防队呢，是以人为中心，既要抓灭火救灾，抢险救援，防火检查监督，还要抓队伍管理，抓组织建设、班子建设，还要训练、比武、检查；一个大队，一个中队就那几号人，我看折腾得真够呛，工作量至少也是地方一些单位的五倍。”

然后就列举现象说：“地方一些权力单位是一张报纸一杯茶，等着别人来求他。门难进，脸难看，事难办，不给好处就不办。而你们消防队呢，白天是白天的事，晚上是晚上的事，睡不上一个安稳踏实的觉，吃不安一餐完整的饭，电铃一响，就要呼啦啦地往车上跑，可怜啊！造孽啊！可是你们的工资福利尽管拿着现役部队的工资，但实际上可支配性收入远远低于地方收入，更不要说三倍五倍了。美女你说是不是？”

美女说：“是，我现在工资瞿总每月发我五千元，还有提成。”

瞿总接着说：“尊敬的各位领导，如果我没说错的话，我再说个大实话。这个世界，这个社会最不公平的是对我们的现役消防不公平，不公正。从现在的体制看是军不军，民不民，公不公，兵不兵，叫什么公安现役部队，公安就公安，现役就现役，既穿武警制服，又授武警军衔，要么完全归武警管理；要么集体转业，穿公安制服完全归公安管理，直接划归公安就行了。现在整个消防受制太多，直管不成为直管，经常做好不讨好，还经常背黑锅。不仅没享受到正常的政治地位、社会地位和经济地位，而且往往在转业、随军家属安置上要比其他兵种差了一些。因为你们得罪了人，得罪了领导啊！这是我目睹的一桩桩一件件事实。我真想不通你们还这么兢兢业业，坚持原则干什么！换到我，才不出生入死，赴汤蹈火去抢险，去救援，烧又没烧到我，死的是别人，死的又不是我。”

坐在办公桌前耐着性子听完瞿总这番高谈阔论后，王纪元的双眉拧到了一起，想必在思考瞿总这番话背后更深刻的含义。他也清楚消防在市场经济条件下，在和平年代的市场经济大环境中，在机构改革中是受到了一些不公正、不公平的待遇，官兵受了很多委屈而忍辱负重。但作为一名参谋长，身为部队首长更清楚不能和他们谈论这些重大问题，于是也就坚定地说：“你这话差矣，国家利益高于一切，人民利益高于一切。”

郑智诚说：“你对我们消防部队的事怎么知道这么多，是不是知道得多了一点？听你这话有一点像策反似的，你不是哪个特务组织安插到我们部队身边的特务吧？”接着换了个口气就骂开了：“你给老子伤口上撒盐是不？晓得老子的老婆随军几年至今还没安排工作，排队都排三年了，还揭我的旧伤疤。”

王纪元看郑智诚没控制住感情，就敲了敲桌子说：“吵什么吵，你们都给我看看这四个字。上善若水，你们都给我看清楚了，看明白了！”

待大家离去，瞿总和那个美女也一同离开了。王纪元的办公室安静了下来，他站在窗前，窗外的风夹杂着凉气挤了进来，在他的脸上吻了一遍，倒也觉得清新，顿时也让他清醒了很多。望着路上车水马龙的汽车和行人矫健的步伐，“有为才有位，有位更有为”这一曾经的理念，再一次浮现在他的脑海，他没有因瞿总的高谈阔论而困惑、迷茫，反而是咬定青山不放松。回到办公桌前，他顺手拿起插在笔筒里的毛笔，蘸上墨水在当天的报纸上比照着悬挂在墙上的“上善若水”用力写下了“上善若水”四个字。就在收起“水”字的最后一笔时，门口又响起了敲门声。

得到允许推门而进的不是别人，正是刚刚离开的瞿总，瞿总进得门来又反身将门关上，还顺手按下了反锁，这些王纪元毫无察觉，他还在欣赏刚写的“上善若水”四个字。待他抬起头正要说你怎么还在这里时。瞿总先开了口说：“尊敬的王参谋长，非常感谢您对我的关心和重视，非常感谢您今天给了我这么多讲话的机会，特别是工程上的大力支持，我姐夫曾思春书记约谈了朱处长，想必他肯定向您汇报过了。受姐夫曾书记之命我代姐夫送这个包给您装装文件什么的，这也是我姐夫书记的一点小意思，请您一定要收下。”

王纪元瞅了一眼放在桌上的包说：“曾书记我认识他，他不认识我，他凭什么送这个包给我，无功不受禄，请代我向曾书记问好，改天我专程向他汇报去。”

瞿总说：“尊敬的王参谋长，我姐夫反复向我做了交代，要我将这个包包亲自送到您的手上，并要我代他向您表示致敬，问好。他说，改日专程到消防支队视察，看消防支队究竟是些什么角色，什么货色。他说他从电视上已经认识您了，就是那个天豪宾馆火凤凰夜总会，您开着车子直接撞墙，撞出一条生命通道，救出来五十多人。他当天玩去了，新闻没看着，后来的专题节目也没看着，他听到您这一壮举的美谈后，专门要电视台将专题节目送到他办公室。”瞿总就是这样，一不小心就把不住话，管不住嘴。

王纪元不动声色地说：“就请你告诉曾书记，我们消防队这些角色都是些最担当不怕死，行动在灾难事故中，是出生入死的角色；我们消防队这些货色脸黑心红，是红得和党旗、国旗一样的货色，请他放心。”

瞿总知道前面又讲漏了嘴，显得有一些忐忑不安，也听出了王纪元的话中有话，便也故意说：“尊敬的王参谋长，我就这样去给书记姐夫汇报啊，不好吧！”

王纪元说：“你认为呢？”

瞿总说：“应该这样向他汇报。一是参谋长您非常感谢曾书记对全市消防工作的高度重视和大力支持，热烈欢迎尊敬的曾书记到消防部队视察指导工作，顺便看看这些角色、货色。二是再给他开个玩笑，这些货色脸黑心红，脸黑是烟熏的、太阳晒的；心红是在您书记的教导下是党旗、国旗染红的，怎么样，尊敬的王参谋长？”

王纪元并不去理会瞿总的自作聪明，而是说：“你把这个包包带回给曾书记，说我是带兵打仗的用不上这样的包包。”说完就起身将包包拿给瞿总。瞿总见势就夺门而逃，可忘记了进门时按下了保险反锁，门开了几下没能打开，被一把抓了回来。于是，王纪元认真地说：“瞿总，你这个包包这么重，里面莫非放了定时炸弹吧，想把我炸死啊，炸死我就没人陪你玩了。”

瞿总说：“是炸弹和不是炸弹取决于事态的发生和发展，送给您的绝对不是炸弹，是感情，是敬仰，是尊敬，是佩服。我保证永远让它变成哑弹。”

王纪元揣着明白装糊涂说：“参谋长怎么打哑弹呢？开天大的玩笑，哑弹我就更不能要了，我军械库的军械件件响当当。快拿走！我既不要它发生也不要它发展。”也就连推带送的将瞿总推出了办公室。

四十八

初秋的季节，山峦叠翠，瓜果飘香，大红的、水红的、紫红的紫薇花像一张张笑脸在枝头摇曳。

每到这个时候，田心生活区挂在水泥杆上的广播就会播放成方圆翻唱的罗大佑的《童年》。“池塘边上的榕树上，知了在声声叫着夏天，草丛边的秋千上只有蝴蝶停在上面……盼望着假期，盼望着明天，盼望长大的童年。”成方圆的歌声欢快又优美，无奈而甜美。的确如此，学生们的暑假无疑是一年中最欢快、最幸福的时光。同时，也是最无奈的时候，就如同歌词里讲的一样：“总是要等到睡觉前才知道功课只做了一点点，总是要等到考试后才知道该念的书都没有念。一寸光阴一寸金，老师说过寸金难买寸光阴，一天又一天一年又一年，迷迷糊糊的童年。”

因此，学生的暑假和这个多事之秋一样，在演绎无数个精彩故事的同时，同样也总是发生这样或那样的事故。正如在浩如烟海的历代诗文中所说的，秋天总是与悲伤和哀愁联系在一起，秋心为愁，因此才有了“自古逢秋悲寂寥”的感叹。

就在田心这个楚洲市最美的生活区，一名被反锁在八楼家中的胖男孩爬上阳台的边缘，踮起小脚，用一双渴望的眼神，遥望着窗外精彩的世界。窗外门庭若市，行人三三两两，卖冰棒的、卖水果的吆喝声不时传进这位胖男孩耳朵里，害得嘴馋的他都流出了口水。也许是在盼望爸爸妈妈回家，也许是盼望爷爷奶奶回家，他们应该带回西瓜和冰棒等吃的东西。小脚踮得有点酸痛的胖男孩，索性跑到客厅搬来了一张小椅子站上去爬到了阳台上的防盗窗内。

按行内的说法一般的防盗窗有一字形的防盗窗和 U 字形的防盗窗。也许是为了多占有一点空间，也许是防盗窗制作师傅的提醒，又能多点面积，在这个生活区里都做了 U 字形的防盗窗。所谓 U 字形防盗窗就是从窗台边缘或阳台边缘向外墙扩出三五十公分的金属窗，更像一个铁罩子死死地扣在墙体上。延伸出去的窗户上还真能养些花花草草，还真能解决城里人晒衣服的问题。难怪农村的人总是笑城里人见不得阳光，城里人往往也就解释，不是见不得阳光，而是没得阳光可见。聪明的这些进城务工做生意的农村人，也就抓住城里人的心理，建议住在鸽子窝里的城里人做防盗窗时都做U形窗，也好让自己多赚几个钱，供养老人和孩子。

爬进U形防盗窗的胖男孩，看着在他下面走动的人，一会儿趴下对下面的人做着鬼脸，一会儿跳啊唱啊，他也不管行人看到还是没看到，反正他已经将这个地方当成了学校的舞台，尿急了就来一个空中散花，害得下面的行人以为是下雨了。

突然，胖男孩一脚踩断了一根下面的横栏，整个人就顺着踩断的横栏滑了下去，靠两只胳膊挂在防盗窗上。胖男孩的哭声惊动了路上的行人和这些流动小贩，情况万分危急，顿时现场一片混乱。这些素不相识的路上行人和在这里整天吆喝着做点小生意的小商贩，听到这撕心裂肺的哭叫声，仿佛哭声就像对自己所下的命令，那个急啊！救人啊！有的四处找楼梯间，一股劲地往楼上跑；有的大男人手牵着手，用手在下面织成一张网，其中一人说："大家注意了，谁也不能松手，只要楼上的小孩掉下来我们就用手接住他。"一名壮年男子则一个人摆起了接住小孩的姿势，半蹲个马步，将头仰起，双眼死死地盯住小男孩。他清楚地知道，只要小孩掉下来，一个人要灵活一些，只要双手缓冲着接一下，就能保住孩子的生命。有的人就打电话报警，熟悉孩子的人就一股劲拨打其爸爸妈妈的电话。

胖男孩的一双小腿在空中不断地抖动，整个防盗窗摇摇摆摆，好像整个窗户也要掉下来一样。抬头看久了的救援群众，有的感觉天旋地转，有的也许是血压上升而喘着粗气。

现场很快就围满了围观的群众，有的七嘴八舌，有的指指点点，有的从家里抱来棉被，有的沉着冷静。这时一位貌似单位负责人的人手持扩音器对着胖男孩安慰说："小朋友，我是唐叔叔，你爸爸的同事，你听叔叔话。现在你要用手死死地抓住窗子，保持安静，不要蹬腿，不要摆动，消防队的叔叔们很快就来救你了。"

当然，在围满了群众的同时，专职消防队二十多人抱着自己每天要用的棉被向事故现场奔跑，一床床厚实的棉被也从四面八方送到了抢险救援现场，在胖男孩有可能掉下来的地方铺满了一地，厚厚实实，场面感人至深。这位唐叔叔和大家忙完这一切，满头大汗地抬手看了看手表，知道公安消防队马上就要到了，当听到从远处传来的消防警报声，就连忙以一种命令的口气对公司专职消防队汤队长说："你立马组织消防队员将群众疏散，将道路疏通，为公安消防队的举高车留出位置，快，不得耽搁。"

唐叔叔，真名叫唐树，是国有企业田心集团公司党组副书记，兼任公安处处长，消防队员出身，一米六八的个头精致而健壮，一双酷似孙大圣的眼睛明亮而机警。凡是和他打过交道的人，都夸他工作思路清晰，处理问题果断而机灵。这不，要选一位能替代唐树的公安处处长还真难为了集团公司组织部和公安局政治部。一时没办法，唐树也只好能者多劳，双岗双责，一兼就快兼了一年。

今天得到消息的唐树，急忙放下手中的活儿，直接以百米冲刺的速度赶到了事故现场，还一边跑一边报警，一边安排集团公司专职消防队和公安民警、交警各司其职。他清楚地知道，靠公司专职消防队的装备上不了八楼，救不了小孩，所以在公安消防队到来之前就采取了这些应急的办法。

接到通知的胖男孩的父母火急火燎地从单位车间来到了自家楼下，见此情景，孩子的母亲还没来得及哭天喊地就两眼一黑晕了过去，平躺在地上，两眼的泪水沿着眼角两侧流了出来，不省人事。早先到达现场的集团公司医院救护车将她紧急送往医院抢救。胖男孩的爸爸望着胖男孩大喊了一声"我的妈啊"，就一股劲地往楼上冲去了。

提着菜篮子回家的胖男孩的奶奶，买了一篮子小孙子喜欢吃的菜，一路慢悠悠地往家走。她看到家门口围满了人，好生奇怪，也就加快脚步，凑上前去看热闹。不看则已，一看吓出一身冷汗，看到自己的孙子挂在半空中，就哗地一声哭开了，瘫倒在地上喊："根根啊！根根啊！你是怎么搞的啊，你这是要奶奶的命啊，你要奶奶买牛肉，奶奶给你买了牛肉，你要奶奶买雪糕，奶奶给你买了雪糕。"

突然，她扔下手中的篮子，疯一般地去抓住旁边一位男子的手："求你救救我孙子啊，救救我孙子！"就这样一路抓过去，一路喊过去。然后，她抓住了正在现场指挥救援的唐树的手说："求你救救我孙子啊，救救我孙子，我家可是四代独苗，四代单传，不能在我手上毁了这个家，我的根根就是我们这个家的根啊，我求你了，我求你了，我给你跪下了。"说完就扑通一声跪在了唐树的面前。

唐树也就席地而坐扶住奶奶说："大妈，我和您儿子是同事，你放心，我们会尽全力救援小孙子的，你看地上不是已经铺满了一层厚厚的棉被了，万一从八楼掉下来，凭我的经验也应该问题不大。"

听到地上铺满了棉被的奶奶睁大眼睛抬头看了看地上真的铺了一层厚厚的棉被说:“这棉被哪来的?”

唐树说:“这都是每家每户从四面八方送来的，还有我们消防队里床上的铺盖都抱来了，快起来，我扶你起来，消防举高车到了。”

四十九

王纪元乘着吉普指挥车，带着举高车、抢险救援装备车，一路警笛长鸣，风驰电掣地到达了事故救援现场。一跳下车，唐树还是以公安处处长的身份向王纪元报告，请求指示，王纪元指示说:“全力配合救人。”

领了命令的唐树就走上前紧紧地握住王纪元的手说:“王参谋长，你看我在地上铺了一层棉被，你检查一下，看怎么样，接下来，看还需要我们做什么?”

王纪元问:“八楼户主的门开了吗?”

“开了，孩子的爸爸已经在楼上了。”唐树回答。

王纪元走近铺在地上的棉被，仔细看了看棉被铺设方法和厚度，对唐树说:“这是你指挥干的吧!”

唐树说:“看哪里不完整，我再叫人抱几床棉被来。”

王纪元说:“很好了，只有你唐书记才做得这么完美无缺，我看也不要再铺放救生气垫了。”转身对跟在旁边的刘一民说:“派两名战士上八楼先用保险绳固定小男孩，以防万一；直接用曲臂登高车救人，开始。”接着又和唐树说:“请现场保持安静，不要大声喧哗，防止影响小男孩的情绪，将围观群众疏散到三十米开外。”

领受任务的双方各司其职，救援任务很快全面展开。

跑上八楼的胖男孩的爸爸，喘着粗气，嘴唇发紫，摸着钥匙的手颤颤巍巍，好不容易将挂在屁股上的钥匙取了下来。也许是因为心里紧张手抖得厉害，开锁的钥匙几次没能插进锁眼，后经之前跑上楼的人帮忙才将门打开。涌进门内的人自然而然地想到站到阳台上将胖男孩提上来就是。跳上窗台帮忙施救的几个人掰钢管，提孩子，可不管怎么提，胖男孩就是提不上来，而每提一下，胖男孩就发出撕心裂肺的哭叫声。

原来被踩断的钢管正好插进了胖男孩那白嫩嫩的小腿，还渗出了血迹。

因此，胖男孩的爸爸只好趴在阳台边，一手抓住儿子的手，一边在和儿子说：“崽啊，你的手抓紧，不要动，爸有点恐高，我这样用不上劲。消防队的叔叔们已经在救你了，眼睛不要看下面，看着爸爸。”

胖男孩听话地把手抓紧了，满脸的泪水已经干涸，用一双惊恐的眼神看着爸爸说：“爸爸，我不能死，奶奶说我们都是独苗。”

爸爸问：“奶奶到哪里去了？”

胖男孩说：“奶奶帮我买牛肉和雪糕去了。”

“那你怎么跑到这上面来了？”

“好玩。”

爸爸生气地说：“还好玩，你看都把人吓死了，要坚持住啊，手要抓紧。”

来到八楼的陈昌龙，首先对整个现场进行了一番勘查，然后从携带的抢险救援箱内拿出救生安全带和救生安全绳、保险钩等设备。

胖男孩一只手被爸爸长时间抓着，手掌已出现了乌紫，也因长时间恐慌胖男孩的嘴唇也同样出现了乌紫。看到这一切的陈昌龙、张虎，真是看在眼里，急在心里。他们不能将着急的心情表现在群众眼前，也就憋足了劲，一丝不苟有条不紊地操作每一个动作。经和胖男孩爸爸商量，采取束胸固定法，先将胖男孩固定了，防止跌落。

狭小的救援作业面要同时容纳几个人的作业，困难还真不小，考虑到胖男孩爸爸长时间地抓住儿子的手，手指手掌已经淤青，也已筋疲力尽，因此，他们决定将胖男孩的爸爸替换下来。只见陈昌龙纵身一跃跳上阳台，伸手抓住小男孩的另一只手，就要胖男孩的爸爸松开那只已经乌青麻木的手。张虎又纵身一跃从另侧跳上阳台，俯着身子小心地将安全救生带从防盗窗栅栏间隙中穿过，再绕胖男孩一周将安全带牢牢地系在了他胸前。然后，用保险钩将安全绳和安全带连接好。

张虎直接将安全绳的一头扣在自来水管道上。

陈昌龙和张虎借助安全绳轻轻地往上提了提，减轻了胖男孩被卡压的痛。在确认安全带完全系牢固了，陈昌龙也就松开了胖男孩的手，并为他一边轻轻按摩一边做心理疏导。胖男孩的爸爸见消防队员松开了孩子的手，心急如焚地去抓孩子的手，生怕孩子会掉下去。实际上现在胖男孩是上上不了，下下不去，被踩断两边的钢筋正好卡在胖男孩的腰部，下有胳膊卡住，上还有钢筋插在胖男孩白嫩嫩的小腿上。

站在下面指挥的王纪元用望远镜也看到了这一情况，就对刘一民说：“带上液压剪，上面需要破拆。”这时，陈昌龙向刘一民报告也要求带上液压剪。

曲臂登高车是楚洲消防支队向社会公开承诺参加社会抢险救援后添置的第一台登高消防车。该车最大登高度三十二米，最快升高速度八十秒，配有地面自动找平装置，最大载人负荷四百公斤，具有操作灵活、跨越建筑物、跨越城市绿化带作业的优势，是城市高层建筑灭火、救人、侦勘的主要装备，在实战中发挥了巨大作用。

随着曲臂登高车四肢徐徐地伸开，全液压机电一体化的水平面自动找平，高空救援警灯闪烁。王洪波娴熟地操作曲臂登高车，很快将两名消防队员和液压剪送到了八楼胖男孩的下方。他们一人托着胖男孩，一人很麻利地将插进胖男孩小腿的钢筋剪断，又将卡住胖男孩两边的钢筋一一剪断，将连接消防安全绳的保险钩在救援篮上的扶栏上一挂，拧上保险。王洪波娴熟的操作技术令曲臂登高车宛若一名优秀的机器人，直接将胖男孩送到了早已等候在一旁的救护车上，现场响起了热烈的掌声。

唐树一直在现场配合抢险救援，在胖男孩救下送进救护车时，他一把握住王纪元的手说：“谢谢参谋长的救命之恩，救人一命胜造七级浮屠。我请大家喝杯小酒，庆贺救援成功，怎么样。”

王纪元说：“这都是我们应该做的。我们没来之前，你做了很多很管用的工作，为我们打下了很好的基础，真的要感谢书记啊！”

唐树说：“这才真的是我们应该做的。不说这些了，我的地盘我做主，现在正是吃饭的时候，我们来个不醉不归，为挽救了一条鲜活的生命庆贺庆贺。”

王纪元调侃说：“你做不了主，我也做不了主。”

唐树一脸狐疑地说：“这话怎讲？见面喝三杯，这是我们的君子协定可不能反悔啊！”

说话间，王纪元的对讲机响了起来：“007！007！010 呼叫。”王纪元就对唐树说：“来了不，你我能做这个主吗？这个时候叫我肯定又是事。”接着按下发出键说：“007 听到，请讲。”

刘红晖说：“010 向你报告，有十名中学生自发到舜皇山游玩，被一群黄蜂攻击，有五六人被黄蜂蜇伤，其中两名同学伤势较重，情况非常危急，路程较远，可否出动，请你指示。”

王纪元说：“我多次与你们说过，有警必接，有险必抢，有难必帮。你们把我的话当耳边风了！我命令你们立即就近调动消防五中队准备好担架、毛巾、防护面具赶赴舜皇山救援，通知120同时出动救护车，不得有误，立即传达我的命令。”

唐树就站在王纪元旁，对每一句话都听得清清楚楚，一种崇敬的心情油然而生，双手再一次一把抓过王纪元的手认真地说：“尊敬的王参谋长，我的好兄弟，在你的身上看到了我们社会的进步、人民的希望，你日理万机，看来以后的三杯酒只能我替你喝了。”

王纪元说：“不瞒唐书记说，我自从承诺参加全社会抢险救援，各类报警随之增多，我就没敢再沾酒，生怕贻误了战机，对不起父老乡亲。”

唐树说：“参谋长真是责任心强，如临深渊，如履薄冰啊，这是人民群众的福气啊！”

王纪元说：“老朋友了，你就别给我戴高帽子了。你要想，我们救援是人命关天的大事，要与时间赛跑。在很大程度上区别于抢劫、偷窃、杀人这样的治安、刑事案件。一个是进行式一个是过去式。”

唐树说：“王参谋长说的在理，的确是这样，在市场经济环境下，时间就是金钱，在我们消防时间就是生命。”

王纪元说：“书记说得对，错过了黄金抢险救援时间，一条鲜活的生命就有可能丧失。消防五分钟、黄金七十二小时都是血与火经验的总结，我们不能贻误，贻误就是罪过。”

唐树说：“参谋长一定不要过于自责，我看，消防是我们这个时代最优秀的杰出代表。我们每一个机关行政单位，公司企业都有消防人精神就好了，爱岗敬业，勇于担当，无私奉献。”

王纪元说：“书记，还是不瞒你说，自从承诺参加社会抢险救援，我们也是摸着石头过河，有时心里没有底，总担心，生怕哪里出现失误。毕竟很多灾害事故没经历过，又是一些年轻小伙，装备还没跟上，现在每个中队只有一个抢险救援班。所以，只要能去的灾害事故现场，我一定去，哪怕是站在那里看，心里也踏实一些，官兵们也有信心一些。”

唐树说：“是的，万事开头难。我向参谋长致敬，等过了这阵子我们还是喝三杯。”

王纪元说：“只要感情有喝什么都是酒。”说完用劲握了握唐树的手一个箭步就上到了车上。唐树松开的手在空中扬起摆动，挥动的手和敬慕的双眼目送着王纪元这帮无畏的消防人投入下一场抢险救援。

王纪元心里有点纳闷，心想平时都不是这样的，所有处警是按照支队出动等级先调度再报告，并且一直都做得很好，抢险救援是全楚洲消防人集体的决心。想到这里也就没敢再往深处想，想必等会儿指挥中心应该会给一个交代。

五十

来到支队指挥中心的王纪元，只见大家忙碌不停，报警电话一个接着一个，一旁在紧急地受理着群众的报警，一旁在紧急地进行力量调度。

“喂！我们是楚洲消防支队 119 受理平台，请问有什么需要帮助的，请讲。”刘红晖说。

对方传来声音说：“我们同学被毒蛇咬了，请快来救我们。”

刘红晖说：“请不要急，慢慢说，请你把具体位置说清楚。”

报警同学说：“在阳明山国家地质森林公园。”

刘红晖问：“东门、南门还是西门？你叫什么名字？”

报警同学回答自己叫张开来，又转头问其他同学：“我们这是东门、南门还是西门？”同学们个个摇头表示不知道这是什么门。他接着继续说：“我们不知道这是什么门，我们这里没门。”

刘红晖说：“我是在问你们是从哪个大门进的公园，周边有什么标志性建筑或者是大点的树木、亭子什么的。”

张开来说：“东门，东门，有个好大牌坊的那个门。亭子，那里有亭子。”

另一个同学说：“我们现在就是在亭子里。”接着跑出亭子说：“哦，哦，我看看，我们现在在陶然亭。”

张开来说：“我们在陶然亭。”

刘红晖说：“明白了，我们很快就到。”

王纪元听到这里连忙从刘红晖手中拿过话筒说：“请问毒蛇咬到你同学的什么部位？他叫什么名字？”

张开来回答同学叫马波后就叽叽喳喳地在相互问，左脚、右脚、左脚，一边讲一边比划着左手右手。然后回答说：“左脚，是左脚。”

王纪元说：“咬到左脚的什么地方，是脚背，脚踝关节，小腿下面，小腿上面，还是大腿？”

张开来说：“小腿下面，小腿下面。”

王纪元继续问：“红肿得厉害吗？红肿得有一个手掌大吗？”

张开来说：“有，有一个手掌大，快到小腿肚子了。”

王纪元说：“你们听好，照我说的做。你们肯定有人穿了运动鞋是吧？”

张开来说：“对，我们几个人都是穿了运动鞋和登山鞋。”

王纪元就放慢语速，一句一顿地说：“你们穿的鞋子上都有鞋带，你们将鞋带解下来，在被毒蛇咬伤的同学伤口上方，膝关节下方用鞋带扎紧，阻止毒液向大腿以上扩散蔓延，懂了吗？知道怎么做了吗？”

张开来立马交代其他同学说：“快解开鞋带，快解开鞋带。”接着又回答说：“会做，懂的。”

王纪元说：“懂就好，注意扎紧一些，扎好后你们还可以用清水帮受伤同学清洗伤口。我们消防车已经在路上了，战士们会跑步上来，你们看到穿武警消防衣服的就大声喊。”

放下电话的王纪元正准备质问舜皇山毒蜂蜇伤学生救援一事时，刚刚调度完为市水泥管厂因自来水管爆裂，紧急救助送水的支队本周值班首长姚志强连忙和王纪元解释说：“参谋长给你解释一下，刚才舜皇山的事，是我要他们向你请示的。我考虑到路途比较远，当心城里车子调到那么远的地方去救几个被毒蜂蜇伤的学生，万一城里发生重大火灾和重大事故我怕负责任啊，不能怪他们。”

王纪元“哦”了一声说：“你也太谨慎了一些，低估了我们自己人的作战力量，调一个战斗班去，再同时通知医院。对了，医院通知了吗？救护车出动了吗？”

姚志强也没开口回答，刘红晖马上报告说：“按照你的指示，在调度五中队出动的同时，通知了市人民医院，还告诉了这些同学是被毒蜂蜇伤的，有两位伤势较重，要他们带好急救药物。”

王纪元用肯定的语气说：“好！凡以后在接警时只要有人受伤一要告诉他们基本的救治方法，二要及时通知就近的医院，并告诉是什么原因，就好像刚才毒蜂蜇伤，毒蛇咬伤。”

“是！”几名通讯员赶紧回答。

姚志强又说：“参谋长，我不是太谨慎，一是确实路程比较远，不是我们责任区范围之内的事。二是这周我值班以来，每天都有两三百起接处警，今天已经接警二百多起了，出动五十多次了。我们的车都调动得差不多了，基层消防中队的官兵有的已经累得趴下了，我心痛啊！”

王纪元说：“你心痛，我不心痛啊！我比你心痛得多，感受深得多！谁叫我们爱上了这份消防职业？我们要始终记住参加社会抢险救援是全支队共同的决心，要让我们消防人在社会生活中扮演一个不可或缺的重要角色。”

姚志强说：“这些道理我们都懂，碰到一些具体情况处理起来还真有点棘手。你看，刚才通向水泥管厂的市政自来水管突然爆裂，造成厂区周围一万多居民没水用，责任区的消防二中队有两个班扑救一起居民火灾去了，还从楼上背下来一位七十多岁的老奶奶。火还没有完全灭黑，再调动二中队两台消防车送水，中队就唱空城计了，万一哪里再有事，就无车可调了。但我考虑再三还是将两台水罐车调出救援送水了。我分析前面出动的两个战斗班很快就会结束战斗归队，一万余名群众没水用已是事实。”

王纪元听姚志强这么一分析，就不无表扬地说：“这就对了，处理得非常好。又好像舜皇山的五六个同学被毒蜂蜇伤了，还有两人已经昏迷，这已经是事实。我们消防不去救，谁去救？车又到不了，爬那么高的山跑那么远的路，还得把他们抬下来，背下来，谁去呢？只有我们消防去。对了，你说舜皇山的救援不是我们消防的责任区的范围，这些你知道我知道，老百姓不知道。我要进一步明确的还是我那四个必，有警必接，有险必抢，有难必救，有求必助。”

报警电话一个接着一个响个不停，十组 119 报警受理平台不同的铃声轮番响个不停，交汇出一组组美妙的音乐，仿佛是贝多芬的命运交响乐。全靠这些通讯员想出来，将这些电话编成一个个不同的铃声，否则，如果全是一样的响铃声，有时真还不知道是哪台报警电话响铃。六组无线对讲机更没有闲着，特别是那台群呼电台，更是热闹非凡，也不时给指挥中心传递一条条信息，供指挥中心和值班首长分析把握每一个细节以便及时指挥调度。

消防通信指挥中心人少事多，编制不够用，特别是向社会承诺参加社会抢险救援后，电话成几十倍地增加，加上通信科科长总共才四人，完全不能实现一人一台受警平台，只好一人管几台，有时候还得将值班首长也搭进去。

刘红晖是本地人，标准的南方汉子，一米七以上的个头不高也不矮，健壮的身体透出青春活力。高中毕业后高考成绩不错的他当了消防兵，本想到消防部队立志报考军校报效消防事业。由于普通话讲得好，人又机灵，又懂地方方言，支队在选调指挥中心通讯员时，将他选调到机关，一时也让好多人羡慕不已，特别是同他一批入伍的更是羡慕得有一些嫉妒。能进机关工作的刘红晖自己也高兴了几天，但事与愿违，万万没想到的是，本想进机关工作后会有更多时间看书，温习功课，可以备考军校。然而，经过短短一星期的培训，在指挥中心上班的他，突然发现每天的工作量太大了，这时他见王纪元还高兴，将憋在心里早就想汇报的话说了出来："报告参谋长，您看我的脸都白得像妹子的脸了，机关很多人都叫我小白脸。"

没听出刘红晖话中有话的姚志强一时用同地方打招呼的口气说："你当小白脸，人家想当还当不上呢。"

王纪元说："小刘啊，你的情况我知道，鲁科长也向我汇报过几次，过来让我看看。"说完刘红晖走到了王纪元面前，站成立正姿势。

王纪元首先仔细端详了刘红晖的脸和眼神，接着又将刘红晖的手拿到自己手上看了看，白净的脸庞透出不多的一点点红润，白净的手臂仿佛有一点苍白，深凹的眼睛黑色的眼圈又仿佛与他的实际年龄有点不相称。王纪元突然站起来在他肩膀上捏了捏，又双手抓住刘红晖的肩膀，两眼注视着刘红晖不无愧疚地说："你身体没问题，但长期没有晒太阳整个身体机能在下降，我得向你们检讨。"说完就喊其他通讯员："你们都过来让我看看，不，你们都坐在那儿别动，我过来都看看。"王纪元松开抓住刘红晖两肩的双手走到119接警受理台，仔细看了其他两名通讯员，发现他们情况类似，都是长期不能晒到太阳惹的祸，于是转身向鲁思民说："你拿一个关于支队指挥中心建设和管理的方案给我。我们谁也不能剥夺消防通讯员晒太阳的权利。"

五十一

消防车风驰电掣，呼啸着鸣着"火—火—火"的消防警笛，奔驰在不宽的乡道上。几公里开外一辆救护车也鸣叫着"哎约—哎约—哎哟"的警报与消防车一同奔跑。同样的情景一个出现在楚洲市南面山野田间，一个出现在楚洲市北面的乡间小道。一个是消防五中队的消防车搭载着八名消防官兵直奔舜皇山公园救助被毒蜂蜇伤的学生；另一个是消防一中队的消防车搭载着五名消防官兵直奔阳明山公园救助被毒蛇咬伤的同学。

情况都非常危急，两辆消防车和两辆救护车一南一北奔驰在山间、田头中，金黄色的稻穗被呼啸而过的消防车、救护车掀起层层稻浪，丰收喜悦的景象和美丽田园风光，消防官兵无暇顾及，更无暇慢慢欣赏，一路上都在研究救援对策和实施方案。

在奔向舜皇山的消防车上，随车指挥员李长征说：“有五六人被蜇伤，其中两人出现昏迷，消防车又不能到达救援地点，我们只能跑步上去，大家都把这身又硬又重的消防灭火服脱了，轻装上阵。”

五号员说：“队长，防毒面具要不要带上。”

李长征说：“都不带了，救人要紧，我想这个时候毒蜂应该停止攻击了。”

正说完车载对讲机传来了指挥中心的呼叫声。“051，051，010 呼叫！”

李长征抓过话筒说：“051 听到，请指示。”

010 说：“王参谋长指示，要你们途中注意安全，贯彻救人第一的原则。”

“051 明白。”之后由于山高路远断断续续的呼叫声已经再也听不清，指挥中心不得不终止了和李长征的对话。

李长征说：“大家都听到了，要贯彻救人第一的原则，我们分个工，两名重伤昏迷的同学由一号员、四号员负责一人，二号员、三号员负责一人，其他四人我们各自负责一人，采取抬、抱、背、扶等方法，具体情况具体分析。两名昏迷的重伤同学肯定不是抬就是抱和背。”

五号员又说：“队长，我做的那个取蜂网要带上去吗？”李长征回答说：“今天不带了，先把人救了，改天再安排你来搞个斩草除根怎么样？”

五号员立马回答说：“保证完成任务，八蜂九蛇，这个时候蜂蛹特大特好吃，我在老家时，每到这个时候，我们就去找马蜂窝，取出里面的蜂蛹回家炸着吃，真的香。”

李长征听五号员这么一讲就和大家说：“这些同学是不是看到这个大蜂窝想吃蜂蛹而捅了马蜂窝呢？”

五号员说：“我看肯定是！没那两下子，想吃蜂蛹！”接着又扮了一个得意的脸。

在另一台奔驰去阳明山的消防一中队车上，车载无线对讲机正在回答指挥中心 010 的位置。

刘一民说：“从路牌指示看，我们离阳明山还有 15 公里，估计还有 15 分钟就可到达，请问对方人怎么样了？”

010 说：“人在陶然亭亭子中，我们要求他们暂时安静休息，红肿面积有所扩大，还没有红肿到扎绳子的地方。王参谋长指示，要你们途中注意安全，要注意观察伤口牙印，要了解是什么毒蛇咬伤，看战士中有谁对蛇伤有过研究。”

刘一民回答说：“明白！”接着就问王俊波：“王班长，你老家自古以来就产异蛇，你对蛇伤应该有所了解吧？”

王俊波说：“懂一点点，在老家时，经常没事挖洞寻蛇打，为家里改善伙食。”

刘一民说：“你分析在我们这里一般是些什么蛇容易主动攻击人类。”

王俊波说：“在我们南方地区蛇类品种比较多，十大毒蛇中只有一种是生活在海里，我们这里没有，其他的都有。但蛇一般都不主动攻击人类，除非是受了惊吓。能主动攻击人的也只有眼镜王蛇和眼镜蛇。眼镜王蛇体型大、目标大，已经好多年没有看到了。现在较多的恐怕是眼镜蛇、百步蛇、短尾蝮蛇、竹叶青蛇。”

刘一民说：“凭你的经验判断可能是什么毒蛇？”

王俊波说：“根据伤者位置，可以排除竹叶青蛇，因为竹叶青蛇一般生活在树枝上、竹梢上，攻击人时一般会是人的上身。有可能是短尾蝮蛇和眼镜蛇。因为短尾蝮蛇这个季节一天二十四小时都蹲守在田间、地头、路旁、水沟、山林捕食猎物，又非常善于伪装。经常将自己伪装成和当地环境一样的颜色，尽管不主动攻击人，但受到惊吓，还是会咬人的。眼镜蛇这个季节活动非常频繁，要交配产蛇卵，一有动静就抬起头，发出呼呼的叫声，主动攻击。眼镜蛇两个毒牙生有倒钩，像我们钓鱼的鱼钩一样，拔出来时往往要带出两小块肉，等下我看看就知道了。”

刘一民说：“那就好，待会儿你要仔细辨认，为医院救护车赢得时间。”

王俊波说：“医院救治蛇伤就是血清。有的毒蛇，像五步蛇、眼镜王蛇毒液相当毒，被它们咬后几个小时就死了，救治晚了血清都没用。”说完就要看随车急救药箱。

五号员王宁连忙将随车急救药箱递给王班长。王俊波打开看了看里面有酒精和药棉就说：“我们可不可以先在现场帮助施救一下。”

刘一民说：“在救护车没到达之前，我们尽量想办法减少伤者的危险。”

五十二

舜皇山是一座天然森林国家地质公园，传说舜帝曾狩猎驻跸于此故而得名，是全国唯一一座以帝王名号命名的千古名山，被誉为“天然佳境，人间仙境”。舜皇山层峦叠翠，谷幽峰险，瀑布纵横，熔岩壮丽，山、水、石、林巧合成景，岩、泉、树、藤自然成趣，野趣横生。人们往往慕名而来，流连忘返，特别是那些放了寒暑假的学生更是将这里作为每年假期的必游之地。同样，这时候是孩子们最快乐的日子，蝉的歌声、蛙的鼓声、蟋蟀的琴声，无不将每个放假在家的同学们撩拨得心里痒痒的。就在这万物荣华的季节，楚洲市第一中学一群相约而至的同学，个个兴高采烈，赏花、听涛、戏水、观鱼，放飞忙碌了一学期的心情；爬山，追逐，累了就在娥皇的吸氧亭吸氧；疲惫了就躺在高山女英草场以草地当床，以蓝天当被，打上一个盹；饿了又纷纷掏出自己准备的干粮或者采摘到的山果就着飞天而下的山泉水津津有味地补充能量，自由自在，无拘无束。忽然，就在大家眨巴着眼睛，透过树枝在深邃的天空中寻找秘密时，冯海同学惊奇地发现一个斗笠大的大蜂巢挂在树枝下，就喊："蜂，蜂，蜜蜂，好大的蜜蜂。"听到喊声的同学们沿着他的目光看去，果真是一个斗笠大的蜂巢，牢牢地、紧紧地贴在树丫上，几十只、上百只的蜂飞进飞出，爬来爬去，忙个不停。

江河同学说："这哪是蜜蜂，蜜蜂没这么大，是黄蜂，也叫马蜂。"

李超同学连忙插话说："八月蜂九月蛇，我们可美餐一顿了。我们把这个蜂巢摘下来，里面肯定有很多蜂蛹。"于是大家就七嘴八舌地说开了。

冯海问："怎么摘下来?"

李超说："那还不容易，找一根长棍子，点上火，一烧蜂就飞跑了，我爬上去一摘不就下来了。"

江河制止说："太危险了，马蜂会蜇死人的，别弄啦!"

李超说："你懂个屁，我在农村外婆家哪年不掏几个蜂巢回家吃一吃。老人说，这是上等补品，比任何山珍都好，高蛋白质，吃了可去风湿，能提高记忆力。"

大家听可提高记忆力也就来了兴趣，于是忙活了起来，都去找长棍子，找柴草。一会儿工夫真的扎了一个像模像样的长火把。没有打火机，他们就四处找人借，看到有人来就问，最后干脆跑到山下农户家要了一盒火柴，一切准备完毕，同学们仿佛已经尝到了香脆酥松的蜂蛹味了。胆大的李超就擦燃了火柴，点燃了火把，举着长长的火把，踮起一双脚就去烧蜂巢，其他的同学个个仰望着斗笠大的蜂巢。当火把一靠近蜂巢时，爬在蜂巢上的马蜂迅速地飞走了，同学们就跳着鼓掌说："飞走了，飞走了。"

当火把再一接触到蜂巢时，也许是惊扰了蜂王，一只体形硕大的马蜂一个俯冲对着张洋的胖脸就是一蜇，痛得张洋尖叫着拔腿就跑。蜂王的出动仿佛发出一道不可违抗的命令，所有的马蜂倾巢而出，铺天盖地向着同学们发起猛烈攻击。同学们见此情景仓皇拔腿就跑，成千上万的马蜂就在后面追，跑啊追啊，追啊跑啊，追上后不管头上、脸上、手上一顿乱蜇，直到将同学们蜇得遍体红肿，坐在地上不能动弹。冯海看到马蜂成千上万只成群结队俯冲追来时，两腿一软就瘫坐在地上，李超、江河就顺势趴在地上一动未动，逃过一劫。

原来，马蜂是色盲平时也不主动攻击人类，只有当受到惊吓时才攻击人，并且只攻击运动中的人，会顺风而追，你跑得越快他就追得越快，并且是不追到绝不肯罢休。

两路消防救援车同样还是一路风驰电掣，跟在后面的救护车寻着消防车的声音也没敢放慢速度，生怕误了救护的时间。田野间、山林中拉着警笛奔驰的一红一白的车引来沿路的村民看新奇，猜想哪里肯定是起火了。没曾想消防队是去抢救被毒蜂蜇伤、毒蛇咬伤的学生。

忽然，随车分别赶往舜皇山、阳明山的消防指挥员手机同时响了起来，由于山区信号不好，赶往舜皇山的李长征说："喂，喂，我听到了，请讲!"

市消防指挥中心的刘红晖说："信号不好，我听不太清楚，你听着，被毒蜂蜇伤的两位重伤员现已经出现呼吸困难和全身抽搐状况，随时有可能出现休克，生命危在旦夕。王参谋长指示，为了赢得时间，你们要现场施救。来，我让王参谋长告诉你们怎么做，听得到吗?"

李长征说："听得到，这里信号很好。"

王纪元说："这种情况，你们要坚持先重后轻的救人原则，你们到现场后要对两名重伤员进行现场紧急处理。我告诉你们几种急救法，到现场后见机行事，明白吗?"

李长征说："明白，请首长指示。"

王纪元说："一是寻找被毒蜂蜇伤的部位，想办法将毒蜂的毒针拔出来。二是捏住伤口周边的肉采取挤和嘴吸的办法将毒液吸出来。三是用清水清洗，最好用伤员自己的尿液清洗。四是我问你随车急救箱里有抗过敏的药物吗?扑尔敏、息斯敏、风油精都行。"

李长征回答说："我们检查了，急救箱里只有一瓶风油精，其他都没有。"

王纪元说："那我告诉你，像舜皇山这样的地方应该有车前草、蒲公英、半边莲、一枝花。找到其中任何一种都可以，洗净用嘴嚼烂，糊在伤口处。风油精是管用的，可是只有一瓶，就注意用在重伤员的重要部位。对了，舜皇山水源丰富，那些地势平坦的水渠边应该长了很多野芋头，这个时候也是野芋头长得最好时候，你们就近采挖一些野芋头，找块石头将野芋头捣碎，抹到两名重伤员身上，全身都要抹到，这样能大大缓解中毒症状，防止昏迷和休克。其他四个较轻的就用我前面说的找到解蜂毒的植物用嘴嚼烂糊在伤口处，知道了吗?”

李长征说：“知道了，那四个较轻的可不可以也用野芋头呢?”

王纪元说：“不行，中毒不严重者，擦到身上会很痒很难受的。”

李长征又问：“那两个中毒严重的会痒吗?”

王纪元说：“如果是他们电话中描述的那样，应该中毒很严重了，应该不会感觉痒，你们见机行事，注意安全。”放下电话，李长征就从药箱里将唯一一瓶风油精抓到了手上。

五十三

在赶赴阳明山的消防车上，刘一民也接到了支队指挥中心打来的电话：“请报告你们到了什么位置!”

刘一民说：“我们尽量再快些，但确实路窄弯多坡又陡，估计快到了。”

刘红晖说：“情况比较复杂，刚接到张开来同学的电话，他们只是用随身带的矿泉水洗了一下伤口，没人敢用嘴去吸毒，伤口周边已经出现了乌紫色，踝关节以下都肿了，现在不断向上扩散，王参谋长问你中队王俊波去了没有?”

刘一民回答说：“明白。王俊波在车上，刚才我们已经商量对策了。”

王纪元抓过电话说：“你要王俊波接电话。王俊波，我记得你说过，你在老家学过治疗毒蛇咬伤的紧急处理办法，我命令你采取一切手段救治伤者，不能有任何闪失，这是命令！否则我拿你是问。”

王俊波回答说：“是，保证完成任务。”说完就将随车的急救箱放在自己大腿上。

阳明山自古以来就以古、奇、秀特色而著称。早在东汉时期，阳明山就是周边的朝拜圣地，拥有万亩杜鹃花海、十万亩竹海、流泉飞瀑、奇峰怪石、云山雾海五大奇观。山中水质清澈甘甜，万寿寺古井泉水酷暑不竭，大雨不溢，饮之回味无穷，有阳明圣泉之称。山上溪、潭、瀑遍布，龙潭幽深莫测，紫气升腾，是各种动植物生长的天堂。山脚的竹、山腰的原始次森林、山顶的杜鹃花构成了一幅奇特丰富的生态画卷，自古就有“北有庐山，南有阳明山”之说。大陆的阳明山和台湾地区的阳明山遥相呼应，被誉为人间“灵山福地”，是国内外少有的自然历史文化遗产，也是少数尚未得到很好开发的旅游宝地。正是由于这原汁原味的美景，经常吸引国内外一些文人骚客和学生慕名前来旅游、写生和探险。

这些同学就是来探险的兼做科普调查，采集动植物标本。为什么要选择阳明山做科普调查，是因为受地壳运动的影响，阳明山不像其他高山大川一样连绵起伏，山山相连，而是在众多丘陵中突然凸起成一座高远的山峰。主峰海拔 1625 米，整个山势沟谷纵横，陡峭奇峻，当海拔上升到 1000 米以后，地形突变，形成若干狭长盆地，形成若干高山湿地，最大的华东黄杉和南方红豆杉群落分布其中。这里也就成了天然的科普基地、科普山，各类动植物的标本采集地。

这个季节是各种蛇活动最频繁的季节，它们要为几个月后的冬眠储备大量脂肪和能量，所以也就经常潜伏在田间、地头、山村伺机猎食。这些莽撞少年怀着对大自然极端的兴趣和热爱，跋山涉水，走湿地，在不经意间被什么咬伤而全然不知。当发现脚有异常时，踝关节已经肿得很大了，同学们抬脚的抬脚，抬手的抬手，抬头的抬头将马波抬到陶然亭里休息。张开来仔细看了看马波红肿的部位，发现在红肿的中间部位有两个并排的伤口，便第一感觉认为是被毒蛇咬了，接着很失望很沮丧地大声吼叫：“蛇咬人了，蛇咬人了。”震得整个山谷回响。

两路消防车几乎同时分别到达舜皇山和阳明山。

消防车开进了舜皇山山门，鸣叫的警笛仿佛更响了一些。李长征拿起车载广播喊：“同学们，我们是楚洲消防支队官兵，现在来营救你们，请问你们还在女英高山草场附近吗？如果听到请下来一个同学帮我们带路。”

消防车驶进山门不到两公里，不再是车到山前必有路了，李长征命令随车官兵下车徒步前进。只见两边陡峭的山坡，形成一条悠长的峡谷，峡谷中的清泉咆哮着奔流直下，撞在石头上溅起朵朵白色的浪花。盘亘在前面的就是曾经红军翻越过的舜皇山，沿溪而上就是通向女英高山草场的高山草原。右边狭长的小道就是通向蛾皇的吸氧亭。然而每条路都很窄、很陡，路上长满了说不出名字的各种藤蔓和植被，湿漉漉滑溜溜。李长征想起王参谋长的指示，将全体人员喊到身边说：“风景是没得看了，告诉你们，这就是车前草，这是野芋头；你两个人扯野芋头，注意戴好手套，不要将芋头汁搞到自己身上，否则会很痒；你两个人扯车前草，洗干净。”接着就喊：“五、六号员!”

“到!”五、六号员异口同声地回答。

李长征说：“把两副担架带上。”

“是!”五、六号员又异口同声回答。

接着李长征就拿着手持话筒喊：“同学们，你们听到我们的声音了吗？我们已经为你们准备了急救药物，现正往女英高山草原上来，听到了就来个人接我们。”一边喊一边带领全体官兵铆足了劲沿着通向女英高山草原上跑。喊话声在山谷久久回荡。

听到消防警报声和中队指挥员喊话声的同学们显得有些兴奋，两名全身抽搐的重伤员，用舌头舔了舔发白的嘴唇，其他四名轻伤员也就挣扎着从草地上坐起来，上气不接下气，呼吸也还困难。李超说：“你们三个看着他们，我跑步下去接消防队叔叔去。”

陡峭的山路挑战着每一位憋足了劲的消防官兵们，一路的陡坡，一路的之字路，跑出几百米后个个汗流浃背，气喘吁吁。

“你们是消防队叔叔吧？叔叔好！我们被马蜂蜇了，我来接你们。”

李长征说：“你叫什么名字？我姓李，叫我李叔叔就好。”

李超说：“李叔叔，我也姓李，叫李超。”

李长征说：“李超同学，你告诉我，现在人怎么样了？”

李超同学说：“情况很严重，两个重伤的同学全身抽搐，一会儿昏迷，一会儿醒来。”

李长征说：“其他几位呢？”

李超说：“其他四名同学无精打采，一点精神都没有，只想睡觉，我怕他们睡过去就醒不过来，我们四个人就轮番与他们说话不让他们睡。”

李长征哦了一声说：“你做得对，你们是哪所学校的，是来了十个同学吗？”

李超回答说：“我们共十个人，市一中的学生。”

李长征问：“前面还有多远？”

李超说：“翻过这座山，再过两个峡谷，再翻过一座山，就是一望无际的著名女英高山大草原，景色美极了”。

李长征听到这里连忙给大家鼓劲说：“战友们，听到了吗？加油啊！翻过此山就是女英高山大草原，景色美极了”。

李超同学悟性挺高，听李队长为大家鼓劲加油，就附和着说：“高山大草原上还有好多高山杨梅，又酸又甜。”大家一听杨梅，嘴里就涌出了口水，口渴舌燥的感觉也顿感消失。

刘狮故意虎着脸说：“李超同学，我当兵前在家就是种植杨梅的，你可不能骗叔叔，现在这季节哪还有杨梅啊？这趟抢险救援回去，队长请我们吃葡萄好了。”李超同学毕竟年小，听这位叔叔说在家是种植杨梅的，竟对自己亲眼目睹的高山杨梅产生了怀疑，一时语塞。

李长征不管高山有杨梅还是没有杨梅，就附和着李超同学的话说：“请你们吃葡萄没问题。你敢说，高山没杨梅？高山海拔高，气温低，杨梅成熟要晚一些，同样也有野生葡萄，这个时候正是高山杨梅的成熟季节。快，谁先到谁先尝杨梅，注意大家手中的草药，草药不能丢了。”李长征还特意将尝杨梅三个字说得重一些。

消防车开到万寿寺，前面就再也没有路了，一些香客进进出出。王俊波背着急救包跳下车，看了几块指路牌都没有发现有陶然亭的标识，就直接跑到一位正在敲打木鱼的长老前问：“请问长老，陶然亭怎么走？”长老微微睁开眼睛细细打量了一下王俊波，发现来者一身军装，两脸颊微红，眼神急切而慈善，眉宇紧锁而天庭饱满，便问：“施主到陶然亭有何贵干？”王俊波说：“不是什么贵干，要去救人，有一个同学被毒蛇咬伤了，生命垂危。”

长老就说：“阿弥陀佛，救人一命胜造七级浮屠，陶然亭离这里还很远，你们几个跟着我来。”说完头也不回地向万寿寺后院走去。

王俊波看看刘一民，刘一民又看看其他几名战友说：“司机留下，其他都下车。”四人也就跟着长老进了万寿寺后院。

来到后院，院内有一些的木马、木虎、木猴，个个形象逼真，栩栩如生。长老说：“阿弥陀佛，路途遥远，我们骑马去吧。”

陶然亭中围着五六个人，个个神情沮丧，垂头丧气。中间躺着的学生，双眼紧闭，脸好像痛得有点变形，嘴唇发白。伸直的双脚，左脚踝关节四周肿得像肉包子一样放着油光，与右脚形成鲜明的反差。张开来看来了这么多消防官兵，心情马上就明朗了起来，连忙问：“你们是消防叔叔吗？我是张开来，谢谢你们。”

刘一民说：“对，我们是消防队的。这位受伤的同学叫马波？”

张开来回答说：“他叫马波，我们是科技学院的学生。”

刘一民嗯了一声，然后对王俊波说："我们赶紧检查一下伤口，采取紧急措施。"

王俊波立即靠近马波同学，将左脚拿起放到自己右大腿上，右手就从上至下，左手就从下至上，沿着肿起的地方轻轻地向伤口中心处挤压，一双眼睛仔细地观察着伤口的形状，然后判断说："刘队长，这肯定是短尾蝮蛇咬伤的，毒素很厉害，属神经毒素，抢救不及时是会死人的。有时为了救命，防止毒素不扩散，要将一条腿锯掉。"

听到这话的马波猛地一下将脚收回说："我不锯腿，我不想死。"

王俊波坚定地说："马波同学，请你冷静，你的腿不用锯，请你配合我帮你紧急救治，好吗?"说完王俊波从裤口袋里面掏出一瓶黄色液体一样的东西对着伤口喷射，接着从急救箱里面掏出刀片、药棉、酒精。只见王俊波将刀片擦上酒精，在打火机上一烧，然后，在两个牙印上就划开两个十字架。双手往上下两头用劲，推着往伤口处一挤一捏，紫红发黑的血水和黄色的液体从划开的十字架伤口中流出。反复几次后，消肿了很多。

于是，王俊波又俯下身一边用嘴吸，一边用双手挤，就这么手嘴并用，直到将那些变乌变紫的血水毒素挤干净。王俊波再从裤口袋里面掏出那小瓶黄色液体又喷几下，接着又将药棉撕开薄薄的一层顺着伤口处在浮肿的地方贴上，只听打火机嚓的一声马波的左脚自上而下像闪过一道火光。做完这一切的王俊波终于松了一口气，抬起头憨笑着说："谢天谢地，应该没事了，好多年没做过了。"只见王俊波额头上鼻尖上满是汗珠，长时间跪着施救，汗水也早已将整个裤裆浸得透湿。

一旁的战友开玩笑说："王班长急得尿裤子了。"

还没回过神的王俊波听战友这么一说，下意识地低头看了看，见自己写好的信掉在地上，顺手捡起后站起来憨笑着说："天太热了。"就把信交给了刘一民，要他帮看看。

这时张开来同学说："谢谢叔叔，请问上面那根鞋带要不要解开。"还没等王俊波回答，不知到哪里去了的长老将手上捏着的东西对着马波同学的伤口上一敷说："松开吧！没事了。阿弥陀佛！"

随着救护车的一声长鸣，被毒蛇咬伤的马波在消防官兵及同学的陪伴下向市里驶去。

归队的车上，刘一民一边表扬王俊波，一边从口袋里掏出王俊波写的情书，大家见后都争着抢着要看。王俊波就大度地说："我从没给女孩子写过信，这样写要不要得，你们都帮我参谋参谋。”刘一民就念了起来：

敬爱的翠玉同志：

你好！

我在开头时，究竟怎么称呼你我就想了很久，说亲爱的怕你肉麻，说尊敬的怕你年少，直接呼喊你的名字怕你说我粗野，最后决定用这个称谓庄重一些，好一些，想你不会怪我称你为同志。

我收到过你很多封信，也一直想给你回信，怕打乱了你的生活，所以不敢提笔。今天，我受领导嘉奖，奖励我喝了三杯小酒，壮了壮胆，终于鼓起了勇气，拿起了笔，向你描绘我们心中的伊甸园。

我想在我的老家为我们筑建一座爱巢，待我退伍后，我们一起回到我的故乡，去过我耕田来你织布，我砍柴来你浇园的生活，不知你愿意不？那里没有车来车往，那里没有爆炸火灾，那里没有海啸泥石流，那里只有阳光、空气、绿树和鸟语花香。

我只想你每天手上拿着一本书，端着一杯茶，带上那些贵宾、金毛、边境、拉布拉多坐在那棵枝繁叶茂的香樟树下，那里有四人圆围石桌，那里有小鸟的鸣唱，那里的每一口空气都清甜爽心。

你坐在四人圆围石桌旁，悠闲自在的做你喜欢的、高兴的事，读你喜欢读的书，听蝉鸣、听鸟叫、听蛙声、看萤火虫。你轻轻地端起石桌上的茶杯浅浅地抿一小口，那么悠闲，那么优雅，那么从容，那么高贵。眼睛就移到了你手上的那本书，你看得很专注，很投入，慢慢的，你的脸蛋儿露出浅浅的酒窝，那么甜蜜，那么幸福。

看到这一切，我心里比什么都高兴，比什么都幸福，我想我真的给你带来了快乐，带来了幸福。

往后的日子，我们在这没有任何灾难的地方，我们生育儿女，赡养双亲，过着与世无争，丰衣足食的生活。闲时，我们拿上钓竿去钓鱼取乐，提上定网去定鱼虾；我们撮上一撮稻谷去喂养那些鸡，那些鸭，那些鹅；我们抱上一捆草去喂牛，去喂羊……

嘴馋了，我们信手在山上采上一把野果，或者信步走进自家的果园、菜园，要么摘下一个桃子、李子、黄瓜、西红柿，要么摘下一个石榴、一串葡萄，要么摘下一个橘子、柚子，美美地解解馋，想怎么吃就怎么吃。

晨曦，我们在公鸡打鸣的时候，在鸟儿叽叽喳喳的叫声中沐浴第一束阳光，呼吸第一口空气，收获第一份希望。这就是我要给你的生活，不知你满意还是不满意。不满意，星星就在我家后山的山头上。

至此

军礼

刘一民一口气读下来，直夸王俊波能文能武，说他既挽救了马波同学的生命，又写了这么美好的情书，其他几人吵着嚷着还要看一遍，整个车内欢声笑语。

五十四

李长征带着这帮官兵气喘吁吁地终于赶到了女英高山草原，李超领着消防官兵一踏进高山草原就兴奋地大声地边跑边喊："消防叔叔来了，消防叔叔来了，大家有救了，我们有救了。"就径直来到这些被马蜂蜇伤了的同学们的避难现场。只见这些同学横七竖八躺在女英高山草原的一角，一脸沮丧，两位没有蜇伤的同学一人枕着一个重伤员，另外一位没受伤的同学时不时地去推一推那几个躺在草地上昏昏欲睡的同学。

听到喊声的同学显然也多了几分兴奋，四名伤势较轻的同学显然又来了精神，又一次努力地从草坪上坐起。看到这一状况，李长征立即命令说："都给我听好，现在的情况比我们想象得要严重得多。我们兵分三路，一、二号员负责将野芋头捣烂，帮两名重伤同学擦拭；三、四、五、六号员一人负责一人，将车前草嚼烂帮同学敷到伤口处，注意在伤口上找一找马蜂屁股上的毒针，有的马蜂蜇人时，会将毒针留在肉里面，大家要仔细找。"然后，就交代大家给同学喂水喝，说完从急救药箱里取出一瓶维生素C和一瓶消炎药分发给他们。

随后李长征从裤口袋里摸出那瓶风油精，在两重伤者高高隆起红肿的头上涂抹风油精。

两位同学脸肿得连眼睛、眼皮都分不清，整个头就像一个大皮球鼓鼓囊囊，眼不成为眼，仿佛是一幅很滑稽的漫画。由于肿得太厉害，头发也显得稀疏了很多，红亮的头皮仿佛要从头发中挤出来。李长征不管三七二十一，将风油精对着两位头上、脸上、脖颈上一顿涂抹。他接着用手探了探鼻息，然后又把了把脉，再就将耳贴到伤者的左胸前听心脏的跳动声。接着说："小同学，坚持住，来，我先喂你点水喝，喝了这个水会好些的。"于是，就从瓶子里面倒了十多粒维生素 C 放进了两瓶矿泉水瓶里。还有一些清醒的同学，努力地张开嘴极力地将几粒消炎药和水一起喝下。李长征一边喂又一边说："多喝些，多喝些，喝了这水待会排点尿就好些，来，再喝点。"

真是天赐良机，捣野芋头的一、二号员，就在学生躺着不远的地方找到一个天然的石夯，他们将扯来的野芋头洗净后连着叶一起，用捡拾来的一块长圆形石头使劲地将野芋头捣碎，一棵棵野山芋在石夯上来回几捣，黏液连着芋叶芋肉白的绿的就变成了黏稠的糊状。一号员看野山芋捣好了就对其他战友说："你们快去把他俩的衣服解开，我马上可以帮他们擦身了。"

三、四、五、六号员和几名同学分别在他们脸上、头皮上、手臂上寻找毒针。五号员说："找到一根，哎，拔出来了。"

三号员说："我也找到了一根，针上面还有肉。"

六号员说："我怎么没找到，就只有一个红点。"

四号员说："你看红点处有没有黑头又有一点肉色，要仔细看，仔细找。"

六号员说："我这个同学没有，来，把水喝完。"

车前草在他们的嘴中不断地嚼，草剂填满了整个口腔，四号员一不留神就吞咽了一口，连忙将满嘴的车前草吐了出来紧张地说："队长，我咽一口下去了怎么办?"

李长征看他紧张得不行就说："没事，利尿排毒，可以当凉菜吃。"说完就吃起来给大家看。

战士们嚼好车前草后，就分别一处一处地在同学们蜇伤处敷上，又用创可贴固定好。

正在找毒针的敷草药的他们听一号员说要解开两名重伤者的衣服，大家也就停下手中的活，帮两名重伤同学宽了衣。

也许是维生素的作用，也许是风油精的作用，也许是喝了大量水的作用，也许是精神的作用，四名轻伤同学仿佛好了很多，纷纷努力站起来想找个地方方便方便。李长征见这一情况，心里就高兴地说："害什么臊，就地解决。"接着就和大家说："你们分别将受伤的同学送下山，之后再上来帮忙。李超、江河两名同学留在上面。"

一、二号员和李长征帮两名重伤同学全身来回擦洗，三、四号员就在一旁打下手帮忙。由于戴了塑胶手套，不知感觉怎么样，二号员干脆将手套脱下扔到一边，用裸露的双手到石夯里抓起野芋头糊，仔细地、认真地在同学脸上、身上擦拭。在明显毒蜂蜇伤处一个一个画着圈圈反复地擦拭，不一会儿两名重伤者仿佛神志清醒了一些，浮肿的脸也好像没有之前那么大了。这个时候二号员有点坚持不住了说："不行了，不行了，我的手又麻又痒，啊，痒死我了。"

李长征听二号员说痒得不行就说："好，痒就好，说明这野芋头毒性强。他们也会很快好起来的，差不离了，你快去洗手，我们准备将他俩抬下去。"李超、江河听到李长征这么一说，也就连忙跑到一旁将两副担架拿了过来，放在两位同学旁。大家就小心翼翼地将两位重伤同学移到担架上，然后，就一前一后地抬着他俩向山下走去。

第二天，市一中同学被毒蜂蜇伤的消息不胫而走，同学们纷纷涌向医院探望。袁思慕、贺思虑、陆倩倩、桑格花和其他同学一样相邀结伴去探望这些被毒蜂蜇伤的男同学。她们专门打扮了一番，相约穿上她们只有节假日才穿的连衣裙，素雅大方，青春靓丽，活泼可爱。她们一出现在医院仿佛是一道亮丽的风景线，让不少人侧目痴望。来到住院部，大家问长问短、问东问西，不时也对这几名帅气的男同学调侃几句。当得知这些同学是被消防队叔叔救下山时，这四位美丽的姑娘心中一股崇高的敬仰之情不禁油然而生。

陆倩倩兴奋地说："啊！消防叔叔太伟大了，简直是我们这个时代的楷模和骄傲。"

袁思慕看着躺在病床上的胖同学张洋若有所思地说："真不容易啊，你这么胖都把你救下了山，那得要付出九牛二虎之力。"

贺思虑踱着小方步，背着小手看了看躺在病床上的张洋，又看了看袁思慕，抬起头朗朗地说："消防叔叔可谓是和平年代最可爱的人，救人于危难之中。"停了停，然后大声地用肯定的语气说："对，消防叔叔是和平年代最可爱的人。"

桑格花就说："魏巍写的散文《谁是最可爱的人》，曾经让我背了一遍又一遍，一提起解放军叔叔，一种敬仰的心情油然而生，消防就是我们新时代人民群众的解放军。"

袁思慕依然若有所思地说："对！消防叔叔就是我们这个时代人民群众的解放军。我提议，我们编排一台节目献给和平年代最可爱的消防叔叔，好不好啊？"

陆倩倩立马接过话说："好，太好了。我们就在开学前到消防队进行一场慰问演出。”说完就喊躺在床上的张洋。

张洋同学听她们这么一说，思绪顿时又回到了女英高山草场，仿佛成千上万只毒蜂在追逐他们，仿佛消防队叔叔在给他们喂药、擦药，抬他们下山，一切历历在目。听她们一喊连忙说：“你们这个主意太好了。我和我妈妈说了，我们这些同学本想出院后专程到消防队去感谢他们的救命之恩。”停了停，脸上流出一行泪水，哽咽着说：“谢谢你们，你们这个主意太好了。”接着打起精神说：“是消防叔叔给了我第二次生命，我们编排一台节目送给伟大的消防叔叔，也算是感谢他们的救命之恩。”

伤势较轻的付群从床上坐起来，非常感激地说：“全靠有消防叔叔救我们下山，全靠有我们楚洲消防承诺了参加社会抢险救援，换了别的地方，如果没有消防叔叔，天一黑我们要么被豺狼虎豹吃了，要么毒发身亡、饿死，后果不堪设想。”

大家一拍即合，随即这帮同学就深入消防部队体验生活，听消防官兵讲故事，听消防官兵谈理想，随消防官兵出动救援观摩，从中寻找素材，编写剧本。消防官兵的一言一行再一次感动了这些同学，对消防官兵的感情和认同再一次得到升华。

这些能歌善舞的同学，为给消防官兵送上一份视觉大餐，他们日夜彩排，废寝忘食，精益求精，很快就编成了一台节目。有袁思慕、贺思虑、陆倩倩、桑格花的小天鹅芭蕾舞，有大家耳熟能详的军队歌曲《小白杨》、《想家的时候》，当然更多的是消防节目，有消防警营歌曲《担当》、《消防队之歌》、《消防，人民的守护神》，有救援被毒蛇咬伤的话剧，有救援被毒蜂蜇伤的情景剧，有救援小孩落水的小品。

在八一建军节过去的二十天，这群同学就来到了楚洲消防支队机关为官兵们献出了一场以“和平年代最可爱的人”为主题的情深深、意切切的节目。以消防车为背景红彤彤，左右各一辆消防举高车，伸起高高的长臂各悬挂一幅条幅，一面是献给和平年代最可爱的消防人，一面是祝福消防官兵一生平安，中间的横幅则是楚洲市一中慰问消防官兵专场演出。既然是以最可爱的人为主题，当然第一个节目就是张洋、付群、袁思慕、贺思虑四人音乐朗诵《最可爱的人》。

演出一结束，秦晋江、吕梁华、王纪元就走上前去分别和这群天真、可爱的同学一一握手。袁思慕激动地握住王纪元的手说：“王参谋长，王叔叔，我给您写了三封信，您收到了吗？我们真的很想念您，为您的安全担心。”

王纪元爽朗地说：“收到了。也正是因为你们长期鼓励，在不断地激励我们去为更广大的人民群众服好务，抢好险，救好援。你们的支持就是我们所有消防人的坚强后盾啊!”袁思慕听了这话，一双抓住王纪元的手久久不愿松开，满脸挂着高兴的泪花。

天真无邪的姑娘和这些英俊潇洒的小伙子，用他们一颗颗滚烫纯洁的心演绎出我们这个时代的进步和希望。

随着照相机快门的按下，一张合影永远铭记住了这一刻。

五十五

环洲城商业广场揭开了神秘的面纱，楼顶一根直插云霄的指天针，指向云中深处。

冯一帆气宇轩昂地站在商业广场的正中央，目光环视着四周，憧憬着市场美好发展的明天。

然而，望着这一派欣欣向荣的景象，冯一帆也许只是内心短暂的喜悦，脸上掠过一丝不悦的神态。在时间就是金钱的时代，在利润最大化的商业规则里，环洲城商业广场因消防安装工程不合格拖延了一年多，这让冯一帆心力交瘁，牵肠挂肚。如今万事俱备，也只欠一张消防验收合格意见书了。

初春的南方，空气湿润而寒冷，没有空调的房间往往比室外还冷。全市重点工程、重大招商引资项目楚洲环洲城商业广场的消防工程终于迎来了整体验收。梳着大奔头，容光焕发的瞿总一大早就在工地上紧张地忙碌着。

环洲城商业广场的一间会议室布置得格外喜庆，会议室的两旁支起两口锅一般大的木炭火，红彤彤亮晶晶，整个会议室暖意融融。

如约而至的市相关单位和建设方，建筑设计单位，安装施工单位三十多人彼此寒暄几句后就各自找到自己的座位。王纪元身着一身笔挺的橄榄绿军装显得威武英俊，炯炯有神的眼神礼节性地同各位打招呼。一起参加验收的李为民、党增华、桑露各自找了座位在翻阅验收资料。几位开会、验收经常碰面的老熟人，今天聚到一起就无拘无束地开起了玩笑，讲起荤段子。

参加验收的人员和单位也陆续到齐，主持人示意大家安静，然后一一介绍了参加今天验收的单位和个人，接着冯一帆致欢迎辞并介绍了基本情况。轮到瞿总介绍情况时，瞿总示意公司美女给在座的每一位发信封，美女一边发信封瞿总一边说:"首先感谢市消防支队严格要求、认真指导,汇报材料就在信封中,你们看着办,耳听为虚、眼见为实,我就不多汇报了。总之,我们是在消防支队,特别是在尊敬的中共楚洲市委常委、市纪委曾思春书记的高度重视下,在尊敬的王参谋长指导下按图施工的,经自我验收完全合格,请大家多提宝贵意见。"至于工程的基本情况,主要设施设备、品牌一字未提。发给大家的信封,没有见过场面的人以为真的是汇报材料,但发现信封里是一张张百元钞票时,就悄无声息地坐在那里,也不好意思放进包里和口袋里。一些习以为常的人看也不看就直接将信封放进随身带的公文包中。瞿总心里紧张,一紧张就将请你们自己看,说成了你们看着办。

消防工程验收有严格的验收规范和程序。现场测试、现场模拟、现场检查无疑都是最基本的验收形式,也是最基本的程序。

大家来到位于一层的消防控制室。消防控制室场面宏大,整洁干净,防静电地板一尘不染,墙壁上悬挂的各项管理制度、操作规程,一字形排开的十多台消防视频指挥台,消防程控主机和左右两台旋转报警灯不断闪烁。两名工作人员候在门前为每一个人恭敬礼貌地发鞋套,瞿总安排的现场讲解员用标准的普通话给大家讲解,女讲解员的声音甜美圆润。

随着现场消防值班员的操作,屏幕上出现一组组画面,让人叹为观止。验收人员看完这一切就开始按程序一项项验收。首先测试了消防程控主机打印设施,然后就按照感烟报警探头的抽检比例分区域抽检,一边测试,讲解员一边解说。报警探头抽检工作量大,报警分区多,每一个楼层都要派人配合。

王纪元对李为民说:"你让他们进来吧。"

李为民就用对讲机向早已候在广场前坪的黄铁强下达命令,两个消防战斗班很快直接来到了消防控制室前。十多名武警消防官兵的突然出现让所有人为之一惊,不知发生了什么事。王纪元连忙向大家解释说:"大家不要紧张,这个项目验收工作量大,请了这些小战士来帮忙。大家不欢迎啊?"

冯一帆一边鼓掌一边赶紧说:"欢迎,欢迎,王参谋长想得太周到了。"大家也就跟着冯一帆一边说欢迎欢迎,一边鼓掌。

王纪元见大家笑得咧开了嘴,就站在消防自动报警示意平面布置图前对大家说:"这栋大楼防火分区多,报警分区多,一共有三十多个报警分区,每个分区都有报警探头、消防广播、消防报警按钮、消防电话。黄队长,你给大家分个工,按两人一组,每组负责几个报警分区。"

在人员到了每个楼层的报警分区,各就各位后,王纪元对李为民说:"验收现在是司令部的专业业务，环洲城又是司令部门接管建筑消防工程验收以来最大的一宗验收工程，你先验收消防广播。”

李为民拿起控制台上的红色话筒按下按钮后喊：“大楼全体人员注意，商城20楼西面发生火灾，请楼层以上人员有序从东面、南面消防防烟楼梯间疏散！听到了吗?”有的就用对讲机回答“听到了”，有的就用消防电话向控制室报告“听到了”，顿时消防控制室电话铃响成一团。

李为民接着指挥说：“现在开始抽查感烟探头，请吹烟。”一会儿消防控制室又响起了报警声，再接着整个大楼响起了警报声。打印机也就唰唰地忙个不停，一点一点向外吐着打印了的纸条。王纪元站在旁边一手托起纸条又一边看打印条上的编码地址、区号、楼层和时间，一边又和戴在手上的手表上的时间认真核对，之后又核对主控机上的时间，看到报警一切都正常时会心地笑了。

房产局雷中原谦虚地说：“隔行如隔山啊，这个消防系统真是既先进又管用啊，让我这个外行看了热闹，长了见识。”

王纪元看了看时间，就示意李为民开始消音，随着对消音按钮轻轻一按，整个大楼就安静了下来，大家连忙鼓起了掌并发出“啧，啧，啧”的赞叹声。

市规划局副局长欧阳红光走到王纪元前面抱拳说：“祝贺，祝贺，消防了得，消防了得，整个这么大一栋楼被你们整理得井井有条，真是难能可贵，难能可贵。”

王纪元说：“要祝贺，你要祝贺冯先生，祝贺瞿总。”又谦虚地笑了笑说：“你们规划局是大手臂管宏观，我们消防就管管微观，做点小事。如果这点小事都没做好，不让你们笑话啊！哈哈哈。”

欧阳红光说：“规划，规划，你看现在这个城市被整成什么样了，拆了建，建了拆，就是不拿纳税人的钱当钱花。”

王纪元说：“这可是你说的，我们可都没说啊。”

欧阳红光感同身受地说：“这怎么了？就拿我市中心广场五洲音乐喷泉来说吧，一个好端端的广场，来一任书记就折腾一次，拆改一次，毫不尊重设计人员的成果，更谈不上知识产权保护。”

市中心五洲音乐喷泉景观，由著名设计大师设计。其主题是开放的楚洲欢迎五大洲七大洋的宾朋，由内外两个大圆形造型，寓意外圆为宇宙、内圆为地球，内圆的地球上由大小几个圆形和科技图案组成，可旋转喷雾，寓意五大洲七大洋。这是二十世纪八十年代初楚洲市改革开放的见证，饱含成千上万名志愿者的心血。

每当夜幕降临，喷泉在音乐的韵律声中翩翩起舞，总是引得很多群众驻足欣赏，合影留念。

后来，新来的书记将见证楚洲改革开放的音乐喷泉拆了，搞了现在这个从法国卢浮宫剽窃来的三角玻璃屋，中间还开了叉，毫无艺术性，活像堆在城市中心道路上的一座坟墓。在强光的照射下，总让一些开快车的冒失鬼一头和这座墓堆来一个亲密接吻，引来老百姓一片骂声。

老书记调到省城当大官去了，新任书记一上任，第一次路过中心广场，怎么看怎么觉得这个三角玻璃屋真的蛮刺眼，加之多有所闻，内心就想现在拆了就好。但碍于前任当了大官，真的一时半会还不好办，于是想了一个办法，叫来了交警支队支队长，如此一番交代，第二天深夜中心广场发生一起车祸，这个三角玻璃屋被撞得支离破碎，变成了现在这样，什么都没有，空荡荡的，真是劳民伤财。

欧阳红光最后说："我讲这个例子不是背着领导讲怪话、发牢骚，我当着他们的面也说过。现在的规划是领导发话，专家附和，这是当前全国城市建设的一大通病。"

王纪元又重复了前面的话："这是你说的，我们都没说。"

"我们都没说。"大家附和说。

王纪元然后话锋一转接到验收的话题说："消防验收还不能高兴太早，现在才刚刚开始。瞿总啊，接下来还是看你的了。"

瞿总连忙说："参谋长请你放心，全是按你的要求、你的指示认真整改的，没打半点马虎眼，不然，我怎么对得起您的教育、培养。"王纪元并没有理会瞿总的话，心想，事实胜于雄辩，你打不打马虎眼，验收完了再见分晓。

接着，李为民按照拟定的程序远程启动了机械防排烟和防火卷帘。王纪元目不转睛地注视着消防监控可视屏幕，只见防火卷帘一张张徐徐降下，降到规定高度后停下时，王纪元就抬起左手腕看了看时间。

雷中原紧张地说："参谋长，怎么停了！怎么停了！"

王纪元一边看时间一边回答说："停就对了，不停就不合格。"然后解释说："这是下行延时，为紧急逃生者留出时间，是由报警控制器主机软件事先设计好了的。"

几分钟过后，防火卷帘又徐徐降到底，后来又一张张收起。

大家来到设在地下二层的消防水泵房。这时，很多人有些疲惫，不像刚刚开始时讲笑话，开玩笑，群情兴奋。也许这些人大都养尊处优习惯了办公室的生活，一上午折腾下来不辛苦才怪，自然就力不从心无精打采了。

突然，“嘀铃铃——嘀铃铃——”接连不断的响铃声，把这些人吓了一跳。林木森就大声地问怎么回事？怎么回事？神情显得特别紧张，仿佛有点不知所措。

王纪元见他吓得不轻赶紧解释说：“没怎么，是在测试报警阀，这是湿式报警阀报警，看把你吓的。”郭亮就调侃他在看热闹。

随着强大水流的不断流出，报警阀还是“嘀铃铃，嘀铃铃”响个不停。一旁的桑露不声不响地记下了时间。

被警铃这么一闹，那些无精打采的人个个又来了精神。林木森问：“王参谋长，还有什么精彩的？等会上面这个会洒水吧，莫洒到我身上。”

郭亮就调侃说：“你下面的水枪没洒水上面想洒水也洒不出。”

林木森说：“你蛮讨厌啦，不讲还好，一讲我真要尿尿了。”转身就双手往裤裆下面摸，往厕所跑。

说者无心听者有意，瞿总一听心里就紧张了起来，心想难道被他们知道了，难道被他们看出了什么破绽，赶紧从口袋里摸出烟先给郭亮敬烟，然后就一位一位地敬了一圈。

王纪元要李为民继续主持自动灭火系统的验收。

李为民用消防广播说：“都有了，现在进行室内消防栓静压测试。一个分区一个分区、一层层来，现在从二十八层一分区开始，请各自记录下静压情况。”接着，李为民又下达了动态状况下的压力测试。

郭亮说：“验收关键要看自动喷淋系统。”

王纪元听郭亮这么一说想纠正他的说法却欲言又止，顿了顿，最终还是说了出来：“你这话欠全面，消防工程每一个系统都是关键，像这样的一类建筑消防工程是一个联动的系统工程，任何一个环节出了问题都会影响到消防系统的作用发挥，这都是血与火总结出来的经验。”

郭亮同王纪元一起检查，对他的专业知识恭维有加，在这么多人面前就有点不以为然而又不无佩服地说：“原来我也经常参加消防验收，好像没这么复杂，怎么一交由你们司令部验收，项目就多了一些，程序也复杂些了。”停了停换了个口气说：“你别说，说句大实话，跟着参谋长检查、验收还真学到不少东西，你们特别认真的工作态度值得我学习。”

王纪元说：“我们楚洲开全国消防之先河，实行内部审验分离，你们应该看到了，假如说这栋大楼发生了火灾，首先参加灭火的是这些基层责任区消防中队。按过去的做法，消防中队灭火救灾很被动，水泵接合器、室内消防栓、疏散楼梯间在哪里都不清楚。”

李为民接过话说：“通过这么审验分离，就变被动为主动，有益于提高灭火救灾能力，还能有效预防腐败。审也是他，验也是他，人为降低标准，办人情案，审人情项目，容易出现不给好处不办事，给了好处乱办事的情况，严重损害了我们消防部队在人民群众心目中的形象。以至于一些项目从验收那天开始就是一个瘫痪工程，因为在验收环节上少了一个监督，不发生火灾，谁也不知道这个消防工程是瘫痪的、不能发挥作用的工程。所以，往往一换领导一换人，一检查问题成堆，出现一种恶性循环。”

桑露说：“这也是我们楚洲消防支队加强自身建设的一项重要举措，是多一个监督比少一个监督好的思路的具体体现。”仿佛这话既是讲给自己听的也是讲给大家听的。因为在很多单位往往或多或少都缺少内部监督机制，甚至有的处室一权独大。

党增华说：“我不忌讳说点直话，每一个单位都有对工作对人民不负责的人。有的单位有的人胆子大得很，拿了好处胸脯拍得梆梆响，毫无顾忌，承诺三包，包审批，包验收，包拿合格证。他的想法正好又合了建设单位、施工单位的意，都想得到本不该属于自己的那份利益，得过且过，只要能过，其实就是拿人民群众的生命安全作赌注。”

王纪元见他们在这么多人面前口无遮拦，就插话说：“都说家丑不可外扬，敢于在大家面前开展批评与自我批评是我们党的传统，是一种美德。”然后就换了个口气说：“其实，家丑不外扬就是纵容，我们的党、我们各单位的一把手就要敢于亮家丑，揭自己的短，这才是共产党员实事求是的标准，才能够改进作风，提升服务。”说完就要他们抓紧时间。

他们就先检查了自动喷淋灭火系统稳压罐静压状态下的工作压力情况。黄铁强在报数字桑露在记录。

接着李为民又用消防广播指示，负责消防自动喷淋灭火系统总管末端的战士检测末端压力和流量。测量完毕后，对讲机就传来水压正常、流量正常的报告声。

黄铁强就心里想末端正常，而稳压罐的压力表指针动都没有动一下，心里正在纳闷想说些什么，又听李为民指示负责自动喷淋灭火分区末端的战士检测自动喷淋灭火分区的末端消防水压和流量，也就什么都没说了，心想干脆等检测完再说。几个区域的战士接好测压表，准备开始测压，就分别打开自动喷淋灭火系统分区末端放水阀，阀门不断地往上拧都不见测压表指针动一动，战士们干脆将测压表卸下，发现管道内干干的根本没有水，只是有些铁屑和锈迹，难怪是滴水不漏。就纷纷用消防电话给水泵房打电话报告情况，接了电话的李为民当着大家的面向王纪元报告。王纪元将目光移到站在一边的瞿总身上。瞿总两只脚就有一点不听使唤地打起哆嗦来，说话也有些结巴："段，段宝！怎么回事啊？我们自己验收不是蛮好的吗？"

段二浑就在瞿总耳边叽叽喳喳地说了句悄悄话，瞿总甩手就一巴掌打在段二浑脸上说："混账东西，成事不足，败事有余。"

一直也在陪同验收的冯一帆就对保安说："你给我用打火机烧炸两个喷头看看，我要看个明白。"

王纪元默不吭声，要看个究竟，所有人的目光随着保安移动，只见保安搬来一张椅子往上一站，掏出打火机对着红色喷头一烧，只听吱的一声就炸开了，可并没有水喷出来，再试一个同样也没水喷出来。见到这一情况的冯一帆歇斯底里地责问说："怎么回事？怎么回事？我问你怎么回事！"

瞿总看到冯一帆用高八度的嗓门问怎么回事，就支支吾吾地说："我们这套系统是干式自动灭火系统，管道本身是没有水的，请冯董息怒。"大家听瞿总这么一说，把在场验收的其他人都蒙住了。

刚才被郭亮调侃一番的林木森用手指着郭亮说："哎，哎，哎，这个你懂的，我问你什么是干式？什么是湿式？你别不懂装懂！"

郭亮说："什么意思咯？考我啊？不告诉你气死你。"

刚刚被甩了一巴掌的段二浑不由得不佩服瞿总在关键时候的高明之处，本来用手捂住的脸，这时候松开了手还会心地笑了笑。

默不作声的王纪元，其实一直在思考一个问题，心想总喷淋管末端有水有压，稳压罐也有水有压，怎么到了各分区就没有了呢？又听瞿总一顿瞎蒙，立马就提醒了他："李副参谋长你和党科长去检查一下通向各区域的管道阀门。"然后叫来消防值班员问："阀门是你关的吗？"

消防值班员说："我没关。"

"那交接班交了什么？"王纪元继续问。

消防值班员说："我们就看看这几个表，后面的阀门我们从来没关过，也没看过，施工单位也没教过。"

王纪元对瞿总说："你把刚才烧炸的喷头装好，我们开始开阀试压。"

随着王纪元一声开阀令下，首先稳压罐的压力就直线下降，紧接着四台水泵同时启动，稳压罐的压力又开始上升。瞿总极力屏住呼吸，生怕呼吸急促而生出是非，当整个管网稳压到三公斤时，段二浑就动手关了一台水泵说："可以了，可以了。"接着又去关第二台水泵。

李为民说："段二浑，是你验收还是我验收，谁让你关的！你告诉我，湿式灭火系统静压验收应该是多少公斤。"段二浑再也不敢吭声，站在一旁也不动。李为民就指挥消防值班员开启水泵，当稳压罐稳压在五公斤时，就要值班员将两台水泵关了，打到自动挡上。然后又说："大家看看手表，十分钟后我们为验收鼓掌。"

在场的人个个掀起袖口看起了表。约摸只过一分多钟，突然，湿式报警阀警铃大作，又把大家吓了一跳，稳压罐指示针又直线下降。

王纪元心感事态不妙出大事了，立即命令道："快关了水泵，快关了水泵，肯定是管网爆炸了。"说完就直接跑步去查看管网。只见管网、阀门四处漏水，水柱打在白净的墙体上画出一片片水痕，又流到地板上四处流淌，现场一片狼藉。

五十六

这一天，冯一帆又站在环洲城商业广场，仿佛心事重重，不时低头思考。突然想到自己应该亲自到楚洲消防支队走一趟，来楚洲几年没到消防队去过一趟已经很失礼了，今天一定要去，一则感谢王参谋长帮他监督把关，经多次改进走到今天很不容易，这次又帮忙发现了大问题。二则要请支队加大督办力度，早些整改，早日开张营业。主意打定，就要秘书给楚洲消防支队打了电话。

冯一帆在楚洲投资几个亿的港币，不等不靠不要，坚持依法办事、依规办事，哪怕之前彭永德招商引资时承诺的条件、政策他都束之高阁，他从不和政府讨价还价、要这要那，他认为作为炎黄子孙，为内地的经济发展尽一点微薄之力是完全应该的。他还带来了一些新思想、新观念、新说法。就拿消防来说，他认为消防安全人命关天，只能做好，不能做坏，只能做得完善，不能少做、不做；还认为消防队到工地现场监督检查是帮他工作，帮他发现问题。相比之下，内地一些单位则认为，消防队到单位监督检查是找麻烦、在挑刺，甚至不配合、不支持，连基本的灭火器都不想配。如果要上消防工程，那就挖地三尺都要找个领导给消防队打招呼，能不上就不上，真是视生命如儿戏。

奔驰轿车稳稳地停在了楚洲消防支队的大门口，在那里迎候的王纪元待冯一帆的秘书轻轻将右后门打开，就迎了上去说："欢迎冯董事长光临。"

冯一帆就一边握住王纪元的手一边称呼："太平绅士，太平绅士。"

在会议室等候的秦晋江同样欢迎说："难得香港客人来我们支队，欢迎，欢迎！"宾主坐定，秦晋江就说："冯先生，我们热烈欢迎你来内地投资兴业，热烈欢迎你在我们楚洲建设这么大的商业广场。我们一直热衷于服务每一个单位、每一位人民群众，我们有服务不周到的地方还请你多提宝贵意见，我们将尽最大努力改进。"

冯一帆说："我已经很失礼了，来楚洲几年没来拜码头，请你们原谅。今天来一是感谢，感谢你们帮我检查，帮我监督，帮我发现问题，帮我解决问题，人民子弟兵就是好啊！二是请求，就是那个消防工程真的把我害苦了，消防是人命关天的大事，在香港，消防不同意是不能开业的，上次验收又好长一段时间了，听员工向我汇报，施工单位又在投机取巧玩把戏，什么干式灭火，隐患不整改，我要请求你们帮我督办。"

秦晋江说："纪元参谋长你说说看。"

王纪元说："真是难为冯先生了，环洲城商业广场消防工程做到这一步，真的很不容易，阻力也太大，我们楚洲消防支队也承受了很大的压力。朱敬慕处长被约见，就差一点要约见我了，恐怕是全楚洲人都知道我开车撞墙救人，还敬畏我三分。我就谈谈验收情况。"

秦晋江说："对，谈谈验收情况，到底是怎么回事。"

王纪元接着说："这次验收，各方都很重视，都做了充分准备，整个环洲城商业广场火灾自动报警系统、消防通信、消防广播、防火卷帘、防排烟这些都过了。在对自动灭火分区进行验收时问题来了，首先是滴水不漏而后是水流成河，管网阀门都裂了。"

冯一帆就客气地征得王纪元同意后说："我多年没有发脾气了，我是很少高声说话的，验收那天，我真的生气了，要我的保安现场烧炸了两个喷淋头，竟然个个都是滴水不漏。我投资的两千多万资金，拖延了我一年多时间造成的损失有多大啊，到头来，自动喷淋系统还是一个摆设、一个假工程。支队长先生，我是来请你们帮忙的，请督促皇马公司早日整改完毕，能够验收合格。”

王纪元接着说：“问题出在哪里呢？这个瞿总，还有那个段二浑，他们掌握了消防工程验收的基本方法和几个基本点，他们没敢在室内消火栓上做手脚，因为室内消火栓好检查，一查就露馅。而自动喷淋检查起来难度大得多，一般也就在总管末端上检查一下就过去了，很少分区域检查验收的，一则人手不够，二则工作量大。”

冯一帆又插话说：“全靠王参谋长带了一些兵过来，帮我发现了大问题，否则我就被蒙在鼓中，还要感谢。”

王纪元接着说：“他们一开始想偷工减料、玩小聪明，对我们之前下达的限期整改通知书，只改了一部分，用钱最多难度最大的这一块没改。比如说稳压罐的压力，他就将主管和通向各区域的阀门关了，水压仅停留在局域网中，总管末端就将室内消火栓总管开了一个口子接到喷淋总管末端，给人造成两头两尾都有水压，整个中间管网没水，如同冯先生说的是个摆设。”

秦晋江说：“这些老板连基本的职业道德都不讲，一点诚信都不讲。纪元参谋长，你赶紧再给他下发限期整改通知书，太不像话了！”秦晋江讲着讲着就来了脾气。

王纪元说：“冯先生，你看就按秦支队长的意见先这样处理可以吗？”

冯一帆说：“这就太谢天谢地了。”

王纪元说：“冯先生，香港就要回归祖国了，我们都非常想多了解香港的一些情况，我们请冯先生为我们介绍介绍怎么样？”

冯一帆说：“王参谋长先生，恭敬不如从命，只是我没有准备，不知从哪里谈起。”冯一帆谦虚地努力思考着，然后说：“我可不敢耽误大家太多的宝贵时间，我先讲讲大的方面，再讲讲我们香港消防，怎么样？”冯一帆说话总是客客气气，谦逊有加。

冯一帆见大家没作声也就行云流水娓娓道来：“香港是个风水宝地，土地面积不大，有1200多万人口。香港是一个人文社会，是一个自由社会，是一个法制社会，是一个经济社会，留着老祖宗的血脉，香港社会继承了老祖宗很多优秀传统、优秀文化、优秀道德。周六、周日都喜欢家里人在一起享受天伦之乐，喜欢走亲访友，在家里煲汤聚餐。说实话我的英语说得很好，但我更爱方块字，骨子里流淌的是炎黄子孙的血。”

然后，顿了顿就换了个口气说：“请允许我毋庸讳言地说一句，在香港，每个人都非常讲秩序，形成了在秩序和法治条件下的自由共识。比如说交通都非常讲秩序的，道路没内地的宽，但不堵车，行人也非常自觉排队，从不乱横穿马路。”

冯一帆讲到这里喝了一小口茶，又推了推架在鼻梁上的眼镜得意地说：“香港竞争很激烈的，各种文化各种肤色各种意识形态交织在一起，形成了港式竞争体系。这个港式就是推陈出新，不断创新。我们内地看的那些武打片啊、言情片啊都叫娱乐片，是生活的需要。香港哪有那么乱啊，所以往往后面加一句，本故事纯属虚构，若有雷同，纯属巧合。还有一个港式，就是我们老祖宗传承的诚实守信。人不可以不诚实守信的，公司不可以不诚实守信的，否则就会打入黑名单的，打入黑名单就寸步难行了，代价很高的。”讲到这里冯一帆又喝了一小口放在桌子上的茶，看了看大家，见每一位都听得很认真，有的还在做笔记，感觉来内地投资后得到了几次不多的尊重，心里很高兴。

王纪元见冯一帆一小口一小口地喝茶，文质彬彬，脸上洋溢着自信的喜悦，于是说：“冯先生好口才，犹如在给我们慢慢开启一扇看世界的窗，我们想听听香港消防，让我们开开眼界。”

冯一帆说：“香港消防是全社会最受尊敬的职业，我家就和消防队住一起。在香港民间和知名风水书上都盛传和消防队为邻将平安幸福，财源广进，人财两旺，全香港人都想和消防队为邻，所以消防队周边的房价都相当贵。”

秦晋江插话说：“难怪冯先生家大业大，人丁兴旺，都是沾了我们消防队的光啊！”大家就一起笑了起来，还鼓起了掌。

冯一帆接着说：“托福，托福。我这次不又沾消防队的光了？没有王参谋长先生，我用了钱也买不来平安。香港消防职能很广，灭火、抢险、救援、救助、救护、医疗、检查，监管单位，陆地上的，水上的都做。社会地位、经济地位、政治地位都很高，香港市民管消防队叫活菩萨。消防各类组织也非常健全，除公办的职业消防队外，还有民间的志愿消防员，还有消防大使，这些人在日常生活工作中发现哪里存在消防安全隐患，就可以向香港消防处报告。”

朱敬慕插话问：“这些人有劳动报酬吗？”

冯一帆说：“没有的，不是每个人都可以当消防大使的，也不是每个人都可以当志愿消防的，只有那些热爱公益事业、遵纪守法的太平绅士才能批准同意。”

王纪元又插话问："香港消防装备肯定都很先进，上班时间怎么规定的？"

冯一帆说："香港消防实行三班制，上一天班休息两天，上班这一天是全天候的二十四小时。装备先进到什么程度我不清楚，都有升高车，很高很高的，都是从美国和德国进口的，还有专门的直升飞机中队，反应很快的。"不知不觉中，大家仿佛在这扇慢慢打开的窗户中看到了香港维多利亚港上空消防直升救援飞机在无边无际的大海上巡视，守护着香港的安宁和幸福。

五十七

上帝欲使其灭亡，必先使其疯狂。曾思春办公室，瞿总几个人正在向他汇报。仰头靠在老板椅上的曾思春眯缝着双眼，似睡非睡，似听非听，不时也发出"嗯、嗯"的几声，冷不防还会问上一句"还有吗？"瞿总就说："老板，姐夫哥，尊敬的书记，还有，还有。"

曾思春慢条斯理地说："还有就讲啊，还有什么啊！"说完这话，他突然睁大双眼，鼓起的眼球就只差一点没碰到近视镜镜片上了，用高八度的声音说："别姐夫姐夫的喊，这是市委纪委书记办公室！"吓得瞿总几个人顿时全身起了鸡皮疙瘩，连忙又语无伦次地说："姐夫！我，我。"曾思春听到瞿总又喊姐夫，还我，我，我的，气就不打一处来，开口就骂："没教养的家伙！"

瞿总就赶紧改口说："尊敬的书记，当前我市经济环境也太差了一些，乱检查、乱罚款、乱审批、乱拉赞助，还乱办培训班。"曾思春听瞿总谈到经济环境就没再作声，养尊处优地陷进老板椅一动不动，眯缝着眼睛，摆出一副洗耳恭听的样子。

瞿总见曾思春一副洗耳恭听的样子，就照之前理好的思路添油加醋地说："现在社会上把这些现象都编成了段子，什么财政是爹，银行是娘，国土是霸王，工商税务两条狼；电老虎水阎王，公检法大流氓。现在是罚款单子满天飞，索拿卡要成了风，整个市场经济环境糟透了，比如说，这次环洲城消防工程验收，纯属消防队故意刁难，这工程都知道是姐夫，不，是书记亲自关照的，消防队就是不给您这个面子。"

"别说了，混账东西。"看似安静的曾思春突然顺手拿起自己每天喝茶用的青花瓷杯叭的一声砸到地上说。

听到砸杯声和叫骂声的孙秘书连忙推门跑进曾思春办公室，见曾思春的脸涨得铁青，瞿总几个人吓得呆若木鸡，站在那里一动不动。曾思春见孙秘书进来说：“你给消防支队长打电话，我要约谈他，让他立即到我办公室来交代问题，快去打电话。”曾思春咬牙切齿地将整个牙关咬得咯吱咯吱响。

曾思春稍作平静后拿起桌面上的电话拨出了一个号码，以不可商量的口气说：“财政局杨局长吗？我是曾思春，从今天开始，冻结消防支队财政拨款，你吩咐下面负责这一方面工作的同志，对了，你就说当前财政紧张。”

杨局长说：“只是当前消防队采购的那些抢险救援装备已到，马上就要支付这笔货款了。”

曾思春高兴地果断说：“正好，马上冻结了。”

杨局长说：“这是市政府办公会议研究了的装备经费，是一些救命设备。”

曾思春不耐烦地说：“还没开市委常委会，大宗设备采购，纪委有人参加吗？动用大量资金是政府办公会能够定的吗？你们财政局懂不懂规矩？不懂规矩，明天我派个工作组到你局里来。”啪的一下很不高兴地挂断了电话。

接着又拨了一个电话：“你好，市规划局罗局长吗？我是纪委曾思春书记。”这回曾思春怕又碰上杨局长那样的人，在自报家门时特别突出了纪委和书记。其实，全楚洲只要有一点政治头脑的人都会知道曾思春是市委常委、纪委书记，何况他还是市管干部。这一微妙的变化要么反映出曾思春个人的不自信和心虚，要么也许是平时口碑不好，在群众中威信不高。

罗局长接电话说：“哦，曾书记，我是罗天奇，请问书记大人有什么指示？”

曾思春就说：“还是罗局长有水平，素质高。我说罗局长啊！你说指示我就指示一回吧，从今天起你那个规划会签表就不要再签到消防支队去了，他们是现役部队懂什么，什么也不懂。”一句表扬罗局长的话就变成了不打自招，让罗局长从中多少听出一些道道。

罗天奇就“嗯、嗯、嗯”的思考着说：“现在改革开放，各项建设项目很多，每天都有新建项目报来，不签到消防去，让消防队把把关，恐怕后果有些严重。”

曾思春信誓旦旦地说：“有什么严重，有严重后果我负责，按我的指示办。”啪的一声又挂断了电话。

再接着又拨通了一个电话以命令的口气说：“房产局林永安局长吗？我是纪委曾思春书记。我给你说个事，从明天起，你局办理房产证就不要消防队的验收意见书了，这是我们纪委根据群众的举报和意见认真研究决定的，听明白了吗?”

林永安说:“书记，请问会有个红头文件发下来吗?”

曾思春说:“先执行。不要什么事都文件文件的，我们要尽量减少文山会海。我曾书记亲自通知你了，不行吗?”

林永安一边答应“行、行、行”一边大胆地说:“这么大的事，没有一个红头文件，我担心会留下一些后遗症。”

曾思春说:“要文件，我就是文件。什么后遗症，有后遗症我负责。”啪的一声又挂断了电话。

这时的曾思春已经完全失去了理智，一个电话接着一个电话打个不停，内容就是冻结消防队的一切职权和需求，还派人四处点火，放火，说要把消防队累死，让消防队寝食难安。

站在曾思春桌前听他打电话的瞿总几个人心里暗暗地高兴，仿佛整个楚洲就是他曾思春的天下，仿佛消防队的职权是他授的一样，想给就给，想撤就撤。不承想到政府这个庞大的机构就像一部机器，环环相扣，宛若推土机的履带、机械的链条、汽车的轮子，一个环节出问题下一个环节就带不动。

一个貌似小商贩的人，估摸着是他的什么亲戚，接到曾思春的电话火急火燎地来到了他的办公室，还没等他们坐下，曾思春就说:“小令啊，我记得你家里有两套房子是不是?”

小令老实巴交地说:“是的，是的，北区一套，南区一套。”

曾思春得到回答后从老板桌下拿出两捆十万元钱砸到桌面上说:“去保险公司给一套房子购买财产保险，回头我再和你们说，去吧，我还有事。”

一直站在那里愣头愣脑的瞿总，也一时丈二和尚摸不着头，见曾思春电话打完了，来人拿着二十万元走了，就想和他讲两句什么。瞿总正要准备开口，曾思春突然抬眼看到瞿总几个人还站在这里说:“你们怎么还在这里呀!快给我滚出去。”

瞿总就嬉皮笑脸地说:“尊敬的书记还没给我下指示，给我一万个胆我也不敢滚。”

曾思春有些厌烦地说:“滚!滚!滚!”

秦晋江接到曾思春秘书打来的电话时，正在和王纪元在特勤消防站检查布置工作，为特勤消防大队成立驻兵做最后的准备。成立特勤消防大队，建设特勤消防站营房，是楚洲书记办公会挂了牌的书记工程，如今马上就要驻兵，自然各项工作都比较多。

然而，接到电话的秦晋江无奈地和王纪元说：“这里辛苦你，我得到曾书记办公室去一趟。”

王纪元一边答应好，一边说：“纪委曾书记这么匆忙找你，想必不是什么好事。要么有人告状举报，要么就是环洲城消防验收的事。”

秦晋江说：“也许都有，现在人心功利、浮躁，仇官、仇富、仇警察，一点什么事就告状；各级纪检部门承受力也非常有限，有个风吹草动，闻风就是雨。当然，反过来讲，要防微杜渐，警钟长鸣也是对的。”

王纪元说：“无论哪种情况，我想还是让政治处主任陪你一起去，带上支队纪检员。我打电话要他们直接在市委门口等你。”

平静后的曾思春，手里端着秘书刚刚为他泡的一杯上好龙井，站在会客区那幅山水画前，品味着画中的意境：农户门前的小河，河水清澈透明，鱼群悠闲懒散，岸边石阶上的洗衣女，脸上洋溢着笑容，露出的半个乳房倒映在鳞波荡漾的水中一晃一晃。曾思春杯中的热气似袅袅炊烟，徐徐上升，又勾勒出另一幅图画。

房间已被保洁员打扫得干干净净，丝毫看不出就在这一个小时前，狼烟四起，现场被砸碎的青花瓷散落一地，和着茶水茶叶。

在孙秘书的引导下，秦晋江带领陈晓华和盘问园一行三人穿着整齐的武警橄榄绿制服，头戴大檐帽，威风凛凛地出现在曾思春办公室，曾思春突然微微地一惊，脸上掠过一丝不易察觉的苦涩，左嘴角就一股劲地往上扯。

多行不义必自毙，心里有鬼总难掩饰心虚的伪装。这时，他也许为刚才打的电话而后悔，为刚才的举动而懊恼。然而，久经沙场的他根本不会后悔，他已经玩火，已经玩命，他的灵魂已经麻木，肉体已经干枯。他现在就是玩权、玩钱、玩人。

曾思春回到自己的老板桌前，安安稳稳地坐到太师椅上说：“我要你秦晋江一个人来，你来这么多人干什么？是来打架！我这里是打架的地方吗？”一开口一个下马威唬得秦晋江一时还不好怎么回答，也没想到曾思春会来这一手，原来想好的话这时一句都用不上。加之，曾思春在说秦晋江时既没称职务也没称同志，心想莫不是自己有什么事，不得不让他为之一惊。当然，公安局局长出身的秦晋江尽管过去当公安局局长时仅是个科级干部，但毕竟也是经常和县委常委们在一起商量工作，研究工作，况且公安局工作的特殊性可谓是见多识广。

秦晋江心想，我如今也是一个县团级干部，和你曾思春也只是一步之差，还领导着一千多号武警消防力量，每天救人于水火之中，救人于瓦砾之下，依法办事，依法检查有什么错，心中坦坦荡荡，内心无愧。这就应了一句古话："为人不做亏心事，半夜敲门心不惊。"于是，就不亢不卑，也以牙还牙没称谓书记，直截了当地说："我先介绍一下来的两位，这位是政治处陈晓华主任，这位是支队专职纪检员盘问园上尉。你亲自找我，自然要带上负责这一方面工作的。要打架，我就调司令部的枪炮来了。"

曾思春以不可一世的口气说："怎么回事啊，你们消防要造反啊，要调枪调炮来炸市委大楼，炸了市委！"

秦晋江大义凛然，一句一顿地说："小盘，你把曾思春的每一句话都录下来。看来，我们今天三人出不了这个门了。"

盘问园连忙从公文包里拿出微型录音机和录音笔，按下录音按钮。

曾思春见这架势连忙打着哈哈，笑着给自己找台阶下："开玩笑的，开玩笑的，不要录，不要录。"

秦晋江认真地说："听你的口气好像不是在开玩笑，是很认真的，一定要录下。"秦晋江就不依不饶地坚持。

曾思春又哈哈笑了两声说："我这叫认真地开玩笑，不能当真，不能当真。"

秦晋江就不依不饶地说："你身为中共纪委书记，难道你没想过这玩笑开过头了吗？你要对你的每一句话负责。"秦晋江就习惯性地用起了公安局讯问人犯时问话的口气。

曾思春厚着脸皮子说："我这叫一派胡言，一派胡言，我负责，我负责。"

曾思春自认为是一派胡言，表了姿态，秦晋江三人也就都保持沉默，静静地坐在汇报椅上，想听听曾思春究竟是要约谈些什么。曾思春呢，开始以为秦晋江和上次朱敬慕一样，会单枪匹马一个人来，没想到一来来了三人，原来准备的一肚子的话这时也派不上用场，一开始就给自己闹了一个窘迫难堪的境地。现在努力思考怎么讲，从哪里讲起。为此，一边在听他要讲什么，一边要讲些什么还没想好，刚才想吓唬一下，现什么都没吓到，倒把自己唬到了。宽大的办公室出现了短暂的沉默，显得特别的安静，只有挂在一角的闹钟在有节奏地响着。

"哈……哈……哈"，突然，曾思春一边打着哈哈一边说："秦支队长，今天匆匆忙忙把你叫来，想给你通报一些情况。"讲到这里曾思春并没有直接把话讲下去，而是把话停在这里想看看秦晋江有什么反应。秦晋江审犯人审得多，曾思春这一套在公安局只能算是小儿科，于是并不去接他的话，只是用一双锐利的眼睛望着他。一旁的陈晓华和盘问园从包中拿出本子在做记录。盘问园也就在拿本子时顺手将录音机按键按了下去。曾思春见秦晋江三人在认真地听，一起来的两人还从包里拿出了笔记本在认真地记，默不作声，只好接着说："最近我们收到一些材料，主要反映你们消防支队在工作中索拿卡要。说白了，都是一些举报材料，不知你支队长掌握了这些情况没有？"把话停在这里，用一双眼睛望着秦晋江。

秦晋江客观地说："队伍这么大，就好像林子大了什么鸟都有，不排除在个别大队、个别人身上存在这样或那样的问题。但是，至今我们还没有收到这方面的举报材料，不妨请曾书记明示。"

曾思春说："你身为支队长、党委书记，你知道一岗双责的责任吗？你队伍出了问题，干部出了问题，你是要负责任的，这一点我相信你懂的。"

秦晋江听这话就知道曾思春又在讹诈，于是也就顺着他的话说："是的，我身为支队长，我的部属、我的单位出了问题，我当然要负责，至少要负领导责任，还请曾书记明示。"

曾思春没理解秦晋江的用意，以为是上了当，就用一种居高临下的口气，断章取义地说："你也太天真了，人民群众的举报信是要保密的，我怎么能明示呢？怎么能给你们看呢？"

秦晋江知道曾思春是在无理取闹，可是碍于他是市委常委、纪委书记的面子，想说的话到了嘴边又咽了回去，然后换了一个角度直接说："我请书记明示，不是说要你把举报人的举报材料给我看，而是请你将我们消防存在什么问题通报给我们，我们也好按照书记指示严加管理部队。"

曾思春一副恍然大悟的样子说："哦，原来你对部队管理不严，管理不严是要出问题的。你终于承认消防官兵有问题了，你说说什么问题？"

秦晋江有些不耐烦了，心想今天早上是不是起早了遇到鬼了，于是就忍着性子说："我前面已经说过，我还没有收到这方面的举报材料，是你曾书记要我们来的，自然就请你给我们指出问题，我们好组织调查。如果情况属实，我们决不姑息迁就，一定严肃处理。该撤职的就撤职，该处分的就处分，该追究法律责任的就追究法律责任，决不能让一条死鱼臭了一塘水，决不能让一粒老鼠屎坏了一锅汤。"

曾思春高兴地说："对，部队就要贯彻服从意识，有这个态度就好，对于那些害群之马要狠狠地打，对于那些索拿卡要者要严肃处理，我们要净化市场经济环境。”

秦晋江说：“对，我们在为市场经济创造良好的创业环境、生产环境、发展环境的同时文明执法、严格执法，让每一个公民在法律范围内享受到平等、文明、自由的生产生活，重点改变当前执法难、难执法的问题。”秦晋江就把话落到了后面这句话上，这话实际上就是讲给曾思春听的。

曾思春不知是装糊涂还是真的没听出来，还是真的因为秦晋江的“三个环境”顺应了他的话而高兴，就说：“支队长好口才，能说会道。刚才听你一口气说出了几个环境讲得很好，平等、文明、自由的生产生活也讲得很好。我相信你能够把当前的一些问题处理好。我问你，不服从当地党委政府领导是不是问题?”

秦晋江见曾思春这么一说心里就有了底，心里悬着的一切也就释然了，很不耐烦地看了看手表。于是，就揣着明白装糊涂直言不讳地说：“你说的这个问题是很严重的问题，具体有些什么表现，请你直白地通报给我们，我们一定按你的指示处理好。”

曾思春见秦晋江态度很诚恳，也不再一惊一乍，直接说：“环洲城商业广场是我市最成功的、最大的招商引资项目，那个港商冯先生也相当不错，是爱国人士，你们消防怎么老卡着他，以至于开不了张、营不了业。这么大一栋楼成了空壳，损失多大？光我们当地的税收损失都不少！你们抓紧时间让他开业。”

秦晋江哦了一声，同样揣着明白装糊涂说：“请曾书记放心，我们一定主动上门服务，积极督促消防施工单位整改。上次验收，整个自动喷淋灭火系统是一个摆样子工程，是一个假工程，多亏我们验收的同志工作认真负责，发现了这个大问题，否则后果就严重了。”

曾思春信誓旦旦地说：“有什么严重后果，有后果我负责，赶紧让他们开张营业。”

秦晋江说：“隐患险于明火，防范胜于救灾，责任重于泰山。我们明知环洲城消防工程存在严重的安全问题，是一个假工程，而我们不加以监督整改，我们将是失职渎职。如果酿成重特大火灾事故，造成重大人员伤亡，我们将成为历史的罪人。”秦晋江的话句句落地有声。

“哎—哎—哎”，曾思春听秦晋江大道理滔滔不绝，立马打断话说：“是我找你，还是你找我？我是书记还是你是书记？你知道天高皇帝远，你知道神仙下凡问土地吗？你们要讲党性，要自觉接受和服从当地党委政府的领导。

我们党历来是少数服从多数，下级服从上级，全党服从中央。我给你们讲的就是楚洲市委市政府的意见，明白了吗？”

秦晋江很为难地说：“这样我们将养虎为患，养蛹成蛆。”讲完这话后又很无奈地问：“为什么啊？”

曾思春同样居高临下地说：“不用问为什么！也不为什么。我们马上要召开全市优化经济环境大会，会上要点名批评一些单位和领导，你们消防也要做好受点名批评的心理准备。你们走吧，我要说的都说完了，你看着办。”

听到这里，秦晋江心里很不是滋味。俗话说秀才遇到兵有理讲不清，今天是当兵的遇书记没得理给你讲。说最近收到了一些举报材料，消防支队索拿卡要，到头来还是为环洲城消防工程说事，平白无故地被他耽误了几个小时的时间不说，总不能不明不白地在全市优化经济环境大会上受点名批评，想到这里心里更是难受。回想起自从向全楚洲人民群众承诺参加社会抢险救援以来，救人于瓦砾之下，救人于水火之中，救人于车轮之间，多少个不眠之夜，多少次死里逃生，赴汤蹈火，都无怨无悔。到头来，就凭你曾思春以收到了群众举报信为幌子，实则是为皇马消防公司开脱，还要在大会上批评楚洲消防支队。想到这儿，秦晋江气不打一处来，于是就大声说：“我们不能走，你说你收到了对我们消防支队的群众举报信，现在我们纪检干部来了，请你把问题通报给我们，我们要严肃查处。我们不能不明不白地接受全市大会上的点名批评，那是绝对不能接受的！”停了停，然后继续揣着明白装糊涂说：“皇马消防公司承包的环洲城消防安装工程，我们将依法依规严格督促彻底整改，让环洲城早期开张营业，怎么能让曾书记负责呢？”

曾思春看秦晋江较上了劲，还装糊涂，就说：“我给你们这么说，好不？”

秦晋江三人默不作声，只是用三双锐利的眼睛看着他怎么说。陈晓华、盘问园手中的笔始终拿在手中时刻准备着记录，包里的录音机也在运转着，看你曾思春究竟怎么说。

曾思春见三人没一个答话的，就接着说：“投机能创造财富，权力能创造财富，垄断能创造财富，勾结能创造财富，名气能创造财富，资本能创造财富。港商冯一帆先生投资几个亿来楚洲建设环洲城商业广场，我不管他是投机还是投资，我想他是为了创造财富才来的。但时至今日不能开张营业，这不是卡是什么啊！”

秦晋江见曾思春把话说到了这份上，竟然把权力、勾结这类的字眼能创造财富的话都说了出来，就据理力争说：“这完全不是我们消防支队卡，而是皇马消防工程公司偷工减料，以次充好，弄虚作假，以致消防工程联合验收不能通过，合不了格，责任完全在皇马公司。”

曾思春毫无顾忌，干脆敞开了说：“你们明不明白啊，市场经济竞争的一切规律都已经改变，诚实的劳动不能再赚到公正的报酬了。亏你们还是消防队的，见多识广，你们睁一只眼闭一只眼，让皇马公司合格不就行了吗?”

秦晋江持反对意见说：“我让皇马公司过，无疑就是放火，就是对人民群众不负责任！就是拿人民群众的生命安全当赌注，就是漠视人民群众的生命安全。你前面教育我们要讲党性。我想，对人民群众负责是最大的政治，是最好的党性。”然后就换了个口气说：“如果是这件事，我想请书记一定不要在大会上点名批评我们，那将会严重挫伤全体消防官兵的积极性。关于环洲城的事我们将认真研究书记的指示，积极指导帮助皇马公司抓紧整改、认真整改，让环洲城商业广场早日开门迎客。”秦晋江第二次表明了态度，只是将依法依规督促整改变成了积极指导整改。

曾思春看秦晋江还是不依不饶，每句话又说得滴水不漏，揣着明白装糊涂，就说：“你们真不明白还是装不明白？反正，我明白了。”

五十八

天刚蒙蒙亮，一群身穿黑色西装、三节头皮鞋，扎着蝴蝶结领花，戴着鸭舌黑色礼帽，佩戴墨色眼镜的一帮人就出现在食安米粉加工厂必经的路口。这群人踢腿、弯腰、冲拳，不时还嗨！嗨！嗨的大声吼叫，三节棍、二节棍舞得呼呼直响，几双眼睛虎视眈眈地盯着食安米粉加工厂的方向。

不一会儿，两辆后三轮摩托车和三辆人力三轮车装着满满的一车米粉从厂区驶出，进入这群人的视线，这群人就开始有些兴奋地说：“来了，来了。”马总就骂骂咧咧：“躁什么躁！他妈的！”然后就用手指着大家吩咐说：“人力三轮车，你、你两人负责一辆；你、你两人负责一辆；你、你两人负责一辆，不能让他们跑了。其他人负责这两辆后三轮摩托车，你俩坐车上将车发起，如果我们要他们停，不停，你们就开车追上去拦住他们，如果跑就撞了他们！不要怕，有我在，有曾书记老板做后盾。注意来了，各就各位。”

这群人在马总的指挥下，从腰际取下三节棍，挥舞了几下，仿佛在摩拳擦掌，在热身。很快这些送米粉的车就来到了他们面前，这群人蜂拥而上，想要将他们拦住。两辆后三轮摩托车司机一看情况不妙，心想这是遇上打劫的了，就思忖加大油门冲过去。两人左一拐右一拐，凭着精湛的驾驶技术真的就绕过了这群看似虎背熊腰的人，加大油门往市里方向开。马总见眼皮底下的两辆摩托车绕过了他们就破口大骂："你们这群饭桶，这群猪，一帮笨蛋，眼皮底下的车都拦不住！别让他们跑了！快！快！快！给我追！追！"

摩托车在前面跑，后面两台无牌车和这群人就在后面追。摩托车司机甲见状，就一只手加大油门开车，一只手拨打 119 报警电话。

三辆人力三轮车被他们拦了下来，黑衣甲冷若冰霜地问："多重？"

人力车甲说："我们都是一百公斤。"

黑衣甲用不可抗拒的口气说："每人交三十块钱。"

人力车甲求饶说："我们还赚不到三十块钱，老板行行好。"其他两位也颤抖着求饶说："请老板行行好，我们真的还赚不到三十块钱。"

黑衣甲就将手中的三节棍挥了挥说："想找打是吧！识时务点，交也得交不交也得交。"

人力车甲说；"我们出门没带钱，结了账才有。那些米粉早餐店还在等我们的米粉呢。"另外两人就是、是、是的跟着求饶。

黑衣甲就气势汹汹地说："少啰嗦！交了钱你们走人，从今往后不得再到这家米粉加工厂进粉。"

三位人力三轮车小贩心想，好汉不吃眼前亏，就乖乖地在身上摸钱，摸遍了全身，只有人力三轮车甲摸出了五元钱，其他两位摸了半天一个摸出两元，一个摸出三元，加在一起也才十元钱。人力三轮车甲就拿着十块钱"扑通"一下跪在黑衣甲面前求饶说："老板行行好，我们平时出门不带钱，结了账才能拿到钱。我们三人现在就只有这点钱，请老板放我们一条活路，放我们走，保证再也不到这家米粉厂进粉了。"

黑衣甲见他们这个样就说："搜！"几个黑衣人就上去在他们身上搜了一个遍也没搜到钱。黑衣甲就以命令的口气说："砸了他们的车，踩了他们的米粉。"话音刚落，还没等三位跪在地上求饶的小贩反应过来，顿时，这群黑衣人就将三辆人力三轮车掀翻了，你一脚，他一脚将米粉踩了一地。三位小贩哭天喊地："我的车，我的米粉，我的天啊！"哭得天昏地暗，喊得心胆俱裂。黑衣甲信手从人力三轮车甲手上抢过十元钱就扬长而去。

"嘭！嘭！"两辆后三轮摩托车被马总指挥追上的两辆无牌汽车撞翻，米粉散落一地，摩托车司机甲被压在车下，额头、嘴角都在流着血。摩托车司机乙则被抛出好几米远趴在花坛的草丛中，脸上青一块紫一块，鼻子流着血。两人不断地发出呻吟，“救命，救命”喊叫不停。马总一群人盛气凌人地将他们团团围住，要置他们于死地。

“火—火—火”消防车刺耳的警笛声划破晨曦的天空，风驰电掣般地到达事故现场。带队的李长征很远看过去，见一群人穿一身黑色西装，仿佛就是香港警匪片里面的黑社会，立即引起了他的警觉，就一边在车上布置警力，一边就用对讲机向指挥中心报告。

这群人见来了两辆消防车，心想消防队难道也管这等闲事，马总一个机灵没敢多想，决定走为上策，连忙下了一声撤的口令，大家就拔腿往车上跑，准备驾车离开，却被及时赶到的李长征两辆消防车各占一头横亘在马路上，将他们团团围住。这群人一不做二不休，又纷纷从车上下来，从腰际掏出三节棍、二节棍挥舞起来，阻止这些消防官兵去营救受伤的两位摩托车司机。

这些手无寸铁的消防官兵看这架势，情知碰上狠角色了。李长征就用低沉的声音给李熊下达抄家伙的命令，然后就大声地给刘狮下达命令说：“二班长！救人！还愣着干什么?”

一时间消防斧头、消防铁锤、消防铁铤、消防火钩、无齿锯和消防腰斧握在了消防官兵手中，二支消防直流水枪严阵以待，将这群人团团围住。

刘狮就喊：“救人，救人，人压在摩托车下。”说完就往里面走，向这群黑衣人靠拢。

马总看这情况就使了个眼色给黑衣甲，黑衣甲就舞着三节棍大声喊：“谁敢上！谁敢救!”就这样双方发生了短暂的对峙。

李长征见他们有人在不停地打电话，认为要速战速决，就一手拿消防铁铤，一手给刘狮一个手势说：“救人，跟我上。”就大义凛然地向压在摩托车下的司机走去。

黑衣甲就气急败坏地喊：“兄弟们，我们是曾书记的嫡系队伍，不要怕！上!”接着又凶巴巴地对着消防官兵喊：“谁敢救，不怕死的上来，我要他的命!”舞着三节棍就向李长征冲去。

李长征不动声色，毫不理会，似乎没把这群人放在眼里，眼睛看着摩托车下的司机，待黑衣甲舞着三节棍打来时，说时迟那时快，李长征一个侧身，以迅雷不及掩耳之势躲过三节棍，只听咣啷一声，三节棍就飞向空中，打着转转，落到了消防战士的手中。李长征又一个横扫千军，只听见黑衣甲哎哟一声跪倒在地上，动弹不得。

马总见真的都动起了手，就大吼大叫地喊：“兄弟们，我们是曾书记的人，打我们就是打曾书记，消防队反了，都给我抄家伙！打死消防队！”一时间这群人三节棍、二节棍、长电棒、短警棍、匕首、散弹枪、流星球都拿了出来，虎视眈眈地和消防官兵对峙，情况万分危险，流血事件一触即发。

接到报告后，王纪元知道事态严重，就带上李为民、罗贤阳、阳厚德风风火火地往现场赶。王纪元的出现顿时使现场安静了一些，双方还是在对峙，压在摩托车下的人就喊：“领导，救命！救命！”

王纪元就气势凛然地走近马总严厉地说：“你这是干什么？你知道你的后果吗？赶紧给我放下武器！”话音刚落，王纪元的手机就响了起来。马总心想这肯定是曾思春的电话，就站在那里既不答话也不对他的手下发话，就呆呆地立在那里。王纪元接通电话说：“哦，我是王纪元，哦，曾书记，请你指示。”

电话那头曾思春斜靠在床上用很认真、很关心的口气说：“王参谋长辛苦了，我在电视里看到你开汽车撞墙救人的壮举，真的很勇敢，很伟大，我为你担心啊。你平时救火、救援一定要注意安全啊！”

王纪元就说：“谢谢书记关心，这么早您打电话有什么指示？”没说自己在事故现场，也不多说一句话。

曾思春就说：“我的指示你要听噢，你现在在黄河路口吧？你辛苦了，这群专收米粉保护费的黑社会势力你们要抓住他们，不能让他们跑了，抓到了记得一定要交给公安的同志处理，他们很快就会到。”

王纪元就坚决地说：“请书记放心，我们一定移交给公安绳之以法。”

放下电话的曾思春骂了一句国骂，然后自言自语地说：“一波未平一波又起，屋漏偏遭连夜雨。”

马总见王纪元接完了电话就凑上去献媚说：“这些家伙不听话，惊动了参谋长，不好意思，不好意思。”转身就同样骂了一句国骂，心里在想公安怎么还不来。说完，顺势装模作样地上去对着这群人一个一个打耳光，一个一个地骂：“你们瞎了狗眼！谁让你们抄家伙的，你们活腻了！王参谋长来了你们还不快把家伙收起来。”

李为民、罗贤阳将手枪插进腋下的枪套，冲上去收了他们的武器。王纪元就喊李长征快救人。

马总讨好地再次凑近王纪元说：“尊敬的王参谋长，大人不记小人过，今天的事就权当没发生，我赔礼，我道歉。”

王纪元心想，你姓马的欺行霸市，充当黑社会老大，收保护费，还和我的部队对峙，你一句赔礼道歉就要我权当没发生，是可忍孰不可忍。想到这里，就一个反手擒拿一把将马总扣在自己的膝盖下，一副铿亮的手铐将双手剪铐在背后。

马总哭丧着脸求饶说：“痛死了，痛死了，骨头要断了。参谋长我求饶了，我求饶了。”

王纪元就命令说：“用安全绳都把他们拴起来。”李为民、罗贤阳、阳厚德就带领几个战士，一人拿一根安全绳将马总这群害群之马像串青蛙一样从一个人胳膊拴到另一个人胳膊牢牢实实地捆了起来。

随着一声警报戛然而止，消防队连同王纪元被赶来的公安围得严严实实。为头的用扩音话筒大声喊：“你们都被包围了，都不准动，谁动我就打谁！”

听到这话的王纪元从小李手上拿过话筒严肃地说：“你是谁啊，把名字报上来。我是消防支队参谋长王纪元。”

为头的见是王纪元就嬉皮笑脸地说：“我说是谁呢？原来是尊敬的王参谋长，洪水冲了龙王庙——自己人不认自己人，得罪，得罪。”

王纪元听这口气，话中有话就问：“这话怎讲？谁让你们来的？”

为头的并没有回答王纪元的问话而是说：“不好意思，不好意思，得罪，得罪。”转而语气一变说：“请尊敬的王参谋长放心，我代表公安局接管这个案子，把这帮人交给我，我们一定从严从重依法处理。”

王纪元从他们的几句话中进一步听出了几分玄机，知道这里面肯定有诈就问：“你们是哪个公安分局的？叫你们局长来接这个案子，我要亲自将这些不法之徒移交给他们。”

为头的就从口袋里掏出香烟，讨好地凑近王纪元满脸堆笑边敬烟边说：“我们是奉市委常委、纪委曾书记来接管这个案子的。”

王纪元哦了一声，认真地问：“你告诉我，你们是哪个公安分局的？你带警官证了吗？”

为头的说：“匆匆忙忙的，哪带证啊。”说完转身就大声地问大家：“你们谁带了警官证？”现场一时鸦雀无声。

突然，空旷中传出一个声音：“老大，你又没给我们发证，哪有警官证啊！”

话音刚落，随着第二批消防增援力量几十名官兵的到达，又形成了一个包围圈。为头的见势不妙，拔腿就想开溜，及时赶来的黄宏义把他一把拦下。

王纪元就果断地下达命令说："把他们都抓起来!"一群英勇善战的消防官兵里外配合，冲上去将这帮统一穿公安制服的人一举活擒。这些威风八面的人也束手就擒，没有一个敢反抗。

太阳刚刚从地平线上升起，一群荷枪实弹的公安刑警来到了事故现场，带队的刑警大队长黄海涛向王纪元敬礼后紧紧地握住他宽大而温暖的手。

这群在楚洲作恶多端、欺世盗名、欺行霸市的黑社会势力被一举打掉。

五十九

支队后勤处装备科欧阳整装科长办公桌上一只烟灰缸塞满了烟头烟灰，满屋子里充斥着烟味儿。喝了一点儿酒的欧阳整装趴在不大的办公桌上，十指插进不深的头发中，一个劲儿地抓头皮，嘴里在叽叽咕咕地说些什么。桌上那杯茶水依然静静地伫立在那里，热气和着茶香弥漫在空中，想让满屋的烟臭味淡一些，再淡一些，终于因茶香太渺小，没能冲抵那恶心的烟臭味。欧阳整装突然抓耳挠腮地大声说："这是为什么？怎么会这样呢？他妈的，我操他祖宗，是谁扣押了我们的特勤装备，是谁在跟人民群众为敌?"说完，借着酒劲儿的刺激，他哭了起来。

欧阳整装不可能不哭，负责全市消防装备的重任落在他的肩上。特勤消防大队挂牌成立在即，这些在支队领导协调好了的特勤装备器材，今天到他手上泡了汤，特勤装备器材配不上，特勤消防大队怎么挂牌？怎么成立？怎么向支队首长交代？工作一向很负责、很认真、很自信的欧阳整装，这时用万分悲痛、万分难过来形容都一点也不为过。悲痛中有些失去理智的他，重重地将那没惹他没理他的茶杯砸得粉碎。

同样在支队后勤处财务科米珍惜科长的办公室，米珍惜垂头丧气地在拨弄着摆在办公桌上的一把祖传红木算盘，这也是他多年来养成的习惯，无论高兴还是悲痛，无论是工作还是休闲消遣都喜欢拨弄这算盘子，来释放心情，缓解压力。今天他显然是心情不好，不高兴，垂头丧气。随着算盘子的啪啪声，不断变换着一组组数字。他从左拨到右，从右拨到左，突然，随着拨动的速度越来越快，啪啪啪的声音越来越紧密，最后他左右手开弓，珠子的撞击声更是一声紧似一声，似狂风暴雨，似闪电雷鸣。然后，算盘子撞击声变得越来越稀疏，停停续续，他双手有些颤抖。随着两行泪水像珠子般滚滴在自己手上，落在算盘子上，他双手举起这把陪伴他几十个春秋的算盘重重地摔到地上，算盘珠子滚落一地。

原来，今天上午两位科长满怀喜悦结伴到市财政局，一个落实特勤车辆装备的采购工作，一个落实本月消防预算经费和经市政府办公会研究了的“书记工程”特勤装备的经费。这几年经支队首长出面和财政局领导层面上的协调，加上社会抢险救援的承诺和付出，成绩斐然，有楚洲各大新闻媒体的宣传，消防在人民群众和楚洲机关、企事业单位赢得了较好的口碑，平时到财政局办起事来也还顺利。因此，欧阳整装和米珍惜两位科长商量一起到财政局，两人首先来到预算支付科。支付科位于财政局三楼，整个一层都是，房间不是很大，但基本上是一人一间。米珍惜对这里可谓熟门熟路，不说天天来，至少也是一周要来一次，要么办事，要么陪处长来，要么协调关系。有今天来之不易的良好局面，米珍惜就倍加珍惜，所以隔三差五就到财政局走一趟，这样一来二往现如今进门都有一杯热茶喝。

米珍惜、欧阳整装来到专门负责政法口经费支付的办公室。平时一进门就米科长、米科长的谭源副科长，今天眼神好像怪怪的，茶没得喝，连招呼也没打，坐在办公桌前的旋转小办公椅上的屁股都没移动一下，眼睛在盯着桌面上一张表，不时翻开白眼向上看一眼，显然在思索着下面的谈话。

米珍惜见这种情况就大大咧咧地开玩笑说：“谭科长，办什么大事呢，不理人咯。给你介绍一下，这是我们支队装备科欧阳整装科长，你局里的几块军牌都是他亲自办的。”欧阳整装待米珍惜介绍完，连忙就说：“你好！”并伸手和谭源握手。谭源听这么一介绍也就连忙站起来伸出手，一边说“谢谢”一边说“欧阳科长第一次来，喝杯茶，喝杯茶。”转身就到茶台上为两位科长倒了杯热气腾腾的茶，又在自己的茶杯里添了一点儿水。

米珍惜故意开玩笑说：“还是我们欧阳科长有面子，一进门就有这么热气腾腾的茶喝。”

谭源说：“你这是什么话，你什么时候来没给你倒茶，什么时候的茶不是热气腾腾。”

欧阳整装也跟着开玩笑说：“谭科长夏天肯定是倒凉茶，还真不能热气腾腾。”

谭源说：“你看欧阳科长还是会讲话，第一次见面就知道给我帮腔。”

米珍惜就认真地说：“我记得第一次到你办公室别说喝茶了，就跟你今天一样屁股都没抬一下。”

谭源说：“那不是正有事吗？你别老拿那陈芝麻烂谷子说事好不。”

米珍惜就说：“不说就不说，说正事吧。今天我们来一是本月预算经费已到拨付时间了，我们也等着钱用，请谭科长是不是今天帮办一下；二是‘书记工程’特勤装备的专项经费，这个事还是我们这位欧阳科长亲自管的。”

欧阳整装马上补了一句说：“特勤消防大队成立挂牌在即，省消防总队领导都非常重视，都要来，我现在是火烧眉毛就等你这一桶水了。”

谭源开玩笑说：“水，消防队的水多，枪也硬，我这桶水是杯水车薪。”接着又寻思说：“你们消防队最近没什么事吧？”

欧阳整装没听出其中的道道就直接说：“你说没什么事啊，我们每天是忙得焦头烂额。昨天晚上我给一中队和五中队送钢瓶都送了两轮，给二中队送泡沫液还送了一回，忙得一晚没睡觉。”

谭源说：“你怎么不一次送呢？”

欧阳整装说：“我拿什么去送，全市就那么几个钢瓶，每个中队只有两具，背负式空气呼吸器仓库就几十个，一个钢瓶也只能用四十五分钟。昨晚五中队在冶炼厂抢险，毒气泄漏，又有人员被困，我们既要给钢瓶充气，又要送钢瓶，来回地跑，每次只能十几个十几个的送，要应急。”就滔滔不绝地给谭源说了他的辛苦。

还是米珍惜心细，听那口气，他想谭科长说的“没什么事”不是指消防队没事做。他天天看新闻，现在是天天有消防，全楚洲人现在都知道楚洲消防是天底下最忙的职业，最辛苦的行业，最危险的岗位，于是就反问谭科长：“你指的是什么事？”

谭源说：“我也不知道发生了什么事。”

欧阳整装听到这里才如梦方醒地说：“我以为谭科长说我们消防队没事做呢，你听到了什么，方便和我们说吗？”

谭源说：“我怎么说？我是执行者，不知道事情的来龙去脉，又不能乱说，也不能猜测。”

焦急万分的两位科长一时半会儿有一点丈二和尚摸不着头脑，两个人又彼此看了看，交换着眼色，大脑又在努力地搜索会有什么发生呢。快言快语的欧阳整装问：“后果是什么？”

谭源并没有回答欧阳整装的问话，而是反问了一句：“你们消防最近是不是得罪了什么领导？”

米珍惜说："我们消防能得罪谁呢？谁也得罪不起，谁也不敢得罪。做孙做崽的，天天抢险，天天救援，天天灭火，天天救灾，狭缝中连束阳光都见不到，还敢得罪哪个。"

谭源说："那怎么会有今天的后果呢？之前一些事都商量好了的，又上了市政府办公会的。"

欧阳整装迫不及待地问："谭科长，你就说说究竟是什么后果。"

谭源镇静地说："你俩不要激动，要冷静啊，因为这一天总是要来的，我就和你们说了吧，我接上面通知从现在开始冻结你们消防的一切拨款，我是执行者，必须执行，一点办法都没有。"

听谭源这么一说，犹如五雷轰顶，张开了的嘴不知道说什么，久久没能合拢。欧阳整装使劲地摇晃了两下脑袋问："是谁通知你的？"

谭源说："不好说，这个你就别问了。"

米珍惜说："那还有谁呢，无非就是主管局长或者是一把手，谭科长只对他们负责，不可能随便一个什么人可以指挥谭科长。"

欧阳整装说："书记工程都敢冻结，我分析来头不小，不一定是局领导的决定。那又是谁的指示，谁的决定呢？"

欧阳整装为了探听清楚，决定到采购办去落实一下，看到底是什么情况。因此，招呼也没打一声，就径直夺门而出。

六十

朱敬慕这一段时间心情总是不安，似乎有一点六神无主，一会儿从办公室走到接待窗口，一会儿从窗口走到支队大门外，朝来人的方向看。按他自己的话说："楚洲是不是要发地震了。"当他把这一情况给战友们一说，就有人跟他开玩笑："你又不是猫啊狗的，有预感地震的特殊功能。"

当这话传到王纪元耳朵里时，王纪元专门叫上叶红花带上血压计，来到朱敬慕办公室，一进门就说："朱处长啊！听说你有预感地震发生的功能，这可是国际难题，我来讨教讨教。"

朱敬慕说："讨教个屁啊，最近就是烦躁不安，我只担心有什么大事发生。"

王纪元开着玩笑说："对啊，地震当然是大事。猫啊狗的往往在地震前夕就烦躁不安，听说你最近也是六神无主、烦躁不安？当然，你能预感地震就是最大的本事。”

朱敬慕无奈地说：“参谋长别拿我开涮了，我哪有那功能啊，有那功能我就到国家地震局去了。烦，烦躁死了。”

王纪元分析说：“烦躁不安有可能是精神上的、思想上的、生理上的。有可能是血压高或者心脏功能出了毛病，还有可能是气候环境上的影响，我们来个排除法，先量一下血压。”

说完叶红花就伸出她那纤嫩的小手帮朱敬慕把脉，看了一眼左手腕上的手表，神情专注，眨巴眨巴眼睛，仿佛在努力思考问题。接着又伸出双手帮他挽起袖子，量了血压说：“血压很正常 80 至 120，脉搏 70 也还好，只是脉相时轻时重。”

朱敬慕说：“感谢参谋长想得周到，谢谢小叶啊！对了，小叶啊，你和罗科长结婚记得请我喝酒。”

叶红花羞涩地说：“他每天忙，还不知道什么时候才能提到重要的议事日程上来。”

朱敬慕支招说：“司令部收媳妇，要参谋长帮你定就成了，罗科长敢不听。”

“哎，我帮你们组织一场集体婚礼怎么样？”王纪元说。

还没等叶红花回话，朱敬慕接过话说：“那当然好，既喜庆又有纪念意义，我们消防部队还没有这个先例呢，这将载入史册。”朱敬慕讲到这里停了停，若有所思地喊着参谋长说：“之前，你要消防部队承诺参加社会抢险救援，他们担心找不到老婆，我听说现在有好几对都谈上了。小叶，你们是同龄人，共同语言多，消息也灵，你告诉我们支队现在有哪几对？参谋长帮你们组织集体婚礼，有几对才行啊。”

说话间叶红花帮王纪元也量了血压，把了脉，告知都好时，王纪元就要叶红花先走了，也没去回答朱敬慕关心的问题。

王纪元继续分析说：“看来你是精神上的问题，不是生理上的问题。精神上的问题有可能是家庭至亲哪一个方面出了问题，这就叫血脉相连，心有灵犀，你家里人个个平平安安没有什么事发生啊，这个也可以排除。我想可能是来自工作上的压力，你说说最近工作上的情况，看有些什么异常，我们一起分析分析。”

朱敬慕说：“怪了，这段时间好像所有单位放了假一样，没有一个项目到我们这里来申报审批，既没有新项目规划审批也没有设计图纸审核。你那里竣工项目验收，我在接待窗口看了也没有。为什么会这样安静呢?”

王纪元听朱敬慕这么一讲就以表扬的口气说：“这是你高度责任心使然。”然后两人就一边分析一边讨论出现这一情况的背景及其可能。王纪元就提醒说：“你打个电话给你朋友问问不就明白了吗?”

朱敬慕哦了两声说：“我怎么没想到打个电话问问我那帮朋友呢?”说完就给一些单位拨通了电话，当然得到的答案要么是不好说，要么说是接到局领导的指示。

夜色中，楚洲消防指挥中心显得有一些肃穆又显得更加庄严。屋顶上那座无线通信指挥塔上那根针尖上的灯一闪一闪，仿佛和天上的星星连在一起，不知道哪一颗是星星哪一颗是灯。

支队四楼的会议室灯火通明，秦晋江在这里主持召开行政办公会，专题研究市委常委、纪委书记曾思春关于对环洲城商业广场的指示。会议传达了曾思春书记的指示和出了问题他负责的承诺，还专门播放了盘问园悄悄录下的曾思春的录音材料，同时也分别听取了司令部和防火处两大业务部门的介绍和对这个问题的看法。王纪元说：“从讲政治的角度看，我们要不折不扣地执行市委领导的指示。但这里有一个政治正确的问题，有一个依法行政的问题，政治不正确，还要我们去执行，我们仅凭一个人的意见，让我们不依法办事，我认为是拿人民群众的生命作赌注，是无视人民群众的生命安全，是漠视生命的表现，是对工作不负责任的表现。我认为我们要加大督办整改的力度，促使皇马公司抓紧整改，同时环洲城商业广场其他工作同样可以做，等到开张营业之时也是消防验收合格之时，这样我们都心安理得，心里踏实。”

朱敬慕说：“什么啦，曾思春喜欢插手消防工程和消防执法。当然，他不仅仅插手我们消防。听说，全市各行各业的项目、矿山工程、土地执法都插手，还喜欢批条子，签报告。听到一个笑话，也许是笑话，也许是真话。说的是曾思春不给好处不办事，给了好处乱办事，不见鬼子不挂相，见了鬼子出洋相。”然后就讲了曾思春出的几个洋相。

朱敬慕绘声绘色地说了一通，然后就转入正题说：“我上次领教了他的指示，我同意参谋长的意见，我派个参谋和司令部的同志扎在环洲城，认真落实他的指示。”

秦晋江说：“刚才朱处长说的是笑话，笑话就不要当真。我们是军人，离开这个屋就不要去传，不要去讲。今天朱处长看到都是自己的战友，没有外人说了也无妨，但我们一定要维护领导的形象和尊严。”

朱敬慕恐怕还处于兴奋状态，没去理会秦晋江的讲话，接着还说：“哪里啦，全中国人都知道了这件事，只有他自己一个人不知道了，就好像他老婆和瞿总上了床全楚洲的人都知道，他自己不知道，悲哀啊，悲哀!”

秦晋江见朱敬慕今天有点兴奋过度，连忙说：“打住，打住，听听其他几位的意见。”其他几位大都讲了一些原则性的话，都表示同意王纪元的意见。吕梁华看大家都说得差不多了就说：“听得出来，这次曾书记对我们消防恐怕有一些成见，两次找约谈，其实都是为了环洲城的消防工程的事，我讲几点意见：一是高度重视曾书记的指示，积极主动帮助环洲城商业广场开门营业做好各项准备工作。二是要依法规避风险，既要规避我们自己的风险，更要规避人民群众的风险，经营环境一定要安全。三是我们要积极帮助指导皇马公司整改，不要给曾书记留下消防队不听他指示的坏印象，纪元参谋长说得很好，我也同意，最后以支队长说的为准。”秦晋江最后做了总结归纳，形成了会议决定，并以会议纪要的形式记录下来。

第七章

多行不义必自毙，
胸怀坦荡路更阔

常常让我们动情落泪的不仅仅是那一场场惊心动魄、赴汤蹈火的灭火救灾、抢险救援场景，而是那一幕幕一曲曲看不见摸不着的这群消防人的忍辱负重。

随着曾思春会后的失联，天空中呼喊着王参谋长！王参谋长！谁又是下一个被关进监狱。

六十一

貌似亲戚的小令夫妇今天又来到了市委曾思春的办公室。曾思春面部没有丝毫表情，冷冰冰地问：“办好了吗?”

小令说：“办好了。”

曾思春问：“保了多少?”

小令答：“按你的吩咐保了一百万。”

曾思春问：“上次二十万元够了吗?”

小令答：“够了，还剩下一些，这就给你，谢谢!”说完，就连忙将余下的钱从包里拿出，放到办公桌上，又往里面推了推。

曾思春弯腰低头从办公桌下又拿出一沓银行捆好的钱往小令面前一放说：“拿去，回去把你保险了的那套房子烧了，到时我再让保险公司赔你一百万元。注意晚上烧不要在白天放火，将家里值钱的东西拿走，我看消防队有多大能耐。”

小令颤抖着声音说：“我不敢啊，万一露馅了是要坐牢的。”

曾思春用不满的口气说：“你为什么不敢啊，你到哪里去挣一百万啊?你出来这么多年了怎么还是农民意识，我要你去做你就去做，不要和其他人去讲就是了。”

这个曾思春叫小令的人，姓令名远房，其妻叫曾丽英，是曾思春同村的一个侄女。两人在楚洲做点小本生意，为人本分老实。几年打拼下来，在楚洲买了房，之后为了小孩学习又买了学区房，小两口的小日子也还算过得幸福。现在一门心思努力赚钱，为孩子创造好的学习环境。心想自己没读多少书，不能再让孩子少读书，就把一切希望都寄托在了孩子身上。还心想待条件好了，也把小孩送去国外学习，将来好光宗耀祖，从没打过歪主意。这恐怕是中国社会很多父母很多家庭最基本最原始的想法。按令远房的话说，他这个妻堂叔当了这么大的官，他们从来也没有沾过他什么光，要他帮过什么忙，给他的印象总是冷若冰霜。这次突然两次打电话给他，让他夫妻俩有些受宠若惊又感到格外的意外。夫妻俩一听这事吓出一身冷汗，两个人同时跪到曾思春面前求饶说："做不得，做不得啊！"仿佛这时摆在眼前的钱是一堆熊熊燃烧的火焰，他们不敢碰、不敢看。

气得脸色铁青的曾思春威逼说："有这么简单吗？你不按我的意图去办能出得了这个门吗？我与你讲，不要老是农民意识，要胆子大一些。这年头只要能赚到钱，要不择手段，要心狠手辣。我是要你去放火，不是要你去杀人！你放火是烧自己家的房子，又不是去烧别人家的房子，怕什么啊，快起来。"

令远房夫妇二人还是没敢起来。曾丽英全身像筛糠似的抖个不停，令远房憋了半天憋出一句话说："为什么要放火啊！那都是我的血汗钱啊？"

曾思春解释着说："搞一次夜间消防模拟实战演练，用你的房子做一个模拟现场，我要亲自检查一下消防队的工作，你们有什么好怕的。到时消防水枪一冲一打，现场干干净净，你们十几万的血汗钱就变成了一百万元白花花的钞票，这有什么不敢的？再说有问题我负责，不关你们任何事。你们是受害者，政府要给你们救济。"然后开导说："知道吗，有些人要发困难财，有些人要发国难财，现在的地方政府要发自然灾害财。我要你们这样去做是让你们发点小财，怎么发不得啊？快起来，拿上这些钱，到加油站购些汽油放到家里，柴油也买一些，多买几桶增加一点灭火难度。"令远房夫妇听了不要自己承担责任，又是什么模拟消防演练，心情似乎轻松了许多，将信将疑地一边点头一边把桌子上的钱放进包里，离开了曾思春的办公室。

六十二

还是在春暖花开的季节，还是在楚洲市工人文化宫这个能容纳几千人的礼堂，楚洲市优化经济环境动员大会在庄严的国际歌声中隆重召开。主席台上花团锦簇，鲜艳的五星红旗左五面，右五面成四十五度角斜插在主席台的后方，悬挂在中间的国徽在灯光的照射下熠熠生辉，光彩夺目，放射出耀眼的光芒，国徽的下方依然摆放着一盆盆凤尾竹。这一幕景是为纪念新中国成立十周年，在全国范围征集而脱颖而出的优秀作品，后来，作为历届党委和政府召开重要会议和活动场所的幕景样板，延续到现在。

今天，出席大会的领导有楚洲市委、人大、政府、政协、军分区五大家主要领导；参加会议的是全市行政事业单位、各市县区单位科以上领导干部，驻军各部队团以上的单位，整个大礼堂挤得满满堂堂。

在以经济建设为中心的年代，召开全市优化经济环境大会，也是楚洲第一次召开这样的会议，大家都特别重视。肖言书记、仁桂生市长亲临会议。这更是作为纪委书记的曾思春的分内之事，他自然要认真筹备，认真组织，少不了还要作主题报告，提高自己在楚洲的权威。

楚洲消防支队也是由于地方工作的特殊性，被点名享受地方单位待遇。秦晋江对这次会议非常重视，专门要求王纪元组织参会人员列队入场。支队运兵车在工人文化宫大门前停下，车上下来了一群头戴大檐帽、身着武警橄榄绿马裤呢制服的消防警官。清一色的校官，下得车来，大家很自然地面向王纪元成四列横队整齐站立。王纪元下达完几道口令后，一个向右转，队伍就迈着整齐的步伐向文化宫礼堂走去。转瞬间，一道亮丽的风景与这绿树成荫的环境相得益彰，引来一些人的观望。

会议由仁桂生主持，曾思春作动员报告，市纪委副书记、监察局局长宣读方案，最后是肖言书记讲话。整个会议议程也就只有这三项，之前由曾思春亲自审拟的一个通报，由于各方意见不统一未能在市委常委会上通过。

曾思春的报告怎么讲也就是三段论。无非首先要讲讲开展这一活动的背景及必要性、重要性，再点一下当前存在的问题，最后提出几点要求。曾思春在作动员报告时就这样按秘书给他写好的报告照本宣科。这也许就是纪律，大凡这样的报告材料都是要经过会议讨论研究或者是经主要领导同意后才能印发，才能宣读，曾思春可谓还讲纪律，还讲规矩。

然而，在讲到当前经济环境存在问题时，他特意脱稿，就不讲纪律也不讲规矩了，黔驴技穷地点名批评了楚洲消防支队，还给扣上一顶人民群众反映最差、最不受欢迎、破坏楚洲经济发展环境的帽子。曾思春一双玻璃镜片后的眼睛投向那块橄榄绿。顿时照相机、摄影机、聚光灯直射在会议礼堂占去一小方块的橄榄绿方阵，灯光闪烁不停，摄影机镜头推前拉后。参会者也侧身将眼光投向橄榄绿，一时间让与会的消防警官仿佛受到了莫大的侮辱，有的只想躲开，有的想用手去遮挡自己的脸，生怕因他的这张脸损害了消防人的形象。

王纪元见此情景就下达了起立的命令，听到命令的这群消防人，呼的一下站了起来，个个昂首挺胸，眼睛直视前方，任凭灯光闪烁。王纪元心想，你不是要发书面通报白纸黑字批评消防队吗？不是也没有发出来吗？正义的永远是正义的，邪恶的永远是邪恶的，群众的眼睛是雪亮的。

参会的一位领导和一旁的几个人耳语，打抱不平说："消防队这几年够辛苦了，抢险救援，出生入死，到头来还变成了破坏经济发展环境，那我们变成了什么？"

会场仿佛一时有些骚动。当然，曾思春脱稿点名批评的不只是消防队一个单位，他倚仗纪委书记的身份，肆无忌惮地违反组织纪律，在通报未经市委常委会通过的所谓通报材料。大家也叽叽喳喳地交头接耳，以示抗议。

主持会议的仁桂生本想要大家安静，心想你曾思春说上一两个单位也就算了，见曾思春没完没了地点了财政的名又点国土的名，也就顺其自然地不加制止，以至于让曾思春也有些狼狈不堪，只好草草了事把报告念完。

在肖言书记代表中共楚洲市委讲话时，又充分肯定表扬了楚洲消防支队的做法，他讲道："记得在两年前的这个大会堂，我们楚洲消防支队开全国消防部队之先河，履行中国共产党全心全意为人民服务的宗旨，为党分忧，为人民群众解难，率先向楚洲全市人民庄严地承诺参加社会抢险救援。他们将一些没人管、不敢管、不愿管的事都管了起来，取得了良好的经济效益、社会效益和政治效益，受到了人民群众广泛赞誉。赢得了民心，收获了人心，用实际行动实践了人民消防的庄严承诺，这是最大的经济环境，也是最好的经济环境。"

截然两种不同的声音让所有记者一时感到茫然，然而，敏感的记者的这种茫然一闪而过，向来以最机灵、最聪明而著称的记者，在肖言书记讲这段话时同样用各种照相机、摄影机、聚光灯又一次集中照射到这些身着橄榄绿的消防人身上。当然，这次这些参会的消防人不仅没有躲闪，而是同样站立起来，每个人脸上挂满了灿烂的笑容和激动的泪花。接着肖言书记在讲话中指出："刚才会上点了一些单位的名，进行了批评，有的批评得对，有的批评得不对，不管对还是不对，我们要讲大局，识大体，有则改之，无则加勉。任何单位和个人都不得背包袱，要为楚洲经济社会发展力所能及地创造良好的发展环境，要像楚洲消防支队一样主动请缨，服务人民。"肖言书记第二次在会上表扬和肯定了楚洲消防支队的工作。这些消防人自然第三次站立起来，让记者们拍照、摄像。

最后被记者解读为曾思春的讲话是泄私愤，是公报私仇，违背组织原则，所以肖言书记两次表扬和肯定楚洲消防支队，并明确指出有的批评是不对的，这里显然是说曾思春批评消防不对。

大会还在继续，肖言书记的报告还在作，省纪委和省检察院的四名同志不声不响地到了会议礼堂主席台后面的休息室，端着服务员泡来的茶水一边喝一边静静地等候会议结束。肖言书记看了看手表认为时间差不多了，很快就用“凡是讲一套做一套，破坏楚洲经济发展环境的一定不会有好下场”结束了他的讲话。话音一落，顿时让一些人胆战心惊，无论坐在台上的还是台下的都感觉有一股寒气袭人。

会议一结束，肖言并没有急于离开而是和仁桂生坐在原地商量工作。曾思春对刚才肖言的讲话似乎有一些想法和不满，想当面和他理论两句，见书记、市长两人在谈论工作，又怕自讨没趣，也就同以往开会一样抬起头、昂起胸、不可一世地自顾自地向贵宾休息室的后门走去。

当曾思春前脚刚跨进贵宾休息室时，等候在那里的四名同志就迎了上去将他夹在中间，亮证表明身份后直接把曾思春带上了紧靠后门的一台小轿车上。车子快速地驶出了工人文化宫。

六十三

一切都悄无声息，一切都滴水不漏，就连平时最敏感的记者也未能捕捉到任何蛛丝马迹。全楚洲城也恐怕只有肖言书记一人知道曾思春已经被省纪委双规了。当晚，楚洲几大媒体一如既往地都在新闻联播的头条播报了大会盛况。

令远房夫妇坐在家里舒适的沙发上看着新闻。在欢庆的迎宾曲中，当市委肖言书记等几大家领导伴着乐曲款款走上主席台时，曾丽英满脸喜悦地对令远房说：“你看，你看，我曾叔呢，书记呢，书记出来了。”

令远房说：“真的是曾书记，曾书记的形象比起生活中的要和蔼可亲些，简直判若两人。”

曾丽英说：“哦，我们家书记上电视了。”

令远房说：“书记上电视是经常的事，又不是今天才上电视。”

曾丽英说：“你看，我们家这么多亲朋好友就算他最有出息了，怎么看都是个做官的相。”

令远房说：“你是怎么看的讲给我听听。”

曾丽英说："戴着那副眼镜多文雅，多斯文，好有派头。你戴副眼镜看看，就是一个丑八怪。"

令远房痴笑说："近视眼，取下眼镜就是瞎子，看不清路。我眼睛好得很，我戴那眼镜干什么，我戴了反而看不清了。"

曾丽英说："你看得屁清，看得清怎么不和我曾叔比比。"

令远房憨态地笑笑说："所以我找你做了老婆。"

曾丽英说："快听、快听，书记在作报告呢，当官的就是做官的样，说话不紧不慢，声音不高不低还有磁性，有点吸人似的。"

当曾思春抬头说到楚洲消防支队时，电视切换了画面，没有了消防的下文。令远房好像突然想起了曾思春的交代，于是和曾丽英说："曾书记要搞消防模拟演习，我们今晚就搞了算了，晚搞不如早搞，早搞早拿保险。"

曾丽英说："你一个人去搞吧，要不要给我曾叔打个电话告诉他。"

令远房说："没让你去，你在家休息，我一人就可以搞定。你堂叔书记说了不要给他打电话。"

曾丽英说："那就好。你听大书记在表扬消防队呢，还要全市单位向消防队学习。"民间管这个书记那个书记都叫书记，只管市委书记叫大书记，他们说的大书记就是指肖言书记。

令远房说："消防真是了不起，原来曾叔要亲自看看消防队的能耐啊。"

曾丽英说："我记得我叔说要我们在深夜放火，为什么要深夜去放，黑灯瞎火什么都看不清。"

令远房说："深夜大家都在睡觉，消防队也睡了，正好是检查消防队应变速度的最好时候，叫什么来着？叫什么夜间演习。这就叫夜间模拟演习，更切合实际。"

曾丽英说："你快睡一下，我等会喊你。"

令远房应了一声"好"说："时间就定在凌晨四点，你准时喊醒我，按时完成任务。"说完之后在曾丽英脸上亲了一下说："一百万元啊，一百万立马就到手了。"边说边到卧室睡觉去了。

真是天有不测风云，白天还算好的天气，晚上就夜黑风高，阴雨绵绵，这就是南方春天的气候，像十八岁姑娘的脸说变就变。四点没到令远房可能心中有事，还没等到曾丽英来叫，就自个儿起了床。一直坐在沙发上看电视的曾丽英说："还没喊你呢，还有两个小时呢。"

令远房说："我一闭上眼睛，就看到那一百万元白花花的钞票往我身上飞啊飞的，好像又是一把把利剑刺得我一身生疼。”

曾丽英说：“闭上眼怎么看到，是在做梦吧。”

令远房说：“好像是做梦又好像不是，好像是幻觉，对，是幻觉。”

曾丽英说：“你怕是想钱想疯了。我说你没出息，是和你说着玩的，我们也没有必要和我曾叔比。”曾丽英就心疼起老公来了，将你也变成了我们，真是夫妻好比同林鸟。

令远房说：“曾叔过去对我们不理不睬的，今天突然想起帮我们，靠得住靠不住呢?”

曾丽英说：“靠得住你也讲了，靠不住你也讲了，依我分析应该靠得住。他不是说有的地方发自然灾害财，让我们发点小财。”

令远房说：“对！到那时我们就是受害者。”

曾丽英说：“对！曾叔说，受害者政府是要给什么金来着？对！记起来了，救济金，曾叔这么大的官不可能骗我们。”

令远房说：“对！老子一不做二不休，免得夜长梦多，反正买房子的钱到了手，再赚一百万元不赚白不赚。”

令远房在曾丽英一声“注意安全”“快去快回”、“莫让别人看到了”的叮嘱声中消失在黑夜中。这对本分得不能再本分的农村夫妇，憨厚得不能再憨厚的夫妻，小日子过得也还算有滋有味的小家庭，在曾思春一派胡言的蛊惑下，心思也不再简单。

这是一栋二十世纪九十年代初建造的八层单元式砖木结构住房，三个单元六户一字形排列的标准板房，南北通透。所有的户型都是二室二厅一厨一卫，面积不足一百平方米的套间，进门是客厅，客厅的一边是两间卧室，另一边就是厨房、卫生间和餐厅，也是二十世纪九十年代初标准户型。

这是令远房夫妻进城务工淘到第一桶金后在别人手上买到的二手房，就在西头单元的二楼 205 房。他们曾经在这里生育了一对儿女，是过上城里人生活的第一站。这里有一些人生的酸甜苦辣，有一些美好的回忆，有一些故事，有一些留恋……但这一切都阻挡不了曾思春的承诺和那一百万元的现钞。

深夜中的这栋楼，伸手不见五指，看不清轮廓，呼啸的北风贴着墙体传来呼呼的风声，除此之外是死一般的寂静，让人有点毛骨悚然。整栋楼没有一丝的灯光，居民应该都沉睡在梦乡，楼梯口走道上的灯也好像睡着了，没有一盏亮着，让他很不理解。于是令远房心想，这就是天意，是天助我也，这样就更神不知鬼不觉了。因此，他打消了原本想掏出打火机抽根烟的想法。

凭着走了多年的熟门熟路在悄无声息间打开了自家的大门摸了进去。

因为没有住人，屋内到处布满灰尘，只有令远房留下的几行脚印清晰可见。然而，客厅的沙发、电视柜、电视，卧室的床铺，衣柜、梳妆台配套齐全。不同的是在两间卧室和客厅里分别多了一些塑料油桶，胡乱地存放在墙的一侧，赫然醒目，还特别刺眼。

整个房间弥漫着淡淡的芳烃香。

在这样的居民楼内存放这么多汽油，让人知道后一定会毛骨悚然，不寒而栗，胆战心惊。然而，知道者只有令远房，他是奉曾思春指示专门为夜间消防模拟实战演习而准备的，也是曾思春为了要楚洲消防日夜不得安宁而专门安排的，检验检验消防队的能耐。

楚洲市的夜色如同往常一样，完全没有因天气的频繁转变而受到什么影响，街道上依然车来车往，灯火通明，夜色阑珊。热衷于夜生活的楚洲人时常将深夜十二点叫作夜生活的开始，也就是在楚洲市民夜生活进入高潮的那个时间，位于南区消防三中队的消防车警笛一声长鸣划破了深夜的天空，向那片不起眼的桐子坡居民区驶去。

不一会儿，位于东区的消防一中队消防车同样用它那特别刺耳的消防警报再一次划破夜空，同样向那片不起眼的桐子坡居民区驶去。

紧接着位于北区的消防二中队和位于西区的消防五中队的消防车同样拉着警笛风驰电掣地向南面驶去。无论是在室内吃夜宵的还是在路边吃排档的人听到警笛声，看到消防车从闹市驶过开向南区，都纷纷奔向街头看热闹。一些忧国忧民的人猜测着又是什么地方起大火了，去了这么多消防车。

楚洲消防指挥中心调度异常繁忙，鲁思民向秦晋江报告说：“支队长，调动了几个中队，按出动要求必须报告王参谋长，要不要报告，请你指示。”

秦晋江说：“再等会儿吧，让他休息一下，听我命令。”接着补充说：“王参谋长太辛苦了，参加完全市优化经济环境动员大会就去高速公路抢险救援到深夜三点，这个时候估计睡了，让他睡一下吧。”

“王纪元，王纪元!”睡在旁边的朱芳一边推一边喊：“你听，外面大街上消防警报响个不停，是不是哪里又发生大的事故了。”

被推醒的王纪元听到发生大事故了，从床上一股脑爬起来问：“哪里发生大事故了，对讲机怎么没叫呢?”

朱芳说：“是啊，怎么今天对讲机没叫呢？你听外面的消防警报还在响个不停，好像是往南区去的。”一直习惯了听对讲机和消防警报声的朱芳，怎么也没弄明白平日只要哪里一出警，消防车一出动，放在床头柜上的对讲机就会叫个不停，今天却只听到消防警报声而没有听到对讲机的声音，一时也是百思不得其解。

王纪元从床头柜上抓过对讲机，满脸疲惫、睡眼惺忪地将对讲机群呼频道调到监听专用频道，只听黄铁强说："报告支队长，我们正在想尽一切办法疏散楼上人群。"王纪元再也顾不上听对讲机中的对话，翻身起床，穿上那身还有一些余热的战袍，拿起对讲机就要夺门而出。朱芳一把抓过王纪元的手心痛地说："你才刚刚睡下去呢，你不要命了。"

王纪元安慰着说："不是你推醒我的吗？军功章有我的一半也有你的一半，老公没事的。"

朱芳说："我要陪你去，你一宿没睡太不安全了。"

王纪元说："也好，谁叫你是王纪元的老婆呢。"

朱芳就走到王妈妈房间，告诉他要陪王纪元去火场。王妈妈慈祥地说："你们放心地去吧，孙崽就交给我，我看着。"然后，就倚靠在门框上，依依不舍地望着两人消失在黑夜中，心中升起无限的不舍和慈爱。

两人下了楼，王纪元才突然意识到车子被小李开回机关了，两人就径直往公路上跑。

朱芳就在路边拦的士，王纪元用对讲机呼通了 010 要他们报告火灾现场的情况。刘红晖就如实将情况向他进行了报告。王纪元略带责怪地说："发生了这么大的火灾，调动了这么多的中队和车辆，是谁给你们权力不向我报告的，我要处分你们。"

刘红晖说："秦支队长要我们不报告你的，专门叮嘱我们采取一对一的调度方案，怕吵了你，说你太辛苦了。"

王纪元说："谁叫我是消防人呢，谁叫我是消防参谋长呢，你们糊涂啊！"说完还没忘记说谢谢大家的好意。

朱芳在路上拦的士，等了一阵都没有一辆的士经过，心里急得不知怎么办才好，这时正好来了两辆摩托车就被朱芳一把拦下，两人就各乘一辆摩托车赶赴火灾事故现场。

桐子坡火灾事故现场，大火借助着风势一楼一楼往上蹿，不时发出一阵轰燃，强烈的气浪使水枪手不能靠近。楼道里、窗户上到处都是火，整栋楼成了一片火海。燃烧产生浓厚的黑烟一浪翻过一浪从窗户里向外挤，弥漫在空中让人窒息。楼上的居民窗户已经连着窗帘烧了起来，形成了立体火灾。

在高温的作用下，防盗窗防盗门已经不能打开了，出也出不来；能出来的，上也上不去，下也下不来。情况万分危机，居民都在等待着消防队的救援。由于场地狭小，加之又没有形成环形消防通道，开进去的消防车出不来，要进去的举高车又进不了，把在现场指挥的秦晋江急得团团转，在那里破口骂娘。这时，见王纪元和朱芳来到现场，心中突然松了一口气，而嘴里说出的话却是："你怎么知道的？谁让你来的？你一边休息去！"

朱芳天真地说："我听到消防车警报响，就把他喊起来了。"

秦晋江不无责怪地说："你也不心疼他？你不知道我们的参谋长昨晚一宿没睡吗？"接着不无忧虑地和王纪元说："这场火不好灭，我们发起了两次进攻都没有扑灭，越灭火越大，从房内烧到走道，你分析一下居民房屋里面会有些什么东西呢。"秦晋江的话刚讲完又"轰"的一声，又一次发生爆燃，接着又一声爆炸声将墙体的窗户炸掉，飞出的碎片砸在消防车上，将消防车砸出一个大洞，好在没砸伤人。伴随着爆炸声，火焰的颜色突然变成了蔚蓝色。

朱芳嗔怪地说："我哪不知道心疼！谁叫他是消防参谋长呢？谁叫我是消防参谋长的老婆呢？"

王纪元看见这样的状况，大脑在飞速地思考，经过不断的分析过滤后感觉形势非常不妙！后果将不堪设想，非常严重。于是，反问秦晋江："楼上还有人吗？"

"楼上有人，现在里面的人是出不来，上不去也下不来。"秦晋江焦急地说。

王纪元坚定地说："这是流淌火灾，屋内肯定存有大量易燃液体，现在石油液化气罐也烧炸了，建筑物结构受到了严重破坏，我建议组成尖刀搜救队从楼上救人，一户一户地救。"

秦晋江说："先前已经把一至三层都疏散出来了，现在只有四至八层十户了。"

王纪元说："那正好。"接着就以命令的口气说："李为民、罗贤阳我命令你俩各组织十人，佩戴空气呼吸器，带上破拆工具上楼救人，快去准备。对了！支队长，你命令他们改用泡沫压制大火。据我分析判断，这房子再烧下去很快就会坍塌。"

秦晋江点了点头就走了。

紧接着，尖刀搜救队成员全副武装地集结到了王纪元面前，王纪元省过了那些形式上的内容，直接拿过话筒说："战友们，我们组建的尖刀搜救队的任务是从东边楼梯间跑步上到屋面，然后回到起火的西边单元，将通向屋面的防盗门破了，再两人一户，把困在里面的人救出来，喊不开门就将门破了，注意，要快！越快越好！人救出后马上撤离，任何人都不得逗留，明白吗？”大家齐声回答明白后随着王纪元一声“出发”的命令，李为民、罗贤阳带着尖刀搜救队就往楼上跑去了。

正当王纪元转身准备同战友们一起上去救人时，被秦晋江一把抓了回来说：“你不能去，你来了就在这里指挥。”

王纪元说：“其他两个单元的人员疏散完了吗？”

秦晋江说：“中间这个单元肯定疏散完了，东边那个单元的群众有些有抵触情绪，还在那里做工作。你哪里都别去就在这里指挥。”秦晋江生怕王纪元冲进火海，再次要求王纪元就在指挥部指挥。

王纪元突然吼叫着说：“这帮狗娘养的，火烧屁股了还不急。阳厚德！我命令你带一个班上去将他们打下来，打不下来把他们捆绑了抬下来。”

秦晋江了解王纪元的个性，知道这个时候他发脾气，说明这栋楼已经很危险了，也没有去阻拦王纪元的命令。这时，秦晋江见王纪元也往东边单元跑，就连忙追上去一把抓住他，用高八度的声音说：“我命令你，你现在就留在指挥部，原地休息，原地指挥，那里都不能去！”

王纪元说：“我要上去！”

秦晋江说：“你坚决不能上去，这是命令！”

王纪元看着秦晋江坚定地说：“我一定要上去，谁叫我是消防参谋长呢？参谋长怎么能临阵脱逃，见险不抢，见死不救！”然后就用迫切的口气说：“我怕来不及了，得抓紧时间将楼上被困的人救下来，这里很快就会坍塌，人命关天啊！”

秦晋江用一双深沉的眼睛注视着王纪元说：“那你更不能去，你是参谋长，你是团长，万一有个三长两短，我对上级交不了差，对朱芳也交不了差。你上有老下有小啊！”

然而，朱芳却信心百倍地说：“让他去吧，群众要紧！我对我老公有信心。”

秦晋江带着怒气说：“信心个屁，上去了就是送死啊！”

朱芳肯定地说：“他上去了，被困的老百姓就有救了。”

得到朱芳支持理解的王纪元坚定地向朱芳和秦晋江行举手礼说：“当兵就意味着流血和牺牲，就意味着在党和人民群众需要的时候义无反顾、在所不辞。”然后，抓过秦晋江的手说：“支队长，你放心，你要对我有信心，我家朱芳都对我信心百倍，你也要对我信心百倍才对，我会活着回来见你们的。”

说完，在朱芳眉心上亲了一个，又敬了个礼，转身扎进了火海之中，消失在黑暗的楼梯过道。

望着老公在楼梯过道消失的背影，朱芳此时的心情像打翻了一坛子五味醋一样不知道是什么滋味，双眼不自觉地流下了几行眼泪，也为老公捏了一把汗。

来到屋顶的尖刀搜救队，阻挡在他们面前的第一个障碍就是破拆通向楼梯口的防盗门。这张防盗门是一张简易栅栏式铁门，插销和门轴都在楼梯内。滚滚浓烟伴随热浪充斥着整个楼梯口，宛若一个大烟筒，给破拆又增了几分难度。李为民见此情况命令道："陈昌龙，你先用液压剪剪断下面的几根钢筋，再爬进去将挂锁剪了。"

陈昌龙熟练地操作液压剪一根根地剪，剪断三根后刘狮就配合着将三根钢筋一根一根折弯，然后一弯腰一缩身就溜进了门内，刘狮接过陈昌龙的液压剪只听咔的一声，通向楼梯口的门就被打开了。大家就蜂拥而进和时间赛跑。根据先前分工，按照两人一组各负责一户搜救的任务，很快就各就各位开始了逐层逐户的搜救。

整个楼梯间充斥着浓烟和热气，能见度非常低，加上戴了空气呼吸器，彼此交流全靠默契和肢体语言。李为民和罗贤阳一边在指挥，一边在催促大家快点，快点，再快点。

在四楼住户的大铁门前，浓烟一波接着一波，热浪一阵跟着一阵，防盗门已经烫手变形。李为民抡起腰斧猛敲防盗门喊："里面有人吗？里面有人吗？快开门，我们是消防队的，我们来救你了。"

里面隐约传出声音说："防盗门打不开了啊！救命啊！防盗门打不开啊！"尽管传出的声音很微弱，但听得出来，这微弱的声音已是竭尽全力的呼救。

王纪元来到火灾单元的楼道，罗贤阳和刘狮正在比划着如何破拆，抡起的消防斧不知砍向什么地方好，刘狮见王纪元到来就说："破拆一张防盗门真的很不容易，请参谋长指导。"罗贤阳和刘狮就头靠头说："平时怎么训的你就怎么破。"王纪元知道他们碰到了难题，就伸出右手食指在门锁芯处画了一个圈儿。然后就用手背试探了门的温度后和他们说："热胀冷缩，我想每扇门都可能打不开了，你们就都给我照着锁芯破拆。"就这样王纪元从八层指导到四层，用手试探着温度到四层，一一招呼清楚。当来到四楼时听李为民说："陈昌龙破拆救人。"

陈昌龙就操起无齿锯在锁芯四周开始了破拆，飞速旋转的砂轮发出怒吼的叫声，溅起一串串火星，声音一阵紧似一阵，锁芯竖向的两侧很快被无齿锯划开了两条口子。

突然，楼道中想起了刺耳的警报声，给整个楼道增加了几分恐怖气氛，让所有人为之一惊。原来是王纪元背上的空气呼吸器报起了警，告知气压已经不够。王纪元就自言自语地说："该死的!"就赶紧向李为民交代几句后不得不沿原道返回屋面。

昏暗的灯光在楼道里晃悠，宛若幽灵的眼睛在楼道里搜寻着猎物。

李为民和陈昌龙还在费劲地破拆，接下来要切割锁芯上下两条横向面，横向破拆似乎难度大了好多，陈昌龙就抱紧了无齿锯，尽量让无齿锯成水平状和大门成九十度，随着两长声两短声锁芯就只靠几根连杆支撑着。锁芯破开以后，李为民就将右手伸进夹层，抓住连杆一提一拉，左手抓住门把柄向外一拉，门就被打开了。

王纪元返回也变得不是很容易，开启的一扇扇大门横亘在每一个门口，挡住原本不宽的楼道。

"嘭！嘭!"又接连两声爆炸，整个大楼在颤动。

罗贤阳突然感觉地动山摇，本能地大声喊："战友们，撤！快撤!"

陈昌龙一把抱住李为民说："李参谋长，您快出去，这里让我来。"李为民正要说些什么。

"哗！哗!"空中传出惊魂的哭喊声和痛苦的咳嗽声。

王纪元听他们这么一喊，心里也多了几分惧怕，心想我是保证了的，要活着出去见秦支队长的。这时，听到这惊魂的哭声和痛苦的咳嗽声，心一横，脱下脸上的面罩，憋着一口气大声地说："救人！都给我背了他们出去！他们都必须同我一样活着出去。"

罗贤阳猛一转身，目光定格在刚刚撤出的房间，义无反顾地随声跑去。

李为民推开陈昌龙说："快救人啊，我的天啊!"

王纪元就摸索着进到每一户和战友们一道搜救。罗贤阳和刘狮也已经进到了房内，一边呼喊，一边借用微弱的光线寻找。

王纪元就径直走向厕所，推开门，只见一对吓得颤抖的祖孙俩正蜷缩在厕所的角落，精神恍惚，眼泪汪汪。王纪元将还有一点余气的面罩套在小孩的头上，自己憋足一口气抱起小孩就冲出了大门。

两声爆炸声后，窗口喷出一团团火球，整个建筑物似乎左右摇晃。见此情景，秦晋江心急火燎地用扩音话筒喊：“王参谋长！王纪元！我命令你们赶紧撤下来！”

叶红花抓住朱芳的手紧张地在原地跺脚，心急如焚地在念叨罗贤阳的名字。朱芳圆睁着眼，仰头紧紧注视着这栋燃烧的楼房，心里不知在想些什么，又是个什么滋味。突然，叶红花松开朱芳的手跑步到指挥车上，拿过一部对讲机大声地呼叫王纪元、罗贤阳，要他们快出来。

罗贤阳见此情况也立即将自己的呼吸面罩给老爷爷戴上。就在这时，刘狮喊：“这里还有一个人，是个女的。”

罗贤阳就命令刘狮背她出去。吓得不轻的女子瑟瑟发抖，宛若一堆湿泥，扶不起、站不稳。刘狮费了九牛二虎之力，然后，一个徒手救人一把将这名女子抱起，用一块打湿了的毛巾敷在她的脸上。

拉开大门，一股浓烟直往屋内涌去。李为民一个侧身冲了进去，掏出事先准备好的自救式呼吸防毒面罩给一个小孩和一个老人戴好，两个大人就用湿毛巾捂住嘴鼻，引导他们摸索着向上迅速撤离现场。

陈昌龙身穿避火服，心想从四楼直接下到一楼会更快，只是要穿越楼梯间的火道，他信手从床上拿了一条棉被冲进卫生间用水整个打湿，一把包裹住这位如花的少女，向一层火海中跑去。

抱着小孩回到楼面的王纪元一边招呼大家快撤，一边掀开屋面上的一块块隔热板，注视着楼板的变化；细听着燃烧撕裂的那些声音，是物质燃烧的声音还是建筑物结构被破坏的声音，只听“呼隆，呼隆”的声音中夹杂着“咔嘭，咔嘭”的声响。

王纪元脚底下用沥青浇筑的防水层，在不知不觉中熔化，沥青将他的消防套靴粘住了，每挪动一步都显得费劲和艰难。王纪元立马意识到，危险就在眼前，赶紧去察看伸缩缝，只见伸缩缝不见了，取而代之的是歪歪扭扭的防水条；楼板发出咔咔的声音，裂缝从他的脚底下由窄变宽，情况万分危急。这时见罗贤阳扶着老爷爷上到屋顶，李为民也扶着几个人来到了楼面，就连忙说：“快撤，快撤，后面还有人吗？”

李为民说：“陈昌龙呢？”

王纪元听没见着陈昌龙，来不及多想，就告诉他们房子马上就要坍塌了要他们快撤。

接着拿起喊话器对着楼梯口喊：“里面还有人吗，有人赶紧出来。”转而也来不及和秦晋江商量，就大声对楼下官兵喊道：“我是参谋长王纪元，我命令全体参战官兵马上撤离现场！马上撤离现场！建筑物马上就会坍塌！马上就会坍塌！撤离现场八十米以外！撤离现场八十米以外！”然后，抓过一具自救式呼吸面罩冲进楼内去找陈昌龙。

站在指挥车旁的秦晋江用强光照明灯寻找王纪元，用车载扩音喇叭喊道：“王纪元快下来，我命令你快下来，我的天啊！”秦晋江接着又跺着脚骂：“你狗日的参谋长，你快给我滚下来，你快下来！”

朱芳也扯起嗓子喊：“王纪元快下来！你快下来！”

撤离后的全体官兵也跟着秦晋江撕心裂肺地喊了起来：“王参谋长，王参谋长，你快撤下来！王参谋长你快撤下来！”一霎间，整个夜空中回荡着王参谋长你快撤下来的喊声。

王纪元这时好像孙大圣一般，滚动着眼珠，嘴里不断地在嘀咕着什么，不时发出吱吱的声音，一双火眼金睛般的眼睛仿佛从屋面透过楼板直看到火心。这时只见吊灯从房顶掉落，墙面抹粉一块块剥落，隔板一块块倾倒。朦胧中王纪元取下随身携带的安全救生绳，往避雷网上一挂，一个跃动就从楼面上消失了。

随之，这栋燃烧了近三个小时的建筑物轰然倒下，砸向消防车，砸向树木、花坛，溅起的石块砸向毗邻的建筑物门窗。现场又一次喊起了“王参谋长！王参谋长！”这时，一些人哽咽着，一些人满脸泪珠，向着腾起巨大灰尘的坍塌建筑物涌去。

瘫坐在地上的朱芳哽咽着，用一双期待的目光注视着还在扬起灰尘的坍塌现场。叶红花紧紧抱住朱芳，不时为她擦去脸上的泪水。朱芳嘴里不断地念叨着说：“你说了要活着回来见我们的！”

六十四

东方破晓，太阳从远方的地平线上冉冉升起，晨光照在建筑物废墟上，断壁残垣上冒出缕缕青烟，袅袅地顺着那摇摇欲坠的残垣上升，让人毛骨悚然，不寒而栗，顿感悲凉。

围观的群众有的捶胸顿足，有的号啕大哭。只有那些穿着橘红色抢险救援服的消防官兵不知疲倦地移开了满是灰尘、被砸烂玻璃的消防车，八人一班、四人一组在现场搜寻，用广播喊，用手扒。

整栋建筑物共有八人下落不明。

灭火救灾转入抢险救援阶段，由于撤离及时，参战官兵无一伤亡。大家呼喊的王参谋长在尘埃还未落定第一时间出现在那堆废墟时，秦晋江、朱芳、言国太、李为民一帮人迫不及待地从警戒线外一边喊一边向王纪元跑去。

秦晋江一把拉住王纪元的手说："你吓死我了，让我看看，让我看看，没有事吧，没有受伤吧。"接着又这里捏捏，那里抓抓。

朱芳就默不作声地给王纪元递过一瓶矿泉水，紧紧地扯着他那身有些生硬的消防指挥服的衣角，生怕还有什么危险。

言国太拍了拍王纪元的肩膀说："参谋长铁骨侠胆，大难不死必有后福。"

李为民说："吉人自有天相，好人一生平安。"

王纪元面对秦晋江说："我向你保证过，我会活着回来见你的，我这不好好的嘛。"接着似开玩笑似当真说："我的事还没做完，抢险救援还只是在楚洲承诺，全省还没有承诺，全国还没有承诺，阎王爷还不打收条。"说着就抖抖手，踢踢腿，晃了晃头说："这不好好的嘛。"大家就会心地"哈哈哈"笑了起来。

市里很快成立了抢险救援指挥部，级别很高，由市领导彭永德秘书长担任总指挥；规模也很大，由市里多个部门组成，公、检、法、司、民政、城建等也参与了事故调查和善后处理工作。市经委主管安全生产工作的副主任无奈地说："我无一兵一卒，我无炮无枪，我是不能担任前方总指挥的，让我担我也担不起这个责任。"就客观地谢绝了大家的奉承。

秦晋江见他们推三阻四就主动请缨说："大家都不要推了，我看前方抢险救援任务还是交给我们吧，我建议由我们参谋长王纪元同志担任前方总指挥，我们保证完成任务。"

市委、市政府对这一火灾坍塌事故高度重视，很快以红头文件下发了抢险救援组织机构的通知。秦晋江、王纪元的名字赫然写在了指挥部名单里，王纪元被委任前方总指挥。

彭永德秘书长主持召开第一次指挥部成员会议，为了抢抓时间，就直接问了王纪元下一步应该怎么办。

王纪元说："居民楼起火，发生流淌型火灾是我们不能想象到的，是存在大量易燃液体所致，以至于增加了火灾扑救难度，导致楼房坍塌。从目前掌握的情况来看，起火层二楼里面的四人，如果人在里面的话肯定是没有生还的可能。因为整个楼层一片火海且流淌到楼梯间过道；另外四人所处的楼层尚未查明，我们当时也是每层楼逐一破拆，进屋进行了搜寻，就连蜷缩在角落里、厕所里、床底下、阳台上的人都被我们发现救了出来，当时没有发现还有人。当然，如果因为现场漆黑一团，能见度低，加之这些人因为惊恐万状，四处藏匿没有被及时发现也不排除。因此，我建议：一是请公安部门和居委会迅速排查这八个人的基本情况，通过有效途径查找这八个人的去向。二是根据现场坍塌状况，基本是夷为平地，只有几处堆垛，人员能够生还的可能性很小，之前我们进行了几轮搜索，通过喊、听、敲等方法也没有发现有生命迹象，建议调用一些大型机械，吊车、推土车、挖掘机到现场待用。三是二层的易燃物品还没有烧尽，还不知道这些液体到底是什么。据我判断，从现场燃烧火焰的颜色来看室内应该有汽油和醇类物质。从燃烧所产生的浓烟来看室内应该还有柴油。从几声爆炸来看，其中一声是液化气罐爆炸，另外的几声爆炸就有些不清楚了。从燃烧的时间来看量还不小，请公安技侦部门提取样品进行化验，以便做好相关防范工作，严防次生灾害事故发生。”

说完这些，王纪元就向彭永德秘书长说：“我这就去现场组织抢险救援，指挥部有什么指示，直接通知我就行。”得到同意后王纪元就直接去了救援现场。

在抢险救援现场，王纪元、李为民、罗贤阳、阳厚德几个人围在一块消防指挥板前。王纪元拿着一支白色粉笔在指挥板上画了一个示意图分析说：“二楼 205 房四人，如果有人在里面的话肯定都死了，不作为第一救援任务。八楼 805 房、五楼 506 房各两人，一至三楼在我未到时进行了第一次搜救和疏散，五楼我们是进去了的，当时没发现有人，如果是成年人，可能是自己疏散了，也可能外出了，人本来就没回来。八楼是最高层，离通向屋顶楼梯口最近。”

阳厚德插话说：“我疏散完东单元的群众，就进了 805 房，没发现有人。”

王纪元嗯了一声继续说：“从坍塌的状况来看，有两处呈山丘形，一处是卫生间部位，一处是楼梯间靠里面的部位，如果有生还，我们可以从这两处着手，这定为第一救援任务。为民和贤阳各负责一处，注意先以搜寻、人工救援、呼喊为主，不要使用大型器械，必要时只能使用吊车配合，没我同意不得使用挖掘机和推土机。”李为民、罗贤阳两人分别说了他们的看法后带领几个官兵就爬进了那堆废墟。

正在王纪元一脸疲倦地坐在地上思考着大型作业机械来后如何指挥时，身后的一台吊车、一台挖掘机就开到了现场。王纪元嘀咕着这倒是来得挺快的，猛一回头，一位穿着一身蓝布工装、头戴安全帽的人，旁边跟着一个女人，向他跑来报告说："参谋长同志，我是黄老二，得知消息前来志愿救援，请你指示。"也和部队官兵一样行了举手礼。

王纪元略一惊，很快认出了是黄老二夫妇，就回礼后说："原地待命。"

黄老二回答："是。"同样又行了一个举手礼，就向王纪元走去，并介绍这女的是他老婆白淑玉。

王纪元说："认得，你找了一个好老婆啊！"然后就问："怎么是你们两口子呢？你们怎么知道的？"

黄老二说："一早就听说了，当时我就和老婆说，我们要知恩图报啊，感谢您的救命之恩，所以我们就来了，志愿参加抢险救援。"

王纪元问："这车都是自己的？"

黄老二说："是的，都是刚买的新车。"王纪元听着连连点头。黄老二接着说："参谋长，你多久没休息了，眼睛都布满了血丝。"

王纪元并没回答自己怎么满眼是血丝，而是不无感慨地说："不错！不错！黄总鸟枪换炮了！很感谢你们。你们来得正好，正是时候，你们一共来了多少人，将名单报给我。"然后，就招呼说："你们一定要注意安全，根据我的判断，这里面应该没有生还的人了，准确地说，这里面应该是没有人了。但是，我们抢险救援还是要继续的，生要见人，死要见尸。"然后就顺手指了指站在废墟上的李为民说："你们就听李副参谋长的指挥安排。"

黄老二夫妇俩点了点头，眼里滚动着泪水说："你要多多保重，一定注意安全，我听说你昨晚好危险。"他们的声音有些哽咽，随后转身就向那台挖掘机和吊车走去。

王纪元望着他们的背影，这是似曾相识的期待，他们将用挖掘机挖出人生的精彩，用吊车吊起一座座丰碑，用行动诠释着中华民族的优良传统美德。

六十五

斜躺在宽大而舒适的牛皮软沙发上的令远房，脸上洋溢着兴奋和得意。按好了打给曾思春的电话，就只差按拨出键了。他在等时间，他知道不能在不该给领导打电话的时候打电话，比如说吃饭的时候、午休的时候、开会的时候、晚上十点之后。令远房在不断地看时间，脸上也不断地荡漾起一片笑容，好像已经捡到了天大的宝贝，认为这个时间最适合给曾思春打电话，见时间已到，就摁下了拨出键，将电话扣在耳朵上，占去了大半个脸，用满脸堆笑的姿势准备听到曾思春的声音，再向他汇报，仿佛曾思春在电话的那一头能看到他的表情一样。让令远房始料未及的是电话里传来的是忙音，他对了对电话号码，又一个字一个字地念了一遍，自言自语地说："没错，就这个电话。"

接着又按了两下拨出键，电话那头传来的还是忙音。令远房猛地从沙发上坐了起来，嘴上骂骂咧咧地说："莫非开会，这么早就开会，开会也得开手机，这么大的领导，关了手机人民群众怎么找，下级怎么向你汇报。"令远房以为领导越大，电话就一定开着。殊不知，领导越大公家配发的手机越不带，用手机也是秘书给拿着。要么两部手机，两个号码，一部是公开的，一部是私密的。

令远房很不高兴地拖着一双拖鞋从客厅走到卧室，又从卧室走到客厅、厨房。然后，不耐烦地对曾丽英说："他妈的，曾书记的电话怎么是忙音，打不通。"

曾丽英说："昨晚上不是看到他了吗？是不是昨晚消防模拟演习辛苦了，现在还在睡觉。"

令远房恍然大悟说："有可能，有可能，我那几吨汽油柴油是有他们好受的。"

曾丽英说："你点火怎么点的，点着了没有？"

令远房说："我动了一点脑筋，烧太快了容易被发现。我找了一些过去我们在农村点煤油、柴油灯的灯芯麻线，编了几根绳子。然后，我就把这些编好的绳子放进柴油桶子里浸泡透，再将这些绳子连到了卧室床上的席梦思上，客厅的沙发上。先让柴油烧起来，汽油就让它充当火上浇油的角色。哦！还有我们曾经没有用完的固体酒精，反正很多东西会一起烧，消防有天大的本事，一时半会也弄不黑的。"说完得意洋洋地笑了起来。

曾丽英说："开电视，快开电视，电视里面肯定有报道。"

令远房说："报道个屁，这个时候哪里有报道，最早也得中午了。"

曾丽英说："要不你再拨拨试试，拨不通的话你就到现场去看看，我们也早点叫保险公司。"令远房听曾丽英这么一说认为到现场看看很有必要，但在去现场前还是又拨了几下曾思春的电话，电话还是不能接通，于是便火急火燎地往现场赶去。

来到现场的令远房，很远就看到停了许多车，有消防车、救护车、警车和各种各样的小轿车，心里不由得一阵发紧，一阵发虚，手心也湿了。一些人围着一张贴在墙上的黄纸看，他以为是经常在电视上看到的那种通缉布告，也挤上去看了看。只见上面写着失踪人员一览表，上面同样写着令远房一家四口，心里不由得一番窃喜，说明没人知道这火是他在那神不知鬼不觉的情况下放的，继而就故作悲伤地样子口里念叨着说："我的房子！我的房子！我的血汗钱，我的血汗钱！"一边喊一边往抢险救援现场里面冲，被现场值班的派出所民警拦住了问："你叫什么名字？"

"我叫令远房，住205房的。"

民警又问："你家其他人呢？"

令远房没理解民警问话的意思就回答说："小孩读书去了，老婆在家。"

"那就好，那就好，快去报告指挥部，令远房一家四口平安无事。"现场值班民警说。

令远房镇静了一下，又用一张哭丧的脸不无愤怒、不无悲伤的口气说："还好！好个屁！我的房子啊，我的血汗钱啊！"说着说着真的哭了起来，眼泪顺着脸颊流到嘴角也顾不得擦上一把。

现场值班民警边解释边安慰说："我们说那就好，是指你们一家四口平安就好。莫伤心，只要人在就好，房子、钱都能赚回来。"

令远房就说："我可以去里面看看吗？烧完了吗？"

值班民警说："烧塌了，你进去看看就出来。"得到允许后，令远房还是故意装着一副狼狈相，愁眉苦脸地到了现场。现场几台挖掘机、几台吊车在忙个不停，身穿橘红色抢险救援服的消防官兵和身穿蓝色工装的黄老二夫妇和工友们都在紧张地工作着。

秦晋江用对讲机喊："007，007，001呼叫。"

王纪元回答："007听到，请讲。"

秦晋江说："令远房一家四口已经找到，你们可以放弃那一片区的搜救了。"

王纪元一声明白，就将李为民和几个战士叫到身边，一番交代后，各自又忙各自的去了。

令远房哭丧着脸来到事故现场，看到满目疮痍的情景自言自语地说："怎么烧得这么严重，把房子都烧倒了，这怎么得了，完全不是我想象的啊。"

王纪元不声不响地走到令远房身后拍了拍他的肩膀问："你是怎么想

象的？”

令远房吓了一跳，全身一阵哆嗦，紧张地回答说：“我，我万万没想到会将房子烧塌了。”

王纪元问：“你家住205吗？”

令远房说：“是的。”

王纪元见他心虚就单刀直入地问：“房子里放了多少汽油、柴油啊？”

令远房反问说：“你怎么知道里面有汽油、柴油？”

王纪元以不可抗拒的语气说：“我问你！”

令远房就低着头，一双眼睛像贼一样不断向上翻看王纪元，想从中找到一点答案。见王纪元一脸严肃，一双眼睛像吃人一样犀利，就颤颤巍巍地说：“没，没有，没有放汽油柴油。”王纪元提高嗓门说：“令远房！你还狡辩！”令远房说：“我没狡辩，我没说假话。”王纪元提醒说：“难道你我汽油味都闻不出来吗？你再闻闻。令远房，我看你面相是一个老实厚道人，你实话实说争取从宽处理。”令远房遮遮掩掩地说：“你们不是要搞演习吗？”

“谁和你说的？”王纪元问。令远房说：“书记说的。”

“那个书记？”王纪元问。“曾书记。”令远房答。

王纪元问：“书记，那个单位的书记，叫什么名字。”令远房说：“我老婆的堂叔，昨天晚上在电视里面作报告的曾书记。”

王纪元哦了一声说：“市纪委曾思春书记？你实话实说吧，多少汽油柴油？”令远房听王纪元口气似乎敬畏曾书记，就坦荡地说：“加起来有两三吨，他说要检验你们消防队的能耐。”

王纪元用同样的语气问：“酒精呢？”

令远房回答说：“有几百公斤吧，都是原来做生意没有用完剩下的。”

王纪元心想就凭在居民楼存放大量危险物品就可以拘留他，于是就故意背过令远房装着一副不理他的样子。这时上来几名体格魁梧的战士，突然，王纪元一个转身用手指着令远房大声说：“把他抓起来！”几个战士上前将令远房牢牢地控制在地上，一副铮亮的手铐将令远房的双手反铐在后背，押上了警车。随着警车一声长鸣，警车押着令远房离开了事故现场，消失在众人视线中。长鸣的警笛声震落了树上的几片树叶，在空中漫无目的地乱窜。

六十六

这不是秋天收获果实的季节，这是春天播种孕育希望的季节，兴许是巧合，兴许是刻意安排，在这个已经不再为这个节那个节、这个会那个会献礼的年代，在这个五一国际劳动节的确遇到了一些喜事、大事、高兴事。整个楚洲在久违的阳光照耀下，栩栩如生、金光灿烂，沉浸在一片欢乐的海洋中，城市街道花团锦簇、彩旗飘扬，音乐喷泉广场五彩缤纷的水柱在音乐声中翩翩起舞，商业宣传游行队伍推波助澜。

环洲城商业广场宛如城市的巨人傲视群雄，披上了节日的盛装，巨大的条幅横空而下，似庐山的瀑布飞流直下三千尺。条幅上写着"热烈祝贺环洲城商业广场隆重开业"、"坚定不移地坚持改革开放"、"努力开创中国特色社会主义新局面"、"自强不息，国富民强"等。

广场前庭各种盆景、花篮错落有致，大红色的地毯从前庭一直铺到了广场中央，二十一响礼炮阵列整齐，只等主持人的一声"鸣炮"。直升飞机不时在空中盘旋，环洲城商业广场隆重开业的巨大条幅不时放下，不时又收起。广场上人头攒动，个个抬起头看着直升飞机带给大家的惊喜。迎宾礼仪模特二字形排列成夹道欢迎之势，工作人员忙前忙后，负责音响的调音师不断地在调试着音质。多方位的音箱构成了绝妙的立体音响效果，《春天的故事》、《走进新时代》、《今天是个好日子》，欢庆喜悦的歌声轮番播放，回荡在整个环洲城上空。

"一棵呀小白杨，长在哨所旁，根儿深干儿壮，守望着北疆，微风吹吹得绿叶沙沙响罗喂，太阳照得绿叶闪银光……""说句心里话，我也想家，家中的老妈妈已是满头白发，说句心里话，我也有爱……"这是大家耳熟能详的歌曲了。这里又是一番情景，这里没有了红色的地毯和那婀娜多姿的迎宾模特，除彩旗猎猎、气球条幅高高飘扬外，取而代之的是英俊潇洒、高大魁梧的礼仪哨兵和那一浪高过一浪的"一二三四"口号声，是那阎维文、郁钧剑的军歌声。一列列国旗、军旗方队，国徽、警徽方队，消防车方队，开花水枪方队，直流水枪方队，泡沫枪方队，防化服方队，隔热服方队，救援服方队，空气呼吸器方队，侦检方队，洗消方队，列队整齐，时刻准备着接受党和人民的检阅。这里正在进行中国人民武装警察部队楚洲市消防支队特勤消防大队组建驻兵仪式，气氛庄严。

这是楚洲市消防支队为适应新形势新任务的需要，是在“有为才有位、有位更有为”的思想指导下，市委市政府远见卓识并得到批准成立的全省乃至全国的第一支以抢险救援为特勤业务的特勤消防大队，是市委书记一号工程。特勤消防站的落成和特勤消防大队的组建，标志着楚洲市委市政府关注民生、重视民生工作翻开了崭新一页，标志着权为民所用，利为民所谋，情为民所系不再是写在报告里，讲在口头上，挂在墙壁上，同样也标志着楚洲经济社会发展步入有序的发展轨道。一个欣欣向荣、市场繁荣、国强民富、幸福安康、人和自然和谐的大环境正在形成；一个生命的守护神、财富的守护神、希望的守护神、幸福的守护神也将随着高高的五星红旗在这即将诞生的特勤消防大队的上空飘扬。

高昂奋进的歌声和优美动听的旋律悄然而止，现场庄重寂静，即将组建成立并接受检阅的武警楚洲消防特勤大队官兵阵容威武雄壮，宛如铜墙铁壁，宛如钢铁长城，宛如滚滚洪流，宛如绿色屏障、绿色海洋、绿色希望。临时搭建的检阅台座无虚席，有来自楚洲政界、商界的领导和代表，有社会各界、民主党派、工商联、企事业单位代表。肖言书记、仁桂生市长坐在武警巴楚消防总队征海洋参谋长两旁有说有笑。

征海洋说：“祝贺，祝贺！书记开全国之先河，是人民的幸福、人民的福气啊。”

肖言说：“感谢省总队的大力支持啊，这可是一支成建制的武装力量，没有你的支持、没有中央的批准我肖言哪怕有三头六臂都办不成啊。”

征海洋说：“这说明党中央、国务院高瞻远瞩，高屋建瓴啊。”三人就爽朗地哈哈大笑起来。

检阅台一双双期盼的眼睛，一双双期待的眼神和一张张喜悦的笑脸注视着那一片绿色的海洋、红色的战车。这是中国消防里程碑的开端，这是中国消防桥头堡的铸造，这是中国消防新的航程起锚。

整个活动分为特勤消防大队组建成立、阅兵式、分列式、消防特勤业务汇报表演四部分。征海洋宣读了组建武警楚洲市消防支队特勤消防大队的命令，接着又为新组建的特勤消防大队授牌、授旗，为首任特勤消防大队长罗贤阳颁发证书。随着仁桂生市长一声“我宣布楚洲市公安消防支队特勤消防大队成立”，现场奏响了军歌，万只和平鸽放飞翱翔蓝天，万只彩色气球冉冉升起，将天空装扮得五彩缤纷，象征喜庆的烟花礼炮响彻云霄，炸开的礼花在空中绘就一幅美好的画卷，五颜六色。

“嚓……嚓……嚓”，王纪元铿锵有力的正步在检阅台戛然而止。“书记同志，武警楚洲市消防支队特勤消防大队组建成立仪式，礼成完毕，请你检阅！报告人参谋长王纪元。”

随着军队进行曲音乐的响起，肖言书记、征海洋参谋长在王纪元的陪同下检阅了这支新诞生的武装力量。在行进到国旗、国徽方队前，肖言书记注目立正向国旗国徽三鞠躬。然后一路“同志们好！同志们辛苦了！”方队受阅官兵就齐呼“首长好！为人民服务！”声音排山倒海，义无反顾，大地为之动容。

肖言、征海洋回到检阅台，分列式就开始了。当国旗、国徽、军旗、警徽分别由六名武警消防战士抬着，在三名消防官兵手持六五式冲锋枪护送到检阅台前时，全体人员自然起立，行注目礼，现役军人和曾经当过兵的都自然行举手礼，目送着到达旗杆旁。

随着雄壮响亮的国歌奏起，鲜艳的五星红旗和八一军旗冉冉升起，二十一响礼炮再次响彻云霄。

接着就是一列列方队依次从检阅台以正步的形式走过，接受检阅。随着指挥员一声向右看，整齐的排面一个摆头宛若一面镜子向右一晃，整齐划一。紧接着就是“一、二、三、四”的口号震天雷动，嚓嚓的脚步声铿锵有力，方队似滚滚洪流，势不可当。

在欢快的进行曲伴奏下，解说员一一介绍每一支方队的装备性能、功能。当第一台消防防化洗消车经过检阅台时，很多人对这个陌生的名词产生了浓厚的兴趣，当解说员用那甜美清脆而富有激情的语调解说完后，人们都说太有必要了。当云梯车经过检阅台时，同样让人大开眼界。银色水枪，红色战车，车轮滚滚，犹如长江后浪推前浪，一浪更比一浪高，犹如历史前进的车轮滚滚向前，向着解放思想，向着改革开放，向着国富民强，向着人民幸福安康前进。

“啪！”一声清脆的枪声，一串红黄绿三色信号弹划过特勤消防大队的上空，顿时警笛大作，三台消防车拉着消防警报从营门外开到检阅台前戛然而止。消防特勤业务基础技术、应用技术综合演习开始了。

接着解说员说：“各位领导，同志们，女士们，先生们，来宾朋友们：现在你们将看到的是消防特勤装备秀，展现在大家面前的是基础技术表演。”

解说员话音刚落，只见战士们呼啦啦地从车上拿下了轻型防化服、重型防化服、避火服、隔热服、潜水服、灭火服、救援服等各式各样的服装。紧接着战士们又呼啦啦地从车上拿下液压扩张器、破门器、撑顶器、热成像仪、生命探测仪、无齿锯、起重气垫、脉冲水枪、空气呼吸器、潜水呼吸器等大大小小器械，在检阅台前摆了满满一地，琳琅满目，银光闪闪，千奇百怪，让检阅台上的观众看得眼花缭乱。

解说员一边解说每一件装备的功能、性能和操作要求，一边引导大家注意看。待一些人回过神来，刚才还一身橄榄绿的战士转眼间像变戏法一样，有的穿上了银光闪闪的隔热服，有的穿上了灰白色的重型防化服和藏蓝色的灭火服、橘红色的救援服，像一朵朵被阳光吻过的花朵似的色彩缤纷。手持器械的战士，在音乐的伴奏下学着模特走起了猫步，跳起了迪斯科，独木桥上来来回回，身影矫健。

随着无齿锯"突、突、突"地响起，又变成"轰轰"的声音，砂轮也随着懒散的转动而快速地飞转。便携式手动扩张器、液压切割机、切断器无声无息地工作着，转瞬间几扇完好的防盗门、金属栅栏支离破碎。

身着避火服的战士摸索着在大火里搜救，看得检阅台上的人心惊肉跳。只见几位背负脉冲水枪的战士啪啪几声，刚才还熊熊燃烧的大火瞬间只剩下袅袅青烟，现场顿时爆发出热烈的掌声。

解说员说："接下来展现在大家面前的是高楼秀。温馨提醒大家，心脏不好的一定注意将嘴闭紧了别让心脏从嘴里跳了出来，有高血压的一定要将嘴张开了，无论如何请一定不要闭上眼睛。"解说员的调侃给高楼秀蒙上了神秘的面纱，仿佛给每一个人打了一支兴奋剂，又仿佛每一个人没把解说员的调侃当作玩笑。有的张口结舌双目圆睁，有的目瞪口呆全神专注。

解说员说："现在你们看到的是多人挂钩梯拉梯连挂，注意了!"只见几名身手敏捷的战士抬的抬拉梯，抓的抓挂钩梯，几个干脆利落的动作转瞬间沿墙壁搭建起了一条生命通道，一群人沿着这新搭建的生命通道呼啦啦地爬到了五楼，一群人又沿着这条道呼啦啦地下到了地面，场面蔚为壮观，动作连贯协调，如履平地，现场观众一阵喝彩，发出阵阵惊叹。

解说员用唐朝大诗人李白的《望庐山瀑布》煽情地说："日照香炉生紫烟，遥看瀑布挂前川。飞流直下三千尺，疑是银河落九天。大家注意了，精彩还在后面，在我们前方十楼，十楼，十楼啊！十楼的窗口依次是红、橙、黄、绿、青、蓝、紫七色彩带，他们在欢快地飘扬，大家看到了吗？看到了吗？七名特勤战士将从十楼飞流直下！注意看！"只见英俊矫健的七名消防特勤战士从十楼窗台跃出，双脚踩着墙壁，整个身体与墙体成七十度俯瞰大地奔腾而下，七色彩旗迎风招展，似庐山瀑布，似七仙女下凡，仿佛是天兵天将，气势磅礴。回到地面的七名消防特勤战士转身紧接着又表演了向上徒手蛙式沿墙壁高楼救人，动作娴熟，一气呵成，一会向下一会向上，健步如飞，让所有人闭着一口气，捏着一把汗，真担心嘴一张心脏会跳出来一样。

表演项目一项接着一项，解说员说："现在你们看到的是触目惊心的抢险秀。威武不能屈，富贵不能淫。英勇善战的消防官兵面对生和死的考验，大义凛然，视人民为父母，视驻地为故乡。"

一辆模拟液化石油气储罐的庞然大物，由一台大型平板汽车稳稳地载着停在检阅台前。突然，只听"哧"的一声，一股白雾从这庞然大物储罐罐体喷出，由少到多，由小到大，由窄变宽，由线状变成雾蒙蒙，宛若坐在飞机上从机窗看到的云海，一股股一团团，似雪白的棉花，似动非动，又似流云在不断翻滚。现场两名工作人员，看见这一情况，惊慌失措，拔腿就跑。然而，跑出去的两人也许瞬间耳畔响起了咱们工人有力量雄壮的歌声，也许是强烈的责任心和主人翁精神使然，两人冒着生命危险实施堵漏。然而，强大的泄漏压力和速度，一切在缺乏设施和设备下的努力都是徒劳的，两人先后昏倒在现场，被这似雪白的棉花所包裹。

接到报警的特勤消防大队，按照抢险救援类型加强了第一出动，五台消防车风驰电掣般地赶到了模拟的液化石油气站，在检阅台前列队。

指挥员罗贤阳说："下面进行战术理论提问，一班长出列！"一班长一个靠腿，回答"是"后向前跨了一步。

罗贤阳问："你回答液化石油气有哪些特性？"

一班长应答"是"后，接着就像石油化工企业的专业技术人员一样说："液化石油气的主要成分是丙烷、丙烯、正异丁烷、正异丁烯及少量的戊烷及硫化物；气态相对密度为1.5到2，比空气重，在选址建设时不宜选在地势低洼处；成分复杂，属甲类易燃易爆化学危险物品，微溶于水，能与空气形成爆炸性混合气体，爆炸浓度极限为15%到9.5%；高浓度时有刺激呼吸器官和窒息作用；常温常压下，液化气极易挥发成气体，体积扩大至250到300倍。回答完毕！"

罗贤阳说："回答完全正确，入列！"一班长专业的回答深深地感染了检阅台上所有的人，随着罗贤阳回答完全正确的评价、入列的口令，现场爆发出热烈的掌声。

接着罗贤阳就先后叫二班长、三班长出列，回答液化石油气通常有哪几种包装储存形式和处置液化石油气泄漏事故特勤队员需采取哪些个人防护措施两个问题。随着每一位的回答完毕和罗贤阳完全正确的评价，检阅台上都一一报以热烈的掌声。

当罗贤阳叫到四班长出列，回答液化石油气储罐泄漏事故，应如何处理时，检阅台上的人交头接耳："快听听，快听听液化石油气对我们太重要了，每天都要用，看怎么处理。"

四班长同样一个靠腿回答"是"后向右侧跨一步，很有条理性地回答："一、如有人员被困，特勤队员应全身防护，进入抢险区强行抢救人命并疏散区内的一切无关人员。二、根据储存量及风力风向、泄漏扩散速度等因素，在留有余地的情况下，划定警戒区，疏散下风方向全体人员，禁止一切火源火花。三、利用消防水幕阻止扩散，用喷雾水枪稀释驱散，防止液化气积聚不散，形成爆炸性混合气体团，防止液化气积聚在低洼处，构成危险。四、采取可行方法实施堵漏，适时进行倒罐。回答完毕！"

罗贤阳说："回答完全正确，入列。"检阅台现场同样掌声不息。

随后罗贤阳叫五班长出列，让他回答："液化石油气储罐可能出现的泄漏险情有几种？应分别采取哪几种相应的堵漏措施？"

五班长同样向右侧跨一步回答"是"后，同样很有条理地回答："一、罐体液相部位裂纹发生泄漏，如果泄漏部位较低，可利用罐体的排气阀和底部的排污阀用高压水流向罐内注水；如果泄漏部位较高，可用木楔子、胶布堵漏，或者向泄漏处喷水，用捆绑法结冰堵漏。二、罐体气相部位裂纹，可用吊篮将抢险人员送至泄漏处，用木楔子或堵漏胶封堵。"

当五班长回答到这里时，检阅台上的一些人开始感到茫然，有些听不懂，也都交头接耳："哎，哎，什么是液相？什么是气相？我们家的液化气罐是什么相？"

被问的人说："你问他，他是化工局的化建华局长。"

化建华说："等下我和你们说，很多人对消防有偏见，消防可是智勇双全的人，是从火海里捞人的人，是和死神抢人的部队啊。快听咯。"

五班长继续回答，一口气回答了五种险情和每一种险情的处置措施，娓娓道来滴水不漏，一句"回答完毕"后，还没等罗贤阳评价，化建华就带头鼓起了掌，于是整个现场掌声雷动，久久不息。

检阅台上刚才几位交谈的又说开了："哎，哎，化局长，我敢说你都没有这些消防战士熟悉你下属单位那些储罐有这道阀门，又有几个法兰。”

化建华说：“是要向这些消防战士学习，他们工作很认真的，每次到我们那些单位熟悉现场、制订抢险救援方案、灭火作战预案不是停留在图纸上，他们是拿着图纸到现场一个罐一个罐、一个阀门一个阀门去比较核对，一个个消火栓放水试压，就连我们的一些工人都不愿爬到罐底下检查的排污阀，这些消防战士认真到非要爬下去看个究竟，冬天一次，夏天一次。特别是夏天，全身汗水湿得没一根干纱，都无怨无悔。真的佩服啊，我看了都心疼。”

旁边市委宣教科向科长接话说：“你不佩服不行啊，你听这些消防战士知识面多广、多丰富，专业性多强。我们现在这个社会，很多人浮躁得很，像消防这样俯下身子爱岗敬业的我们要大力宣传，大力歌颂，树立典型。”

化建华接过话说：“是啊，我在公司就拿消防战士当活教材，鼓励全体员工爱岗敬业，忠于职守，敢于担当，勇往直前，要有消防人精神。”化建华在这里就提出了消防人精神，这恐怕是地方人第一次提出来，兴许是多年与消防队相处而发出的肺腑之言。

向科长自言自语地重复了化建华说的消防人精神，若有所思地说：“消防队多少年形成的消防人精神，无疑值得我们去总结、去归纳、去宣传。”消防人精神从此以后也在向科长脑海中扎根，走到哪说到哪。

战士们精彩专业的回答，打动了现场的所有人，感召了现场的每一位重新定义消防。肖言和征海洋说：“谁说当兵的四肢发达、头脑简单，我看我们消防人就是威武之师、文明之师、知识之师。”

征海洋说：“有书记高度肯定我就放心了。”

肖言说：“你放心，我更放心了，我也好睡个安稳觉。”

征海洋真诚地请求说：“这是一支新生力量，请书记、市长扶上马再送一程。”

仁桂生没等肖言答话就毫无顾忌地说：“这可是我们指挥得动的部队，我们一定高看一眼，厚爱一筹。”

模拟液化石油气储罐的泄漏还在继续，现场一片白雾茫茫，储罐时隐时现。罗贤阳一声“侦检组出发”，几名战士身穿防静电服，佩戴空气呼吸器，分别携带可燃气体测爆仪、防爆通信器材进入现场，进行检测。侦检战士不断地实施着每一个动作，不时地两人一组弯腰检测，比对数据，不时地从随身携带的侦检包里拿出一些图标卡片，划定危险区、警戒区和安全区，设置警示标志，不时又几人聚在一起，确定泄漏点，研究抢险救援方案。不一会儿，战士用便携式无线防爆对讲机，向罗贤阳报告说：“071，071，075 报告。”

罗贤阳回答：“071 听到，请讲。”

075 报告说：“现场发现两名被困昏迷人员，我们正在组织实施徒手救人，需要担架增援。建议以储罐为中心，东西 40 米、南 30 米、北 80 米内为危险区，请求在危险区向外扩 60 米为警戒区。泄漏点为 500 立方米储罐的第一道阀门的法兰泄漏，泄漏压力很大。报告完毕。”

罗贤阳听了报告后下达命令说：“二班长，我命令你组成四人救人组，两人一组将昏迷的两名被困人员抢救出来。三班长，我命令你立即设置现场警戒标志，给储罐降温。四班长，我命令你班用水幕水带绕储罐设置水幕，用开花喷雾水枪驱散泄漏的液化石油气。五班长，我命令你班实施堵漏，战斗展开。”

转瞬间，现场就拉起了警戒标志，救人组将两名昏倒的人送上救护车。几名消防战士双手提着水幕水带绕储罐铺了两圈，只见手中的绿旗一晃，水幕水带的上空就形成了两道厚实的水幕，似孙悟空进入水帘洞前的水帘，密不透风。阳光下的水幕一时间映射出一道又一道的彩虹，彩虹似的拱门下的五班长时隐时现地带领几名战友会同单位技术人员在泄漏点边缠绕、边浇水。浇上水的材料在液化气作用下很快形成冰块，随着不断缠绕，不断浇水，冰块也不断增大，直到听不到泄漏的声音、看不见气泡，五班长才向罗贤阳报告堵漏成功。现场白雾在喷雾水枪的驱赶下很快散去。水幕也停止了喷雾，现场恢复了宁静。检阅台上响起了热烈的掌声。

一波未平一波又起，还在回味消防的精彩和无畏的检阅台上的领导、同志们，突然听到几声爆炸声，眼前的一栋建筑物被炸开了一边，整个大楼浓烟滚滚，建筑物里的人哭天喊地，有的拿着白毛巾在窗台前晃动，撕心裂肺地呼叫救命，有的干脆爬在窗户边、窗沿上，有的抱头乱窜，有的爬上屋顶。火舌从每扇窗户伸出，似毒蛇的信子，现场一片混乱恐怖。

检阅台上的人员始料未及，被这突如其来的爆炸声、坍塌声吓了一个正着。顿时现场消防警报声、医疗救护警报声、公安治安警报声等各类警报声大作。重型消防水罐车、泡沫车、防化车、特勤救援车、举高车、云梯车、曲臂登高车、救护车从四面八方向爆炸建筑物聚集。消防官兵身着各色功能服装，抬担架的抬担架，救人的救人，灭火的灭火，堵漏的堵漏，各类举高车各自占据有利地形，实施高空救人、降尘和灭火。蜿蜒的水带宛若一条条长龙，从远方铺到消防车上，又从消防车铺到了建筑物上，愤怒的水枪似巨龙喷射出条条水柱降伏着肆虐的火魔。所有的群众被疏散到安全地带，一个个伤者被一一救出，爆炸的气体楼层被成功控制，居高临下的消防车多支水枪将罪恶的火魔征服。天空再一次呈现出一道道彩虹，演习场的上空回荡着坚定、颂扬、优美的歌声：

啊……啊……
你不是海军，
你却和水有着特殊的感情，
你从水火中捞人，用水演绎着青春年华；
你不是空军，
你却和蓝天白云烟雾为伴，
你从高楼中解难，用大爱诠释人民的梦；
你不是陆军，
你却和祖国山河大川相连，
你从瓦砾下救人，用四肢践行职业操守。
啊……啊……
人民的消防兵，你是生命的守护神，
啊……啊……
人民的消防兵，你是财富的守护神，
啊……啊……
人民的消防兵，
你是希望的守护神，平安的守护神，幸福的守护神。

六十七

特勤消防大队驻兵组建成立仪式一结束，支队就为这些官兵、美女们举行了一场楚洲消防部队前所未有、别开生面的、以“温馨与忠诚”为主题的集体婚礼。大家将观礼台几番装扮，背景的中央就是一个由十对新人照片组成的爱心图案围绕在“温馨与忠诚”周边，还闪着五颜六色的光芒，特别抢眼。两旁则是一些彩色小气球，错落有致，随风摇曳，左右几根用导向绳、安全绳编成的彩条上悬挂着大红的福禄寿喜，似万国旗，飘飘荡荡。地面十个大红喜字一字形排开，两边各停一台消防车警灯闪烁，一时间一个美轮美奂、温馨浪漫的集体婚礼现场就展现在眼前。

在刚刚走过分列式的前坪，一条由两张长条桌拼就的长桌一字形排开老远，大红大紫，喜庆吉祥，桌上摆满了各色喜糖、水果、鲜花和香烟。空中不断地响起优美的华尔兹乐曲，乐队不时地推波助澜，大号、小号、萨克斯、架子鼓也不时为这喜庆的场面增添一些欢乐。

现场活动解说员这时变成了集体婚礼的司仪。随着司仪主持仪式的开始，官兵们恢复了阅兵式的队形，各位领导、新人父母、嘉宾、朋友也各就各位。征海洋满脸堆笑地在秦晋江、吕梁华的陪同下坐在最中央的位置，王纪元同民政局局长在一起不知说些什么，也很是开心。

司仪首先煽情地说了一通婚礼段子，接着就吆喝大家喊："新娘在哪里！新娘在哪里！"然后就说："让我们倒数五个数：五、四、三、二、一……"

随着《婚礼进行曲》的响起，十位身穿洁白婚纱、婀娜多姿的新娘挽着父亲的胳膊，踏着火红的地毯，和着音乐的节拍，满脸喜悦地步入婚礼殿堂。叶红花走在队伍的最前面，换上婚纱的她更加楚楚动人，粉红色的脸蛋总在浅浅地、甜甜地笑。谢丽日、何艳珊没有了往日的开朗，倒多了些许腼腆和羞涩，似乎也多了几分陶醉和幸福。她们在努力感受这温馨、这浪漫、这喜庆的氛围。因为，他们从书信来往到组织同意，也只是偶尔匆匆见上一面，了却相思的煎熬，他们没有花前月下的浪漫，没有甜言蜜语的柔情。此刻，她们应该是最幸福的、最甜蜜的。她们有来自医院的白衣天使，有志在广阔农村的创业女杰，有保险、税务和辛勤园丁，有消防警营中的警花。

新娘的出现引来官兵们阵阵掌声、欢呼声和赞美声："嫂子真漂亮！""嫂子好温柔！""她们好旺夫。"先前的新闻摄影记者此时也义务地充当起了摄影师，照相机、摄影机不断地追寻这些美丽的新娘。

她们来到婚礼现场，司仪就大声地吆喝："彩（踩）喜哦！彩（踩）喜哦！喜事连连，喜上眉梢！"十位新娘就站在大红喜字上满心欢喜，喜上眉梢。而后有的就左顾右盼，有的在眨巴着眼睛，心想，新郎呢？新郎官呢？这是王纪元和司仪特别安排的，说是有利于培养他们适应日后的生活。

随着《解放军进行曲》响起，新郎求婚仪式开始了。他们有来自基层中队灭火救援一线的志愿兵，有中队、大队干部，有刚刚任命的首任特勤大队大队长罗贤阳。他们身穿笔挺的橄榄绿军装，英姿飒爽、意气风发、心潮澎湃，用象征军队最高贵、最庄严的正步来到她们面前求婚。

罗贤阳一改过去的风格，在向叶红花行过举手礼后，用一双会说话的眼睛注视着叶红花，轻轻地托起她的双手，含情脉脉地轻轻地说："你嫁给我，让我们走到永远。"

司仪就不断地吆喝，不断地调侃，不断地逗乐，大声地对大家说："听到没?"大家自然都说没听见。说完司仪就将话筒伸到了罗贤阳面前，罗贤阳就大声地对着话筒说："叶红花，你嫁给我做老婆，我保证我们走到永远!"现场顿时爆发出热烈的掌声、吆喝声。

接着司仪就一个一个要他们向心爱的人求婚。当然，他们都先用军队最尊重、最圣洁的军礼向她们行举手礼。黄铁强向谢丽日行过军礼后，动情地大声说："我爱你，亲爱的嫁给我!"

司仪就在一旁问："你愿不愿意?"

谢丽日用幸福、甜美、坚定的语气娇羞地说："我愿意!"现场又报以热烈的掌声。

高大伟向何艳珊行过举手礼后，还没等司仪说话就向前一步，在何艳珊额上、嘴上亲了一个。他本想这样做有此时无声胜有声的效果，没想到却又给司仪找到了调侃的话题："你就蛮急，现在就啃上了。"

求婚仪式后，楚洲市民政局局长为他们证婚。接着就进入"一吻定终身"脸红刺激的环节，十对新人在众人的注目下，彼此相互拥抱深情亲吻。此时，现场一片欢呼。

"哎，哎，哎，莫紧搞得咯。可以啦，可以啦。下一个节目，下一个节目。"司仪见王洪波亲个不停就调侃说。

新娘谢丽日在大家热烈的掌声中发言说道："我父亲是一名军人，我曾经是军人的孩子，现在是军人的妻子。我懂得军人两个字代表着责任、忠诚和担当。特别是和平年代的消防军人，出动的警铃响起就代表着军令如山倒，就意味着义无反顾，勇往直前。我选择橄榄绿警营是因为我在父亲身上感受到军人的坚贞和刚强，今天能成为一名军嫂感到无限的光荣和自豪，我已是最幸福的那一个。"接着，就向大家表决心。

秦晋江和征海洋发表了热情洋溢的祝贺词后，王纪元受大家之托为每位新郎、新娘赠送纪念品。纪念品是一把专门定制的消防腰斧和一根同样专门定制的安全救生绳，消防腰斧上铸有"忠诚≈永生"四个字，安全救生绳的两头金色包扣上同样铸有这四个字，还落了每对新人的名字。它们用红色丝绸打了一个蝴蝶结，显得喜庆吉祥。

赠送仪式后，司仪就让新娘在主席台就座，感悟坐主席台的责任和压力。而后，他们在新郎的陪伴下沿着铺满红色地毯的阅兵式路线，体会阅兵的荣耀。他们在向国旗、国徽、军旗、警徽敬礼后，十对新人走在红色的金光大道上，似一道亮丽的风景，一时间各种礼花铺天盖地，纷纷扬扬。

随后，就进入娱乐活动阶段，抛喜糖、吃苹果、猜谜语、照合影，现场一片火热。就在大家簇拥着征海洋和支队全体党委成员留下永远记忆的空隙，现场记者问王纪元："这应该是政治部门的工作，你怎么想到要为他们举办这场集体婚礼?"

王纪元说："我们这些官兵冷峻的外表下，同样有一颗青春火热的心，用这种方式来弥补对他们的亏欠，褒扬他们为消防事业所作的贡献，这是支队专门研究了的。之前，很多人担心部队承诺了抢险救援，会找不上老婆，打光棍，这自然是我们大家不愿意看到的。终身大事，每个人、每个家庭都非常重视，我要让他们终生难忘，留下永远的记忆。我要他们坚信水枪上的爱情也会像玫瑰一样热烈、奔放，永远充满激情。"

六十八

环洲城商业广场开业志庆仪式，各位宾朋如约而至，乐曲也换成了欢乐的迎宾曲，每一位宾朋胸前都挂着用玫瑰鲜花制作的贵宾胸花，脸上都洋溢着喜悦，每一位宾朋都有意无意地踏着迎宾曲的节拍进进出出，彼此打着招呼，彼此握手问好，宛若中了彩票一样激动、高兴。这是一场中式港式相结合的志庆仪式，既体现了中华民族几千年积淀下来的志庆仪式隆重庄严的文化底蕴，又启用了港式现代轻松愉悦自在的时尚风格。

上午 11 时 28 分，肖言书记、仁桂生市长在彭永德的陪同下出现在环洲城商业广场，冯一帆就迎了上去说："欢迎书记、市长莅临，有劳大驾，有失远迎。"一旁的服务员顺势将一束烫金的首长胸花帮书记、市长戴上。

肖言书记说："今天是双喜临门，好日子，好彩头。我刚刚和市长组建了楚洲市抢险救援特勤消防大队，这是我们楚洲市抢险救援的尖刀队。冯先生啊，有特勤消防大队为你保驾护航，正应了香港社会有寻消防为邻的习俗，祝贺！祝贺！"

冯一帆说："托书记、市长的福，有消防为我保驾护航是书记、市长的大恩大德啊！等会儿还劳请两位为我点亮环洲城商业广场商用户外多媒体电子显示屏。”

肖言书记开玩笑说：“反正没彩排，我们就都听你安排了。我们还要感谢你为楚洲人民带来了商机，带来了财富，更带来了一种思想、一种理念。”说完，随着志庆仪式活动的开始，所有的宾朋都来到了环洲城的广场前庭，簇拥着肖言书记、仁桂生市长。随着司仪从日子到天气到时辰一路讲来，句句吉利，段段吉祥，然后就隆重介绍了今天出席开业志庆活动的领导和贵宾。冯一帆代表公司发表了热情洋溢的讲话，他首先对各位宾朋的光临表示了感谢，然后又介绍了商业广场的功能分区情况，最后为环洲城商业广场今天开业纳客来了一段广告秀。

肖言书记、仁桂生市长在工作人员的引导下，在冯一帆的陪同下，走到多媒体电子屏通电推杠前，三双有力的手握住用橡木做成的推杠，随着司仪“三、二、一”的口令，推杠被推了上去，多媒体电子屏随即点亮。画面展现的是环洲城商业广场隆重开业，鲜花齐开，礼花齐放，人们欢歌笑语的场景。紧接着二十一响礼花炮有节奏地鸣响，昭告苍天一个城市关系到每个人吃喝玩乐穿的人间天堂，从今天起就正式开门纳客了。

直升飞机盘旋在广场的上空，巨大的条幅随着飞机的飞动，随风而舞的飘带宛若七仙女下凡，二十万份消防宣传单，环洲城商业广场促销宣传册、纪念卡、优惠券似天女散花，似一片片花瓣在空中飘舞，飘在空中，落到人们手中。肖言、仁桂生、彭永德看到这番情景欣慰地对视而笑。

人们在这栋三十层高的环洲城商业广场进进出出，也许是受到开业气氛的感染，也许是经营者赢得首个开门红，也许是消费者在家门口就可采购到法国的香水、意大利的皮具、德国的五金、瑞士的表、比利时的巧克力，也许是各类奢侈品琳琅满目让人眼花缭乱，出入这里的人们个个春风满面，笑逐颜开。肖言、仁桂生、彭永德在冯一帆的陪同下从一层走到二层，又从二层走到三层、四层，每到一层都与经营者亲切交谈，询问品牌、产地、材质、价格、货运。现场保安不断巡视，几个重要出口还有专门保安把守。当肖言书记一行来到保安队员面前时，几个保安就一个靠腿立正向他们敬礼，俨然像受过专业训练的战士。肖言书记问：“你当过兵吗？动作很标准。”

保安回答说：“报告书记，去年从消防部队退的伍。”

肖言书记说：“哦，难怪动作这么标准，我刚刚从消防特勤大队挂牌过来。”停了停，然后就问：“冯先生给你多少钱一个月？包吃住吗？”

保安回答说：“报告书记，管吃管住一千元一个月。”

肖言书记问："在部队拿多少工资?"

保安回答说："报告书记，六十元。"

仁桂生市长插话："你对这工资满意吗?"

保安回答说："报告市长，满意。"

仁桂生市长问："一天工作几个小时?"

保安回答说："报告市长，八个小时。"

仁桂生市长又问："你负责哪方面工作?"

保安回答说："报告市长，我负责现场秩序维护和大楼消防管理。"

肖言书记清了清喉咙开玩笑说："冯先生啊，你这个资本家不抠门，还舍得给保安发高工资?"

冯一帆说："消防是技术兵种，比其他保安一个月要多四百元。我这么大栋楼，什么都不怕，就怕消防出事故。俗话说贼偷一把火烧一片，这栋楼开业前全靠王参谋长帮我把关，今天才得以顺利开门纳客，谢天谢地!"

肖言书记问彭永德："这招商引资项目是你的功劳，这里消防有什么问题，我纳闷为什么早已封了顶的环洲城迟迟没见开业?"

彭永德说："一言难尽。"

肖言书记说："一言难尽也要说。"

彭永德就贴到肖言书记耳边耳语了几句。肖言书记就和仁桂生说："曾思春有一次向我汇报，对，就是市里优化经济环境动员大会前，说消防支队到处为难，原来是曾思春自己贼喊捉贼，既做师公又装鬼，消防忍辱负重啊，难为了消防。"

彭永德说："对啊，常常让我们动情落泪的不仅仅是那一场场惊心动魄、赴汤蹈火的灭火救灾、抢险救援的场景，更是那一幕幕一曲曲看不见摸不着的这群消防人的忍辱负重，对党无限忠诚，对人民深情厚谊、无比热爱的博大胸怀的消防人精神。"

仁桂生市长也许受到彭永德诗一般语言的感染，也许对这一支自己指挥得动的部队有太多的感受，就自言自语，仿佛像在朗诵诗词："你怕消防，因为消防执法如山；你恨消防，因为消防从来不用原则做交易；你敬畏消防，因为消防对党忠诚，服务人民；你贿赂消防，因为你想得到本不该得到的那份利益；你排斥消防，因为你嫉妒消防在狭缝中也见到了阳光。"

肖言书记接过话说："你讴歌消防，因为消防闪光的足迹从点到面；你爱消防，因为消防是和平年代最可爱的人；你崇敬消防，因为消防职业崇高、使命光荣、无私奉献。"

“美酒飘香啊歌声飞，朋友啊请你啊干一杯，请你干一杯，胜利的十月永难忘，杯中酒满幸福泪，来来来……”这是环洲城商业广场开业志庆的酒会现场，正在播放着殷秀梅演唱的《祝酒歌》，歌声美妙、气氛热烈、酒会喜庆。习惯了吃圆桌的内地宾朋，面对自助式用餐尽管有一些不习惯，但每一个人文质彬彬，相敬如宾，都在努力地去适应。

冯一帆举起高脚红酒杯发表礼节性的致辞：“这是一场喜庆的酒会，这是一场音乐的酒会，同时这也是一场幸福的舞会，我衷心地感谢今天所有莅临环洲城商业广场庆典活动的全体贵宾朋友们，特别感谢今天没能出席活动的楚洲消防官兵。”接着还用内地一句千家万户都知道的话作结束语：“让我们在中共楚洲市委领导下，为楚洲社会稳定、经济繁荣干杯！”

抒情、清新明快、跳跃的《祝酒歌》在调音师的特别安排下，又欢快地唱了起来。歌曲一首接着一首，音乐一曲接着一曲，现场演奏的钢琴声似天籁之音琴韵绕梁，宛若音乐的海洋，走进了田汉音乐大厅。冯一帆致辞后又一一给大家敬酒，三三两两的宾朋排着队给书记、市长和彭永德、冯一帆敬酒。他们彼此相互敬酒，有说有笑，乐意融融。

台面上的各色水果晶莹剔透，五彩缤纷的食品令人垂涎。随着一首欢快的音乐，一群青春四射的妙龄少女表演了一曲劲舞后，又纷纷相邀贵宾跳交际舞。大家见书记、市长没动，个个多少有些拘谨，扭扭捏捏，推推搡搡。肖言书记见这情景心想大家还是解放思想不够，对跳舞认识上有误解，就拿过话筒说：“舞蹈是很好的陶冶性情的交际方式，也是一种放松心情的好方法。改革开放关键是思想要开放，要解放。当年毛泽东、周恩来在战火纷飞的年代，在延安的窑洞还专门组织跳交谊舞。来！来！来！我带头，大家一起跳。”经书记这一发动，大家就都随着优美的旋律翩翩起舞起来。

六十九

都说铁打的营盘流水的兵。然而，在省消防总队机关工作的干部都相对比较稳定，因为这些干部大都是从全省干部中百里挑一、千里挑一选拔到总队机关工作的，很少有从军队院校或地方院校直接进机关的。曾经刚实行从地方院校招录地方大学生时也有过个例，主要是文秘或法律方面的。后来发现这些进机关的大学生书生气太浓，不知是哪一位首长一天在审阅一份文稿时说了一句：“凡以后进总队机关的干部都必须从各基层一线优中选优，不再安排部队军事院校和地方院校大学生直接进机关。”自此，省消防总队机关的干部无论是参谋干事还是处室、部门负责人都从全省消防支队优中选优。也只有市、洲有支队军政主管位置腾出来时，总队党委才会考虑空降几名有培养前途的机关干部到支队锻炼，要么是支队长，要么是政委。这样，总队机关和市、洲消防支队的干部形成一种良性循环。

这一次省消防总队要空降几名有培养前途的副团级干部到市、洲任职的消息一经传出，长期与地方打交道的消防部队也掀起了层层波澜，一时间暗流涌动。一些人没能抵挡住地方的一些现象，也热衷于找关系开后门，特别是那些在偏远市、洲工作的同志，想调到省会城市到总队机关工作的干部心情迫切，钻山打洞到处活动，迷信地方上盛传的顺口溜“不跑不送不能重用，只跑不送原地不动，既跑又送提拔重用”。一些胆大的、思路活跃的并没想到要去批评社会上的这种不正之风，而是从中发现了玄机，在一些朋友的鼓噪下也试探性地去尝试。

浩洲市消防支队参谋长刘刚强趁周六周日休息，周五一下班便换上了休闲的便装，只身一人驾车来到了省会城市，在省消防总队机关不远的地方开房住了下来。一切准备完毕后，掏出总队机关电话本放在电话机旁，深深地吸了一口气，便又拿起电话本躺在床上翻了起来。首先翻到征海洋的电话，刘刚强没有急于拨通他的电话，而是在那页轻轻地折了一下；接着又翻到了政治部主任伍全华的电话，同样没有急于拨电话，也是轻轻地折了一下。继而仍躺在床上抬手看了看左手腕上的手表，见时间正好，吃饭的也该吃完了，便连忙从床上坐起来，用一双急迫的眼睛看了看放在床头柜上的程控电话，又从裤口袋里摸出了自己心爱的红灯摩托罗拉翻盖手机，站起来在房间来回踱步。看得出来，刘刚强这恐怕也是第一次来省城给总队领导送礼说自己的事，内心难免有些紧张。因为参谋长向来都是铁骨铮铮靠真才实学、真本事一步一步上来的，今天你要他给领导送礼，说自己的事，真是太为难了，也许就是大姑娘出嫁第一回，不知从何下手。

别看消防部队参谋长们在部队管理上，在抢险救援现场，在熊熊烈火面前能冷静应对，从容不迫，沉着指挥。可往往在自己的事情上就畏首畏尾，从不开口，从不求人，更谈不上还要给自己的首长送礼。深感这不仅是对自己人格的污辱，也是对首长的不尊重和人格的污辱，万一领导怪罪下来彼此会多么尴尬。刘刚强说了一句家乡的口头禅“杀割！”接着自言自语地说：

“黄总，你什么主意不好出，霸蛮给我出了这个馊主意，这不是让我丢人现眼吗?”于是，很吝啬地拨通了黄总的电话：“黄总，你害得我好苦，这简直不是人做的事。”

黄总回话说：“怎么了，还没到巴楚，是不是堵车。”

刘刚强说：“车倒是没堵，早就到了巴楚。”

黄总疑惑地问：“那又怎么了？首长不见?”

刘刚强说：“还不知道见不见，我还没打电话。”

黄总有一些不明白地说：“刘参谋长，这不是你的性格，也不是你的作风，我哪里害苦你了，说话有一句没一句，一次说完好吗?”

刘刚强愤愤地说：“你站着说话不腰痛，你跟了我这么多年，我什么时候为自己的事给别人送过礼求过情？我现在一个人在宾馆里，不知怎么办才好，送还是不送？见还是不见？这个电话打还是不打？我忐忑不安啊!”

黄总就鼓励他说：“你堂堂一个参谋长，指挥过千军万马，你堂堂一个六尺男子汉大丈夫，这点小事，一泡尿还真逼死英雄汉啊！你看我，我搞工程、拿项目哪一件不是我独来独往，哪一个人又把我推到门外了呢？好了，你等着，我立马过来陪你，反正这两天我也没事。杀割!”

刘刚强回答说：“别！别过来，我等会儿就回浩洲。”

黄总就开导说：“你蠢啊，过了这个村就没这个店，人往高处走，水往低处流，你等着我，今晚咱俩好好商量一下这事儿怎么办。”说完挂了电话。

忐忑不安的刘刚强看了看已经被黄总挂断了的手机，无奈地垂下了手，嘴里自然而然念叨起黄总刚才说的：“过了这个村就没这个店，人往高处走，水往低处流。”的确，这次省总队难得空缺几个职位，让很多人等了很久，有的还没等到今天就已经转业到地方工作了，恐怕很难回到省会城市，给自己留下了终身遗憾。再说了，要想为广大的人民群众多做事、做好事，只有平台越高越能更广泛地维护人民群众的利益。刘刚强想到这里容不得多想，便和衣倒在床上，紧闭双眼。

七十

重情重义的黄总说来就来，这恐怕就是浩洲人的血性，重感情讲义气，顾大局。难怪都说无浩不成厅，省内总共有三十多个厅局，浩洲人就占了一百多个席位，平均每个厅局都有浩洲人，一把手就占了一半，也难怪都说浩洲人是中国的犹太人，聪明有智慧。

深夜十二点，黄总风风火火来到省会城市，这时城里人的夜生活刚刚开始。躺在床上蒙头蒙脑睡了一觉的刘刚强被黄总敲醒后开了门，顿时感觉有些饥饿，便顺手将茶台上的一壶水“咕咚咕咚”喝了下去，也没说给黄总泡一杯茶。这一切被黄总看得仔细，便直截了当地说：“夜生活开始了，我请刘参谋长到开放街吃夜宵喝啤酒。”

黄总这么一说，刘刚强刚刚喝下去的仿佛不是水，而是帮助消化的消化剂，肚子里更是大闹天宫，饥肠辘辘，便爽快地答应说：“好啊，你家伙鼻子长得长，省会哪里有好吃的你都知道，去开放街，就去开放街。”

开放街是省会一条最繁华的街，古建筑和现代高层建筑交叠在一起，仿佛让你走进了时光隧道，在时空中穿梭。一会儿是灰墙、青瓦、马头檐、青石铺路；一会儿又是玻璃幕墙、观光电梯。著名的古建筑群神仙殿就坐落在开放街，其建筑风格更是别具一格。神仙殿以“火神文化”为底蕴，建筑气势雄伟，古香古色，红墙、绿瓦、方格窗。在檐口的下方则是用灰色勾勒出线条，方格窗户则用黑色的油漆涂抹。从建筑学上看，这个开放街有一点乱，时髦的、守旧的、创新的、复古的堆积在一起。一些文人或一些有权威的人士说：“这里既保留了原来的历史风貌又融入了时代气息。”如此赞美之词，这里的不协调变成了更协调，这里的乱变成了特色，是一处不可多得的穿越时空的人文景观。这里自古以来都吸引了众多文人墨客、商贾大亨，中外宾客慕名而来。开放街也是酒吧一条街，这里整天二十四小时灯红酒绿，热闹非凡，车水马龙，熙熙攘攘。

刘刚强二人在服务员引领下找了一个席位坐下，很快服务员的点菜单递了上来，小吃车也推了上来，没等黄总说请刘刚强亲自点，刘刚强就接过点菜单开口了：“上两份姊妹团子。”说完就将点菜单递给了黄总：“你请客，你点菜，客随主便。”

黄总接过菜单，一脸的阴笑说：“刘参谋长真厉害，姊妹团子还双飞，等会酒醉饭饱后再给你安排，你先不急，心急吃不得热豆腐。”

刘刚强说：“你就是改不了油腔滑调的德性。快点，我饿死了。”

黄总连忙讨好地说：“小姐，先上两份姊妹团子给我这位大哥充充饥。”接着看了看点菜单和小吃本，花色品种多得令人目不暇接，眼花缭乱，在柔和的光线下，每一份菜都能勾起人的食欲。

一旁的服务员小姐说："八小吃、十二名肴是我们这里的特色，凡来我们店的客人都会点这些菜，你们四个人就点点儿小吃吧。"

黄总玩味地望着服务员小姐说："八小吃、十二名肴？是一些什么说来听听，说对了我全点了。"黄总这就有些自作聪明了。

服务员小姐诚实地说："那太浪费了，吃不完的。"

黄总不领情地说："看人不来是不？怕我跑单？我们还有朋友在路上。"服务员小姐还在犹豫时，黄总突然换了一副笑脸说："妹仔，杀割，刚来的吧？你一说话，我就看你特诚实，哪里人？"黄总一双色眯眯的眼睛一会儿盯着服务员小姐那透着青春活力的脸蛋看个不停，一会儿盯着服务员小姐一对高高耸立的胸部想入非非。只见服务员小姐白里透红，瓜子小脸上一双水汪汪的眼睛楚楚动人，一对很自然的柳叶眉在一双丹凤眼上停下，一看就知道是没有修剪过的，准是刚从农村来的姑娘，一对小酒窝更是让人心醉。高耸的鼻梁笔直而挺拔，一张樱桃小嘴潮红湿润，仿佛晨露欲滴，黄总恨不得现在就亲上一口。服务员小姐感到很不自在，脸自然也眨起红晕催促着说："老板，请快点菜，等会我们还有客人来。"

服务员小姐这一喊，才将黄总从想入非非中唤醒。黄总答了两声"哦，哦"说："妹仔，你是处女吧，我看你最多不到十八岁。"黄总猛然一问，服务员故作羞色，然后就爽朗地哈哈大笑。一旁的刘刚强知道黄总就这副德性，见不得美女，也不去理会他们的对话，就自顾自地吃先送上来的姊妹团子。

笑过后的服务员小姐表面上害羞，心里甜蜜才是真心的，又故作羞答答地说："老总，你好眼力哟。请点菜吧，我们这里的八小吃、十二名肴真的很有特色，客人都点的。"

黄总想想说："我好眼力，那就不要再耽误时间了，点菜吧。我不是说让你把八小吃、十二名肴报出来吗？"说完黄总将眼光移到点菜单上，服务员小姐看策不过他，于是便像说书一样地一一报上后说："先生没错吧。"

黄总又上下仔细打量了服务员小姐一番，爽快地说："都点了，再来一件啤酒。请你陪我们一起吃怎么样？"

服务员小姐说："对不起，工作时间是不能陪客人喝酒吃饭的。"

黄总就追着问："那下班后肯定可以了？你还没告诉我你是哪里来的。"

服务员小姐看这位顾客也很有意思，讲话算话，算了算这个单点下来真的还有不少提成，于是俏皮地说："从娘肚子里面来的。"听到这话，埋头吃姊妹团子的刘刚强"噗"的一声笑，将吃到嘴里的东西喷了一地。

不逗还好，这一逗就更挑起黄总的玩性，于是黄总说：“姑娘真大方，杀割，反应快，有智慧，杀割，我就喜欢你这样的姑娘。今晚就陪我的这位大哥老板。”说完就指坐在一旁自顾自地吃姊妹团子的刘刚强。参谋长也就变成了大哥老板。服务员小姐实际心里早就明白，这个人就是“杀割”的老乡。想过去，老乡见老乡两眼泪汪汪，说不尽的思乡情，流不尽的相思泪，看如今，老乡见老乡背后放一枪，在利欲熏心的年代，一些企业单位和个人都不择手段争取利益最大化，一不做二不休，送上来的猪不杀白不杀，杀了也白杀，倒不如让他多放点血，家里的孩子还等着买奶粉的钱呢。想到这里，服务员小姐故意就用客人家乡的土话说：“杀割，你准备怎么感谢我。”

黄总说：“你也晓得杀割，是老乡不？”

服务员小姐说：“不是刚刚跟你学的，这样我们都杀割不更亲切些吗？这在我们服务技巧中叫方言亲。”说完还“咯咯”地笑了两声，转身一摆三摇地就走了。黄总被服务员小姐这么一逗有一点心猿意马了，眯起眼睛从眼缝里看着这个“杀割”的服务员小姐一摆三摇地从他身边走远。

一会儿被黄总吆喝来的客人如约而至，所点的八小吃、十二名肴也陆续上桌，将整个圆桌摆得满满堂堂，可谓色有色相，看有看相。黄总首先就隆重地介绍了刘刚强，几个当过几年兵的老乡，连忙起立向刘刚强敬礼，其他老乡也一一伸手和刘刚强握手问好。然后，特别隆重介绍了一位矮个平头方脸老板模样的人给刘刚强认识。此人姓吴，名方亮。得知刘刚强这次来长沙是办调任大事的，表现出了极度的热情，表示要大力支持。吴方亮说：“现在省消防总队的参谋长就是我们老乡，我们很熟悉，老乡不帮老乡，谁帮？”说到这里抬手看了看手腕上的劳力士说：“现在晚了，不然喊他过来喝酒。明天我给他打个电话。”

“酒……酒……酒呢！”黄总听到喊他喝酒，突然想起酒还没上就扯开嗓门喊。这一喊引来了一些鄙视的眼神，坐在黄总旁边的吴方亮就扯了扯黄总的衣服，示意他这是公共场合不是浩洲夜宵摊。

听到喊声的服务员小姐，拿着两瓶写着外文字的洋酒走过来问：“喝这个酒好吗？”

黄总说：“我不是说了来一件啤酒吗？这是什么酒？”

服务员小姐说：“杀割，喝啤酒大肚子，喝这洋酒壮阳。”

黄总听到壮阳就接过酒瓶翻来覆去看了几遍，一个字也没认出来，就将酒瓶交到吴方亮手中说：“这里算你最有文化、最有见识，又出过国留过学，你看看这是什么酒？”

接过酒瓶的吴方亮看过一瓶酒说："这是法国产人头马 XO 干邑白兰地。"就递给了黄总。看过另一瓶酒说："这是英国产马帝氏苏格兰威士忌。"接着解释说："两瓶酒都是非正规渠道进口，属走私酒，正规渠道进口的酒要求有中英文对照，这两瓶都没有。但从包装上看，这两瓶酒应该都是真酒不是假的。"

黄总商量着问："白兰地、威士忌有什么区别，喝哪种好？"

吴方亮给大家介绍说："洋酒分为六大类，有白兰地、威士忌、金酒、伏特加、朗姆酒和龙舌兰。威士忌香浓，味烈，高雅之士的必备名饮，喝纯威士忌更是品位之巅的见证；也有加水加冰块的，也有加苏打水的。白兰地口感柔和，香醇，给人高雅舒畅的感觉，浅斟慢酌回味无穷，你看喝哪种？"把话又推了回来，显得既有礼貌又不喧宾夺主。

黄总又要准备扯开嗓门喊，突然想到刚才的提醒转而又细声细语地说："威士忌、威士忌！妹仔，来两瓶威士忌怎么样，壮不壮阳？"

服务员小姐说："当然壮阳，当然要得，杀割，我帮你拿去。"说完留下一瓶威士忌，带走了另一瓶白兰地又一摆三摇地向服务吧台走去。

待服务员小姐拿来第二瓶酒时，第一瓶威士忌已经被他们平分了一个底朝天，十多个人一瓶分下来也就是一两多一点。习惯了喝高度酒的这帮浩洲老乡，对这四十度的洋酒根本是一点不含糊，谁也没推辞，谁也没客气，谁也没推脱。加之听服务员小姐说这是壮阳之酒，又是洋酒，难得喝一回，平分就平分。

平分了的酒各自都拿了一杯放在自己面前，待人人面前都有了酒。黄总站了起来，又有几位年纪小一些的老乡也跟着站了起来，黄总就示意他们坐下说："你们跟着我站起来就没主题了，你们坐下，你们坐下。"接着晃了晃手中的酒杯，尽量压低了嗓门说："这是洋酒，服务员小姐说是壮阳酒，我们通过这个壮阳酒为刘参谋长壮胆，祝早日走马上任，干杯！"大家就把杯子伸到了刘刚强面前和他碰杯，祝他马到成功，接着就一饮而尽，一点都没含糊，个个豪爽之至。在一旁伺候的服务员小姐看这架势早早将第二瓶酒打开了，生怕慢了一步被这黄总吼。见各位喝完了，服务员小姐立马上前给黄总斟酒。黄总就用手指着刘刚强和服务员小姐说："你先给我们大哥老板升起。"

刘刚强之前吃了两份姊妹团子打了底，又看这般"杀割"老乡个个都热情得不同凡响，也就随便起来，不像在部队一样老是摆起一副参谋长架子，先升起就先升起，待大家有酒后也就站起来说："各位老朋友，新朋友，杀割，各位老乡，月是故乡明，情是老乡亲。今天来省城不虚此行，结识了这么多老乡，非常高兴，特别认识了久闻大名的吴董事长，是我三生有幸，我敬大家一杯。”说完就一一和大家碰杯，接着一声“干”就一饮而尽，各自的杯子又干了一个底朝天。接下来就彼此互相敬酒，先从刘刚强开始，再到吴方亮，大风车似的轮回转，觥筹交错，推杯换盏，好不热闹，几个回合下来四瓶威士忌已经喝完。

就在服务员小姐拿着第五瓶威士忌送上来的时候，一名也当过几年兵的老乡一副醉态，从服务员小姐手中抢过酒瓶，对另外两名同样当过几年兵的老乡说：“我们三人一起敬尊敬的参谋长。”三人就来到刘刚强身边，尽力让自己站稳、站正。然后，就先将各自的酒杯斟满，再一边给刘刚强斟酒一边说：“倒底发财，倒底发财。”就这样一瓶酒四人斟了一个底朝天。随着一声“心想事成，万事如意，马到成功”的祝贺声，只听得杯子碰得清脆响和喝酒豪爽的声音。接着三个人就勾肩搭背，歪歪扭扭给吴方亮和黄总敬酒。

黄总兴致正高，喝完三人的敬酒说：“走一个，走一个，划两拳。”接着“全福寿，高升；全福寿，再高升。全福寿哥们好，全福寿好哥们”划拳声此起彼落。

这时，坐在旁边桌上吃夜宵的一位貌似西欧国家的老外，用生硬的汉语同服务员小姐打招呼说：“你好！我观察了这是第七瓶威士忌了，是不是？”

“Ok！Yes！Ok！”服务员小姐回答了这位外国人的问话。生怕外国人不理解，还伸出了五个手指头不断地比划。

外国人接着问：“最多一桌有喝多少瓶威士忌的？”这时，还没等服务员小姐答话，旁边那位貌似翻译的女士替服务员小姐回答说：“如果碰上一帮酒友，一桌十瓶也会喝完，服务员是不是？”

服务员小姐一边点头一边回答：“Yes、Yes。”也将这名翻译当成了外宾。

外国人疑惑地问：“酒友？”

貌似翻译的女士说：“对，酒友。我们中华民族五千年优秀文化传承，有以酒会友、以茶会友、以诗会友、以武会友的传统文化积淀的习俗，粗犷而儒雅，豪迈而虔诚。”

外国人无不感慨地说：“中国酒市场，威士忌市场好大！Ok！Ok！我也要当酒友。”兴奋地就要上去敬酒，被翻译叽里咕噜喊住了。

原来这帮外国人是专门来中国大陆调研酒市场的，这是到达中国的第十个城市了，他们每天走街串巷，出入大小商场、大小酒店、夜摊小吃，调研和考察以威士忌、白兰地、葡萄酒为主的西欧酒在中国市场的前景。看到这帮酒友性情激奋，豪喝海喝，仿佛不是在喝威士忌而是在德国慕尼黑啤酒节上喝啤酒一样，令这些外国人兴奋不已，好像发现了美洲新大陆一样，竖起大拇指。因为在他们国家喝酒都是礼节性的，一个家庭一瓶白兰地、一瓶威士忌这样的烈性酒一般都要喝上一年，从没曾看到一个人一次就能喝上一瓶。他们在看到中国酒市场的同时，中国人口众多干什么卖什么都可以成为一个产业，也更加清楚地认识到中华民族五千年文化的优秀和这个民族的顽强及不屈不挠的气节。

推杯换盏间，被那位貌似翻译的女士言中。大家走了一个后，一人分别又打了一个通关，喝得有些高的吴方亮说："来就来喝一个满堂红，喝一个十全十美，杀割！刘大哥的事包在我身上。酒！酒呢？黄总你他妈的，杀割，酒呢？"真是再文雅的人也有爆粗口的时候。

喝得同样有点高的黄总说："杀割，酒店的酒被我们喝完了？来酒！"

服务员小姐抱着一瓶酒，一路小跑说："杀割来了，杀割来了。"

听到这话的吴方亮如梦初醒地说："你也是俺老乡，杀割，哪里的？杀割。"

服务员小姐这次很认真地回答说："桃花镇的。"

吴方亮结巴着说："杀割，我经常在，在这里吃消夜，怎，怎么没看到这美、美如桃花的老乡美女。杀割，我们喝，喝一杯。"说完就去抓酒瓶要给自己斟酒。服务员小姐见这帮老乡真的喝得有一些多了，已有三人趴在桌上打起了呼噜，就也心疼这帮老乡们，怎么这样穷喝猛喝，也就用浩洲话唠叨老乡别喝了。

听到服务员小姐说起家乡话，黄总倍感亲切，就更加来了精神说："开，开了，杀割。为大哥老板的事十全十美开了，开了！"接着就扯着服务员小姐的衣角油腔滑调地说："老乡见老乡免费放一枪，你晚上陪我大哥老板还是陪我？"没喝酒时黄总口口声声要服务员小姐陪大哥老板，喝得有些高后就问起了陪谁了，这也许叫酒后吐真言。

服务员小姐看到这帮老乡们可爱又可怜，喝得东倒西歪，踉踉跄跄，舌头发直全是一身哥们义气，宁可伤身体不可伤感情。想想自己也有半年多没回家了，受气氛和言语感染，被这帮老乡策得火辣辣的，甚至已经有一点身不由己。看看四周也只留下了这一桌，时间已经是凌晨四点，送走这桌客人就可以下班了，于是，一边开酒一边使劲地点头。

也许是为了让老乡们少喝一点，也许是想早一点送走这桌老乡，也许是想让自己早一点投入这温暖男人的怀抱，服务员小姐就叫来了几个姐妹一起敬老乡，还特意为自己和姐妹把酒斟得多一些。第一杯是从刘刚强那开始的，一向喝了酒后不言不语，甚至有些木讷的刘刚强，见到几个美女过来敬酒，好像是如梦方醒，使劲地摇了摇头，又用双手揉了揉眼睛说："还喝啊？"却不由自主地将服务员小姐斟的并不多的酒一饮而尽。就这样，这些“酒精沙场”上的精英算计好了，一轮下来真就十全十美了。服务员小姐就上了黄总的车。

刘刚强和黄总都是服务员小姐扶着上的电梯，又鬼使神差地三个人走进了一间客房。进入客房的刘刚强烂醉如泥，倒在床上就打起了呼噜。服务员小姐就直接进了卫生间。黄总借助酒精的威力，嘴里念叨着啤酒大肚，洋酒壮阳，一边唠叨一边脱，脱得一丝不挂，赤身裸体，冲进了卫生间。不一会儿，屋里就响起急促的喘息声和“哎哟、哎哟”的呻吟声。

七十一

刘刚强醒来时已经是上午十点了，见另一张床上睡得像猪一样的黄总打着有一声没一声的呼噜，就什么也没管，直接进沐浴间洗漱。临出门时突然想起逗一逗黄总，就拿了把牙刷想挠挠黄总的脚掌，这一掀被子发现有一大一小、一白一黑的两双脚，吓得刘刚强啊的一声，慌忙拿着自己的手提包夺门而出。

下了电梯来到宾馆大厅的刘刚强从包里摸出手机，开了机正准备给昨晚才认识的吴方亮打电话，对方的电话就打了进来。刘刚强说：“吴总，我正准备给你打电话呢，你的电话就来了。”

吴方亮说：“我打你电话老关机，黄总电话也没开，我中午约好了征参谋长，就在基鸿酒楼，离你住的宾馆不远，出宾馆大门左转直行500米，再左转直行500米右边就到。你待会再给征参谋长打个电话，这样礼貌一些，我已经说了你的事。”刘刚强一边说好一边点头。

吴方亮，浩洲桃花镇人，是一家新能源开发公司的董事长兼总经理，留美博士，是省政府双百强工程引进的战略型人才，为人厚道，爱国、爱家，重老乡感情，经常出席巴楚一些重要的经济活动和经贸论坛。自己组建的新能源开发有限公司投资十多个亿，年实现税前收入三个多亿，成为巴楚民营经济不多的亿元企业。

基鸿酒楼没有门楼，临街的也只有三间门面，一间还成了进客的过堂，过堂的上方红色的基鸿酒楼四个字并不显眼，也谈不上霸气，更看不出这个酒楼有什么特别的不同之处，反而从门楼来看倒觉得有一些简陋。然而，当你从迈进基鸿酒楼的第一步开始，热情的服务暂且不说，映入眼帘的都是一些内地人没见过的山珍海味，千奇百怪。硕大的鱼翅摆在厅堂的正中央，用玻璃柜陈列着，不由得你不去想这鱼有多大、有多重、有多长。一侧是一只梅花鹿标本，另一侧是棕熊标本，同样也是用玻璃柜陈列着；一只硕大的玳瑁标本挂在墙上，寓意吉祥如意。整个临街的门面都是陈列品，并不对外出售。

从过堂一扇侧门进去就如刘姥姥眼里的大观园，这里鸟语花香，流水潺潺，假山、凉亭、喷泉、小桥，仿佛就是一幅小桥流水人家的乡村画，自然古朴。优雅的轻音乐总是那么动听，给人以舒心愉悦的感觉。锦鲤在不深的水池中成群结队、自由自在地游动，带来些许生机，引得一些“食客”竞相围观，让人赏心悦目。

中午时分，早已在那里等候的吴方亮和刘刚强估计征海洋快到了，就立马到门厅等候，一边等待一边欣赏陈列在前厅另一侧的那些珍贵稀有的宝贝。中华九大仙草占去了大半个空间，铁皮石斛、天山雪莲、三两重人参、百年首乌、花甲之茯苓、深山灵芝、海底珍珠、冬虫夏草、苁蓉应有尽有。也许是为了证实主人的实力，也许是为了让每一位“食客”吃得放心，主人特意在每一种仙草下摆放了证件、产地、排名、功效、食用方法等介绍资料。

就在他们刚刚欣赏完这九大仙草，征海洋如约而至，军人作风，准时准点。两人就簇拥着进了包厢，宾主坐定，服务员就开始斟酒。酒是原装进口的人头马路易十三，酒瓶仿佛是一件高档精致的工艺摆件，就连斟酒的酒杯也是晶莹剔透的郁金香高脚水晶杯。酒斟在水晶杯里呈现出通透的琥珀色，香气浓郁，馥郁馨香。

征海洋看要喝这么高档的酒，连忙问：“还有人吗?”还没等吴方亮答话就亲切友好地说：“如果就我们几人喝这酒是否太奢华了，没有必要，快收起来。”接着解释说：“刚强是我部下，你是我的好朋友，没必要，真没必要浪费了，留下给你重要的朋友品尝。刚强你看呢?”

刘刚强还真不好说。当然吴方亮是不会等刘刚强说的，他心中清楚刘刚强这时真的不知道说什么好，吴方亮就接过话说：“一点都不浪费，酒是用来喝的，钱是用来花的，权是用来用的，正因为我们几个都是好朋友，就更应该喝杯好酒。”

吴方亮刚刚说完，征海洋的手机响了起来，他一边看着响铃的手机一边和吴方亮开玩笑说：“不会这个时候打电话请我吃中饭的吧！”这话实际上是在表扬吴方亮，如果真的这个时候叫吃饭，至少是不够诚心，除非是至交故友。

接着就接通电话说：“喂！哦，要汇报工作?”征海洋听对方要汇报工作，也就站起来走到另一侧的茶艺室。电话是总队教导大队教研室主任袁雄厚打来的，他听说总队司令部要选拔一名战训处处长，凭着和征海洋这么多年的交情，也就不加掩饰地直接说了想到征海洋身边工作的想法。当然，征海洋没有直接回答他，而是说我正在陪客人谈些事。然后，想了想，补了一句“回头再说”。

转身再回到酒桌，人头马路易十三的酒已经斟进了每一只高脚水晶杯，浓郁馨香飘满包厢，沁人心脾，增进食欲。征海洋无奈地说：“吴总，我这就恭敬不如从命了，倒出来的酒想倒回去恐怕也倒不回去了。我想，我们之间吃点土菜什么的，很长时间没见面，叙叙旧就很好了。”

吴方亮说：“叙旧，也得找个环境好一点的、安静一点的地方，至少要与您参谋长的身份相符才行。”

征海洋就开玩笑说：“参谋长就是背心加短裤。你大老板，每天到基鸿，天天喝路易娘娘都喝得起，我们一个穷当兵的，你把我胃口吊起来了，嘴吃馋了，你看我找你不？刚强说是不是？”

刘刚强深有感触地说：“沾参谋长的光，托参谋长的福，让我开眼界了，我一直认为我们家乡那个女儿红就是最好的酒了。”

吴方亮拍拍胸脯说：“参谋长大哥只要看得起，不嫌弃，明天我要法国的朋友发两箱过来给你，十二瓶，每月可以喝一瓶。”

征海洋说：“无功不受禄，这么贵重的酒，喝一杯我都感到太奢华了。”

说话间服务员已经开始了走菜。第一道菜上的是位菜，一人一份冬虫夏草煲三头鲍。人少点位菜，点精品，点好菜，看这第一道菜就知道价格不菲。走菜的服务员也是训练有素，知道上菜先上汤，开胃又养生。因此，吴方亮招呼大家先喝汤，不急于喝酒。

征海洋掀开碗盖故作吃惊地说：“吓死人了，这么多虫子叫我怎么吃啊？”逗得大家哈哈大笑。接着说：“我们才六个人，你看他们整整围了一圈，至少是我们的两倍。”然后就换了个口气说：“不要点多了菜，有这一道菜营养就过剩了。”说完就一条、二条地数了起来。

吴方亮说：“没点几个菜，就是一个汤，一个捞饭，外加几个下酒菜和蔬菜。”

待每人都喝了几口汤，又吃了几根冬虫夏草，一旁的服务员又帮每位分割了硕大的三头鲍。吴方亮也趁服务员在分割三头鲍时举起了酒杯，示意大家不站，自己也没站，用深沉的目光很真诚地说：“专门请征参谋长出来坐一坐，主要是很久没向大哥汇报了，怪想念的，我们生意人最担心的是迷失方向。今天，刘刚强兄弟来省城，要求进步，申请到参谋长大哥身边工作，让我很受启发，很受感动，请大哥帮我们指明方向，第一杯酒我们一起敬征参谋长。”说完，说好不起立的，也许是大家出于对征海洋的尊敬，也许是中国几千年酒文化使然，大家还是齐刷刷地站了起来分别和征海洋碰杯，干了第一杯。

吴方亮明显是为刘刚强调动之事请征海洋的，但把这说成自己的事，而又将刘刚强来省城之事提了出来，并给予了要求进步的肯定，还请帮助指明方向。这样说，一方面是客气礼貌，另一方面就请征海洋将刘刚强要求进步的事当成他自己的事办。吴方亮就连求人办事都讲得滴水不漏，难怪刚过而立之年，就白手起家将事业做到了几十个亿的身家。

接下来自然是大家要分别给征海洋敬酒。征海洋是一个豪爽的性情中人，厚道义气重感情，是典型的大局观念强、老乡观念强、手臂不强能力强、身材不高境界高、脑袋不大胆子大、腿脚不快思想快的人。因此，凡是来给征海洋敬酒的，都说请他随意，而他都没随意，而是一口干。还说起了“感情浅抿一点，感情深一口闷；宁愿伤身体，不愿伤感情”的酒局段子，把酒桌气氛渲染得轻松而愉快。

刘刚强这是第二次端起酒杯到征海洋面前给他敬酒了。前一轮是喝酒走程序，先敬桌上最尊敬、最尊贵的人，再要么逆时针、要么顺时针转一大圈，打一个通关。正规的聚会，一般当然是顺时针方向转了，只有第二次敬酒时是选择性地敬，感情好的两人会端着酒杯走到一旁还讲些事情，进行一些深入的交流和沟通，然后就默契地干了，也代表商谈这个事就这么定了。

刘刚强借着征海洋的酒兴，特意为自己斟了满满一杯，估摸有三两。看今天来陪征海洋的都是为自己的事而来的，也就没有回避他人，而是以一种表决心的口气说：“报告参谋长，刚强我一心一意敬您一杯酒，在我生命里，梦寐以求想到您身边工作，这次听说支队挑选战训处长，有了这个机会，我想争取一下，请您帮忙。我将紧紧围绕在您周边，努力工作，服从命令，听从指挥，肝脑涂地在所不辞，当好您的左右手，我一口干了，您随意。”说完，一个靠腿，就“咕咚咕咚”喝下了这杯约有三两的酒。桌上所有的人齐刷刷地站了起来说：“我们陪敬！”于是，每个人都将酒杯伸了过去和征海洋碰杯。自然大家同样豪爽地将酒杯又干了个底朝天。

征海洋这次真的就随了意，只是浅浅地抿了一小口就放下了酒杯，待大家坐好后答非所问地说：“刚强啊，你这杯酒好几千块钱呢！洋酒不是女儿红，我们得慢慢喝慢慢品尝。嗯，这次机会真的是好，我之前看中了楚洲支队的参谋长王纪元，这家伙还不想来。哎，刚强你今年多大了？”

刘刚强回答说：“三十九了。”

征海洋问：“当参谋长几年了？”

刘刚强说：“三年多了。”

征海洋问：“浩洲支队现在具体有些什么装备？”

刘刚强估摸没理解征海洋的意思，也没多加思索就直来直去地说：“莫提装备，一提装备老子就来气。”

征海洋说：“来什么气呢？我敬你一杯，慢慢说。”用杯子向刘刚强示意了一下，就将之前剩下的酒喝了下去。

刘刚强没想到征海洋会来这一手，有点措手不及，连忙端起酒杯喝了一杯说：“现在的装备就是我当战训科长时买的几台车应付达标，都是一些老解放、老东风，小吨位的车。这几年购车是后勤部门的事。刚开始当参谋长时，我还和后勤部门商量拿计划，后勤处长仗着兵龄长、资格老，我行我素，计划变成了鬼话，老子现在索性不管。现在浩洲消防的车辆装备恐怕是全省最落后的了。”刘刚强一声国骂、一声老子的气话让吴方亮感觉到一些不自在，心想刘刚强这个昨晚才认识的朋友也太没心计了，就用手扯了扯他的衣服示意快打住。

征海洋倒是不动声色，只是“哦”了一声又问：“在防火监督岗位上干过没有？来！来！我们再喝一杯，慢慢说，一定不要激动。”

喝得开始有点多的刘刚强听征海洋说再来一杯，自认为参谋长看得起，就没有过多去理解吴方亮扯他衣服的动作，也没听进“慢慢说、一定不要激动”的话，连忙就从服务员手中拿过斟酒器将自己的酒杯倒满说：“我敬参谋长，我敬老大，我干了。”干完将杯子重重地往桌子上一放，只听“咣当”一声酒杯就横倒在桌面上，差一点把这个价格不菲的水晶杯打烂。接着又非常情绪化地说：“老子倒了八辈子霉，老子就是命苦，跟着司令部背心加短裤，跟着政治部年年有进步，跟着后勤部有吃又有住，跟着防火部几年就致富。老子跟着司令部倒了八辈子的霉，没搞过一天防火监督，防火监督我是一窍不通。老子现在生是司令部的人，死是司令部的鬼，请老大帮我一把，我再干一杯。”说完，也没等征海洋表态就自顾自地干了一杯，坐在椅子上喘起了粗气。

征海洋看了看吴方亮说：“大家怎么样，我是酒足饭饱了。刚强你没事吧，没事就好，我先告辞了。”大家同开始迎接征海洋一样，现在又簇拥着将他送到门口，帮着开了车门又小心翼翼地将车门关上，大家挥着手目送着奥迪车向消防总队方向驶去。

回到家里的征海洋正准备宽衣休息，阳江消防支队副支队长孝天明又给他打来了电话，也直言不讳地表达想到征海洋身边工作的愿望，还说下周一专门到省总队汇报工作。在领导岗位上工作了多年的征海洋自然知道来汇报工作只是个借口，要求调任省总队机关工作才是真，于是就说：“天明啊，你不用来了，你的想法和要求我会着重考虑，当前你们要着力抓好部队管理教育整顿工作和执勤训练。楚洲消防支队这几年在这方面想了一些办法，动了一些脑筋，还承诺了参加社会抢险救援工作，收到了较好的社会效益，消防部队的形象得到了大幅度提升。你如果有时间可以先去楚洲市消防支队去看看，总队准备在适当的时候到楚洲召开一次全省座谈会。”

孝天明服从地说：“好，谢谢参谋长，我一定在近期带领司令部人员到楚洲学习取经。”停了停，然后又直言不讳地说：“参谋长，你是不是已经看上王纪元了。”

征海洋说：“纪元干过防火又干过灭火，消防部队的两大块业务都熟悉，这几年消防大型装备又增加了不少，按理说他是到总队机关战训处工作最合适的人选，可惜这家伙比较容易满足。”

孝天明本来听了前面一段话，就有一点心灰意冷了。但听完最后这句话时，就迫不及待地说：“王纪元不愿到您身边工作，我来，我一百个愿意来您身边工作，接受您的教育和培养。”

征海洋说：“战训处是一个清水衙门，处长既辛苦又清贫，还要参加全省重特大灾害事故的处置和指挥，你要想清楚。”

孝天明说：“我想清楚了，我副团已经有四年了，充其量在战训处长岗位上干一段时间，到时就请您帮忙扶正一下，我不又脱离了苦海吗?”

征海洋就“哦”了两声说：“中午了，是午休时间，我休息一下。”说完就挂断了电话，可却没有午休睡意，心情久久不能平静，在客厅里踱起了方步。心里在想，脱离苦海，既然是苦海你来什么来，想以这里当跳板，没门!你说我司令部是苦海，我在苦海里不也生活得很好，工作得很好!

第八章

心有多大舞台就有多大，
高层智慧铸就了消防人新的历史使命

你家门前一条河每天淌过去淌过来，还要摸着石头过吗？心有多大舞台就有多大！

“公安消防部队除保证完成本法规定的火灾扑救工作外，还应当参加其他灾害或者事故的抢险救援工作。”《消防法》第一次以法律形式赋予了新时代消防人新的历史使命。

七十二

教导大队的天是蔚蓝的天，几朵白云悠闲懒散地缓缓移动，向天的深邃处飘去，几行白云仿佛就像消防直流水枪射出的水柱在天空中画了几道弧线，将天空点缀得多姿多彩。

教导大队的操场，空旷而苍茫，仿佛这就是杀敌的战场、历练的靶场，一栋孤零零的消防训练塔和一座冷峻的液化气储罐立在操场的一角，显得有一些单调，有一些孤独，有一些寂寞。四周的香樟树、银杏树、玉兰树生长得枝繁叶茂，郁郁葱葱，生机勃勃，将操场四周的环形车道遮得严严实实，只能透过些许阳光。枝头上的知了在不知疲倦地叫个不停，仿佛又填补了这里的单调和寂寞，让这空旷苍茫的操场多了几分生机和活力。

树荫下两位一高一矮的大校并排着缓缓前行，身材高大魁梧的是巴楚消防总队总队长高永良，另一位是巴楚消防总队参谋长征海洋。他们是来参加全省消防部队基层中队指挥员培训班开班动员大会的。

消防中队有别于其他部队的连队，是灭火救灾、抢险救援的作战主体力量，责任区范围有其指挥权和管理权，是有效控制各类灾害事故的决定性力量。如果责任区消防中队处警不及时，出动跑错路线，跑错方向，使用消防水源舍近求远，灭火救援方法措施失当，往往会小火酿成大灾，小灾酿成大祸。因此，加强执勤消防中队指挥员的培训，提高基层中队指挥员的水平，势必会收到事半功倍的效果。抓住关键的人、关键的环节，采取关键的手段，势必能处理好关键的事，这是所有领导者优先考虑的问题。

高永良是空降到巴楚来的京官，高大魁梧的身材，一张方正的国字脸、浓眉大眼、高鼻梁、波月嘴，布局得协调而大方，给人以安全感；一双深邃的眼睛充满着睿智，整个脸庞总是显得深沉而慈祥。听说他要去参加全省中队指挥员培训班动员大会，有人就讨好地劝他不要去，说总队工作千头万绪，要他总揽全局就行了；说他管的是团级干部，凡事不能事必躬亲；甚至说他去参加中队指挥员培训班动员是小题大做。好像是在传授经验，似乎担心曾经位居庙堂之高的他不懂得基层部队管理，好像还有一些抱怨。

高永良以否定的语气说不同意他们的观点，不认为是小题大做。而是恰恰相反，说基层中队指挥员是我们消防部队战斗力生成的基本保障，是控制各类灾害事故发展的主要力量，是大题而不是小题。一句话将这些喜欢讨好奉承的人呛了回去。

刚刚作完动员报告的高永良也许就在作报告时站在全省的高度想到了一些重要的事情，要和征海洋商量，两人也就来到环形车道树荫下。高永良对征海洋说："消防部队区别于其他部队的大兵团作战、全方位主体作战和远程作战。海湾战争美国人给我们上了一堂生动的课，引起了国内外军事专家广泛讨论。我们是以每一个基层中队作为一个执勤战斗主体，是战斗力生成的主要因素，这次的基层中队指挥员培训班要以培代训、以训代培、互动教学，这是我调任巴楚抓战斗力生成的第一个举措，务必要办出水平，收到实效。"

征海洋说："总队长高屋建瓴、高瞻远瞩。走马上任就能抓住消防部队的主要矛盾。灭火救灾我们是以基层中队为单位，甚至以一个战斗班为单位，提高了基层指挥员的作战指挥能力就是提高了战斗力。赢得了时间，就是赢得了机会，就是赢得了生命，就不至于小火酿成大灾。"

高永良接过话说："同样也要做好上级机关，特别是我们总队级的谋划，不知谋一域就很难谋全局。我们要从防火、灭火两大块业务上做文章，灭火救灾恰恰就是我们在防不胜防中的最后一道防线，是关系到国家和人民生命财产安全的重要保障。就如同战争一样，你不及时消灭敌人，敌人就会消灭你；火灾就会肆虐，就会爆炸，就会致使建筑物坍塌。总队如何从高处着眼，从细微处着手，请参谋长多思考思考。这次培训就是一个好方法、好举措，我们要换位思考，要推陈出新。"

征海洋说："是啊，上层设计非常重要。中东海湾战争无疑是我们军人特别是我们这些参谋长们研究得最多、谈论得最多的一个话题，有很多值得我们学习的地方。对越自卫反击战又给人们留下了很多教训和反思。总队长的指示就是战略和战术的问题。"然后口气一转，就将话题引到人事方面。"当前我考虑最多的是巴楚战训工作，怎样选好这个战训处长，请总队长多多指示。"

高永良说："对啊，现在的战训处长要到下面支队去任支队长。这个战训处长可是一个重要岗位、关键岗位。你要认真物色，负责把关，要像发展经济一样作为经济的一个增长点，要把这次选拔战训处长作为全省消防部队战斗力提升的增长点。”

征海洋说：“现在的人事变动大家都相当敏感，最近这段时间都有好几个人找过我了，表示要为全省人民服务。”

高永良说：“这是好事啊，说明我们的干部有上进心，有全省这个大局观念，你不也有了更广泛的选择范围吗？”

征海洋说：“总队长的意思是？”

高永良说：“也有几个省领导找过我，给我打过电话。我的指导思想很明确，德才兼备，富有创新精神，能为巴楚消防争光，能为人民群众做实事。再就是谁用人，谁物色，谁选拔，不要搞那些不切实际的形式和程序，特别这个战训处长是出思想、出战斗力的岗位，更要认真物色，将那些品行好、乐于奉献的人选任到这个岗位上工作，要坚决杜绝把以这个岗位当跳板、占着茅坑又不拉屎、投机钻营的人调到这个岗位。”

征海洋恭维地说：“总队长想得全面，想得周到，战训处长就是要出思想。只是还有一些人找了政治部，找了其他领导。”

高永良坚定果断地说：“不管找谁，这个处长是你参谋长用而不是其他人用。在战训处长这个问题上，我给你绝对的自主权，要心无旁骛一门心思想到战斗力生成，想到战斗力提高，想到这个岗位是要做事的，是要出思想的那就行了。”

征海洋接着说：“感谢总队长的授权和信任。只是话虽这么说，但在人事问题上请您不仅要给我授权而且要给我撑腰。”

高永良听出了话里的弦外之音，心想征参谋长肯定遇到了困难，就直接问：“有什么困难？”

征海洋沉思了片刻说：“是啊，省里几个层面的领导也给我打了招呼，就一个名额的战训处长的位置，到今天为止毛遂自荐的和拐弯抹角找领导的就有十七八个人了，如果没有一个实际选择办法，还真的很为难。一不留神就有可能得罪人，我个人得罪人事小，影响全省消防事业的发展事大，那我可就担当不起了。”

高永良若有所思地说：“我们消防生活在社会不是生活在真空。植入地方因素太多，势必会出现一些军令不畅、人事不畅问题。你的担心看来也是必要的。但是，我们不得不面对客观形势、新任务和新挑战，要从制度上规范消防部队选人用人，正本清源。”

征海洋说：“战训处长这个岗位最好是知识面丰富，又在防火、灭火两大块业务方面都干过，熟悉各类大型灭火救援装备。”

高永良说：“总队机关从严格意义上说，不是一个作战实体，而是一个指挥机关、决策机关、协调机关，我们消防是以中队到支队为作战主体的，这么一个架构体制，总队机关选拔干部就要选拔能出思想，能谋全局的人。能出思想，能谋全局当然少不了我们消防部队的两大块业务知识，更少不了丰富的知识面和实施各类灾害事故的指挥才干，能代表你、代表我发号施令的人。”

七十三

楚洲特勤消防大队建筑物上的彩旗迎风飘扬，搭建的检阅观礼台巍然屹立，这里迎来了特勤队自组建后的第一波全省的消防同仁，全省消防部队正规化建设教育整顿现场会暨抢险救援工作座谈会在这里召开。会议由总队司令部组织，其目的是总结、肯定和推介楚洲消防部队正规化建设教育经验成果及抢险救援工作重大破冰尝试的做法。

楚洲特勤消防大队多媒体会议室，多媒体大型投影屏幕播放着楚洲消防部队建设、内务管理、业务训练、抢险救援视频录像，一组组幻灯片和录像视频经编辑剪切仿佛是一场视觉盛宴。

会议通知要求全省消防部队的参谋长和分管副支队长参加。然而，今天出席会议的是参谋长和支队长或者政委。原来，一些支队从总队简报和媒体中了解到楚洲抢险救援的承诺收到了良好的社会效益，提升了消防地位。装备建设、消防队建设突飞猛进，还成立了特勤消防大队、特勤消防班，让这些同行无不羡慕。在首长负责制的消防部队，楚洲的变化不得不让这些军政一把手趋之若鹜，想探个究竟。

整个会场座无虚席，不时发出阵阵赞美声。这是王纪元始料未及的，也是意料之中的。因为，随着经济社会的发展，人类社会的进步，各类灾害事故将与之伴行，与灾害事故作斗争自然要有一支应对和处置这些灾害事故的专业队伍，楚洲消防正是顺应了这个规律。同仁的关注、社会的关注终究是要来的。始料未及的是没想到来得这么快、这么突然、这么猛烈，引发这么大的共鸣，宛若夏季的热带风暴说来就来了。

在多媒体梯形会议室里，王纪元代表楚洲消防支队介绍了全市消防部队正规化建设教育整顿工作经验。首先播放了一段全市消防部队学习贯彻五大条令、条例，落实正规化管理的视频录像，插播了抢险救援的实况场景。然后，就应用多媒体演示软件，图文并茂、绘声绘色地从条例学习、知识竞赛、工作实践、队伍管理、士官管理、战斗力生成等方面作了介绍。

王纪元说："培养学习机制、建立考核机制、强化督察机制、落实激励机制四个机制是促进部队正规化建设、提高部队战斗力的管理创新。"同时指出："以训促管、以战带管、以学强管、以情服管是落实管训结合、管战结合的手段和抓手。我们习惯于从日常训练、灭火救灾、抢险救援中寻找管理上的薄弱环节，推行满负荷工作法。特别是全市消防部队自承诺参加全社会抢险救援工作以来，工作量大了、涉及的领域广了，全市官兵看到了自己的不足和知识上的贫乏，支队党委因势利导，及时提出了内强素质、外树形象的要求，全部队上下形成了比、学、赶、帮、超的良好氛围，风气正则士气高，战斗力强。"讲到这里现场热烈的掌声打断了王纪元的发言。

是的，俗话说风正则气顺，无事则生非，乐极则生悲，丰富的管理实践才是最重要的，几千年总结出来的经验实际上就是永远颠扑不破的真理。王纪元接着举例子说："邻居有一个小孩子的父亲找到我说，他的儿子晚上睡不着，整夜整夜地失眠，白天睡不醒。送到医院一检查，医生说是功能性神经障碍，医生开了药吃了也不见好转，一家人都急得团团转。我就和他们签订了一份合同，我正愁部队人手不够用，要他第二天到我们消防中队跟班训练，跟班参加灭火抢险救灾，只管吃住不管工资。三天下来，不放心的家长深夜来部队探访，见孩子睡得很香，放心地笑了，这也是我们第一名合同制队员。"这时会场又响起了热烈的掌声。也许是有感于楚洲消防支队能大胆创新，也许是王纪元这个事例与很多周边的人整夜失眠有一些关联。

会议的第二天是观摩特勤消防大队特勤业务训练汇报表演。同样的观礼检阅台，今天坐在上面的自然是全省的行家里手。包括今天专程从省会城市特地邀请过来的老消防部长宾老，享有终身战训工程师荣誉的首任老战训处长钟老爷子。可谓真佛面前使不得假，有一丝破绽恐怕都会被一贯以挑刺而出了名的钟老爷子骂得狗血淋头，很多同仁无不为王纪元捏了一把汗，可又不方便直说，只是委婉地说："今天钟老爷子来了，加油啊!"

气定乾坤，心中有数的王纪元根本不慌也不紧张，一切按计划进行。随着“嚓，嚓，嚓”的正步声戛然停止，空中传来了王纪元那洪亮的声音：“钱副总队长同志，楚洲消防支队特勤业务汇报表演准备完毕，请你指示。报告人楚洲消防支队参谋长王纪元。”

钱真诚说：“按计划进行。”

王纪元回答：“是！”向钱真诚行过举手礼后，一个向后转，同样用那洪亮的声音下达命令说：“全体注意，各就各位！”

在银色水枪、红色战车歌曲的伴奏下，秦晋江、吕梁华、王纪元陪同全体与会领导、同仁，首先观摩特勤器材装备。这里没有导游小姐的伶牙俐齿，没有广告促销员的花言巧语，每一位特勤战斗员都是讲解员、促销员。当大家来到个人防服装备前，五颜六色、稀奇古怪的服装、头盔，看得大家眼花缭乱，目不暇接。钟老爷子感觉也很新鲜，这个摸摸，那个看看问：“你说这套服装有些什么作用？”用手指了指刚刚回答完其他人提问的陈昌龙。

陈昌龙连忙转身向钟老爷子说：“报告首长，这是重型防化服，也叫全密闭防化服，是防护性能最好、防护标准最严的防化服，有内置式空气呼吸器，广泛用于有毒有害工作场所、生物化学环境、危险品处理抢险救援，可以处理多达240余种的工业化学品事故。回答完毕。”

钟老爷子说：“有重型防化服肯定也有轻型防化服？”

陈昌龙回答说：“报告首长，是的，这就是轻型防化服。”他用手指着身旁闪着银光的服装，接着介绍说：“轻型防化服适用于有酸、碱类化学液体物品事故现场救援。不适用于有毒、有害气体的事故现场及火场，报告完毕。”接着又一一介绍了避火服、隔离防护服、防蜂服、耐酸碱服、抢险救援防护服等。

几台举高车在驾驶员的操作下，庞然大物仿佛就变成了孩子们手中的变形金刚，伸腿、展臂、提篮、旋转、升高，说变就变，又仿佛像一个力大无穷的机器人、大力神。大家仰着脖子抬着头，随着举高车三百六十度旋转。钟老爷子转着转着，就自言自语地说：“我看到七仙女了啊，仙姑下凡了，七仙姑下凡了。”

宾老听钟老爷子说七仙女下凡就调侃说：“哎！今天没看你批评人？没看你提意见？原来在想七仙姑！”

钟老爷子认真地说：“刚才我都看到七仙姑了。开眼界，开眼界。我们多年的梦想就是有一台举高车，一直没有实现。今天我看到了属于我们自己的装备，我高兴都来不及，哪还有批评意见，表扬，通令表扬！”

宾老部长说：“今非昔比啊，我很多年前就讲过，消防的发展要与国际接轨，要与时代发展同行。”

钟老爷子兴头就上来了，两个人又开始拌嘴说：“今非昔比，比个屁，现在的哪个支队有楚洲支队的装备，这云梯车都接到七仙姑了。”

宾老部长说：“老不正经，还七仙姑八仙姑呢，送给你都吃不消。”

钟老爷子说：“当年一口烟没把你呛死，不是我背你出来，你早就吃不消了。你吃得消？都半斤八两。”

宾老部长说：“你别说我了，我们这些消防啊，长期同火灾、危险品打交道，落下了一身的慢性病，高血压、糖尿病、肺气肿、心脏病。现在生活质量真是一年不如一年，我刚才看到那些服装、空呼，就打心眼里高兴。”

钟老爷子说：“老不正经，把话说到点子上了。”然后提高嗓门大声说：“同志们！同志们！大家都听到了，宾老部长说，我们老同志要向党委、政府提意见书，要建立消防队员终身医疗救护、救助基金。当年我背着老宾从火海中出来，他没被呛死，我差一点就被呛死了。现在我们这些老战友不同程度地都得了消防职业病，要从机制上保障我们消防无后顾之忧。宾老部长这个提议好不好啊？”

“好，好！”大家异口同声并报以热烈的掌声。

一些设备未曾见过，一些设备也只是在杂志上见过，一些是第一次听到，生命探测仪、热感应成像仪、涡能高倍泡沫发生器、液压破拆器、气体起重垫，门类齐全，应有尽有，宛若是一次国外消防装备新产品博览会。参观的战友彼此交流又相互探讨，不时向这些特勤战士询问和要求示范。一片片的赞扬声、惊叹声，让每一个特勤战士为能成为楚洲乃至全国第一批特勤队员而由衷地自豪和光荣，脸上始终洋溢着幸福的微笑。

随着两声信号弹划过特勤消防大队上空，特勤业务训练汇报表演拉开了序幕。看多了、见多了的这些同仁，可谓行家里手，他们往往认为汇报表演无非就是演戏，就是花拳绣腿，中看不中用，提不起大家的兴趣。每一个人都带着不同而复杂的心情来观摩这场特勤业务汇报。当一张类似春节联欢晚会的节目单发到每一个人手中，又让每一位傻了眼，什么T型走秀，什么倒置下，什么大绳横渡，什么火海迪斯科，什么破拆响叮当，什么横空出世，什么洗消清场，全都是一些新的字眼。昔日的两盘水带连接、两节拉梯这些耳熟能详的名称一个都没见到。与会的每一位同仁转而以极度兴奋的心情观看每一个项目的精彩瞬间。当看到七名特勤战士从十楼似飞流直下三千尺的表演时，观礼台上的人都惊呼高叫，就在特勤战士头部即将触地那一刹那，一个揽绳锁腰，一百八十度转身，七名英俊的特勤队员稳稳当当地站在那里给检阅台上的人行举手礼时，现场顿时掌声雷动。

大绳横渡又开始了，七根大绳在检阅台前两栋建筑物之间拉开，七名特勤队员成倒挂金钩之势，在摇摇晃晃的麻绳下背负一人体沙袋，宛若母猴背崽，又宛如昔日的红军在渡铁索桥。检阅台上的参会领导和特勤大队助阵的战友看到这场景，一阵阵的加油声慢慢演变成“红军不怕远征难，万水千山只等闲。五岭逶迤腾细浪，乌蒙磅礴走泥丸。金沙水拍云崖暖，大渡桥横铁索寒。更喜岷山千里雪，三军过后尽开颜”的歌声。

征海洋刚刚组织参观完楚洲消防指挥中心和部分大队、中队就迫不及待地说：“明天会议转入抢险救援工作座谈会。高总队长要亲临会议，每个人的发言都要有新意，要提的问题、要咨询的问题今晚各自拟好。”

同征海洋一起当兵入伍来到消防部队的浩洲消防支队长伍三元就和他开玩笑说：“参谋长对楚洲可是高看一眼、厚爱一筹，都说手心手背都是肉，参谋长厚此薄彼，让我们嫉妒啊。”

征海洋明知故问：“怎么会嫉妒？”

伍三元说：“两天会开下来，让我们感到震撼。您应该早让我们来学习学习。”

征海洋说：“这都是纪元参谋长的主意，是楚洲支队党委集体智慧的结晶，我可没厚此薄彼。我记得纪元刚刚当参谋长时，在工作会上找到我专门汇报了他对司令部工作的想法，提出了有为才有位，有位更有为的思路，我很赞同。当时，我们谈得很投机，发现纪元参谋长有很多新的构思、新的想法。我就送给他‘量力而行，尽力而为’八个字。纪元参谋长是不是这样的？”

王纪元真诚地说：“我还是这样认为，有为才有位，有位更有为。一个人生命的意义，不在于自己拥有多少财富，而是自身为社会创造了多少价值。”接着口气一转谦虚地说：“感谢参谋长送我八个字，为我指明了方向。只是这个量没把握好，这个力是把吃奶的力都用上了。”说完大家一边鼓掌一边大笑。

进入伏天的南方尽管到处是满目翠绿，郁郁葱葱，但抵挡不住炽热的太阳，到处都是热浪滚滚。特别是内陆的南方不像沿海，沿海属海洋性气候，找个树荫下一站就很凉爽，就很宜人。内陆南方的伏天，到处都是热的，不仅热而且闷，不仅闷而且潮湿。

本来根据会议安排，贯彻勤俭办会的总原则，抢险救援座谈会也安排在特勤大队的会议室，但是天气确实太热，会议只好临时安排到与会人员下榻的开元山庄。开元山庄是政府的会务接待宾馆，大小会议室都有，中央空调自然也就好，会议室很凉爽。

征海洋说："这里好，可以提高会议质量，也能收到更好的效果。"

王纪元接话说："参谋长站得高看得远，确实是这样，营造拴心留人的环境，打造幸福温馨的工作氛围正是我们下一步要努力的方向。思路决定出路，宁静才能致远。"

会议由钱真诚主持，首先由征海洋传达了部消防局有关会议精神，通报了全国消防部队参加社会抢险救援有关信息，最后征海洋总结说："从全国消防部队的形势看叫'一有、一脸、一难、五怕'。一有呢，随着经济社会的快速发展，国家有必要建立一支反应快、懂专业的抢险救援队伍；一脸就是犹抱琵琶半遮脸，全国很多地方消防部队不敢主动承诺，不敢走向前台；一难呢，老百姓没办法时还是想到拨打119，处警也难不处警也难，老百姓为难，消防队为难；五怕就是怕失误，怕担责，怕增加经费开支，怕当地党委政府不重视不支持，怕警力不足力不从心、好心办坏事。面对这些问题，我们要全面分析我们省、我们每一个支队的实际情况，努力寻找消防服务的增长点。"

高永良是专程赶过来出席抢险救援座谈会的。他对楚洲消防抢险救援情况了解了不少，也听过征海洋的几次汇报，这次来主要是听听其他支队的情况和看法。同时，也体现总队首长对抢险救援工作座谈会的重视。高永良端坐在座谈会大家都认为是主位的座位上，他要钱真诚省去了那些介绍、欢迎等形式上的烦琐细节。

征海洋尽管昨天和大家说了高永良要来参加座谈会，心里大都有些准备，但高永良的出现难免让大家有些紧张，肃然起敬。这恐怕就是一把手的职位效应，也是高永良勤廉务实所树立的权威。他来到会场只是用眼环视了一下整个会场，表情庄重而威严。

抢险救援座谈会只安排了王纪元一个中心发言。征海洋一讲完，钱真诚就很自然地说："让我们以热烈的掌声欢迎楚洲消防支队王纪元参谋长给我们介绍抢险救援工作经验！"随着掌声响起，王纪元从座位上起立，接着一个靠腿向大家敬礼后并没有坐下而是接着说："有为才有位，有位更有为是我们楚洲消防支队党委一班人面对新情况、新问题、新发展而提出的一种创新思维。组织行为学告诉我们，当一个单位、一个部门、一个行业职能、市场如果逐步弱化，这个单位、这个行业将逐步被淘汰出局。因循守旧，故步自封，安于现状势必是死路一条。当然，大家会问我，火总是与人类文明相存相依的，有火就有火灾事故，难道说消防总有一天会被淘汰？当然，答案是否定的。不妨我们试想一下，我们过去的消防、今天的消防，有很多变化吗？我看未必。世界在变化，社会在变化，经济在变化，人们的思想也在变化，唯独消防职能没有变，还停留在防火灭火这个层面上，因此不得不让我沉思。我想我们要沿着思想的深处思考。"

讲到这里王纪元又阐述了有为才有位，有位才有大作为的辩证关系，指出："有为才有位，首先要求我们消防人要有作为，要不断培养消防人精神！我们制定了有警必接、有险必抢、有灾必救、有求必助的服务原则。通过看得见摸得着的作为，在人民心目中赢得地位，在社会上赢得地位，继而在政治上赢得地位，再实现更大的有为。有为和有位是一对孪生姊妹，相辅相成、互为条件、互为因果，占着茅坑不拉屎，注定是要出局的。中国的社会要赢得广大人民的喝彩，哪怕要经过多少失败、经过多少等待，经过多少努力，只要是有益于人民群众的事我们都要敢于创新，敢于担当。正如邓小平总设计师说的要杀出一条血路。今天的消防无疑也是要杀出一条血路来的时候了。"讲到这里也许勾起了与会者一些心酸的往事，会上的掌声打断了王纪元的发言。

王纪元也就端起茶几上的水喝了一口，接着动情地说："当我们面对一桩桩灾害事故、一场场血腥现场，被困者求生不能、求死不得、苦苦挣扎的场景，难道不让我们消防人忧心如焚吗？我望着我办公桌后方'上善若水'四个字浮想联翩，写就了《浅析消防部队参加社会抢险救援工作的必要性》这篇论文并最后获奖。我始终认定这是我国消防高层传递给我们的一个重要信息。我们到了有所作为的时候了，是吹响消防人冲锋号的时候了！"会场又一次爆发出热烈的掌声。

接着王纪元介绍了楚洲消防支队的基本做法和行动准则，指出，"领导要重视，思想要统一，行动要一致，声音要同调"是履行消防人实现抢险救援的基本要求以及所收到的经济效益、政治效益和社会效益。指出："通过承诺参加社会抢险救援实现了官兵政治觉悟提升、思想品德提升、道德素养提升、消防理论提升、器材装备提升、救援知识提升、战斗力全面提升和社会地位、政治地位、经济地位提升以及消防工作从被动到主动的转变，等汇报到主动过问的转变，生命至上的转变，思想观念的转变，单一灭火救灾到应对一切灾害事故的转变，单一作战到联合协同作战的转变。”最后，王纪元以楚洲的抢险救援工作好比是万里长征刚刚迈开第一步，任重而道远，革命尚未成功，同志们还需努力结束了他的发言。

王纪元主旨发言后接下来就进入座谈自由发言阶段。因高永良坐镇听会，尽管大家多少有一些紧张，但也都知道这是一次难得的表现机会。因此，发言也就非常踊跃，一个接一个，都是一些赞美之词。在每一个发言者中，往往会在发言后提出一两个问题。王纪元在不知不觉中就宛若成了新闻发言人，回答每一个人的提问。

伍三元说：“论条件、论基础过去我们要比楚洲好一些，这三天的会议开下来，看到了楚洲消防的变化，我感到震撼、感到鼓舞也感到惭愧，我们要向楚洲消防学习。坐井观天、夜郎自大看来在任何时候，特别是改革开放飞速发展的今天都是致命的错误，请问王参谋长，你们在很短的时间内是怎样提高全体参战官兵的素质的?”

王纪元回答说：“我们主要贯彻了四个一，即一鼓励，鼓励官兵自学成才；一培训，以训代培的形式分期分批进行、强制培训；一配置，给每个中队配备软件辅助决策系统，手提电脑随车出动；一跟进，支队司、政、后、防、大队干部要及时跟进指导，确保不发生失误或尽量少失误。”

刘刚强问：“我们深感自愧不如，我想请问一下王参谋长，你们楚洲消防支队购买了这么多的抢险救援设备，这个器、那个垫，这个锯、那个服的，这些设备从哪里买的，信息从哪里来的？是司令部的计划吗?”

王纪元针对这样简单的问题不回答不礼貌，还是很客气地回答说：“这个问题提得很好，叫巧妇难为无米之炊，抢险救援无非是智慧之抢、知识之抢、装备之抢，所有设备由司令部门提出计划，会同支队后勤部门、市财政共同采购。至于设备的信息，我们订阅了《消防前沿科学》、《消防技术与装备》杂志，同时我们辅助电脑检索，我想到什么就到上面去找、去比较。当前国内消防市场特种抢险救援装备的确匮乏，我们就将眼睛瞄到香港消防、香港消防产品，所以我们现在采购到的装备大都是进口的。”

孝天明说：“你们这些设备应该花了不少钱，我想请问钱从哪里来?”

王纪元说：“全部是财政开支。按照肖言书记的话说，就是一计划，二追加。也就是说，先进行年度装备申报计划，因工作需要或一时计划不周到再实行追加，保证消防经费保障走上了正常轨道。”

袁雄厚说：“我想请问一下，这么多的设备你们是怎么训练的？到今天为止，你们出现过抢险救援失败的案例吗？”

王纪元回答说：“关于你问的第一个问题，我们遵循会用、能用、安全的原则。实行实物训练，坚持训为战、训不为看，不盲目追求速度，要求动作规范，严格禁止因训练而损坏了设备，并实行设备到人制，各自管理和保养。至于第二个问题，应该说还没有出现失误，至少还没有出现大的失误，实现了抢险救援群众的百分之百的满意和零投诉。”

主持会议的钱真诚见大家除了溢美之词，再就是提一些问题。因此，就请两位特邀的老领导讲话，退休的宾老部长和钟老爷子都是为消防事业奋斗了一辈子的人，一直都非常关心消防事业的发展，仿佛有一些心愿未能实现，有一些遗憾。得知楚洲消防锐意进取、勇于创新，组建了特勤消防大队，激动得好多个晚上都没有睡好觉，每天跑到司令部打听消息。这不，听说主持人请他俩讲话，两人也就不客气了。钟老爷子说：“我看了楚洲消防的装备、表演，我看到了人民的希望，看到了消防的希望。在王参谋长身上，我看到了青松的气质、红梅的品格，看到了我们消防人为党分忧、为民解难的担当精神。我祝福楚洲消防、全省消防、全国消防道路越走越宽广，越走越亮堂，人民群众越来越幸福。”钟老爷子的话语不多，但赢得了雷鸣般的掌声。

宾老部长说：“我以为你又要长篇大论了，就这么两句话还和我抢。当然啰，我们钟老话讲得精辟、讲得好，对王参谋长青松气质、红梅品格的评价恰如其分，我完全同意，王纪元参谋长的确是我们消防人杰出的代表，是消防精神的杰出代表。”宾老不经意间还是流露出了任部长讲话的口气。王纪元听到这里连忙起立向宾老部长行举手礼。宾老部长抬眼看了看王纪元接着说：“有为才有位，有位更有大作为的发言无疑给我们消防、给我们每一个人提出了一条思路，讲得太好了。我们消防就是要扩职提能，努力实现作为。这样老百姓才拥护我们，人民群众才信赖我们，党和政府才重视我们，我们才有发展，才有前途！”停了停，宾老部长若有所思地赋诗一首：“内部挖潜创作为，扩职提能为人民。抢险救援任务重，胸怀担当献青春。”接着就直言不讳地说：“让那些占着茅坑不拉屎的单位和人没有市场。”转而话锋一转感叹说，“抢险救援这是做了一件大好事、一件大善事，我从内心里感觉后生可畏，无比敬佩。当然也如王参谋长说的这只是万里长征的第一步，任重而道远，要在全省推广，要在全国推广，要让所有的人在党的领导下，在消防人的顽强拼搏下，所有的人都能沐浴到党的光辉，我祝所有官兵平安幸福，再创佳绩。”讲完还专门从深坐的沙发上站起来给大家深深地鞠了一个躬，赢得了会场满堂掌声。

钟老爷子又调侃说：“你这老不死的，怎么话越讲越好了，句子也越来越优美了。”

宾老部长说：“不是说要老有所养，老有所为，老有所学吗？我要你和我上老龄大学，你不去，这不怪我吧。别耽误时间了，我们听高总队长给我们大家作指示。”

钱真诚顺着宾老部长的话说：“让我们以热烈的掌声欢迎高总作指示。”

高永良环视整个会场，会上顿时变得特别安静。他用威严的眼神看了看大家说：“非常感谢两位老前辈的精彩点评和寄予的殷切希望，非常感谢与会同志的拳拳报效之心，非常感谢楚洲消防为全省消防树立了榜样。”高永良讲到这里停了停，这也许就是演讲的技巧，这也许是为了提醒大家要注意听下文，就好像是写文章一样，在这里打了一个冒号。

高永良接着说：“楚洲消防主动承诺参加社会抢险救援，提出为党分忧，为群众解难，提出有为才有位，有位更有为的思路，无疑是一个创新，无疑是一个壮举，无疑是一种担当，无疑是一个方向。实践证明，楚洲消防支队的做法是完全正确的。我相信，这必将成为我国消防事业的一个里程碑，成为我们消防人新时期吹响的冲锋号。”高永良特别将新时期吹响的冲锋号加重了语气，既表明他的话讲完了，同样也表明他主政一省消防总队的决心。

高永良的话音刚落，门外就听到了肖言书记爽朗的笑声。他是专门选在这个时候来和高永良见面并慰问全省消防官兵精英的。一同来的还有仁桂生市长、彭永德等人。肖言和高永良互致问候后说：“没影响大家吧？”

钱真诚说：“肖书记是神机妙算，是踩着点子来的，我们高总刚作完指示。”

肖言书记说：“那我们就进行下一个程序，好吗？”

钱真诚说：“书记的地盘，书记做主。”

肖言书记说：“话不能这么讲，你们是省里的，我们都听省里的。但今天姑且听我一回，做一回主。”讲到这里，用手和眼神向门口站着的人指了指，门口就进来两位漂亮的小姐，共抬一面锦旗进了会场中心。肖言书记说：“尊敬的高总队长，请允许我为楚洲消防支队和王纪元参谋长颁发锦旗和证书，怎么样？”

高永良也不无幽默地说：“听党指挥，忠于祖国，是每个军人职业素养的基本要求。”

肖言书记不无感动地说：“在我一筹莫展的时候，在我为每天的灾害事故焦头烂额的时候，消防支队，王纪元同志在这个关键时候出现了，为我分了忧，为我解了难。我借这个机会给楚洲消防支队颁发特别贡献锦旗并给支队奖励二十万元，为王纪元参谋长颁发特别贡献奖证书，请秦支队长、王参谋长领旗、领证。”

秦晋江、王纪元面对这突如其来的惊喜和收获，兴奋地从沙发上站起来，满脸堆着喜悦一个靠腿向大家行举手礼。然后，秦晋江从肖言手上接过锦旗，王纪元从仁桂生手上接过了证书。几年的艰辛、几年的不断践行和追求终于得到了认同，这个荣誉来之不易。

空旷的会场中央，王纪元和秦晋江一人捧着证书，一人拿着锦旗放在胸前，向书记、市长、总队长行了举手礼后又连着向右转、向右转、向右转分别给大家行举手礼。待敬完大家的礼，幸福的泪花已经挂满了两人的脸颊。现场雷鸣般的掌声经久不息，耳畔环绕起美妙动听的旋律。

七十四

半个月后，就在这绿树成荫知了鸣唱不停的教导大队，就在这一边是火热空旷而显得有些苍凉的大练兵场，一边是寂静的综合教学大楼，全省选拔战训处处长岗位考试在这里摆开了擂台。这是高永良来巴楚第一次选调干部，也是消防总队第一次以考试的形式选调干部。这也许又是高永良和征海洋的那次对话，担心因选调干部而影响全省消防部队建设，这也是狭缝中的消防想到的又一道生存法则，谁也不得罪，谁也得罪不起。

之前，征海洋的担心不是没有道理。时下，跑官要官成风，一些人钻山打洞也要找关系开后门打招呼，以至总队机关在选人用人上多了一些顾忌，以至于想调的人调不进，调进来的人做不了事，机关严重占用基层编制。

当然，这一破例，有第一回肯定就会有第二回，也更有利于促进基层消防官兵的学习和钻研，也算是落实高永良要从制度上规范用人的指示。

这次战训处长选拔考试，之前没有发文件打招呼，没有规定考试范围，也没有让更多的部门插手，而直接由司令部拟定选拔规则、条件及参考对象。

考试的内容是征海洋亲自委托第三方出题，自己又亲自把关，可谓绝对保密。

整个考试分为现场操作、业务理论考试、写作三大块。现场操作又分为指挥能力操作，现场情况分析判断，参谋意见形成和报告，大型装备的作战能力和掌控要领。参考对象是全省消防支队参谋长、副参谋长，总队教导大队教研室主任、副主任和之前通过自荐和其他关系给领导打招呼的人，共有四十八人。这个战训处长选拔也就变成了四十八选一。

这一安排可谓想得周到，谁也没有不给面子。你自荐了的，给你考试机会；你找了领导打了招呼，同样给你考试的平台。考得好当然好，能者上，庸者下，优胜劣汰；考得不好自然大家都有话说了，这恐怕也是与时俱进。这也为以后干部选拔提供了一个可借鉴的经验和做法，更多地减少一些人为的干预和选人用人上的不正之风。

考试其实也很简单，三大块就只有两个题目一套试卷，现场操作随机抽答一道题。四十八个人分成两组也就只有二十四道题目，两人一题。都要在众目睽睽下抽题、答题，阳光操作，还可以根据题目的要求，现场指挥包括自己在内的其他列队的二十四人中的任何一人或一个班或全部；根据所抽题目还可以选择放弃。

这天，烈日当头，两组主考官分别在大操场东西两侧环形通道高大的香樟树荫下一字形排开了一列条桌。桌上放有手持话筒、50 米卷尺、指挥板、指挥旗、对讲机、望远镜、夜视仪、三角警示牌、手提电脑等一堆设施、设备、材料。

在总队副参谋长冉志强上校的指挥下，考生分成六路纵队高喊着“一、二、三、四”的口令，迈着铿锵的步伐，雄姿英发地从教学楼向考试现场进发。这支指挥全省灭火救灾的队伍口号洪亮，队容整齐，步调一致，可谓雄赳赳气昂昂，充分体现出了良好的军事素质。

根据考试规程，经冉志强简单动员和提出要求，两组人员被分别带到了指定考试现场。王纪元抽到三十九号被分在第二组。

当主考官喊到一号时，跑步上前抽题的是孝天明，他抽的题目是：“请你回答水不能扑救哪些物质和设备火灾?”

孝天明听了题后，站在那里极力搜索着大脑储存的信息，然后条理分明地回答说：“不能扑救碱金属火灾；不能扑救金属碳、氢化物火灾；不能用强大水流扑救三酸火灾；不能扑救比水轻或不溶于水的易燃液体火灾；不能扑救熔化的铁水钢水火灾；不能扑救没有良好的接地设备火灾。报告，回答完毕！”一气呵成。主考官当场评价说：“完全正确，计10分。”

第二组轮到二十五号第一个抽题答题，二十五号是刘刚强。回答的题目是：“请问怎样拟写大型灭火救灾作战参谋意见？”快言快语的刘刚强不假思索地回答说：“大型灭火救灾作战参谋意见主要包括这些内容：一、火灾事故现场的基本情况。二、事故形成的可能原因及其危险性。三、常见的处理办法和措施。……报告，回答完毕！”

“完全正确！计10分。”主考官评价说。

接着一组是二号抽题答题，二组就是二十六号抽题答题，依此类推。随着主考官“回答完全正确，计10分”“完全正确，计10分”“计10分”的评价，给后面的考试既增加了几分紧张又激起了大家的斗志。

在轮到十六号抽题答题时，十六号将抽好的题交给主考官，主考官一字一句地念道：“请问怎样根据建筑物柱、梁、板的耐火极限指导基层中队制订灭火作战预案？应注意的主要方面是什么？”

十六号听完题目，一个立正报告说：“是！”然后，就立在那里，大脑在努力思考，心里在念叨着柱、梁、板、耐火极限，灭火作战预案彼此之间的关系。额头上豆大的汗珠沿着脸颊流淌，面部表情认真严肃，最后坦荡地说：“报告考官，我调消防部队时间不长，放弃。”

主考官这次并没有宣布正确答案，而是说：“有谁能回答这道题，请举手。”孝天明将手举得老高，还没等主考官发话就滔滔不绝地回答说：“耐火极限是指建筑构件受到火的作用时起，到失去支持能力，这个时间叫耐火极限，用时间表示。”接着就一一回答了柱、梁、板、墙的基本耐火极限和根据耐火极限在制订灭火作战预案中的应用，确定水枪阵地和内攻时间等。随着主考官一声“完全正确的评价”。现场爆发出热烈的掌声。十六号也不得不佩服这些从消防战士岗位上成长起来的参谋长。

第二组三十四号遇到一个不能正确回答的题目，主考官评价后同样也同一组一样，问愿意回答的请举手。大家就都齐刷刷地举起了手，主考官就点了已经回答了题目的刘刚强，想必这个题目不占总分，宣读正确答案还不如要大家回答好。刘刚强回答说：“化学危险物品分为九类。爆炸品、压缩气体和液化气体、易燃液体、易燃固体……爆炸物品的特性是爆炸性和敏感性。报告，回答完毕！”

“精彩，漂亮，完全正确。”主考官煽情的评价同样让刘刚强赢得了满场的掌声。刘刚强也抡起胳膊，摆了一个大力士的造型。

这时考场仿佛成了知识抢答赛，主考官仿佛成了主持人，只要有弃权的和回答不完全正确的，主考官都要大家举手回答，整个考场热烈火爆，人声鼎沸。

这时，有一个现场决策题回答者回答的不是完全正确，主考官再一次念题道："一辆运输氰化钠溶液的汽车槽车，在路过一城镇时发生侧翻，造成泄漏，直接影响到城镇五千多名居民生活，如不能立即处置将造成严重后果，请问消防队到达现场后怎么样以最有效的方法果断处置？请举手回答。"考官题目一念完，大家就举起了手。

主考官看大家都举起了手，就信口喊："二十五号，请你回答。"

二十五号刘刚强回答说："最佳处置办法，将槽车拖离城镇，在人员稀少的地方进行倒罐。报告，回答完毕。"

主考官接着喊："三十号，请你回答。"

三十号回答"到"后就说："现场取材，用沙土覆盖。"

主考官再接着喊："还有不同意见吗？"

王纪元看没有人再有不同的意见了，就举起手示意有不同意见。

主考官就左手向前伸出说："三十九号，请你回答不同的意见。"

王纪元就大声地回答说："氰化钠是剧毒危险物品，容易对空气和地下水造成污染。控制毒源，将槽车拖离到下风方向进行倒罐是当然要做的，包括疏散人员到上风方向。然而，最有效最迅速的处置办法是筑堤围堰，就近到城镇商店购买大量漂白粉投放到消防车水箱，用消防喷雾枪喷洒进行还原反应，迅速控制氰化钠流散，防止污染空气和水源。报告，回答完毕。"

"啪啪，啪啪，啪啪……"主考官直接就鼓起了掌。然后就伸出大拇指说："绝招！管用。标本兼治。"大家恍然大悟后发出了雷鸣般的掌声。

"你抽到的这道题是一道防火题目，题目是这样的：储存仓库储存物品的火灾危险性可分为哪几类？什么是易燃和可燃液体？我们在对仓库进行检查时应突出哪些重点？"主考官在念三十六号随机抽到的题目。

三十六号听完题目，心里在想，这题目也真抽到了自己饭碗里了。就心里念叨："苍天有眼，天助我也。"然后，就信心百倍地回答说："根据储存物品的火灾危险性不同，储存物品火灾危险性可分为甲、乙、丙、丁、戊五类。闪点低于和等于六十度的为易燃液体，大于六十度的为可燃液体。"然后，就一五一十地回答了检查仓库时要注意的顶距、墙距、灯距、垛距、柱距等事项，可谓熟知老到。回答完后，同样向主考官报告说："报告，回答完毕。"

主考官这次并没有直接点评，而是说："有谁要补充的吗？请举手。"

王纪元就举起了手，接着补充回答说："闪点低于和等于四十五度的为易燃液体，大于四十五度的为可燃液体。在对仓库进行检查时，应该重点检查同一火灾危险性仓库是否存在物质混存和化学性质相抵触，灭火方法不相同的物质同储一库。报告，回答完毕。"三十六号听完王纪元的补充心里就想，强中更有强中手。然后，就不无钦佩地对王纪元说谢谢。

三十八号是战训处副处长翁国强，他抽到的题目是在高速公路上一辆满载化学危险物品的槽车发生泄漏并发生火灾，不知道是什么物质燃烧。责任区消防中队出动了三台消防车，其中一台干粉车、一台泡沫车、一台水罐车，请模拟现场指挥程序。

听完题目后翁国强神态自若，走近条桌旁拿起中队指挥员袖章套在左手大臂上，接着又拿起桌上的手旗，转身面向队伍下达命令，开始了现场模拟："现在我们就是一个基层中队，我是中队长，你们就是中队的三个班，分别是一、二、三班，前一名为班长、后一名为副班长。现在大家听我命令。"

只见翁国强命令三班负责现场警戒、现场供水和现场围堰。命令一班负责现场侦检和堵漏，要求掌握燃烧物质名称和数量。命令二班负责火灾扑救，做好战斗展开的准备。

三名班长领受任务后，各自对全班人员进行具体分工。

负责进行现场侦检的两名消防战士穿戴好隔热防化服，从条桌上拿了侦检仪和便携式可燃气体报警器就进入了大火现场。其他人从条桌上取下了几种堵漏设备，外堵式、内堵式、捆绑式并一一分工，等候命令。

翁国强始终关注着火灾现场的主要方面，不断督促命令的落实情况。

"报告中队长，经现场侦察和检测，驾驶室空无一人，从车上发现一张提货单，从提货单上显示，槽车装载的是甲醇，重量为三十吨，侦测仪显示的也是醇类物资，浓度为500PPM，泄漏点是槽罐右侧中间位置罐壁，估计是一台报废了的槽车，因长期不用锈蚀而发生泄漏。已经形成流淌火灾，直接烧到底盘和槽罐，尚处于稳定燃烧阶段。"一班长刘刚强向翁国强报告说。

听到这里翁国强立即打断了刘刚强的报告向二班长命令说："二班长，出两支喷雾水枪对槽罐进行不间断冷却，出一支直流水枪配合一班实施堵漏，战斗展开！"

接着，翁国强就拿了对讲机向主考官报告说："向指挥中心报告，请求调用甲醇槽车到现场倒灌。”说完就检查了命令的落实情况，只见抽水的抽水、供水的供水、警戒的警戒、灭火的灭火、冷却的冷却。消防围堰袋在槽车的水流方向筑起了一道高高的围堤，实施堵漏的两名队员已经穿好了防护服，现场秩序井然，有条不紊，丝毫看不出有什么惊慌。只等条件成熟，只等翁国强一声令下。

随着翁国强一声“战斗展开”，在水枪的掩护下，稀释加水封灭火法一举将大火扑灭。两名堵漏消防战士也抡起一根木栓对内一捶，喷射点也就不再有甲醇喷出了。现场就移交给了消防大队和交警队。

然后，翁国强一个向后转踌躇满志地向主考官报告说：“主考官同志，高速公路液体槽车火灾扑救模拟完毕，请指示。报告人翁国强。”

随着主考官给予“完全正确，计 10 分”的高度肯定，队伍又恢复了原来的三列横队。翁国强不愧为战训处副处长，整个指挥程序严谨，有条不紊，每一个口令、每一个动作、一招一式充分体现了翁国强良好的军事素质和业务水平，这给后面考试的王纪元带来了更大的心理压力。

题目涉及范围较广、知识面较宽，既要测试参考人员现场分析问题、判断问题、处理问题的能力，也要测试业务理论和心理素质。王纪元和袁雄厚就在同一时间抽到了一道同样的题目。

“三十九号！”主考官喊。

“到！”王纪元回答。

主考官说：“请你上前抽题。”

“是！”王纪元就跑步向前一个靠腿敬礼后，随机从抽题箱中抽取了自己的题目交给主考官。

主考官从信封中抽出题目念道：“你回答的题目是，请问各级行政一把手的职责是什么？”

一组袁雄厚在认真地回答：“一、组织学习贯彻党和国家路线、方针、政策。二、制订本单位长期发展规划和年度工作计划……”袁雄厚就洋洋洒洒地从学习、计划、会议、人事、财务、安全等多个方面回答了这个题目。

“是！”王纪元听完题目一个靠腿应道。

然后就神态自若地认真思考这个题目，感觉这个题目出得有些大，心想越看似简单的题目，恐怕越没有那么简单，兴许就是考你的智慧。想到这里，王纪元顿时茅塞顿开，就一字一句地回答说：“各级行政一把手的职责是决策。报告，回答完毕。”

王纪元简而言之的回答让一些人叹息。

随着主考官一声“完全正确，计 10 分”的评价，顿时现场爆发出热烈的掌声。

一天下来大家仿佛没有谁感觉辛苦，翻看资料的还是在认真翻看资料，为明天的理论考试作最后的准备。

业务理论考试和写作是一张试卷，是放在第二天上午进行的。业务理论题目大都是一些常识性的题目，分为消防基本理论、消防法律知识、防火知识、灭火救援知识、消防战训、消防装备。加之大都是选择性和判断性题目，如果平时注重学习和积累，前部分的理论题目充其量二十分钟足够，其重点还是在后面的写作，这恐怕就是高永良说的要出思想。写作是一段文字，是这样的：“随着我国即将加入 WTO，市场经济进入了前所未有的发展机遇期，机遇和挑战同在，发展和问题并行，各类灾害事故将呈现出多样化、复杂性。作为今天的消防应该如何把握当前发展机遇期，融入改革开放大潮流中。请自命题目写一篇不小于 1000 字的文章。”这样的题目，作为团参谋长们，对于参加考试的所有人都不是很难，题目也好拟，内容也好写。有的写《坚持改革开放，努力做好本职工作》，有的写《锐意进取，努力开创消防工作新局面》，标题可谓五花八门，内容也是引经据典。王纪元一篇《有为才有位，有位更有为》谈消防部队扩职提能的文章，吸引了阅卷教授的眼球，阅卷教授一口气读下来就在试卷的上方打了一个优。

七十五

考试后不久，王纪元接到征海洋的电话，电话中难掩激动地说：“纪元参谋长，我向你报个喜，刚才总队党委会议研究决定，调你到总队机关出任战训处长，你抓紧准备一下，待总队调令下来，你就要按时来报到。”

王纪元在电话这头感激地说：“谢谢参谋长的信任，谢谢总队党委的信任，军人以服从命令为天职。”

征海洋说：“这就对了，人往高处走，水往低处流，你之前的想法要打消，在这次研究的几个人事调动中，高总队长和金政委不仅对你之前的工作给予了高度评价和肯定，两人的意见也是空前一致，同时对你还寄予了殷切的期望，希望你能为巴楚战训工作开拓新的局面。”

王纪元说："我早就想清楚了。我现在仅仅为楚洲的几百万人民群众服务，我如果能到参谋长身边工作就是为全省几千万人民群众服务，请参谋长放心，我会好好干的。"

征海洋说："这更让我高兴了。这不是如果，是定了的事，定了的事我才通知你。只有站得更高才能看得更远，才能实现你的有为才有位，有位更有大作为的消防梦。"

关于调任王纪元等同志到总队机关任职命令的通知摆在秦晋江办公桌上。消息不胫而走，有祝贺的，有挽留的，有帮王纪元分析仕途前程的。秦晋江望着这不过才两页的红头命令心花怒放，眼睛很久没有离开，仿佛比他自己荣调还高兴，此时的心情又像打翻了一坛五味醋，有种说不出的味道。也许心想朝夕相处的王纪元就要走马上任了，有诸多不舍，也许心想谁又能替代他出任参谋长，一时间浮想联翩，心潮起伏。

不管三七二十一，与其一个人在办公室思来想去倒不如和王纪元面谈几句释放一下心情，不然以后就是总队领导了。想到这里，秦晋江就拿着调任命令来到了王纪元办公室高兴地说："祝贺！祝贺！总队命令来了，你看看。"说完就将命令递给王纪元，自己就抬起头凝视挂在墙上的"上善若水"四个字。王纪元接过大红命令心潮澎湃，同秦晋江并排站在一起，同样目视着他看过上百遍的"上善若水"四个字。

秦晋江转过身，面对面双手抓住王纪元的手用深沉的语调说："纪元，我们真的要分开了吗?"

王纪元同样用深沉的语调说："没有，支队长，我们永远在一起。"

秦晋江叹了一口气，饱含感情地说："不知怎么，这段时间我每天盼望命令下来，命令下来了我心里还真不知是什么滋味，我非常怀念我们在一起共事的时光，我有诸多不舍啊!"

王纪元说："是啊，支队长，我也有诸多不舍啊。"

秦晋江突然换了个话题说："咱俩喝杯二锅头庆贺庆贺怎么样?"

一句再平实不过的话，字里行间饱含着支队长、参谋长出生入死、同舟共济、勇往直前的深厚情谊，同时也勾起了王纪元对过去一桩桩、一件件往事的回忆。几度风雨几度春秋，每一场血雨腥风的抢险救灾现场，每一次大部队的操练和紧急出动，每一次生与死的较量，甚至每一场酒局，可谓就在眼前。然而，话从王纪元的嘴上说出来就变了："不怎么样，支队长也太抠门了，一瓶二锅头还说有诸多不舍。"

秦晋江说："二锅头就好像是我们每一次灭火战斗、抢险救援胜利的见证。"

王纪元说："是啊，我也舍不得离开支队长啊，舍不得离开这些和我出生入死的战友啊。"接着不失时机有些恭敬有些请教地说："这些年都是您宠的，都要被您宠坏了，我不知道这一去能不能适应总队大机关的工作，还怕辜负了支队长的希望。"

秦晋江说："我曾经说过你是个当一把手的料，我对你充满信心和期待。"

王纪元说："支队长又来了不是，宠多了真的被宠坏了，宠得连东南西北都分不清了，到时连支队长都不认了，莫怪我噢。我现在真的想听听你的意见，你是最了解我的。要是都能碰上你这样的大哥就好了。"王纪元就在不经意间将支队长说成了大哥，仿佛他俩情同手足、亲如兄弟。说着故意瞪起铜铃般的眼，又改用更认真、更庄重、更庄严的口气说："真的，您给我提几条意见吧？不然，二锅头我们都没得喝了，只能喝酒鬼了。"

秦晋江说："真的，有酒鬼酒喝，那我真的不提了。原来参谋长还是怕提意见，用酒鬼堵我的嘴。"

王纪元说："支队长多年培养，莫批评我当家没当好，再寒酸也得用两瓶酒鬼酒换几条意见。"

秦晋江说："你还记得群众路线教育给你提的两条意见吗？"

当然记得，在那一场全国上下党员领导干部中开展的群众路线教育活动中，领导干部要人人过关，人人要开展批评与自我批评，班子成员之间彼此提一到两条意见，那时候王纪元刚刚提任参谋长，自然对所有的批评意见，无论是善意的还是恶毒的都刻骨铭心。然而这时的王纪元就故意说："有您支队长宠着，哪里还记得什么意见？不记得了，不记得了。"

秦晋江说："第一条意见是摆参谋长威风，对支队一些工作一手遮天。这意见也提得可谓有水平，你说是批评还是表扬？我当时在想，参谋长一手遮天我支队长算什么，政委又算什么，我反复寻思你是非常注意工作程序和工作方法的，特别尊重我和政委的意见，难道还有什么事情瞒着我？"

王纪元反问道："我有什么瞒着您支队长了？"

秦晋江说："我看人不会错，你这种坦坦荡荡、阳光开朗的人做不出那些不讲政治纪律、政治规矩的事。"

王纪元说："第二条呢？"

秦晋江说："第二条是说你存在打击报复思想，将基层部队看成部队心头上的一块肉。说只有一次零点后的抢险救援，基层中队的夜宵发票没有核报，事后你打了电话还是报了。但后来你通知指挥中心每次晚上十一点后的出动都要他们送盒饭。晚上的大火、抢险、救援任务又多，因此说你只顾及自己分管的工作，没有顾及其他部门的工作。其实，就是机关如何服务于基层的思想没有树立牢。我和你，两眼一睁忙到熄灯，两眼一闭还要随时准备出警，睡觉都睁一只眼闭一只眼。”

王纪元故意把话岔开说：“我记得当时到支队蹲点指导的是总队林副总队长。”

秦晋江说：“是的，他对你这两条意见是这样评价的：参谋长是部队首长，一手遮天还有支队长、政委，这只说明你有驾驭全局的能力，参谋长办事就要雷厉风行、独当一面。对第二条意见评价，他说如果一个领导连自己分管的事都办不好，都不顾及，还能办好大家的事吗？爱兵如子是我们每个首长的职责所在，参谋长批准基层中队吃个夜宵的权力都没有了，那你就每晚去送吧，这不算打击报复。只能说我们后勤服务保障工作滞后，机关服务基层的思想不牢。”

王纪元哈哈笑了两声说：“支队长记性真好，陈年旧事还记得这么清楚。我这个人自我感觉有点大大咧咧。”

秦晋江说：“你不是要我给你提意见吗？你啊，性格耿直，是有点大大咧咧，只知道部队直线加方块。你的能力水平我们不担心，就担心这个，到总队大机关要改一改。”

王纪元说：“怎么改，都说江山易改本性难移。”

秦晋江说：“比如说到首长办公室汇报要带个本子、带支笔，随时记录下首长的指示，这样显得你很尊重他，自然对你印象就好。”

王纪元若有所思地说：“对，大机关不像基层部队，更注重的是素质。还有呢？”

秦晋江说：“当然咯，有些领导喜欢简单，有些领导喜欢复杂，有些领导喜欢折腾。我就喜欢你这种性格的人，一是一，二是二，不当面一套背后一套，不阳奉阴违。”

王纪元说：“这样的人谁都会喜欢，这是道德品行问题。叫与君子交，知纯净，与小人遇，识肮脏。”

秦晋江说：“每一个单位都需要干实事的人，总队机关也不例外，但大机关更重视出思路，我看你既有思路又有实干精神。这几年，我们楚洲消防抢险救援、部队管理、业务训练改革应该在全省乃至全国都有创新意义。现在你已经得到了总队‘青松气质、红梅品格’的高度评价，形成了楚洲消防经验。我想你可以将有为才有位，有位更有为锐意进取的工作思路带到总队去，将楚洲消防经验在全省、在全国发扬光大。”

王纪元若有所思地说：“当年毛主席从西柏坡到北京，形象地说是赶考。我可真的是赶考，不能愧对几千万人民群众啊！赶考去，赶考去！”

七十六

一纸命令把王纪元从楚洲消防支队调到了省总队司令部战训处。临走时，楚洲市党政领导、市公安局领导特别到消防支队为王纪元送行。说笑中，邓德阳听说是平职调动，就一脸愕然地说：“这看来对我们王参谋长有一些不公平，不公平！纪元参谋长创造了楚洲消防经验。我在《楚洲晚报》上看到省总队高总队长的高度评价，非常中肯。能不能就留在楚洲改任支队长，或者转业到我们地方任个局长什么的，彭秘书长！”

彭永德说：“王参谋长到省总队工作一方面是我们楚洲的光荣，另一方面也是我们楚洲的损失。上次全省消防会议在我们这里召开，高总队长在和肖书记、仁市长说到调王参谋长到总队任职，书记、市长就提出可不可以不调，可不可以就在楚洲改任。肖书记还半开玩笑半认真地说高总队长挖墙脚都挖到我们楚洲来了。高总队长也是个直爽人，典型的军人性格，就问楚洲多人？全省多大？楚洲多少人？全省多少人？说要将楚洲消防经验推向全省，推向全国。最后肖书记只好忍痛割爱。”

马建功就抱不平说：“既然如此，消防总队应该给我们王参谋长提一级再去，哪有只要马儿跑又不给马儿吃草的。”

邓德阳说：“对，提一级去是对的，只有站得更高才能看得更远。我们每个人、每个地方都不能自私。我们既要将优秀的人才引进来，又要将优秀人才推选出去，这无疑也是一大重要贡献。以后，请王参谋长常回家看看，多关心你的第二故乡。”说完就笑了起来。

秦晋江插话说：“感谢两位常委前来送程，是市委、市政府成就了楚洲消防经验，是邓部长、彭秘书长、罗市长的高度重视的结果。马局长你说是不是？”

马建功就接过话发表了一些感受，然后，就豪爽地邀请王纪元一定常回家看看，否则咱俩不是兄弟的话。

罗永涛说：“王参谋长下次回来就是总队领导，回来了不要忘记给我们打个电话，我们可是一起并肩战斗过的战友。”

马建功又接过话说：“对，我们是一起并肩战斗过的兄弟，多少个日日夜夜，多少次雪雨风霜，多少次死里逃生都留下了我们难忘的记忆。回楚洲不给我们摇铃子就不是兄弟。”

吕梁华说：“兄弟永远是兄弟，战友永远是战友，经历过这么多次的惊涛骇浪，怎么说不是兄弟，永远是兄弟！”

王纪元很感动地说：“对，我们永远是兄弟，永远是战友。是楚洲各位领导成就了楚洲经验，是楚洲人民成就了我王纪元。我十七岁来到楚洲，非常感谢楚洲的山山水水养育了我，非常感谢楚洲人民和领导培育了我。我一个农村来的孩子当上了支队参谋长，走上了支队领导岗位已经非常满足了，我将永远心存感恩之心。”王纪元回应了邓德阳和马建功的话。

罗永涛接过话说：“回来了给我摇个铃子，我请你，这就是感恩。”

王纪元接着说：“我真舍不得大家。我见证了楚洲的发展，目睹了楚洲的变化，在中共楚洲市委、市政府领导下取得了骄人的业绩，我也将人生最宝贵的二十年融入了楚洲，楚洲永远是我第二故乡。我将牢记大家的嘱托和期望。”在大家的欢送声、祝福声中王纪元的车子缓缓驶出机关大门。

得知消息匆匆忙忙赶来欢送王纪元的袁思慕等四位女同学和那几位被毒蜂蜇伤的男同学稍后一步，追着王纪元的车拼命地在喊：“王参谋长！参谋长！一路保重！”眼看实在追不上了就纷纷停在那里，举起了右手，行少先队员最纯洁的礼，他们眼含热泪目送王纪元的车向省会方向开去。

来到总队的王纪元从报到之时，身份一下子也就从楚洲消防部队首长参谋长变成了处长。昔日的上级领导变成了今天的同事，一些还成了部下。岗位发生了变化，身份发生了变化，角色自然也要发生变化。

征海洋非常重视和欢迎王纪元到自己身边工作，这不仅是他改任参谋长后第一次选调干部，也是历时半年在全省消防部队干部中选了又选，排了又排，考了又考亲自选拔上来的。一方面是实际工作的需要，另一方面任何领导的身边必须得有几个能干事、会干事、干得成事的人。这就是俗话说的一个篱笆三个桩，一个好汉三个帮。

领导的高明之处不在于自己能如何亲力亲为，关键在于用人和决策。自己没有思想不要紧，身边的人有思想自己能决策就行；自己不能动手不要紧，身边有能动手的人就行。同样，随着改革开放的不断深入，新思想、新文化、新观念的渗透，领导干部更懂得靠一己的力量、靠一个人的力量很难实现所谓的这目标，那指标。为此，也就出现了战略型、驾驭型等五花八门的领导风格。

当然，每一个领导为实现领导才能往往也不是某一个单纯的类型，而往往是复合型的。征海洋无疑是一个战略型、复合型领导。他凡事宏观大度，注重战略谋划和用人之道，深知每用好一个人无疑就是他棋盘中的车、马、炮、卒，都能为他冲锋陷阵，勇往直前。

七十七

王纪元报到上班的第一天，征海洋就组织司令部全体官兵召开会议，正儿八经地宣读总队选调王纪元同志任战训处长的命令，又郑重其事地发表重要讲话、致欢迎辞。同时，对王纪元给予了高度评价，从怎样选调战训处长到选调什么样的战训处长，为什么选调王纪元任战训处长到王纪元同志是最适合的唯一人选。指出："王纪元处长在楚洲出任参谋长期间，那篇《浅析消防部队参加社会抢险救援的必要性》的论文可谓开中国消防之先河。选调考试时他的那篇《有为才有位，有位更有为》的文章，阐述消防部队通过扩职提能，服务人民群众，无疑又为中国消防找到了一条崭新的道路。这几年楚洲的消防队伍管理、部队建设在践行抢险救援工作中发生了翻天覆地的变化，精神面貌、政治面貌、思想面貌焕然一新，而他所在的部门和他本人也是连续三年被评为先进司令部和优秀参谋长。"会议仿佛变成了王纪元先进模范事迹专场报告会，每一句话既落地有声又拔得很高，让那些平时服务于机关的官兵听得啧啧地赞个不停。

坐在处长位置上的王纪元当然既高兴又承受着巨大的压力。诚然，征海洋这番话无疑一是帮助王纪元在机关树立绝对的威信，便于下一步的工作开展，每一个同志、每一位战友，你们不要不买账，不要不服气，不要用先来后到的眼光看问题，不要用老眼光看人。王纪元是有思想的，是有方法的，是行家里手，不是门外汉，有问题可以提，但一定要服从。二是你王纪元在楚洲干出了惊天动地的大好事，为党委、政府分了忧添了彩，为人民群众解了难，让老百姓沾了光。选调你到总队当处长可不要骄傲自满，要为我征海洋争光，要为总队添光彩，要为全省乃至全国人民群众排忧解难，你得好好干，不允许患得患失。三是我可是对你王纪元高看一眼厚爱一筹，我是亲自选调你上来最亲信的领导、最亲信的人，你王纪元要成为我最信任的人。只要你敢于为全省消防，为人民群众实现作为，我支持你，我授权你。

王纪元一看这架势，完全不是简单地介绍认识一下那么简单，于是，就琢磨着征海洋讲完话后肯定会用那煽动性的语调要自己讲话，便在心里打起了腹稿。那么，讲什么呢？总队机关，特别是司令部机关个个都是电子脑壳，个个都是真材实料，没有两把刷子是进不了司令部的。是四平八稳的套话，还是标新立异的新话？是信誓旦旦表决心，还是阿谀奉承讲好话？最后王纪元想了想，套话也得讲，新话也得讲，这无疑是为下一步工作打基础，是一个很好的机会，有了机会就不要浪费，要抓住、要珍惜。当征海洋讲话的话音一落，还正如王纪元预料的一样，没等主持人说话，征海洋就直接说："让我们以热烈的掌声欢迎王纪元处长讲话！"就直接将主持人要讲的话收了过来。

王纪元并没有完全被这热闹的氛围所感染，被这热烈的掌声所震晕，他心知这是第一次在全体司令部官兵面前讲话，话不宜讲得太多，也不宜太短，还不能完全是大话套话，更不能信口开河。于是，他冷静地站起来给大家行了一个举手礼，也没有急于说话，还是用那铜铃般的眼睛扫视了整个会场。王纪元这时候再用眼神扫视一周，无疑既有请掌声停下来的意思，又有引起大家注意的作用。待一双双眼睛直直地注视着他时才说："我非常高兴和大家成为同事，一起工作。我同样非常珍惜以后在一起的每一刻时光，我是组织通过多道程序选调到战训处长这个岗位工作的，这是组织的信任和重视。"这番话开门见山地告诉大家我可是经组织选调上来的，不是开的后门。然后就话锋一转说："我这个人眼睛大、嗓门大、心直口快，往后还请大家多多关心、多多支持。"

说完这些，王纪元也就恰到好处地抓住这个机会宣讲了"有为才有位、有位更有为"的思想理念和消防部队要按照我国改革开放总设计师邓小平同志说的那样杀出一条血路来的拼搏精神。他即兴演讲，我们消防人也到了该杀出一条血路来的时候了，这条血路就是承诺参加社会抢险救援，扩职提能，增加消防在社会生活中的分量，实现更大作为。

晚餐，征海洋破例专门在机关食堂要了一个包厢为王纪元设欢迎宴，还特别叫上了司令部的全体部务会成员。这让王纪元非常感动。

第二天，征海洋又亲自带领王纪元从总队首长到部门首长办公室一一报到，分别介绍。每到一处既介绍工作能力、工作水平又肯定成绩，还赞赏王纪元的为人正派，让王纪元既有意外惊喜又感到脸一会儿红一会儿白，鼻翼上渗出细细汗珠。征海洋真是位好领导、好兄长，可谓用心良苦、煞费苦心。

初来乍到的王纪元除了由征海洋带领见了几位总队党委成员外，并没有急于到其他部门领导、兄弟处室走动走动，也没有急于给主管领导汇报这、汇报那，而是全身心扑进了工作中，想早一点进入工作角色。他深知像总队这样的大机关，分工明确，各负其责，谁也不会去管你分内的事，无非有什么需要彼此协调、彼此关心的事，否则，一般的横向往来都不是很多的。这也是大机关办公的一些禁忌，严禁上班时间串门恐怕也是这样来的。他更知道来日方长，冷水泡茶慢慢发的道理，避免一开始热热闹闹到后来忙这忙那很久不再相见的现象。

其实，不管你去拜见也好，不去拜见也好，在你来机关之前，喜欢打听小道消息的、喜欢评头论足的早就已经对你从头到脚、从里到外评价得彻彻底底、干干净净，看得真真切切、明明白白了。

王纪元往后的几天分别和处室几个人谈了话，也听了关于全省战训工作意见，更多地了解了战训处每一个人的家庭生活情况和困难，也想通过这些形式来达到融洽感情、增进互信的目的。其实，战训处这些人彼此都还了解，还特别认同王纪元的能力和水平。这样做，更是另有一番用意，也好像恋爱中的男女，朦胧就是一种美，一种爱，距离也能产生爱，产生美。

往后的一些日子，王纪元也没有要求到各市州去调研，心想自己从基层上来对基层的情况还算了解。他除了召开处室人员会议和翻阅一些资料外，就是在办公室冥思苦想，一会儿沉思，一会儿踱步，一会儿站在办公室窗前眺望远方。

窗外的城市高楼大厦鳞次栉比，南北向的建国大道和东西向的人民大道车水马龙，在阳光的照射下漆黑的沥青路面流光溢彩，仿佛有人故意在上面浇了一层油，油光发亮，仿佛又像一面镜子，亮晶晶。城市的繁华和喧闹，宛若一个人的一张脸，宛若一个城市经济发展的晴雨表。车水马龙的街面和王纪元寂静的办公室形成鲜明的对比，眺望窗外就能感受到改革开放的热浪扑面而来，眺望窗外经济腾飞的翅膀让消防人时不我待。寂静的环境不代表寂静的心灵，就在这有着鲜明对照的环境中，王纪元心潮起伏，宛若人民大道、建国大道上快速行驶的车，宛若母亲河中的浪，一刻也没有停歇。

总队机关的战训工作不同于团司令部工作，相比之下，战训工作仅仅是司令部工作的一个部分，更加专业，更注重思想的彰显和规范训练秩序、作战行动秩序、指挥秩序、通信秩序、网络信息秩序、职业消防组织秩序和管理调度秩序。这是一支规范全省消防部队的指挥机构，是直接关系到服务于广大人民群众的主力军，可谓重任在肩。尽管几十年传承下来的消防自成体系，有一套完整的管理制度、管理规定，有执勤工作条例和灭火战斗条令，然而，这些条例、条令、规定、制度是基于防火、灭火两大任务来制定的。随着改革开放的深入和经济社会的发展，有的已经不能完全满足人们日益增长的物质、文化、社会、经济的需要。创新战训工作显得尤为突出，从哪里找到切入点，从哪里撕破口子，又从哪里杀出一条血路，这是一个个急需破解的难题。安于现状不是王纪元的性格，想想秦晋江送别时曾经谈论的那番话，想想在司令部欢迎会上的陈词，想想楚洲的变化，“有为才有位，有位更有为”无疑是这个时代消防的主旋律，而推陈出新、锐意进取，更彰显中国消防人为党、为国、为人民的坚强意志和无私奉献。想到这里，王纪元自然也就理清了思路，沉重的脸色露出了笑容，爽朗的笑声让隔壁办公室的人都听得清楚明白。

征海洋的办公室同王纪元的办公室同在一层，大小也是一样的，只不过一间在东头，一间在西头。说得具体点，征海洋的办公室在同楼层的第一间，每个人的进进出出都得经过他的办公室门前。这好像是总队机关在分房时特意这样安排的。不同的是，征海洋的办公室做了一些装修，办公室不再是米黄色的普通办公桌，取而代之的是老板桌、老板椅，硕大的老板桌后方挂着一幅装帧得很精美的“天道酬勤”四个字的牌匾。书法刚劲有力，浑厚苍劲，力透纸背，仔细一看这四个字原来是省书法协会主席、全国书法协会副理事长的墨宝。办公室的对面墙上挂着世界地图、中国地图、巴楚省地图和省会城市地图。办公桌前摆放着两张汇报椅，一旁摆着一张电脑桌，桌上放着一台电脑，一侧的文件柜除了分门别类码放整齐的一些文件外，硕大的书柜装满了一些业务书籍，整个办公室就像军营中的列队一样，简洁明快、干净明了。

这时王纪元正端坐在征海洋办公桌前的汇报椅上，在认真地汇报，面前的笔记本写得密密麻麻，有一眼没一眼地往笔记本上看。其实往上面看只是做做样子，显得尊重，实际上是心中有数，胸有成竹。

“哈！哈！哈！我知道你王处长这么多天没来我办公室汇报，肯定是在想大事去了，搞谋划去了！好！好！今年的工作还有几个月，上半年的检查考核也已经结束，我同意你今年最后几个月的工作想法，我想听听你对明年和今后一段时间战训工作的想法。”征海洋听完王纪元的汇报爽朗地说。

王纪元说：“我正要给您汇报，为了明年和今后一段时间全省战训工作的开展，下半年我还想启动一项新的工作内容，请您支持。”

征海洋饶有兴趣地说：“说说你的想法。”

王纪元见征海洋的表情和语气都很诚恳，也就大胆地说：“我这几天翻阅了一些文件，过去的战训工作为我们打下了良好的基础，积累了丰富的经验，就是没有一部全省战训工作发展纲要，所有的意见也好，纲要也好，还是停留在防火、灭火两大职能上，没有突破，没有与时代同步，况且还捆住了我们的手脚。我想啊，我们要跳出消防看消防，我们要放眼全球看消防，我们要思考人民群众，当地党委、政府怎么看消防。我想要草拟一个全省消防战训工作发展纲要。再说了，有一个发展纲要，就好像有了一个奋斗目标，有一个前进的方向。”

征海洋踌躇满志地说：“不足谋一域，不能谋全局，你这个想法很好。凡事谋在先，谋则事成，不谋则败，我同意你的想法，我支持你，说说你的基本想法。”

王纪元说：“有参谋长这么支持，这么重视，我们的事就成了一半。我想成立一个战训工作课题研究组，请示你从支队抽调几个人上来组成一个班子，再分成几个课题小组。具体我想分成一个战训工作发展纲要撰写组、一个训练改革攻关组和一个特勤抢险救援研究组三个课题小组。我想采取集中时间、集中食宿的方式，完成规定的任务，力争在明年市州县区人代会召开前出台，以方便各地能赶上明年财政预算。”

征海洋若有所思地说：“你这个课题是一个大工程，任务重时间又短，又没有可借鉴的经验和资料。”说到这里，征海洋不无担心地反问说：“你有这个把握吗？你有足够的信心吗？不能雨过地皮湿，头打湿了就要理好！”最后关心地说：“你是不是给自己的压力加得太大了一些？”

王纪元就开玩笑说：“参谋长！我这个板寸头不理得蛮好吗！打湿了不仅要理好，我还要吹了、烫了，整理得熨熨帖帖。”然后，信誓旦旦地说：“请参谋长放心，只怕想不到不怕做不到。”然后就说：“有参谋长的高度重视，这点压力就是动力。只是这个人员借调、食宿我还不知道总队的规矩。”

征海洋说:“我倒认为这些你不用操心，既然是课题组，你准备要出些什么成果?”

王纪元说:“说是三个课题小组，其实后面的两个课题小组的内容都是战训工作发展纲要内容的完善和补充，防止一个纲要发下去，下面不好操作。”

征海洋说:“那么说，你对战训工作发展纲要已经心中有数、胸有成竹了?”

王纪元说:“参谋长，应该说在你的领导下，我们信心满满。我是这么想的，战训工作发展纲要要从战训工作业务出发，是一个很专业的发展纲要，站在炽热的大地，站在改革开放的桥头堡，消防也同其他行业一样，需要唤醒我们的脑袋，唤醒我们的心灵。我想全省消防战训要实行一中心，即建设全省消防指挥调度中心。一扩职，即扩展全省消防部队职能，参加社会抢险救援，将过去的防火、灭火两大任务扩展为包含抢险救援在内的三大使命。二化，即信息网络化、辅助决策智能化。三改，即改革训练对象、改革训练内容、改革训练方式，要贯彻为战而训，为抢而训的思想。四提升，即提升指挥能力，提升反应能力，提升战斗能力，提升效果能力。五实现，即实现全省各县消防队、站全覆盖，实现重大信息全掌握，实现消防经费投入与经济发展同增长，实现全体官兵都参保，实现消防职业化。让广大人民群众在工作、生产、生活中有消防的庇护，一旦出现任何急、难、险、重的紧急事件、事故，作为闹市里的一支现役武警消防力量，出得动，冲得上，拿得下，抢得了，灭得好，打得赢。”

王纪元一口气滔滔不绝汇报下来，征海洋的笔记本也记得密密麻麻，他放下手中的笔，若有所思地说:“我归纳了你的汇报就是‘一二三四五’，思路清晰，有创新、有思想、有前瞻性。抢险救援是功在当代利在千秋的大事好事，楚洲经验已经为我们树立了榜样。对于消防职业化，这是部消防局的事，我们说了不算，这应该还是军队建设、国家核心利益的一部分。”

王纪元说:“车到山前必有路，船到桥头自然直。改革无禁区，我们现在要做消防职业化，可以先尝试将现有专职消防队伍进行职业化试点，转而再尝试以当地政府的名义聘请一些合同制消防队员向消防职业化方向引导，还可以弥补当前现役消防警力不足的问题，实行现役、合同、专职相互补充，相互完善混合型抢险救援协同机制；通过一步一步的工作，积累一些实际经验，最后实现现役消防的职业化。对于扩职提能，一旦我们全省，乃至全国都承诺了参加社会抢险救援，无疑是责任重大，使命光荣，这既填补了空白，又让老百姓受益。”

征海洋听后认真地说：“这主意倒好，当前我们只能这样做，先一步一步来，我支持你。”

七十八

省战训工作改革课题组很快就成立了。该工作是由王纪元提出的，自然也就由他出任组长，牵头领导课题组的工作。战训处当前和今后一段时间的工作都将围绕课题组工作开展，自然处室全体同志都加入了课题组。从全省优秀战训干部、志愿兵中借调到课题组的阳厚德等十位同志吃住都设在总队教导大队，课题组分成了三个小组，每一个小组明确了一个小组长。叶育群任战训工作发展纲要研究小组长，杨兴旺任训练改革攻关小组长，阳厚德任特勤抢险救援研究课题小组长。这三位组长可谓全省战训工作精英中的精英，能说、会做、能写。叶育群、杨兴旺本身就是战训处专家级参谋，阳厚德是专门从楚洲抽调来的，有着几年的抢险救援工作经验。

课题组的成立，大家都感到很新鲜，也引来一些人的围观。过去年复一年都是按照《训练大纲》发一个训练计划，都照训练计划训，都按训练计划内容考。如今还搞一个什么课题组，不仅抽调上来的人感觉到新鲜，就是其他的部门、其他的人也都感觉到新鲜。有的甚至还说王纪元新官上任三把火，标新立异，挑战全国消防部队训练大纲，并且还指出不按全国消防部队训练大纲组训，我们将怎样迎接和应对部消防局的考核。面对一些不解和质疑，王纪元除了做一些说明和解释外，也不方便说得太多。事情闹到征海洋那里，他就用“心无旁骛”四个字坚定了大家的信心。

抽调上来的人也不完全都能理解王纪元的意图，就连战训处的一些同志还认为自我折腾，多此一举，没必要动那么多脑筋。面对战训处工作量的突然增大，有的干部选择要求调整工作岗位，调出司令部。因此，王纪元认为进一步统一思想、传授理念、达成共识是完成这一次课题研究内容的前提，对那些要求调走的王纪元既不拦也不卡，反而还给予帮助和支持。人挪活树挪死，让一直在战训工作岗位上的人挪动一下无非也是换一个岗位锻炼，培养一些人脉关系，这恐怕也是王纪元的另一番用心。他认为一旦大家思想统一了，观念更新转变了，想走的人调走了，依据抽调上来的这些人的水平和能力，完全可以在规定的时间内完成各自的任务。因此，王纪元干脆同课题组的同志一样住到了总队教导大队，没日没夜地同大家交流沟通，开了大会开小会，开了小会还找个别人谈心。尽管这样，王纪元心里还是不放心，还想通过征海洋的力量为课题组的战友鼓劲。征海洋说："不急，让每个小组自己去思考去琢磨，充分调动他们的想象能力。"言语不多，却让人感到成竹在胸、大智若愚。

王纪元有点无奈地说："我同大家沟通了不少，只是心里有些担心，怕耽搁时间。我想我们这几个课题年前一定要出成果，明年就全省推行，给各支队也好留下一些空间。"只争朝夕的精神溢于言表。

征海洋说："我看你不用担心，俗话说性急吃不了热豆腐，这些课题成果已经写在你的脑海里了，你给他们直接一宣贯，没有发挥他们的想象力，怎么叫课题研究，先让课题组的这些人思考思考，消防战训工作究竟该何去何从，这无疑也是一种教育方式、一种自我提高方式。"鼓励别人是对自己最好的鞭策，教育他人也是最好的教育自己，这恐怕也是征海洋多年来的工作经验。

王纪元说："参谋长用心良苦，战训工作没有最好只有更好。"

征海洋说："当然，我早晚要去的，课题任务释疑会肯定早晚要开的。大家认为晚开不如早开，我这个人喜欢逆向思维，在这个问题上我要和他们兜兜圈子，只有把他们的脑袋里的每一个细胞都调动起来了我们再开个会，才会有事半功倍的作用。"

王纪元说："对！到时我们开一个启发式会议，我来掌握工作进度。"

时间过得很快，总队教导大队后山的橘园，一串串橘子压弯了橘树，青涩的果皮有些已经泛起了金黄色。课题组的同志没有放松对自己的管理，依然每天坚持早操。在没有培训任务的教导大队，十多个人的队伍在空旷的操场上跑上几圈，映入我们眼帘的又是另外一道风景，鲜明的对比和反差仿佛留给人们太多的想象空间。随着一声声的口号，队伍由远而近，由小而大……

七十九

"大家想我了吧！"征海洋一脚迈进会场就用这句很轻松的话和大家打

招呼。

“我们想死你了!”大家不知从哪里一起想到了这么一句话，也开玩笑地回应了征海洋的招呼，没想到这句话后来还成为了冯巩每每上场说相声时的第一句问候语，再后来演变成民间的口头禅。征海洋就直接从轻松玩笑话直入主题说：“你们光想我不行，课题想得怎么样了?”本来大家还想和征海洋再说几句玩笑话，见征海洋接着就直接问课题想得怎么样了，大家一下子将活跃的思维收回到了课题上，一下子出现了沉默。

王纪元用过去一句老话打破沉默说：“大家发动了机器，开足了马力，开动了脑筋，就等您来作指示了。”

征海洋大度地说：“指示留给你来作，我听听大家的意见。”摆出一副志在千里的架势。

战训工作发展纲要研究组叶育群说：“这些天我们认真学习研究了国家七五、八五国民经济发展计划，国务院批转的公安部消防局消防发展纲要，我们这个战训工作发展纲要更要专业，框架好打，内容难填。”

征海洋说：“难填也得填，不然叫什么课题组。”一句话让叶育群一时语塞，不知怎么回答。

王纪元就趁机解围说：“这个战训发展纲要的制定，要立足一个高字、一个远字、一个扩字、一个提字，还有一个全字，既要高屋建瓴，更要审时度势。”

叶育群刚才被征海洋一句话顶到了墙壁上，一时语塞没找到合适的话说，他见王纪元出面解围，缓解了一时的尴尬，待王纪元的话稍有停顿后连忙说：“这些天，我反复回想了王处长‘有为才有位，有位更有为’的讲话和总队在楚洲召开的现场会、座谈会精神，我们纲要组的几个人深感战训工作是消防的一面镜子、一种形象，是关系到最广大人民群众的直接利益和根本利益的，为老百姓找出路就是为自己找出路，是到了破釜沉舟的时候了。”

征海洋说：“哎!上路了，纪元啊!是不是上路了，你接着说。”

叶育群接着说：“我对王处长提的要求是这样理解的。具体来讲，这个高字，要立意高，要站得高，要站在党和人民群众的利益的高度；标准要高，我们纲要中提到的一些具体工作要高标准、高要求。这个远字，就是要管长远，这些年我们就缺少一个管长远的东西，人走了思想也走了、计划也走了，人换了工作也换了，没有一个长远的东西，往往容易朝令夕改、无所适从，比如说支队级指挥中心的问题，市区大中队要实现集中处警、统一调度，比如说偏远山区县州、旗消防中队要实现计算机接处警终端。这个远还有一层更重要的意思，就是事关消防事业长远发展的问题。”讲到这里他又问王纪元说：“我就是这么理解的，不知讲得对不对，不对的地方请王处长批评指正。”

征海洋一边记，一边思索着插话说：“批什么批，王处长就这个观念，你们要好好想想这个远从哪里找到切入点。”

叶育群说：“根据王处长和我的沟通，我们消防队要实现作为，就要按照有为才有位，有位更有大作为的总要求，全面谋划，锐意进取，励精图治，创新思维。我认为切入点就得从‘扩’字上做文章，从‘扩’字上寻找发展平台。扩就是要扩大消防职能，承诺参加社会抢险救援，通过扩职提能，扩大消防在人们社会生活中的影响，渗透到社会生活的各个领域。说得冠冕堂皇一些就是为党分忧，为人民解难。讲得现实一些就是为人民群众谋福利，为自己找出路。通过自我加压来激发全体消防人的学习热情和工作热情，寻找发展舞台，找到自己的不足。只有认识到了不足才能努力提高自己，这就回到这个‘提’字上，就是通过提能、提质、提速、提升，更好地履行全心全意为人民服务的根本宗旨，一个崇高而英雄的消防形象将屹立在人们的心中。”

陈昌龙就自言自语地说：“金杯银杯不如老百姓的口碑，金奖银奖不如老百姓的夸奖。”

征海洋说：“这样很好嘛！纪元啊！你看，一点就通。训练改革攻关组?”

训练改革攻关组长杨兴旺笑了两声说：“还是想听听参谋长的指示，这个关还蛮难攻。”

征海洋说：“难攻也得攻，不然叫什么训练攻关课题组，世上无难事，只要肯登攀，指示听你们处长的。”

王纪元心里明白他们肯定遇到一个结了，这个结没打开还真不知道从哪里下手，于是说：“我只讲几个观念，帮大家解解心结，心结通了，我想这个关也不难攻了。一是部队是一所学校的观念。大家不妨想想，学校就有小学、初中、高中、大学，既然是一所学校，不可能老让我们读小学、初中，老不让大家毕业。士兵训原地着装、两盘、三盘水带，营长、团长还训这些就绝对不行了。我想我们要将训练科目、训练内容和官兵职级相结合、相统一，创造一个新的训练方法，按我之前的想法要在全省消防官兵中创造一个梯形训练法，越往上走越要体现在理论、战术、指挥层面上的学习和训练，而基层注重体现在动手和随机应变上，还可实行积分制，允许超越。第二个观念就是学为战、训为战，不是为了看的观点。不以分秒论英雄，以动作规范、安全可靠实用为评判标准。这次攻关要本着火场需要什么我们就训什么，抢险救援现场需要什么我们就练什么，有什么装备器材我们训什么的要求，所有的训练要围绕实战的需要。三是跳出全国大纲来攻关的观点。大家恐怕认为全国消防训练大纲，是指导全国消防部队的规范性文件，不能逾越，这可能是大家当前的最大心结，这个结你们没有解开，捆绑了你们的手脚，就很难迈向新的高度，我们的训练就很难满足现实工作的需要。据我了解，部消防局正在修订全国训练大纲，历时好几年了，先后到过很多个省份进行调研，也就没有找到满意的答案，以至于大纲至今还在调研、论证当中。我们能否通过这个课题研究形成成果，为部消防局提供一些有价值的成果呢？我前面讲的梯形训练法，我想这个词也好听，有节节高的意思，也符合现役消防现在的体制。如果以后职业化了，大纲只能再修订。四是注重体能训练和技术训练，打牢基础训练，体现综合训练，协调指挥战术训练。"

征海洋说："搞明白了不？我看王处长说得非常清楚了，特勤救援组。"征海洋没等杨兴旺回答就直接点了下一个组，想必是王纪元已经讲得非常清楚了，完全相信他们会做得更好。

特勤抢险救援组阳厚德说："我们这个组实际上是两个课题或者说两项内容。一项是关于消防特勤队站的建设管理问题；另一项是抢险救援行动要则及调度等级问题。这两项内容可以讲没有更多的参考资料，也没有什么经验可以借鉴。要讲灭火出动等级有一些经验积累，那也是完全基于扑救火灾的需要而形成的一些基本经验。相对于火灾扑救，抢险救援的情况更复杂，又不能完全将我们楚洲的搬到省里来，要比较全面地规范抢险救援承诺内容和科学调度困难还是挺大的。"

征海洋说："困难再大也得挺住，也要想办法克服，没困难还叫什么特勤课题研究。也正由于是新生事物，也正由于有难度，所以才把你们这些有脑筋的人请到课题组来，把我们全省的战训精英请到这里来，况且你在楚洲有些经验积累。"征海洋一个有脑筋的人、一个战训精英的表扬，让所有课题组的人听起来都很舒服，自然做起来肯定不会吝啬动脑筋了。

阳厚德说："这段时间我们既开了会又分了工，还进行了几次讨论和研究，就特勤队站建设业务来看，从楚洲的经验来看，就是王处长讲的消防扩职提能，自己给自己增任务。至于抢险救援内容可谓包罗万象，如何定义，如何归类，我查阅了一些资料，特别是一些外国的资料，我还特别和武警学院的同学联系沟通了，各国定义也不尽相同。说白了，特勤业务在西方国家、我国香港地区就是消防队的事，不存在专门建一个消防特勤站、消防特勤队。我现在不明白我们是对市州提特勤站、队建设，拟定特勤业务内容，还是就直接拟定全省抢险救援承诺方案，我有点迷糊，请参谋长、王处长指示就好。关于灭火救灾，抢险救援出动等级问题，划三级、四级还是六级、八级，我想真的要好好研究一下。”

征海洋说：“这几个内容是战训发展纲要的完善和补充，当然还有通信、网络等其他内容。纲要是总的，特勤站还没建，特勤队还没组建，无特勤装备、器材，管理从何谈起。我的想法就是借鉴楚洲经验，在现有的消防中队要开始承担抢险救援的职责，实行边建设边实施的方法，我们的管理要跟得上，纪元你谈谈看。”

王纪元说：“我想这样定义好不，将现在我们消防队防火、灭火之外的抢险、救援、救助业务形象地比喻为特勤业务。而这些业务在西方国家，在我们香港这些所谓的特勤业务就是消防业务的一部分，还包括医疗救护。但是，在我国这一大块业务长期处于有人管而无人救援的状况，管理部门只负责统计，不负责施救。当然，这些管理部门确实也没有这个能力参与救援，而我们消防条例至今也没有给我们消防授权，现在的车辆装备器材也是基于火灾补救而设计的随车器材配置标准，要承担这些特勤业务是不完全适应的。”

讲到这里，王纪元停了停，然后补充说：“我是说不完全适应，不是不适应。我们要立足于现有的装备器材，再提出特勤站、特勤队建设，逐步完善特勤器材装备建设，这样一来各级各部门各地都好接受，二来容易形成战斗力。当然，现实的灾害事故的发生不会等我们，且较计划经济年代一年比一年多，事故一起比一起大。当前，各级党委、政府，人民群众既有这个要求，又不能一下子拿出大笔的钱来，甚至有的地方政府恐怕还有抵触情绪。因此，我们提出消防特勤站队建设，在现有消防中队提出消防特勤班建设，应该是当前的一个权宜之计。随着经济建设的发展，随着各级党委、政府观念的改变，一旦我们通过参加社会抢险救援这一承诺，受到了老百姓的拥护和爱戴，消防无疑就是各级党委、政府最大的民生工程。既然是最大的民生工程，往后每个消防中队都会装备特勤车辆、特勤装备器材，这样我们以后的每个消防中队都能承担起特勤业务的抢险救援。”

王纪元通过这直白的表达，阐释了自己工于心计的想法，顿时感到一脸轻松，想必此时的大家应该终于释疑了。于是端起桌上的茶杯猛喝了几口水，接着说："关于抢险救援行动要则、等级调度问题，一般我们强调加强第一出动。但作为科学指挥、科学调度，什么叫加强第一出动啊？两台车，十台车，还是倾巢出动？我们要立足于科学调度，就要在全省有一个规范的东西。我建议你们参阅一下消防建规、高规、仓规、化规和公众聚集场所管理规定等技术性规范，结合现有城市消防站、队实际情况及车辆装备配置标准，实行科学分级。国外有橙色、黄色、红色预警机制，我想也可以参考参考。"

征海洋说："理解了王处长的意思了吗？我们是基于社会主义初级阶段提出来的，我们想什么事、办什么事都不能离开我国的基本国情和国策。"显然征海洋这番话讲得既有水平又有高度，还给大家指明了方向，更确切地说进一步让大家释了疑。

阳厚德放松了一直绷得很紧的脸，释然地说："听君一席话，胜读十年书。茅塞顿开！茅塞顿开！"

征海洋相信他们能按时完成任务。但为了检验课题组成员的决心和信心，还是同在操场上一样问了一句："大家有没有信心！"

"有信心！"大家齐声回答。

会议结束后，征海洋拉上王纪元一同到大队操场散步问："你怎么没有在会场强调上次给我汇报的那一二三四五？"

王纪元说："现饭炒三遍就变味了。这些天我和他们在一起。"

征海洋哦了一声说："你认为他们是真有信心还是假有信心？我想前面要听他们汇报，他们倒好，一脚又将皮球踢给我们两人了。"

王纪元说："他们看参谋长来了，叫叫苦、摆摆困难，也好讨杯酒喝。工作他们信心满满，对我们这种以课题组形式研究工作，制定政策，不搞拍脑袋的事非常认同，这些天他们真的很辛苦，早上还出早操，晚上还加班写材料。"王纪元借此机会在征海洋面前表扬课题组的同志。

征海洋说："这帮兔崽子，食堂伙食怎么样？"

王纪元说："伙食倒还可以。你知道，司令部的人是吃得快、说得快、跑得快、喝得也快，就是一碗饭扒两口就吃完了，不知道在吃饭中找乐趣。如果有一杯酒，情况又不一样了。"

征海洋说："你的意思今天给他们喝点酒？好！明天大礼拜，今天就让他们喝一杯，你给大队说一声，加几个菜，上点酒，就说我在这里吃饭。"

王纪元应了一声说："我先替大家谢谢参谋长。"然后又若有所思地说："这个会议下来，请参谋长相信我们应该能做好。我只是想这次战训工作改革是大动作，总队其他党委成员那里是不是请您先和他们通通气，免得到时候大家感到突然。”

征海洋认真地说：“确实非常有必要，本身一开始就闹了一点风波，那毕竟是开始，在研究、在拿方案，真的要成为红头文件，要全面组织实施还不知道什么情况。我看汇报一下好，还是你去汇报，这个里面有关于抢险救援工作，有特勤站、队建设工作，有训练改革工作，还有通讯指挥中心建设工作。”

王纪元说：“我去汇报好不好？总队处长位卑言轻。”王纪元虽说是个不很计较名利的人，也谈不上淡泊名利，况且这个社会的人谁都谈不上淡泊名利，他自然也不例外，况且承诺抢险救援就是为消防队的名和人民群众的利来的。这时，王纪元趁机也说出大机关处长位卑言轻，恐怕也是给征海洋一个提醒。没想到征海洋心思没往那里想，还是揣着明白装糊涂，还把处长看得高高的。

征海洋说：“开玩笑，处长是可以决定重大事情的。你汇报最好，这事本由你发起，又由你主持，还有楚洲经验，情况熟悉，大家要信服一些。反过来，我向总队长、政委汇报可以，我和其他党委成员怎么说？我说要搞，他们敢说不搞？听不到真话、实话就变了一厢情愿，拍脑袋决策了，毕竟参谋长还是部队首长，排序还排他们前面。”

王纪元说：“参谋长这些细枝末节的思维务实而细腻，都是我们要好好学的。好！好！这事就让我去汇报，有什么情况及时向你汇报。”王纪元又不失时机地恭维了征海洋，征海洋心里自然也就喜滋滋的。

征海洋说：“哎！哎！要你通知大队加菜还没有通知！”

王纪元说：“请放心，你爱兵如子，已经安排好了。”

征海洋喜笑说：“你们这帮兔崽子，看等会儿怎么灌你们酒。”

天高云淡的季节阳光和煦，气候宜人，是这个城市一年中最好的季节了，也是消防部队一年中最佳的训练时期，再往后几天就变冷了。大家也就把这个时候当成了训练的黄金季节。

楚洲现场会召开后，各支队军政主官触动很大，摩拳擦掌，有的甚至坐不住了。得知总队成立了战训工作研究课题组，从全省借调了精兵强将聚集到了总队教导大队，这件事自然吸引了一些人的眼球，引来了一些人的猜想。那些还想追求进步的支队、大队领导借这个机会从市州区来到总队打探消息，生怕落后了其他支队。他们清楚地知道，楚洲经验颠覆了消防就是灭火的惯性思维，要在改革开放的大潮中占领一席之地，无论是经商还是从政都必须要胆子大一点，步子快一点，不断实现作为，才能永远处于不败之地。

同时，当前正值一年一度部队战士退伍、干部转业酝酿的时期，主动谋划来年工作无疑可以给自己增加一些筹码，至少也给总队首长留下一个爱岗敬业的好印象。何况新任总队班子特别注重外树形象、内强素质，况且消防战训工作就是树立消防形象的门户。

总队教导大队宽阔的操场上停放着数部消防车，高耸入云的训练塔上悬挂着无数根绳索，有大绳、中绳、小绳。一台直臂车、一台曲臂车和抢险救援装备车这时也停在教导大队。在杨兴旺的指挥下，举高车不断变换着姿势，摆出各种不同的造型，举高车的四个支撑伸出、找平，垫枕木，举高臂举起、收回，再举起、再收回，左旋转、右旋转，救生篮沿着直臂滑上滑下反反复复。现场的官兵在杨兴旺、阳厚德的指挥下跑前跑后、跑上跑下，手中的秒表按了一次又一次，重复着每一个动作。

一块硕大的预制板下重重地压着一具人体沙袋，几名战士在尝试着用起重气垫、液压起重设备等努力施救。他们趴在地上，侧着身子琢磨着这个项目的动作要领该怎么写的同时也在计算着哪种方法最好、最快、最省事。现场人声鼎沸，口语、旗语、呼喊声、跑步声、器材碰撞声交汇在一起，如火如荼，好不热闹，宛若火场上熙熙攘攘的场景。张虎倒挂在训练塔的窗沿上喊："王处长！你看这个姿势怎么样？规不规范？帮我纠正一下。"

王纪元就把纠正权交给站在一旁的陈昌龙说："你看怎么样？"

陈昌龙说："姿势好漂亮。"

王纪元说："你再下一个窗沿让我看看！"

张虎就双膝一弯，脚一蹬，两手一伸，拴在腰围上的绳子一松，就身轻如燕地滑到了下一个窗沿说："王处长，怎么样？"

王纪元说："好！你可以下来了，我再给你讲解一下。"

张虎坚持说："王处长你这就讲，我好现在就改。"王纪元一一给他讲解了要注意的几个动作要领，张虎就随着王纪元的讲解不断地摸索着每一个细微的小动作，屈膝、蹬腿、松绳、抬头，精益求精。

正当王纪元讲解完，操场的一头大步流星的正直走来一帮身着校官服的战友。王纪元定睛一看来者正是市州的一些支队长、政委，还有刚委以重任的老处长江兴，大家似乎是相约而来，王纪元连忙迎上前去和他们打招呼。大家见张虎倒挂窗沿都倒吸了一口凉气。伍三元说："王处长，你这是干什么啊？真教我们战士飞檐走壁啊！”

江兴沉思着说：“这有点像滑绳自救，又好像不是，这是什么项目啊？”

王纪元非常虔诚地说：“还没命名，老处长回来了，就请老处长帮命个名如何？”稍一停顿说：“什么风把大家吹到我们训练场上来了？请大家多多指导。”

还没等江兴答话伍三元接过话说：“我们几个是来刺探情报的，王处长新官上任三把火，一上任动作这么大，一定要给我们透露点新消息。”

江兴接到前面的话恭维地说：“新方法、新项目、新成果是你王处长的专利，我哪敢命名，我们坚决执行。”

杨兴旺、阳厚德见江兴和几位支队长来了，也和大家打招呼，还一边握手一边说“多多指教”。两位课题组长本是场面上的客套话请大家多多指教，可没想到大家就吵吵嚷嚷围着王纪元你一言、我一语。

江兴感慨万分地说：“老同学，你动作真大真快啊，把你自己累趴下也就算了，别把我们都累趴下了。”接着口气一变说：“一些事我曾经想都不敢想。”

庄稼丰支队长说：“时势造英雄啊，消防到了该吹响冲锋号的时候了。”

王纪元开玩笑说：“快莫这样讲，都是老处长、老同学打的基础，我们现在只是想总结出一点成绩，大家累趴下了责任在我，成绩归老处长。”

江兴连忙接过话，生怕成绩归了自己对不住老同学，就说：“哪敢啊！我体会最深的战训工作就是我们消防部队树立形象的门户，是到了吹响冲锋号的时候了，还得辛苦老同学把消防部队的冲锋号吹响一些。”

王纪元故作神情凝重地说：“这些课目不知是孬蛋还是好蛋，是儿子还是女儿？还得请各位多多支持。”一番俏皮话引得大家哈哈大笑。

庄稼丰说：“老处长领着我们这群人过来，可是来向王处长讨教的，是听你为我们吹响冲锋号的。”

伍三元就问：“全省抢险救援工作明年会不会承诺？我们也好早做准备，您得多多指教。”

王纪元连忙解释说：“言重了，言重了。”接着就迫不及待地说：“如果真要我透露一点信息的话，全是我个人意见，我想明年战训工作主要是打好战训工作基础，紧紧抓住消防特勤站队建设，紧紧抓住消防参加社会抢险救援工作这个重大环节，早计划、早安排、早汇报、早点争取地方业务经费。对于改革训练内容、训练方法，到时我们将组织几个示范宣贯班，分别下到各支队。”

江兴说：“现在全省整个战训基础工作很薄弱，装备也落后，这个我清楚。就拿接处警来说，我们还是停留在一部电话一根线上，老百姓经常投诉我们中队通信员不接电话、电话打不通、出动慢。我当处长时为这事还专门下去调查了好几回，每次下去调查都得到邮电部门去查找原始资料，事实证明我们一线的消防官兵是忠于职守的。”

伍三元说：“消防特勤站建设可是要花不少资金的，谢谢王处长给了我们这么重要的信息。”

庄稼丰高兴地说：“我们消防主动承诺参加社会抢险救援无疑是最响亮的冲锋号，我们要通过这一工作的承诺，努力打造消防人精神。”

江兴就接过话大声和大家说：“我们还愣在这里干什么，我们到楚洲学习学习去。”

课题组的工作有条不紊地进行，解开了心结的课题组成员就像奔驰在广阔草原上的一群野马，紧紧围绕一切为了群众，一切有利于抢险，一切有利于救援和有为才有位、有位更有为的总思路统筹谋划、推陈出新。纲要既体现了励精图治、锐意进取，更体现了奋发有为和扩职提能。在围绕全省消防部队是否承诺参加社会抢险救援这一重大问题上，课题组成员踌躇满志，义无反顾，反而做起了王纪元的工作，将起了王纪元的军。

阳厚德用激将法对王纪元说：“楚洲我们是搞成了，全省能不能承诺参加社会抢险救援，我想在总队机关你一个处长恐怕是人微言轻，莫到时候让我们瞎子点灯——白费蜡。”一句话就将了王纪元的军，将他同样顶到了墙壁上。当然，王纪元自然也有顾虑，深知这么大的事也不是总队首长一个人说了算，肯定要以党委会的形式通过，达成共识，形成决议。何况在当今社会，大家都认为多一事不如少一事、少一事不如没有事，谁还愿意揽一摊子急难险重的任务放在肩上，谁愿意没日没夜地和血雨腥风的场面零距离相处？他也知道肯定有意见分歧、有困难，但在这个问题上王纪元只好说：“总队领导站得高看得远，高屋建瓴，高瞻远瞩，绝不会一叶障目，更不会随波逐流。”接着话锋一转说：“你们当前就是确保按时保质完成任务，否则打你们板子。”

对于一个消防人来说，职业的追求当然是难以放弃且不能割舍的，追求更多的服务更是无比高尚、无比崇高的，这种追求诠释了一个消防人的全部人生价值和服务人民的人生境界，开弓永远没有回头箭。正如征海洋说的，不能雨过地皮湿，打湿了的头一定要理好。王纪元深知消防在狭缝中生存，当然在狭缝中求生存的日子固然是不会好过的，防火监督一会儿传出要划归治安，消防建筑审核一会儿传出要划归建委，灭火救灾一会儿传出要划归武警内卫。每一次改革、每一个传说，消防仿佛都在风口浪尖上，仿佛就是多余的一个部门，消防随时处在一个随风摇曳的境地，要么被消灭，要么变得足够强大，要么你这个职业确实非常有存在的价值。消防这个存在于人类社会几百年的职业难道真的就这样消亡了，消亡得无影无踪吗？不会的！因为在每一个时代总会有中流砥柱的人站出来说话，他们有足够的信心和勇气。只是当前还没引起足够的重视，社会的转型还在不断地磨合，或者说社会的进步还没有进入深层次探究，还在探索，还在摸着石头过河，还在为每一个利益集团、每一个社会经济体的利益不断博弈，还在不断洗牌。

民生，消防人类社会最大的民生工作，也同其他所有事物一样在曲折中前进，呈螺旋式上升。时下一些明智的领导开始懂得用民生两个字眼来博取众人的眼球，还特别喜欢用消防事例做例证，也许是偶尔地喊几声，也许仅仅是为了引起媒体的关注。但就凭这，这无疑也是一个好兆头，在这个以经济建设为中心的社会，消防定当有见得到阳光的那一天。

八十

凡事都要善于抓住关键人员、关键环节、关键手段。要在全省消防部队达成共识，承诺消防部队参加社会抢险救援，以制订战训工作发展纲要为突破口无疑是一个很高明的手段，是一个很重要的环节。其实，承诺抢险救援有什么错？抢救生命有什么错？也许大可没有必要担心。然而，有楚洲经验的王纪元生怕那些位高权重的人一巴掌拍死这个利国利民的好想法。

全省消防部队要承诺参加社会抢险救援，分管总队首长钱真诚、参谋长征海洋是坚定的支持者，他们目睹了楚洲消防自承诺抢险救援后发生的翻天覆地的变化，坚信了王纪元有为才有位、有位更有为的新理念，将抢险救援写进战训工作发展纲要自然是得到了他俩的支持。但仅两位党委成员同意，在总队党委职数中仅占五分之一，要想实现半数以上的党委成员同意，必须在纲要上会前做通总队军政主官工作，然后至少还要争取做通两位党委成员的工作，这样在党委会上即便举手表决或者无记名投票也能以超过半数而获得通过。王纪元这样分析。

想到这里，事不宜迟，说干就干。王纪元顺手拿上笔记本就去了高永良办公室。

高永良办公室在首长层东头第一间。给高永良汇报的那帮人刚走，正好插了一个空当。一声“报告”，一声“请进”，王纪元就推门进了高永良总队长的办公室。

“来得正好！来得正好！我正想去总队教导大队看你们课题组呢。”还没等王纪元开口，高永良就先开口说开了。

王纪元恭敬地说：“谢谢总队长！我陪你去。”

高永良略一沉思说：“你既然回来了，我就等你们出了成果为你们庆功。纪元啊，什么事？讲！是遇到难题了？”

王纪元也深思了一会儿说：“总队长，我就开门见山了。”

高永良说：“战训处长，参谋长出身，凡事都应该直言直语，简洁明了。”

王纪元顺着高永良的话说：“真的遇到难题了。我想在明年我们省要全面承诺参加社会抢险救援工作，从防火监督、灭火救灾两大任务扩展一个抢险救援的任务，形成三大历史使命，服务经济建设。”

高永良反问说：“这有什么问题吗？”

王纪元说：“我想将承诺和建设特勤队同时进行，一边参加社会抢险救援，一边用近三年的时间要求各地组建特勤消防大队或者中队，明年要求每个消防中队至少要有一个抢险救援特勤班，配备一些抢险救援装备，应对各类灾害事故的受理和处置。”

高永良肯定地说：“这很好啊！你们课题组有意见分歧，还是担心总队党委不支持？不同意？”

王纪元说：“课题组的同志现在个个信心百倍。我想我们这次研究的课题，说白了还是消防自己给自己找事干，自己给自己扩职，这里面有风险，有压力，很多人恐怕会持谨慎或者保守态度。”

高永良用一种忧国忧民的口气说：“哦，你还是担心总队这里。我准备到你们课题组去，就是告诉你们要解放思想，要居安思危，要大胆探索，我们消防风风雨雨几十年，你是不是感觉有些平庸，有些憋气，有些压抑啊？”高永良用一种反问的口气问。

王纪元说：“有为才有位，有位更有为。只要我们努力践行全心全意为人民服务的根本宗旨，就得要像邓主席说的一样，要杀出一条血路来。”

高永良用一句听起来很熟悉的话说：“对，消防要像猎犬一样灵活、要像皮革一样柔韧、要像钢铁一样坚强、要像蜜蜂一样勤劳、要像蚂蚁一样团结、要像风一样无缝不钻，要渗透到社会生活的方方面面，要全方位为人民群众服务。”高永良一口气讲下来，仿佛有些兴奋和激动，他稍稍停顿平静了一下心情说：“关于全省消防部队参加社会抢险救援工作我已经向省委、省政府汇报了，主要领导表现出了高度的重视和热情，原计划汇报半个小时的，最后汇报了两个多小时，你在楚洲不是搞得很好吗？”

王纪元说：“我那是摸着石头过河，在支队党委扩大会上讨论时分成了支持派、反对派、中间派，就差一点没骂娘了，会议整整开了一天。”

高永良继续反问说：“现在你家门前一条河，你天天趟过去、趟过来，轻车熟路，还有必要摸着石头过河吗？楚洲怎么做的你就怎么做。我刚才说要居安思危，不是危言耸听。人类自从发现了火就与火结下了不解之缘，就有消防队，无论是民办的还是官办的都要与火灾作斗争，都是为人民群众谋福利。今天我们在共产党领导下，要顺应时代的需要，顺应人民群众的期待，消防就要扩职提能，只有我们消防才能担当起这一历史重任。你给我大胆地干，有天大的问题我担着。”

王纪元尽管之前琢磨着高永良这里肯定没问题，深知他从京城空降到地方，见多识广。但还是认真做了准备，以应对他提出的各种问题。想他至少也要从理论到实践问一个遍，分析一些利弊，至少也得问问楚洲在承诺参加社会抢险救援时究竟碰到了些什么困难，有什么问题，密密麻麻写了一本子。然而，没想到他还担心课题组思想不解放，还告诉了王纪元他已经向省委、省政府汇了报的消息。王纪元之前准备好了的一些汇报材料在这里变成了多余，汇报也变成了高永良为课题组鼓劲、加油、解开心结。特别是最后这句话天大的事有他担着，让王纪元高兴地离开了高永良办公室。

受到极大鼓舞的王纪元趁热打铁，从高永良办公室出来后就直接敲开了金三阳政委的门。金三阳正戴着一副眼镜看文件，见王纪元进来，连忙摘下架在鼻梁上的眼镜，一边打手势一边说：“坐！坐！怎么样，习不习惯？这段时间总见不到你！”金三阳不愧是做思想工作的，每一句话每一个动作都是特别的和蔼可亲、慈祥温暖，一下子拉近了首长和部属的距离。王纪元见坐在办公室的金三阳也没一点架子，同平时大家在一起一样，也就放松了心情，少了一些拘束。于是就直接坐到了他指向的办公桌前的汇报椅上说：“谢谢政委关心，挺习惯的。这段时间都在教导大队课题组。”

金三阳若有所思地摆开了一副听汇报的架势说：“课题组好！这种形式

好！课题组能达到集思广益的效果，你说说课题组的情况。”

王纪元说：“课题组本来就是一个课题，研究战训工作当前和将来一段时间的发展纲要，形成一个规范性的文件。为了让这个纲要不是纸上谈兵，我们还成立了一个训练改革攻关组，一个特勤抢险救援工作研究组。今天来主要想向您汇报关于我想明年在全省消防部队公开向全省人民承诺参加社会抢险救援工作，该如何给改革开放新时代下的消防职能定位的问题。”

金三阳思想清晰地说：“这个题目太大，新时代消防定位是关乎全中国十多万官兵的大事；抢险救援也是一个新鲜事物，关乎一种风险、一种责任、一种担当。你就谈谈抢险救援的事。”

王纪元说：“消防承诺参加社会抢险救援是新时期消防发展的必然要求，是必经之路；通过承诺参加社会抢险救援，突出我们消防人员高度集中，机动性强，处警快、处警准，有一些装备的优势卖点，通过奋发有为的营销模式，让消防渗透到人们生产生活的各个领域，扩大消防的影响力，让人民群众碰到灾害事故知道有个地方报警求助。”王纪元滔滔不绝说了起来。

金三阳将拿在手中的笔放到桌面上打断王纪元的话说：“抢险救援！抢哪些险，救些什么援？你说说看。”

王纪元也突然间发现自己在金三阳面前讲这些大道理是有一些不妥，也知道他是一个喜欢简单的人，连忙顺着金三阳的问题说：“抢险救援简单地说就是火灾之外的一切人为的、自然的灾害事故我们都参加。比如说爆炸，建筑物坍塌，化学危险物品泄漏，重大交通事故造成人员被困，旱灾、水灾、泥石流以及井下救人等我们都参加。”

听完这些，金三阳严肃的面孔变得更加严肃，硕大的老板椅仿佛容不下他的身体，他轻轻往后一靠，整个身体几乎躺在了椅子上，双目紧闭，左手很自然地敲打着老板椅的扶手，久久没有发话。王纪元看到金三阳这一思考重大问题的习惯性举动，知道等到金三阳说话时就会给出一个结论，要么支持，要么反对，从来没有模棱两可的意见。

王纪元赶紧抓住这个机会轻言细语地说：“我权衡过，在当今中国，能够担当得起这些灾害事故救援任务的只有我们消防，我们有高度集中、机动性强等诸多优势，其他职能部门都不具备我们消防军事化管理的优势。我们有灭火救灾的实践经验，我们有现行的一些救援装备和器材，我们有消防志愿兵技术人才。再说，当前是国家经济发展的重要战略机遇期，我们要与国际消防接轨，我们消防的发展就是要抓住这个重要战略机遇期，有为才有位，有位更有为，心有多大舞台就有多大。”

金三阳眯缝的双眼慢慢地睁开，膨胀的身体也慢慢从靠椅上坐正，接着用坚定的语气说：“对！心有多大，舞台就有多大，不怕做不到就怕想不到！”

一直悬着一颗心的王纪元听到金三阳睁开眼睛这么一说，知道这就是他的判断，悬着的心也就放下了。接着就不无感慨地说：“世上无难事，只要肯登攀，这一天是不是等得太久了一些，金政委？”

金三阳意味深长地说：“夹缝中生活固然不会好过，老百姓还是苦啊！”这么一句不着边际的话。

金三阳办公室一旁就是副政委林新泽。从金三阳办公室出来的王纪元一鼓作气，索性决定今天干脆把能找到的总队党委成员全部汇报一遍，一来表示尊重他们，二来调任总队机关好几个月了，因没有工作上的联系，也很难有机会见面汇报，今天既然机会来了，就抓住这个机会汇个报，也可以联络一些感情。他敲了几位同一楼层首长的门，都没敲开，感到很遗憾。就想到总队党委委员、防火监督部司马元部长那里去汇报。来到司马元办公室门前，几个人正在向司马元汇报工作。司马元听到门外报告声，抬头一看是王纪元，用一口家乡普通话说：“快进来！快进来！”还一个劲地打手势。待王纪元一进办公室，就迎上前去握手，与其说是握手，倒不如说是拉手。司马元的右手拉住王纪元的右手，左手扶着王纪元的肩膀说：“怎么瘦了点、黑了一点了。”然后就用关切的语气说：“到总队机关习不习惯？不习惯你给我讲。”

王纪元说：“习惯，当兵的站着是松，席地是床，谢谢部长关心。”

司马元说：“叫我说就不习惯，我当年调到总队机关时，你嫂子没过来，中午还过得去，晚餐就不行了。你现在家属还在楚洲，一个人在这里，至少生活没有家里好。”

王纪元说：“大锅饭、小锅菜，闻起来喷喷香。”

司马元说：“对，菜还是小锅做的好吃。要不，今晚上我家去，我们喝两杯。”

王纪元说：“不方便吧！感觉大城市不像小城市，小城市大家串串门，彼此特别亲近，大城市不兴串门，老死不相往来。”

司马元说：“方便，哪不方便，我们不兴那一套，你嫂子的手艺好，要不我下厨给你弄一个苦瓜炒血鸭。”

王纪元说：“你一说苦瓜炒血鸭，我口水都快流出来了。”

司马元说：“好！晚饭就这么定了。对，你找我有事吗？”

王纪元直接地说：“有事。”

司马元爽快地说：“你说，只要我能做的你尽管说，公事还是私事?”

王纪元说：“公事。”

司马元豪爽地说：“公事、私事都可以说。”

王纪元认真地说：“我们战训处成立了一个课题组，由我负责，要请你支持的就是我想从明年起全省消防部队要全面承诺参加社会抢险救援工作，估计总队会召开党委会议研究决定。”

司马元坦诚地说：“这是一件大好事、一件大善事，我支持，我同意。你还要我怎么支持?”

王纪元说：“我们草拟了一个全省消防战训工作发展纲要，里面就规定了全省消防部队要在明年全面承诺参加社会抢险救援工作。”

司马元诚挚地说：“这个抢险救援只有我们消防搞得，实际上我们已经部分参加了社会上的一些灾害事故的抢险救援，早承诺比晚承诺好，也好让老百姓出了事有一个找的地方，现在连个找的地方都没有。”说完还骂了声国骂，在司马元脱口而出的骂声中流露出他心系群众、心系底层社会疾苦的感情。

之后的几天，王纪元见缝插针，还是一一向总队党委成员游说他关于训练改革、抢险救援、特勤队建设、消防之出路的想法。在改革开放的大潮中，在中国经济物流、人流、资金流的纷繁社会中，谈如何给消防定位，怎样突出消防的优势卖点，又应该怎样选择消防人的营销模式，是每个消防人，特别是消防高层值得特别思考的问题。

再也不能用沿袭了几百年的陈旧思维，消防就是打火，打火就是用水的观念。

消防同人类社会同存在，同发展，与之息息相关。经济的快速发展，势必伴随更多的灾害事故，在今天的中国，在还没有一支专门的力量对所有的灾害事故承诺救援的大背景下，消防人知难而上，挺身而出，勇于探索，敢于担当，扮演救灾救难的角色，做别人推着不做的事，干别人躲着藏着不愿管、不敢管的事。贪生怕死不是消防人的风格和品质。主动承担起全社会的抢险救援工作，无疑就是这个时代消防人谋求不断完善、不断发展的必经之路，是消防事业上创造消防人精神的突破口和切入点。新的思维、新的论述，无不感动了一些党委成员，无不引起了一些人的共鸣。

当来到副总队长庄杜康办公室，庄杜康同其他总队首长一样，热情、客气，还专门为王纪元泡了一杯他自己天天要喝的茶，同样也是问长问短，体现出首长对部属的关心与爱护。然而，让王纪元大失所望的是，当王纪元汇报要主动承诺参加社会抢险救援、主动担当起急难险重任务时，庄杜康就愤怒地从老板椅上站起来，尽管身材不高，但他大嗓门的每一句话让隔壁办公室、让首长层值班人员都听得清清楚楚："你王纪元这叫出风头，没事找事，你凭什么？你拿什么承诺，比我们发达的城市，比我们富裕的城市都没敢承诺，你要去承诺，简直叫扯淡！我告诉你为人切记三个切莫，单位组织也一样。切莫德薄而位尊，切莫智弱而谋大，切莫力小而任重。你想想我们消防，德不薄而位也不尊，连政府的二级局都不是，没有话语权。消防监督执法就说破坏经济环境，发生大的火灾和群死群伤就是我们消防监督不力、灭火不力，受尽欺凌和辱骂，反正说话的人都有理。我们智不弱按理说可以谋大，可以寻求更多的途径践行党的宗旨、人民军队的宗旨。但我们现实情况怎么样，这个你懂的！"

他讲到这里，就以自问自答的语气说："我问你，我们承诺参加社会抢险救援，装备从哪里来？经费从哪里来？据我掌握的信息，有的县消防中队连消防车的燃油都不能保证，靠收罚没款，靠拉赞助过日子。一罚款一拉赞助既影响军民关系又造成执法不公，甚至造成以收代罚，以罚代改，怎么谋大？说起来容易，做起来看把你碰得鼻青脸肿！"

庄杜康一口气说了这么多话，满脸涨得通红，端起桌上的杯子猛喝了几大口水。然后，眨巴了两下眼睛，顺手从桌上烟盒里抽出一支烟叼在嘴上，擦燃打火机点燃香烟，猛地深吸了一口，只见燃烧的香烟闪着金黄色的火光，发出"丝丝"的声音向烟卷尽头燃烧，待他从嘴上把烟拿下，很长时间没见有烟从嘴里喷出。

他看了一眼王纪元，这时才见烟从他嘴里吐出一条笔直的烟雾，顿时，整个办公室充斥着浓厚的香烟味，随之，庄杜康涨红的脸也轻松了许多。

王纪元见状，就想汇报一下在楚洲的做法及所发生的变化。

然而，王纪元会错了意，只开了一个头，就被庄杜康把话抢了回去。"你莫说楚洲，楚洲是个个案，楚洲经济条件好一些，楚洲正是在党委、政府需要的时候，是在人民群众期待的时候，你王纪元出现了。"

王纪元趁势插话说："难道其他地方党委、政府不需要，难道人民群众不期待？就只有楚洲出事故？其他地方就没有事故？"听这口气，王纪元似乎有点豁出去的味道，仿佛一个火药桶就要爆炸。

庄杜康不去理会王纪元，也不怪罪王纪元顶撞，而是沿着他固有的思路说："我再讲力小而任重，我问你，我们承诺抢险救援，兵力从哪里来，我们全省消防只有几千人，我们已经被繁重的防火监督任务、灭火救灾折腾得够呛。一些中队每天出警五六次，多的十多次，一些战士一天也睡不了几个小时，还这个检查，那个达标，这个考核，那个比武。你当过参谋长，现在当处长，你凭良心说，我们这些消防兵累不累？苦不苦？"然后，他就放缓语气说："消防是一个机动性很强的职业，我们要突出主业，我是反对这达标、那比武的。你也不替我们的官兵想想，你当处长的也不心疼我们的兵，都说爱兵如子，你倒好！还生出一个承诺参加社会抢险救援的馊主意，就这个事我坚决反对！"

庄杜康通过三个切莫其实是阐述了当前消防政治地位、经济地位低下，兵力又严重不足的问题。最后一句也表明了自己的态度。也许怕王纪元有些想不通就解释说："纪元你莫怪我直言，兴许你这个想法很好，是对的。但我在消防工作了一辈子，对消防、对人民群众有着火一样的感情，我一直很认真地工作，但告诉你，世界上怕就怕认真二字，谁认真谁倒霉。"

庄杜康滔滔不绝，没有给王纪元一丝的机会。听这口气，看这架势，想在这个时候插话解释也好，说明也罢恐怕都是徒劳的、多余的，甚至是自讨没趣，还有可能会被狠狠地批评一顿。

况且，庄杜康第一句话就说了王纪元出风头，中间还几次含沙射影批评他不爱兵、不疼兵。因此，王纪元也就很耐心地沉默地听完庄杜康最后一句话，直到他坐回老板椅，客气地在他茶杯续了水离开时说："仁者见仁，智者见智。"

沉默不代表认输或者错误，更不会代表放弃。这也许就是王纪元的另外一种处事方式，也好像是在他离开庄杜康办公室说的仁者见仁、智者见智一样。人民群众的事大，自己的事小，消防事业事大，官兵利益事小。成功的道路不会从天上伸下一架云梯，只有那些在崎岖小路上不畏艰险奋勇攀登的人们，才有希望到达光辉的顶点。

当一个人的局限成为消防事业发展的阻碍，谁来帮你打破？用什么打破？兴许一切都是天意，也许就是人们常说的谋事在人成事在天。

要想富先修路，经济的快速发展，催熟了交通产业。这条在中国大地上较早修建的全封闭、立体交叉式高速公路，宛若两条巨龙俯卧在崇山峻岭中，在青山绿水间蜿蜒数千公里，仿佛是给身体器官输送着养料和能源的主动脉，承载着小康梦的希望。

一夜入冬，冷雨浸人肌肤，大地湿湿漉漉，庄修安开着他的越野爱车在高速公路驰行，车内播放着震耳欲聋的摇滚歌曲。汽车左插右超，超越了一台台货车、小车，蛇行在湿漉漉的高速公路上。车内人员合着摇滚歌曲大声吼叫，东倒西歪，嘻嘻哈哈。一个急刹，车辆横行，车内人翻马颠依然还是吼叫不停，嘻嘻哈哈。

庄修衡见状大声地说："哎！哎！哎！这很容易出危险的，我们还是慢一些好。"

这话好像丝毫没有引起庄修安的在意，反而说："刺激吗？"

其女朋友说："刺激！要是直接撞破脑门，当即死了倒还自在，一了百了，要是撞个半死不活，卡在这车里，断脚断手，求生不得、求死不能那可就惨了。"

"乌鸦嘴，找打啊。"庄修安说。说完，方向一打，手起掌落，嘭的一声庄修安的越野车拦腰撞进前方大货车的腹部，庞大的大货车身躯加上强大的惯性，将越野吉普车拖行了数十米，货物散落一地，横卧在路中。猝不及防的后行车辆也一辆接着一辆扎了上去，只听嘭嘭的声音一声接着一声，瞬间哭天喊地的叫声撕心裂肺，撕破了天空，折断了雨水，一起连环车祸案就这样发生了。

第一时间到达事故现场的浩洲支队刘刚强，目睹这触目惊心、惨不忍睹、蜿蜒数公里、浓烟滚滚的场景，凭着多年的工作经验，心想单靠三个消防中队几十号官兵救援，简直是杯水车薪。他一边在安排紧急救援的同时，一边向浩洲支队值班室打电话，命令增派力量，又向伍三元报告，要求报告总队，请求紧急支援。

然后又带领通讯员全程侦查伤亡情况，"一、二、三……"就这样一路数来，发现全程有二十多个事故点，横跨三市，一百多台车相继连环相撞，多个事故点发生燃烧，现场一片混乱，伤亡情况惨重，情况万分危急。

超大范围的连环恶性特大交通事故立即惊动了省委、省政府，自然省公安厅、交警总队必须立即赶赴事故现场。

"喂，我是高永良，请讲。"这是省消防总队值班室打来的电话。

"立即调度楚洲特勤消防大队、阳江消防支队两个中队，带上破拆救人设备赶赴现场救援，通知王纪元处长赶赴现场，这是命令。"高永良听完值班室的报告，果断做出判断并下达了这条命令。

在今冬明春内部防火监督工作研究会上，庄杜康正在讲话："隐患险于明火，防范胜于救灾，责任重于泰山，这是江主席对我们消防的谆谆教导和殷切期望；我们消防人要不负泰山之责，死死抓住今冬明春这个带有规律性的火灾多发季节。"他讲到这里，放在桌上的手机响了起来，他看了看手机号码，见是庄厅长的电话也就给大家解释说接个电话。

"家门厅长啊，您好啊！我最近也忙，没给你打电话，想死你们了！"听这口气就知道特别亲热，关系特别友好，也许是这个姓氏不多的缘故。

"什么？帮忙，您大厅长有什么事还用得着我帮忙。啊！您弟弟？慢慢说，什么地方？您慢慢说，您两个弟弟卡在车里了？人怎么样？啊！死了两人？您不要着急，我立即安排，我马上到。"庄杜康焦虑的心情变得严肃，声音也变得越来越大，与会者听到死了两人紧张的表情注视着他的一举一动，都为之牵挂。

庄杜康挂了电话立即拨通了王纪元的电话说："王处长你在哪里？"

王纪元回答说："报告庄副总，我正带领战训处的杨兴旺、叶育群赶赴高速公路连环交通事故现场，请你指示。"

庄杜康用迫切的声音说："你们赶紧去，庄厅长的两个弟弟现卡在车上出不来，我立马到。拜托了！拜托了！"

王纪元说："请庄副总放心，我们会尽一切力量实施救援。"

车窗外的小雨淅淅沥沥下个不停，轻拂的北风吹落了树枝上的雨珠，杂草迎着北风不情愿地低垂摇曳，枯黄的树叶在雨水重力作用下从树枝上滑落，仿佛在为这起特别重大恶性连环交通事故而伤心落泪。

跨区域、兵团式调度，消防官兵们从不同的方向冲向高速公路。

驾驶员完全不顾前方发生了重大交通事故，也不顾现场消防警灯、交通警示灯的闪烁，一个劲地往前方挤，将整个应急车道挤得满满当当。前来参加抢险救援的消防车、救护车、警车无法到达事故现场。忙碌的交警又急又气，对着一位驾驶员说："将驾驶证、行驶证给我，把车倒回去！倒回去！"就这样，一路敲击车身，一路要求将车倒回去。但是，此时这些车辆已经根本无法再倒回去了。

王纪元上了高速，一看这情况一时也急了，跳下车，抓住一位交警说："你们干什么吃的，怎么让社会车辆占用了应急车道！"

这位交警也不无愤慨地说："这些司机一点素质都没有，讲他们还骂人。"

王纪元心想，这确实不能怪交警，交警没什么过错，要有过错，怪就怪这些司机安全意识太差。稍稍冷静后用一种急迫的口气说："好了，你们现在扩大疏散警戒范围，将双向两头出入口封闭，只准下，不准上，确保各类救援车辆顺利进入，你快去组织好外围的警戒工作，抢险救援的事交给我们消防。"

交警用力地点点头，接着用手中的对讲机呼叫着自己的领导和一起冒雨维护现场秩序的同事。

没有实行消防通信组网的现场指挥相当困难，三个支队和总队机关彼此独立，要联系还得要用手机。王纪元随车携带的几台"海事"无线对讲机，一台放在车上，其余也就每人一台。他要求杨兴旺负责南头，叶育群负责中段。接着对刘刚强说："你负责北段，三个中队全线拉开，先救人。增援的楚洲特勤大队、阳江两个中队马上就会到。"

"嘀……嘀……嘀……"楚洲特勤消防大队响起急促的出动警铃声，罗贤阳带领全体特勤消防官兵，随着呼啸的消防警报声向高速公路连环车祸事故现场增援。

秦晋江叫上李为民、叶红花开着王纪元曾经乘坐的吉普指挥车也从机关出发。一时间，警报声音大作，划破长空，划破雨水。

分工后，王纪元用手机分别拨通了楚洲消防支队秦晋江、阳江消防支队庄稼丰两位支队长的电话，布置了任务，指明了逆行上高速，必要时徒步携带破拆工具赶到事故现场，要求拆除中间隔离护栏实施救援和坚持救人第一原则。并将这一安排布置情况又分别向高永良和庄杜康作了汇报。

"一二三四！一二三四！"南下救援的阳江消防支队官兵被堵在高速公路入口不远的路上，孝天明按照王纪元的命令要求，官兵携带破拆工具，头上警徽闪烁，冒雨列队喊着口号跑步赶赴事故现场，气势恢宏，排山倒海。在雨水的冲洗下，官兵的消防战斗服有些僵硬，发出沙沙的摩擦声，这是同时间赛跑，这是同生命赛跑。

楚洲支队一路北上，还算顺利，同样按照王纪元的命令将车子直接开到了事故现场中段。秦晋江见王纪元在现场就一个靠腿报告说："处长同志，楚洲消防支队增援车辆七台，官兵五十六人，请你指示。报告人秦晋江。"

王纪元见自己曾经的支队长这么认真，就指示说："你们的任务是，充分发挥特勤装备、特勤官兵的优势，负责全路段的人员拯救。"

"是！"秦晋江领受任务后就向楚洲所有参战官兵进行了作战动员，下达了作战命令。他们迅速拆除了中间紧急隔离带，抢险救援随即展开。

抢险救援十分艰难，只有楚洲支队特勤大队有一些抢险救援特勤装备，阳江、浩洲两个支队还是靠传统灭火中用于破拆的斧头、腰斧、撬棍进行救援，加上事故车辆严重变形千奇百怪，救援进度相当缓慢。

这一切让王纪元看在眼里急在心里，大脑在努力思索着各种有可能的救援方法，猛然，王纪元想起自己曾经用车用千斤顶实施救援，成功将黄老二从死亡线上救出，于是连忙用对讲机呼通了杨兴旺和叶育群两位参谋，要求参战部队就地取材从大货车上借用千斤顶和修理工具实施救援，并用广播征用千斤顶和三角木、方木。

秩序逐渐恢复正常，现场趋于平静，那些痛得大声呼叫的伤者，疼过了头也不再叫了，也没有气力叫了。事故现场成立了以省长赵义方为总指挥的现场指挥部，高永良被任命为现场副总指挥、前方总指挥，王纪元也被任命为前方副总指挥，共同指挥这起我国公路交通史上最严重的车辆连环相撞事故救援行动。

八十一

现场临时用汽车围成的指挥部没有座凳，大家以赵省长为中心，神情焦虑地聚集在一起。现场没有话筒，仅靠王纪元一部手持扩音话筒，这次事故现场总指挥赵省长从王纪元手中接过话筒主持召开会议说：“车祸猛于虎，人命关天，我们成立的总指挥部就在这里了，有什么事到这里报告，前方指挥请高永良总队长全权负责。高总啊，请你想尽一切办法，不惜一切代价抢救人命，高总你先说说，有什么要求。”

高永良没有想到赵省长这么器重消防，这样器重自己。赵省长这么说是认识到只有消防才是大家的希望，也只有充分发挥消防的积极性，才能最大限度地挽救人民的生命财产。于是，高永良满怀信心地说：“这是我省，也是我所碰上的最大连环车祸案，组织保证、后勤保障非常重要，我们成立的这个指挥部就是这次重大交通事故的最高指挥机构，后勤保障请省政府办公厅协调相关单位落实。我现在就行动方案和抢险救援措施做个安排，请大家要各司其职。请交警全程负责警戒，将范围扩大到南北两个出入口，车辆实行双向异路导流，只准出不准进。请公安负责现场群众疏散和秩序维护，遗物收置工作。卫生厅的同志和医疗专家同我们消防组成前方指挥部，负责实施现场救护，该输液的要输液，该止血的要止血，确保最大可能减少死亡人数。”然后语气一转郑重地说：“现场救援的事就交给我们消防，我们将采取一切可采取的措施，尽所有的努力保证完成任务，请赵省长放心。”说完就用眼神和赵省长交换意见说：“这方面我们王处长是有经验的，请他讲讲。”赵省长转身看了王纪元一眼，点头表示同意。

王纪元就直接说：“情况非常严重，任务相当艰巨，有二十多处事故点，有一百多台大小车辆受损，现场情况混乱复杂，最危险的是在受损车辆中有大型运输危险物品的槽车、闷罐车，有运输烟花爆竹的货车，有大型长途客车、中巴车，伤亡特别严重；三个起火点直接威胁着现场的安全，随时有可能发生爆炸，现在有的油箱在漏油，请公安在维持秩序时，严密观察，严防二次事故发生。如果出现二次事故，发生爆炸，后果将不堪设想，我们都在所难免。请指挥部调几台牵引车和起吊车到现场听候指挥。”讲完后，王纪元脑袋突然像想到什么似的，一个纵身跳上车顶，让赵省长等在场的所有人一时茫然，迅即又从车顶跳了下来说：“我建议指挥部再往后撤五百米，转了这个弯，这里离液化石油气槽车近了一些。”

高永良拉过王纪元小声地问：“会有问题吗？”

王纪元说：“有问题，我担心会爆炸。”

赵省长说：“你们的意见我都同意，你们在前方救援一定要注意自身安全，这既是个技术活，也是一个危险活。高总啊，你不是说要组建消防特勤队的吗，什么时候成立啊？”

高永良说：“今天就请赵省长按特勤队使唤吧，谁不服从命令，贪生怕死，畏缩不前就处分他。王处长传达赵省长指示，传达我的命令。”然后就汇报说：“我们今天包括总队机关就来了四支队伍，楚洲特勤大队也来了，我每二十分钟向您报告一次，随时听从您的指挥。”高永良的这番话让赵省长听了很受感动。

前方指挥部在高永良的领导下，很快又成立了救援、灭火、隐患侦检排险、医疗救护四个组。同时，提出了救人第一、科学施救、机动处置的总要求；制定了先生后亡、先易后难、先重后轻、先少后迈、先女后男的救人总原则，按照望、问、摸、侦、测、撬、扩、折、牵、放、拖等方法整合资源全线展开救援行动。

隐患侦检排险组，自然由楚洲特勤消防大队担任。李熊和张虎分别持一台侦检探测仪、可燃气体测试仪，采取先重点后一般的方法。首先对运输危险物品的槽车进行侦检，划定危险等级。然后对普通货物和箱装货车进行侦检。

“报告罗队长，这里有一台运输甲醇的槽车受损发生泄漏，空气浓度超过200ppm，达500ppm，爆炸浓度为13.7%。情况非常危险，随时有可能发生爆炸起火。”张虎大声报告说。

罗贤阳听了这两个数据，深知在这人车混杂的事故现场，一旦爆炸，后果将不堪设想，于是命令说：“现场警戒，我立即报告前方指挥部。”

王纪元听了秦晋江的报告是甲醇，就如释重负地说：“谢天谢地，这场雨帮了大忙啊，现场维持秩序的公安马上就到。我命令你们按危险品甲醇泄漏处置程序实施堵漏。”

刘刚强在组织指挥扑救一个事故点的火灾，十多台大小车辆扎在一起，有货车，有槽车。一台满载货物的厢式大货车发生火灾，烟雾中夹杂着火星从厢体冒出，一支19mm的水枪在对车体进行射水，刘刚强一边招呼他们注意安全，注意节约用水，一切交代清楚，就往下一个事故点火灾现场跑去，看完第二个，就去第三个起火点。第三个起火点是一台罐体尾部中间印有一个圆形骷髅标志，旁边写有一个苯，是让人看起来不寒而栗的专用槽车。起火部位在驾驶室同槽罐之间，火不大，只是伴随大量黑色浓烟，一支水枪在冷却罐体，一支水枪在灭火。刘刚强也许认为这汽车火灾是“小儿科”，就由中队长自行指挥，自行决策。自己就在这三个事故起火点来回检查、指导。

王纪元陪同高永良来到甲醇槽车泄漏事故现场，罗贤阳就要向前报告，被王纪元用手势示意他免了。

“总队长同志，楚洲消防支队现分成四个组，全线组织救人和危险品处置工作，请您指示！报告人秦晋江。”秦晋江这时不知从哪里跑了出来，一个靠腿向高永良报告说。

高永良指示说：“按计划实施！”秦晋江坚定地回答“是”后就来到高永良身旁，一边走一边汇报。

甲醇槽车现场，只见两名战士在用水枪稀释地面上的甲醇，几名战士在实施堵漏。他们采取的是磁石捆绑法，罗贤阳在一旁指挥，一名战士双手抱着磁石板，一名战士帮助理清一根红黄相间的捆绑带，一名战士就在操作收紧器。高永良见他们动作娴熟，就没多说什么。

“报告罗队长，现场一台运输烟花爆竹的大货车与一台客运汽车相撞，司机和押运员都被卡在车内，乘客也出不来，一旦起火爆炸将直接威胁到大客车上的乘客安全。”李熊报告说。

罗贤阳问：“多少货？”

李熊回答说：“几十吨。满满的一车。”

罗贤阳听有几十吨，心想有不少的钱，就不好作决定，就问王纪元：“王处长，怎么办？”

王纪元并没回答他怎么办，而是说：“我没教你？旁边不是还有一台大客车吗？”说完，就转身向高永良汇报。

“明白。”罗贤阳说。接着就下达命令说：“用水浸法现场就地销毁！”

这时，高永良对王纪元说：“纪元啊，抢险救援是一个复杂系统的工作，凡是技术要求高的，危险性大的，伤亡人员多的地方你都必须在现场指导把关，作决定，确保万无一失。”高永良这席话既给王纪元授了“作决定”的权又给他压了担子。

医疗救护组叶红花挑起了大梁，在各大医院救护车未来之前，她在现场树起了紧急医疗救治点。程若郁、项蓉芳忙前忙后，为那些轻伤员紧急包扎和处理。叶红花身旁围满了人，等待着处理伤口。李为民一见这场面，知道叶红花带的这些急救药品不够用，就以百米冲刺的速度到每台消防车上拿随车急救药箱。叶红花忙完这些就让程若郁、项蓉芳留下，自己和各大医院赶到的医务人员一起深入一线救援，在消防战士引导下分成多路人马对被卡在车内受伤的群众实施现场治疗，输液、止血、包扎。医疗救护组的白色大褂和土灰色的消防战斗服、橘红色的消防救援服形成鲜明的对比，穿梭在整个抢险救援现场。

抢险救援组的重担自然也落在了楚洲消防支队特勤大队头上。在头台车的事故现场，两名女性当场死亡，两名男性痛苦不堪。这就是庄修安所驾驶的越野吉普车，庄修安、庄修衡两人满头满脸的血，耷拉着脑袋。庄修安脸色苍白、斜靠在方向盘上有气无力地不断呻吟。庄修衡看上去要好一些，弯着腰趴在女朋友身上不断地摇晃，不断地呼喊。事故车辆严重变形，让他出不来，身子也伸不直。见到李为民和罗贤阳时也有气无力地喊：“快救救我们，快救救我们。”罗贤阳一边安慰他，一边就安排了特勤战士利用液压扩张器救人，又一边问：“你们是怎么撞上前面的货车的？”庄修衡说：“速度太快了，我喊都没喊得住，加上下雨路滑。”说话间王纪元带着叶红花和医疗救护组的医生到了这里，一看就知道是庄修衡两兄弟了，就问：“你是庄修衡吗？”

庄修衡点点头。

王纪元说："好，冷静一点，医生先给你们挂上药水，很快就救你们出去，两位女士是你们什么人?"王纪元还在说，叶红花就麻利地为他俩挂起了药水。罗贤阳就叫旁边的一个战士用双手举着。

庄修衡说："女朋友。"

王纪元看了两车受损情况就对罗贤阳说："放掉左边两个轮胎的气。"说完就蹲下身子给前轮胎放气，罗贤阳就心领神会地同样在后轮胎旁蹲下了身子。随着车辆高度降低，轮胎同地面摩擦系数增大，两名特勤战士一前一后摆开了架势。只见他们熟练地操作手中的装备，汽油发动机"突！突！突!"地冒着青烟，无齿锯、扩张器前后开工，随着扩张器一扩一收，一收一扩，从上而下，从下而上，随着无齿锯发出金属尖叫声，两名特勤战士彼此配合，左面前后两扇门就被拆了下来。庄修安、庄修衡和两位已经上了天堂的女朋友随着一台救护车呼啸着向城市方向奔去。

这时王纪元就拨通了庄杜康的电话——向他进行了汇报。

最惨烈的要算这台开往沿海地区的长途大巴了，这又是一个事故点。大巴车追尾前方的大货车，不偏不倚整个大巴的右侧从车前的挡风玻璃一刀剖到尾部的最后一个座位，猝不及防的十几位乘客转瞬间尸首分离，现场惨不忍睹，一片血腥；受伤的乘客横七竖八，灰头血脸，有的在呻吟，有的在流着血水吐着血泡。几名受伤较轻的伤者从窗户爬出后坐在地上，全身淋得透湿，打着哆嗦。王纪元看到这一幕连忙从散落在地上的包裹里找出一床棉被披在他们的身上，又让战士扶着上了救护车。

这是一块硬骨头，无疑也是这起事故的救援重点之一。王纪元集中了精兵强将重点救援客车上的受伤人员，先用消防腰斧砸碎了汽车玻璃，然后又跳上大巴车，同楚洲特勤战士采取移动座位滑槽，使用液压剪、扩张器等手段，一下子救出了三十二位受伤乘客。

高永良将这一重大救援成果及时报告给了赵省长，赵省长也就勉励消防官兵再接再厉，对高总说："先重点后一般，先群体后个别。要发扬革命人道主义精神，要发扬连续作战精神、救死扶伤精神，最大限度减少死亡人数。我向全体消防参战官兵致敬，代我向大家问好!"

当高永良将赵省长的指示传达给参战消防官兵和医疗救护人员时，全体参战人员受到极大的鼓舞。

救援组遵照赵省长的指示，加大了对第二台大巴车的救援力度。这台大巴追尾后横亘在道路中间，又被后面的大货车追尾拦腰撞上，杨兴旺在指挥孝天明组织救援。这台大客车相对于前一台车好了很多，至少没有乘客死亡，只是伤得严重，由于强大的撞击力，几乎人人都挂了彩。门窗支离破碎，玻璃散落一地，司机和乘客都被困在车内，不能动弹。杨兴旺和孝天明刚刚挪开后面的大货车见王纪元调来了楚洲特勤，就信心百倍地说："王处长这就交给我吧，请你最好休息一下，你的喉咙都嘶哑了。"

王纪元说："我没事。你们注意不要发生二次伤害，一个一个救下来。"

杨兴旺说："请处长放心，我用身体当人梯。"说完就弯下腰。罗贤阳就抱起叶红花让她踩着杨兴旺的背先进了客车厢内，随即又将一位白衣护士送了进去，几名战士也就帮着将一瓶瓶药水往车厢内递。也许罗贤阳心想要将这几十个人救出谈何容易，先给这些人挂上药水，为他们减少些痛苦是当前最好的选择。来到车厢内的叶红花和白衣护士，一边给他们喂药一边安慰大家，靠诉他们赵省长在亲自组织指挥救援，要他们打起精神，不要慌乱。

战士们蹬着杨兴旺的脊背进了车厢，面对变形的座位，大家绞尽脑汁，小心翼翼地操作着手中的器械，生怕伤害到受伤的乘客，用液压扩张器将一张张座位移开。

刘刚强再次回到第一台厢式货车旁，见他们还在抱着水枪对着车厢喷水，就大声地喊："骆子！骆子！你是在灭火还是在洗车啊？"

骆子说："报告刘参谋长，这水打不进去。"

刘刚强就来了脾气，喊住杜队长大声地说："你是干什么吃的，上去把后厢门打开，水往里面打。"

杜队长解释说："报告参谋长，车厢温度很高，门打不开。"

刘刚强就命令说："打不开也要打开，如果继续这样，这个火永远灭不了。"说完自己就搬了一架单杠梯就要往上爬。杜队长见状就抢着爬了上去，掏出随身携带的消防腰斧，砍断了上面的挂锁。刘刚强就要骆子在上面喷水，接着说："打不开？这不打开了！对，对，往上面敲。"就站在后面指挥杜队长不断地往上敲。突然，就在横铁栓向上敲开的那一瞬间，尾厢门在车内强大的气流作用下"啪"的一下打开了。顿时，风助火势，浓烟弥漫，令人猝不及防，杜队长连着梯子被掀了下来。骆子打了几个踉跄，抱紧水枪死命地往里射水。刘刚强同样打了个踉跄，但还是以最快的速度，拼了命地一把接住杜队长，然后顺势一滚就滚到了公路的边缘。接着就问杜队长有没有事，伤着没有，一看大家都没事，就站起来用手一个一个指着说："你没事？你没事？我没事，大家都没事，这事到此为止，谁也不能给我说出去，出我们支队的洋相！”

罗贤阳用一种敬佩的语气和王纪元说：“我们本来就是这样施救的，是先救受伤人员多的车辆，我们怎么就没有找到先群体后个别这样好的用词呢？”

王纪元就说：“善于总结就是领导的一种智慧，在纷繁的事务中能及时准确地抓住主要的矛盾、主要问题是领导的能力和水平的体现。我们要不折不扣地落实赵省长的指示，你现在是第一支消防特勤大队长，要注意积累经验材料。”然后就要求罗贤阳充分发挥人员和装备优势。

罗贤阳就拍拍脑袋说：“是。你们几个跟我来。”

这是三部货车夹着一部中巴车，几乎被夹瘪，现场情况惨不忍睹。后面还有十多台车相继追尾，像骨牌一样叠压在一起。引擎盖板翘的翘、瘪的瘪，门被撞变形的司机动弹不得，扎进大货车“屁股”里的是死多活少。中巴车旁叶育群正在和消防官兵实施救援，车内十多名乘客好像都已受伤。伤势最严重的恐怕就是驾驶员了，驾驶员下方的地面上流淌着一些血水，在小雨的冲刷下，颜色由红变浅，顺着低洼处缓缓地流动。这又是一块硬骨头，救援难度大，作业面窄，很难进行多方位破拆。要施救，至少得先移动一台大货车，但移动任何一台车都有可能伤及中巴车内的乘客。叶育群带领几名战士爬到车底又爬到车顶，反复观察，反复假设，是向前移还是向后倒。三名大货车驾驶员不知去向，车内不断地发出呻吟声、求救声。

叶育群见罗贤阳到来就喊：“你来看看，我们将左边的大货车往后倒一下，怎么样？”尽管叶育群表现出了谦虚的姿态，但罗贤阳没直接表态，心想你是总队参谋，自己怎敢随便表态行或者不行，心虽这么想，可还是沿着他的思路仔细观察了左边这台货车和中间中巴车相挤的情况，发现货车右边横条上的绳钩挂进了中巴的车内，如果往前移，势必要带着中巴车前移，还有可能伤到车内乘客；只能向后倒，才有可能使货车和中巴分离。

“该死的家伙！”罗贤阳狠狠地骂了一句。他发现大货车的“屁股”里还有一台追尾的小轿车，整个前挡风玻璃全部破碎，方向盘也后移到了前座的靠背上，死死地顶住驾驶员的胸部、额头上，嘴里流出的血让整个人变成了血人，车内一些印有赤身裸体的图案的碟片散落一车，场景悲惨而凄凉。罗贤阳就说：“叶参谋的判断非常正确，只能向后倒。来，我们先将轿车拉出来。”

“王处长，我们想将左边这台大货车向后倒，请你指示。”叶育群看到王纪元到来就说。

王纪元反问说："能倒吗?"

"能倒，只是货车屁股下有一台轿车，经医生判断司机已经死亡了。"叶育群说。

王纪元也没有直接回答，而是直接和罗贤阳说："你将身上的救生绳解下来系到轿车牵引钩上，我们几个人把轿车拖出来。"随着几声号令，轿车就被从货车"屁股"下拉了出来。

三名大货车司机也被战士找了回来。左边的大货车司机费了九牛二虎之力，左打方向，右打方向，前进后退，后退前进，好不容易将车移开了。作业空间也出来了，面对严重变形的中巴车，车厢内更不容乐观，透过破损的玻璃窗，满满当当的车内个个是灰头血脸，有呻吟的，有流血水的，有奄奄一息的，还有没有任何动静的。挤烂了的玻璃散落在车内车外，没被挤烂的玻璃哪一块都不敢随意砸，砸哪一块玻璃都怕伤到他们。叶育群顺着侧面被挤烂的玻璃窗小心翼翼地爬进了车厢，车厢内充斥着血腥味，让人惨不忍睹，恶心想吐。叶育群强忍着内心的难受，在确认不会造成二次伤害时，掏出随身的腰斧将能砸碎的玻璃都砸碎了，车内空气顿时好了很多。罗贤阳就调来了切割机、无齿锯、液压扩张剪同时救援。叶红花突然一阵恶心，口里吐出几口酸水，罗贤阳见状一把扶住叶红花心疼地问："能坚持住吗?"叶红花咬紧牙关点了点头，坚持对有生命迹象的乘客都挂上药水。突然，叶红花一个踉跄就晕倒在车上，罗贤阳就抱着她拼命地往救护车上送。

刘刚强在槽车旁跑前跑后，两支水枪只有一支在对罐体进行冷却。他们打了很久，这个火就是打不黑，只好冷却罐体。现在一支水枪没有了水，火也越烧越大。刘刚强急切地说："没水？你们不知道想办法啊！这沟里不是水啊！"然后就要他们堵住下面的沟，用消防车抽水。

何队长向刘刚强报告说："参谋长，你看，这个火打了这么久，就是打不黑，不知什么原因?"

刘刚强气急败坏地说："你这个笨蛋，打不黑，你不会想办法啊?"说完就将自己的衣服脱下来，往水沟里一泡透，就去堵火口。就在刘刚强冲上去的那一刹那，地面突然发生轰燃，顿时，整个槽车被浓烟包围。刘刚强呛了两口烟，咳了几声嗽，发现脚上的消防靴也着了火，就几个大步双脚踩进水沟里，接着对何队长喊："快去，快到消防车上拿石棉被!"

"嘘……嘘……"不远处传来尖利的啸叫声，王纪元第一反应是，是不是那台印有骷髅标志、运输苯的专用槽车火灾还没有被刘刚强扑黑，于是迅速放下手中的活，从车厢内出来，趴上车顶寻着声音看过去，果然不出所料，只见槽车的上空黑烟翻滚，靠近罐体的部位发出阵阵白光，发出尖利的啸叫。王纪元果断地判断这是罐体爆炸的前兆，于是，就抓过话筒大声地喊："全体撤退，原地趴下！罐体快爆炸了！"听到喊声的全体参战人员，有的就原地趴下，有的就顺势滚到公路两旁的坡下。罗贤阳抱着叶红花顺势滚到坡下用自己的身体护住叶红花，顿时，叶红花裤裆下殷红一片，她流产了。

刘刚强奋不顾身地抱起一床石棉被往上面冲，仿佛是黄继光堵枪眼，要堵住火口，但这一切都太迟了，随着一声剧烈的爆炸，现场一片火海，石棉被在空中打着转转。何队长哭天喊地地喊："刘参谋长！刘参谋长！"突发的变故，让一些人目瞪口呆，高永良、王纪元第一时间反应过来后就奋力地向爆炸点奔去。

不大的雨就这么一直淅淅沥沥地下个不停，刘刚强参谋长壮烈牺牲，一时间大地为之悲痛，战友为之落泪。这起特别重大交通连环事故，共计造成三十二人死亡，一百七十余人受伤，一百六十余台车不同程度损坏。

"死者长已矣，生者常戚戚。"冰冷的数字背后有无数的家庭饱受亲人离别的悲伤和伤残带来的巨大痛苦。更不知是哪位无聊的人说的："每一辆汽车都是流动的棺材，每一名司机都是潜在的杀手，每一个时辰都是悲惨的忌日，每一条公路都连接着阴曹地府。"

湿漉漉的高速公路上，抢险救援现场，列阵以待的消防参战官兵站在支离破碎的汽车残骸前，雨一刻也没停歇，将官兵们从头到脚都淋得透湿。赵省长到来时，高永良上前向赵省长报告，请求指示。赵省长一行人放下手中的雨伞，冒着雨踏着同样湿漉漉的地面和列队站在前面的王纪元、杨兴旺、叶育群、罗贤阳几个人一一握手后，就站到队伍正中央说："同志们辛苦了！"消防官兵就很自然地异口同声回答说："为人民服务！"交警、公安、医护人员也附和着消防高声地喊出"为人民服务！"赵省长接着说："我代表省委、省政府感谢你们，我代表死难者、受伤者家属感谢你们，你们在最关键的时候、最关键的地方发挥了最关键的作用，不愧为党和人民的好儿子、好卫士，不愧为和平年代最可爱的人。我现在命令你们到前方服务区喝红糖老姜水。高总，出发！"赵省长迫不及待地喊了高总出发，生怕这些消防官兵和参加抢险救援的同志们受了寒。

高永良连忙下令出发。王纪元趁机跑到队伍前面，下达了全体都有，向右转，跑步走的口令。履行前方副总指挥这次抢险救援最后一项职责。

一二一的口令合着铿锵有力的步伐发出嚓嚓的脚步声，赵省长一行也合着消防官兵们的节拍加入了这支被雨水洗礼过的队伍。一二三四的口号犹如春天的响雷将一滴滴雨珠炸得粉碎，溅在身上，溅在脸上，溅出一朵朵水花。

“居高声自远、非是借秋风。”这起全国特大交通连环事故的成功救援，可以说开创了全国消防参加和处置重特大交通事故抢险救援的先例，被上级机关通令嘉奖。

八十二

教导大队后山的橘园，青涩的橘子变成了金黄，挂满了枝头，压弯了枝条。修长挺拔的银杏，形似爱心的叶片也由青绿变成金光灿灿，潇洒从容地铺满大地。消防战训课题组的成员，踏着这由银杏叶铺就的金光大道，发出窸窣的响声，此刻的他们心情格外轻松、特别愉悦，彼此追逐嬉闹；三个课题组长喜笑颜开，研究了几个月的课题今天终于瓜熟蒂落。

这天，司令部部务会正在这里召开，部务会由参谋长、副参谋长，各处正副处长参加，由参谋长主持。当然，今天的部务会课题组的每一位同志自然要列席会议听取意见，随时接受来自每个人的提问。因为今天部务会的主题只有一个，就是验收评估课题组成果的可行性。

《巴楚消防战训工作发展纲要》、《消防组训工作改革实施办法》、《抢险救援行动要则及等级调度规定》等十大课题成果和《关于在全省消防部队承诺参加社会抢险救援的通知》在几天前就送到了每位部务会成员的手中，每一份材料上的首页还贴了一张征求意见表。在材料上粘贴征求意见表是王纪元特意安排的，既是充分尊重每一位部务会成员，同时也是想多听听大家意见，便于更进一步修改和完善。

征海洋就直接说：“想必大家对事先送到手上的资料都看过了。为节约时间，这里就不再逐条去念了，请王处长作个简单介绍和说明。”

说是介绍和说明，王纪元并没这样去讲，而是说：“战训工作直接服务于地方经济建设和广大人民群众，是提高消防部队战斗力的关键。几百年战训工作的一贯制，我们突然发现已经很难适应改革开放大潮发展的需要了，所以我调任总队后提出了这么一揽子方案，得到了征参谋长的高度重视和大力支持，尽管之前我们反复研究讨论，今天丑媳妇见公婆，就是请大家提意见，评估其可行性。我代表课题组的每一位战友都表示欢迎和接受，请大家多提宝贵意见。”

王处长的话音刚落，冉志强就抢着发了言。按一般说，类似这样的会议先由副处长、处长们发言，提看法和意见，领导再集中大家的智慧，作决策、作总结。抢在前面发言，要么是先入为主给这些成果定调、定方向，通过身份的优势，影响后面人的思想和意见，要么是按捺不住激动的心情，想一吐为快。

冉志强说：“本部门开会，客套话我就不说了，要讲，讲三个字，辛苦了！平时听王处长给我汇报了一些，也介绍了一些情况，之前我还有些不以为然。当这些材料摆到我案头上，我花了几天的时间认真读完了，我可是逐条逐句认真读、认真推敲的。读完后，让我兴奋了几天，今天依然兴奋，为什么兴奋？因为这些成果让我用两个字形容，那叫‘震撼’。特别是消防战训工作发展纲要可谓描写了消防人的美好蓝图，扩职提能那一部分，既提出了消防部队参加社会抢险救援的行动原则，又为实施抢险救援工作提出了消防特勤队建设。依我看，这叫醉翁之意不在酒，这就是实现王处长经常提到的有为才有位，有位更有为的消防梦。”

讲到这里，冉志强踌躇满志的脸似乎有些兴奋，用眼扫了一眼王纪元后又扫了整个会场一眼，接着说：“关于训练改革工作，真正遵循了消防是一所大学堂的思想。消防是一个多学科、综合性、边缘性的实践科学，实行梯形管理，梯形训练既有利于激发训练热情、训练成效，更有利于官兵掌握更多、更广泛的知识，增长才干；按过去的训练大纲组训，年年月月都是那几个项目，我看完梯形训练图，有些项目过去闻所未闻，我也找到了自己的差距，可以说这些都让我耳目一新。与其说这是课题组三个多月的成果，倒不如说这是我们王处长消防二十年智慧的结晶。我认为这十大成果非常好，有可行性，有操作性，有前瞻性，我完全同意。”

常务副参谋长冉志强抢先发了言，接下来自然就是其他副参谋长发言。冉志强话音刚落，罗拥军就开起了腔。罗拥军一辈子在战训岗位工作，对战训工作既热情又有感情，听他讲消防故事，十天十晚听不完，而且还特别能讲，特别有个性，绘声绘色还辅以一些动作，引人入胜，话讲得还特别快。今天讲起话来一样像直流水枪，噗噗地说个不停：“小王伢子啊！我先给你泼盆冷水，你这十大成果不是什么新鲜事物了，我们很多年以前就想过，大家在一起也扯过。当然咯，没有你们想得这么周到，这么完善。我们当时给领导一汇报，就被枪毙了。你们今天架这么大的势，下这么大的功夫，花这么多的心思，调动这么多的人，我不知道之前你们向一把手汇报了没有。如果一把手点了头，那好说，如果说一把手不同意，上不了会，那就是瞎子点灯——白费蜡，浪费了人力、浪费了物力、浪费了财力，更浪费了大家的精力。我这个人就爱泼冷水，泼点冷水好，让大家清醒清醒。我讲第二层意思，小王伢子啊，都说你想事，没想到你这么能想事。”罗拥军讲到这里，把话停了下来，一双眼睛看着王纪元，好像是在等王纪元的答话。

王纪元就连忙说：“首长好多年以前就提到了，今天我们只是将首长的现饭拿出来再炒一炒，哪想了什么事，权当是传承。”

罗拥军说：“话不能这么讲，我们当时想这些事，实话实说，只是茶余饭后闲谈，稍纵即逝。你们送给我的这些材料，我同冉副参谋长一样，认认真真研究了三四天，不只是看看而已。你们知道我，我这个人就喜欢挑毛病。我反复研究了你们的这十大成果，集建筑消防、仓储消防、现代通信、电信网络、城市消防站建设、消防装备之大成，所有材料都写得好，是一件大好事。我们大家要通过这个会议，司令部人员要统一思想、心往一处想、劲往一处使，将好事办好。我今天就讲这些，老霸着话筒滔滔不绝不好，该让位了，年轻人你们多讲讲。”这是罗拥军最简单的一次讲话，但确实又讲到了点子上。

冉志强开玩笑说：“罗副参谋长你可是我们司令部元老，你可不能退位，你退位就是我们司令部的重大损失。”

罗拥军开玩笑说：“你看你，嘴里一套心里一套。我只是说让位，没说退位，你就希望我早点退位，我现在可没占你的位置，资格我比你老，排位你还排我前面。你分管战训工作重要，我这吃喝啦撒没地位。”两人就轻松地开起了玩笑。

但是，主持会议的征海洋不允许会议这样开下去，连忙也就接着冉志强的话说：“罗副参谋长不仅不能让位，临阵脱逃，更不能退位，逃之夭夭，那可是广大人民群众的一大损失。接着来！接着来！”

征海洋这么一催，肖小月副参谋长就开口说：“我分管文字工作，重点对这十大成果从文字上仔细作了一些推敲。总的来说结构严谨，层次清晰，主题突出，文笔流畅，题材也拿捏得很好。有几句话我尝试想改动一下，改来改去，我还是把他改回来了。我对这十大成果第一个认识是全。这么多年来，战训工作是我们消防的尖刀、杀手锏，这次研究制订的消防战训发展纲要囊括了消防战训工作的方方面面，写得到位，写得好，可以说是一项重大成果。第二个认识是新。从这十大成果中学到了一些新知识、新理念和新提法，有警必接、有警必处、有险必抢、有难必帮、有求必应，既充分体现了新时代我们消防人的担当精神，又体现了新时代消防人视人民为父母、视驻地为故乡的奉献精神。在我们这些成果中每一项都有新的提法、新的亮点。什么梯形训练法、远程监控管理、楼宇视频引导疏散、抢险救援软件开发及辅助决策系统、灾害事故分类及等级调度等。从我掌握的信息来看，应该在全国都是第一次，非常难得，非常可贵。我建议我们司令部要迅速达成共识，形成决定。改，我看没有蛮多可改的了，无论从内容还是文字，不是行家里手写不出这些东西，不是热爱消防就没有这些想法，不是心系百姓就没有这些内容。我的第三点认识是希望。就是看到了人民的希望、消防人的希望。我们消防人就要敢为人先，敢于创新，敢于担当，让人们的生活充满安全感，充满阳光。当然，最后一点认识就是个亮字。每个成果中都有亮点，我认为参加抢险救援，扩职提能是一个显著的亮点，功在当代、福在千秋；梯形训练法是一个亮点，解决了训与用的结合，解决了救援技术、战术知识的结合。建议争取早一点报总队首长，早一点上会，早一点实施。”

三位副参谋长褒扬之词溢于言表，迫切的心情同王纪元一样，希望早一些给那些需要帮助的人民群众带去希望。

警务处邓永平处长接着说：“我全面地读了王处长的十大成果，我忽然感到警务工作一下子轻快了很多。军中一句谚语叫“官怕集中，兵怕散”。如果能够按王处长的这个设想、这个纲要、这个梯形训练法，我们队伍管理可以贯彻以训促管，还可以通过这个训练培养军地两用人才，实现官兵素质能力的提升。兵最怕的就是怕没事做，没事做就无所事事，无事生非。在这个年龄段，本是学知识、长才干的黄金时间，如果月月年年老是训练学习那几样老科目、老内容、老知识，没有新鲜感不说，造成学习疲劳不说，关键是浪费青春年华。如果现在将部队的学习训练、教育培养引进大学的理念，大一学什么，大二学什么，我们消防新兵学什么？列兵学什么训什么？上等兵又学什么训什么？一直到排长、连长、营长、团长，我认为这样很好，既有目标可以自我找差距，还可以解决训兵不训官，外行指导内行的问题。人人有目标，人人有科目、有内容，基本功训好了，就训技术项目，低级科目达标了就学中级、高级科目。就拿建筑消防工程来说，我们消防官兵学会这些知识，转业、退伍到了地方也可以大有作为。”

冉志强插话说：“还可以注册公司自己当老板。”

邓永平接着说：“是的，可以军地两用，培养军地两用人才。多一手特长，就多一个谋生手段。民间有句古话叫男怕入错行，女怕嫁错郎。人家说我们消防就是打火的，我倒认为那些说这话的人太无知了，消防事业天地阔啊！面对各种各样的灾害事故，没有水平不行，没有能力不行，光靠满腔热血更不行，科学组训实际上就是提能的抓手，是消防百尺竿头更进一步的举措，是扩职的准备，通过扩职、通过提能，更多的是让老百姓受了益。现在我们一些人人生观、世界观、价值观发生了偏差，信仰迷失；有好处的事大家抢着上、争着干，这个审批那个审批，这个发证那个发证，通过审核审批、发证办证实现索拿卡要。我们消防人要当中流砥柱不随波逐流。”邓永平滔滔不绝讲到这里，突然发现自己有些离题了，就连忙停下嘴里要讲的话去拿桌上的茶杯。

邓永平放下茶杯接着说：“我完全支持、完全同意王处长的想法。如果我们每一个处长、每一个岗位、每一个人都能像王处长一样想事、谋事、干事，我想我们这个社会会更和谐一些、更美好一些，希望这些材料早一些送到总队党委成员的办公桌上，早一点上党委会，早一点实现王处长的夙愿。”

王纪元见邓永平又将这些成果归于他个人的夙愿，又还要向他学习，按捺了很久的话终于说了出来：“不能把这十大成果归功于我个人的夙愿，这些成果是司令部集体智慧的结晶，是参谋长、总队首长审时度势、高度重视、正确领导的结果。之前，高总还专门找我谈了一次话，怕我们打退堂鼓。最辛苦的还是我们这些课题组的战友们没日没夜、抛妻舍子、舍小家为大家才成就了今天的这些成果。哦！扯远了，我想还是请大家多提一些意见，你们看我这个本子里还没记一条意见。”说到这里就一边举着记录本给大家看一边说：“我们要跳出消防看消防，站在高处看消防，站在基层看消防，充分考虑可行性、操作性、实用性，官兵能否接受，人民群众能否满意。特别是各级党委、政府能不能接受，能接受好说，不能接受就变成了画在墙上的桃，摘不下吃不到，请大家一定要多帮我提一些意见。”

征海洋说：“对！对！今天这个会议实际上是请大家从不同角度来看这十大成果，来提意见，来审核，来评估。我们部务会关起门来说，不怕意见提得尖锐，提得多，你们一路赞歌唱下来，差一点把我都搞昏了头，接下来只准提意见不准唱赞歌，不准讲重复的话、讲前面说了的话。”

秘书处处长刘川辉说："参谋长你也太武断了，只准提意见，我没意见，那就没得话说了，连个表现的机会都没有了。实话实说，这些材料，这些成果，你要我写我是写不出来，再给我半年我也写不出。这确实是知识、经验、情感的完美体现，用大道理讲，这十大成果充分体现了我们基层消防人对人民群众无限的热爱，细微之处可见炽热的爱，我建议是否可以作为一个成果向国家有关单位申请知识产权，就这个建议。"

罗拥军说："小王伢子啊，你说高总找你谈话，他的态度呢？"

王纪元回答说："高总的态度很明确，就是支持。还说我们要居安思危，要求我们消防人要像猎犬一样灵活，要像皮革一样柔韧，要像钢铁一样坚强，要像蜜蜂一样勤劳，要像蚂蚁一样团结，要像风一样无缝不钻，渗透到社会生活的方方面面。"王纪元说到这里停了停补充说："高总还说，楚洲怎么做的，全省怎么做，天大的事他担着。"

罗拥军性急地说："那我们还在这里愣着干什么，大家有意见提意见，没意见就抓紧时间申报，抓紧时间实施。"

"我有意见。"一直坐在桌上没有作声的管理处处长覃平冷不丁地冒出一句话，前面几位都在唱赞歌，突然间冒出一个有意见的人，每个人都自然地拿起了笔，准备记录下他独到的意见。

征海洋就说："你说，听听你的意见。"

覃平说："按罗副参谋长的口气，没意见就不能说话发言了，所以我有意见。"

罗拥军说："你小子，平时批评了你不服气，对我有意见？说，共产党人就要有开展批评和自我批评的精神，我洗耳恭听，有则改之，无则加勉，说吧！"

覃平说："我对你意见大着呢。"说完这句话就将要说的下文停在空中，一时让大家紧张了起来。

罗拥军脸红一阵白一阵，心里在琢磨是什么意见，嘴上却大度从容地说："说，说，很多年没人给我提意见了，这样容易迷失方向，我坚决接受。"

覃平戏趣地说："你堂堂正正一个师副参谋长，看你火急火燎的，时不我待的架势，希望我们消防人一夜间就变成孙大圣、如来佛、释迦牟尼、观音菩萨能除魔降妖，能化险为夷，能普度众生。我们哪有那么大的能耐啊。但是，罗副参谋长的心情让我感动，对我们是一种鞭策，一种鼓励。我们干什么事就要雷厉风行，不能拖泥带水。"覃平不但没提罗拥军意见而且表扬了他，接着就把话引到了主题上："我看了这些成果，也听了大家的发言，我老在想一个问题，我们消防，现如今，我们这些人是不是以为我们消防无所不能了。这十大成果充其量用内部文件进行规范，而这里面的内容很大一部分是需要地方出钱、出物、出地皮。比如说特勤站建设、消防装备建设、消防通信、指挥中心建设、抢险救援成本等。这些成果以总队文件的形式下发到各支队、大队，地方不一定买账，地方不买账，就没有钱，没有地皮，这样支队领导很为难，特别是军政主官更为难。协调能力强的支队领导，恐怕还可以把这好事做好，反之呢？如果碰上哪个难打交道的领导还以为消防在揽权、在闹独立。我们不妨看一看，现在有的城市消防站是一个什么样子，用四个字概括叫窄、小、偏、差。场地窄、地盘小、规模小、地域偏、环境差，没有训练场、没有活动空间。老子越讲越气愤，简直有的地方领导根本没把我们消防人当人看。他们的楼堂馆所盖得漂漂亮亮，气势恢宏，我们有的消防中队连个活动场所都没有，房子既不通风又不通气，晒太阳都变成了奢侈的事，长期在这样的环境中生活的战士不生病才怪呢。"

讲到这里他停了停喝了一口茶，压了压激动的心情，若有所思地说："如果这些成果以内部文件的形式、以达标的要求发下去，是不是为难了我们的支队军政主官。当然，我首先要肯定这十大成果杰出、有作为，是彻头彻尾地站在最广大人民群众一边，忠实履行我们消防人全心全意为人民服务的宗旨，大家一定要促成这件事。站在省总队这个角度，站在市洲消防支队、大队这个角度，我建议，特别是抢险救援、特勤站建设要以省政府的名义下文。我们要加大同当地党委、政府的协调工作，为我们各支队、大队也排点忧解点难。"覃平同样滔滔不绝，他的讲话无不真心也讲出了消防人的心声，讲出了基层消防军政主官的心里话，讲出了消防这一职业在社会生活、社会架构中的尴尬，讲出了消防人想做些事，却不能做一些事的难处。因此，会场爆发了内部会议少有的掌声。

会议开得既圆满又成功，达成了共识，最后征海洋总结说："这十大战训成果是王处长从楚洲调任总队战训处长交还的一份优秀答卷，这是空前的思路，是空前的举措，是诠释着所有消防人对广大人民群众无限关爱的情结，我们司令部要发挥责无旁贷、时不我待、只争朝夕的精神通力协作，上下协调，从高处着眼，从细微处入手，努力开创战训工作新局面。"

进一步修改完善了的十大战训成果很快就呈送到了总队每位党委成员的办公室，连同召开总队党委会议通知。事先最让王纪元担心的参加社会抢险救援承诺、消防战训基础工作建设最终没有遇到任何阻力、任何障碍，实现了百分之百的通过。

黑色的文稿很快形成了红头文件下发到了市、洲、区人民政府和消防支队，由肖小月亲自拟写的工作简报连同这十大成果也邮寄到了部消防局。

八十三

公安部消防局陈局长身着一身橄榄绿少将制服，端坐在办公室座椅上全神贯注地阅读从全国各地汇集到他这里的文件、简报。

《有为才有位，有位更有为——巴楚大动作全方位改革战训工作，扩职提能，承诺参加社会抢险救援》这份简报醒目的标题一下子就将陈局长的眼球吸引住了。陈局长，这位从消防这块贫瘠的土地上成长起来的将军，从士兵到班长、从班长到提干当上排长、连长、消防股长、大队长，再到参谋长、支队长、总队长，最后到今天的将军；一路风尘仆仆几十年，可谓一步一个脚印；从同基层士兵、老百姓、小商贩打交道到与各级党委政府、机关团体、企事业单位沟通、联系，心知中国底层社会的向往和需求。

他成功指挥了世界级消防界都头疼的隧道火灾扑救，万寿宫商贸城火灾扑救和救援，堪称范例，名扬全国，声名鹊起，受到当地人民群众爱戴和赞扬，一支威武之师、文明之师的消防形象展现在巴蜀大地。

“好！好！好！知我者高永良也。”陈局长情不自禁一连三声好，高兴之情溢于言表。他径直拨通了巴楚总队高永良的电话。

正在办公室拿着梯形训练模拟图出神的高永良听到办公室的电话突然响起，就将眼光从模拟图上移到电话的来电显示屏上。这是一部红色的消防内部电话，只开通了部消防局到各总队、市州消防支队。高永良眼睛一直很好，不老花，没近视，010 三个字映入眼帘的时候，就知道是局里来的电话，仔细一看尾号还是 001，立马就知道这是陈局长的电话。心想局长亲自打电话会是什么事呢？难道是我们上报的那份简报。

“首长，我是高永良，请指示！”

陈局长说：“永良，你们上报的有为才有位、有位更有为的材料我看了，很好。”然后直接就问：“我不知道你们实际上做得怎么样了？”

高永良说：“报告首长，这项工作之前在楚洲消防支队开始试行，收到了很好的政治效益和社会效益，去年七月我们在楚洲召开了一个座谈会。为了完善这项工作，我们正好要选调战训处长，就把楚洲参谋长王纪元选调上来了，成立了一个课题组，出台了十大成果，还请局长指正。”

陈局长说：“你的意思是说，楚洲消防已经做得很好了，有得看，怎么之前没听你汇报?”

高永良说：“这就是我的不对了，我一定改进，随时接受首长检查。”

陈局长说：“改什么改，只能改好。过些时间我派郑副局长过来调研考察一下，你们好好准备，切记要实事求是，不能搞花架子。”

高永良答应一声“是”后说：“局长您是知道我的，我这个人就是不会搞花架子，你经常教导我们消防人命关天，搞不得花架子。”

接了陈局长电话的高永良按捺不住内心的激动，一边要总值班室拿来了值班记录，亲自将陈局长的电话内容原原本本、详详细细地记录在值班本子上，还特别批示要全体党委成员阅读；一边要求值班室立即电话通知各市、州、区消防支队认真贯彻落实抢险救援文件精神，做好迎接消防局检查的准备；还叫来了王纪元和刘川辉认真地做了一番交代，丝毫没敢懈怠。做完这些后又亲自拿着值班记录本到了金三阳办公室。

楚洲的抢险救援、训练改革为全省提供了可借鉴、可复制的样板，现在又引起了部消防局首长的重视。然而，在全省布置的这一项工作，时间不长，完整系统的战训工作改革文件只不过刚刚下发，难免遇到这样或那样的困难和阻力，甚至发展不平衡，这不得不让两位军政首长心存疑虑。

现在消防局将军要亲自来巴楚考察调研、检查工作，这既是一次难得的汇报机会，更是展示巴楚形象、展示精神风貌的大好时机。

高永良说：“掌握第一手材料，帮助市、洲、区协调当地党委政府的关系，这也是我们上级机关的一项重要职责，特别是我们消防显得尤为重要、尤为突出。”

金三阳说：“我们要以郑副局长来巴楚检查为契机，凝聚军心，鼓舞士气，全面推进战训工作全面改革，社会抢险救援工作有序开展。”两人一拍即合，迅速召开了总队办公会全面部署了相关工作，决定立即派出以总队首长为组长的战训改革、抢险救援督查指导组。

督查指挥组兵分几路深入各支队听取汇报、了解情况。让总队首长们没想到的是各支队行动之快，发展之平衡，没想到各地党委政府认识之高、力度之大。之前让总队首长为之担心的抢险救援和特勤站建设变成了多余，这无不让每一个人感到欣慰，很有成就感。

原来自去年楚洲座谈会后，王纪元调到总队当了处长，又成立了课题组，这些敏感的支队长、政委捕捉到这些重大信息后，也召开了支队党委会达成了共识，纷纷先后到楚洲学习取经，有的还专门邀请了当地党委、政府领导，发改局、财政局领导到楚洲实地考察，也就早早地列入了重要的工作日程，确定了今后一个时期消防工作的主要方向。

八十四

说来就来了，郑将军带领战训处吴处长一行五人，携带摄像机、照相机、手提电脑登上飞机时，巴楚总队值班室才接到消防局办公室电话，告诉飞机的航班号和起飞时间、到达时间。高永良、金三阳、征海洋亲自到机场接机，临出发时，高永良对征海洋说："将纪元处长叫上，郑将军可是喜欢提问题的，还好打破砂锅问到底，我们要多一个准备。"

果然不出高永良所料，郑将军一出机场并没有说他看了上报的材料，而是直接问高永良："你们承诺参加社会抢险救援工作包括哪些方面？"

高永良很认真地回答说："主要分为四大类，十八项内容，不一定总结得到位，请将军指示。"

郑将军又问："是哪四大类，哪十八项内容？"

高永良想了想说："纪元你来回答郑将军的问题。"这也许是高永良的有意安排，也好让郑将军记住王纪元。

王纪元按照一般的基本礼节，陪走在征海洋旁边，听到高永良喊他回答郑将军的问题，连忙跑到郑将军旁，在稍后半步的位置回答说："四大类主要指自然灾难、事故灾难、公共卫生事件、社会安全事件。十八项内容主要指危险化学品泄漏、道路交通事故、地震灾难、建筑物坍塌、重大安全生产事故、空难事故、爆炸及恐怖事件、人民群众遇险、水灾、旱灾、地质灾害。"

"好！好！好！不往下说了，我大概明白了你们的意思。按照你们划分的四大类、十八项内容，实际上是无所不包了，是不是啊？你就是战训处长王纪元？"郑将军打断王纪元的话说。说话间大家也随之上了车。

王纪元精神地说："是的，报告首长，我叫王纪元，战训处长。"接着说："我们把防火扑灭之外的业务统称为消防特勤业务，只要老百姓合理的求助，我们都要求处警解决。”

郑将军问：“王处长，你是怎么想的?”

郑将军这一问不知道是问对承诺抢险救援工作怎么想的，还是对灾害事故的划分、分类怎么想的，还真让王纪元不好怎么回答，就想了想回答说：“我想，让广大人民群众因为我们消防人的存在而多一份安全、多一份幸福、多一次生存的机会。”

不知道是王纪元答非所问，还是答不切题，郑将军听后一声不响，半天没作声，突然整个车厢气氛有些紧张。高永良准备开口打圆场，郑将军摇了摇手示意高永良不要说话。然后就自言自语地重复王纪元的话说：“因为我们消防人的存在而多一份安全、多一份幸福、多一次生存的机会。”然后，突然提高了嗓门说：“对！说得好，我们消防人就是要让广大人民群众多一份安全、多一份幸福、多一次生存的机会，我们要向死神挑战。”说完发出自信而爽朗的笑声，接着又喊着高永良说：“高总啊，王处长这一番话正好反映出我们消防人消防监督、灭火救灾、抢险救援的本质。我们消防要有存在感，存在人民的心目中，存在各条战线中，存在各个领域中。”郑将军一下飞机、一上车就把大家领到了这个严肃而沉重的话题上。然而，这短短一席话无不让巴楚的每一位高兴，无不反映出消防高层心系群众的博大胸怀。

高永良见郑将军喊他，就有意识地转移一下话题，尽量想让话题轻松一些，好让将军休息一下，就感慨地说：“是啊，长江后浪推前浪，一浪更比一浪强，前浪不能死在沙滩上。”

郑将军就非常认真地引用毛主席曾经的话说：“世界是你们的，也是我们的，但归根结底是你们的，你们青年人，朝气蓬勃，正在兴旺时期，好像早晨八九点钟的太阳，希望寄托在你们身上。高总啊！我们每个人都要换思路，都要与时俱进，我们消防事业任重而道远，要一代接着一代干，要胸怀人民、放眼世界，从国外消防看我国消防。”

高永良说：“郑将军胸怀大局，我们要当好人民群众生命财产的守护神，纪元你向将军汇报。”

王纪元就心领神会，知道把机会留给自己，以加深领导对自己的印象，于是就一本正经地说：“中国大陆消防也要和国家改革开放一样，要与国际接轨，学习和借鉴美欧等发达国家、我国香港消防的好经验、好做法。高总要求巴楚消防人要当好人民群众生命的守护神、财产的守护神、希望的守护神，要有所为而有所不为。”

郑将军又一次自言自语地说："有所为而有所不为。"本来高永良想把话引到一个轻松的话题，没想到一向严谨的郑将军将高永良的长江后浪推前浪解读为要一代接着一代干，还专门引用毛主席语录"世界是你们的"，让在场的每一个人都听得舒服、高兴、喜悦。大家你一言、我一语，汽车就到了自己的消防招待所。这也是郑将军出发前专门要办公室打电话特别强调了的，不住社会宾馆，更不住五星级涉外宾馆，要求一切从简，这也是郑将军一贯的风格。

大凡新事物、新做法，考察调研的领导一般都是先听汇报、先看资料，这好像也是惯例，这样也方便更好地全面把握新事物的新做法，以防先入为主而影响汇报人员的思想。郑将军一行可谓马不停蹄、雷厉风行，要求下午就要听汇报，至少还要到四个支队实地调研考察。

遵照郑将军的指示，下午的汇报会如期召开。会议由郑将军亲自主持，高永良汇报，参加会议的是总队出席办公会的全体人员。王纪元本来可以安排列席，并且郑将军这次就是冲着战训工作来的，而且从机场到总队消防招待所一路上已经和将军有了一个面熟。不知出于什么原因被通知在办公室等，当然，王纪元也只得老老实实坐在办公室候着了，将估计郑将军要听的、要看的资料准备得整整齐齐放在桌面上，随时准备向郑将军正式汇报。无比激动的心情使他不断地在办公室走动，一会儿翻翻桌面上的材料，一会儿就叫上杨兴旺、叶育群两位参谋说些事。果然会议开了不一会儿王纪元办公室的电话响了起来，被通知去参加会议。王纪元心想既然只是通知参加会议，那就带一个记录本就行了，将准备的资料、材料交给杨兴旺参谋，要他坐在会议室门口等。

原来，待大家坐定，郑将军开了一个头，就在高永良汇报时，将军像清点人数一样用眼光在全体与会者中搜寻，发现没看到王纪元就打断高永良的汇报说："没看到王纪元处长来开会？"一句话提醒了高总。

王纪元轻轻敲了两下门，就推门进去了。郑将军见王纪元进门就说："王处长，你坐我对面，你来汇报一下战训改革工作。"郑将军一句"你坐我对面"，一时间害得大家都在挪位子。不知是高永良和金三阳有意，还是郑将军那句"你坐我对面"让他俩的椅子分别向两侧挪了挪，将中间留出一大块。王纪元就顺势从后面抽了一张小椅子放到了两大椅子中间。这样王纪元就坐在了总队长和政委的中间，难免就有些紧张，还有一些尴尬。王纪元坐下后还没来得及平静一下扑扑直跳的心，在大家殷切的眼神中开始了汇报："尊敬的郑将军。”

王纪元开起一个头就被郑将军插话打断了说：“不要搞这套客气了，自己家里人，你就直接汇报吧。”

王纪元也就省去了所有的客套就直接说：“我们战训改革的指导思想是有为才有位、有位更有为；我们改革的抓手是扩职提能，我们的目标是让我们消防人的存在给人民群众多一份安全、多一份幸福、多一次生存的机会。为了加强和改进全省战训工作，我们在总队首长高度重视下成立了战训改革课题研究组，出台了战训工作发展纲要，抢险救援行动要则等十项成果，全方位对战训工作提出了要求，描绘了蓝图。”

“你没带资料来?”郑将军问。

“带了。”

“拿给我。”

王纪元一句请稍等，起身轻轻推开会议室的门，从杨兴旺手上拿过事先准备好的资料，转身就回到了会议室，直接将这些材料交给了郑将军。

郑将军一边接过王纪元呈上的材料，一边说：“早有准备的。”

王纪元说：“这些就是我们课题组研究成果，请首长批评指正。”

郑将军接过材料后，自己就拿了一份抢险救援行动要则，桌面上就放了一张梯形训练模拟图，将其他的材料分发给了吴处长等几位随同而来的参谋。他们全神贯注地审阅手上的这些成果，会场显得特别安静，如果这个时候有一枚针掉在地上想必都能听得到声音。当然，与会的每一位也都在看桌面上事先准备好了的汇报材料，与其说看汇报材料，倒不如说以看汇报材料来掩饰各自的内心，在琢磨郑将军接下来会提什么问题，会不会点将点到自己，点到自己了又怎么回答。

王纪元一双眼睛始终在注视着郑将军面部的变化。郑将军可谓男生女相，一张瓜子脸，眉毛也不浓，还有些稀疏，一对双眼皮的眼睛透露出犀利、睿智。郑将军可谓看得认真，看完抢险救援行动要则就拿起梯形训练模拟图，一会儿用手在上指指点点，一会儿又横着画画竖着画画，一会儿在掰手指头。脸上始终都挂着浅浅的微笑，又仿佛是在欣赏、在憧憬。随着浅浅的微笑到脸颊笑肌的舒展夸大，郑将军就自言自语地摇晃着手中的梯形图板说：“踏破铁鞋无觅处，得来全不费工夫，过去的经验出在北方，今天的经验出在巴楚。王处长啊，你可帮我解决了大问题，全国的训练大纲整整折腾了我们三年多，我也带领战训处的同志们走遍了大江南北，一直没有让大家满意的想法和做法，小王你谈谈你当时是怎么想的，会搞出这么一个梯形训练法出来。”说完就用一双眼睛盯着王纪元那张古铜色的脸，语气也从王处长变成了小王，仿佛显得更亲近了一些。

王纪元有前面客套话被打断的尴尬，这次回答郑将军的话也就不加任何修饰直接说：“我思考的是军队学校论。”

郑将军问：“怎么个学校论法？”

王纪元说：“我们都说军队是一所学校，学校就有小学、初中、高中、大学，即便是学校不可能让我们的官兵每年都读小学初中还老不让毕业。因此，我就提出了分层次分项目分科目的层次训练法，哪一个层面上的人，哪一个岗位上的人就对应哪一些训练项目，这个图纸一出来，从形状上更像一个梯子，我们就索性叫梯形训练法。”

吴处长接过话说：“很形象，我们消防本来就和梯子有不解之缘，其形态有登高望远之势，有大有作为之态，梯肚子里还真有不少的内容。”

征海洋也顺着吴处长的话说：“预示着全国消防人在消防局领导下蓬勃发展，矮子爬楼梯步步登高。”

高永良就开玩笑打趣说：“你别拿矮子说事，这有对矮子的歧视，难道我们这些高个子爬楼梯还越爬越矮，只准矮子越爬越高啊。”高永良这一说整个现场气氛顿时又轻松了几分。

郑将军仿佛又在沉思，突然若有所思地说：“大学论、层次论、梯形法，好啊！思路决定出路。小王啊，你一直就在消防部队吗？”

还没等王纪元回答，金三阳政委就替王纪元回答说：“小王当兵就来到了消防，从战士、文书、班长到提干，当过中队长，任过大队长、楚洲支队的参谋长，一步一个脚印干到今天的处长，对消防部队既有感情又热爱，情况熟。”金三阳回答当然比王纪元自己回答还要好一些，如果自己回答这个问题恐怕就一个“是”字。这样也还反映出金三阳对干部工作的熟悉和关心，从一个侧面说明金三阳是认认真真工作的，是非常称职的。

郑将军说：“只有热爱消防的人才能做得这么优秀，小王你再谈谈对抢险救援工作的想法，车上谈了的就不重复了。”

王纪元说：“实际上，我们消防已经承担和部分承担起了这一急难险重的工作。我自己曾经救过一个孕妇分娩的，救过一对夫妻骑摩托车摔伤昏迷不醒的，还救过一起交通事故撞断腿脚的。担任大队长后，无论是群众电话报警还是来人求助，我们都及时出动，这些都受到了人民群众的普遍赞扬。深感我们这么大一个国家，无论自然灾害还是人为责任事故现在一些部门只管不救，没有一支专门的抢险救援队伍，真是我们这个时代老百姓的悲哀。与其说我们犹抱琵琶半遮面，倒不如让我们走到前台，实现消防人的作为。这就是后来我一直倡导的消防要把握时代发展规律，实行有为才有位、有位更有为的发展战略。消防只有实现作为，既与人民群众接轨，又与世界消防接轨，才有出路，才有发展，才有地位，才能让党和政府想着我们，让人民群众想着我们。”王纪元讲到这里发现自己有一些激动，有些话似乎又讲过了，仿佛只有自己在忧国忧民。

郑将军说：“讲得好！我们这个时代现在就缺乏忧国忧民的人，现在一些单位权力意识强、利益意识强，责任意识淡薄。就你前面说的灾害事故有很多单位管，有很多部门统计，但恰恰就没有一个部门一个单位能站出来抢险救援。你刚才说的几个观点非常好，消防要有所作为，要与人民群众接轨。我们要坚持群众至上、生命至上，始终将人民群众的要求当作我们消防人奋斗的目标。高总啊，现在在各地推行得怎么样？反应怎么样，我听听你的情况。”

高永良稍一思索后就说：“抢险救援工作首先在楚洲消防实施，已经承诺了几年了，收到了出乎意料的效果。”

郑将军就问：“是不是小王那个楚洲消防支队？”

高永良回答说：“是的，王处长原来在那里任参谋长，率先向楚洲几百万人民群众公开承诺了抢险救援工作，形成了一套较完整的资料，取得了一些成功的经验和做法。前段时间我和政委分别到各地进行了督查协调，结果普遍比我们预料的要好。一是当地党委、政府高度重视；二是各地消防行动迅速，大都在去年座谈会后就在悄声无息中调整了下半年的工作重心，把抢险救援纳入了重要的议事日程；三是收到了良好的政治效益、社会效益，人民群众普遍称赞消防是和平年代最可爱的人；四是各地消防基础装备建设投入得到了较大幅度的提高。我们之前担心有的地方领导会不重视，发展不平衡，没想到地方领导不仅重视，而且说这是雪中送炭。所以，原打算帮助各地协调一下地方关系，结果根本不需要，还一个劲感谢我们。明天我陪将军视察检查一下，眼见为实。”

郑将军说：“这么看来是瓜熟蒂落了。”

高永良说：“可以这么说，地方重视、群众拥护。”

郑将军说：“这项工作困惑了我们多年，谁也下不了这个决心，谁也不敢下这个决心。今天你们搞成了，这是我们消防人的一大壮举，是一座丰碑，是人民群众的一大幸事。”

八十五

往后的几天，天公作美，南风吹拂，阳光和煦，桃红柳绿，郑将军一行在高永良、征海洋的陪同下深入各地消防支队、大队、中队视察、调研。为了掌握第一手材料，随机抽查，不打招呼，现场报警模拟，又采取听、看、拍、座谈等形式力求弄准、弄实，生怕漏了某个环节，每到一地既有官兵座谈也同群众座谈，还同地方党政官员座谈。当郑将军一行来到楚洲市时，得知消息的肖言书记专程和秦晋江到收费站迎接，还直接将郑将军接到了开元山庄。肖言书记握住郑将军的手不无感激地说：“感谢将军培养了一支特别能吃苦、特别能战斗、特别能奉献的好部队，为党委和政府分忧，为人民群众解难。”

郑将军握着肖言书记的手听完后不急不忙地说：“书记，这话怎讲？”

肖言书记说：“我在烂头焦额时，是王处长向我主动请缨，消防部队要主动承诺参加社会抢险救援，要组建特勤消防大队。我一听，当时那个高兴啊，那个激动啊，差一点眼泪都流出来了。当时啊，我正思考着从相关单位抽调一些人准备成立一支应急救援队伍，以应对每天发生的灾害事故，但这支队伍得懂技术，散兵游勇不行，人命关天啊，正发愁呢。”

郑将军就单刀直入地问：“现在怎么样？党委满不满意，政府满不满意，人民群众满不满意？”

肖言书记没有直接回答满意或不满意，而是说：“消防尖刀，所向披靡，只是……”说着，就把话题转到了王纪元开车撞墙救人的壮举上。

肖言书记讲到“只是”这里突然就把话收了回去。给郑将军留了一个悬念，郑将军想这个“只是”后面是好是坏，还是别的什么呢？至少认为肖言书记不方便讲，既然肖言书记不方便讲，肯定自己更不方便问，至少当着这么多人更不好问。

征海洋连忙将王纪元拉到一边问：“肖书记只是后面会是什么事？”

王纪元说：“我分析不会是什么坏事，肖书记我了解他，要么是要给郑将军提什么要求，只是突然想到今天初次见面就提要求势必显得有些唐突。”

当然，征海洋心想这个只是后面的话不问清楚难免给将军留下一个猜想，倒不如打破砂锅问到底，让大家心里也舒坦一些。征海洋知道其他任何人都不好问，只有自己要合适一些，于是就直接问："肖书记，有什么问题请你直接和将军说，将军就是来调查研究、掌握第一手资料的，也好指导全国的消防工作，是我们的问题我们一定改。"

肖言书记想想刚才的一句"只是"把话收了回来，让高永良一行产生了一些联想，难免产生误会，就直接说："哪里有什么问题，我突然想到将军刚到就提要求不好。"

郑将军说："书记，不用客气，有什么要求你尽管提。"

肖言书记说："只是现在消防部队编制少了一些，警力不足，这些官兵太辛苦，我请求将军能不能多给我们一些编制，我们一个老区至今还没组建消防队。"

郑将军有些无奈地说："现在全国消防都差编制。"接着又论述说："现在城市在不断地扩张，工业化水平也越来越高，灾害事故也越来越多，我们已经向相关单位递交了多个报告，也是由于兵力不足，所以这也是我们在抢险救援工作中难下决心的一个重要因素。书记的意见提得好，反映了基层一线兵力不足的实际情况，要求不过分，我回去后要想办法促成这件事，逐年增加一些编制。省会城市、直辖市、计划单列市，要加强编制建设。对了，还有一些地方，就是肖书记提的那些还没有组建消防队的县，特别是那些革命老区县，我们要通过三五年时间实现每个县至少有一个消防中队。"

在地方群众座谈会上黄老二和白淑玉打扮得特别精神。黄老二已不再是过去的黄老二了，现如今腰缠万贯，每天西装革履，除了还在配送液化石油气外，组建的土方工程队生意也相当好，几十台挖掘机、推土机、吊机忙个不停，还封了好多个小头目，这个经理那个指挥长，自己就一心一意做慈善。白淑玉当起了全职太太，只是每周去一次福利院做做义工。今天知道是将军召集他们召开座谈会，一身素雅起小花的女式西装穿在身上已经很得体了，宛若一名公职人员，肩上再披上一件杭州产的丝巾，更显得妩媚动人，优雅大方。当主持人介绍到他们夫妇时，两人双双起立，黄老二敬军礼，白淑玉弯腰鞠躬。

群众座谈会打破了政坛官场上往往安排最大的领导、级别最高的领导在最后讲话的惯例。会议一开始郑将军就说："乡亲们，我们这座谈会你们是主人，我们互动着开，我向大家请教几个问题，请你们一定告诉我，好不好？"

大家就回答了好。尽管将军在努力消除和大家的距离，也一个我们一个我们的和大家拉亲近，但在这个官本位年代，群众和官打交道多少还是有一些紧张，一怕讲错话，二怕会错意，三怕不懂礼节。郑将军听到这有些稀稀拉拉的回答想必大家是心里紧张，又问："大家不紧张吧？"大家齐声回答了不紧张，这次比上次好了一些。郑将军又说："大家不紧张就好。"接着又重复了前面的问话，这次大家就异口同声，几乎是在喊。"好！"黄老二喊得更大声，几乎淹没了其他人的声音。气氛顿时也轻松了很多，大家也不再拘谨。

郑将军开心地笑笑说："这就有一些我们消防人的气概了，我想请教大家第一个问题：请问现在大家生活好不好啊？"

大家回答："好！"

"有肉吃吗？"

"有。""三餐都有肉吃。"

郑将军就说："我国的改革开放总设计师邓小平同志从农村实行联产承包责任制，分田分山到户，解决了吃饭的问题，大家还都有肉吃了。现在国企改革，经济体制改革，实行以经济建设为中心，经济飞速发展，人们生活水平显著提高。我现在向大家请教第三个问题，在座的谁家有小汽车，有的请举手。"有汽车的几个人就呼啦啦举起了手。

黄老二举着手补充说："我有小轿车，还有挖掘机、推土机、吊机。"另一位就问摩托车算不算？郑将军就说："算，有摩托车的也请举手。"这一下几乎都举起了手。

郑将军说："请大家放下。从大家的举手情况看几乎大家都有了出行工具，有小汽车，有生产用车，没有小汽车的也有了摩托车。"郑将军一环扣一环再问："我再请教大家第四个问题，你们现在最期望最关心的是什么？一个一个回答。从左至右来。"

第一个回答是安全，第二个回答也是安全，一连五六个人都回答是安全。

白淑玉从座位上站起来用感激的语气说："将军，安全太重要了，我家黄老二这条命全靠王参谋长消防队从阎王口里救回来的，是消防队给了我家黄老二第二条生命。那年，我们到白关送最后一趟液化气，出了交通事故，叫天天不应，喊地地不灵，急死我了。"说到这里也许勾起了回忆，就一边伤心地哭，一边伤心地诉说，说到激动处竟然跑到郑将军面前磕了几个响头，又跑到王纪元面前磕了几个响头，令在座的每一个人都为之动容，场面催人泪下。也许今天来参加座谈会的群众每个人都经历过一些磨难，心有同感，所以郑将军之前认为每个人都有不同的期望，要大家分别一个一个说，更能掌握一些具体情况，没想到后面回答的竟然都是安全，有的甚至还说："没有了安全，就没有了生命保障；没有了生命，你再家缠万贯，你再豪楼别墅都是假的。"谈起安全来，大家也真是滔滔不绝，感慨颇多，仿佛比消防队还关注安全，还重视安全。白淑玉将消防队也说成了是郑将军的消防队，是王纪元的消防队，郑将军任他们讲、任他们说，时不时对感兴趣的话题还认认真真记在本子上。

然后，郑将军话锋一转直接就问大家："我再请教大家一个问题，你们对我们消防有些什么要求？"

黄老二站起来说："我这条命是王参谋长给的，是消防队给的。这几年我都义务充当消防救援志愿者，我了解到还有好多个地方没有一支专业队伍参加社会抢险救援，还有些县城没有消防队，那些在天灾人祸中垂死挣扎的人还没人去救，在死亡线上苦苦挣扎。我们楚洲消防形成共识的破瓶颈之举，挽救了无数条生命，成就了一个个即将破碎的家庭，我们希望全国消防能和我们楚洲消防一样参加社会抢险救援工作。"说完就示意大家给郑将军跪下，大家也就齐刷刷地跪在了将军面前。这是郑将军没想到的，也是楚洲消防支队始料未及的。

郑将军就说："请大家起来，请大家起来。"

王纪元上去将大家一位一位扶起来。

郑将军说："改革开放的中国现处于中西、新旧、上下、雅俗、发展的混杂和兼容阶段，各种矛盾突出，消防也遭遇到了发展的瓶颈。如果说，过去的消防让人们联想到赴汤蹈火、飞檐走壁、风云激荡的光荣与梦想，那么今天的消防要承载祖国繁荣、人民幸福安宁的重任，实现华丽转身。"说到这里，郑将军停了停，用一种慈祥的目光注视着大家，然后感慨地说："是啊，消防之痛乃人民群众之痛，乃发展之痛。高总啊！什么是一种职业的骄傲，什么又是一个时代永不磨灭的印记？"郑将军没有直接回答他们的问题，但一句高总啊的语气，无疑就肯定了消防职业与一个时代同呼吸共命运。

郑将军历时半个月的考察调研，收获了民心，鼓舞了军心，凝聚了人心。在送别郑将军回京的机场，王纪元一脸的惆怅，依依不舍。当郑将军和其他所有人握完了手，道完了别，最后来到王纪元面前，伸手握住王纪元的手时，见王纪元眼里充满了憧憬和坚信，知道在期待着他的态度，就以一种肯定的口气说："小王，事实证明，我们消防已经成为处置突发事故和特种灾害事故的重要力量，更是我们消防人自身发展与壮大的必然趋势。好啦！我们几个月后再见，就这么定了。”王纪元陡然从内心深处升起一股崇高的敬意，一个靠腿，举起右手，久久没有放下，目送着将军登上飞机的舷梯，直至飞机翱翔在蓝天。

王纪元满眼饱含的泪花，是喜悦，是期待，是希望。

八十六

几个月后，我国消防事业发展史上关系千家万户，连着你我他的第一部《消防法》赫然地写着：“公安消防部队除保证完成本法规定的火灾扑救工作外，还应当参加其他灾害或者事故的抢险救援工作。”第一次以法律的形式赋予了新时代消防人新的历史使命。

紧接着，在神州大地以服务最广大人民群众最大的民生工程，全国公安消防部队抢险救援工作会议在巴楚隆重召开，发出了时代的最强音。

陈局长在郑将军陪同下紧紧握住王纪元的手满怀信心地说：“我讲话算数吗?”

王纪元一个靠腿举起右手，湿润的眼睛注视着将军大声地说：“算数!”

消防，改革开放的弄潮者；消防，生命财产安全的保护神；从此，消防事业翻开了崭新的一页，消防人不再是消防监督、灭火救灾两大任务，而是包含了抢险救援任务在内的三大历史使命，将彪炳千秋。

我们拥有这样的一群消防人，是党的培养。

我们拥有这样的一群消防人，是中国特色社会主义现代军人核心价值观的诠释和追求。

我们拥有这样的一群消防人，是中国社会进步的真实写照，是人民的安宁和幸福。

空中再次回荡起《担当》那支主题歌。

啊……啊……
你不是海军，
你却和水有着特殊的感情，
你从水火中捞人，用水演绎着青春年华；

你不是空军，
你却和蓝天白云烟雾为伴，
你从高楼中解难，用大爱诠释人民的梦；
你不是陆军，
你却和祖国山河大川相连，
你从瓦砾下救人，用四肢践行职业操守。
啊……啊……
人民的消防兵，你是生命的守护神，
啊……啊……
人民的消防兵，你是财富的守护神，
啊……啊……
人民的消防兵，
你是希望的守护神，平安的守护神，幸福的守护神。

读后感

——写过去，写将来

给爸爸的小说写点东西其实是一件很为难的事，这不仅是因为对自己的爸爸太熟悉、太了解，而更多的是素材太多，不知从哪儿下笔好。写太好了有给爸爸脸上贴金的嫌疑，写一些套话就写不出我对爸爸、对小说的敬仰之情。为此，我很纠结。

爸爸是消防部队培养成长的一名正团职干部。

翻看爸爸厚重的消防军旅，他历经过多个岗位，参加过很多的急难险重任务，抢救出很多危难群众和亲密无间的战友，自己也很多次惊心动魄地与死神擦肩而过。

他见证了消防人的义无反顾和无私奉献精神。

他时常给我说他是农民的孩子，因此，从我记事开始，就发现爸爸做事朴实，为人厚道，工作认真，追求完美。

记得我很小的时候，仿佛很少见到爸爸，听妈妈说他不是执勤备战，就是检查加班或是赶写材料，更甚的是还要完成每月的罚款、拘留、劳教指标。那时候消防股就两个人，繁重的工作自然也让他顾不上我们的小家，那时的我也不知道什么叫理解，多少有些怨言，感觉他对家里多少有些不称职。

我每天坐着妈妈的自行车去幼儿园，回到家就和爷爷奶奶打闹嬉戏。爸爸回来时我已经进入了梦乡，待我醒来时爸爸又去了单位。第二天，妈妈告诉我爸爸亲了我的小脸蛋，还给我买了好玩的东西。当我看到变形金刚、遥控汽车、电子琴、画板、积木时，我知道妈妈没有骗我，为此我一天都是喜滋滋的，时不时地摸一把自己的小脸蛋，想起爸爸对我的爱。

记得有一回，老师要我们画一幅爸爸的肖像，回到家中，妈妈要我对着照片画。我嚷着要去见爸爸，老师说了要爸爸坐在面前认真地看认真地画。妈妈拗不过我，犹豫再三，就带着我去了火车站，那时候没有高铁、动车，我们坐着绿皮车，“哐当、哐当……”我也不知道摇了多久，睡了几觉，只是知道真的过了很久很久才到了一个叫茶陵的地方。

当见到日思夜想的爸爸时，我一股劲地“爸爸、爸爸”地喊着扑进他那宽大的怀抱，他自然也就“呵呵呵”地笑得合不拢嘴，一把把我抱到肩膀上架着，兴奋之情溢于言表。

爸爸在这里当大队长，说是大队，其实包括中队就只有十几号官兵。面对繁重的防火、灭火任务，爸爸往往既当指挥员又当战斗员。我见他低头弯腰捡起群众来大队办事时丢在地上的烟头，拿来拖把擦去地上的痰迹，看到干净整洁的营区、鲜红锃亮的消防车、膘肥体壮的大白猪、绿油油的菜地，令我仿佛要重新认识我的爸爸，也在朦胧中看到爸爸的称职。此刻，在我幼小的心灵深处永远烙上了不可磨灭的印象。我爱我爸爸。

后来，爸爸当了参谋长，回到了我们同一座城市，我就总给爸爸提问题，自然爸爸都是不厌其烦地回答我提出的一些稀奇古怪的为什么。爸爸见我肯学习、爱动脑筋，就要我每天给他提一个问题，还给我买回了《十万个为什么》。几年下来，我在爸爸身上学到了不少东西，未曾想爸爸肚子里有那么多的故事，脑子里又有那么多的思想，令我受益一生。我感谢爸爸。

爸爸转业那年，我放弃了国内一流大学，坦荡地、从容地、自信地、豪迈地接过爸爸引以为豪的消防水枪，子承了父业，我深信水枪上的事业一样能舞出人生的精彩和浪漫。随着工作时间的增长，困惑也越来越多，在中队一干就干了十年，每当干部调整时我也想通过爸爸的影响力帮我换个岗位，多一些锻炼，爸爸就说中队最锻炼人，管理他人就是管理自己，教育他人就是教育自己。其实，我想爸爸还有什么影响力，也许是爸爸的用心良苦，兴许是爸爸的力不从心，这让我更加深刻地认识到了消防人的言不由衷。

爸爸转业到地方工作后，尽管这是一个高大上的单位，但他依然关注消防、关心消防、关爱消防。每当消防警报从我家楼下呼啸而过时，他闻着似曾相识的警报声，往往连鞋子也顾不上穿好，就跑向窗台遥看着远去的消防车，然后，就竖起一对耳朵，听其他地方还有没有消防警报声。记得一次我们住的这座城市发生重大火灾，爸爸闻着城市各路消防警报四起，按捺不住的消防之情怀就给消防指挥中心打电话、问情况。之后，他竟然冒着雨拉着妈妈徒步跑到火灾现场，见到我爸爸的一些官兵自然还给他敬礼，还请他指示。

慢慢的，爸爸也喜欢叫上我喝点小酒，说说自己那个时代的消防故事，羡慕地谈着现在的消防装备多么的优良，愤怒地说着一些单位的消防安全责任人的失职，严肃地讨论着目前消防存在的利弊。一天，母亲随口说一声："写出来吧，老首长，看你念念不忘的。"

因为带兵，我很少有时间回家，偶尔回一次家也是匆匆忙忙。一日，我回到家，妈妈说手指关节痛，我问怎么了，妈妈说帮爸爸打印手稿。"手稿？什么手稿？""上次说的那事，你爸爸已经开始着手写了，已经写了两章。"我抑制不住内心的激动，冲进书房，打开电脑，认真地品读了起来，看完以后，意犹未尽，很是期待下一章更加精彩、惊险、感人的故事。

习总书记在全国文艺工作座谈会讲话后的一夜，爸爸急匆匆地跑到了我的单位，拿来一沓书稿给我说："晚上休息时，帮我看看。"我随手翻翻，"五百多页啊！那得四十来万字啊！""嗯，上点心，认真点，我还有事，先走了。"

翻开这沉甸甸的书稿，我感受到了和自己的工作完全不同的世界，展现在自己面前的是一部气势磅礴的消防画卷，是一部社会、人生、安全、消防、抢险救援知识的大百科。这里既有日常的社会知识，也有爸爸二十七年的消防情怀。小说以一桩桩血腥而悲惨的事故为背景，紧紧抓住抢险救援承诺这一主题，为党分忧，为群众解难，全面讴歌全国消防部队消防人的担当精神，弘扬和平年代最可爱的人的消防形象。

全书立意高远，泾渭分明，主题突出，每个故事经典感人，引人入胜，催人奋进，书中的一切都让我热血沸腾。与其说是写王纪元，不如说是写消防人；与其说是写消防，不如说是写社会；与其说是写过去，不如说是写将来。

闭目沉思，其实，爸爸永远是我心中顶天立地的顶梁柱，永远是我心中崇拜的偶像。

儿子：蒋孜资

2016年5月20日

后 记

很久以前我就想写这部小说，那还是我在消防部队担任战训处长的时候，直至转业离开教育培养了我的消防部队八年，直至聆听了习总书记在全国文艺工作座谈会上的讲话，我才开始将这个夙愿付诸笔端。我一直魂牵梦萦，多少个夜晚在梦中和亲如手足的战友一起赴汤蹈火、出生入死。这不仅是我消防军旅生涯二十七年的个人情结，更是我对曾经在消防部队和现在还在消防部队服役的全体官兵及专职消防队员的崇高品质、无私奉献的敬仰。

这部小说初稿落笔后，我就想写一个后记。几位资深的作家和我说，小说是可以写后记也可以不写后记的。我说，那一定要写一个后记的，问我为什么，我告诉他们，小说中刻画的主人公王纪元是现实生活中千千万万个消防官兵的缩影；他们为了国家和人民的利益锐意进取、勇于担当、忍辱负重、默默无闻，在血与火、生与死的考验面前，将生的希望留给群众，将死的危险扛在肩上。青岛“8·12”黄岛油库特大爆炸火灾事故、衡阳“11·3”特大火灾坍塌事故、天津新港瑞海“8·12”大爆炸火灾事故的灭火救援中，先后有上百名消防官兵用他们年轻的生命谱写了消防人的坚韧和刚强；在汶川“5·12”大地震、大连“7·16”新港特大火灾事故、“7·23”甬温线特别重大铁路交通事故、西藏拉萨“8·9”特别重大交通事故等一桩桩、一起起惊心动魄的灭火救灾、抢险救援中，消防官兵团结战斗，勇往直前，用血肉之躯筑起了保障安全的铜墙铁壁，用生命和鲜血保卫着国家财产和人民生命的安全，表现出了大无畏的英雄主义精神和满腔的爱祖国、爱人民的热情，受到了党和国家领导人的充分肯定和高度评价，赢得了人民群众和社会各界的广泛赞誉，涌现出了许许多多可歌可泣的英雄事迹。

沧海横流方显英雄本色。这群消防人立下的赫赫战功，见证了中国社会最大的民生、最大的进步。逆行中的英雄，为辉煌盛世的中国增添了浓墨重彩的一笔！

小说中的这些故事、情节和人物一些既是我亲历过、听到过、看到过的桩桩事实，又是我感受到、思考到的工作生活感悟。无论是生活的精彩也好，还是故事中的荒诞也罢，本故事纯属虚构，若有雷同，切莫对号入座。

感谢曾经的单位为我提供了实践的平台，感谢现在的单位给了我的高度，感谢在写作过程中家人对我的付出，感谢同事对我的支持和鼓励。我将和小说中的主人公一样不断践行、不断追求社会主义核心价值观。

是为后记。

二〇一五年十一月二十九日于长沙